ヒロシマ・ナガサキ

セレクション　戦争と文学　1

原　民喜　他

集英社文庫

ヘリテージシリーズ

ヒロシマ・ナガサキ　目次

詩

ヒロシマ・ナガサキ

セレクション　戦争と文学　1

I

夏の花

原 民喜

私は街に出て花を買うと、妻の墓を訪れようと思った。ポケットには仏壇からとり出した線香が一束あった。八月十五日は妻にとって初盆にあたるのだが、それまでこのふるさとの街が無事かどうかは疑わしかった。恰度《ちょうど》、休電日ではあったが、朝から花をもって街を歩いている男は、私のほかに見あたらなかった。その花は何という名称なのか知らないが、黄色の小弁の可憐《かれん》な野趣を帯び、いかにも夏の花らしかった。

炎天に曝《さら》されている墓石に水を打ち、その花を二つに分けて左右の花たてに差すと、墓のおもてが何となく清々《すがすが》しくなったようで、私はしばらく花と石に視入った。この墓の下には妻ばかりか、父母の骨も納まっているのだった。持って来た線香にマッチをつけ、黙礼を済ますと私はかたわらの井戸で水を呑んだ。それから、饒津《にぎつ》公園の方を廻って家に戻ったのであるが、その日も、その翌日も、私のポケットは線香の匂《におい》がしみこんでいた。原子爆弾に襲われたのは、その翌々日のことであった。

私は厠《かわや》にいたため一命を拾った。八月六日の朝、私は八時頃床を離れた。前の晩二回も空襲警報が出、何事もなかったので、夜明前には服を全部脱いで、久振《ひさしぶ》りに寝巻に着替えて睡《ねむ》った。それで、起き出した時もパンツ一つであった。妹はこの姿をみると、朝寝したことをぶつぶつ難じていたが、私は黙って便所へ這入《はい》った。

それから何秒後のことかはっきりしないが、突然、私の頭上に一撃が加えられ、眼の前に暗闇がすべり墜《お》ちた。私は思わずうわあと喚《わめ》き、頭に手をやって立上った。嵐のようなものの墜落する音のほかは真暗でなにもわからない。手探りで扉を開けると、縁側があった。その時まで、私はうわあという自分の声を、ざあーというもの音の中にはっきり耳にきき、眼が見えないので悶《もだ》えていた。しかし、縁側に出ると、間もなく薄らあかりの中に破壊された家屋が浮び出し、気持もはっきりして来た。

それはひどく厭《いや》な夢のなかの出来事に似ていた。最初、私の頭に一撃が加えられ眼が見えなくなった時、私は自分が斃《たお》れてはいないことを知った。それから、ひどく面倒なことになったと思い腹立たしかった。そして、うわあと叫んでいる自分の声が何だか別人の声のように耳にきこえた。しかし、あたりの様子が朧《おぼろ》ながら目に見えだして来ると、今度は惨劇の舞台の中に立っているような気持であった。たしか、こういう光景は映画などで見たことがある。濛々《もうもう》と煙る砂塵《さじん》のむこうに青い空間が見え、つづいてその空間の数が増えた。壁の脱落した処《ところ》や、思いがけない方向から明りが射して来る、畳の飛散った坐板の上をそろそろ歩いて行くと、向《むこう》から凄《す》さまじい勢《いきおい》で妹が駈けつけて来た。

「やられなかった、やられなかったの、大丈夫」と妹は叫び、「眼から血が出ている、早く洗いなさい」と台所の流しに水道が出ていることを教えてくれた。私は自分が全裸体でいることを気付いたので、「とにかく着るものはないか」と妹を顧《かえりみ》ると、妹は壊れ残った押入からうまくパンツを取出してくれた。そこへ誰か奇妙な身振りで闖入《ちんにゅう》して来たものがあった。顔を血だらけにし、シャツ一枚の男は工場の人であったが、私の姿を見ると、

「あなたは無事でよかったですな」と云い捨て、「電話、電話、電話をかけなきゃ」と呟《つぶや》きながら忙しそうに何処かへ立去った。

到るところに隙間が出来、建具も畳も散乱した家は、柱と閾《しきい》ばかりがはっきりと現れ、しばし奇異な沈黙をつづけていた。これがこの家の最後の姿らしかった。後で知ったところに依ると、この地域では大概の家がぺしゃんこに倒壊したらしいのに、この家は二階も墜ちず床もしっかりしていた。余程しっかりした普請《ふしん》だったのだろう、四十年前、神経質な父が建てさせたものであった。

私は錯乱した畳や襖《ふすま》の上を踏越えて、身につけるものを探した。上着はすぐに見附かったがずぼんを求めてあちこちしていると、滅茶苦茶に散らかった品物の位置と姿が、ふと忙しい眼に留まるのであった。昨夜まで読みかかりの本が頁をまくれて落ちている。長押《なげし》から墜落した額が殺気を帯びて小床を塞いでいる。ふと、何処からともなく、水筒が見つかり、つづいて帽子が出て来た。ずぼんは見あたらないので、今度は足に穿《は》くものを探し

ていた。

その時、座敷の縁側に事務室のKが現れた。Kは私の姿を認めると、「ああ、やられた、助けてえ」と悲痛な声で呼びかけ、そこへ、ぺったり坐《すわ》り込《こ》んでしまった。額に少し血が噴出ており、眼は涙ぐんでいた。

「何処をやられたのです」と訊《たず》ねると、「膝じゃ」とそこを押えながら皺《しわ》の多い蒼顔《そうがん》を歪《ゆが》める。

私は側にあった布切れを彼に与えておき、靴下を二枚重ねて足に穿いた。

「あ、煙が出だした、逃げよう、連れて逃げてくれ」とKは頻《しき》りに私を急《せ》かし出《い》だす。この私よりかなり年上の、しかし平素ははるかに元気なKも、どういうものか少し顛動《てんどう》気味《ぎみ》であった。

縁側から見渡せば、一めんに崩れ落ちた家屋の塊りがあり、やや彼方の鉄筋コンクリートの建物が残っているほか、目標になるものも無い。庭の土塀のくつがえった脇に、大きな楓《かえで》の幹が中途からポックリ折られて、梢を手洗鉢《ちょうずばち》の上に投出している。ふと、Kは防空壕のところへ屈《かが》み、

「ここで、頑張ろうか、水槽もあるし」と変なことを云う。

「いや、川へ行きましょう」と私が云うと、Kは不審そうに、

「川? 川はどちらへ行ったら出られるのだったかしら」と嘯《うそぶ》く。

とにかく、逃げるにしてもまだ準備が整わなかった。私は押入から寝巻をとり出し彼に

手渡し、更に縁側の暗幕を引裂いた。座蒲団も拾った。縁側の畳をはねくり返してみると、持逃げ用の雑嚢《ざつのう》が出て来た。私は吻《ほっ》としてそのカバンを肩にかけた。隣の製薬会社の倉庫から赤い小さな焰《ほのお》の姿が見えだした。いよいよ逃げだす時機であった。私は最後に、ポックリ折れ曲った楓の側を踏越えて出て行った。

その大きな楓は昔から庭の隅にあって、私の少年時代、夢想の対象となっていた樹木である。それが、この春久振りに郷里の家に帰って暮すようになってからは、どうも、もう昔のような潤いのある姿が、この樹木からさえ汲みとれないのを、つくづく私は奇異に思っていた。不思議なのは、この郷里全体が、やわらかい自然の調子を喪《うしな》って、何か残酷な無機物の集合のように感じられることであった。私は庭に面した座敷に這入って行くたびに、「アッシャ家の崩壊」という言葉がひとりでに浮んでいた。

Kと私とは崩壊した家屋の上を乗越え、障害物を除けながら、はじめはそろそろと進んで行く。そのうちに、足許《あしもと》が平坦な地面に達し、道路に出ていることがわかる。すると今度は急ぎ足でとっとと道の中ほどを歩く。ぺしゃんこになった建物の蔭《かげ》からふと、「おじさん」と喚く声がする。振返ると、顔を血だらけにした女が泣きながらこちらへ歩いて来る。「助けてえ」と彼女は脅えきった相で一生懸命ついて来る。暫《しばら》く行くと、路上に立ちはだかって、「家が焼ける、家が焼ける」と子供のように泣喚いている老女と出逢った。煙は崩れた家屋のあちこちから立昇っていたが、急に焰の息が烈《はげ》しく吹きまくっているところへ来る。走って、そこを過ぎると、道はまた平坦となり、そして栄橋《さかえばし》の袂《たもと》に私達は来ていた。ここには避難者がぞくぞく蝟集《いしゅう》していた。「元気な人はバケツで火を消せ」と誰かが橋の上に頑張っている。私は泉邸《せんてい》の藪の方へ道をとり、そして、ここでKとははぐれてしまった。

その竹藪は薙《な》ぎ倒《たお》され、逃げて行く人の勢で、径《みち》が自然と拓《ひら》かれていた。見上げる樹木もおおかた中空で削ぎとられており、川に添った、この由緒ある名園も、今は傷だらけの姿であった。ふと、灌木《かんぼく》の側にだらりと豊かな肢体を投出して蹲《うずくま》っている中年の婦人の顔があった。魂の抜けはてたその顔は、見ているうちに何か感染しそうになるのであった。こんな顔に出喰わしたのは、これがはじめてであった。が、それよりもっと奇怪な顔に、その後私はかぎりなく出喰わさねばならなかった。

川岸に出る藪のところで、私は学徒の一塊りと出逢った。工場から逃げ出した彼女達は一ように軽い負傷をしていたが、いま眼の前に出現した出来事の新鮮さに戦《おのの》きながら、却《かえ》って元気そうに喋《しゃべ》り合《あ》っていた。そこへ長兄の姿が現れた。シャツ一枚で、片手にビール瓶を持ち、まず異状なさそうであった。向岸も見渡すかぎり建物は崩れ、電柱の残っているほか、もう火の手が廻っていた。私は狭い川岸の径へ腰を下ろすと、しかし、もう大丈夫だという気持がした。長い間脅かされていたものが、遂《つい》に来たるべきものが、来たのだった。さばさばした気持で、私は自分が生きながらえていることを顧みた。かねて、二つに一つは助からないかもしれないと思っていたのだが、今、ふと己れが生きていることと、その意味が、はっと私を弾いた。

このことを書きのこさねばならない、と、私は心に呟いた。けれども、その時はまだ、私はこの空襲の真相を殆《ほとん》ど知ってはいなかったのである。

対岸の火事が勢を増して来た。こちら側まで火照《ほて》りが反射して来るので、満潮の川水に座蒲団を浸しては頭にかむる。そのうち、誰かが「空襲」と叫ぶ。「白いものを着たものは木蔭へ隠れよ」という声に、皆はぞろぞろ藪の奥へ匐《は》って行く。陽《ひ》は燦々《さんさん》と降《ふ》り灑《そそ》ぎ藪の向も、どうやら火が燃えている様子だ。暫く息を殺していたが、何事もなさそうなので、また川の方へ出て来ると、向岸の火事は更に衰えていない。熱風が頭上を走り、黒煙が川の中ほどまで煽《あお》られて来る。その時、急に頭上の空が暗黒と化したかと思うと、沛然《はいぜん》として大粒の雨が落ちて来た。雨はあたりの火照りを稍々《やや》鎮めてくれたが、暫くすると、またからりと晴れた天気にもどった。対岸の火事はまだつづいていた。今、こちらの岸には長兄と妹とそれから近所の見知った顔が二つ三つ見受けられたが、みんなは寄り集って、てんでに今朝の出来事を語り合うのであった。

あの時、兄は事務室のテーブルにいたが、庭さきに閃光《せんこう》が走ると間もなく、一間あまり跳ね飛ばされ、家屋の下敷になって暫く藻掻《もが》いた。やがて隙間があるのに気づき、そこから這い出すと、工場の方では、学徒が救いを求めて喚叫している――兄はそれを救い出すのに大奮闘した。妹は玄関のところで光線を見、大急ぎで階段の下に身を潜《ひそ》めたため、あまり負傷を受けなかった。みんな、はじめ自分の家だけ爆撃されたものと思い込んで、外に出てみると、何処も一様にやられているのに唖然《あぜん》とした。それに、地上の家屋は崩壊していながら、爆弾らしい穴があいていないのも不思議であった。あれは、警戒警報が解除になって間もなくのことであった。ピカッと光ったものがあり、マグネシュームを燃すようなシューッという軽い音とともに一瞬さっと足もとが回転し、……それはまるで魔術のようであった、と妹は戦きながら語るのであった。

向岸の火が鎮まりかけると、こちらの庭園の木立が燃えだしたという声がする。かすかな煙が後の藪の高い空に見えそめていた。川の水は満潮の儘《まま》まだ退《ひ》こうとしない。私は石崖を伝って、水際のところへ降りて行ってみた。すると、すぐ足許のところを、白木の大きな函《はこ》が流れており、函から喰《は》み出《で》た玉葱があたりに漾《ただよ》っていた。私は函を引寄せ、中から玉葱を掴み出しては、岸の方へ手渡した。これは上流の鉄橋で貨車が顛覆し、そこからこの函は放り出されて漾って来たものであった。私が玉葱を拾っていると、「助けてえ」という声がきこえた。木片に取縋《とりすが》りながら少女が一人、川の中ほどを浮き沈みして流されて来る。私は大きな材木を選ぶとそれを押すようにして泳いで行った。久しく泳いだこともない私ではあったが、思ったより簡単に相手を救い出すことが出来た。

暫く鎮まっていた向岸の火が、何時《いつ》の間《ま》にかまた狂い出した。今度は赤い火の中にどす黒い煙が見え、その黒い塊りが猛然と拡がって行き、見る見るうちに焔の熱度が増すようであった。が、その無気味な火もやがて燃え尽すだけ燃えると、空虚な残骸の姿となっていた。その時である、私は川下の方の空に、恰度川の中ほどにあたって、物凄い透明な空気の層が揺れながら移動して来るのに気づいた。竜巻だ、と思ううちにも、烈しい風は既に頭上をよぎろうとしていた。まわりの草木がことごとく慄《ふる》え、と見ると、その儘引抜かれて空に攫《さら》われて行く数多《あまた》の樹木があった。空を舞い狂う樹木は矢のような勢で、混濁の中に墜ちて行く。私はこの時、あたりの空気がどんな色彩であったか、はっきり覚えてはいない。が、恐らく、ひどく陰惨な、地獄絵巻の緑の微光につつまれていたのではないかとおもえるのである。

この竜巻が過ぎると、もう夕方に近い空の気配が感じられていたが、今迄《いままで》姿を見せなかった二番目の兄が、ふとこちらにやって来たのであった。顔にさっと薄墨色の跡があり、背のシャツも引裂かれている。その海水浴で日焦《ひやけ》した位の皮膚の跡が、後には化膿を伴う火傷《やけど》となり、数ケ月も治療を要したのだが、この時はまだこの兄もなかなか元気であった。彼は自宅へ用事で帰ったとたん、上空に小さな飛行機を認め、つづいて三つの妖しい光を見た。それから地上に一間あまり跳ね飛ばされた彼は、家の下敷になって藻掻いている家内と女中を救い出し、子供二人は女中に托《たく》して先に逃げのびさせ、隣家の老人を助けるのに手間どっていたという。

嫂《あによめ》がしきりに別れた子供のことを案じていると、向岸の河原から女中の呼ぶ声がした。手が痛くて、もう子供を抱えきれないから早く来てくれというのであった。

泉邸の杜《もり》も少しずつ燃えていた。夜になってこの辺まで燃え移って来るといけないし、明るいうちに向岸の方へ渡りたかった。が、そこいらには渡舟も見あたらなかった。長兄たちは橋を廻って向岸へ行くことにし、私と二番目の兄とはまだ渡舟を求めて上流の方へ溯《さかのぼ》って行った。水に添う狭い石の通路を進んで行くに随《したが》って、私はここではじめて、言語に絶する人々の群を見たのである。既に傾いた陽ざしは、あたりの光景を青ざめさせていたが、岸の上にも岸の下にも、そのような人々がいて、水に影を落していた。どのような人々であるか……。男であるのか、女であるのか、殆ど区別もつかない程、顔がくちゃくちゃに腫れ上って、随って眼は糸のように細まり、唇は思いきり爛《ただ》れ、それに、痛々しい肢体を露出させ、虫の息で彼等は横《よこた》わっているのであった。私達がその前を通って行くに随ってその奇怪な人々は細い優しい声で呼びかけた。「水を少し飲ませて下さい」とか、「助けて下さい」とか、殆どみんながみんな訴えごとを持っているのだった。

「おじさん」と鋭い哀切な声で私は呼びとめられていた。見ればすぐそこの川の中には、裸体の少年がすっぽり頭まで水に漬って死んでいたが、その屍体と半間も隔たらない石段のところに、二人の女が蹲《うずくま》っていた。その顔は約一倍半も膨脹し、醜く歪み、焦げた乱髪が女であるしるしを残している。これは一目見て、憐愍《れんびん》よりもまず、身の毛のよだつ姿であった。が、その女達は、私の立留まったのを見ると、

「あの樹のところにある蒲団は私のですからここへ持って来て下さいませんか」と哀願するのであった。

見ると、樹のところには、なるほど蒲団らしいものはあった。だが、その上にはやはり

瀕死《ひんし》の重傷者が臥《ふ》していて、既にどうにもならないのであった。

私達は小さな筏《いかだ》を見つけたので、綱を解いて、向岸の方へ漕いで行った。筏が向の砂原に着いた時、あたりはもう薄暗かったが、ここにも沢山の負傷者が控えているらしかった。水際に蹲っていた一人の兵士が、「お湯をのましてくれ」と頼むので、私は彼を自分の肩に依り掛からしてやりながら、歩いて行った。苦しげに、彼はよろよろと砂の上を進んでいたが、ふと、「死んだ方がましさ」と吐《は》き棄《す》てるように呟いた。私も暗然として肯《うなず》き、言葉は出なかった。愚劣なものに対する、やりきれない憤りが、この時我々を無言で結びつけているようであった。私は彼を中途に待たしておき、土手の上にある給湯所を石崖の下から見上げた。すると、今湯気の立昇っている台の処で、茶碗を抱えて、黒焦《くろこげ》の大頭がゆっくりと、お湯を呑んでいるのであった。その尨大《ぼうだい》な、奇妙な顔は全体が黒豆の粒々で出来上っているようであった。それに頭髪は耳のあたりで一直線に刈上げられていた。(その後、一直線に頭髪の刈上げられている火傷者を見るにつけ、これは帽子を境に髪が焼きとられているのだということを気付くようになった。)暫くして、茶碗を貰うと、私はさっきの兵隊のところへ持運んで行った。ふと見ると、川の中に、これは一人の重傷兵が膝を屈めて、そこで思いきり川の水を呑み耽《ふけ》っているのであった。

夕闇の中に泉邸の空やすぐ近くの焔があざやかに浮出て来ると、砂原では木片を燃やして夕餉《ゆうげ》の焚《た》き出《だ》しをするものもあった。さっきから私のすぐ側に顔をふわふわに膨らした女が横わっていたが、水をくれという声で、私ははじめて、それが次兄の家の女中であることに気づいた。彼女は赤ん坊を抱えて台所から出かかった時、光線に遭い、顔と胸と手を焼かれた。それから、赤ん坊と長女を連れて兄達より一足さきに逃げたが、橋のところで長女とはぐれ、赤ん坊だけを抱えてこの河原に来ていたのである。最初顔に受けた光線を遮《さえぎ》ろうとして覆うた手が、その手が、今も捥《も》ぎとられるほど痛いと訴えている。

潮が満ちて来だしたので、私達はこの河原を立退いて、土手の方へ移って行った。日はとっぷり暮れたが、「水をくれ、水をくれ」と狂いまわる声があちこちできこえ、河原にとり残されている人々の騒ぎはだんだん烈しくなって来るようであった。この土手の上は風があって、睡るには少し冷え冷えしていた。すぐ向は饒津公園であるが、そこも今は闇に鎖《とざ》され、樹の折れた姿がかすかに見えるだけであった。兄達は土の窪みに横わり、私も別に窪地をみつけて、そこへ這入って行った。すぐ側には傷ついた女学生が三四人横臥《おうが》していた。

「向の木立が燃えだしたが逃げた方がいいのではないかしら」と誰かが心配する。窪地を出て向を見ると、二三丁さきの樹に焔がキラキラしていたが、こちらへ燃え移って来そうな気配もなかった。

「火は燃えて来そうですか」と傷ついた少女は脅えながら私に訊《き》く。

「大丈夫だ」と教えてやると、「今、何時頃でしょう、まだ十二時にはなりませんか」とまた訊く。

その時、警戒警報が出た。どこかにまだ壊れなかったサイレンがあるとみえて、かすかにその響《ひびき》がする。街の方はまだ熾《さか》んに燃えているらしく、茫《ぼう》とした明りが川下の方に見える。

「ああ、早く朝にならないのかなあ」と女学生は嘆く。

「お母さん、お父さん」とかすかに静かな声で合掌している。

「火はこちらへ燃えて来そうですか」と傷ついた少女がまた私に訊ねる。

河原の方では、誰か余程元気な若者らしいものの、断末魔のうめき声がする。その声は八方に木霊《こだま》し、走り廻っている。「水を、水を、水を下さい、……ああ、……お母さん、……姉さん、……光ちゃん」と声は全身全霊を引裂くように迸《ほとばし》り、「ウウ、ウウ」と苦痛に追いまくられる喘《あえ》ぎが弱々しくそれに絡んでいる。――幼い日、私はこの堤を通って、その河原に魚を獲りに来たことがある。その暑い日の一日の記憶は不思議にはっきりと残っている。砂原にはライオン歯磨の大きな立看板があり、鉄橋の方を時々、汽車が轟《ごう》と通って行った。夢のように平和な景色があったものだ。


夜が明けると昨夜の声は熄《や》んでいた。あの腸《はらわた》を絞る断末魔の声はまだ耳底に残っているようでもあったが、あたりは白々と朝の風が流れていた。長兄と妹とは家の焼跡の方へ廻り、東練兵場に施療所があるというので、次兄達はそちらへ出掛けた。私もそろそろ東練兵場の方へ行こうとすると、側にいた兵隊が同行を頼んだ。その大きな兵隊は、余程ひどく傷ついているのだろう、私の肩に依掛《よりかか》りながら、まるで壊れものを運んでいるように、おずおずと自分の足を進めて行く。それに足許は、破片といわず、屍《しかばね》といわず、まだ余熱を燻《くすぶ》らしていて、恐ろしく嶮悪《けんあく》であった。常盤橋《ときわばし》まで来ると、兵隊は疲れはて、もう一歩も歩けないから置去りにしてくれという。そこで私は彼と別れ、一人で饒津公園の方へ進んだ。ところどころ崩れたままで焼け残っている家屋もあったが、到る処、光の爪跡が印されているようであった。とある空地に人が集まっていた。水道がちょろちょろ出ているのであった。ふとその時、姪《めい》が東照宮の避難所で保護されているということを私は小耳に挿《はさ》んだ。

急いで、東照宮の境内へ行ってみた。すると、いま、小さな姪は母親と対面しているところであった。昨日、橋のところで女中とはぐれ、それから後は他所《よそ》の人に従《つ》いて逃げて行ったのであるが、彼女は母親の姿を見ると、急に堪えられなくなったように泣きだした。その首が火傷で黒く痛そうであった。

施療所は東照宮の鳥居の下の方に設けられていた。はじめ巡査が一通り原籍年齢などを取調べ、それを記入した紙片を貰うてからも、負傷者達は長い行列を組んだまま炎天の下にまだ一時間位は待たされているのであった。だが、この行列に加われる負傷者ならまだ結構な方かもしれないのだった。今も、「兵隊さん、兵隊さん、助けてよう、兵隊さん」と火のついたように泣喚く声がする。路傍に斃《たお》れて反転する火傷の娘であった。かと思うと、警防団の服装をした男が、火傷で膨脹した頭を石の上に横たえたまま、まっ黒の口をあけて、「誰か私を助けて下さい、ああ、看護婦さん、先生」と弱い声できれぎれに訴えているのである。が、誰も顧みてはくれないのであった。巡査も医者も看護婦も、みな他の都市から応援に来たものばかりで、その数も限られていた。

私は次兄の家の女中に附添って行列に加わっていたが、この女中も、今はだんだんひどく膨れ上って、どうかすると地面に蹲りたがった。漸《ようや》く順番が来て加療が済むと、私達はこれから憩《いこ》う場所を作らねばならなかった。境内到る処に重傷者はごろごろしているが、テントも木蔭も見あたらない。そこで、石崖に薄い材木を並べ、それで屋根のかわりとし、その下へ私達は這入り込んだ。この狭苦しい場所で、二十四時間あまり、私達六名は暮したのであった。

すぐ隣にも同じような恰好《かっこう》の場所が設けてあったが、その莚《むしろ》の上にひょこひょこ動いている男が、私の方へ声をかけた。シャツも上衣もなかったし、長ずぼんが片脚分だけ腰のあたりに残されていて、両手、両足、顔をやられていた。この男は、中国ビルの七階で爆弾に遇《あ》ったのだそうだが、そんな姿になりはてても、頗《すこぶ》る気丈夫なのだろう、口で人に頼み、口で人を使い到頭《とうとう》ここまで落ちのびて来たのである。そこへ今、満身血まみれの、幹部候補生のバンドをした青年が迷い込んで来た。すると、隣の男は屹《きつ》となって、

「おい、おい、どいてくれ、俺の体はめちゃくちゃになっているのだから、触りでもしたら承知しないぞ、いくらでも場所はあるのに、わざわざこんな狭いところへやって来なくてもいいじゃないか、え、とっとと去ってくれ」と唸《うな》るように押っかぶせて云った。血まみれの青年はきょとんとして腰をあげた。

私達の寝転んでいる場所から二米《メートル》あまりの地点に、葉のあまりない桜の木があったが、その下に女学生が二人ごろりと横わっていた。どちらも、顔を黒焦げにしていて、痩せた背を炎天に晒《さら》し、水を求めては呻《うめ》いている。この近辺へ芋掘作業に来て遭難した女子商業の学徒であった。そこへまた、燻製の顔をした、モンペ姿の婦人がやって来ると、ハンドバックを下に置きぐったりと膝を伸した。……日は既に暮れかかっていた。ここでまた夜を迎えるのかと思うと私は妙に佗《わび》しかった。

　夜明前から念仏の声がしきりにしていた。ここでは誰かが、絶えず死んで行くらしかった。朝の日が高くなった頃、女子商業の生徒も、二人とも息をひきとった。溝にうつ伏せになっている死骸を調《しら》べ了《お》えた巡査が、モンペ姿の婦人の方へ近づいて来た。これも姿勢を崩して今はこときれているらしかった。巡査がハンドバックを披《ひら》いてみると、通帳や公債が出て来た。旅装のまま、遭難した婦人であることが判った。

　昼頃になると、空襲警報が出て、爆音もきこえる。あたりの悲惨醜怪さにも大分馴らされているものの、疲労と空腹はだんだん激しくなって行った。次兄の家の長男と末の息子は、二人とも市内の学校へ行っていたので、まだ、どうなっているかわからないのであった。人はつぎつぎに死んで行き、死骸はそのまま放ってある。救いのない気持で、人はそわそわ歩いている。それなのに、練兵場の方では、いま自棄《やけ》に嚠喨《りゅうりょう》として喇叭《ラッパ》が吹奏されていた。

火傷した姪たちはひどく泣喚くし、女中は頻《しき》りに水をくれと訴える。いい加減、みんなほとほと弱っているところへ、長兄が戻って来た。彼は昨日は嫂の疎開先である廿日市《はつかいち》町の方へ寄り、今日は八幡村の方へ交渉して荷馬車を傭《やと》って来たのである。そこでその馬車に乗って私達はここを引上げることになった。

馬車は次兄の一家族と私と妹を乗せて、東照宮下から饒津へ出た。馬車が白島から泉邸入口の方へ来掛かった時のことである。西練兵場寄りの空地に、見憶えのある、黄色の、半ずぼんの死体を、次兄はちらりと見つけた。そして彼は馬車を降りて行った。嫂も私もつづいて馬車を離れ、そこへ集った。見憶えのあるずぼんに、まぎれもないバンドを締めている。死体は甥《おい》の文彦であった。上着は無く、胸のあたりに拳大《こぶしだい》の腫れものがあり、そこから液体が流れている。真黒くなった顔に、白い歯が微《かす》かに見え、投出した両手の指は固く、内側に握り締め、爪が喰込んでいた。その側に中学生の屍体が一つ、それから又離れたところに、若い女の死体が一つ、いずれも、ある姿勢のまま硬直していた。次兄は文彦の爪を剝《は》ぎ、バンドを形見にとり、名札をつけて、そこを立去った。涙も乾きはてた遭遇であった。

馬車はそれから国泰寺の方へ出、住吉橋を越して己斐《こい》の方へ出たので、私は殆ど目抜の焼跡を一覧することが出来た。ギラギラと炎天の下に横わっている銀色の虚無のひろがりの中に、路《みち》があり、川があり、橋があった。そして、赤むけの膨れ上った屍体がところどころに配置されていた。これは精密巧緻な方法で実現された新地獄に違いなく、ここではすべて人間的なものは抹殺され、たとえば屍体の表情にしたところで、何か模型的な機械的なものに置換えられているのであった。苦悶の一瞬足搔《あが》いて硬直したらしい肢体は一種の妖しいリズムを含んでいる。電線の乱れ落ちた線や、おびただしい破片で、虚無の中に痙攣的《けいれんてき》の図案が感じられる。だが、さっと転覆して焼けてしまったらしい電車や、巨大な胴を投出して転倒している馬を見ると、どうも、超現実派の画の世界ではないかと思えるのである。国泰寺の大きな楠も根こそぎ転覆していたし、墓石も散っていた。外廓だけ残っている浅野図書館は屍体収容所となっていた。路はまだ処々で煙り、死臭に満ちている。川を越すたびに、橋が墜ちていないのを意外に思った。この辺の印象は、どうも片仮名で描きなぐる方が応《ふさ》わしいようだ。それで次に、そんな一節を挿入しておく。

ギラギラノ破片ヤ
灰白色ノ燃エガラガ
ヒロビロトシタ　パノラマノヨウニ
アカクヤケタダレタ　ニンゲンノ死体ノキミョウナリズム
スベテアッタコトカ　アリエタコトナノカ
パット剝ギトッテシマッタ　アトノセカイ

テンプクシタ電車ノワキノ
馬ノ胴ナンカノ　フクラミカタハ
ブスブストケムル電線ノニオイ

倒壊の跡のはてしなくつづく路を馬車は進んで行った。郊外に出ても崩れている家屋が並んでいたが、草津をすぎると漸くあたりも青々として災禍の色から解放されていた。そして青田の上をすいすいと蜻蛉《とんぼ》の群が飛んでゆくのが目に沁みた。それから八幡村までの長い単調な道があった。八幡村へ着いたのは、日もとっぷり暮れた頃であった。そして翌日から、その土地での、悲惨な生活が始まった。負傷者の恢復《かいふく》もはかどらなかったが、元気だったものも、食糧不足からだんだん衰弱して行った。火傷した女中の腕はひどく化膿し、蠅《はえ》が群れて、とうとう蛆《うじ》が湧くようになった。蛆はいくら消毒しても、後から後から湧いた。そして、彼女は一ケ月あまりの後、死んで行った。

この村へ移って四五日目に、行衛不明《ゆくえふめい》であった中学生の甥が帰って来た。彼は、あの朝、建もの疎開のため学校へ行ったが恰度、教室にいた時光を見た。瞬間、机の下に身を伏せ、次いで天井が墜ちて埋れたが、隙間を見つけて這い出した。這い出して逃げのびた生徒は四五名にすぎず、他は全部、最初の一撃で駄目になっていた。彼は四五名と一緒に比治山《ひじやま》に逃げ、途中で白い液体を吐いた。それから一緒に逃げた友人の処へ汽車で行き、そこで世話になっていたのだそうだ。しかし、この甥もこちらへ帰って来て、一週間あまりすると、頭髪が抜け出し、二日位ですっかり禿《はげ》になってしまった。今度の遭難者で、頭髪が抜け鼻血が出だすと大概助からない、という説がその頃大分ひろまっていた。頭髪が抜けてから十二三日目に、甥はとうとう鼻血を出しだした。医者はその夜が既にあぶなかろうと宣告していた。しかし、彼は重態のままだんだん持ちこたえて行くのであった。

Nは疎開工場の方へはじめて汽車で出掛けて行く途中、恰度汽車がトンネルに入った時、あの衝撃を受けた。トンネルを出て、広島の方を見ると、落下傘が三つ、ゆるく流れてゆくのであった。それから次の駅に汽車が着くと、駅のガラス窓がひどく壊れているのに驚いた。やがて、目的地まで達した時には、既に詳しい情報が伝わっていた。彼はその足ですぐ引返すようにして汽車に乗った。擦れ違う列車はみな奇怪な重傷者を満載していた。彼は街の火災が鎮まるのを待ちかねて、まだ熱いアスファルトの上をずんずん進んで行った。そして一番に妻の勤めている女学校へ行った。教室の焼跡には、生徒の骨があり、校長室の跡には校長らしい白骨があった。が、Nの妻らしいものは遂に見出せなかった。彼は大急ぎで自宅の方へ引返してみた。そこは宇品《うじな》の近くで家が崩れただけで火災は免がれていた。が、そこにも妻の姿は見つからなかった。それから今度は自宅から女学校へ通じる道に斃れている死体を一つ一つ調べてみた。大概の死体が打伏《うつぶ》せになっているので、それを抱き起しては首実検するのであったが、どの女もどの女も変りはてた相をしていたが、しかし彼の妻ではなかった。しまいには方角違いの処まで、ふらふらと見て廻った。水槽の中に折重なって漬っている十あまりの死体もあった。河岸に懸《かか》っている梯子《はしご》に手をかけながら、その儘硬直している三つの死骸があった。バスを待つ行列の死骸は立ったまま、前の人の肩に爪を立てて死んでいた。郡部から家屋疎開の勤労奉仕に動員されて、全滅している群も見た。西練兵場の物凄さといったらなかった。そこは兵隊の死の山であった。しかし、どこにも妻の死骸はなかった。

Nはいたるところの収容所を訪ね廻って、重傷者の顔を覗《のぞ》き込《こ》んだ。どの顔も悲惨のきわみではあったが、彼の妻の顔ではなかった。そうして、三日三晩、死体と火傷患者をうんざりするほど見てすごした挙句《あげく》、Nは最後にまた妻の勤め先である女学校の焼跡を訪れた。

屍の街

大田洋子

鬼哭啾々《きこくしゅうしゅう》の秋

1

渾沌《こんとん》と悪夢にとじこめられているような日々が、明けては暮れる。よく晴れて澄みとおった秋の真昼にさえ、深い黄昏《たそがれ》の底にでも沈んでいるような、混迷のもの憂さから、のがれることはできない。同じ身のうえの人々が、毎日まわりで死ぬのだ。

西の家でも東の家でも、葬式の準備をしている。きのうは、三、四日まえ医者の家で見かけた人が、黒々とした血を吐きはじめたとき き、今日は二、三日まえ道で出会ったきれいな娘が、髪もぬけ落ちてしまい、紫紺いろの斑点にまみれて、死を待っているときかされる。

死は私にもいつくるか知れない。私は一日に幾度でも髪をひっぱって見、抜毛の数をかぞえる。いつふいにあらわれるかも知れぬ斑点に脅えて、何十度となく、眼をすがめて手足の皮膚をしらべたりする。蚊にさされたあとの小さな赤い点に、インクでしるしをつけておき、時間が経ってから、赤いあとがうすれていれば、斑点ではなかったと安心する。

意識ばかりははっきりしていて、どんなに残酷な症状があらわれても、痛みもしびれもないという、原子爆弾症の白痴のような傷害の異状さは、罹災者《りさいしゃ》にとって、新しい地獄の発見である。

了解することの出来ぬ死の誘いの怖ろしさと、戦争自体への（敗戦の意味でなく）忿《いか》りは、蛇のようにからみ合い、どんなにもの憂い日にも、高鳴っている。

長い間のあこがれだった田園の秋のなかに、私はいま、ふしぎなありさまで身をおいている。自然に運ばれた好ましい旅ではない。いまはあと形もなく崩壊して、都会とよぶことはできなくなった都会の、焼野ガ原を追われて来たという、絶対の弱さや、やる瀬なさのために、かつてのなつかしい夢は見失ってしまった。

山深い田園の、夏から秋に移りかわる季節の美しさは、少女のころの追憶のためだけでさえ、私に生きている力をあたえたものだった。薄い水色だった空が、毎日いろを濃くして行き、晩秋には濃い瑠璃《るり》いろに変って行く色彩の素晴らしさや、遠く近く、波うつ山脈の、夕ぐれなど、淡紫色の水晶の重なりに見える山々のたのしさや、薄い黄や茶いろから次第に焦げて焦茶になり、それから枯れて、銀ねずみや、すすきいろに移って行く山崖や野原など。

そしてやわらかな線から、刻々に染められて、ついには黄金色の波をうつ海のような稲田。すすり泣きにも似たせせらぎの、静かな音をひびかせて流れる月夜の川音。

冬ちかくまで風鈴のように鳴きつづける秋の虫。山のなかにひっそりと休んでいる色彩のあざやかな山鳥、羽色の美しい雄雉子《おすきじ》の様子など。

このような風物への思い出は、東京での傷つき易い生活のなかなどで、私を新しくよみがえらせることに役立った。いつか私はあの思い出の中へ行って、ゆっくり休むことにしよう。私は東京でよくそう思った。

そして私はそのように好きだった田舎にとうとう来た。戦争の残酷さに心身ともに傷ついたからだを横たえるためにである。薄紫の山も、澄んだ青い空をも眺め、夜は月の光を見たり、川の音をきいたりしているけれど、それは私の心を奪わなくなっていた。

私は乞食のようになって、今は自分の家もないこのふるさとの村へ入って来た日のことを思い出す。着ているものは肌着から帯までも、血と汗とほこりでよごれ、顔も手も腫れて、乾いた血のかたまりが幾筋にもなって、こびりついていた。

あの朝着て寝ていたもの、つむぎの絣《かすり》の寝巻と細い帯と、その下の伊達巻《だてまき》と、さらしの肌着とは、背のところを揃えて鋭いナイフで切ったように、一寸ばかり鋭く切れて、耳と背中の傷あとがずきずきと疼《うず》いていた。

雲は灰色に
地は髄まで湿り
秋は戸に立つ。
われは家なく捨てられて
衣は破れちぎれている。

——ゴーリキーが「三人」のなかでパシュカに吟《うた》わせている詩のうちから——。

広島市に原子爆弾の空襲のあったのは、八月六日の朝だったが、早くも明くる日の七日ごろから、まださかんに燃えつづける焔《ほのお》の街をのがれて、この田舎へ入って来はじめた人々は、みんな同じ姿をしていた。パシュカの吟う詩よりも、もっと屈辱的であった。日に一度しか出ない乗合自動車の、どうかして休んでいる日は、汽車の着く廿日市《はつかいち》という町から村まで、六里の道を重傷者が歩いて、次から次につづいた。火傷《やけど》で全身のただれた人たちが、白い布にくるくる巻かれ、眼だけ光らせながら、高い峠の近道を降りて来た。いまではその人達が村中にみんなで三百六十人あまりになり、九月も終ろうとする今もなお、毎日たれかが死の影を背負って帰ってくるのである。ある日は原子爆弾で両親をうしなった少女が、ふらふらと峠の頂までかえって来て、谷川の水に口をつけたまま、死んでいたという話だった。

2

その日から一カ月経った九月六日は、ふり続いた雨のあと、晴れわたって輝くような日であった。

陽《ひ》のなかを、近くの小学校から帰ってきた小さな少女のひと群が、にぎやかに喋《しゃべ》りながら通りかかった。私は二階から村の少女たちを眺めていた。

十一、二歳の、もんぺズボンをはいた少女は、ふいに立ちどまり、思い出したようにつよい太陽をふり仰いだ。そして額に手をかざしながら云った。

「おお、いべせやいべせ（ああとてもこわい）天に焼かれる！　原子爆弾――」

ほかの少女たちもいっせいに空を向き、太陽を仰いで、怖ろしそうに両手で頭をおさえたり、顔をおおった。天に焼かれるという、子供の表現は面白い。あの朝の青い閃光《せんこう》は、この村までも染めたのである。――広島市から村までまっすぐにして六里――。その朝、山の高みで草刈などしていた村の人は、光につづいて起った爆風で、横ざまによろめいた。少女たちは、天に焼かれる、天に焼かれると歌のように叫びながら歩いて行った。子供たちの家では、たれのところにも、たいてい一人か二人の傷ついた肉身か、縁故のひとが帰って来ていて、むごたらしく死んで行ったり、死にかけたりしているのだ。

小さい子供たちの感覚も、変ってきたと思える。私は二階へ来て遊んでいる、階下の八つになる女の子に訊《き》いてみた。

「あの青い光をあなたも見たの。」

「見た見たア。はっきり見たけエ。うちのおじいちゃんはのウ、畑を打ちよったら、畑が光ったけエ、畑の底が火事か思うてのウ、土を掘って見たと。」

私と少女はいっしょに笑いだした。

「あなたはどこにいたの？　こわかったでしょう。」

「いべせエいうても、なんのことやらわからんけエ、いべせエこたア、なアかったア。はあ学校へ行っとったけエ、先生がみんなの名をよびよっちゃったん。松井重夫ッいうちゃったとき、ぱアっと光ったん。」

かあいい声でよく話す女の子は、両手をぱあッと大きく、力いっぱいひらいて見せた。少女の開いた掌の間から、私は青白い火花がほんとにとび出たような気がした。

「あのとき、松井重夫いうたら、活動写真じゃアあるまアかのういうて、教室をきょろきょろ見たんよ。」

私は好奇の眼を見はらないではいられない。小学校一年生の男の子が、広島市街から山を越えて広がって来た、原子兵器の閃光の青光った瞬間、きょとんとして、活動写真がはじまるのではないかとはしゃいだ恰好《かっこう》は哀れである。

「ほかの子らも、やアい、活動のはじまりはじまり、いうてのウ、手をたたいたん。先生に叱られてつまらなんだ。」

子供たちはそれから防空壕に入れられて、ながいあいだかがんでいたそうである。

こんな話を少女からきいているとき、記念の日を意味するのか、P51が六機、爆音おもく、西の山の向うから現われて、東に向ってとびはじめた。

ちょうどそこへ、松井重夫の仲間かも知れぬ小さな男の子ばかり、十二、三人もつれ立って、学校から帰って来た。子供らは飛行機を見つけた。見つけた瞬間ごったかえしたように離ればなれになったり、一つにかたまったりしながら、興奮し吃《ども》って叫びだした。

「や、や、アメリカ、アメリカ！ あれがぴかっと光って、どオんと鳴るピカ・ドンじゃに。」

「や、ピカ・ドン！ ピカ・ドン。29じゃア29じゃア29じゃア。」

まともな言葉にはならなくて、あわててだけいる。足が地から離れるほど、のびあがって飛行機を見るので、小さいからだはひょろひょろしているのだった。一人の子供が出来るだけ力をいれて、脚を大きくひらいた。少年ははげしい勢いでさっと上にあげた右手を、一直線に横へふって云った。

「や、や、うらア（僕）よう見たど。Bともちがう、29ともちがわアやアい。ありゃアのウ、こがアにのウ、横へ向けて筋ウ引いたように、なにやら書いてあるど。」

べつの少年が気弱そうに云った。

「それでものウ、日本の飛行機かも知れんどオ。アメリカがどがアして玖島《くじま》（この村の名）へくる道を知っとるや。」

「なにをばかたれいうやア、天にゃア道ア無ア。道が無アけエ、どこまで来ても道に迷ゃアせんど、それでなんべんでもくる。」

その子は力をこめて云った。子供たちはふしぎがらなくていい。日本の航空機は、空をとぶ自由をうしなってから、一カ月経っているのだ。

3

また。

九月も終りに近いある雨の日、私は仮寓《かぐう》の家の、離れ座敷の二階から、下へ降りようとして階段の中途まで来たとき、なにげなく下を見た。私は眼がくらみそうであった。

そこの座敷のぬれ縁に、一眼で原子爆弾症とわかる顔色の青年が腰を下ろしていた。青年は両手をぬれ縁に力なくつき、やっとからだを支えている風だった。
二、三日まえ村へ帰ってきたときいた、この家の遠縁の青年で、銀ちゃんという人ではないかと私は思った。その人なら、髪がぬけ、歯は歯槽膿漏《しそうのうろう》のようにがたがたと頽《くず》れ、そのうえ瘠《や》せこけて朽木のようだときいていた。私が眼のくらむほどびっくりしたのは、云いようもなく無気味な皮膚のいろのせいだった。その全身の皮膚は、肺結核の末期の人のような色のうえに、もっと絶望的な、不透明な、焼茄子に似た色でぬりつぶされていた。眼のふちは青いインクを入墨《いれずみ》したように隈《くま》どられ、唇は灰いろに乾いていた。髪は八十歳の年寄のようにまばらになり、灰色に変っている。皮膚の上にはいたるところに、小豆粒くらいの斑点が、うす青く、それから紫や紺いろにこびりついていた。

このような症状は、医者からもきいていたし、新聞などでもよんでいた。そうなってしまえば二三日ながくて五日しか生きていないときいていて、そのような人はもう医者のところでも見かけることはできなかった。はじめて眼のまえに見たその症状の恐ろしさに、びっくりしている私に、

「このあいだ戻って来た銀ちゃんです。」

と家の人が云った。私は傍へちかよって訊いた。

「私もあのとき白島《はこじま》(広島市の町の名)にいましてね、少しけがをしたんですけれど、あなたはどこにいらしたんですか。」

「平塚ですよ。」

青年は不機嫌に答えた。

「平塚町は、爆心地からどれほど離れてますか。」

「一キロに足りないんですよ。半径がね。」

半径二キロ以内の圏内にいる者は、多かれ少かれ、強烈な熱線の放射をうけていると云われている。私どもはなんの苦痛も感じないまま、暫《しばら》く健康を保っていて、いきなり定型的な症状をあらわすのだ。

定型的な症状というのは、研究にあたった学者たちによって、広島の中国新聞に次のよ

うに発表されている。

発熱、

脱力、

食欲不振、

無欲顔貌、

脱毛（ひきちぎったようで毛根がついていない）

出血（皮膚点状出血、鼻出血、血啖、喀血、吐血、血尿など）

口内炎（とくに出血性歯齦《しぎんえん》炎）

扁桃腺炎（とくに壊疽《えそせい》性扁桃腺炎）

下痢（とくに粘血便）

など。

このような外部的症状の起ったときは、すでに血球、とくに白血球におそろしい変化が来ているのである。東大の都築博士の診られた新劇の女優で、丸山定夫氏などと広島に来ていた仲みどりというひとなど、東大の外科で息をひきとるまえ、白血球は五〇〇から六〇〇くらいしかなかったと発表されていた。赤血球は三百万程度であった。

普通の状態の白血球は、六〇〇〇から八〇〇〇で、赤血球は四百五十万程度という。また九大の沢田博士は、血液一立方センチ中の白血球が僅《わず》かに二〇〇乃至《ないし》三〇〇という、とても平常では考えられぬ事実を発表していられる。私はこのような都築博士や、そのほかの科学者たちの臨床学的な研究の発表を、罹災者の側から注意深くよんだので、まとめて書きとめておくつもりだけれども、今は少しあともどりしなくてはならない。

原子爆弾の殺傷性は、こんな風に特異で、人にあたえる苦痛は、肉体にじかの痛みを感じさせず、そのうえ症状をながく与えておかないことだった。

銀ちゃんは九月二日まで元気をうしなわないでいた。足の火傷もなおっていたのに、三日になると髪がぬけはじめ、歯茎から出血し、斑点があらわれたというのである。

「もうだめだ。死んでもいい。三人の医者がみんなそういうのだから。」

青年はそうつぶやいた。

「静かにやすんでいらっしゃい。おそく発病した人は、恢復《かいふく》するそうですから。どうしても生きるのだと思って、力をおだしなさいね。」

私は、これほどになった青年が、もし生きのびることができるのだったら、まだ発病していない私もまた、生きていられるのだと、複雑な思いで青年に云ったのだ。

「寝ているんだけど、煙草がすいたくてたまらないから、もらいに来たんですよ。」

死んでもいいと云いながら、生きているために必要な、巻煙草のパイプだとか、手帖とか、妻ようじなどを、家の人に頼んで貰っている。素肌へじかにうすいどてらを着た青年は、ふところ手をして秋の雨のなかへ出て行った。

「もとの銀ちゃんは、真黒なふさふさした髪をしていたんですよ。それを自慢にしていました。」

あとで家人は話した。どんなに見ても、老人と若者との間に見えた銀ちゃんの年は、二十四であった。戦争の劇《はげ》しかった時期には、船にのって、南の海へも北の海へも出かけていた。敗戦にちかづくと、のる船もうしなったから、ちかごろは広島まで帰って来て、鹿児島の女というのといっしょに暮らしていたが、もともと彼は不良青年だった。人はあんな不良の親泣かせは、死んだ方がよいという。

しかし、青年の胸のなかでは、悲しい小琴が奏でられてはいないだろうか。三つの年にどこかから貰われて来た子で、小さい時分からぐれ放題にぐれて、手もつけられぬ放浪児であった。

広島ではあの朝、平塚町の間借り住居で、女といっしょにまだ寝ていた。銀ちゃんはどさッと崩れた家の下敷になった女を、瓦礫《がれき》のなかからひきずり出した。けれどもその女は、丸坊主になるほど髪がぬけ落ち、赤痢のような血便にまみれて、銀ちゃんの発病する以前に亡くなったというのである。

銀ちゃんは女の骨を抱いて、疎開で前から村へ来ている養父母の、間借りの住居へ辿《たど》りついて来たのだった。村の床屋へ手つだいに行っている白髪の養父という男は、いつも蒼《あお》黄《ぎ》いろい顔をしている。その年とった男は痼疾《こしつ》の骨髄癆《こつずいろう》のために脚がわるく、びっこを引いてときどき私のいる家を訪ねてくる。

来ると老人は広い庭の植木を眺めてゆっくり歩いたり、池をのぞいて、ながい間、黒や緋や白い鯉を見ている。老人はほんとにいろんなものを見ているのだろうか。そうやって、なにかの考えごとに沈んでいる様子に見えた。

このような養父と銀ちゃんのからだの、どの骨を奏でても、倖《しあわ》せな音はかえって来ないと思われる。

4

村では一軒の医院しかない。S老医師は亡くなった私の父とは友達だった。私の小さいころ、家へもよく来た人だったから、十何年ぶりで村へ帰って来た私は、治療に行くと父とでも語るように、ときどきいろんなことを話し合う。

S氏はある日こんな話を私にする。

その娘は、はじめ硝子《ガラス》の破片をいっぱいふりかぶった、きたない頭でやって来た。S氏が粉々の硝子をすっかりとり、かたまった血をふきとって見ると、傷は二つばかり、それも箸のさきでついたほどの小さいのがあるだけだった。

娘は安心していた。それだのに、十五、六日も経ち、傷の手当はもう要《い》らなくなったころ、娘の腕にうすい黒点が出た。

「出たね。これはなんだろう。」

S氏はうっかり云ってしまって、娘の手をていねいに診た。娘はきゃっと叫び声を立てた。

それからS氏の胸の方へどたどたっと倒れかかって来た。

「私はいつ死ぬんですか。先生、いつ私は死ぬるんです。」

娘は必死に訊いた。

「脈が切れるのと心臓がとまるのと、どっちがさきなんです。」

「私はあんたが死ぬと云った覚えはないよ。これが出たと云って、死にはせん。心配せんがいいよ。死にはせんよ。」

「ですけど、人はみな死ぬもの、あの日広島におった人間は一人のこらず皆死ぬるというもの。おそかれ早かれ、一人ものこらずみんな死ぬ。」

この娘は一週間のうちに死んだ。喀血し、敗血症に似た犯され方であった。いったいに今度の出血は、赤くなく、黒くてどろどろに腐っているのである。

ある日こんな風な話をS氏はする。この男は私もたまにS氏のところで見かけた。
三十三、四で、粗野な人柄だったが、敗戦のことを云っては口惜しがって、拳《こぶし》をふるっては、待合室にいる負傷者たちに話しかけていた。かれは両脚に二、三カ所の傷をうけている様子であった。眼鏡をかけた顔立のいい妻がいつも附きそっていた。その男は、快活な大声で話をした。たくさんの患者の待っている待合室で、自分の順番がきても、火傷などのひどい人をみんな先《さ》きにやり、自分はいちばんしまいに廻ったりした。
S氏はこの男よりも、妻の方によけい眼をつけていた。

「女の方は死ぬ。」

はじめからそう思っていた。胸に小さい切傷があるだけだったが、顔色の底になんとも云えぬへんな色が沈んでいた。

しかし最初に来てから二十日も経ったころの朝、いつものとおり妻といっしょに来た男は、ひどく疲れたと云い、寝台のうえに横ざまに寝そべって云いだした。

「俺は船のコックをやっておってね、陸へあがるたんび、サルバルサンの注射をやったが、今日までおよそ二百六十本もしてる。今でもくたびれた時やると工合がいいんだ。今度のやつにはどうだか知らんが、ひとつやって見てくんないか。」

S氏は手をふった。

「そんなものは今はしないよ。あぶないよ。」

「もうどっちにしろ俺はだめだよ。あんたは医者だろう？ 試験台に使って見りゃアいいじゃないか。損するわけじゃないもの。」

「注射の針のあとがくさるぞ。」

「だからどうなるかやって見なさいよ。ねえ、うってくれよ、サルバルサンをさ。」

医師はやって見てやろうと思った。完全なものではいけない。三分の一ほど、浄溜水に溶かしてうつ。それならいいだろう。S氏は男へ背を向け、ぐずぐず云わせないように自分の軀《からだ》でかくして、用意をしていた。するとうしろで明るい声がした。

「おっと、少し減らしてやってくれないか。」

「浄溜水だけにしとこうかね。」

「いや、水だけということはないよ。薬も少し入れなくちゃ。」

その男ははじめから興奮しているわけでもなく、虚勢でもなく、淡々と水のような微笑をただよわせていた。

注射をすると反応はすぐあらわれた。男は、コトコト、コトコトと震えて、だまっていたという。震えがとまると、血のいろが頬にのぼった。

「熱い、熱い！　あついよ、先生。こりゃア計って見りゃア五十度はあるね。」

男はやはり笑いながら云い、傍に佇《たたず》んでいる妻の手をとって額へ持って行った。

「四十度はないよ。感じがつよいんだ。この注射じゃア三人に一人はこうだ。いつも君はこうかい。」

「いつもこれほどじゃない。」

S氏が熱を見ると、四十一度で、これも今度の原子爆弾症の定型的な熱の出方であった。男のいうように、肌に手をふれた感じは四十一度よりもっと強烈な熱さであった。

「今夜はこの寝台に泊って行けよ。蒲団をもって来て、粥《かゆ》をたいてやるが、どうかね。」

S氏がいうと、はねかえした。

「いや、こんなところより、女房が少しゃアいばっても、女房の里の方がましだ。」

男は待合室へ出て行った妻の後姿を見送ってから、S氏に訊いた。

「ときに女房の方はいつ死ぬ？」

「一週間くらいかな。」

「それなら俺といっしょくらいだね。戦争もいよいよ夫婦を二人いっしょに殺しはじめたんだね。俺はまあいいが、あんなやつでも女だものな、可哀そうだ。しかし、お互いにあの世まで道づれというのは、よほどの縁だ。」

明くる日来た男は、舌のさきに三つ、腋《わき》の下《した》に四つ五つの赤い斑点をだしていた。しかし男もそれを云わないし、S氏も口にしなかった。それにはふれないで、

「きのうは疲れたろう？」

「うむ、一里の道を三時間かかって帰った。あれまでは一時間足らずで来たがね。」

「明日からは来なくていいよ。こっちから行ってやるよ。ときに麦めしをくってるのかい。」

「そうだ。」

「胃腸をこわすと面白くないから、米のめしをくったらどうだ。」

「そうしよう。まったくだ。」

明くる日は、妻の里の者がS氏を迎いに来た。S氏が行くと、男は寝床に起きあがって、

「世話になったね。」

と頭を下げた。けれどやはり微笑を浮べていうのである。

「ゆうべから真白なめしをうんと食ってる。しかしもううまくない。だけど医者というものは、死の宣告をうまくするものだと思ったね。俺の舌と腋に赤いのや紫のがぶつぶつ出

ていたろう。あれで白米のことを云ってくれたんだね。」

「知っていたかい。」

「自分の五体だもの。生きてるうちはなんだってわかるよ。しかしS先生、俺はひとつだけふしぎなことがあるよ。戦争は日本が大敗け喰って、それで終ったんだろう？　とにかく戦争はこの間すんだんだね。そのくせ俺たちは戦争のために死んで行くんだぜ。戦争がすんでもまだ戦争のために現にこうやって死んで行くんだね。そいつが不思議なんだ。」

それから三日後に、S氏はその男の死亡診断書を書かなくてはならなかった。妻は二日おくれて静かに死んだ。

5　無欲顔貌

戦争している相手の国が、末期へきて、原子爆弾を使ったことについて、一般には怨嗟《えんさ》的《てき》な解釈がされているようである。理性をとおしてよりも、反撥的な感情のもとに、そう云われているようだ。これは甘いあがきである。ソ連が戦争の終りにのぞんで仲介に入り、五分々々に引き分けてくれるだろうと云った、あのおひとよしの夢想に似て、不徹底な考え方と思える。

近代戦争を、十年も十五年もかかって、古い武士のように礼儀正しく、ゆっくりしようと思うのはおかしい。「戦禍の悲惨」を、私どもはただそのためにだけ嘆いているのではない。嘆くのは戦禍の悲惨「以前」である。

戦争は冷酷残忍にきまっていて、毒を浴びるような苦痛や、電波で街々を爛《ただ》れるまで焼き、一軒の家さえ影ものこさぬほど破壊してしまうやり方は、近代戦争ではあたりまえのことにちがいない。それ以外のどんな戦争をも、もはや望むすべはない。

侵略戦争の嘆きは、それが勝利しても、敗北しても、ほとんど同じことなのだ。戦争をはじめなければならなかったことこそは、無智と堕落の結果であった。

広島市街に原子爆弾の空爆のあったときは、すでに戦争ではなかった。すでに、ファシストやナチの同盟軍は完全に敗北し、日本は孤立して全世界に立ち向っていた。客観的に勝敗のきまった戦争は、もはや戦争ではないという意味で、そのときはすでに戦争ではなかった。軍国主義者たちが、捨鉢《すてばち》な悪あがきをしなかったならば、戦争はほんとうに終っていたのだ。原子爆弾は、それが広島であってもどこであっても、つまりは終っていた戦争のあとの、醜い余韻であったとしか思えない。戦争は硫黄島から沖縄へくる波のうえですでに終っていた。だから、私の心には倒錯があるのだ。原子爆弾をわれわれの頭上に落したのは、アメリカであると同時に、日本の軍閥政治そのものによって落されたのだという風にである。

6

その頃から、日本の国力の疲れは眼立っていた。ぼんやりした民衆の疲れは、広島市のあの日の死の宿命を、より深く掘り下げ、屍《しかばね》をつみすぎた。

日本のいたるところの都市が、つぎつぎと矢継早《やつぎばや》に空襲され、息づまるような末期的な恐怖にさらされているとき、広島は八月六日の夜あけまで、ぽつんととりのこされていた。なぜそうされているのか、誰にもわからなかった。人々はふしぎがりながらぼんやりしていた。日本地図のうえで、京都と広島だけがとり残されていることがますます眼立った。

その七月から八月はじめにかけて、次のような推定意見が市民の間に流れた。

アメリカの爆撃機が、広島県の北方の山奥にある、大きな河の堰《せき》を切るという噂である。そのダムは大きいもので、堰をぬかれたならば、十里の長さの村から町は、瀬戸内海に向って押し流される。

そして人間は急いで高い山中なんぞへ逃げても、かたまっているところを、片はしから爆撃される。生きのびた者も、水に押し流されて壊滅した県下いったいの農村から、農作物を何ひとつ得ることはできないから、飢えて死ぬのである。

この風評の出はじめたころ、市のどこかの町内会で、竹で作った浮袋を隣組にくばった。全市民へではなかったから、私はそれを見もしなかったが、夜の波状爆撃などで、市街のまわりが火事の輪になり、なかの民衆が逃げ場所をうしなった場合、市中を流れる七本の河へ、その浮袋を抱いてとびこめば、自然に海へ流れ、海で待っている軍隊の船が救ってくれる手筈《てはず》であったという。

このような、軍の好意で配られた竹の浮袋が、まちがった浮説を生んでいるのだと、広島の新聞は社説で、内容は書かずに市民をたしなめたりしていたのだ。

けれども、私がダムを切られる話をきいたときは、もうどうすることもできない力で全市のうえに、その噂がひろがっていた。それなら欧州戦にでもそんな例があるのかと考え、なにか根拠があるのかときくと、そんなものはないという。それでいて巷《ちまた》ではそこつな研究がされていた。

山間ダムが切られて、広島市街へ水がくるまでには八時間かかる、いや、海の満潮とにらみ合せて切るから、二時間半で水びたしになる。けれども、あれだけの河の水では、広島市へ来たとき、平均地上へ四寸の水しかたまらない。いや、四尺である。ところがB29がダムをぬくと云っても、爆弾をどんどん落しただけでは抜けない。日本の特攻隊のように、爆弾をだいてつっこんで来て、自爆でもしない限り、あのダムは崩れないそうだ、このような風説が広島全市にひろがっていた。

いつかはなにか起きると、漠然と覚悟しながら、より深く、爆撃されぬ意味を追及しようとはしなかった。市民たちはもっと可憐《かれん》な空想をもっていた。

広島は水の都と云われ、七つの河が市内を流れわたっている美しいデルタ地帯だから、アメリカはここを別荘地にするのだそうだ、などと。

これに似た空想は私自身ももっていた。広島はとくに美しいという都市ではなく、外国人にとって魅惑のある街とも思えなかったけれど、どこもかしこも壊してしまったのでは、日本へあがってきた場合に、さしむき困るだろうと思った。

「広島は東と西のまんなかだから、あがって来たとき、荷物をおくとこにのこしているのかも知れないわね。」

母や妹と内緒の話をするとき、わたくしはこんなことを云ったりした。半ば冗談に少しは本気で。

人々はいつの間にか負ける思いに堕ちていたのだ。一方の心で、アメリカ軍の上陸を迎え、日本人の一人々々が十人と戦争を交して、「あくまで勝とう」と思いながら。

七月の半ばから終りにかけて、東は岡山まで焼けて来、南は呉《くれ》市が形もなく焼きつくされた。西は山口県の小さな重要都市が、次から次、舐《な》めつくされるように爆撃され、のこされた近くの街々は気息奄々《きそくえんえん》としていた。

広島ではその春に一度、何百という敵の艦載機をむかえたが、そのときも県下の島のあたりに、僅かな空中戦闘や被害があっただけだった。市内の者たちは、ろくに敵機を見ることもできなかったし、よほど歩きまわらなくては、敵弾の落ちた跡を見に行くことも出来なかった。

四月のはじめころB29が一機だけ来て、とおりすがりに、一つか二つの爆弾を市の中ほどの大手町に落して行っただけである。そのときも朝であった。しかし、あまりに早く、七時まえだったので、市庁や銀行や会社の、大きな建物は人気《ひとけ》もなくからっぽで、そのあたりの町でもたいして亡くなった人はなかった。

それから後は、沖縄が落ちるあたりまで、広島の空は他の都市に比べ、無事であった。岡山や、呉や、山口がはげしい空襲にさらされるようになってから、広島の空高く、東から西から、そして南からも北からも、きのうもきょうも、どこを焼きはらいに行くともわからず、B29の編隊が通りすぎた。おびただしい艦載機といっしょの日もあった。ある日は今日こそ広島だと思われるときもあった。いつのときも、通りすぎ、とりのこされた。無気味であった。

市民たちはまた云いはじめた。なぜ京都と広島を大切にのこしておくのだろうかと。京都は花の都、それから広島は水の都だから、アメリカの別荘地にするためだと。

そのうえまた妙なことを云いはじめる。広島は昔から出稼人が多いけれど、伝統的なアメリカ移民は、どこよりも広島県がいちばん多い。その二世たちが今度の戦争では、アメリカ側の戦線に立ってよく働いている。広島を爆撃しないのは、それへのお義理だということであると。

少しは見識をもっている知識人までが、馬鹿げた新教などに溺れる知識人のあるように、このような詮議を自分もほかの人に真顔でつたえたりしたのだ。

一方、戦争の責任者たちは、相手の空襲に、戦略爆撃とか、戦術爆撃などと区別をつけて、新聞に書かせていた。そのような判定で下されるほどならば、その戦争責任者たちは、正統な専門的な、戦術的な頭脳で、なぜ「とりのこされた大きな街」を、その理由のために、追究しなかったのだろう。

近世の科学兵器はもはや性急にとり出される時機が到来していた。こちらが出さなければ、どこかが出す。それは残虐で怖ろしいものにきまっているのだ。

その予感と、最後にまわされている街の地形や環境や、距離などを結びあわせたなら、戦争責任者の最高頭脳には、なにごとかの結論が幻想されたにちがいない。

その推理が主知的に処理されていたならば、広島の街々に、また県下の村々に、あれほどの死体をつまなくてすんだことと思える。

たれもかれも戦争のために疲れすぎ、ぼんやりしていたことを不幸に思う。戦争に終りが近づいたあの当時の日本こそは、原子爆弾以前、精神上の無欲顔貌にすでに突《つ》き陥《おと》されていたのである。

7

私はつぎに、手許《てもと》にある新聞の材料から、原子爆弾からうけた、形のうえの被害の性格を、のちの日のために書きとめておきたい。——どういうわけか、そのうえでなくては、広島市のあの夏の朝の出来ごとを書きはじめる気持に私はなれない。——

学究者たちの興味深い中間報告発表や、個々のうえに現われる原子爆弾病と云われるものはべつとして、数字にあらわれた死傷者のありさまは次のとおりである。

死者
男　二万一千百二十五名
女　二万一千二百七十七名
性別不明　三千七百七十三名
計　四万六千百八十〔ママ〕五名

行衛不明
男　八千五百五十四名
女　八千八百七十五名
計　一万七千四百二十九名

重傷者
男　九千八百五十七名
女　九千八百三十四名
計　一万九千六百九十一名

軽傷者
男　二万一千九百四十七名
女　二万三千三十二名
計　四万四千九百七十九名

罹災者
男　十万三千六百四十九名
女　十三万二千八名
計　二十三万五千六百五十七名

この、非常に小さく見積ったとしか思えぬ数字は、八月二十五日にまとめた統計で、これどころではあるまい。行衛不明や重傷者を死亡として、死者が十二万を超える様子だと、九月十五日の新聞で報告している。けれどもかすり傷ほどの軽傷者や、裂傷や火傷もなく、けろりとしていた人が、ぞくぞくと死にはじめたのは、八月二十四日すぎからであった。私のいる小さな部屋でさえ、毎日三人、四人と殪《たお》れて行った。そのころ、八月六日の当日、広島にはいなかった人で、あとから死体の取りかたづけなどで勤労作業に出て行った地方の人までが、死ぬと云われた。

この死の恐怖は、原子爆弾の落ちた日の曖昧模糊《あいまいもこ》とした恐怖にくらべ、もっと深い姿で、ほぼ一カ月の間、ひたつづきにつづいた。九月二十日をすぎてから、やっと死ななくてすむかも知れぬ少数の人間の残っていることがわかったのであった。

8

後になって広島に出かけた人たちが、間もなく原子爆弾症に犯され、しばしば殪れたという、未知の世界について、広島文理科大学の藤原教授が、中間報告をしている。教授はX線専攻で、理学博士である。

「八月二十日、市外居住者が広島市の西寺町へ出て行き、半日がかりで墓場を掘りかえしたが、帰宅後、間もなく原子爆弾症に罹《かか》った。

×当日爆心圏外三キロの地点（吉島本町《よしじま》）にいた人で、無傷にも拘《かかわ》らず間もなく死亡した。

×翠《みどり》町官舎通り東部（爆心から三キロ）ではその日無数の火塊が降った。

×同じく千代田町広島工専では、光線の束が矢になって注いだ。

×郊外矢賀町のある人は、顔面に強い光熱を感じたが、その後本人にはなんの症状も認められない。

×私自身（藤原教授）の体験で、拙宅（翠町）の屋根に火の玉が落ちかかり、隣家の夫人が消すつもりで水をもって来たとき、もうなんの異状も見えなかった。

×比婆《ひば》郡の庄原町で日赤病院の渡辺博士の診た患者（当日翠町の自宅にいた）は、白血球検査の結果、二千に足りなかった。」


藤原博士はつづけて入念に云っていられる。

「この他異例を往々耳にするにつけ、放射性物質の飛散には、濃淡があるのではなかろうか。戦災後日にも、まだ相当強力な放射能が潜在しているのではないかとの疑いをもった。そこで当日火の玉が注いだという翠町官舎通り東部の現場に出掛け、放射能を測定して見たところ、かなりな濃度のものを含有していることが判った。

また広島工専には、整流真空管の陽極の一部分が落下していた。また拙宅の押入内に石片、茶の間に相当高温度に焼けたと思われる電気アイロンがころがり込んで居り、これらはみんな爆心圏からとんで来たものと思われる。整流真空管、石、アイロンの三つとも放射能の反応は認められなかったものの、これらの事実より推定するに、爆弾主体（ウラニウム）の原子核破壊にともなって発生する中性子、ガンマ線、電子、X線、紫外線、光線、熱線などが、四方へ飛散するとともに、強力な爆風を誘導、これによって破壊された爆心地帯の物質が、四散したものと考えられる。」

博士の熱心な報告はつづいている。

「この点をわれわれは等閑視していたきらいがある。爆弾を二個使ったものと推定するか、初めの一つが高度六千メートルで炸裂、二弾はその爆発によって、誘発されたのであろうとすれば、第二弾の炸裂は初弾よりも低空で、しかも完全でない。このように考えると、爆心地帯の物質四散のほかに、原子弾の破壊したものも同じように飛散したものと考えられる。四方に飛び散った物質は、高温に熱せられていたと思えるし、それは単なる外熱か高周波電気炉式の加熱かである。

またこれらのものには、破壊爆弾の主体が多量に附着していたもの、また附着していなかったものもあるであろう。前記官舎通り東部には、放射能物質が多量についたものがとんで来たのであり、拙宅には単に灼熱だけで放射能物質を含んでいない石や金属塊がとび込んだのである。」

この前提ののちに、藤原教授は結論をつかんでいる。

「かように考えると、爆心圏をよほど離れた距離にいたものでも、火傷をうけたり、原子爆弾症状を呈したもののあることを首肯できるのではないか。さきごろ都築博士が新聞に発表された『放射能物質は比較的均等に分布している』との見解に対して、私は飛散物を認めた地点を、特異点とよんでいる。

目下この特異点附近ではどの程度の放射能物質が残っているかの調査を進めている。都築博士の調査報告にもあったように、爆心圏の放射能物質も、今日では人体に害を及ぼさないほど微量なものになっているようである。しかし、爆発後二、三日間の中心地点には、相当の放射能が残存していたように、浅田博士も云っておられる。だから、西練兵場で一週間死体片づけに従事した兵士など、とつぜん死んで行ったということなど、その時の健康状態や周囲の条件がよくなかったためであろう。健康体のものとでは異状を見るに至らなくても、過労、栄養の不足によって原子爆弾症が顕著になるのは、当然であろう。」

以上で藤原博士の残存放射能調査の報告は一応終っている。ていねいだけれどもまだ私どもに蒙昧《もうまい》のさまよいを残すのである。

9

それならば、解剖学の第一人者である東大の都築博士は、どのように云っているだろう。

「爆撃があってから四週間になる今日の状態では、汚染度に悪影響をおよぼす程度のものは、残っていないと考えるのが、至当であると信じる。それで、八月六日朝の爆発の地点には、どれだけの熱力が発生したものであろうかという問題である。これを何か平生《へいぜい》知っているものに比較できないか。物理学の方の人との相談の結果、こんな風に申しあげたらわかりやすいのではないかと思う。ウラニウムの熱力は、地上五百メートルのところに、一億トンのラジュームをおいたとき出すアルファ線の熱力と等しいことになるらしい。いったいラジュームを一億トン持って来たらどんなことになるか。われわれが普通ミリという単位で呼んでいるあのラジュームに対して、一億トンという数字からは、ほぼ見当はつく。平清盛が太陽をよびかえしたという伝説があるが、必ずしも不可能ではない。そうしたらどういう力が天からふって来るかという問題、これは大体四つの威力原が天から降って来る。その一は、光と熱の威力が一定の方向を走り、また反射することによって、強い力を起す。第二は機械的な爆発威力で、家が壊れたり人を刎《は》ねとばしたりする力。

第三は未知の威力で、放射能性物質などによるもの。第四は未知の威力というのみで、依然として現在にいたるまで未知であります。」

私自身は、この「未知」という言葉につよくひかされる。その談話を克明に書きとっているのは、この観念的な魅力の故《ゆえ》とも思える。

「その放射能性の物質とは、果して何物であろうか。もしこの原子爆弾が、数年来アメリカで研究していたウラニウムを使ったものならば、熱力のうち、一番重大な部分を占めるのは中性子で、それは非常に早い速力で走る微粒子である。絶えず宇宙をとびまわっている中性子は、人体に傷害を与えないと考えられていたが、傷害をあたえ得るのであります。」

さらに。

「今日まで理科学研究所で採取された防空壕の土の毒素は、非常な勢いで減約している。燐《りん》は動物の骨にあるので、一番よくわかっているが、この前（八月六日の当時か——大田）来たとき、相生橋《あいおいばし》の近所に動物の骨があった。手の骨ではないかと想像されたが、それを持ってかえって研究すると、放射性物質が出た。八月六日の爆発当時、その動物の骨の中には約二百倍の放射能があった筈である。なお爆心の近所で火葬されていた人間の骨を調べて見ると、約九十倍あった。一昨日（九月二日）またその附近から人間の骨を拾ってはかって見ると、九十倍あった。

人体には千倍以上でなければ、影響しないものである。これは燐だけの話だけれども、爆撃直後、広島市に入って来た人は、十分の一以下の傷害をうけるが、他の鉄とか銅とか、その他のものも数日で殆《ほとん》ど無くなってしまうから、爆撃後の数日間は別問題として、その後はまず害はないものとの結論を得たわけであった。」

さらに。

「第四の未知の威力は、今わかっておりません。ある特別のものということだけは考えられます。

目方五百ポンド、長さ三十乃至三十六インチ、直径十八乃至二十インチの二百二十二キロ爆弾と等しいものの中に、毒物をいっぱい詰めてきても、あれほどたくさんのものが中毒するとは思われない。わかることは爆撃の瞬間に出た中性子、ならびにラジュームのガンマー線に均《ひと》しいもので、波長の短いレントゲン線のようなものが、いっぺんにさっと放射して来て、露出していたものがまず光を受ける。中性子はどの程度に人間を傷害するかというと、平生取扱っているものと比較すると、ラジュームのガンマー線の約二倍の性能をもっていると考えればよいのでありますが、爆撃の瞬間には想像以上の熱力であるが、そのあとの熱力は、普通実験室ではかり得るものは、よほど少い。

全部あわせても人体に傷害を与えるものは、一カ月を経た今日では、おそらくないであろうと思われる。この問題を、病理解剖学的の変化から申しますと、現在のところ、絶えず進行性をもっているとは云い得ない。

はじめ中性子がさっとわれわれの体にふれたとして、少量のラジュームを体ぜんたいに抱いているものであるから、一カ月の間にはそれが続々と出てくるものと思ったが、病理解剖学上では、さらにくわしいことを、東京で顕微鏡的に見ねばわからぬが、今のところ進行中ではないと思う。」

それからさらに。

「ウラニュームの発見者、キューリイ夫人は第一の放射で亡くなりましたが、この瞬間を切りぬけた人は治療次第では治るのではないかと思います。」

また次に。

八月二十九日長崎市に入った九大医学部の沢田内科班は、罹災現場や救護病院で活動していたけれども、ウラニウムの人の体に与える影響を左のように語っている。

「原子爆弾が人体にあたえる問題を、三段にわけることができる。第一期は即死であり、第二期は疑似赤痢患者の如《ごと》き下痢症状を起して死ぬもの、第三期としては現在救護所に入っている皮膚面に対して大きくない負傷、すなわち火傷なしに死亡するものである。

この第三期的患者の主症状は、歯茎から出血し、貧血症状を呈し、毛髪が脱落し、咽喉《いんこう》部《ぶ》が潰瘍を起す。あるものは喀血、吐血、血尿、血便となり、皮膚面に点状出血をなし、血液は、一立方センチ中の白血球数が二百乃至三百となる。

これを臨床学的に研究して見ると、相当程度に骨髄を破壊しているといえる。骨髄は、赤血球顆粒細胞血小板（血液凝固の作用をする）を製造するところであり、この骨髄の機能が閉鎖すれば、第一に貧血を起し、顆粒細胞減少症としては、高熱、咽喉痛、扁桃腺炎などを起す。ジフテリア様の症状である。

婦人ならば腫潰瘍を起す人もあるし、血小板の附着のため、出血はとまらないという結果を生じる。白血球の問題については、普通に急性白血病というのがある。これは逆に白血球が増加して、脾臓《ひぞう》などが腫れて死するものであるが、この急性白血病の中に、急性白血清（ミエローゼ）というのがある。

すなわち原子爆弾の場合に見られる白血球のもの凄い減少ぶりと酷似しているものである。われわれとしては、これらの問題について、今後骨髄の組織学的変化ということに主目標をおいて進みたい。」

このようにひたむきにのべられ、もっと専門的なことがらや、治療への意見などが、どの人によっても説明されている。それでいて、私どもは、さまよいの思いをやわらげることはできなかった。さまよいの思いとは多く心理的なものであった。被害者たちは、客観と主観の間をさすらい、絶えず死に引きずられていることを感じないではいられなかった。

それはすべてが、はじめての経験だということから生れて来た。原子爆弾の被害の特質は、今後何年か経たなくては真実がつかめそうもない、その過剰な不安をもたらせられたことのうちにあった。

学問的に異常な興味は争いがたいので、専門家たちは、名誉と良心と義憤と、それから好奇と興味のために、それぞれの立場に忠実であった。けれども罹災者の心理への理解は、淡泊なものに思えた。

このことは学者たちの責任ではないかも知れない。中央当局の関心は、そのころすべての面で稀薄なものに思えた。形而下学はあの場合もっとも必要だったけれど、形而上学的ななぐさめも、もっとほしかった。

治療方法があきらかにされてからも、その薬品も注射薬も医者のところでさえ手持はすぐなくなってしまい、田舎では血球の検査もできなかった。栄養と云っても果実ひとつなく、青い野菜もなく、米さえも、一日に麦一合に五勺《しゃく》の玄米で、一合五勺が配られるだけだった。

ここへもし、薬品と、注射薬と、いろんな試験をする設備と、栄養食品をつんだ大きなトラックが駈けて来たならば、そのなによりの救いに、罹災者たちは傷ついた心をよみがえらせたにちがいない。そのような良心的なトラックが村々をつぎからつぎに訪れて、精神の傷を見舞うことを、どれだけ私は希《のぞ》んだか知れなかった。

町から山々を越した山村にこそ、たくさんの罹災者たちが、死の悪夢のなかで魂までも蒼ざめているのだったから。

10　運命の街・広島

一度も広島を訪れたことのないひとは、原子爆弾を浴びた前の広島を、いったいどんな街だったろうと思うにちがいない。

遠い昔は広島とよばないで蘆原《あしはら》と云った。一面、葦《あし》におおわれた、広い三角洲であった。

今から約四百年の昔、戦国時代に、そこへ毛利元就《もうりもとなり》が城を築いた。元就は徳川に追われて、山口の萩に去った。そのあとへ福島正則が来てさらに城を築き添え、そこに入った。けれども福島も一代で没落した。次の浅野家は、十三代栄えてつづき、勤王派の浅野長《なが》勲《こと》を最後に明治維新の革命の中にその永かった姿を消した。明治維新のときの広島は、ちかくの山口のように、華々しく大きな力で浮きあがることはできなかった。長勲侯爵は偉くて立派だったが、麾下《きか》のひとびとの情熱が、稀薄だったためといわれている。このことは近世の広島人の人柄のうえで、思い知らされないこともない。人柄はどこか、風光と同じように明るいけれども、投げやりで、非社交的である。軽く舌のさきでものを云っているような地方弁のひびきは、東北弁の重厚さに比べて対蹠的《たいしょてき》である。

けれども、こちらがとくべつなにか考えたり、深入りをしさえしなければ、気候風土のいい、明るい街で、物質も豊かで暮しいいところだった。

広島の地形は、山嶽地帯の北から、南の瀬戸内海へ扇の形にひろがっていて、そのデルタの街街を七つの河川がやわらかに流れている。

町から町を流れている大きな河には、数知れぬ橋がかかっていた。どの橋も近代風で、さっぱりし、幅はひろく、白くて、長かった。どの河にも白々と帆をかけた漁船や、小さい客船などが、宇品湾《うじなわん》の方から、かなり上流まで入って来た。上流の河には、山の影がはっきりうつっていた。

広島の川は美しい。眠くなるような美しさである。高低のない広い土地に、眠ったように青く横たわっていて、はっきりした流れも見えないし、気持のいい急湍《きゅうたん》の音もきこえず、やさしいせせらぎを眺めることもできなかった。雪がふって凍るような冬の日にも、その川を見ていると眠くなりそうだった。

大雪のふる広島の川を、私は好《す》きであった。街々が雪に閉され、ひっそりした銀一色の世界に変っている間に、七つの川は相変らず底の方に白い砂や、みどりがかった小石などを透きとおらせたまま、ゆっくりと横たわっていた。河原のこまかい砂は白く、石ころも白や茶色や、くすんだみどり色や、たまにはうす赤く染めたような石まであった。冬の川は、どうか河の面《おもて》は深い山の湖にそっくりの、あの薄紺の静かな色をしていた。どうかすると青くうすい硝子か蠟《ろう》をぬった紗《しゃ》をはったように見え、そのうえに降りそそぐ雪は、一ひらずつ、やさしく吸いこまれては消えて行った。

地図のうえでは西に寄った広島に、なんとはなく、南国のように生あたたかな、そして暢気《のんき》で悠長な気配がただようのは、このような河川の姿と、南に向って扇のようにひらいている街のためであろう。街の周囲は、南の海の側だけをのこして、三方を山にかこまれていた。駱駝《らくだ》の寝たような山から山のつらなりは、低くやわらかく波うっていた。繁華街の町の中からさえ、どちらへ向いても山脈はすぐそこに見え、いつもは広島に住んでいない私をびっくりさせた。

そして山と山との間に、くっきりした対照をもって、そびえたっている広島城が、朽ちた石崖とともに、これもまた町々のどこからでも近々と見えていた。白と黒と灰との静かな色調からなり立った高い古城は、平坦な街に一種の変化を与えていた。

広島の娘たちは、山の地方の娘のような、白い皮膚や剽悍《ひょうかん》な顔はしていないで、たいてい浅黒い皮膚をしている。——ある人はそれを河に焼けるのだと云っていた。河には近くの宇品湾から直接潮が入って来て、一日に幾度か満ちたり引いたりしているのだったから、河焼けの話はあたっているかも知れない。——

娘たちはたいていずんぐりしていて、黒い髪や白い歯は若々しいけれど、妙にゆらゆらと体をうごかして歩いたり、駈けなくていいときに駈けたり、人をばかにしたようにぼんやりした眼をそらしたり、乗物のなかなんぞで唇をひきしめないでいたりする。たまに背の高い、剽悍な、美しい顔の娘を見かけるが、まえに書いたあの舌のさきだけで軽く喋る調子の低い言葉のひびきは、人の心をはねのけてしまう。

このような気のおけない娘たちをもふくめて、広島の人口は、四十万と云われていた。三十万とも云われ、五十万とも云われていた。人の疎開で、よほど減っていたようでもあった。そのかわり、軍隊の連中が方々から、ひっきりなしにかたまって入って来ていた。私は、八月六日の日四十万前後の人がいたと思う。

家の数は、一軒に四人いると少く考えて、十万軒くらいと思われた。八月六日の空襲の前、町町の家は、由緒ある建物まで、建物疎開のためにどこもかしこも無惨にこわされていたが、あの少し前、日赤病院の四階の屋上から私の眺めた市街は、どこを疎開したのかと思うほど、ごたごた家並がいっぱいかたまり合って、市には詰まっていた。

このような街に、真夏のある朝、思いがけなく無気味な光が、空からさっと青光ったのだった。

11

私は、母や妹たちの住んでいる、白島《はこじま》九軒町の家にいた。白島は北東の町はずれにあたっていて、昔から古めかしい住宅地である。いかにも中流社会らしく、軍人や勤人がたくさん住んでいたから、昼間は玄関を閉じて、婦人ばかりひっそりとしているような町であった。

私たちも、母と妹と、妹の女の赤ん坊と、女ばかり四人住んでいた。妹の良人は六月末に二度目の応召をして、それきりどこにいるともわからないままであった。

東京から正月に帰って来た私は、三月をまってから誰かをつれて、東京の家を始末するつもりでいた。すこしあたたかくならなければ、昼も夜もつづけざまに、土の穴に入っていなければならぬ東京で、どうすることもできないからだった。

東京では、最初の空襲、十月三十日の雨の夜、日本橋のあたりと西神田が、夜の十一時から朝の五時すぎまで爆弾と焼夷弾の連続爆撃で燃えつづけた。そしてその次の十一月二日には、いきなり七十機が、私の住んでいた練馬の空へきて、家のまばらな武蔵野のあちこちへ、爆弾と焼夷弾とを落した。二百の爆弾が、一丁半おきに一つの割で落ちたと云われ、私の住居のまわりでも、よく知っている家々が焼けたり、壊れたりした。

東郷平八郎の、「敵はよもやと思うところへやってくる」という言葉を、近くにいた友達の婦人作家と私とは、くりかえして云い、おもしろがったのだった。私は東京の昼夜の爆撃と食物の足りなさに疲れはて、故郷の広島へかえって来た。

広島が戦争中、安心して住んでいられるところとは思っていなかった。けれども手ぶらで田舎へ入ることもできなかったから、そのままにして来た東京の荷物をとりにいく考えだった。三月が来ても、四月になっても、東京へ出かけることはむつかしくなった。日本の東はもう大阪や神戸まで、一日の隙もなくすさまじい空襲にさらされていた。

五月になると私は急性の病気で、赤十字病院へ入院した。病院に七月二十六日までいた。このようなことのために、私は病院にいる間に約束しておいた田舎の家へ行くことがおくれていたのだった。

私は八月六日の朝よく眠っていた。前夜の五日の夜は山口県の宇部市がほとんど一晩中、波状爆撃をうけて、ラジオの情報をきいていると、眼のまえに火の山が見えそうな気がした。

山口県は、光《ひかり》、下松《くだまつ》、宇部と、つづけざまに焼けたのだから、広島も今夜にも炎の海になるかも知れなかった。あとでアナウンサーがまちがいだと取消していたけれども、五日の夜中には宇部とはべつに、広島をとばして福山市が焼夷弾の攻撃をうけていると放送した。

広島にも空襲警報が出ていたし、隣組からはいつでも避難できるように用意をしておくように伝えて来ていた。だから五日の夜はまるで眠ることができなかった。

夜あけに空襲警報がとけ、七時すぎには警戒警報も解かれた。それから私はあらためて眠ったのだった。寝坊はいつものことだし、病院から出たばかりで、昼ちかくまでねていることも多かったから、家の者たちもあの光線が青々と光るまで、私を放っていた。

私は蚊帳《かや》のなかでぐっすりねむっていた。八時十分だったとも云われ、八時三十分だったともいうけれど、そのとき私は、海の底で稲妻に似た青い光につつまれたような夢を見たのだった。するとすぐ、大地を震わせるような恐ろしい音が鳴り響いた。雷鳴がとどろきわたるかと思うような、云いようのない音響につれて、山上から巨大な岩でも崩れかかってきたように、家の屋根が烈《はげ》しい勢いで落ちかかって来た。気がついたとき、私は微塵《みじん》に砕けた壁土の煙の中にぼんやり佇んでいた。ひどくぼんやりして、ばかのように立っていた。苦痛もなく恐駭《きようがい》もなく、なんとなく平気な、漠とした泡のような思いであった。朝はやくあんなに輝いていた陽の光は消えて、梅雨時の夕ぐれか何かのようにあたりはうす暗かった。

牡丹雪がふるようだったときいていた呉の焼夷弾のことが頭に浮び、窓硝子も壁も次の間との隣の襖《ふすま》も屋根も、なにもかも崩れ飛んで、骨ばかりになった暗い二階で、私はきょろきょろと焼夷弾を眼で探した。

四十も五十もの焼夷弾が頭の傍にふり落ちたと思ったからである。それにしては焔も煙もあがっていない。それに私は生きている。なぜ生きているのだろう。ふしぎであり、どこかに死んだ私が倒れていないかと、ぼんやりした気持であたりを見たりした。

二階にはなんにも見えなかった。ただ土煙のもうもうと立つ土の小山や、微塵に砕けた硝子や、瓦のかけらの小山があるだけで、蚊帳や寝床さえもあと形もなかった。枕元にあった防空服も防空帽も時計も本もないのだ。次の間に積んであった十二個の田舎行の荷物もさらわれたように、なんの形もなかった。妹の良人の、三千冊の蔵書の入っていたいくつかの大戸棚も、どこへとんで行ったのかわからなかった。

家の中にはなんにも見えはしなかったけれども、外は平素見えなかったところまで、見渡す限り壊れ砕けた家々が見えた。それは遠くの町々まで同じであった。八丁堀の中国新聞社や、流川《ながれかわ》町の放送局などが、がらんとした空《むな》しい様子で影絵のように私の眼にうつった。

道をへだてた前の家には、石の門だけがぽつんと残り、家は無惨に倒れ伏していた。石門のまん中に若い娘が一人、腑ぬけのようにぼおっと立っていた。娘はまる見えの二階の私を見あげると、

「あっ」

と云った。それから、

「早く下へお降りにならなくては」

と沈んだ声で云った。私は降りることができなかった。表と裏と、二つついている階段

は、折れもせずに残っているが、その中途は私の身丈より高く、板や瓦や竹でふさがっている。

私は前の家の娘さんにたのんで家の者をよんでもらった。それを頼みながら、誰も永遠にあがって来ないという気もした。

血まみれの妹が化物のような顔に変りはてて、階段の途中まであがって来た。白い洋服は染めたように真赤になり、白い布で顎《あご》を釣った顔は紫の南瓜のように腫れていた。

「お母さんは生きてるの。」

私ははじめにそう訊いた。

「ええ大丈夫。墓地からお姉さんを見てなさるわ。赤（赤ん坊）も生きてます。早くお降りなさい。」

「どうして降りるの？　とても降りられそうにないわよ。」

母が生きているときくと、私は安心して力がぬけた。妹は階段の障害物を両手でかきわけた。それから眼をとじてそのうえに倒れそうになった。私は上から云った。

「お降りなさいよ。すぐ私降りるから。」

「お姉さんの方が傷が浅いから、どうかしてぬけ出てらっしゃい。」

妹に云われてはじめて私は着物の衿《えり》が血でびっしょり濡れているのを見た。血は肩から胸のあたりへしたたり落ちていた。部屋を出るとき、再びあがってくることのない、何カ月か私を暮させてくれた十畳の間に、私は別れの眼をそそいだ。ハンカチ一枚そこには見えず、寝床があったと思われるところに、ばらばらになったシンガー・ミシンのころがっているのがやっとわかった。

這《は》い出《で》るだけの穴を私は障害物の中にあけて、階下に降りた。階下は二階ほどめちゃめちゃではなく、二日前に荷造したばかりの妹の疎開荷物の、簞笥《たんす》やトランクや箱類が、嘘のように積み重なっていた。裏庭には私の大きなトランクと母の行李《こうり》とが、投げつけられたように土にうずもれ込んでいた。前の夜、二階のコンクリートの露台の端にだしておいたものであった。そのふたつを私どもは焼夷弾を浴びはじめたら、裏の墓地へ放り出すつもりでいた。

庭の板囲いの外は墓地であった。板囲いには枝折戸《しおりど》がついていて、私どものところではその広い墓地の端に防空壕をつくっていたし、少しばかり菜園にもしていた。板囲いは吹きとんでいたから、墓地はまる見えで、母は墓地と家とを行ったり来たりしていた。

墓地のつづきは石崖になっていて、石崖にも板囲いがめぐらしてあったが、その板塀もなくなっていた。いつもは見えなかった石段がよく見え、義弟の神社が鳥居だけをのこしてぺったりと倒れているのが見渡せた。

12

私は母や妹と広い墓地で顔を合せた。

「お宮をねらったんじゃろうね。」

母は内緒のことをいうように、小声で私に囁《ささや》いた。けれどもこれだけの家がこわれてしまったのに、火事にならないから、焼夷弾とは思えなかった。爆弾とも思えなかった。東京で見たそのどちらとも違っているし、だいいち空襲警報も何も出なければ、敵機の音もきかなかった。

なんのために自分たちの身のまわりが一瞬の間にこんなに変ってしまったのか、少しもわからなかった。空襲ではないかも知れない。もっとちがうこと、戦争に関わりのない、たとえば世界の終るとき起るという、あの、子供のときに読んだ読物の、地球の崩壊なのかも知れない。私はぼんやりとそんな風に思ったりした。

あたりは静かにしんとしていた。(新聞では、「一瞬の間に阿鼻叫喚《あびきようかん》の巷と化した」と書いていたけれども、それは書いた人の既成観念であって、じっさいは人も草木も一度に皆死んだのかと思うほど、気味悪い静寂さがおそったのだった。)

「下から随分よんだのに、きこえなかった？　きゃっと叫んだような声がしたきり、いくらよんでも声がしないから、だめかと思いましたよ。」

母が云った。私は叫んだりした覚えはなかった。

「墓場から見たら、きょろきょろして立っているから、うれしいでしたよ。」

「そう？　よかったわね。みんな助かってね。」

妹は墓石に腰かけて、両手で顔をおおい、やっと倒れないでいた。母は眠っている赤ん坊を私に渡した。母は水を汲むために、今にも倒れそうになっている家の中へ入って行った。母が自分の家を通りぬけ、前の家をも通りぬけ、ずっと向うまで歩いて行く姿は小さかった。

隣りや近くの家の人たちが、たいていの人ははだしのまま、そしてたれもかれも血でびしょびしょにぬれて、墓場へ集って来た。こんもりした森のこの墓地は、感じのいい広々としたところで、ふしぎに墓石は一つも倒れていなかった。どの人も妙に落ちついていた。静かな無表情な顔をし、いつもとちっとも変りのない云い方で、「どなたもみんなお出になりましたか」とか、「ひどいお怪我でなくてようございましたね」などと云い合った。誰も爆弾とも焼夷弾とも云わないし、そんなことは国民はとやかく云ってはいけないのだという風に、押しだまっていた。

そのうちに隣りの大きなからだの娘さんが叫びはじめた。

「お母さん、お母さん！　早く逃げましょう。火事ですよ。欲ばって家の中を探していると、焼け死ぬんですよ。どこでも死ぬ人はそうなんですからね。逃げましょうよ。早く、早く！」

私どももその叫び声で、いつまでものんきにここにいてはあぶないのだと思った。ゆっくりしていると、私の母も幾度でも家の中へ探し物をしに入って行く。母にそうさせないためにも早くどこかへ行こうと思った。

ぺしゃんこになった町の、東のあたりから、地を這うように薄い煙があがりはじめた。

私は土の中へのめり込んでいるトランクと行李とを、防空壕へ入れておくつもりで手をかけて見た。けれども手にはつよい力がなかった。そのうえ妹に赤ん坊を抱かせておくと、赤ん坊は血まみれになってしまう。私は荷物をあきらめた。

私は、血の出る怪我をしなかった母のだしてくれた、もんぺをはき、畑へ出るときに履く古ぼけの草履をはいて、背負袋を背負った。みんなの背負袋は毎晩玄関に出ていて、その玄関の物だけが無事であった。私どもはバケツを一つ持った。私は老婆のように、濃いみどり色の雨傘を杖にした。その雨傘の柄《え》は家と同じように、くの字形に曲っていた。墓地まで母の投げ出してくれた、二、三足の大事がっていた靴や、夏のオーバアなど、逃げ出すとき見るには見たけれど、ちっとも欲のない人のように、手にしなかった。

荷物をあきらめたというよりも、心をうしなっているのだ。だから平素は欲の深い人たちまで持てる物も見捨てて行ったのだった。このしびれたようなうつろさは、その後もながく、三十日も四十日も経ってからも、ほとんど変りはなかった。

神社の境内で義弟の妻を見かけた。崩れてしまった住居と神社との間を、かの女はうろつきまわっていた。義弟は六月に三度目の出征をし、広島市にある第一部隊にいたので、若い妻は独りであった。

神社の前の通りへ出て見ると、通りの右の方の向うから、もうそろそろと火が土の上を這って来ていた。私どもは左手ちかく見える土手の上の線路を歩いている五、六人の人を見た。その人たちがあわてた様子をしていないのを見ると、火事はまだあまりひどくはないと思った。

私どもは壊滅した町を歩いても、なんの感じもまだ起きなかった。あたりまえのときあたりまえのことが起きたように、びっくりもせず、泣きもせず、だから別に急ぎもしないで、人々のうしろから、近くの土手へあがった。その土手の片側は官有地の住宅町で、同じ白島でも九軒町よりもずっと高級な、美しくて立派な家が並んでいた。そのどの家も大きな力で押しつぶされたように、倒れ崩れていた。古い友達の佐伯綾子の住んでいた家も、見る影もなく倒壊していた。私は佐伯綾子はどうしたかと、ちらと心に浮べあたりを見たが、ここもひっそりと静かで、人の姿はどこにも見えなかった。

土手の美しい住宅はどこの家でも裏庭から河原へ降りる石段がついて、そこから河原へ降りるようになっていた。河原の水の流れのない処《ところ》は耕されて菜園になっていた。菜園の境には生垣があった。そのような河原へ私どもはこわれた家の間から降りて行った。――私たちの家から河原まで三丁くらい、そして青い閃光を浴びてから墓地でまごまごし、河原へ来た間の時間は、四十分くらいのものだった。――しかしこの時間もずっとあとになってから、どうにか思い出した。

13

河は潮の引いたあとで、白い砂原の向うの方に、青い水が帯のようにゆるやかに流れていた。白い砂原はひろびろとしていて、ところどころに雑草がかたまって生えていたり、満潮のとき、どこからか流れて来た藁《わら》の束などがあった。

私たちは下敷になって抜け出すことの出来なかった人にくらべれば、逃げて来かたが早く、まだどこにも火の手はあがっていないうちだったから、河原にはそれほど大勢の人も見えなかった。人々は野外劇でも見に来た人のように、うろうろして自分の座席になる場所を探した。思い思いに生垣の繁りの下や、菜園の間に立っている木の傍や、または水の流れのすぐほとりなどに、居場所をつくった。私どもは無花果《いちじく》の木の下に場所をとった。そこは佐伯綾子の住居の庭園のはずれにあたっていた。河の水まではかなり遠かった。

避難者はあとからあとからと詰めかけて来るようになった。もう陽をさける木蔭《こかげ》などのよい場所はなくなっていた。集まって来る人達はたれもかれも怪我をしていないものはなかった。河原は負傷者だけの来るところかとも思われた。負傷者は顔とか手足とか、着物から出ているところを、なんで切ったのかよくわからないが、五カ所も六カ所もの裂傷を受けて血だらけになっていた。

血ももう乾いて、顔や手足に血のかたまりの筋を幾つもつけている人や、まだ生々しく流れる血で、顔も手も足もびっしょり血でぬれている人もあった。もうどの人の形相も変り果てたものになっている。河原の人は刻々にふえ、重い火傷の人々が眼立つようになった。はじめのうちはそれが火傷とはわからなかった。火事になっていないのに、どこであんなに焼いたのだろう。ふしぎな、異様なその姿は、怖ろしいのでなく、悲しく浅間しかった。せんべいを焼く職人が、あの鉄の蒸焼器《てんぴ》で一様にせんべいを焼いたように、どの人もまったく同じな焼け方だった。普通の火傷のように赤味がかったところや白いところがあるのでなくて、灰色だった。焼いたというより焙《あぶ》ったようで、焙った馬鈴薯《ばれいしょ》の皮をくるりとむいたように、その灰色の皮膚は、肉からぶら下っているのだ。

ほとんどの人が上半身はだかであった。どの人のズボンもぼろぼろになっていたし、パンツ一つしかつけていない人もあった。その人々は水死人のようにふくれていた。顔はぽってりと重々しくふくれ、眼は腫れつぶれて、眼のふちは淡紅色にはぜていた。どの人もみな、蟹がハサミのついた両手を前に曲げているあの形に、ぶくぶくにふくれた両手を前に曲げ空に浮かせている。そしてその両腕から襤褸《ぼろき》切れのように灰色の皮膚が垂れさがっているのだ。頭の毛は椀をかぶった恰好に、戦闘帽から出ていた黒い髪がのこり、耳の傍から後頭部へかけての毛は、剃りとったようにくっきりと境目をつけて、なくなっていた。私どもはこの同じような姿をしたたくさんの人が、厚い胸や広い肩をした、いい体格の年若い兵隊の集団であることを知った。この不思議な負傷を負った犠牲者たちは、いつか太陽に焼かれている河原の熱砂の上にころがっていた。眼が見えないのだ。このようであっても、阿鼻叫喚はどこからも起らなかった。酸鼻という言葉もあてはまらなかった。それは誰もがだまっているからでもあった。兵隊たちもだんまりで、痛いとも熱いとも云わないし、怖ろしかったとも云わないのだった。見る間に広い河原は負傷者で充満した。

熱い白砂の上には、点々と人が坐《すわ》り、佇み、死んだように横たわっていた。火傷の人たちの吐きつづける音に神経をたまらなくした。佐伯綾子の家のシェパードが河原をうろついていた。河原の群集は一層ふえ、ひっきりなしにやって来た。

そして自分々々の小さな住居を早速見つけだしてそこに落ちついた。人間はどんな場合にも自己の腰を下す場所を、性急にとり決めるものと思えた。野天であっても人とごっちゃにならないで、はっきりと座席を独占したいのである。やがて全市に火災の火群《ほむら》がくるめき出した。人々はそのころになってもまだ、広島中へいちどきに火がついたなどとは思わなかった。互《たがい》に自分の町、私なら白島だけに大変な事件が起きたのだと思っていた。

14

私たちの家のある九軒町の方角に炎々と燃え立つ火柱が立ち並んだ。それから土手の官有地の豪奢《ごうしゃ》な住宅が燃えはじめた。河向うの岸の上の家が燃え出し、その向うの白い塀をへだてて饒津《にぎっ》公園に高い火柱が突っ立った。火の中で何か爆発する音が、どどんどどんと、ひどい音を立てた。怒りっぽい私はそろそろ腹を立てはじめて母や妹に云った。

「なんだってあんなに方々で火事を出したんでしょうね。火を出してはおしまいだわ。火を消す稽古をあんなにしたんじゃありませんか。焼夷弾じゃないのだから、火の不始末よ。火くらい消して出ればいいのに。」

母と妹は仕方がないというようにだまっていた。

「こんな火事にしたのは市民の恥ね。あとでよその人に笑われてしまう。こんな火事ってないことよ。」

すべてのことに仕方がないという態度のきらいな私は、母や妹が怒らないのを責めるように云いつづけた。空は夕暮のように暗いままだった。暗い空にはさっきから飛行機の爆音がきこえ、誰いうとなく機銃掃射があるかも知れないから注意するようにと、口から口に伝えられた。白いものや赤いものをあわてゝかくしたり、垣根の中に頭を突っ込んだり、水にとび込むつもりの者は河原の端へ出て行った。私たちのいる無花果の木のあるあたりは、土手の家並の火の熱さと火の粉《こ》とで、もうじっとして居ることは出来なくなった。私たちは砂原へ出た。

太陽の暑さと火事の焔の熱さとで、いつの間にか流れの水の傍へ行っていた。そのあたりには火傷の兵隊たちがいっぱい、仰向けに倒れていた。その人たちは幾度でも私たちにタオルを水にぬらして来ることを頼んだ。びっしょりぬらして、云われるように胸にひろげてかけておくタオルは、すぐからからに乾いた。

「どうなさったのですか。」

母が兵隊に訊いた。

「国民学校でみんな作業をしていたんですよ。なんだか知らないが、物すごい音のしたときは、こんなに焼けていたんです。」

その顔はまったく腫れつぶれた灰色の癩《らい》のようで、そのいかつく見えるほどの幅ひろい胸や、がっちりした恰好のいい全身の青春にくらべて、あまりにみじめすぎた。火災はとり返しのつかない勢いで猛々《たけだけ》しく燃えひろがった。右手にほど近い鉄橋の真中に停《とま》っていた貨物列車の機関車からも、火を吐きはじめた。黒い貨物列車は一箱ずつ次々に燃え移って行き、うしろの方まで来ると、爆発薬でもつまっていたように、火花を散らして強い焔を吹いた。だだん、だだん、しゅっ、しゅっと火を吹き、トンネルの入口から焼けただれた鉄が流れ出るように見えた。鉄橋の下から向うの浅野泉邸《せんてい》の瀟洒《しようしや》な公園の岸が見えるが、その岸にも悪魔のような深紅の焔が這い、やがて河の面が焼けはじめ、人の群が河を渡って向う岸へ行くのが見えた。河は炎々と燃えていた。私どものいる河原の人は上流に向って逃げようとした。B29の爆音は頭の上で、ひっきりなしにあのきき馴れた旋回のうなりを立てている。機銃掃射や焼夷弾や爆弾はいつ私どもの暗い集りの上に降り注いでくるかも知れなかった。

人々は第二波の攻撃が必ずあるものと思った。私は心のどこかでもうこの上に、そのようなものをわざわざ落し添える必要はないだろうと思うのだった。

私どもが機銃掃射をされると云って草の小蔭にかくれたり、水の傍にしゃがんだりしていたとき、空では写真を撮っていたのである。私どもは野ざらしのまま、空々寂々とした全市とともに頭のうえから写真にされていたのだ。

どこかに颱風《たいふう》のような風が起っている。その風は余波だけがこちらへ流れて来て、やがて大粒の雨が降った。大阪でも火災のとき風が起って雨がふり、それから待避のとき、太陽が照っていても雨傘を持って出たときいていたので、私は青い傘をひらいた。雨はうす黒かった。その中をおびただしい火の粉がふりかかって来るのだった。

火の粉と云えば、小さい火の粒かと思っていたが、強風にふきまくられて来るその火の粉は、真赤に燃えている襤褸切《ぼろきれ》や板の端であった。空はいっそう暗く夜のようになり、黒い雲のかたまりの中から、太陽の赤い球がどんどん下の方へさがってくるように見えた。

「お姉さん、あの高い空から焼夷弾、焼夷弾！」

妹が小声で云い私によりかかって来た。

「なに云っているの。太陽じゃありませんか。」

私たちははじめてかすかな笑い声を立てた。けれどもそのときはもう妹も私も口が自由にあかなくなっていた。

「明日になってもごはんを食べられるかどうかわからない。今のうち川の水をのんだり汲んでおこうよ。」

私は妹に云ってバケツへ水をくんだ。河にはいまに死骸が浮きはじめると思えた。それでいて向うの空にはうすい虹がかかっていた。雨がふり止んだばかりだった。向うの空にかかっている淡々とした虹の色は無気味に見えた。

「水をくれ、水をくれ、水をのましてください。」

火傷の兵隊達はしきりに水をほしがった。

「火傷に水をのませると死ぬ。のましてはいけない。」

そう云ってとめる人たちと、水をくれと云いつづける人たちとの間に、死の影がすでに仄《ほの》見《み》えた。

火災は丘のようにふくらみ、いっさいを撥《は》ね返《かえ》し、市街の一画ずつが亡《ほろ》びて行った。たまらない暑さであった。遠くの町の燃えひろがるのが見え、はげしい爆発音はどこからともなくひきつづいて聞こえる。日本の飛行機は一機も空に姿を見せはしなかった。

私どもはこの日の出来ごとを戦争と思うことは出来なかった。戦争の形態ではなく、一方的に、強烈な力で押しつぶされているのだった。そのうえ日本人同士はべつに互いを力づけ合うわけでもなぐさめ合うわけでもなく、なんにも云わないでおとなしくしているのだった。どこからも負傷者の手当に来てもなく、夜はどこでどのようにすごせと云ってくる人もなく、放っておかれた。

佐伯綾子の家のシェパードは、まだ河原の負傷者の群像の間を、一度も吠えないでうろうろしている。その犬は広島でも有名な猛犬と云われていたけれども、尾を垂れ、侘《わ》びしい時の人間とそっくりな、抵抗力を失った様子で行ったり来たりしているのだった。佐伯綾子はどこにもいなかった。いっしょにいる義理のお母さんや、十六になる一人娘の百合子さんを、私は河原に来た時からそれとなく眼で探した。三人の姿はとうとう夕方になっても見かけることは出来なかった。

15

夜が来た。夜はいつ訪れて来たのかわからなかった。昼も暗かったのだから、夜との境目ははっきりしないのだった。ただ夜が来ると、火事の照り返しのために町も河原も真赤であった。昼も夜も食事をしないけれど、お腹の減っていることは感じなかった。昼間は折角《せっかく》てんでの居場所を作ってからも、火の粉や雨や、敵機の音に追われてひとつところに長くじっとしていることは出来なかった。けれども、日暮から潮がくるというので、人々は菜園の中やそのはずれの砂原へ降りる途中の、樹立《こだち》のあたりなどへ集った。私たちも砂原に向った垣根の前に身を横たえる場所をつくった。

雑草をたくさんぬいて敷き、その上に砂原に流れ残っていた藁を敷いて、母が赤ん坊を背負って来たねんねこ半纏《ばんてん》をひろげて敷いた。その小さな平土間のような桟敷に四人が坐った。くりくりした生後八カ月の赤ん坊は昼間も眠り通しに眠っていて、夜も眼をさまさなかった。妹と私は昼間じゅう頭から顔をつつんでいた風呂敷をとった。私たちは怒ったような顔をはじめて互いにしみじみ眺めたけれど、微笑し合うことは出来なかった。

自分の顔がどんなになっているのか、互に自分ではわからないけれど、相手の顔を眺めて見当がついた。妹の顔は丸いパンのように腫れて、大きくて黒く、無気味なほど澄んでいた平生の眼は糸のように細くなり、そのふちは青黒いインクを流したようであった。唇の右の端から頬へ向けて十文字に切った傷のために口ぜんたいがねじれ曲ったへの字になり、醜くて長く見てはいられなかった。髪は血と壁の赤土で、もう長い間乞食でもして来た女のようであった。妹も私も妙なもので傷を繃帯していた。どこにあったのか思い出すことができないが、三、四日まえ母が秋や冬にかける用意に濃い紫に染めておいてくれた古い縮緬《ちりめん》の半衿で、二人とも頤をつり、頭のうえでくくっていた。私は左の耳の中から耳の下へかけて谷のように切られていた。

傷の上には血がかたまった髪の毛がかぶさっていた。妹も私も傷のために腫れふさがった口を、思うように開くことが出来なかった。痛いというよりも膠附《にかわづけ》のようで、口に錠を下ろされている感じであった。

私はやっと口さきでものを云った。

「きのうの朝、あなた達はどうしていたんですの。」

「きのう？　今朝のことよ。」

妹は口笛を吹く口元で笑った。母は思い出して残念そうに云った。

「今朝は私が前からたしなんでおいた塩漬けの筍《たけのこ》を探し出して、私が裏へ作った人参やじゃがいもといっしょにおいしいお煮〆《にしめ》を煮たのよ。それをそえて一口ごはんを食べたと思ったら、ぴかッと青いものが光ったん。」

「なんだと思いました？　爆弾と思いました？　焼夷弾と思った？」

「なんだろうとも考える暇もないうちに、ぱさァと大きな音がして戸棚が倒れかかって来たからね。私は光った時に伏せていましたよ。そのうえへ戸棚が倒れたけれど、いいあんばいにうしろの押入れで戸棚が支えられてね、机の下へでもかがんだように私は穴のようなところへかがんでいて、なんともありませんでしたよ。そのときに洋子さんがきゃァと云ったのをきいたのよ。」

妹の方も茶の間で母と向い合ってやはり食事を一口たべたところであった。かの女は光を見たとき、次の座敷の赤ん坊のところへ飛びこんで行った。朝のうちも蚊がいるので赤ん坊は蚊帳の中にねせてあった。よく眠っている赤ん坊のうえに妹は自分の体を伏せたけれど、よほどたくさんの焼夷弾が茶の間へ落ちたものと思い、その方をふり返った。するとぱっと風が来て、すぐ血が流れはじめた。

「青い光も瞬間だったけれど、その瞬間のまたはじめの瞬間にあたし赤のところへとんで行ったらしいね。でも蚊帳をくぐった記憶がちっともないのよ。」

「今朝のおかずは惜しいねえ。」

母がまた云った。

「ねえ、なんだろう？　今朝のあれは。どうしたのだかちっともわかんないのね。こうもり傘の柄だって昨日まではあんなに曲っていなかったのよ。」

私が云った。妹は何か云わなくてはという風に答えた。

「イベリットかしら。」

「イベリットってなに？」

「腐爛性毒ガス。」

「それね、きっと。だけど家がこわれたのは毒ガスじゃないわね。」

「交ぜたのよ。爆弾といっしょに。」

はっきりした考えもなく私どもはうつけたように話した。火事はまだ遠くの方に、天をついてもの凄く燃えつづけている。白島は、九軒町もその附近の東町も中町も北町も、土手の家々もすっかり燃え落ちて夜の中に漠として灰色にかすんでいた。川向うの岸では二、三軒の家がしつっこくまだ火をしずめなかった。猛火は大きな蛇のようにくねくねと身もだえして燃えた。牛田の方は昼間から燃えていて、夜になると低く波うつ山脈の峯から峯に火がともり、遠い街の灯のように見えた。焔のかたまりが峯から峯の間を流星めいてしきりにとび、そこが新しく火の丘になるのが見えた。夜になってからは遠くの方から間の伸びた呻《うめ》き声《ごえ》がきこえて来るようになった。単調な呻き声は低く沈んで、あちこちから聞こえる。

そのころ、配給の食事のあることをつたえて来た人があった。私たちは今夜の食べもののことなどは考えていなかったので、よろこびの声をあげた。

「歩けない人以外は東練兵場までとりに行って下さい。」

兵隊らしい人の元気のいい声が垣根に並んでいる人々によびかけて通った。みんながやがや云いはじめ、影絵のように河原を歩いて行くのが、人間の生活のあたたかな一片に眺められた。私どものところでは、私も妹ももう体中の痛みで立つことも歩くことも出来なくなっていたので、母が隣りにいた若い女の人につれられて行った。東練兵場まで十五丁はあった。母はまだぬくもりのある大きな白い三角のむすびを四つもらって、風呂敷にじかに包んで来た。乾パンも四袋あった。

「豊富ね。」

私たちがうれしがって、むすびをつまむと重いくらいであった。けれども妹と私はどうしてものを食べるほど、口をあくことができなかった。左手の拇指《おやゆび》と人さし指で歯医者のように、無理にしびれている口を上下にひらき、右手で少しずつ、白いごはんの粒を押し入れた。

「常盤橋《ときわばし》はまだありました？」

「両方の欄干がみな焼けてしもうてね、中がふくれたようにのこってますよ。ほんとにまあまあひどいことで、どこもかしこも焼けんところはないのよ。」

垣根の前に、河原に向ってずらりと並んで坐っている人々の話をきいても、今日の火災は広島全市で、のこった町はひとつとしてないことがわかった。火は市民達の火の不始末というそんなささやかなものでなく、敵の飛行機が全市に向って火の粉をふりまいたというのであった。

「火の粉をふりまいたのか。道理でいちめんに焼けたんだな。爆弾でも百や二百や、五百や千とは云わんね。それも落したんじゃないのよ。さぜ落したんじゃね。」

さぜ落すというのは爆弾のかたまりを滝のようにふりかけるという方言である。人々はたった一つの穴さえどこにもないのに、それが爆弾でないことには気づかないのだ。だから人々は今日のことをかれこれと語らないのだった。私たちは横になった。山火事と対岸の大火事のためにあかるくてあたたかだった。もの憂い楽器の音色をきくように、遠くや近くにきこえる呻き声をきいていると、虫の音もいっしょに耳にはいって来た。ひどく悲しかった。

悲しみと痛みとでからだ中がしびれたように感じたとき、私の頭にいくらかはっきりした理念がほぐれて来た。しびれた感じ。外からの衝動ではげしく異様にしびれた感じ。これが今朝の青いふしぎな光と強烈な物音と、市街の崩壊が一つになって起った瞬間にうけた、肉体への端的なひびきであった。物理的な作用、あくまでも物理科学的な、毒瓦斯《どくガス》と云っても、それはくさかったり、眼に見えたり、匂いのあるものではなく、色もなく匂いもなく形もない、しかもなにかの物体が、空気を焼いたのではないかと私は思った。私はなにかをつきとめたい欲望で、私のからだに受けた感覚からどうにかしてそれをさがし出そうとした。

私は自然にすらすらと原始的な考え方にひきこまれた。子供のように、私は空気中の窒素や酸素や、炭酸瓦斯などを思い出した。そういう人間の眼にふれぬものに敵機は超短波のような電子を送ったのかも知れない。空気中の電波が音も匂いも立てず、色彩も見せないで、白色の大きな焔になったのにちがいない。そのような新しい神秘世界を心に描くよりほかに、あまりにおびただしい、ふしぎな火傷の負傷者を考えることは出来なかった。

私は私の考え方、考え方というよりも、官能にうけた感じから、こんな風に考えることをなんとなく素晴らしいと思い、そして耐えがたい敗北感に落ちて苦しくなった。

「戦争はすむわよ。」

私は小さい声で、並んでいる妹の耳に囁いた。

「なぜなの？」

妹はとがめるように訊いた。

「だってもう出来ないもの。もう長くて二カ月ね。」

私はぼそぼそと云った。山火事は峯から峯を伝って華やかな色に燃えつづけていた。夜ふけても負傷者の手当にはどこからも来なかった。方々から湧き起る低く重い人間の呻き声を縫って、虫の音がきこえた。

街は死体の襤褸筵《ぼろむしろ》

16

朝は陰惨であった。朝と云っても夜がしらじらと明け初めたばかりである。私はすぐそば、私の草や藁の寝床の端の方へ寄り添うようにして、昨夜から十五、六歳の少年が間をおいては呻き声をあげていた。

「寒い、寒い。おお、寒くてたまらん。」

少年は夜明けごろからそう云って、ぶるぶるとふるえ、手足をうごかしてはがたがたとふるえた。パンツ一つの裸で、顔も手足も胸も背も焼けただれていた。私たちは一晩中草や藁をとって来て着せかけてやったり、水をのましてやらなければならなかった。

「どうしてみんなはだかになったの。」

少年に訊いた。

「気がついたときはシャツもズボンも火がついて、ぼろぼろ燃えていたんです。からだからひきむしって投げたけど、ぼろぼろ焼けて自然に落ちたんですよ。光ったとき、足下の草も燃えておったもの。」

少年の口の利き方ははっきりしていた。

「草が燃えていた？　お家はどこなの。」

「宮島です。」

「どこにいたんですか。」

「崇徳《そうとく》中学の寄宿舎から竹屋町へ勤労奉仕に行っていました。」

「水をのんではよくないそうだから、朝までがまんしてらっしゃい。夜があけたら救護班がくるそうだから、いちばんさきに頼んであげるからね。」

私たちはそう云って少年の呻きをしずめようとした。

「僕死にそうです。死ぬかも知れないです。くるしいなア。」

「みんな死にそうなんだからがまんするのよ。明日になったらあんたの家からつれに見えるでしょうから。」

夜の間そんなに云っていた少年は夜あけに死んだ。少年の向う隣りにいた婦人が、

「ああいとおしそうに。この息子は死んでますよ。」

と云った。

私はずっとのちまでこの少年のことで気持が弱った。宮島まではきいたのに、なぜ名前をきいておいて、少年の死んだ場所をその家族に知らせなかったかと思うのだった。

河原の裏長屋、つまり垣根に沿ってずらりと並んだ一軒々々の小さい座席を、朝の太陽が照らしはじめた。ゴーリキーの「どん底」を芝居で昔見たけれど、ちょうどあのどん底社会の人々のような、またロシアの作家のどの作品にでも出て来る乞食や廃疾者や、重病者たちの群にそっくりな人々のかたまりが河原を埋めつくして、河原の砂も眼にはいらなかった。

河原はふたたび潮が引いていたけれども、そこではもうそろそろと死の幕がひらきかかっていた。うつ伏せて死んでいる人、仰向いて死んでいる人、草の上に坐ったまま死んでいる人、そしてうろうろと、うつけ歩いている者は、襤褸をさげ、ばさばさの髪をし、とげとげしい顔をして、眼だけきらきらと光らせているのだった。

女は醜悪な様子になっていた。裸で何もはかずに歩いている娘や、髪の毛の一本もない女の子や、抜けた両腕をぶらぶらさせている老婆などもいた。たまに怪我も火傷もしてい

ない人が歩くと、人々はふり向いて珍らしそうに眺めた。もう昨日のように胃の腑のものを吐く人はいなかったけれど、照り焼きのような全身火傷の肉から——皮膚はぶら下っているから——血がにじみ出したり、油のような分泌物が流れ出たりしていた。みんな裸で砂の上にころがって寝たのだったから、その人たちは砂や草の葉や藁くずなどを、くさったような火傷の肉のうえにくっつけているのだった。

河原から見える限りの山はまだとろとろと燃えていた。猛火の燃え落ちた町は太陽の下で見る影もない残骸をさらしている。鉄橋の上では燃えるだけ燃えて火の色を消した昨日の貨物列車が、焼けたハーモニカのように、そして蛇の骸骨のように、骨だけになって黒く細長く横たわっている。

河向うの岸ではまだコンクリートの家が二軒つづいて、とろとろと焼けつづけている。そこは米の配給所という話であった。米は油をふくんでいるので、いつまでもあのようにしんねりと燃えるのだと話す人があった。燃えに燃えた饒津公園の神社や料亭や、金持の別宅など——。

朝はやはり朝らしいおしゃべりがあたりからきこえた。

「やれやれ、ありがたい朝じゃね。なんにもすることがない。わたしゃア生れて四十二年になるが、こんな用のない暇な朝ははじめてじゃけえ。」

婦人のうすら笑いが起った。

「これが家があってごらん。朝起きるとから寝るまで眼がまわる程いそがしいのにねえ。

起きれば暗いうちに座敷から便所まで掃除をせにゃアならん。ごはんをたく。洗濯をする。子供の面倒も見にゃアならん。そのうちいつということもなく、配給のカチが鳴ろう?駈けつけて行かにゃアならん。戻るとまた煮たり焼いたり、それも有ってのことならいいが、これもそれもないないと云いながら、やっぱしなにやら煮たり焼いたりしよる。それがまあ今朝を見んさい。なんにもすることはいらんが。」

男達は男達で自分で自分がいやになってしまった時の、あの自己嫌悪に似た声で云い合っている。

「なんとまあ、これはたいそうな被害軽微じゃよ。」

「いや若干の損害ありたりだね。全市の被害は調査中なりということじゃ。」

このころ私どもは粟屋市長や総監府の大塚総監や、それから何宮とかいう朝鮮人の宮さんが亡くなったことをきいた。

「警防団の者が皆死んだり怪我をしたりしたのだからなア、どうしてくれることも出来んよ。達者で歩いているのは皆よそから来た者だよ。」

誰かのこの言葉で私はふと思いあたった。昨日の朝、私たちは暫く墓地でぼうっとしていた時、なにかを待っていたような気がする。非常に秩序立った行動を期待してなにものかを待ちあぐねていたのである。私どもは長いあいだ自主性をうしなっていた。つまり空襲のあった際は自主は不道徳となり、思惟《しい》は邪魔なものであって、私どもはあやつり人形のように、指導者の指図を待ってうごきはじめる仕組になっていた。

私たちは心の作用までもこせこせした指導者達に預けっ放しになっていたから、そのように仕込まれた観念は、昨日の朝のようなとっさな場合に、ちゃんと生かされていたのだ。焼夷弾が牡丹雪がふるほど落ちて来たならば、避難することになっていて、手をとり合って逃げる人々の顔ぶれも逃げのびる郊外の場所もちゃんと決めてあった。田舎の方の国民学校の避難先は、市が町内会へ割りつけて来ていて、たとえその途中に大火災があっても、やはり人々はその決められたところへ行くつもりでいたのだった。

けれども昨日の朝はあれだけの出来ごとが起きたあと、どこからもなんとも云って来なかった。町内会長も警防団も誰ひとり姿など見せなかった。淡い電燈のかげを見ても、のびあがって探すほど注意深くさぐり出してから、よその家に向って国賊と叫んだり、監獄へ入れるなどと一人で興奮していた指導者たちは、昨日の朝どうしたのだろうか。

そう云えば昨日から母や妹が気がかりそうに云っていた隣組の人たちはどこにいるのだろう。昨日の朝、森の墓地で血だらけの顔を合せてわかれたきり誰にも会わなかった。私どもの隣組のことを、私自身はつきあいがうすくてよく知らなかったけれど、よそでよくきかされるような、いざこざが私たちの方ではちっともなかった。やさしくしたり、親切にしたり助け合ったりすることが上手に行われていた。年寄りや赤ん坊をつれた婦人などは、勤労奉仕とか防空訓練などにも出さないようにし、留守勝ちの人の配給品はへんな顔色などしないで、自分でとって来て預かっておいたり、勤めに出る婦人の家のことはみんなでうまくとりはからったり、ものをあげたりもらったりしてよろこび合うとか、ときどき持ちよりの品でおすしやお萩などを作って仲よく食べ合ったりしていた。

そのような隣組だったから、母や妹はしきりにその人たちのことを気づかった。そして私たち三人は、白島（東京でいうなら麴町区とか小石川区とかいうように、一つの区にあたる広さ）が一軒残らずみんな焼けていると何度もきかされたのにも拘らず、なかなか得心しなかった。九軒町の自分の家のあたりくらい焼け残っている気が互にしているのだった。

朝の食事の配給も早くからあった。お汁も茶もなかったが、ひとつずつのむすびと一袋ずつの乾パンとを、また母が東練兵場までとりに行ってくれた。

妹の顔はまったく腫れ上り、醜い無花果色になっていた。両足の甲が一寸くらいずつ横に切れているし、膝の窪みもナイフで切り込んだように切れていたので、かの女はびっこをひかなくては歩けなかった。私はそれほどの傷はないけれども、打撲傷で首も左手もうごかなくなり、寝るのも起きるのも、立つときも坐るときも、母と妹の手を借りなければならなくなって来た。口はやはりあかなくて妹と私は瀬戸びきコップの水で、乾パンをとかしては少しずつ口に入れた。背負袋に入っていた、外が赤くて内側の白い柄つきの瀬戸びきのコップはずっとのちまでもバケツとともにひどく役立った。しかしもうそろそろ河の水をのむこともあぶなく思えるようになった。ときどき銅いろのふくらんだ死体が上流から流れて来るようになったからである。私の傍で死んだ少年の屍はそのままにあった。

外気は煮えているように暑かった。B29の爆音がきこえ、またしても機銃掃射があるかも知れないと云われて、処々にある住宅あとの防空壕へ入った。しかしこのころ空からは撮影がくり返されていたのである。（のちの新聞の外国電報の記事にその飛行機の搭乗員の談話としてそのことが出た）少年の屍から私たちは離れた場所へ移った。

昼まえあたり、昨日の空襲が新兵器のはじめての使用であったことを知った。飛行機はただ一機で来た。三機だったという人もいた。爆音をとめて市の上空へ入って来た。新型の爆弾は落下傘で中空に降ろされた。落下傘は白くふわりふわりと降りて来て、いきなりぱっと青い閃光をひらめかせたというのだった。聞く耳に物語めいてきこえた。けれども人々は、とくべつ驚いたり動揺の色を浮べたりはしないようであった。来るものが来たという暗い肯定が静かに人々の間を流れた。

河原はその日も昨日と同じように静かであった。がやがや云ったり、不安にかり立てられて大きな声でものを云ったり、ひどい目にあったことを怒ったりしている様子は、全体の雰囲気からは感じられなかった。

私どもの前を隣組のH夫人が通りかかった。母が声をかけると駈け寄るように近づいて、何カ月も会わなかった人のような顔をした。H夫人は三、四軒の隣組の人たちといっしょにこの並びのずっと東の方にいると云った。あとの人たちは元の家の墓場にもいるらしいけれどこの河原にもあちこちいると云っていた。この夫人は娘さんのらしい赤いきれいな模様の銘仙の袷《あわせ》を手に持っていた。裸で河原をさまよっている立派な体の兵隊に着せてやるのだと話した。

「知ってらっしゃる方ですの。」

妹が訊いた。

「いいえ、どこの方かも知らないのですけど、昨夜私どもの傍で一晩中寒い寒いと云ってましたんでね。今家へ行って防空壕からこれを持って来ましたから、着せてあげようと思って。」

「みんな焼けてます?」

「ええ、灰もないくらいですよ。」

妹はちょっと悲しそうにうつむいた。元の家のあたりへはまだ土地ぜんたいがとても熱くて近よれないと、H夫人は頑丈なからだを震わせて話した。H夫人はさまよい歩いている兵隊の肩に十七、八の娘の着るような着物を着せかけている。帯がないので、赤い絹裏と緑色の裾廻しがひるがえって異様に見えた。

陽は無暗《むやみ》に暑く照り輝いた。じりじりと焼けつく陽に手をかざしながらH夫人に私たちの居場所をきいたと云って、隣組長のGさんが来てくれた。

「どうぞ。」

と私たちは客間にでも通すときみたいに、草や藁の上にG夫人を招じた。G夫人は私と妹に逓信《ていしん》病院へ行って傷の手当をして貰うようにと云いに来てくれたのだった。二十一歳になるGさんの娘さんは頭と顔をめちゃめちゃに切っていて、今、逓信病院へ行って来たという。私と妹は母と夫人に手をつかまえてもらってやっと立ち、私は両手に木の枝のステッキをついて、のろのろと土手へあがって行った。

17

そこはもう土手とか住宅地とかいうものではなかった。一面の瓦礫の原に変り果て、誰ひとり水いっぱいかけなかった焼け方は、地の底までほんとうに焼き尽してしまっている。

土手から見渡せる平地の町々、九軒町も中町も北町も東町も、遠い町々まで眼のとどくところまではみんないちめん瓦礫の原になり、ところどころに火がとろりとろりと燃えのこっているのが見えた。煙はどこにでもくすぶっていた。佐伯綾子の家の前からだらだらと降りて行く坂のとっつき、つまり佐伯綾子の家と斜め下に向い合っていた大きな寺は、私が友達のところへ来る度《たび》に、その美しい形の建物が心をひいたのだったけれど、今は燃えつくして、ぺしゃんこになった灰色の形のみを、かすかにとどめていた。電柱はすっかり焼け落ちていた。あらゆる電線は破れた蜘蛛《くも》の巣のようにひっからまって、めちゃくちゃに垂れさがり、瓦礫の道にとどいてそこいらを這いまわっている。それに電気でも通っているように私たちは恐る恐る、ぶら下っている電線にふれないように歩くけれど、一本もふみつけないで行くことは出来なかった。

地方の村から人を探しに出て来たらしい人たちが、東からも西からもぞろぞろとやって来て、あっけにとられた様子をしては立ちどまり、広い焼野ガ原を眺めつくしている。その人たちは強い陽を浴び、無言のまま深い溜息をついている。

逓信病院は河原から六、七丁、同じ白島のうちの逓信局の傍にあった。その途中の電車道へ出て行く通りは商店街だった。どこがどの店だったかわからない。ただ錆《さ》びついたような色に焼けて細く歪《ゆが》み、骨のようになったおびただしい自転車がそこいら中にころがっているのだった。道はまだところどころ火焔を吹いていた。電車道へ出た。レールはくねり曲って、横へはみ出ていた。一台の電車が茶褐色の亡骸《なきがら》となって、流れ出したレールのうえにとりのこされていた。

私は佐伯綾子のことを思い出す。あの前の晩、電話をかりに行ったとき、六日は朝はやくどこかへ出かけると云っていたから、この終点の停留所に立っていて即死でもしたのではないのだろうか。もう電車に乗っていたかも知れない。八丁堀あたりであの閃光と爆風をいっしょに浴びたかも知れなかった。ひどい怪我をして、どこかで今ごろ暑い太陽にさらされているのではないだろうか。もう町筋でも通りでもなく、足の入れ場もないほどの芥屑《ごみくず》やがらくたでふさがってしまった道を、私たちは電車の通りから右へまがった。するとそこには右にも左にも、道のまん中にも死体がころがっていた。死体はみんな病院の方へ頭を向け、仰向いたりうつ伏せたりしていた。眼も口も腫れつぶれ、四肢もむくむだけむくんで、醜い大きなゴム人形のようであった。私は涙をふり落しながら、その人々の形を心に書きとめた。

「お姉さんはよくごらんになれるわね。私は立ちどまって死骸を見たりはできませんわ。」

妹は私をとがめる様子であった。私は答えた。

「人間の眼と作家の眼とふたつの眼で見ているの。」

「書けますか、こんなこと。」

「いつかは書かなくてはならないね。これを見た作家の責任だもの。」

死体は累々としていた。どの人も病院の方に向っていた。病院の門のあったあたり、そして門の内へ二、三歩入ったところなどに、あがくように手をさしのべて死んでいた。病院へ向って蹌踉《そうろう》とやって来ては、医者の手に縋《すが》りつくまえに生命をうしなってしまった人々の惨《みじ》めな姿を見ると、そこに無念の魂が陽炎《かげろう》のように燃え立っていることを感じないではいられなかった。地獄という言葉を使ってはおしまいと思うけれど、地獄の沙汰というよりほかはなかった。

三階建の病院はコンクリートの外側だけ、焼け焦げた形のみを残していた。中身はがらん洞であった。門の手前から見ると、そのがらん洞の二階や三階をとおして、宇品の向うの山々がよく見えるのだった。左右のこんもりした植込みの傍や玄関、廊下にも、いたるところ死体は横たわっている。大勢の負傷者たちは行列をして順番を待った。私たちはなにをしに来たのかという気がした。私たちの傷の程度は、負傷者のなかには入らなかった。前庭の中途に、運動会の受付のように出来ている受付があって、そこで群集は火傷と切傷とにわけられ、火傷は右へ、切傷は左へという風に、二筋の列になって一足ずつ前へすすんだ。

医者も看護婦もいるにはいたが、そののろくさした動作は、いるのかいないのかわからなかった。なぜそのようにのろのろしているのかわからない。あがっているのかも知れない。科学者はこれほどのことにも、びっくりしたり興奮したりするものではないという、過剰意識のために、落ちつこう落ちつこうと思いすぎて、落ちつきすぎているのかも知れないと思われた。がらん洞の内部や廊下などには、襤褸につつんだ荷物のような負傷者があっち向けやこっち向けにおいてあった。私と妹は長いことかかって手当をうけた。繃帯はなく、もとの血まみれの紫の半衿で繃帯をしなおした。私の耳の底からは血が流れ出てひどく痛み、中耳炎を起しているというのだった。

私たちは河原へ帰った。河原の死体は焙られるような太陽にさらされて、蠅《はえ》がたかっていた。蠅が生きているのがふしぎに思える。昼すぎてから河原に救護班が来た。郡部から来た医者と看護婦であった。その人達は活動的であった。とりわけ若い娘の看護婦たちは腕をたくしあげて、きびきびと動的に働いた。砂原に開業した医院はとても繁昌した。負傷者の群は、凡《およ》そ二つにわけられる。火傷と裂傷の二通りで、手や足がとれたとか、眼がつぶれたとか、気が狂ったという風な負傷者はふしぎに一人も見かけなかった。

救護所のぎりぎりに煮えつまったような切実な空気の中にさえ、妙な事情が生れているのだった。どこも怪我をしていない中年の一人の男が、詰めかける負傷者を順番に並べる世話をしている。その男は白島の者と思われた。彼は紙切れに鉛筆をなめては人々の住所と名前を書きつける。そして来た順序に並べておいた人々をその通りに医者の前へ送り出す。けれどもその男はちょいちょいと順序を乱した。あとから来た人や横合から入って来た人をうまく前の方へはさんでやるのである。それは五日の夜まで同じ町に住んでいた知りびとのようであった。若い娘たちを、よっちゃんとか、しずちゃんとかよんでいた。自分の二人の子供をうしろの方からよび出して先きにやっておいて、その子供が医者の手当を痛いと云ったのをしおに、むつかしい顔つきになって叱りつけた。つけつけ叱りつけることで、彼はたくさんの負傷者をごまかしているのだった。どんな場合にも、そういうもぐりのような人物が出てくることを、私はおかしく思わないではいられなかった。

病院へ行ったり、配給の食事をとりに行ったり、それを食べたり、人の話を聞いたり、ひどい負傷者を眺めたりすることで、なんとなく忙しかった。人は生きている間になにかすることがあると思われた。男づれの家族で、荷物も割りに持ちだして来た人たち、一定の力や器用さを持った人々はいつの間にか河原に住居を作っている。焼けたトタンや木屑を拾い集めて来て、立木を利用し、焼けた針金や蔦《つた》かずらや、縄などを渡して、風雨をさけられる小屋を作っている。そのような人は河原の石で竈《かまど》も築き小鍋をかけてそうざいを煮たり湯をわかしたりした。そうざいは土手の住宅の菜園にいくらでもころがっている焼け南瓜や胡瓜をとって来ていた。

河の水ののめなくなった時分には、土手の屋敷つづきに井戸のあることを誰かが見つけたりした。私たちも南瓜を焼いて食べた。竈で食事の仕度をしていた人は、私たちにもそれを使うように云ってくれた。母がそこで熱いお湯をわかせてもらって来てくれた。私と妹は乾パンをお湯に浸してふうふう吹きながら食べた。

　夕方までには何度となく汗でびっしょりぬれ、陽に乾いてはぬれて、ほこりと砂と血でたえられなくなった。母が河で襦袢《じゅばん》を洗ってくれるというので、背負袋の中のと、とりかえた。ぬいだ襦袢を見ると、背のところが掌をおおったほど真赤な血でそまっていた。背を切っていることがわかった。帯も着物も襦袢も切れていた。母は河で洗濯したものを井戸水でそそいで木の枝にかけた。妹は赤ん坊のおしめの洗濯をした。

「いそがしいのね。」

　と妹は云った。

　河原の人たちの軽傷者は、たれもかれも河へ行って洗い物をしはじめた。河原には家庭生活の単位のようなものが形づくられて、どん底という思いではなく、簡易生活がごく自然に営まれているのである。けれども、一刻も早くここを立ち退《たの》きたいと思った。伝染病がはじまることも、ふたたび空襲があることも怖ろしいにちがいない。しかしもっとべつな、もっと本質的な恐怖、眼にふれる陰惨な屍の街の光景に、これ以上魂を傷つけられたくないと思った。このさき長く同じものを、腐敗して行く街々を見ていたならば、心のどこかを犯されて、精神までも廃墟となってしまうかと思われた。

　でも私たちは今一度元の家に行って見なくてはならなかった。そこには防空壕にいくらかのものが入れてあったし、焼けてしまったことを信じてしまうことも出来ないのに、見もしないでどこかへ行ってしまうことはできなかった。母は幾度もそこへ出かけて行くと云っていた。けれども今日はまだ土地が熱くて歩きまわることはあぶなかった。八日の朝になれば土もいくらかは冷めたくなるだろう。そのうえ罹災証明書を持たなければどこへ行くことも出来ない。昼のうち河原には警察署が出張して来ていて、罹災証明書を出していた。しかし夕方ちかく妹が行ったときには、死体のとり片づけに忙しいからと云って、受けつけなかった。今夜も河原に眠るよりなかった。

陽の落ちるころ島根県の軍隊が救護に来た。浜田市からトラックで来たという若い兵隊が乾パンをくばって歩いた。その乾パンはほのかなミルクの匂いがした。ただそれだけのことにも私たちは生気をとり戻すのだった。匂いをかぐだけで——。対岸の家の火はまだ燃えている。山の火は柔らかにぽっとともっていた。それは輝きもしないし、ふるえもしないで、蛍の火のように青くはないけれど、まわりへ散らないで、燃えているとも見えず、ぽつぽつと赤くともっている灯をかかげた夜の町が山上に横たわっているように見えた。

「私らも河原が今夜の宿かね。」

田舎から救護に来た医者が連れと話しながら通った。少年の屍は元のところから僅かに二、三尺垣根の奥の方によせておいてあった。私は少年になにか責任があるように思われ、心ぐるしかった。

夕方から夜にかけて、身内や縁者や知人を探しに来る人が、昼よりも多くなった。

「崇徳中学の子供は居りませんか。居りませんか。崇徳中学の生徒!」

そう呼んで歩いている教師らしい背の高い人は提灯《ちょうちん》をかかげていた。私は傍で死んだ少年の死体のある場所をその人に知らせることを母に頼んだ。けれどもその人は生きている生徒を探しているのだった。屍はもはやまったくべつのもので、勝手につれて行ったり、埋葬したりするのは、ほかのそれを受持つ人の仕事であった。

夜は暗かった。大きな火事が消えてしまったのでうすら寒い風が肌にふれた。大きな声では話をする人もなく、笑い声も泣き声もなく、ひっそりと静かであった。ときどきかすかな呻き声がどこからともなく聞えた。H夫人の着せてあげた赤い銘仙の着物を、裾をぱアっとひらいて引きずるように着ている大きな体の兵隊は、夜になってからも始終ふらりふらりと歩いていた。

18

河風がふいて来て夜具のない私たちは寒いので、また場所を変った。もと住宅のあった石段の下、柳の木の繁りの下に、私どもは草や藁やねんねこ袢纏で寝床をつくった。

そこは佐伯綾子のいた家の傍であった。佐伯綾子はずっと昔、文学をやっていた。今では書きはしないが、書かないことがかの女を清潔にし、純潔であった。かの女の姉はすぐれた文学を書いたというけれど早く亡くなり私は会わなかった。私が田舎の山の中から出て来た文学少女で、なにも知らない故に眉を昂《あ》げて人を斥《しりぞ》けていたころ、佐伯綾子は上の方から微笑《ほほえ》んで自分のやわらかな文学の中へ私を誘った。女学校の寄宿舎から私はよくぬけ出してはかの女の大きな家へ遊びに行っていた。かの女は少し年上だった。そのころから友達だったし、広島にはかの女のほかに友達もいなかったので、東京からやって来た私はよくかの女と会っていた。かの女は私よりもロマンチストだったけれど、戦争はつめたく批判した。単純な軍国主義への忿《いか》りをほの見せ、やれやれと云って簡単にはじめてしまった戦争の、とりかえしのつかぬ複雑さを云った。六日の空襲の前あたり、ダムを切って広島を洪水で押し流すという風説のあったころ、切迫した空気を互いに感じとって、佐伯綾子はときどき笑いだした。

「今やめては体裁が悪いんだろうけど、それはまあなんとか私らのところはごまかしてくれていいから、早ようやめればいい。」

と、かの女は云った。

世の中にはまだ楠公精神《なんこうせいしん》が初歩から説かれていた。佐伯綾子は一騎と一騎が名乗りをあげて華やかにたたかうという古い戦場の礼をもって、アメリカとの戦いをこれからも続けるつもりなのだろうかと笑ったりした。通用しないものを無理に通そうとする喘《あえ》ぎが、私どもの生活をかき乱していた。国内のなにもかもがのそのそしていることをもどかしがって、佐伯綾子は、日本ではアメリカが海の向うから一人々々歩いて戦争に来るとでも思っているのかと云うのだった。そんなことを云いながら竹槍の話をしたり、相手の国の空襲をうけたとき煙幕をはる用意に、隣組で山へ松葉をかき集めに行った話などをした。かの女と私は笑いだしたくてたまらないのをがまんして、もう戦争は近々すむにちがいないけれど、その済み方、はっきり云えばどのように負けるかということが大きな問題だと話し合った。

戦争中、私どもは自分の言葉を欺いていなくてはならなかった。云いたいことが云えぬと云って嘆くけれど、云いたくないことやしたくないことを、云ったりしなくてはならなかった。それは非常に苦しいことであった。主知主義的な平和や、これもまたその意味での自由や、民主主義的な政治を尊ぶ私たちは、それらの好ましい生きいい世界から無理強《むりじ》いに身をかわし、魂を葬っていなくてはならないのだった。つまり私どもは死んだふりをしていなくてはならなかった。

このような国民の住んでいる空から、宣伝ビラをふりまいて、戦争をやめるまでは徹底的な空襲をつづけると云っても、どうすることもできはしない。軍閥にだまされていると云われ、早く降伏するようにビラを使っていくら云っても、日本はそのような国ではないのだったから、国民自身は輿論《よろん》を持つことさえ出来ないのだった。耳にも、眼にも、口にも、硬いマスクをかけたきりになっていたから、聴覚も視力も、そして言葉もうしない果てていた。私は戦争をはじめたことが正しいか間違っていたかを、はっきり決めて話そうとする友達にこんな風なことを云って、身をかわしたりした。それは佐伯綾子にしか云えない私の浪漫であった。

今度の大きな戦争こそは、人間同士がはじめたものではないのかも知れない。そうでなくてはあまりに劇《はげ》しくおそろしすぎる。しかも戦争ではないのかも知れない。宇宙のもっとも新しい現象なのではないだろうか。世界がはじまってからあまりに永い年月が経ったので、地球は喜怒哀楽に耐えかね、その感情の支配を現象界にうつし出したのかも知れない。万有引力という熟語もあるようだけれど、今の戦争こそはその魔力から発展して来たものにちがいない。侵略戦争でもなく、日本がよくいうように世界制覇の戦争でもなく、また東亜のためだけの戦争でもなく、そのようなはかない虚飾ではなく、哲学的な宇宙の幻が戦争の形となって彷徨《ほうこう》しているかも知れない。怖ろしい権力をもって、とても怖ろしい自虐性をもって。そうでなくてはこのような出来ごとが地球にある筈はない。宇宙自体の宿命が、燃えただれ、氷よりも冷たくなり、またふたたび燃えたり、破壊されたり、転落したり、さらに流浪したり、それからしのび泣いたり怒ったりしているのにちがいない。云わば地球の自壊作用が戦争に姿を変えたのかも知れない。

私は佐伯綾子にこんなことを云って現実の憂愁をまぎらせたりした。私が子供のように馬鹿げたことを、しかも手をふったりなんぞして悪たれ小僧のようにいうのを、かの女は持ちまえのとぼけた顔をしてうんうんときいていた。

そのとぼけた顔が見えるようだった。遠くの町からさえ人が逃げてくるくらい安全な自分の屋敷つづきの河原に、かの女の姿の見えないのは心にかかった。一家三人暮しだったが、お母さんも百合子さんも見かけることが出来なかった。百合子さんは女学校から勤労奉仕に行っていたから、工場で罹災したのであろう。お母さんはよく朝のうち野菜の買い出しに出歩く人だったから、そのために六日は外であの空襲に出会ったとも考えられる。

私は五日の夜、私の田舎行きのことでかの女のところへ電話をかりに行った。広島の郊外電車で一時間、祇園という町にTという人がいて、自分の自動車とガソリンをもっていた。私の今来ている田舎の人を通じて、私はTの自動車で田舎へ入ることになっていた。それより外に病気あがりの私が山を越えて田舎へ行くてだてはなかった。Tも一度自動車を田舎へうごかせるのに、お米とか酒とか洋服とか、そして砂糖とか油とかをもらうという話だった。私はそんなものをなにも持たなかったけれど、家を世話してくれた田舎の人がTと心やすかったので、金だけでいいことになっていた。

しかしTはなかなかうごかなかった。八月一日に田舎に入る手筈に決めていたのが、一日のばしになり、私はひしひしと身のまわりに危険を感じていたから、毎日祇園へ電話をかけた。電話にはTは出ないでいつも妻が出た。三日の夜は、Tがこの二、三日家へ帰って来ないというのだった。どこにいるかわからないと妻は泣くような声で云った。――村へ来てから、Tがちょうどそのころぐれていた最中で、女のところへかくれていたことをきいた。――

私は刻々にあぶなさが迫っていることを感じても、Tの車の出るのを待つよりなかったので、小包をつくって田舎へ出しはじめた。小包は一貫目までしか受けつけなかった。一世帯で一つしか出せなかった。白島の郵便局では一日十個しか受付けないのである。四日に隣りの名を借りて一個、つまり二個出したのが、六日の朝田舎へ届いた。しかし、五日の朝出した三個は焼けてしまったと見え、一カ月経っても来なかった。六日に出す筈にしていた二個は家で焼いた。——東京から来た小包も広島で焼けた様子であった。——五日の夜電話をかけたときも妻君が出て、今夜あたりおそくTが帰ってくるかも知れないから、明日の朝なりと来てもらえまいかと私に云った。佐伯綾子も傍から、

「じかに会って泣きつかなくちゃとても行きはしませんよ。」

とこわい顔をして叱るように云った。

「泣きつくか、お米か酒ね。」

私は自動車一台のことで泣きつくというようなことは出来ぬたちだった。でも米も酒もありはしない。毎日そうやって電話をかけても無駄だと佐伯綾子は笑ったけれども、私は一つ覚えのように電話いってんばりで、しかもなんの権威もなさそうな妻に向って頼んでばかりいた。とうとう私の負けであった。佐伯綾子はどこかで私を笑っているだろうか。

原子爆弾の被害をのがれるためには、広島市内にいないことよりほか、何一つ役には立たなかったけれど、水ももんぺも防空帽子も、救急袋さえも、いっさいの防空訓練もなんの役にも立たなかったのだった。

19

母と妹とを私の行く田舎へさそった。私は一人ゆく約束で、以前は宿屋をしていた家の二階を借りておいてもらっていた。

その村には二十年前まで私どもの家があった。石崖の上の広々した屋敷に、古い大きな家が建っていた。池のある築山《つきやま》に巨樹が繁り合い、年中あらゆる花が咲いていた。築山をまわると土蔵や、木小屋や、漬物納屋や、湯殿の建物や、広い別棟の炊事場などがあった。築山からは自分の家の持山に行けた。家のまわりの田も山も、およそ自分の家から見える田畑や山林は自分の家の物であった。この家の一切は父の代で底ぬけに没落した。村には墓地だけしか残っていなかった。

母も妹もそのようなふるさとへ帰って、よその家の二階などへ住む気はなかった。春のころ一度、母がその気になって村の人に家を頼むと、「いまさらあなた達がね。」と云われたと涙をにじませて哀しがっていたのだった。

母と妹は私をその村に見送ってから、能美島へ行くことにしていた。能美島には妹の良人の家が空いたままになっていたし、妹は良人の応召の留守をそこで暮したい気になっていた。そうすることを妹は貞淑と結んで考えているのだった。四日に中の妹の良人が来て能美島へ船で送る荷物をすっかりまとめて荷造りした。

八日の夜になっても、妹はまだ自分だけ能美島の良人の家へ行きたい様子であった。能美島は江田島と地つづきで、海をはさんだ眼向《まむか》いに兵学校の建物がはっきり見えた。その背中に呉の山が見える。能美島の海辺は幾度も空襲されていた。六日の一週間まえ、妹は能美島の交渉に行ったのだったが、その日も妹は防空壕の中に一日中はいっていて、爆弾のひびきわたる音をきいたのである。軍艦が二つに裂けるのを眺め、海辺の漁船が次から次に焼きはらわれるのを見て来たのだ。六日と七日は夜にかけて広島から近い似島《にのしま》や能美島に死体が収容されたときいた。その収容所にさかんにアメリカの爆弾が落されているという噂もあった。妹の気持をけなげなものに思ったけれど、そんなところへ母といっしょにやる気にはなれなかった。宇品からも本川からも船が出るとは思えなかった。宇品や本川まで行くとしても、そこへ行くまでには巷から巷をどれだけの死体をふんで行かなくてはならないかわからなかった。

露が降りたのか、しめっぽい夜である。電燈もつかなければラジオもきこえない。アメリカの飛行機の爆音が三、四時間の間をおいてはきこえ、その度に誰かが敵機来襲をよんで歩き、空襲空襲とサイレンの代りに云ってくるので、私どもは何度か無気味な焼跡の防空壕へ入った。ひとつの防空壕には若い婦人の死体があった。マッチの火をともすと、その死体は眼をあいて、両手を握りしめていた。私たちの座席のすぐ傍では人影が立ったり坐ったりして呻いていた。人影は「俺は死ぬよ」と二、三度もつぶやいた。そのころから若い娘のかん高い叫び声がきこえはじめた。鋭く夜鳥ででもあるような叫びであった。

「お父さまア！　お母さまア！　もうよろしいのよう！　おかえりなさアい」

同じ言葉をくりかえして絶叫している。のどをふりしぼって一分間も休まなかった。声をはりあげて今度は歌った。

お月さまアひとりなのオ！

あたしもやっぱりひとりだわア！
お月さまアひとりなのオ！
あたしもやっぱりひとりだわア！
お月さまアひとりなのオ！
あたしもやっぱり！

娘は怖ろしい人に追いかけられでもするように、いそがしく血が出るようにくりかえしてうたった。そして、また、

「お父さまア！　お母さまア！　もういいんですのよう！　おかえりなさアい！　お母さまア！　お母さまア！」

と呼びつづける。

人々はやる瀬ない深夜の娘の狂気の歌声に眠れなくなって、草の寝床で寝返りをうつ者が多かった。私はうとうとと眠っては幻影にとらえられた。この近くに花の咲いている丘がある。丘の上には樺《かば》いろの三階建の家があるのにちがいない。三階の窓は私どもの方に向ってひらいていて、うら若い女が寝台にやすんでいる。女はしかし気が狂っているのだ。私は風景を見るようにその幻影を見た。

歌声はたしかに高いところからきこえる。こちらの胸も狂うほどの切ない叫びは同じ砂原から流れてくるものとは思えなかった。家がなくてはへんであった。けれども娘は私た

ちのところから一丁ばかり南にある河原に、全身に火傷をうけてころがっているのだという。美しいかどうかわからない。火傷の火ぶくれが太い管のように体中を這っていて、夕方にはそれが破れていたという。傍には怪我をしたお母さんがついているそうである。父というのは海軍の軍人で、一家七人のうち母娘ふたりが残り、あとの人たちは六日のうちに皆亡くなったというのだった。私たちの傍でぼそぼそと娘の身の上を語っている婦人は、とつぜん声をあげて泣いた。

私たちのすぐ傍で坐ったと思うと立ち上り、立っていたと思うと坐り込んで、ひとり言をつぶやいたり低い呻き声をあげたりしていた男は、明け方亡くなった。手の先が私の眼の傍にあった。丸裸で仰向けに殪《たお》れていると母が云った。もう死体にも馴れていたけれど、そういう若い男の死の姿を見ることはたえられなかった。母に頼んでその死体に草を着せかけておいてもらってから、私と妹は起きた。暗いうちに柳の枝を折って死の顔をおおっておいた。

六日から三日目になったから、河原は死臭に満ちていた。明るくなると、昨日まで生きていた人が方々に倒れて息をひきとっている姿が見え出した。赤い銘仙の袷《あわせ》を着た兵隊も小径の片よりにふくらみ切って若い命をうしなっていた。河原には五つばかりの女の子が手を投げ出し、横ざまに倒れて、昼寝のように死んでいた。水際には赤ん坊が焦げた全身を陽に照らして亡くなっていた。気の狂った娘は朝まで叫び通しだったが、どこからか自動車が来て、母娘いっしょに乗せて行ったという。ほかには叫ぶ人も話をする人もない。

静かだった。陽はきょうも煮つめるように照り輝いた。小舟が河に来て、重傷の兵隊たちと屍とを積んで去った。宮島の少年の死体はくずれかけてまだそこにあった。

救護所は朝からいっぱいの負傷者たちにとりかこまれていた。救護所の医者や看護婦は田舎から次々に来たので、負傷者は毎日ちがう人の手当をうけた。火傷の者は油薬だったり、エキホスだったり、またもっとべつの薬だったり、切傷の方はオキシフルと赤チンキにきまっていたから、手当を受ける度に切傷は赤くなるし、火傷の人はぴかぴか光ったり白くよごれたり、灰色に染まったりした。いったいに今度の負傷はきたなく見えた。硝子の破片などの飛んで来る速度がもの凄く早かったと見え、誰の裂傷も見かけより深いのだ。

「機銃掃射の傷の方がきれいね。」

私は思い出して妹に云った。ついこのまえ赤十字病院で私は機銃掃射をうけた女の人を見た。田舎に預けておく最後の衣類をもって舟で能美島へ行ったところを、舟底に向って射ちこまれたというのだった。担架に載せられて来た女の人は唇を硬く結んで眼をぎらぎらと光らせて泣き叫んで苦痛を訴えていた。――原子爆弾の負傷者はぼんやりした顔をしている。――赤十字病院へ運ばれる前、島の医者が腕に入った弾を切り出していたが、腕は肩の下から手首の方へかけてざっくりと切りひらいてあった。院長は私をよんで見せてくれるのだったが、レントゲン写真で見ると、骨は折れていて瓦斯《ガス》が写真に出ていた。

「瓦斯壊疽《えそ》だと腕を一本切らなくてはならないんですよ。」

院長はそう云っていたけれども、見た傷はきれいだし、女の人の表情も昂《たか》ぶっているのが新鮮に見えた。原子爆弾の方は比べられないほど負傷の仕方がきたなかった。そして人々はあまりに間のぬけた顔つきであった。救護所ではきのう手当をうけた人には今日はしないと云っていた。私たちは今日は田舎へ行かなければならないが、乗物がなければ歩いて行くので手当をして貰うようにたのんだ。それでも手当は受けられなかった。それほど負傷者の群は多く、薬は足りないのだった。

「これほどのこととは思わなかった。薬が足らん。」

年をとった医者は昂奮《こうふん》して、足りない薬をやりくりしながら、てんてこ舞いしている。奇妙なのは、罹災者とそうでない人たちとの間に起きている雰囲気である。あたりまえな人たちは、怪我をしていないというそれだけの違いでも、負傷者たちを、元々きたない乞食でもあるように扱った。言葉や態度を横柄にし、見下げたようにしか扱わなかった。このような人間心理をも、それから罹災者たちは罹災者たちで、まだ焼け出されて二日か三日しか経っていないのに、元々自分が哀れな人間でもあったように卑屈になってしまう心理をも、私は奇異に思わないではいられなかった。

Hさんや Gさんが来て、これからは配給もきちんとしたものになるから、隣組の者はひとつところにかたまっていたいというのだった。それに河原はあぶない。このようなむきだしの群衆の上にはなんどき爆弾が落ちてくるかも知れない。思い思いの考えで少しずつ河原の人々もどこかへ去りはじめていた。私たちはひとまず元の墓地へ集ることにした。妹が罹災証明書をもらって来た。小さなうすいぺらぺらの一枚の紙は、原子爆弾の罹災者の心を烙印《らくいん》のように焼き、哀しくさせた。妹をのこして、母と私がさきに悪臭におおわれた死の河原の白砂に、わかれを告げた。私はしまいまで佐伯綾子の犬を眼で探したけれども、もうどこにもいなかった。

20

土手に上って広漠とした焼野ガ原に下りて行くまえ、私は河原をふりかえった。そこには、土地も家も持たない遊牧人の群が、河のほとりの僅かな土地を見つけては、その日その日を浮草のようにさまよい歩くのにも似た人々の群と、つよい日光の照りかえしが見えるばかりだった。市街の方を見ると、そこはもう市街ではなかった。冬の荒涼とした枯野のようでもあった。私たちは崩れ伏して焼けた寺の残骸の前まで降りたが、自分の家の跡へ行く道は変り果ててよくわからなかった。墓地の森を見てそれをたよりに瓦礫の原を歩いて行くほかはなかった。私はいつか泣けて来て、ひとりで歩きたくなった。

「さきに行ってくださすっていいですよ。」

足ののろくさしている私は母に云った。母は妹の赤ん坊を連れにもう一度河原へくることにしていたので、私をのこして先きに歩いて行った。私は河原で死んだ人々の無惨な姿と、いま歩きながら見る広島全市の変り果てた姿に、胸をきしませて泣いた。

六日の朝まで廻り角だった道のところに男の人が一人、石に腰かけていた。見るとそのかたわらに防空壕があった。防空壕の中には筵《むしろ》をしいて十三、四歳の少女が向うむきにねかせてあった。少女には白い布がかけてあった。枕元には小さな赤い茶碗に白いむすびを入れておいてあった。線香に赤い火がぽつりとついて煙をあげている。少女の足には新しい下駄をはかせて細い紐でくくりつけてあった。

「亡くなられたんですか。」

石に腰かけている人に訊くと、

「ええ。」

と云ってうなずいた。若い父親の眼に涙が浮びあがった、私の眼からも涙があふれ出た。少女の姿は芝居に出てくる阿波の巡礼お鶴を思い描かせ、巡礼じみた可憐ないでたちをさせたその父親の心は、この三日間荒廃の中で暮らした私の心にやさしい詩のひびきをつたえた。私は足の踏み場もない死体の中を大きな泣き声をわんわんあげて歩いた。よろめきながらあふれ流れる涙をぬぐいもせず歩いていると、涙は陽にかわき心はいくらか軽くなった。

「永遠の平和をかえしてください。」

私は空に向ってそう云った。これほどのひどい目に合わされたのに、神は人類に平和をかえさぬ筈はないと考えた。神とはなに者だろう。神とはわれわれの中にある一つの思想なのだ。まだ熱気ののこっている瓦礫の道を元の家の手前まで大声をあげて泣きながら行ったが、母の姿を見ると自然に涙がとまった。家はそこに家があったことを思い出すことも出来ないほどきれいに焼けていた。石の門柱がふたつ、にょっきり墓石のようにのこっていたし、風呂場だったところに金風呂だけが銹色《さびいろ》に焦げてうそみたいに坐っていた。ほかには二階にあったミシンの筋骨や、田舎行きの荷物の底に入れておいた花鋏《はなばさみ》や、二つ三つの瀬戸物が形だけになって焼土の中に半ばうずもれていた。母と私は黙って顔を見合わせた。

「ガラスはどうなったのでしょうね。こわれたかけらもないよ。」

と母が云った。

ほんとうに硝子は粉もなかった。飴のように煮詰まって流れてしまったのであろう。鍋や釜は三日の間にたれかとって行ったのではないかと人は話すけれど、それも溶けて流れてしまったものと思った。行李の形した筋目の入った灰や、写真機のサックの形の灰などがあった。

墓地の防空壕では、母が出がけに入口の方へ投げこんでおいた四、五枚の蒲団がからっぽになって灰だけが盛りあがっていた。穴の中の半分から向うに食糧を入れた厚味のある箱が前からおいてあったが、その大きな箱が垣根の役目をしたように、そこからさきの物は焼け残っていた。

七輪や小鍋や釜も、衣類を入れた三つばかりのトランクも焼けないでいた。焼けないでいるものを見ると、生命をうしなったかも知れない人の無事な姿を見たように、なつかしくて手を握りたいような気がするのだった。鍋釜やトランクの方でも私どもに言葉をかけてくれている感じで、それらが私たちの方へ自分で歩いて来ないのがもどかしく思えた。その防空壕はこれまで私の気に入らぬものだった。トンネルのように両方あいていないで、入口が一つだったから、人間が入っていたら蒸れ死んだかも知れない。きっと死んでいる。いのちのない荷物だったから助かったのだし、向う側にも出入口があったならば、荷物は焼けてしまったにちがいない。私は運命論を口にするのはいやな方だけれど、いろんなことを宿命と考えることが出来るものなら、いたるところにそれはちゃんとあった。

墓地の墓石は崩れも倒れもせず、また焼け焦げの色もつかないで元のまましっかり立ち並んでいて、ただかっと照りつける太陽にやけていた。墓石には安政、文久、慶応の年代の月日が刻まれ、その墓石と字を見ていると、ふらりとあとへ引き戻されそうだった。明治、大正、昭和の墓は白く、今度の戦争で戦死した人の墓はさらに新しかった。墓地の大きな樹木、松や杉や欅《けやき》や樅《もみ》は太い幹だけになり、枝や葉は舌を巻いたように巻きこんで、からからに乾き切っていた。神社の石崖に生えていた銀杏の巨樹は二つにも三つにも裂けて、一つは墓地の方にぶら下り、一つは横にだらりと垂れ、その肌は焼き足りない炭のようにくすぶっているのだった。

墓地は河原よりも、風がないだけいっそう暑かった。息が切れてしまうほど暑く、私どもは墓碑の台石の上に坐って、大きな幹だけの木の向うをまわる太陽を少しでも避けるため、絶えず位置を太陽につれてまわして行った。隣組の人達は名ばかりの掘立小屋に入ったり、私たちのようにじかに台石に坐ったり、どこということもなく佇んでいたりした。

ここへ来てからもB29の爆音はときどき真上を通った。生命はいつまで経っても安らかではなかった。家のあるときは見えなかった向うの土手の線路を、負傷者でもないのに、避難民そっくりな人の行列が通った。行列はアメリカの爆撃機が真上にいるのに線路から下りてくるでもなくぞろぞろ歩いていた。その人たちは遠くから来た汽車の乗客で、下りの横川から広島駅へ歩き、それからまた海田《かいた》まで歩いて汽車にれんらくするのである。爆音がきこえたところで、広島市には身をかくす場所はないので、その人々は靴や風呂敷包を手に持って、陽に焼けている線路を、ひたひたと真っすぐに歩いて行くばかりである。

妹も来てから私どもは食料の入っている箱をあけた。その中には少しの米や大豆のほかに、塩だの鰹節だのかち栗だのが入っていた。そのうえ、茶碗や皿や箸やスプーンも出て来た。茶碗と箸は云いようもなく珍らしく思え、思いがけない贈物のようにうれしかった。箸やスプーンはとてもたくさん入っていたので、隣家だったFさんの掘立小屋へわけてあげた。

Fさんのせまい小屋には、二階で下敷になった十六の娘さんが、頭も顔も傷だらけになって寝ていた。両足にも大きな怪我をしている。傍にはその娘さんとあの朝並んで寝ていたという姉さんの若い女学校の先生が坐っているが、その人はかすり傷もしないですましていた。もう一人の年上の娘さんも小屋にいた。

この人は呉へ嫁に行っていて、呉の空襲のとき、山の中腹にある一軒家に住んでいるので、大丈夫と思っていたのを、いちばん先きに焼けてしまったと話した。六日の少し前からここに来ていて、ちょうど六日の朝の汽車で呉へ出かけたのだったが、汽車が海田の先きあたりへ行ったころとつぜんぱアっと青い光がひろがってひらめき、間もなく震動が来て、列車の客たちは腰掛からばたばた落ちたというのである。

「汽車はそのまま走って行ったんですけれど、窓から広島の方を見ますとね、なんとも云えないへんな煙がもくもくあがっていて、そのうち真暗になってしまいました。どんなことが起ったのかわからないものですから、呉へ着くとすぐこちらへ来る汽車に乗りかえて来ましたけど、もう海田までしか汽車にのれませんでした。海田から歩いて来て見て、ほんとうにびっくりしてしまいました。」

きちんとした洋服を着、靴も履き、薄く化粧している娘さんは眼をまるく見はって話した。

「海田から何里くらいありますの。」

「二里でしょうか、足が痛くなりましたわ。あたりまえの道でないのですもの。死体や家が道筋じゅうにかぶさっているのですから。でもね、海田の向うからずうっと汽車の沿線では、熱いごはんをどんどん炊いておにぎりをしていましたのよ。うれしゅうございました。」

「外へ出てつくっていましたの？」

「ええ、線路に添ってずらりと台をつらねてね、どこまで行ってもおむすびをにぎっていました。」

「私たちのもらったのも、その中のいくつかなんですのね。」

そう私がいうと、みんな微笑んだ。

同じ隣組に生死のわからない人が三人あった。県庁へ用事があって朝出かけた女の人が一人、それきり八日になっても帰らなかった。十四、五の娘が一人、勤労奉仕の手伝いに行ったままになっている。一人はH夫人の主人で、勤め先の役所がめちゃめちゃになって、H夫人は毎日探し歩いたけれど、方々の収容所にも外側だけ残っている二、三の病院などにも入っていなかった。

私たちの隣組には火傷の負傷者はなかった。腕の抜けた年よりの婦人と、眼に硝子の粉の入った若い女の人のほかは、打撲症と切傷だった。家の下敷になって出られなかった人もいなかった。それに偶然というものの面白さも沢山の人の場合は眼立ってくる。一家の主婦、つまり母とよばれる位置の人で怪我をしていない人が私どもの組では多かった。H夫人や、B夫人、私の母、またほかの家でも中年以上の主婦たちにかすり傷もうけていない人が多かった。あとになってもこのことは云えた。男の人と若い女の傷がふかく、これは外へ出ていたことと活動的だったからと思われ、家のなかに閉じこもっていた中年すぎの婦人や、男でも老人が比較的被害が浅い。偶然に似てこれもまた偶然ではないのかも知れない。義弟の妻は頭の怪我で防空壕の中に寝ていた。義弟は三日目になるのに姿を見せなかった。

私たちは七輪に火を焚《た》いて、鍋の中に配給のむすびをくずし、河原からとって来た南瓜を切り込んでたっぷり水を入れ、ぞうすいを煮た。炎天の下で熱いぞうすいを吹きながら食べるのは、原始的で快よかった。焼跡に折れた鉄管の口から吹き出ている水道の噴水があった。そこで食器や釜など洗ったりして、元の箱へしまうのも愉《たの》しかった。箱は防空壕の奥へしまった。

線路をラッセル車に似た機関車だけのような短い列車が、駅員や工夫らしい人をぶら下げたようにのせて走って行った。鉄橋に横たわった列車の残骸をのけに行ったのであろう。昼すぎると広島駅から下りの列車が出るということである。私たちは横川駅から汽車に乗って広島を出ることにした。荷物は、Kさんのご主人が自転車で横川駅まで持って行ってくれることになった。Kさんの奥さんは九月にお産をするのだったが、きたないざんばら髪になり、眉から鼻にかけて切った切傷のために、腫れた血だらけの顔で、素足のまま私どもに別れの挨拶をした。私たちの組では私たちがいちばんはじめに田舎へ発《た》つので、一人々々へのわかれの言葉は哀しかった。

「またいつかきっとお目にかかりましょうね。」

仲よくやっていた隣組の人々は、もはや一生同じところに住む日があるとも思えなかったけれど、ちりぢりになるはかなさを、おもてではかくし合った。

白い鶏が足元をことこと歩いていた。それを神社の前の寺の子が探しに来て、抱いて行った。寺では夫人と赤ん坊と五つの男の子の三人が、下敷になって死んだという。私は母の持っていた薄い紫色に縞《しま》のある風呂敷で頭から顔をつつみ、頤で結んで、西陽のつよくさしてくる方向へ歩きはじめた。

21　憩いの車

あたりまえの健《すこ》やかな町、そこに住んでいる人も普通の身なりをしている場合だったならば、私ども親子四人は狂人にも見え、ひどい怪我をした、もともとからの乞食に見えたかも知れない。しかし誰も彼もみんなおんなじであった。街さえも死んでいるのか生きているのかわからなかった。きたない変装者はどの人も間のぬけた顔をして、それぞれの気に入らない目あてに向って行くようにへんにゆっくり歩いていた。

私は体中が痛いので、あやつり人形みたいに、よじよじと歩いた。どんな恰好をも人は笑わなかった。気の毒そうにもしなかった。どれほどひどくてももう誰も人のことを気の毒などとは思わなくていいのだった。歩いて行く先きざきに死体があった。死体は歩いて行く道でもない道を、ほとんど塞いでいた。どれもがたいてい火傷の死体だったから、生きていたうちからきたなかったのだ。死体は半ば頽《くず》れ、すっぱいような火葬場の匂いをただよわせた。今息をひきとったばかりらしい死体には、治療の油薬が陽の光にぴかぴかとぬれ光っていた。私どもはその中を感動もせず恐れもしないで歩いて行った。

けれど妙な死体の傍に来て私は立ちどまった。皮膚のうえが寒くなった。そこはなにかの部隊の入口だったと見え、衛門だったらしい石の柱があった。その柱の一つに背をつけ、立てた両膝を抱いてじっとうごかない青年があった。二十四、五歳で、ワイシャツにズボンをはき、靴もはいている。顔色は私の中国で見た阿片吸煙者に似ていたけれども、元からの病人とは見えなかった。青年は死んでいた。一滴の血も流さず火傷もしない屍を見るのははじめてである。ほかの県から来た学兵部隊らしい。大学生のような兵隊が四、五人担架を持って死体の始末に歩いていたが、その人たちは石の柱に縋《すが》ったまま坐像のように死んでいる青年に手はかけず、両方から棒を入れて不器用に担架の上へころがした。見ると青年の下半身は、上半身と比べられないほど樽のようにふくらみずたずたに腐れていた。私はもはや死体に馴れていた。誰でもそうであった。六日の当日にさえも、人々は自分の深い負傷にたいした苦痛も感じないし、心にはまったく苦悶《くもん》が浮ばなかった。生きているような子供のきれいな死体にも、頽れはじめた死体にも、死体自身にどれほどの苦悩もなかったし、傍を通る者たちにも苦悶は甦《よみがえ》らなかった。私たちはてんでこの有様を戦争に結びつけては考えていないのだ。その思考力さえもうしなっている風だった。そのくせ眼からは絶えず涙がふきこぼれていた。

橋の上まで歩いて来て、そこから、ぺったりとうつ伏せに地の上へ倒れ込んでいる広島城を眺めたとき、私の心は波のように大きく動いた。ときどきよみがえって来る悲しみや思考力が、ぎしぎしときしんで胸底を疼《うず》かせた。広島城の天主閣はもろく崩れて、へし折ったように見えた。町の健全だった頃でさえどこからでも見えていた白い城だったから、私は昨日も土手へ上った時や逓信病院へ行く途中、城が消えてなくなっていることに気がついていた筈である。その時はただなくなったことだけしかわからなかったのだった。城がこのような姿に壊滅したことは、暗示を与えた。この土地にたとえ新しい街が築かれたところで、城を築き添えることはないだろう。

広島という起伏のない平面的な街は、白い城があったために立体的になり、古典の味《あじわ》いをのこしていたのだった。広島にも歴史はあったと思い、歴史の屍を踏んで行く嘆きが心をきしませる。

東京に長く暮らしている私は長い橋を渡ったことがないので、広島の長々とした橋を渡るとき平生もなんとなくこわかったけれども、橋を結んでいた両岸の建物も、遠景の町々もなくなった橋は、橋だけがぽいと浮きあがった感じで、河の底へひきずられそうな気がした。

橋は大きな空間にのっぺりと虹のようにかかっていた。いつも左手に見えていた寺町の、あの偉観であった何百軒の寺々もかき消えていた。京都でしか見られない本願寺の、壮大な、物々しいほどの別院の古めいた建物もぺったりと崩れ伏せ、もう屋根の端さえ見ることは出来なかった。橋の向うの横川は白島から二キロ半くらいの道のりだった。横川は場末町の小さい工場地帯で、製材所の多いところだったから、住宅地の焼跡よりも凄惨な傷痕を町々にさらけていた。コンクリートの倉庫や工場の堅牢な建物の窓という窓から、とろっとろっと舌を巻くような形の赤い焔が渦巻きながら吐き出されていた。火のほてりが行く手をさえぎりそうだった。傍を歩いている見知らぬ男の人が話しかけて来た。

「なんとひどいものですな。あの右側の倉庫には砂糖がいっぱい入っていたんですよ。あれは砂糖の焔ですな。紅蓮《ぐれん》の砂糖の炎ですよ。」

ほんとうだろうかと思って私が返事もしないでいると、その男は重ねて云った。

「僕はあの倉庫に勤めていましたからね。」

砂糖好きな妹は、腫れつぶれて糸のようになった眼をちらとそちらにあげて、

「焼くくらいなら配給してくれればよかったのに。」

と口惜しそうにつぶやいた。あたりには飴の煮詰まるような匂いがしていた。砂糖の倉庫と云ったのは嘘ではないようであった。なんの跡とも知れぬ焼跡では、石綿みたいでもあり、塩のようでもある真白いものの小山が、ぺろぺろと赤い舌を出してさかんに燃えていた。その近くに五、六人の青年が地べたへ坐っていたが、乞食のような恰好の私の方を見て笑った。

「五十三次だね、写楽の――」

そういう青年たちは顔だけは生きている、襤褸につつんだ木刻人形であった。

横川を出はずれた三篠《みささ》町の三篠神社は、肌の焼け焦げた巨樹の胴だけを空につきあげて、神社も母屋もあらゆる建物を焼きつくされていた。中の妹の婚家だった。妹は四人の子供をつれて田舎へ入っていたが、良人と長男は住んでいた筈である。

母は神社の方を向いて立ちどまり、そこへ行って見たい様子だったけれど、まださかん

に燃えている裏手の山火事の火気で近づくことが出来なかった。

横川駅の手前には海軍病院の救護所が出来ていて、負傷者の群がその天幕を埋めていたが、丁度《ちょうど》その前、瓦礫の山の上に、男や女や、老人やそして子供や赤ん坊の死体が、猫の死体ででもあるようにかためて積んであった。どんなに死体に見馴れていても、その死体の山こそは眼をそむけないではいられなかった。天幕もなく死体収容所と書いた板切が立っているだけで、かっと光る真夏の太陽に照らし出された死体の丘には、裸の四肢を醜くひらいて空を睨《にら》むように死んでいた太った若い女もあった。どの死体も腫れ太って、金仏の肌のように真黒に焼けている。――火事で焼けたのでなく青い閃光のために、そしてあの光は直接には熱さは感じなかった――。

私は一分も早く街を離れたかった。汽車で廿日市町まで行ってその先がどうなるかわからないが、同じ野宿でも広島の市内より汽車で四十分の距離にある廿日市でしたいと思った。横川駅も駅らしい建物があるわけではない。プラット・ホームだけになっていた。野天芝居の木戸のようなところで、罹災者の切符をもらって、避難者の群の渦におおわれたプラット・ホームへ行くのである。四時という列車が六時に来たけれども、走って来た汽車を見るとうれしくて、子供のじぶんはじめて汽車を見たときのようにびっくりし、蓮の花でも咲くときの音のように、胸がふくらんでよろこびの音を立てた。

一つ向うの広島駅からも罹災者を乗せて来た汽車の中は、人間の貨車であった。通路には負傷者たちが折り重なって寝ていた。生きたまま押しつぶされたような人々は、なんにも喋《しゃべ》らなかった。沈んだ様子で押し黙り、今度の特徴の痴呆状態をあらわに見せて、呼吸も充分にはしていない恰好をしている。広島よりも東の、広島のことをよく知らない遠くから来た乗客たちも、やはりばかのような顔をして、じろじろと車内の負傷者たちを見たり、窓の外を眺めては眼の醒《さ》めたような表情になったりしていた。そしてほかの土地から来たらしい青年将校の一群は、白い手袋の手を例の板の上に重ね、冷やかな態度で、重傷の罹災者たちに坐席をゆずることもしなかった。

窓外は広島市を出はずれた近郊の町だった。そのあたりの家並は、いちばん最初の六日の午前の市中の家のように、破壊されたまま腰をねじって傾いたり、ぺったんと倒れたり、ばらばらに崩れ落ちたりしていた。一軒も残さず焼いてしまって、こわれた家さえない市内の枯野に似たところをさまよって来た眼に、倒壊の家々は異様にうつった。云いようもなく強大な、そのくせ眼には見えぬ空からの怖ろしい空気の圧迫で、あっという間に押しつぶされた有様が、まざまざと倒壊の家の姿に見られた。胸のじかに痛くなるような亡骸の家は、このあたりでもところどころぼろぼろと燃えていた。畑でもあちこちに大きな火の塊が燃えている。

(後に広島文理大の藤原博士が報告された火の玉のことや、方々の河に火の玉が浮いて、とろとろと燃えていたという話が信じられる)

爆弾の破片が焼夷弾の役目をしたのだと車中の人たちは話していた。分布的に云って西の方が被害が多く、死体も、ひどい負傷者もその方向がはっきり多かったと云われていた。

六日の風は己斐《こい》の方向に流れていたという。汽車の窓から見える町や村は己斐町のつづきだから、血の色の火の塊もあんなに燃えていたのであろう。うす青い黄昏の中の見渡すかぎりの崩壊の家並と、真赤な火の玉を吐いている畑とは、現実ではなく魔夢かと思えた。五日市まで来ても壊れかかった家や、障子や襖の吹き飛んだ家が見え、廿日市に来てやっと暗い普通の町を見ることが出来た。

汽車は平生と変りなく四十分くらいで廿日市に着いた。見覚えのある駅前の広場、春でも夏でも冬でも、どんなに短い休暇にも学校から田舎へ帰ったころ、忘れないで眺めた広場の桜の木の下まで出て来たとき、私は気を失いかけた。妹に土の上へねせて貰った。

22

廿日市の町は灯をすっかり消し闇にしていた。いつ広島と同じことが起きるかわからない思いで恐怖につつまれている。町に昔あった何軒もの宿屋は、兵隊や産業戦士の宿舎に変っていて、私どもの泊るところはなかった。どこかに泊ろうと思えば、救護所になっている国民学校へ行かなければならなかった。ここまでのがれて来て、またしても負傷者の集団と死体のある場所へ近づきたくなかった。

「野宿をすると云ってもねえ。」

母はそう云いリュック・サックを桜の木の下に降ろしておいて、宿を探しに町を歩いて見るというのだった。

「それよりも一足ずつでも玖島《くじま》の方へ向いて歩きましょうよ。」

私は母に闇の町を歩かせることが切なくてそう云ったけれど、母は母のやり方で、私たちへの愛情を、出来るだけ自分の体を動かすことで示しているのだった。母は通りの闇の中へ姿を消してしまった。小一時間も経って引きかえして来た母は、いけないと思うことには気むずかしい私をまともに見て云った。

「交番へ行って宿屋を訊いて見たらね、やっぱし宿屋がない云うて、救護所へ行ってくれいうてのよ。どうしようかと思うたけど、どうも仕様がないから一応戻ろうと思うて戻りよったら、向うからしゃんしゃんしたような女の人が来たから、玖島へ行くのですが、途中の村にでも宿がありますでしょうかいうて訊いて見たのよ、そうしたら田舎の宿屋も広島の怪我人がいっぱいでだめじゃろういうて、自分家へは二、三人罹災者が来ているから、ついでにあなたも家へおいでなさいと云うてくれてのよ、私はこういうたの、わたくしが一人でしたらご厄介になりますが、娘らや赤ん坊が駅に待って居りますから、そんな大人数ではお世話になりかねます、いうて。そうしたら、いいえ、かまいません。私はもの好きで、あんなことがのうても人様の世話を焼きたい方ですが、ずいぶんひどいことがあったのですから、四人五人の人をお泊めすることくらいよろしいですよ。その奥さんはこういうてのよ。お風呂も沸いて居るから、野宿よりはましだと思うておいでなさいと云って、自分の家を見ておくように私をつれて行ってくれてじゃったのよ。どうしますか。」

私はちょっとの間考えていた。母はつづけて云った。

「知らない方に一晩でもとめてもらうのはおかしいようだけどね、ここから先きの田舎には一軒残らずと云ってもいいほど、罹災民が寝ているそうな。」

「罹災民と云わないでせめて罹災者と仰言《おつしや》いよ。哀れでいやだわ。その家どんな家です。」

「それが大きな家ですよ。何をする家かね。小園さんというのよ。開けて待っていると云ってくださるけど、どうしよう。いやだったら、野宿をしてもいいし、玖島へ向けてひと足ずつでも歩きますかねえ。」

「そこで一晩お世話になりましょうよ。」

私たちは闇の町を歩いた。

「大勢でぞろぞろ行くのも気がひけるけど、仕方がないのね。」

妹が云った。

あたりには壊《こ》われた家も火災もなく、罹災者らしい人も歩いていないので、気持がよかった。私もいつの間にか、いっぱしの罹災者の気持に陥っていた。ちらとその心理に気づくと、たまらない自嘲にひきずられたけれど、どうすることも出来はしない。見覚えのある町通りをよほど行ってから、母は間口の広い大きな家の前に足をとめた。

「ここですよ。」

よく知っている家を昼間訪ねても、よく間ちがえたりする母が、ぴたっと一度で真暗な家の前に立ったのにはびっくりしたし、感心してしまった。小園でなく小曽戸という材木屋だった。幾間も部屋のある家で、床の間のある部屋に通されたが、次の間にも離れの座敷にも避難者たちがいる様子であった。熱い煎茶が大きな土瓶にたっぷり入れられて、お茶うけに薤《らつきよう》がいっしょに出た。罹災後、三日目にのむお茶は全身に沁みるようにおいしかった。十二時に近かった。平生なら広島からゆっくりしても一時間半で来られる廿日市まで、十時間あまりかかって来たのだった。

明け方までには二度も空襲警報が出て、遠くに爆音がきこえた。廿日市の人達は極端に怖れていて、ほとんど防空壕へ入ったきり出て来なかったけれど、私どもは蚊帳のそとまでも自分の体を運んで行くことが出来なくなっていた。畳の上で死ぬのだったら、あの凄惨な河原で屍になるよりましと思った。

明くる日も炙《あ》ぶりつけられるように暑い上天気であった。玖島行の乗合自動車は午後の四時に一度出るだけである。小曽戸家にも人が出たり入ったりして、今日になっても広島で見つからない近親者のことを語り合ったり、泣き出す婦人がいたりした。そのうえ救護所へ出す衣類やにぎりめしで眼のまわるいそがしさだったので、私どもは昼前にそこを出ようとした。夫人は私たちをひきとめて昼の食事をさせたり、あとではそこを出た私どもを追いかけて来て、僅かばかりおいたものを無理に返したりした。私どもは返すことの出来ぬものを借りたようで、心が重く少し痛んでいた。

バスの待合所へ来て見ると、まだ二時というのに、ものを云わぬ例の戦災者たちが灰色のかたまりになって集まっていた。なによりたまらないのは傷口から流れる膿の悪臭だった。何十人とも知れぬ人々の化物じみた顔や、首から両腕、胸や両脚の、着物から外に出ていたところは、みんな焼いた火傷の、ふくらみきった裸体などの、死ぬ前の癌の患者を一部屋に集めたような匂いであった。

待合室は宮島ゆきの郊外電車の停留所にもつながっている。電車が着くたび、改札口から四人のかたまりかなんぞのような、落ちぶれ切ったなりをした戦災者たちが、かたまりになってあふれ出た。私が同じ戦災者の仲間でなく傍観者だったら、やはり同情よりも嫌悪が先に立ったかも知れなかった。その人情が納得出来るほど、戦災者は不潔になり切っていた。

お化けのような火傷の男が電車から降りて来た。頭から全身、手の指先まで繃帯した両腕を前に曲げ、血と膿のしみ出た顔の繃帯の中からまつ毛の焼けた光る眼を出して、きろきろあたりを見た。二人の子供を連れた女の人が駈けよって云いかけた。

「たったいま古田の兄さんが広島の方へ行く電車に乗ったんですよ。」

「そうか。一足のことで行き違いじゃったか。やれやれしまったのう。」

男の人は電車の方をふり向いた。

「追っかけたが電車は早いけん。ちょっとこっちを見てくれてならわかるのに。」

「山の奥から出たんじゃろうに気の毒うした。すぐあとを追うて行かにゃアならんが、どうしようかの。」

「折角死にものぐるいでここまで来たのに、もう一ぺん広島へ行くのはいやじゃがねえ。」

「そうかいうて、こっちで後姿でも見た者を放っちゃおけん。広島のわしらの家へ行って見ても、あの始末じゃ探しようもないけんのう。途方に暮れるじゃろう。わしが今から行ってくる。お前はバスが来たら子供をつれて先きに帰れ。」

「それじゃいけん。私が行きますからあんた子供をつれとってください。」

女の人は涙を浮べた。

「いやわしがやっぱし行こうて。おなごが行っても手はつけられん。わしも今から広島へ行って兄貴を探しよると、このバスにものりはぐれてどこぞへ泊らにゃならんが、それがつらい。この風《ふう》では誰でも人がいやがるけえのう。くさアし、寝たとこらアぺたぺたよごすしのう。」

男の人の眼にもうっすら涙がうかんでいる。

「それじゃから私が行くけえ、あんた先に帰っとってください。」

「まあわしが行こうて。子供を一分でも早よう田舎へつれてった方がええ。」

それきり夫婦の話はやんだ。女の人は向うむきになってハンケチで涙をふいた。

23

待合室の共同椅子には、あいたところのないほど戦災者がぎっちり掛けていたが、その一つに誰も傍へ行かない夫婦者がいた。二人とも五十すぎである。

「どうしたんですか。」

誰かが訊いた。大きな軀をした妻の方が答えた。

「家《うち》は吉島ですが、私は台所の裏へ出て菜を洗っていたんですよ。そこへぱっと青いものが光ったんでね、やれっと思って顔へ手をあてたんですが、こんなに顔から胸まで、出ていたところはみなやられました。」

銅色に焦げた皮膚に白い薬や赤い薬や、油や、それから焼栗を並べたような火ぶくれがつぶれて、癩病のような恰好になっていた。

「主人の方は天満町で電車からころがり落ちていたところを、六日の夕方私が探し出したんですよ。こんなになっていました。」

良人はちょうど担架にでも載ったように共同椅子に横たえられていた。妻とほとんど同じような焦げ方で、もっと色が濃く金物じみていた。頭はやはり帽子から出ていたところだけ、剃刀《かみそり》で剃ったように毛がなくなっていた。

「こんな頭をした者が多いから、云い合せたように早いとこ剃ったもんだと思うたら、あの光でくるっと焼いたものだね。」

初めに訊いた人が云った。

「陽の当るところにいたものは、みなこういう按配《あんばい》に焼けていますよ。写真のようなものですね。光線のあったところと、なかったところはちがうもの。うちの人は電車の後の車掌台でね、陽の当るところに立っていたそうですからね。電車も真黒に焼けて、中には死んでいるのもたくさんいたし、ころがり出した人は道にいっぱい重なっていましたがね、うちのはよく生きていたものです。」

女の人はゆっくりとぼつりぼつり話していた。

ここからは津田《つた》行も吉和《よしわ》行も出るから、これだけの人がみんな玖島行へ乗るのではないが、四時までにはどれだけの人が集まって来るかわからなかったし、三方へ行く乗合自動車も、たしかに出る風でもなかった。時間も正確ではないという。出札口は閉め切ってあって、事務室を横手の出入口から見ると、事務員達は煙草を吹かしたり、そっぽを向いたり、自分たちの話に夢中になったりしていて、いろんなことを聞き合せる戦災者たちを、てんで相手にしなかった。戦災者は孤立している。こういう場合にはっきり描き出されるほかの決定的な人間の薄っぺらさや欠陥に、心で眼を見はるよりないのである。日本人の能動的でない気質や、しまりのない態度や、ちりほどの叡智《えいち》もないことや、その
生涯に一度出会うか出会わないこのような事件のあとにさえ、戦災者を積んで行く車についていて、はっきりした方針が当事者にもついていないのだった。かれらはきびきびした決断をもってうごいたり、情熱や思いやりで戦災の市民たちに親切にしても、あとでどこかから文句が出たのではつまらないとでもいう風に、かくれるようにして事務室へ引きこもっていた。その人たちはいつもと同じことをしていなくてはならないのである。

バスには重傷者から先きに乗せるのだということが、誰からともなく云いつたえられた。三時をすぎた。重傷者軽傷者と云ったところで、たいした見極めもつかない。とり残され

たのでは、軽傷者も明日の午後四時まで、どこにどうしていていいかわからないのだった。

一人の年の若い白い顔をした青年は、昨日岡山から広島に帰って来て、家族の安否がわからないので田舎へ行くのだと話していたが、急にわざと片方の脚でびっこを引き出した。一方の肩を突然折れでもしたように力をぬいて負傷者の恰好をはじめたが、出札口の行列のいちばん先頭へ立ってがんばっていた。

津田行のがらくたバスが出て行った。吉和もつづいて出た。玖島行はそれほど満員ではないけれども、乗客を見はっている事務員は、冷淡な様子をしつづけて、傷はどこだと一人々々を調べていた。

「玖島へ着いたら、みんなでぱったり倒れるかも知れませんね。」

母は車に乗ってから小声で云った。

私どもはみすぼらしい荷物のようにおとなしく車にゆりうごかされて行った。バスは農家のまばらな山と山との間へ入って行く。道には誰も歩いていなかった。人を見飽きた私は自然の閑寂さに入って、めざめるような気がした。夏の青葉がむんむん萌え立っていて、冬野のような街を歩きまわって来た眼を、いきなり緑色で染めるかと思われた。半ば失いかけている魂も冴えた緑は染め直すかと思うようだった。

私と妹は口が思うようにあかないので、いつも満足にものを食べる訳に行かなかったけれど、お腹がすいたことを感じたことは一度もなかった。車が山の中へ入り、夕ぐれも近づいて来たとき、私はひどくなにか食べたくなった。乾パンを出して噛んだ、ついでに後に可哀そうな少年が掛けている様子だったので、ふり向いて乾パンを少し渡してやった。十ばかりの男の子は頭に血のはみ出たきたない布を巻いていた。少年ははきはきした声で、同じ席の隣りの人に訊かれて、こんな話をしていた。自分はあの朝の空襲で両親と姉を失った。

三人は下敷になって、手や足の先だけ木や土の下から覗《のぞ》かせていたので、自分は交る交《がわ》る引っぱっていたが、眼の前まで焼けて来て、母の姿は見えないが、声だけきこえ、早く逃げよと云ったので逃げ出した。一人ぼっちになったので、津田の祖母のところへ行こうと思う。津田行へ乗り損ったのでこの車へ乗ったけれど、この先のあたりでよそを廻った津田行が来るそうだから、それに乗りかえなくてはならない。一人で行く決心をした時は涙が出たが、今は哀しくなくなった。

「ええ按配に津田行と出会えばよいがのう。」

隣りの男の人がそういうと、少年はきっぱり答えた。

「会えなかったら歩いて行く。」

少年は私がうしろ向きに渡した乾パンを食べる風でもなかった。隣りの男の人はにぎりめしをわけてやった様子で、今のうち食べるように進めていたけれど、少年ははっしと肚《はら》を決めているらしく、

「いまは腹がへっていないから、あっちの車へ乗ってから食べる。」

と答えていた。まわりの人は少年の乗替えるバスを心配していろいろ注意の言葉をかけ

ている。少年は自分で運転台へ出かけて行って、なにか訊いていたが、津田行の通る村の角へ来ると、人をふり向きもせず、だまりこくってひょいと飛び降りた。そして古い茶店の前に佇んで、私どものバスの出るのを、むっつり見送った。

陽が落ちた。空気はさわやかだった。土の匂いや、木々の緑の幹の渋いような香がただよって来たりした。

24

仮りの宿へ着いた明くる日、私と妹は、借りものの柄のついた鏡で、久しぶりに自分の顔を見た。

「なんてひどい顔ね。四谷怪談のお岩みたい。いつの間にこんなになったのかしら。」

ほんとうを云えば、私の顔よりも妹の顔が悲惨《ミセール》なのだった。私はお化けほどでもなく、半面が無暗に腫れて、血のついたおくれ毛が、やはり血のかたまりのついた頰へへばりついているのだったけれど、妹の傷は口の傍だし、眼のふちがなんとも云えぬ紫色に腫れていて、どうしてもお岩じみている。私は妹が云い出すよりさきにお岩のことを云ったのだった。

「よく、でもまあ、生きていたわいのう。死んでしもうても、私はふしぎとも思わんに。」

私の言葉に答えて笑いもせずに、妹がそう云った。二人ともくすりとも笑わなかった。

真面目くさってそんなことを云い合った。

私どもは身の落ちつけ場所を得て幾分救われた思いだったけれども、それはほんとうにいくぶんという気持だった。もう河原や墓地に寝なくてもいいというだけである。家の中の人間の生活には、夜具のない墓地や河原のような開放はなかった。家の中に入った人間にはおびただしい拘束のあることが、束縛も約束もない河原から来た無神経に不自由さを感じさせた。

まったく不思議なことである。何が自由で何が不自由なのか、ほんとうのことは判りはしないのだ。潰滅《かいめつ》の巷ならそれはそれで暮らし方があるという、人間の同化力について思いをひそめないではいられない。どのようにしてでも生きることは出来るという希望のような明るさが、私の胸を去来しはじめた。生地獄だった広島の街々と平穏な田舎とを比べるならば、二つのはっきりちがう別世界だったけれどそのどちらにも平均した人生があった。

このことは面白く思えた。平穏な田舎と云ったけれど、広島から入って来た人たちは、畳の上に眠れるようになったというだけで、虚《うつ》ろな穴は身辺のいたるところに口をあいていた。ジプシー達にとって、招かれもせぬ土地へ来たことがまた新しい重荷になった。一方では村に来てからも戦争の姿は火花の散るようなめまぐるしさで続き、人々はここでもその中に巻き込まれた。云わば最後の前提の中に引きずり込まれているのだった。村でも空襲警報のサイレンはのべつに鳴り渡り、B29もP51も、そのほかの大型や小型の爆撃機もひっきりなしに空を駈けた。

二度目の原子爆弾は九日の午前十一時に長崎市を襲った。前後してソ連が宣戦布告したことが発表され、参戦したソヴェートの満鮮攻撃が、日のおくれて来る新聞に出た。十三日の黄昏ちかくには、B29の大編隊が夕日の中に白々と透き通って、疾走する大河のように滔々《とうとう》と流れて行った。山の上の天空の南から北に向い、そこに幅広い通路でもあるように、十機から十二機くらいの編隊が次々に現われては続くのだった。どういうわけか、どの編隊にも桝型《ますがた》に並んだ角にあたって、意味ありげな黒い一機があった。真白な編隊のどれにも一機だけ黒い飛行機のいることは、無気味であった。

原子爆弾やソ連の参戦や、小さな村落を通る何百機かの巨大な爆撃機を見ても、それが敗北の終戦の痛ましい前提となるものとはまだ気づかなかった。哀れな民衆は、これから先がまだまだ長く、戦争は今後も三年も五年も続くものと考えているのだった。

十五日、重大放送があるというのを妹はひどく気にして私に訊いた。

「なんだと思って？　まさか止めるというのではないでしょうね。」

「昨日の新聞で、ソ連と断然戦うと云っていたものね。国民の最後の一人まで槍《やり》を持って戦うのだから、そのつもりでいるようにっていうのかも知れない。今度こそなんだかちっともぴんと来るものがないのね。」

ラジオは故障して聞くことが出来ない。私はS医師の宅でラジオを聞くことが出来るかも知れないと思い、妹といっしょに昼前から行っていた。しかしS家のラジオもこわれていた。これていなくとも患者の控室までは聞こえて来ないし、住居の方へ出向いて聞くほどの熱心さはうしなっていた。それよりも、毎日のことだったけれど、控室の入口の土間から畳敷の部屋まで、ぎっちり詰まっている負傷した戦災者の群にあっけに取られるのだ。これはもう重大放送の予告も忘れるほど眼を奪われ、その重大さから心を離して、ほかのことを考えることは出来なかった。毎日の同じ顔ぶれに、あとからあとからと広島を引きあげて来た新しい患者が加わり、控室にはあのたまらない悪臭がうごめいていた。

一人の患者がどこか一個所診て貰いに出てくるのではなく、少くて五個所、それ以上頭から足の先まであちこちの怪我だったたし、硝子の破片を丹念にとり出さなければならなかった。悪臭の中で私たちは三時間も待っていなくてはならない。妹は口の端の細い絆創膏をとられる度に、土色の顔になって眠り込みそうになった。最初にここへ来たときS医師に、

「これはまあ、悪いところへ悪い傷をなさいましたのう。」

と云われて、ふっと妹の顔色が変ったのだったが、それからは毎日同じことをくり返した。

私たちはきたない土の上に幾日か眠ったので、土から病原菌の入るという破傷風をひどく怖れていて、その予防注射をS医師に頼んでいた。——東京でも、とくに大阪でも、戦災者で破傷風になる人がたいへん多かった。幾日かの潜伏期があって怖ろしい痙攣《けいれん》が起き、そうなると死ぬそうである——。

その日も妹に注射をしておいて貰うようにS氏に頼んだ。S氏は笑って、

「破傷風よりカンフルの方が要りそうですのう。」

と妹を寝台にねかせて注射を打った。

妹を待っている間に、十二時で打ち切りの患者たちもすっかり帰ってしまい、そのうちに妹も起きあがって先きに行ってしまったので、私はS氏と二人だけになった。初めの方に書いたように、私にとってS氏は父のような気のする知人だったので、今度の負傷者の傷の性質などをきいたり、私はゆっくりS氏の椅子の前に腰かけていた。

するとさっきまで薬剤室で一刻の暇もなく薬を作っていたS氏の老夫人が、眼鏡のふちを光らせながら、いつもと少しちがう顔で治療室へ入って来た。

「あなた日本は降参いたしましたそうですよ。子供が二時の録音できいてまいりましたんですがね。」

「えッ。本当か。デマではないのか。」

S氏はすぐ乾いた白い顔になった。

「日本は鹿児島だか長崎だかから、こっちだけになるんだそうですよ。」

夫人はあいまいな気のぬけた調子で云った。S氏は眉にしわをよせ、子供のようにしょげて、

「どうしよう。どうしよう。どうしたらよかろう。日本はなにをやったのかのう。降参にもいろいろあるが、どういう降伏をしたのかのう。ドイツと同じことをやったんですかのう。」

と夫人に云ったり、私に話しかけたりした。

私はS氏の大きな邸《やしき》の門を出て石段を下りた。眼の前が真暗になったとよく形容するけれど、私は真白な空気の中へ放り出されたような気がした。空気と云っても、高い高原に登った時みたいな、稀薄で軽い、眼まいでも起きそうな、云い難い空しさだった。誰一人いない靄《もや》の中をでも歩いているようで、脚がぶるぶる震えた。からだががたがたして歩くことも出来ないほどだった。

誰もいないので、涙がこぼれて仕方がなかった。一方では、やれやれと思い、長い戦争だったと思い、安心感が心底を横切った。誰かに会えば、知らぬ人にでも戦争が終ったのはほんとうかどうか、訊かなくてはならないと思った。

宿までの道のりがいつもの二倍も三倍もある気がした。あたりはしんとしていた。なんにもとらえることは出来なかった。静まり返って物音ひとつしないのである。

その夜はちっとも眠られなかった。眠らないどころか寝床の上にじっと動かないでいると耐えがたくなり、蚊帳の外に出て坐ったり、くるくる歩いたり、窓から暗い村の方々を眺めたりした。

村にはぽつんぽつんと灯のついている家もあった。あれほどやかましかった灯がともっているのである。眠らないのにちがいない。そのうえ怪我の重い戦災者が亡霊のようにその家々では身を横たえているのかも知れない。原子爆弾と終戦と、二つのどんでん返しをどのように理解したらいいのかと迷いながら——。

母も妹も眠らなかった。妹は何年間か大切にしまっていた背負袋の蠟燭《ろうそく》をとり出して灯をつけ、机の端に立ててじっと見詰めていた。そうやっている妹の傷は臭かった。赤ん坊だけがくりくりした可愛い姿で眠っている。赤ん坊の足指のかすり傷と、頰の小さい打撲あとの青いあざとが蚊帳の外から見えた。

25

田舎にも食べるものが乏しかった。青田は広々と波打っていて、まだ色づかぬ穂がたわみかけていたし、畑には南瓜や胡瓜や菜などが植わっているけれど、それは皆人の家のものであった。配給は僅かな米と麦だけで、塩や醬油は貰うことにはなっていても、配給所で現品がないというのであった。副食物は馬鈴薯一個の配給もなかった。何もかもが私どもの眼に見えぬところ、よその家の納屋や土蔵や台所の奥に納まって自分の方からは出て来ないのだった。ジプシイ達は驚くべき闇値の金をふところに、涙を流してうろうろと人の家へ行き、のどをしぼるような声で頼むか、泥棒でもするよりほかは道がないのだった。私ども一家は人にものを乞《こ》うことが非常に下手で、食べないでいても歩き廻ることはしなかった。昔私どもの家のあった字《あざ》の部落で、父母たちが僅かばかり昔世話をした人たちが十二、三人あったが、その人たちが何かと持って来て食べさせてくれた。

醬油も塩も漬物も、それから麦粉うどん粉などを次々と持って来てくれたし、盆には餅やお萩などを運んで来てくれたけれど、それがもしなかったならば、私たちは三日も四日も食べることが出来ないかも知れなかった。

私たちは云いようもない感慨に耽《ふけ》らないではいられなかった。昔は古くからの家憲《かけん》の下に、規定にはまった村人の世話、娘たちは家においてものを教えたり嫁ぐ世話をして、箪笥や紋付を作ってやったり、青年にはいろんな悩みの聞き役を勤めてやったり、結婚のよろこびをも破綻をも一緒になってよろこんだり嘆いたり、子供が生れれば祝ってやったり、ほとんど生涯に渡って特殊の、肉身の次の絆《きずな》を持っていた。それがいま、零落した意地はりな心で、長く訪れなかったその人々の前に乞食の姿を現わした。口に出してもの乞いはしないけれど、それがなくては飢えたのだったから、つまりは同じであった。その人たちは一様にびっくりした声で挨拶する。

「この度はまあ、沖の方には大ごとがいたしまして、ひどいお怪我がなけりゃアようございましたが。」

村人は町のことを沖という。私たちは、沖の方の大ごとで来たのだから、一層傷ついて、歪められた自意識が高まるのである。食べものの話は私をうんざりさせた。食べものが無いというので、食べものの話を熱狂的にする。何がいくらするという馬鹿々々しく高い闇値を、それが悪例であることも忘れて日常茶飯事のように吹聴《ふいちょう》している。それは自分の首をしめる紐なのだ。東京で二年まえに聞き飽きた、餓鬼めいた食べものの話と闇値の話を、やっと東京で聞かなくてすむようになっていたのに——東京では空襲がひどくなってから食べものの話をやめた。食べたい現世欲よりも命が大切だったから——。広島で聞かなくてすむようになってから、田舎へ来てさんざんに聞いている。

広島はすべてのことが東京より一年おくれ、田舎は広島よりまた一年おくれているのである。今ごろになって（戦争が終ってしまってから）米と麦の半々の配給米に驚いて、朝から寝るまでぐずぐず云い暮らしているのだった。それを私の方ではまたおどろき、戦争中都会と田舎とがどんなであったかを見比べて、大都会の消費生活にぞっとしたりした。

田園はどちらへ向いても知性の活動はない。なまじっか嘘と欺瞞《ぎまん》と醜怪との社会悪に満ちていると思われた大都会に、きらめく知性のうごきがあった。知性や良識の発火もなく、眼を見はる悪もない代りに、ずっとスケールの小さい、こせこせした堕落や頽廃《たいはい》が匂うのである。人間の住むところではないように考えられた戦災の河原や墓地や、腐敗した人間の肉の匂いのする街々の方が、どれだけ清らかで潔癖だったかも知れない、とふり返る瞬間さえあった。それほど田舎には田舎の貪婪《どんらん》があった。

私の首はまだよくまわらなかった。爆風の強いショックをうけた体中の痛みもとれなくて、母の手を借りて起きあがるようなときもあったけれども、淡い月あかりのさしている裏手の川に入って血のついている着物を洗ったりした。そういうときは戦争の残酷さがひしひしと胸にこたえ、自然に涙が流れるのだった。

涙を流すために川へ来たようでもあった。憩いの車などどこにもありはしないと、いまさらのように思ったりした。人類にとって残酷より他のなにものでもない戦争の苦しみは、戦争の勃発の日すでにわかっていたのだ。めちゃめちゃに、日本の土まで靡爛《びらん》するのではないかと考えた。あの眉の昂《あが》るような思いが再び私の心を刺して来た。二度もどんでん返しをくった極《き》まり悪《わる》さは、穴の中にでも入っていたいようだったけれども、それと別に戦争の余燼《よじん》が絶えず全身で火照《ほて》っていた。

八月二十日、母と妹は暁の四時に起きて乗合自動車の切符を買い、この村を去った。義弟の生死も、中の妹の家庭の安否も、それから他の親類縁者の消息もわからないので、ひとつにはそれを聞き合せるためだった。またかの女たちはなんとなく他人の家にはいたたまらないのだった。他人の家というのは「自分の家」のない村のことである。母と妹は能美島に行って一軒の家に住み、自分の畑になにかの種を蒔《ま》くだろう。かの女たちの思いが叶《かな》うならば、たくさん実のってやってほしい。秋くさの種は、かの女たちの手で、土の衣をあたたかくかけられたにちがいないと私は思った。

その日の夕方、私は今住んでいる家に移った。私もいい種を蒔くためにそうしたのだった。私はいつか作家の呼吸をとり戻しかけていた。

26

するとだしぬけに、二十日をすぎて間もなく、広島から来ていた戦災者たちが、はじめの章に書いたような原子爆弾症に犯されては、次々と死にはじめたのだった。全く思いがけない死の現象が降って湧いた。

障子窓の下の往還を毎日きまった時間に、大八車に曳《ひ》かれて行く若い婦人と少年があった。大八車には低い箱をおいて、その上に座蒲団を敷き、パラソルをさした繃帯の婦人が腰かけている。蒼白い顔をした少年は、頭に繃帯して、その傍に並んで掛けていた。車を曳いて行くのは若い婦人の父親だったが、少年と婦人とは親子ではなかった。S医院でもこの二人にときどき出会《でく》わした。

婦人の家と少年の家とは広島で隣り合わせていた。あの朝、婦人は自分の子供を死なせ、少年は母親をうしなった。少年の父親は兵隊でジャワにいた。少年は隣りの子と外で遊んでいて自分だけ生き残ったのだった。婦人はよしんば自分の子が生きていても、やっぱりこの少年をつれて来たろうと思うと話していた。自分の子供の代りにつれ歩いたと思われたくない風だった。婦人がこの話を人にすると、少年は伏眼になってきき入ってから、じんわりと涙を浮べた。六歳ということだった。同じ年ごろの子供がほかにも三、四人S医院へ来ていて、その子供たちは手当の度《た》び、いろんなことを云ってはあばれていたけれど、この少年だけは片眼をしっかりとつぶったりしては、うんともすんとも口に出しては云わなかった。

この婦人と少年とが大八車に曳かれて行く姿は好ましかった。私はこのような話は好きなのだった。車を曳いて行く年とった父親の姿もよかった。婦人はいい体格をしていたけれど、ひょいと死んだ。少年は今も生きている。

妹と同じ年で小学校のとき一緒だったという人が、四歳になる男の子をつれてS医院へ通っていた。その女の人は、空襲の前日、五日に子供を広島にのこして実家へ部屋を借りに来ていて、あくる日子供がそんな姿になったのだった。

その子は眼だけのこして全部からだを焼いていた。毎日繃帯を替えるのに、母親の背や首すじは、子供の血と膿とでぴたぴたによごれ、近よると吐き出しそうな匂いを背負っていた。子供は治療中いろんなことを云い立てて泣いた。泣くからよけい痛いのだから泣いてはいけないと母親がなだめると、

「こないだ泣かなんだのに痛かったけエ、まいにち泣くんじゃァ。お母やアん、お母やアん。水くれエ、水くれエ、水くれエ。」

と云って泣いた。

「そんなに泣くと兵隊になれんけエ、泣きんさんな。」

母親がそういうと、

「兵隊にゃアならんのじゃけエ。兵隊にゃアなりとオなアけエ。お母やアん！」

と云った。

「水くれエい。水くれエい。水くれエい。」

同じことをくり返し、語尾をゆっくり消えるまで引いて泣きながら云った。

「なんでもみな節《ふし》がつくんじゃのう。」

S医師は頰をほころばせ、夫人はさましたお茶を持って来てのませた。

ある日、子供よりも、若い母親の顔がげっそりと瘠《や》せて蒼くむくんでいた。

「のどを一番ひどう焼いて、穴があいとりますが、あそこがどうもなおりませんので。」

そう云って顔を伏せたまま、半死の子を背負って暑い陽の中へ出て行った。二人の残したひどい臭気は息づまりそうだった。

「あの匂いをきいただけでも死ぬるげなど。」

年とった男の人がそう云った。

「あとから広島へ出た者も毒を吸うて死ぬそうな。だんだん（ぼつぼつ）死による。K村ではのう、六日に警防団で男ちう男がみな建物の疎開に広島に出とったげなが、それがあらかた死んだちうよ。あの村にゃアいっそ男はおらんことになったげな。ぴんぴんして戻ったものも死ぬるげなけエ。」

べつの人がこんな話もしている。奇妙なことにS医師は治療室へつつぬけのこんな話を耳にしても、広島にいなかったものまで死ぬという話を否定しないのである。

四歳の火傷の子供は、その晩こんこんと眠ったまま、短い現世を去ったということだった。なんでもなく、背中にかすり傷をしたというだけの無口な青年が、ある日控室の柱に寄りかかって、髪の毛をひっぱっていた。

「髪がぬけてやれんですで。」

ぽつりと云って笑い顔をした。ところどころ丸く、禿頭病《とくとうびょう》のように、ぽこりと抜けていた。この青年はS氏の控室で二、三度見かけたきりで死んだ。

快活な中年の女の人はこんなことを云っていた。あの朝は警戒警報まで解除になったものだから、暑くはあるし、誰でも皆もんぺをとっていたけれど、私は洗濯を始めようと思ってはいていた。それで顔と両腕だけを焼いてすんだ。だけどとても変なことがあった。爆音がきこえて飛行機が通るので、私は隣りの奥さんといっしょにその飛行機を見ていた。見ていたら、爆音がぴたりととまって間もなく何か下へ降りてくる。

「この飛行機からは何か落ちるよ、落ちるよ。」

と奥さんが云ったと思った瞬間、ぱっと光ってあたりが真青になった。それでもまだその婦人は光を眺めていた。私はやにわに土の上へ伏せてじっと息を殺していた。眼をあけて見るとあたりは真暗で何も見えなかった。家も何もいっぺんに吹きとんでいたが、隣りの奥さんはまだ立って空を見ていたのでびっくりした。

その奥さんはそうやっていつまでも光を見ていたものだから、顔も手足も胸も、すっかり焼いて、ぬらぬらと皮膚が一皮ぶら下っていた。

私はお腹が痛くなってひどく下痢した。それで毒が出てしまったのかも知れない。人がぽつぽつ死んで行くのに、私は生きられそうだから。

この婦人はきれいに火傷がなおった。隣りの奥さんだった人も生きていて、広島へ出て行ったとき、会って来たというのである。

「しかしまあ、あの青い海のような光は一瞬間だったが、あれが二時間も三時間も光ったままだったら、一人のこらず死んだよね。」

婦人は大きな声で云っていた。

「いや、二、三時間ならええが、一日くらいあれが消えずと居るものだったら、どうじゃろうか。この世の地獄じゃろうて。」

よく婦人と話をする、怪我をした老人が云っていたけれど、この、額に三、四分の傷をしていた老人は亡くなった。べつの女の老人は、広島から帰ったときは元気で、どこも針ほどの怪我もしていないので、田の草取などを手伝っていたそうである。それでいてひょいと全身に斑点が出た。三日も経たないうち死んだ。

「美しかったと云っちゃ悪いですがのう。それこそ赤いのや緑色のや、黄いろのや、黒い小さいやつが、からだ中に星のように出て来て、私は見とれましたよ。」

老婆が死んでからS氏が話した。

また別の火傷の人のこと。はじめて妹らしい人がつれて来たときは、この人が生きていられるのかと思ったほどひどかった。廿日市のバスの待合所で見た人と同じように、眼だけ光ってあとはどこからどこまで焼けている。黒く焦げたところと、とれた皮膚のあとのうす桃いろのところと、白っ子のような皮膚のところとがあったけれども、全身の繃帯の上に浴衣をひっかけて、棒立ちに歩いた。この人は例の義勇隊で建物疎開の勤労に行っていた。場所は千田町だった――藤原博士の住居の近くのように思える――。屋根の上にあがっていて、はじめは袖のあるシャツをきちんと着ていたが、強い朝陽でたまらなくなり、ボタンをはずしているうちに、上半身裸になった。とたんにさアと青い稲妻が光った。

その人はおやと思い、近くの瓦斯タンクが爆発したのだと考えた――長崎でもそう思った人が多いようである——。その人は屋根からとんで降りた。千田町は逃げ場がないから、宇品の方向へ走った。途中で倒れた家の下から、どれだけの人が顔や手をのぞけて助けを求めたか知れない。その人は一人も助けないで駈け、海まで走って行ってそこへつかった。海へつかってから、助けを求める下敷の人を、一人も引き出さなかったことをふり返ったけれど、引き出していたら、うしろからどんどん追いかけて来た火事の焔で、自分が死ななくてはならなかった。

この人も死なないのである。S医師は火傷の治療の名人と云われていたが、それにしても火傷らしい傷痕も残さないできれいになおった。嘘のようであった。それでいて、はじめ明るい顔で来ていた妹の方が、唇をちょっと切っていただけで亡くなってしまった。

私はふっと気がついた。S氏に訊くとそのとおりだと答える。つまり火傷の患者はその範囲がかなり広く全身に及んでいても、死なない。死は軽傷の、火傷の僅か二、三分の傷しか持っていない人や、まったくの無疵《むきず》の方へ近づいて来ていた。もっと早く死んだ人、つまりこの村へも帰ってくることが出来ないで、広島かまた逃避の途中で殪《たお》れた人はべつであった。火傷の方もS医院へ来るほどの人は、それがどれほど痛ましくても、火傷の度合は二度と云われる。三度も四度もの人はここへくるどころか、広島で死んでいる。金仏のように真黒にぴかぴか光った火傷の即死の屍はその四度と云われている深さが致命傷であった。

問題は二度程度の全身の火傷患者が死なないということと、これというほどでない裂傷の人と、無疵の人が次々に死ぬということである。素人の間でもその噂は広まって、暗いセンセーションは決定的なもののように云われた。

なぜ火傷の人は無疵の人よりも死なないのであろう。

九月中旬の新聞で都築博士がそのことに附随的にふれている。

「爆心から二キロくらい離れたところで火傷をした人も、毛が抜けたり発熱したりすることはないようであります。ある程度火傷をすることは、放射線物質を去脱するのではないかとも思われます。」

都築博士よりほかの学者はこのことにふれていなかった。尤《もっと》も私は広島から出る唯一の新聞、それも戦災したなかから出しつづけた中国新聞しか見ていなかったけれども。また台風と豪雨のためにいっさいの交通が絶えて、九月十七日以後の新聞を今日まで、一枚もよんでいないから、その間にいわゆる「未知」の中からいろいろなものが見出され、その報告や発表があったかも知れない。

都築博士の意見をもう少し具体的にS氏は、私に云っている。普通の火傷だと、皮膚の三分の一以上焼けば皮膚呼吸が不可能になり、血行障害を起してたいてい死ぬことになっている。しかし今度のは全部焼いていても、それが二度以下なら死なない。少しおかしい。

小部分焼いたものは問題外として、大体に上半身の前側（うしろを焼いたのは殆ど絶無）を焼いているけれど、普通の火傷のように、だれ一人皮をおおっていない。謎はこんなところにあるのかも知れない。あの特殊性能をもった圧力で、一瞬、マルピギー氏層とともに、ウラニウムを剝落《はくらく》したのだろうと考えられる。素人の罹災者たちは放射能性物質のことを、ただ毒と云ったり、毒瓦斯と云ったりするのだけれども、つまりその毒というやつを火傷の分泌物とともに毎日排泄もしたのであろう。

S氏は、火傷患者の助かる推定的な意見を私にこんな風に話してくれ、なお未知の空虚さを残すのだったけれど、素人たちの間でも、言葉はそのように理論的でないが、同じ意味のことをしきりに云った。

火傷の二度とは、マルピギー氏層の上皮にあたる。そこから上をすっかりこさげとったために毒をはねのけたのだと、罹災者たちの方でもいうのである。この理論がたしかなものならば、ウラニウムをはねのけることの出来なかった火傷以外の患者の死ぬ意味はわかりすぎる。軽傷者も健康だった者もみんな死ぬというのは、今まで生きのこっていたということなのだった。死におくれているのだからいつか死ぬ。

「火傷の人よりも切傷の方が死ぬというのは、ほんとうにはっきりした事実なんでございますの？」

私はS氏に云った。

「はっきりしとりますのう。火傷で死んだのは、あのあなたの見なさった四つの子供と往診したのと二人きりですよ。私の診た患者が全部で二百九十人ぐらいですかな。そのうち一割五分死んで、火傷が二人ですのう。針で刺したくらいのが死にましたけえのう。」

私は死んだようになって黙っていた。心のうちで、私はあの朝蚊帳の中にいた、蚊帳の中にいたと呪文のように云い、もしかしたら蒲団をかぶっていたかも知れないと思い、それらがマルピギー氏層ででもあったように、一途《いちず》に思い詰めた。S氏はほかのことを云った。

「しかしなんですのう。はじめから私が云いよりますが今度の傷は皆横に切れとりますど。縦に切れとるのはあなたがたった一人で例外ですが、これがどうもよう判りませんのう。いずれ偉い人らがこのことも何か云い出すでしょうが、例外なしに皆横に切れて、眼の形をして居りますのう。裂傷はいずれ硝子でしょうが、こじつければ、何とも云えん強い力で上から圧《おさ》えつけてこわれたので、硝子が全部横にとんだということになりますがのう。どうもこれもおかしいですて。おかしいことがなんぼうでもある。火傷が死なんというのもつまり不明です。ですけえの、切傷が死ぬるというのもなんのためかようわからん。死ぬるかもわからんのは、死なんかもわからんのと一つことですけエのう。」

辻褄《つじつま》が合わないような気もするけれど、私は私の耳の切傷が横でなく、縦だと云われることだけでも、死なないのかも知れないと思うのだった。

風と雨

27

新聞は一週間か十日に一度ずつ、何日分かいっしょにして配られた。そのおそい新聞で知名な人達の思いがけないほどたくさん原子爆弾のために亡くなったことを知った。広島できいた宮様というのは李鍵公殿下のことであった。大塚総監の戦災死も市長の亡くなったこともほんとうであった。大塚氏は近代的なインテリゲンチャの感覚をもっている人のようだったから、広島へ来られたことで、その仕事を期待していた。

粟屋市長も、私の大伯父の関係で会ったことのある人だった。大伯父のSは第二助役をしていて、あの朝は自宅で怪我をしたけれど、暫く市長代理をして、無理に市庁へ出かけていた。

そして髪がぬけるようになり、発熱しはじめて、宮島のホテルで寝ているという話を、私は村の噂で聞いた。このころから風と雨で通信網はすっかり途切れてしまったから、手紙の交換も出来ないし、電話もかからなかった。

私のいる村から上り一里、下り一里という悪路の峠を越した向う、廿日市町からとっつきのところへ平良《へら》村という平ったい村がある。そこのある人の屋敷に、大塚総監の家族の人たちが引きあげて来ているということだった。

この近所の人の来ての話に、あの朝大塚家では八人の家族が、そろって無事だったのに、総監一人だけ圧縮した家の下敷になった。血だらけになった首だけを出していたが、渦巻く火と煙にまかれてしまって、家族の人たちに自分はいいから放っておいて、早く逃げるようにと云われたそうだと、私にその話をする人は涙ぐんでいた。

中国新聞社の知人たち、それから有名な代議士や軍人、丸山定夫氏のような知名な新劇俳優など、いろんな人たちが死んでいた。

　すると今度は妙な感慨、あれだけの人が死んだのに、自分だけ生きのこるのはおかしいと思うのだった。

　最初の原子爆弾が広島に投下されたという意味で、運命の斧《おの》はなんの宣告もなく、みんなの頭上に一様に落ちたのだったから、死も一様であっていい。生きているのは虫けらのようなもので、人間ではないのかも知れない。生きていることの慙愧《ざんき》が、自分の影を薄くするかと思うと、次には死ぬことの怖ろしさで私はふるえていた。戦争が終ってのちに、なお空襲の傷で死なねばならぬということの撞着《どうちゃく》。これはほんとうにばからしかった。

　死は眼の前にふらふらしていた。夜も昼も生きながら死と向い合っている。癌や癩の患者たちが、一つの大きな場所に入れられて、毎日二人か三人、傍で死んで行くとしたら、まだ生きている者も、必ず死を見詰める。その人たちは病気が不治だと知っているからだったが、私どもはそれに似ていて、そのくせ病気でさえもないのだ。似ているのは不治ということだが、それよりもちがうのだった。不治以前、つまり未知のものによって無理遣《むりや》りに殺される。完成されない学理的な中間報告も、無理遣りに罹災者を死へ誘ったりする。

　東大の研究班が九月二日にもなってから広島へ初めて来たのを、私は遅いと思った。なぜ八月六日の明くる日にとんで来なかったのだろう。そして研究滞在日を四、五日や一、二週間の短かさですませないで、二十日でも三十日でも見ていてもらえなかったのだろう。心理学者も来なければならなかったのだ。立派な僧侶も来てくれなくてはならなかったし、普通の町医者も、広島県以外からたくさん動員された方が賢明であった。また良心的でかしこい食糧商人もぞくぞくと来ればよかったのである。

これだけのことが出来ないことが日本的とも云える。日本人は敏捷《びんしょう》でないのである。血のめぐりが悪く情熱もなかった。

日本の物質的な貧しさはいたし方ないと思うが、ひとつの都会の人口のほとんど半分以上が、一日に死んだかと思われるほどの出来事に対し、またそれが戦争によるものだということに対して当局の頭脳はあまりに貧しすぎた。どちらを向いてもなんの救いもない死の雰囲気のなかで、なおあの日の戦災者たちは、だまりこくって愚痴も不平も云わなかった。

原子爆弾症のひとつに無欲顔貌というのがある。これは爆弾症にかかってから出るものではなくて、八月六日からずっとあの顔をしていたと私は思う。痴呆状の無慾顔貌、云わば白痴の顔で、精神状態までも痴呆状の無慾機構になっていることこそは、この度の被害者の上に現われた特質だった。普通の焼夷弾や爆弾、艦砲射撃などの空襲概念でははかり難い現実であった。恐怖の意味でなら焼夷弾や爆弾や艦砲射撃の波状攻撃の方がどれだけこわいかも知れない。それらは一日中つづき、夜も昼も連続的におそわれたなら気が狂いそうであろう。原子爆弾はこわくはないのだった。

こわいなどと思う暇はない。のちになってもこわくはない。いまからのち二、三年も経ってからでなくては、こわくはならないのであろう。

けれども死の影は眼の前を横切り立ちかえって、通りすぎる。生きている自分のほかに、死んでしまった自分が横にいるのである。どのような言葉も真の表現にはならなかった。朝眼がさめて生きていれば地獄から引きかえして来た明るさ、死から引きもどされたよろこびで、一日をすごすよりほかなかった。私どもは原子爆弾を怨《うら》むことさえ忘れていた。

原子爆弾を使うことに決めた意志の創造は、やはり驚くべきものであった。よしんば爆弾に毒瓦斯がなかったとしても、心にうけた傷は毒瓦斯よりほかのものではない。日本はとっくに負けているのに正統に降伏もしないし、そうかと云って灼熱的な攻撃の道を開く道もなかったから、一度ですむ決定的なものを持って来られても、いたし方はないのだ。

人と喧嘩するのに、どこをたたいてはいけないとも云えないし、道具は何をもって来ても否定は出来ない。原子爆弾を持って来なくても負けていたのだ。黒い幕が早く降りたということだけであろう。けれども原子爆弾は人類の闘争のうえに使われる限り、悪の華である。

原子爆弾を征服するのも世界の誰かが考えるだろう。原子爆弾を負かすものが出来ても、戦争は出来るにちがいないけれども、それはもう戦争ではない。いっさいを無に還《かえ》す破壊である。破壊されなくては進歩しない人類の悲劇のうえに、いまはすでに革命のときが来ている。破壊されなくても進歩するよりほか平和への道はないと思える。今度の敗北こそは、日本をほんとうの平和にするためのものであってほしい。

私がさまざまな苦痛のうちにこの一冊の書を書く意味はそれなのだ。

雨が降る。雨が降る。そのうえ風が吹く。

八月末から――ちょうど連合国進駐軍の最初の上陸が神奈川の厚木あたりから始められていた――。淫雨《いんう》のようにふり出した雨は、間で半日か一日ちょっと晴れては、降りつづけた。十日も二週間も同じ調子で降ってばかりいた。

私のいる中二階の窓の下の道を通る人という人、男たちはむろんのこと、腰のまがった老婆や、片言しか云えぬ子供まで一人のこらず、原子爆弾と敗戦のことだけを話して通った。あれほど云っていた食べもののことをいうのさえ忘れてしまい、日本がどれほどばからしい戦争をした上、敗けたかということと、だまされて骨が痛くなるほど働きとおしたのだったが、もう体中から骨をみんな抜きとられたほど、力が落ちたから働きたくないということを、かれららしい正直さで、挨拶代りにもしていた。

その中へ若い兵隊たちは行列になって帰って来た。かれらは劇しく訓練されてそうなったことのはっきり判る岩丈《がんじよう》な顔と体をしていなかったならば、兵隊には見えなくなって帰った。海軍から帰った若者などは、あの衿ぐりの大きい半袖の襦袢のようなシャツ一つに、ズボンをはいた姿で、自動車にのって帰って来た。かれらは紛れもなく敗残兵に見えた。

「兵隊をやめて帰ってきましたッ。」

と明るいしっかりした調子で道端の人たちに挨拶して通るけれど、武装しないで帰ってくる兵隊というものは、私は中国の旅行中にしか見たことがなかったから、慰める言葉に困っている村の人たちの気持がわかった。

来る日も来る日も丸腰の兵隊が、すでに兵隊ではなくなり、大事なものをとり落した恰好で帰って来、そしてかれらの肩にじとじとした雨が降り注いだ。

大宮島あたりにいた若者も丸腰でひょろひょろしながら帰った。その人は自分の家に一足入れたとき、いちばん先きに母親に云ったそうである。

「座蒲団を出しんさいや。尻が痛うて腰がかけられん。」

その座蒲団へもお尻の骨が痛くて坐れないほど瘠せて帰った。

村の三つの寺へ疎開していた広島の百人ばかりの子供達は、晴れた日を待てないでひどく降る日に広島へ帰った。来たときと同じ集団だったが、両親ふたりを亡くして、村に残った子が三人あった。広島の周囲の町の子たちで、市の中心の者ではなかったけれど、広島駅へ着いても、あの白い大きな建物だった駅は焼け落ちて跡形もなく、駅前も一面の焼野原だったから、暫くはものも云わなかったそうである。

感慨無量の有様で街々を眺めた子供たちは、市長代理の出迎えの挨拶に、こんな風な挨拶を返していた。

「これが勝って帰って来たのならどんなにうれしいか知れません。敗けたと知ったときは、谷底へ蹴落されたような気がしました。」

もう一人の女の子は新聞社の人に感想をのべた。

「これが勝ったのならと思うと残念でたまりません。壊されている街を見て非常に驚きました。どこがどこだかちっともわかりませんから、母が迎いに来てくれなかったら家へも帰れません。」

子供たちの多くは市の周辺ではあっても半壊の家や、焼トタンのバラックで床の低い仮住居に帰ったので、梅雨のように降りつづける雨の日々、家の中でも傘をさしていたということだった。

進駐軍とともに日本に入ったアメリカ人記者団は九月三日いち早く広島へ来た。その日も雨が煙っていたという。撮影班もいっしょで二十人、今度の大戦の終結に、有力な導因をつくった原子爆弾の威力のあとを見に来たのである。その人たちは呉近くの飛行場へ一旦着いてから、海軍差廻しの自動車で宿命の土地、広島へ入った。

新しい対象への当事者としての関心のために、わざわざ訪れた人々を迎えて、広島は野ざらしのまま雨にぬれていたのだ。

その人達の念入りな視察の終ったあと、県の政治記者団はニューヨーク・タイムスのW・H・ローレンス記者やほかの人たちと一問一答している。

「広島市の惨状を視てどう感じられましたか。」

「われわれはヨーロッパや太平洋の各戦線に従軍したが、広島の被害が最も甚大だと思った。H・G・ウェルズは『科学の新たな威力を持って行われる戦争が、いよいよ猛烈に破壊的となり、到底それにはたえ難くなる』と〝来《きた》るべき世界〟の中で云っているが、その現実を広島でまざまざと見た。」

「原子爆弾を投下した地域は今後七十五年間、人類や生物の生棲は不可能と云われるがどうであろう。」

「われわれにはわからない。これから日本の治安が確立し、わが国から学者が来て調べるとはっきりすると思う。」

「原子爆弾が将来の平和に役立つと思われるか。」

「今は不明である。」

この冷静な答えのあと、アメリカ人記者団がこちらに訊いている。

「諸君は戦争に勝つと思っていたか。」

「そうです。最後の瞬間まで敗けると思っていたものは一人もいなかった。」

日本では新聞人でさえこのように消極的にしか云えないのである。この寂しい答え方は、その新聞のトップに大きく書かれた「広島の被害世界一」という暗い字よりもはるかに深く私の胸をえぐった。

「言論の取締はどういう風か。」

と相手にたずねられて、

「戦争の終った現在は自由だ。」

と答えているのに。

いったい日本人は対外的に口を利くときの言葉は足りない。沈黙は金というけど、これはよくわかっている人間同士の間でのことであろう。理解し合っていない間柄でのいやにあっさりした言葉や、沈黙なんぞ理解される筈がなく、陰険であったりする。言論の自由は思い切り飛躍したところから出発しはじめるほかないのであろう。日本人はいまとなっては、自由な言葉をうまく使うことを忘れているのだから。これが自由だと思って、つまらぬことを自由がっているのだ。

雨はわき眼もふらず憎々しげに降りそそぐ。

そして広島から出る新聞は紙面の二分の一以上を、まだ原子爆弾の記事にゆずってその後の状況を書きつづけていた。

28

七十五年間広島に棲めないという、はし折った数字のセンセーションがかなり有力になっていた。少しへんな気がしたけれど、これに対してある日の新聞の二面のトップに、「嘘だ、七十五年説」とぺたっと大きく書き出された。嘘だというのはどういうことなのであろう。誰がはじめに嘘を云い出したというのであろうか。

米人記者とは別に、九月八日の朝、連合国側の専門家視察団が海の向うからわざわざ広島を訪れて来た。米国陸軍代将ファーレル、同ニューマンの工兵科に属する技術者のほか物理学者モリソン博士、万国赤十字社代表ジュノー博士などであった。無論写真技師も入っている。この一行にはその時広島にいた都築博士もいっしょになった。この人々は警護のため「ケイサツ」と書き英字でポリスと記した腕章をつけた数人の警察官をつれて、爆発中心地の護国神社附近を通り、大本営跡に着いた。

この日も雨は降りしきっていた。視察団は雨の中を、都築博士の専門家的な実地調査研究の結果を熱心に聞きながら、広島城の焼跡に立って一帯の惨状を視た。それから放射能測量所や罹災患者収容所をも視た。

ジュノー博士はゼネバの万国赤十字社から来た人だったが、世界空前の惨禍に同情の意を示して十五トンの救急医療品を飛行機で岩国飛行場まで持って来たのだった。新聞によると、そのジュノー博士はこんな風に言っていた。

「僅か一発でこの破壊力を持つ原子爆弾の恐るべき能力には驚いた。その原子爆弾を人類として最初に体験した広島市民には全く同情の外はない。われわれはかかるものを二度と再び使用しないですむようつとめなければならない。わが万国赤十字社は広島惨劇の入報で直ちに派遣団を組織し渡日した。」

このジュノー博士やモリソン博士などに、今まで説明と通訳の立場にいた都築博士がウラニウム毒素説について質問した。

「ただ一つ私からお訊ねしたいことがある。それはあの原子爆弾には何か毒ガスに類したものが装置されていなかったか。爆発当時の模様をきくと白いガス様なものが中心地域にただよっていたという。」

するとファーレル代将とモリソン博士とがともに答える。

「それについてはのちほど明らかにする。」

都築博士は重ねて訊いている。

「外電によると米国の専門家の発表として、原子爆弾の毒素は今後七十五年間影響力を持つと報道された。しかし私の調査した結果は全くのあやまりだと信じる。諸君はどう思われるか。」

今度は即座にモリソン博士もファーレル代将も口を揃え、

「七十五年なんてとんでもないことだ。あの爆弾の影響は一年はおろか一ヵ月、否爆発当日は危険性があったであろうが翌日あるいは二、三日後から、影響ない筈である。」

と七十五年説はきっぱり否定した。

またロイター電報でも次のように云っている。つまり米国の新聞記者はニューメキシコの原子爆弾試験場を視察して、広島と長崎の被害地域が放射能性活動のため、人間の居住に適せぬ危険地帯と化したということを、日本側の報道として反駁《はんばく》しているのである。反駁者は、

「投弾地に持続的な放射能活動を持たせるような方法で原子爆弾を使うことも可能だが、科学戦に累する攻撃力を発揮させるためだったので、この方法は採用されなかった。広島、長崎の場合は、原子爆弾が最大の破壊力と最少限度の放射性活動を現わす程度で爆発せしめられた。」

と報じている。

視察団が広島を去って長崎へ行くときはじめて物理学者のモリソン博士は前の都築博士

の質問に言葉を残した。

「瓦斯に類する装置が今回の原子爆弾にあったかどうかと各方面から質問を受るが、あの爆発直後に白い瓦斯体に似た異様のものが、中心地域にただよっていたのは、薬品が爆発に際して空中で化合作用し、ああした象状《しょうじょう》を呈したもので、その濃度によっては、多少の害があるが、最近頻出すると云われる死亡者は、全くウラニウム放射による深部障害で、毒ガスに類するものの作用ではない。」

ファーレル代将も広島を去るとき言葉を残して行った。

「広島市の被害状況は、直後に上空から撮影した数十枚の写真により予備知識を持って来たが、実際の現場にのぞんで見れば見るほど、聞けば聞くほど被害程度の甚大なのに驚いている。調査結果については本国に報告するまでは発表の限りでない。」

一方、厳島でも岩惣旅館で調査団の中の軍医たちと県の記者とが、晩餐《ばんさん》をいっしょにしながら一問一答している。

県の記者「調査された結果、どんな風に考えられますか。」

オーターソン軍医大佐「悲惨の一語につきます。われわれ軍医は心から同情しています。ときに原子爆弾災害調査に関してはマッカーサー元帥に報告するまでわれわれは勝手に発表出来ないから質問しないで下さい。但しお国の都築博士の説とわれわれのそれとは大体一致しているし、その点われわれ一行は同博士の協力と学者的態度には、大いに感謝もし、敬意を表しているから、同氏の説を引用されることは結局われわれの説と同一であることをつけ加えておきたい。」
記者「被害者や軽傷者がつぎつぎに死亡して行くので、広島の焦土に住む住民達は、大恐慌を来たしています。七十五年説は事実でしょうか。」
ワーレン大佐「これは全然根拠のない愚説である。原子爆弾は爆発と同時に風とともに吹き飛ばされて居り、夏季は空気よりも軽いから、雨とともに土中に沈澱するなどという心配は決してない。」
記者「治療方法はどうでしょう。」
オーターソン大佐「輸血が最上の方法で、今回厚木から岩国まで十五トンの医療薬品を空輸したが、その中には輸血用の血漿《けっしょう》も多量にある。」
その時ついでに県の記者は素直に訊いているのだった。
記者「米国は結局原子爆弾を幾個持っていたでしょうか。」
この問にはかたわらから都築博士が答えている。
「一行は発表出来ぬ立場にあるかも知れぬから、私が他の方面から得た材料から推定すると、米国はすでに百個くらい出来ているらしい。これを二個広島と長崎とに使ったのだろう。」
記者「まだ九十八個も残っているわけですね。」
都築博士「原鉱はアメリカとアフリカにしかない。結局日本には材料がないのだから仕方がない。もっとも僕は一九二五年、二十年前米国のピッツバーグで少しばかり研究用の標本を手に入れたが、それ位では原子爆弾はつくれないからね。」

オーターソン大佐「真珠湾は米国の予測しないアンエキスペクテッド・トラゼディ（悲劇）であった。広島、長崎の原子爆弾も日本側の予期しない悲劇であった。予期せざる悲劇に始まり、悲劇に終った。今後の世界は予期しない悲劇は双方に起さないよう協力したい。」

このように穏和で妥当な会談も発表されたし、広島の焼跡には野菜が生きかえって青々と葉を出しているときいた。しかしその風聞の中でなお人々は死んだ。広島にいた者で健在者は僅かに六千人という数字を眼にすると、吹く風さえ、雨さえ、暗黒なものに思えた。そして山村に落ちてきた罹災者たちはアメリカから運ばれた医療品の影も見ることはなく、新聞記事は平気で「お灸《きゆう》をすぐすえろ」と横柄に命令でもするように叫んで、ちっとも見えぬ真黒な灸点の写真を出したり、南瓜を食べれば薬になると書いたり、南天の葉や柿の葉を煎じてのむことをすすめた。髪がぬけていても効くといわれたどくだみは、高貴なものであるように、おそろしく闇値があがって必要な者の手には入らなくなった。野には一枚のどくだみの葉も見つからなくなった。

雨は軀のしんがくさる思いをするほどしとしとと降った。私は村に来て四十日も経ってから半ば麻痺していた魂がぼつぼつ恢復したようであった。それは眼に見えて、ちょうど重い病気をしたあとの人が薄紙を一枚ずつ剝《は》ぐように健康へ恢復するという、ああいう感じでじりじりと八月六日以前へあと戻りしはじめた。

するとそれに伴って云いようもない恐怖に脅えはじめた。雨の音が急にはげしくなった夜中など、今にも青い光におおわれ、寝ている家屋が音もなく崩れるような感覚に囚《とら》われて、飛び起きては天井を見たりした。こんなに生々しい感覚がかえって来ても、それでも私は人々のあとからおくれて死ぬのだろうかと思った。

「これからぽつぽつ死んでしまうのでしょうか。」

私は寄寓している家の人たちに向って、朝に晩にそう云った。冗談のようにしか云えなかったけれど、書置は本気で書いた。昔住んでいた、川の上流にある部落に今も墓地だけはあるから、その部落の人たちの手でそこに埋めてもらうことを書いておいたりした。

九月は半ばまで梅雨のように降り通してすぎ、十六日は終日豪雨で暮れ、十七日もその豪雨は一刻も止まないで、夜になると台風になった。寝ている二階はゆらめいた。東の風が大きな池のある庭からつきのめすように吹きあがり、雨戸をゆさぶって蚊帳を千切りそうであった。

雨は家を押しつぶす勢いで一分もやまずに降りつづけ、雨漏りがしはじめた。電燈は切れたままだった。とつぜん郵便局で空襲警報のサイレンが鳴り出した。戦争がすんでから、朝の五時や正午や夜の九時の時を知らせるのに、戦争中の警戒警報のサイレンをそっくりあのとおりに鳴らすことに私は反対だったし、村に来てあれほどいやな物音はなかった。

その度に忘れていた戦争中のことを思い出して、私は生汗をかいたけれど、豪雨と台風の中でいきなり空襲警報が出たのだったから私は二階の階段を駈け降りた。母家の人たちのところへ飛び込んで見ると、老婦人や若い妻君などが提灯に灯をつけているところだった。

「びっくりなさったでしょう。今声をかけようと思っていたところでした。」

そう云って婦人たち母子は笑った。土間には雨具をつけた年寄りの主人が立っていた。田畑や人家や道路が雨と風で押し流されるかも知れないので、警防団の人達がそれを防ぎに出るのである。表ではそれらの人の足音と賑《にぎ》やかな声が、風と雨の中からきこえた。

それにしてもあの怖ろしいサイレンで人をよび集めないで、太鼓でも打ってもらいたかった。東京や広島であのたまらないサイレンが鳴る度、土穴にめり込んで、明日までいのちがあるかどうかわからなかったのだ。

階下へいっしょに寝るようにというのを、ランプをもらって二階へ帰って来た。二階は大きく台風の波が来る度、音響がしてゆれるので、蚊帳の中へも入れなかった。立ったり坐ったりしていると、東の障子の上、欄間《らんま》の横額がどさりと落ちて、うしろの壁土がいっしょにどたどたと畳に崩れ落ちた。障子はびっしょりぬれて来た。私はランプを持ってまた階下へ降りたが、夜が明けるまで起きていた。

深夜台風と豪雨にさらされた翌日の真昼ほど白々しいものはない。天気になったわけではなく、台風の名残も豪雨のあとも、まだあたりを曇らせていたけれど、ときどき薄陽がさした。真向いの川の向うの小山の崖は、そぎ取られて赤土を川まで突落していた。川幅は広くなってごうごうと大きな音を立てて流れた。方々の土橋はみんな落ちていた。

人家も屋根をそがれたり半倒れになったところがあった。ある場所では道路が崩れて川になった。黄金の波を打っていた。一面の稲田もところどころ川岸の方へ吸い込まれて崩れ、稲は土に伏せていた。

広島から逃げ帰っていた専門学校の学生は、一旦原子爆弾症に罹って、皮膚に斑点が出たり髪の毛が抜けたりしていたのだが、恢復して元気が出ていた。その学生の家では十七日の夜、寝ている上へ天井が落ちて来たという。学生はまた爆弾が落ちて来たのかと思ったそうである。

村の古老はこれほどの大荒れは六十年ぶりのことだと話し、

「こりゃあ、はア踏んだ上に蹴るようなもんで、いかさまやれませんわい。」

と語っていた。

電燈線が切れたままだったから、村は再び真暗になった。蠟燭や石油のない家が多かったが、私の部屋には古風な形のいいランプがともされた。なまじランプは素的だと思って、暗く静かな夜をはじめのうち私はありがたく思った。ランプの灯はぼうっとしてやわらかく、やさしげに部屋を照らす。本を読んでいても、なにか書いていてもすぐ眠くなる。

29

以前よくランプの灯で夜をすごすような山奥の温泉へ仕事をしに行きたいと思い、人に訊いたりしたものだったが、そういうところにはなかなか行き当らなかった。

電気が来ないのだから、ラジオもきくことは出来なかった。人の顔も見えないで、四角の箱の中から生々しい無気味な人間の声のするラジオを私は好きでないから、ちょうどよいと思った。

町からの交通はまったく途絶えてしまい、新聞も郵便も来なかった。

十七日以後も雨はさかんに降った。

十月に入るとまた早々に豪雨は大地をゆすぶりかえし、はじきかえすように降り募り、荒々しい嵐が吹き起った。村はぺしゃんこの歪んだ顔になった。川幅はますます広くなって岩や石がごろごろ響きあがって流れていた。丘や小山の崖は眼の下の稲田へどっさり落ちて稲穂を押しのけてしまい、巨木は物々しく稲穂の上に横たわり、灌木は立ったまま稲のあとへ植木のように根を下ろしていた。一面の田は荒廃の公園に似て、真赤なはぜや紅葉や紫の野菊におおわれてしまった。

電燈もつかないし新聞も来なかった。九月十七日からそのままになっていた。廿日市町から来るトラックもバスも、今年いっぱいはだめだろうと云われた。村の人達が集まって崩れた泉水峠の道を修繕に行き、十四、五人のひとは秋祭に使う醤油や酢を背負いに町へ出た。「ニコ」という負籠を背にした老人や若者が仲よくあとさきになって、酢や醤油を買いに行く様子は何かの道中のようであった。ほかの配給品の受取り方も面白かった。自転車を持っている人は自転車をもって、それのない人は「ニコ」を背負って、青年団や警防団の人が勢揃いして廿日市へ出かけた。あちこち壊れた六里の道を日帰りにするのである。この自転車と「ニコ」の行列は壮観であった。隣り村の連中も私のいる村を通って行ったから、朝は運動会か遠足の自転車競走を見るようであったし、夕方は疲れ果てたマラソン選手を思わせた。

村からはめったに出て行く人もなかった。ほかから入って来る人もめったになかった。ランプの夜は二週間もつづき、新聞は一カ月経っても来なかったから、昼も夜も太古のようであった。太古のような生活の中では村のことしかわからなかった。広島市のことさえわからない。一カ月経った頃も死体は町の方々に転がっていたというし、いたるところ白骨があったし、嘔吐《おうと》しそうな臭気は町から町をおおっていたと云う。蠅はどこへ行っても小豆をまいたようにいて、市中の一部を走っている焼けた電車では、乗客の全身に真黒になるほど蠅はたかり、特に赤ん坊なんぞの顔には大きな黒い蠅が恐ろしいほどよりたかるという。蓋《ふた》のきっちりしてあるアルミニウムの弁当箱の中にも、蠅は何匹となく入ってごはんの上に死んでいるというのだった。

赤痢患者は戦災直後に出たけれども、繁華だった街の真中の、福屋と云った百貨店の地下室は、赤痢患者の隔離病舎になっていた。このような話をきいていると、世界一の不衛生国で、悪疫の本場だと云われていた中国の裏街を思い出さないではいられなかった。また蚊のために細菌を媒介されて「黄熱」に苦しめられた一八九八年後のハバナの町に彷彿《ほうふつ》としていた。キューバ島のハバナは美しい海港だったし、地勢は健康的だったけれど、不潔で町全体は悪臭に溢れていて、街路は腐った野菜、死んだ動物、汚物や塵埃《ちりほこり》でいっぱいだった。施療病院はいつも大入満員だったが、沢山の貧乏人はそこへも入れないで街頭にころがっていたし、どこへ行っても乞食が手を出して金をせびったというのである。

このハバナではのちにアメリカ本国から黄熱調査委員会を組織して、学者や軍医が研究に派遣されて来た。その人々のうち、キャロールやラジアー氏などが研究のため殪《たお》れたりしたけれども、旺《さか》んな実験の結果レー総督や衛生局長官のドクター・ゴーガスの血みどろな実践運動が行われ、一九〇五年頃には町は生れ変ったように清潔になった。蚊やボーフラが撲滅しつくされ清掃されたのだった。その時代のハバナは人口三十万だったというし、どこか広島に似ているのだったけれど、戦災後はとりわけ一九〇五年以前のハバナの街に似通っている。しかし現在の広島にはドクター・ゴーガスもレー総督も、黄熱犠牲者のキャロールも、蚊の細菌の発見者のリードもいない。市長も決定していないし、地方長官は本省へ栄転したままあとが来ていなかった。広島は一世紀以前のハバナを絶海に切り離した孤島のようにも思われる。家のないことがそれ以上にも思われる。そのくせそこでは二カ月経っても、バラック建てに住みついて、動かない人々もあった。私の知り合いの婦人は、家の裏の畑に人が作ったままどこかへ行ったあとのバラックに一カ月も暮らしていたというのだった。死体といっしょに寝て、ウラニウム毒説と、毎夜方々にあがる屍を焼く火の手に心怖ろしく、頭がへんになるかと思ったけれど、風と雨でバラックがこわれるまでそこにいたというのである。

たまたま村から広島へ出て行った人の話で、広島では橋という橋がみんな落ちたということを知った。七つの河に二十あまりの近代風な橋がかかっていたのだった。広島では町々が橋と橋とでつながっているのだから、落ちてしまうと、隣りの町へも出掛けることは出来ない。渡舟で河を渡っているというが、その渡舟にも人が乗りすぎたりして、ひっくり返ったり、水死した人があったりした。

ある爺さんは船頭でもないのに、自分の荷物を小舟で渡しているとき、人々によびとめられて何人かいっしょに向う岸へ渡した。人々は五十銭、一円と爺さんに渡賃をくれた。爺さんは舟を賃借りして渡しの船頭になった。そして大雨の日舟を裏返しに顚覆《てんぷく》させて大勢の人を殺した。自分も海へ流れ込んで死んだ。

原子爆弾でも落ちなかった橋が水で流されたのだから、よほどひどい雨だったに違いない。どうしてあれほどの劇しい雨が一カ月も降り通すほど空にあったのか。百姓は旱魃《かんばつ》に、ちょっとでも空に近い丘などに火を焚いて天に雨を乞うた。

八月六日には大火災のあべこべの側で、強い陽光があるのに大粒の雨が降り注いだ。火災と雨とは天空で微笑し合うのであろう。踏んだり蹴ったりだと嘆くけれど、べつものでなく、豪雨も台風も火災の余韻にちがいない。都会から都会を焼き払い、最後に原子爆弾で潰崩し焼き捨てた都会の空の響きが、地上に降り落ちる。爆弾は地上だけではなく天空にも働いたのだ。

私は夜のランプの灯に不自由を感じはじめた。初めの間のやさしい浪漫的な光は、毎夜つづいているうちに眼を痛めた。姿勢は悪くなり、頭は濁ったようになった。石油の匂いもはじめのように香ばしくは思えなくなった。なによりもランプは陰気くさく、狐の声でもきこえそうでたまらなかった。

晩秋の琴

30

人はいろいろな用事が出来て広島へ出て行く。しかし私はどうしても行って見る気になれなかった。小説家などは格別よく見物しておく方がいいと人はすすめるし、そうであろうと思うけれど、再びあそこへ行ってきょろきょろする気にはなれなかった。見物がてら出て行く人を見ると、安価な侮辱を私は受けでもしたように不愉快であった。いつまで経っても淡い恥辱感はぬぐい去れない。

広島を戦争記念物として、永久にあの日のまま置くという話の、出どころを私は知らないけれど、九月上旬の中国新聞の社説欄で執筆者は顰《しか》めかえって、次のように怒っている。「廃墟と化した広島を指して『戦争記念物』呼ばわりし、この見渡す限りの焼野原を永久に保存せよとか。かくの如き無責任極まる暴論を吐き、恬《てん》として恥じざるにいたっては、その厚顔さに地元民たる者みな郷土愛を有するが故に、烈火の如く怒らざるを得ない。なるほどウラニウムの惨禍は未曾有《みぞう》のものであった。われら市民の過半数を原子爆弾の犠牲として地下へ葬り去った。野辺の送りも済んだ昨今、気をとり直して復興建設へ乗り出す矢先を心なくも他人ごとのように、気勢をそぐ輩《やから》の短見、まことに思わざるの甚《はなは》だしきと評したい。戦争記念物たらしめよと説く論者は、人の生理と病理学的立場から、市民の居住にも地上生産にも不適当と云い、そこから出発して広島市の運命に終止符を打つものである。然《しか》るに何《な》んぞや、この地に再び市内電車が運行し、残骸の高層建築物内には、旧来の規模こそ縮められているが、事務所に出入りする人の数も尠《すく》なくない。電信、電話の復旧計画あり、その他、破壊せられた文化諸施設も日を逐《お》うて再建さるべき機運にある。としたらその矛盾撞着をいかに調整したらよいのであろうか。今のところ白血球の減少と、都市再建が両天秤にかけられ、もろもろの権威の名において種々なる調査がすすめられている。（中略）慎重と云えば大した慎重ぶりだが、中ぶらりんの戸惑いで、合理主義の日和《ひより》見《み》で荏苒《じんぜん》日を空《むな》しうしているのである。想うても見よ。広島市の光輝ある歴史は、日清戦争に始まって、太平洋戦争が終った役割の負担は、全国中でも稀《まれ》に見る過分なものであった。（中略）われらの白血球の多少の減退の如きを顧みず、たとえ建設途上で斃れる最悪の場合に出合わすことあるべしとしても、なお決死の覚悟もて、祖先の与えた三角洲の地を守り抜こうではないか。（後略）」

広島をそっくり標本のように記念物にすることは、風化作用や人間の意慾などのために不可能と思う。それよりも勇壮な明治時代調の文章をもってしたこの口惜しそうな執筆者ていた。

の胸中は見捨て難い。上海の閘北《こうほく》方面で当時の戦争記念的な爆弾の破壊の跡を私は見た。

「戦跡」と云われ、そこは旅行者の誰もが見物した。無残に壊れた鉄筋コンクリートの建物の地下では乞食が暮らしていた。あたりの壁には抗日文字がいたるところに刻みこまれ

あとで閘北一帯を「戦跡」として日本が保存するか、或いは取り払ってきれいに清掃するかが今問題になっていると聞いた。(昭和十五年だったと思う。十四年だったかも知れない。)私はそのことをきいたとき、なんてへんなことを議論しているのかと思った。和平提携と、おかしいほど力説しているくせに、こちらでむちゃくちゃに打ち砕いた中国の文化建設を、そのまま中国民衆の眼に永く曝《さら》しておくなんて、そのような逆な道はないのである。

私は広島の中国新聞の怒った社説をよんだとき、このことを思い浮べた。広島の土を死臭でおおった科学モルモットたちは、新しい建設を祈りながら眠っていることであろう。美しくて平和な豊穣な明るい街の出来ることを。

ランプのほのかな光のなかで、私はいろんなことを考える。真夏の朝の悲劇の日から、田園の山や野良が、黄金色に変る晩秋の今日まで、異様な経験を積み重ねたけれど、その中から私は深々とした人生の影を新しく汲みとった思いである。精神の襤褸に比べれば、着物の襤褸などなんでもないのだ。精神の襤褸こそは着替えることが出来ない。河原で多くの死体とともに三日間起き伏したその一つのことでさえも、私の人間にとって何に比べ

ることも出来ぬ、深い教えを永久に残すと考えた。八月六日以前に、安全なところへ立ちのいていたことと、そうでなかったこととは、一生を支配するほどの相違と思える。簡易生活というけれども、摑もうとしてこれまでつかみ得なかったそのことの真髄をも、今度は摑み得た気がしている。誰も彼も丸裸で出たと云いながら、裸で歩いている人もないし、跣足《はだし》の人も歩いてはいない。私の身につける小物は別として、夏中三枚の着物しか持っていなかった。一枚は毎日着て、一枚は寝巻に、あと一枚は洗替えにしたけれど、それは簡単清潔でもあった。一足の下駄に昔の知り合いのお婆さんのくれた一足の藁草履とを大切にはいてこと足りた。これまでの生活も簡易なものと思っていたのは、間ちがいであったことに気がついた。持ちすぎてその圧力に押しつけられて、精神までも俗悪化されていたのだった。日本人は着物の種類や枚数に囚われすぎ、栄養のない美食に精根を使いすぎて来た。その二つに日本人は老練であったけれど、時間を奪われて深遠な智能を磨く時間をうしなったのだ。

私のうちに作家魂の焰が燃えてくることを感じはじめて幸福である。長い冬籠《ふゆごも》りに虐《しいた》げられて来た者のみが感得する、あの劇しい感動が私をゆりうごかす。原子爆弾の遭難から、種々様々なものが私の身心に派生したが、すべての嘆きは、いつか濾過機《ろかき》に入れられた水が濾《こ》されて、きれいな水だけがしたたり落ちるように、作家魂一本が生《き》のまま残る気がしている。実は、広島を破壊された事実よりも、作家生活を崩壊しようとした帝国主義の無智に腹を立てているのだった。個人としての怒り方ではなく、自分の国を嘆く思いのなかにふくまれている。致命的な敗北を、見送って悲しんでいるのだ。日本はいま大きく伝統の性格から脱しつつあるのだろう。戦争に打ちひしがれたことは戦争以外のすべてのものにも敗北した意味にはならない。あらゆるものが敗けたと思うのは心理的な副作用で、附随的なものなのだ。

そのあらゆるものは、敗戦のためにのみ、根本的にくつがえりはしない。本質的には進歩である。

鋭い針は平和へ向って、急速につきさされているかに思える。しかし、日本の土と人間は、日本人のものであって、誰のものともなり得ない。悲劇とも思え、幸福とも思えるのはそのためであろうか。

日本人の多くは民主主義がなんであるかよく知らないと思われるけれど、日本の土と人間の復活、というよりも旧《ふる》い皮膚の剝脱によって新しい人間像を創り出すためには、民主主義の土を切りひらくよりないと思うのである。

未だこの国では開花したことのない、この政治的な原理は、その言葉の短さに比べて長い歴史のジグザグを乗り越えたものであり、近代を創造した母体ではあるが、日本の土壌はそれを移植するにさえあまりに固いように思われる。

けれども、混沌とした現在の敗戦情勢のなかでなお、私どもは理想的に生きなくてはならない。遠い将来のほんとうの平和のために、今さし迫っている何物かをはっきり見極めなくてはならないのであり、そこに深い苦しみのあることを当然としなくてはならない。

特に耳を傾けるまでもなく、まったく直接に生活自体へ齎《もた》らされる強烈な響きに、私たちの精神は鋭くなるばかりであろう。

深刻な運命を一様に背負う日本人全体が意識されるならば、その暗さを突き抜けて生きる聡明や、認識された苦闘や、大きな強い希望こそ、高い生活原理でなくてはならない。深刻な共通の運命の暗示は、私どもに虚無観念をも、安易な逃避も、とうてい許しはしない。

小さな田園に漸《ようや》く晩秋が訪れた。もう鬼面《きめん》人を脅かすような猛雨は降らなくなり、たまに霧のような時雨《しぐれ》がくることがあっても、空はじき透きとおった、晩秋特有な群青《ぐんじょう》に晴れあがる。

熟れ切った黄金の稲田に風が渡ると、乾いた黄いろい穂波に、さらッさらッときこえる衣摺《きぬず》れの音が起る。なんとも云えぬ快いリズムで、琴爪を琴の糸に当てて、横にしゅっしゅっとやさしくしごいて音を出す、あの音に似ている。琴と云えばもうすがれはしたが秋のいろんな虫もまだ鳴いていて、それが禽鳥《きんちょう》の啼声《なきごえ》や川のせせらぎや、風の音などといっしょになると、調子のいい琴歌にきこえる。すると私は少女の日、琴の稽古をはじめたとき、いちばん最初に習った琴歌を思い出して、心のうちで歌って見るのだ。

金剛石も磨かずば
玉の光は出でざらん

人も学びて後にこそ
真《まこと》の徳はあらわるれ

むきつけな教訓をきらって、長くうとんじて来た歌も、今となっては心にしみるようである。

広島市から来た人たちも、死をまぬがれることの出来なかった人々は死につくして、もう今は命をとりとめたひとたちが、浮かぬ顔で生きている。よそから入って来た者に、副食物の配給をまったくしていないという、この俗悪で怠慢な（俗悪という言葉を不用意に使っているのではない）やり方は、いつか社会性を帯びて大きく問題にされると思う。そのときあわてて悲鳴をあげる部面を思うと寂しい。よそから入って来ているものはすべて金を持って、食物を持たぬジプシーなのだ。

生きている戦災者たちの火傷の名残りや、顔や首や手にのこされた裂傷の傷痕は、今となっても生々しい。いつまでも広島市内をさまよっていて手当をしなかった火傷の痕をもった人は、腋の下の皮膚がひきつれて、腕ぜんたいが上にあがらなくなったり、眉毛が焼けたまま、新しく生えなかったりしている。裂傷のあとは普通の切傷とはまったくちがって、谷の両側から内側に巻き込み、不整型に接着した瘢痕《はんこん》になっている。切口の皮膚組織がウラニウム毒によって破壊されたものと、S医師はきたない瘢痕についていうのだった。

はじめの方に書いた銀ちゃんという人は、S医師も九月末まで生きるかどうかと云っていたのに、いまも生きている。凄味を持った末期の風貌のまま、剽悍な生き方である。うしなった妻の衣類を広島のどこかの土の中へ埋めておいたと云い、放っておくと盗まれそうだから、と掘り出しに出かけたりする。生命は死の刹那《せつな》までわからない。凄惨な原子爆弾症の皮膚のまま、強引に生きている人たちが幾人かあるのだった。しかしそれも生きている屍のように、魂の瘢痕を、肉体のどこかに空虚にただよわせてである。

私も、理解出来ない死の影を三カ月垣間見ているうちに、死から遠のいた。そして一日に一度か二度は四、五枚の幻想的な絵をくりひろげて眺める。それは巨大な市街の潰崩の絵ではない。

河原の水際に、寝そべったように息を引きとっていたうつ伏せの幼女の姿、道端の防空壕に芝居の巡礼お鶴に似た恰好で、死へ旅立っていた少女と、その傍らの焼石に腰かけていた若い父親の姿、樽のようにふくらみ、金仏色に焼けていたたくさんの娘達の死の森を忘れることは出来なかった。その上、吠えもしないで河原をさまよっていた佐伯綾子の家の犬のことや、墓場をうろついていた寺の白い鶏のことなどが、奇妙に思い出の中で光るのだ。

村々では全く狐色に焦げた稲が刈り取られた。よく見ると稲刈る人の姿にも、よろこびは見出されず、戦争に疲れた農民の痛々しさが見られた。綿の垂れ下った袖なしちゃんちゃんこを着て、帽子もかぶらず、足は素足のまま、破れた藁草履から半ばはみ出ている。稲は組木の材木に房々と掛けられた。稲は黄金の屏風《びょうぶ》となって、見渡す限りの田の面に高々とかけられ、空は抜けるように高く瑠璃紺色に輝いている。囂々《ごうごう》として掻き鳴らされる日本人飢餓の呻きごえは、今年の田園の鬼哭啾々《きこくしゅうしゅう》とした琴歌のようにきこえる。戦災と天災、二つの歯車のぎしぎし鳴ってからみ合う、瀕死の琴歌が地に這っている。

（昭和二十年十一月）

序

私は一九四五年の八月から十一月にかけて、生と死の紙一重のあいだにおり、いつ死の方に引き摺って行かれるかわからぬ瞬間を生きて、「屍の街」を書いた。

日本の無条件降伏によって戦争が終結した八月十五日以後、二十日すぎから突如として、八月六日の当時生き残った人々の上に、原子爆弾症という恐愕にみちた病的現象が現れはじめ、人々は累々と死んで行った。

私は「屍の街」を書くことを急いだ。人々のあとから私も死ななければならないとすれば、書くことも急がなくてはならなかった。

当日、持物の一切を広島の大火災の中に失った私は、田舎へはいってからも、ペンや原稿用紙はおろか、一枚の紙も一本の鉛筆も持っていなかった。当時はそれらのものを売る一軒の店もなかった。寄寓先の家や、村の知人に障子からはがした、茶色に煤《すす》けた障子紙や、ちり紙や、二三本の鉛筆などをもらい、背後に死の影を負ったまま、書いておくことの責任を果してから、死にたいと思った。

その場合私は「屍の街」を小説的作品として構成する時間を持たなかった。その日の広島市街の現実を、肉体と精神をもってじかに体験した多くの人々に、話をきいたり、種々なことを調べたりした上、上手な小説的構成の下に、一目瞭然と巧妙に描きあげるという風な、そのような時間も気持の余裕もなかった。

私の書き易い形態と体力とをもって、死ぬまでには書き終らなくてはならないと、ひたすら私はそれをいそいだ。

いま改めて出版するにあたって、熟読して見ると、私の体験は、一九四五年八月六日に広島全市に展開された、異常な悲惨事の現実の規模の大きさと深刻さに比べ、狭少で浅いことを、今更つよく感じないではいられない。

私の筆は全市にくりひろげられてはいないのである。自分の住んでいた母の家からのがれ出して、三日間を野宿した河原と、田舎へ逃げて行く道中の情景とのきわめて部分的な体験しか書いていない。

私は読者に、私の見た河原と道筋の情景よりももっと陰惨苛酷な災害が、全市街を埋めつくしたことを知ってもらいたい。

読者は私の書き方をもの足りなく思われるであろう。私自身五年経ったこんにち、読み返して見て意に満たぬ多くのもどかしさを感じている。そして私の書き得なかった広島の、当時の様相を眼底に思い浮べ、私の魂自体が焔の中で煮詰まるほどの、肉体的な、精神的な苦痛を覚えるほかはない。


私はこの五年間、「屍の街」を客観的に整理し、健全な心身をとり返した上で、一つの文学作品に書くことのみを考えて暮した。

しかし、なんと広島の、原子爆弾投下に依る死の街こそは、小説に書きにくい素材であろう。それを書くために必要な、新しい描写や表現法は、容易に一人の既成作家の中に見つからない。私は地獄というものを見たこともないし、仏教のいうそれを認めない。人々は誇張の言葉を見失って、しきりに地獄といったし地獄図と云った。地獄という出来あいの、存在を認められないものの名で、そのもの凄さが表現され得るものならば、簡単であろう。先《ま》ず新しい描写の言葉を創らなくては、到底真実は描き出せなかった。

小説を書く者の文字の既成概念をもっては、描くことの不可能な、その驚愕や恐怖や、鬼気迫る惨状や、遭難死体の量や原子爆弾症の慄然《りつぜん》たる有様など、ペンによって人に伝えることは困難に思えた。

私は人口四十万の一都市が、戦火によって、しかも一瞬に滅亡する様をはじめて見た。その戦火が原子爆弾という、驚くべき未知の謎をふくんだ物質によってなされた事実をも、そのときはじめて知った。いちどきに何千何万の、何十万の人間が死に、足の踏み場もないその野ざらしの死体のなかを、踏みつけないように気をつけ、泣きながら歩いたことも始めてであった。原子爆弾症の凄惨さも、人間の肉体を、生きたまま壊し崩す強大で深いものとして、始めて見るものであった。その場合、何もかもが生れてはじめて見なくてはならなかったものであり、それを見なくてはならなかったこと自体、悲惨であった。

またたとえば、大手町の爆心地から、南に向ってまっすぐ二里の海上にある、金輪島にいた娘が、放射能の閃光の一瞬後、片方の乳房をえぐりとられたという話をきいていて、これを作品の中に描こうとしても、容易には描き得ない。

もっと近い距離にいた者が、死をまぬかれ、海をへだてた瀬戸内海の小島に、女子挺身隊で働きに行っていた娘が、爆風による硝子の破片で乳房をもぎとられ、丸い乳房型の血の肉塊が、胸の谷にはみ出て垂れ下っており、そのあとが暗い空洞になっていたという、このような事実は、ウラニューム爆弾の性格を知らぬものには、嘘としか思えないだろう。

しかしこの故に、いっそう私は書かなくてはならない。広島の不幸が、歴史的な意味を避けては考えられないことを思うとき、小説と云えども、虚構や怠惰はゆるされない。原型をみだりに壊さず、真実の裏づけを保って小説に移植されるべきであろう。そして書かなくてはならないということだけが、うごかし難いものだと思う。

「屍の街」は個人的でない不幸な事情に、戦後も出版することが出来なかった。

広島市から北に十里はいった山の中の村で、はじめに書いたように、刻々に死を思いながら「屍の街」を書き終った時分、颱風と豪雨の被害で、一カ月もきけなかったラジオが、ある日ふいに聞こえて来た。そのとき、原子爆弾に関するものは、科学的な記事以外発表できないと云っているアナウンサーの声が、かすかに聞えた。

発表できないことも、敗戦国の作家の背負わなくてはならない運命的なものの一つであった。「屍の街」は二十三年の十一月に一度出版された。しかし私が大切だと思う個所がかなり多くの枚数、自発的に削除された。影のうすい間のぬけたものとなった。

それ以後そのまま放置されて今日にいたった。

その前後の五カ年の年月は、作家としての恢復をのぞむ私にとって、不幸な、運命的な、その上不思議な五年間であった。戦争による約十年を空白にされた者へ、重ねての被害が加えられた。

それはいまも余韻をのこしている。私はその間にほかの作品を書こうとしていた。原子爆弾とは関連のない、別の作品を書こうとした。すると私の頭の中に烙印となっている郷里広島の幻が、他の作品のイメージを払いのけてしまうのだった。原子爆弾に遭遇した広島の、その作品化が難しければむつかしいほど、私の眼と心に観察され、人々にきいた広島市の壊滅と、人間の壊滅の現実が、もっとも身近かな具体的な作品の幻影となって、ほかの作品への意慾を挫折させた。

そのくせ一九四五年の夏の広島を書こうとすれば、当然掻き集められる記憶の集積と断片が私を苦しめる。

書くためには思い起さなくてはならず、それを凝視していると、私は気分がわるくなり、吐気を催し、神経的に腹部がとくとく痛くなった。たとえば当時新聞の報じた一つの挿話が私の心にまざまざと生き返る。八月六日の一瞬に孤児となった子供らが、市外草津の孤児収容所にはいっていたが、その中の三人の少年が僧侶になる話である。少年は十一歳が二人、十三歳が一人であった。三人の子供らは両親の霊と、他の同じ戦争犠牲者の霊のために、僧侶となって生涯をささげたいと云い出し、広島別院の坊さんにつれられて、京都の寺に行った。

その寺で彼らは剃髪《ていはつ》し、袈裟《けさ》、衣をまとったのだ。ことの正否は別として、またこの子供たちの将来が果して坊主で終るものかどうかうたがわしいが、私はこの新聞の一記事の思い出の前で、胸のなかにいっぱいの涙の溢れるのをふせげない。私は作家であるより前に、先ずその小さい少年たちを抱きしめて泣きたくなり、素直にそれの出来る作家でありたいのだった。私は慟哭《どうこく》し、軀《からだ》も心も壊れてしまいそうになった。その少年たちの心情の哀れさにやりきれなくなり、その他種々様々の悲しさにぶつかり、私はペンを投げだしてしまうのだ。

私は作家が客観的にものを書かなくてはならぬということに、ある疑問を抱く日もあった。

私は屍の街にひっからまって、身うごきが出来なかった。

私にはもっとながい時間を賭けるよりほか、道がない。このことは当然のことでもあろう。

このような思いに悩まされている私にとって、この度のこの書の出版は、せめてもの救いである。世紀の、否日本人の味《あじわ》った最大の悲劇、原子爆弾に難を受けて斃れた人々と、生き残った傷心の広島の人々を想う、耐えがたいその思いへの救いである。
いずれの日か私は、不完全な私の手記を償うべく、かならず小説作品を書きたいと思っている。

一九五〇年五月六日　　著者

編集部註
「屍の街」は、一九四八年一一月、中央公論社より刊行されたが、その際、占領軍の検閲をはばかり、一部削除が行われた。その後、一九五〇年五月、完全版が冬芽書房より刊行され、新たに「序」が巻頭に付された。本巻で底本とした三一書房版「大田洋子集」では、小説本文は第一巻（一九八二年七月刊）に、「序」は第二巻（一九八二年八月刊）に分けて収録されている。本巻では、「序」の内容とともに、著者の執筆時期も考慮し、小説本文の後に置くこととした。

詩

生ましめんかな

——原子爆弾秘話——

栗原貞子

こわれたビルデングの地下室の夜であった。
原子爆弾の負傷者達は
ローソク一本ない暗い地下室を
うずめていっぱいだった。
生ぐさい血の臭い、死臭、汗くさい人いきれ、うめき声。
その中から不思議な声がきこえて来た。
「赤ん坊が生れる」と云うのだ。
この地獄の底のような地下室で今、若い女が
産気づいているのだ。
マッチ一本ないくらがりでどうしたらいゝのだろう。

人々は自分の痛みを忘れて気づかった。
と、「私が産婆です。私が生ませましょう」と云ったのは
さっきまでうめいていた重傷者だ。
かくてくらがりの地獄の底で新しい生命は生まれた。
かくてあかつきを待たず産婆は血まみれのまま死んだ。
生ましめんかな
生ましめんかな
己が命捨つとも

（一九四五・九）

八月六日

峠　三吉

あの閃光が忘れえようか
瞬時に街頭の三万は消え
圧《お》しつぶされた暗闇の底で
五万の悲鳴は絶え

渦巻くきいろい煙がうすれると
ビルディングは裂《さ》け、橋は崩《くず》れ
満員電車はそのまま焦《こ》げ
涯しない瓦礫《がれき》と燃えさしの堆積《たいせき》であった広島
やがてボロ切れのような皮膚を垂れた
両手を胸に
くずれた脳漿《のうしょう》を踏み

焼け焦《こ》げた布を腰にまとって
泣きながら群れ歩いた裸体の行列

石地蔵のように散乱した練兵場の屍体
つながれた筏《いかだ》へ這《は》いより折り重った河岸の群も
灼《や》けつく日ざしの下でしだいに屍体とかわり
夕空をつく火光《かこう》の中に
下敷きのまま生きていた母や弟の町のあたりも
焼けうつり

兵器廠《へいきしょう》の床の糞尿《ふんにょう》のうえに
のがれ横たわった女学生らの
太鼓腹の、片眼つぶれの、半身あかむけの、丸坊主の
誰がたれとも分らぬ一群の上に朝日がさせば
すでに動くものもなく
異臭《いしゅう》のよどんだなかで
金《かな》ダライにとぶ蠅の羽音だけ

三十万の全市をしめた
あの静寂が忘れえようか
そのしずけさの中で
帰らなかった妻や子のしろい眼窩《がんか》が
俺たちの心魂をたち割って
込めたねがいを
忘れえようか！

祭りの場

林 京子

昭和二〇年八月九日
長崎市に投下された原子爆弾の爆圧などを観測する、観測用ゾンデの中に、東大嵯峨根教授名あての降伏勧告書が入っていた。嵯峨根教授が米国留学時代の、三人の科学者仲間が送った勧告書である。
「ヒロシマナガサキ原爆展」に掲載されている書翰《しょかん》には
　嵯峨根教授へ
米国原子爆弾司令本部　一九四五年八月九日
嵯峨根氏米国滞在当時の三人の科学者仲間より
「われわれは貴台が立派な原子物理学者として、もし日本国がこの戦争を続けるならば、日本国民は重大な結果に遭遇し、苦しまなければならないだろうということを、日本帝国参謀本部に悟らせるために努力されるよう、個人的にこの書翰を送るものであります。（中略）この三週間のうちに米国の砂ばく地帯で最初の爆発実験が行われ、一つは日本の広島に投下され、さらに第三番目の原子爆弾が今朝投下されました。われわれは貴台がこれらの事実を日本国の指導者達に認め、悟らせるよう努力され、そしてもし戦争がなお続けられるならば貴国の全都市の壊滅と生命の浪費を中止するために貴台が全力を尽されるようにお願いするものであります。科学者としてわれわれの美しい発見がこのように使用されたことを残念に思うものであります。しかし日本国がただちに降伏しなければそのときは原爆の雨が怒りのうちにますます激しくなるであろうということをはっきり申上げるものであります」とある。

私は長崎の被爆者だから顔みしりの人たちの、生命の代償による、一層の効力が計算された勧告書を、平静に読むことは出来ない。

特に「そのときは原爆の雨が怒りのうちに」のくだりは過ぎた歴史の証言としては読みすごせない。原爆の雨が怒りのうちにますます激しく私の友を殺した八月九日の浦上が眼に浮んでくる。当然の行為として書いた三学者を、あるいは書かせた米国を、神のみ子だから怒れるのだな、と敬服する。

あと一箇所ひっかかる箇所がある。それは運命的なしがらみで、第三番目の原爆が今朝投下されました、と投下目的地の地名が伏せてある点だ。憶測すれば第一、第二と幾つか候補地があって、特に長崎じゃなくともよかったのではないか、戦いの根を断つのが目的ならなおさらではないか、にもかかわらず選ばれた不幸である。

実際に同書の、広島、長崎に爆弾が投下されるまでの経過、によると八月八日、野戦命令第一七号が発せられ、主要目標小倉、第二目標長崎となり、八月九日午前二時四九分原爆搭載機B29「ボックスカー」は小倉を目ざして、基地テニアンを出発している。

予定通り小倉の上空に到着したのだが雲が厚く、三回も旋回しながら遂《つい》に視認出来ず、燃料不足を考慮して、第二目標、長崎攻撃に転じている。

長崎と小倉の、明暗をはっきり分ける雲の厚さである。「ボックスカー」はべたなぎの千々石灘《ちぢわなだ》から島原半島を経て長崎へ潜入し、一〇時五八分長崎市上空に達した。小倉同様に雲がかかり、雲量は八。私たちが空を見あげて、空べったりの雲が十である。雲の層には関係ない。

視界はほとんどきかなかった、と同書にある。他の記録を読むと八月九日、風なくおだやかな日、となっている。更に被爆者の、二、三の日記にも晴、あるいは快晴とある。

私の記憶は暑く、晴れていた。地上が曇るほど厚い雲の層ではなかった。

長崎市に潜入したB29は二機で、先導機の一機が落下傘に吊した観測用ゾンデを投下、続いて原爆搭載機が、僅《わず》かに切れた雲の間から長崎製鋼所をみつけ、間髪入れず投下ボタンを押した。長崎製鋼所は浦上駅に近い浜口町にある。

一一時二分、松山町四九〇米《メートル》上空で白い落下傘に吊した原爆は炸裂した。

午前一〇時ごろ警戒警報が発令されたが、爆発時、警報は解除されている。

私たちが学徒動員した三菱兵器大橋工場は、爆心地から一・四キロ離れた地点にある。工場敷地内でも職場は最も北になるが、この地域での死亡率は四五・五%。当時兵器には動員学徒、工員を合わせて七五〇〇名が働いていた。うち行方不明が六二〇〇名になっている。昭和二〇年九月二四日以後の調べである。六二〇〇名は死亡確認が出来ない者で、殆《ほと》んど死亡とみてよい。計算された四五・五%をはるかに上回る死者の数になる。三菱長崎兵器製作所は昭和二〇年一一月一五日に閉鎖された。

小倉にしても長崎にしても、伏せられた地名の街では「そのときは原爆の雨が怒りのうちにますます激しく」降るとも知らず、私たちは各〻の生活をしていた。殆んどの私たちは、なぜ怒られるのか理由さえつかめず、二者選一の伏せ字の下で明日もあさってても生きるつもりでいた。警報のない空から落下傘を開いて降ってくる原爆を、アメリカ捕虜への食糧投下だろう、と口を開いて見あげていた者もいた。浜口町か松山町だったと記憶するが、大橋への電車の沿線に、アメリカ人の捕虜が金網に囲われていた。ゴルフ練習場式の高い金網にかこまれて、常に土を掘っていた。畑ではない。壕かもしれないがスコップで土を掘っていた。休憩時にたまたま通りかかると、金網に白い指をからませて、通りすぎる私たちを眺めていた。青い眼や灰色の眼は人なつこく、自由に歩きまわる日本人を追っていた。年は若く、二〇歳前後だった。八月九日、彼らはやはり被爆死したのだろうか。作業中なら彼らの爆死は疑う余地はない。名誉の戦死だ。家族にはどんな弔文が届いたのだろう。

諫早《いさはや》市は、長崎から約二五キロ離れた城下町である。長崎本線で長崎駅から浦上、道ノ尾、長与、大草、喜々津、諫早の順になる。約一時間汽車に乗れば諫早市に着く。私の母と姉妹たちは、当時諫早市に疎開していた。本明川の河口近い町で有明海のガタと潮の匂いがする町である。

父は外地の商社に勤務していて日本内地には不在、私は長崎市に下宿して通学していた。母校N高女は市内の西山にある。お諏訪さまと隣組で、コンクリートの道をはさんで長崎高商があった。爆心地から直線距離で西山に三キロほどある。

学徒動員したのは終戦の年の五月、長崎では陽《ひ》の光りが最も美しい、石畳みに木々の緑がしたたる季節である。

八月九日、母と妹は朝から畑に出かけた。一〇時頃である。疎開者の畑だから、五、六米長さの畝《うね》を一〇本もたてれば終る、小さいものである。本明川添いにバス道を右に登った丘の頂にあって、素人でも失敗のない芋を母は植えていた。見晴しがいい畑で、川ぞいの上流に海軍病院が見え、諫早駅がみえた。

根を切らんごとよ、と妹に注意しながら、母は畝の腹に指をつっこんだ。八月の芋は土の中で大人の親指ほどにしか太っていない。

俗に人形芋といい、初物としてお盆の仏さまに供える。人間の腹のたしに食べるにはぜいたくすぎる。

柔らかく耕やした土に指をつっこんで、指先にふれた人形芋を、ほかの根を痛めないように母はほじくり出した。一〇本もあれば充分だから、くわで掘る労力はいらないが、一本ずつほじくり出すから時間がかかる。畑には本明川や有明海の潮風が吹いて、朝のうちは涼しかった。昼近く、太陽が頭上に照り始めると暑くなった。赤味をおびたたくましい芋の葉がしんなりしおれ、土が蒸れて体までむれてくる。国民学校四年生の妹は、芋を掘るのに飽きて、帰ろう、と母のモンペを引いた。何気なく母は腕の時計をみた。金をクロームに替えた腕時計は一一時を指している。

母は人形芋のザルを持って立ちあがった。その時、丘の麓《ふもと》を流れる本明川の蛇行した川面が、一瞬明るく輝やき、喜々津方面から白い光りが空をはうように拡がってきた。

「かあさん、なんか光った」

妹が叫んだ。稲妻のように激しく筋を描く光りではなく、照明弾のようにゆっくり空に貼りつき、消えた。

諫早の空には雲がなく、太陽が輝いていたが、真昼の山と川は更に明るくなった光りに感光し白けた。次に地響きがした。腹にこたえる重い炸裂音がし、数分たたないうちにざらついた激しい風が母の顔を叩いた。

芋の葉が畝になぎ伏せられ、次に白い裏葉をさかだてて浮きあがった。

母は、ザルと妹の腕をわしづかみにつかんで畦道《あぜみち》を駈けだした。爆撃は喜々津に違いない。あの爆風と地響きなら遠くとも大草までは離れていない。丘の畦道を走りながら太陽を見あげると、周辺が朱色に燃えて小バエほどの黒い粒々が群がって移動してくる。喜々津の山の稜線が赤黒い雲で縁どられ、徐々に厚くふくれてくる。

「あんた早よう走っていって、伯父さんに知らせなさい。喜々津に爆弾が落ちたらしか、って」

喜々津には母の兄の、一人息子が下宿している。私たちの従兄《いとこ》で長崎の医科大学に入学したばかりである。喜々津は海があり山がある静かな村である。海辺から離れた山はみかん山で、勉強するには最適である。従兄は一人で部屋を借りて大学に通っていた。

バス通りに出ると閃光《せんこう》に驚いた人たちが空を指して騒いでいた。空には巨大な雲の柱がたち、雲の裾は前よりも朱色に染っている。

「なんですか、あれは」鉄カブトをかぶった中年の男に、母は雲を指してたずねた。男は「わからんですたい、気味の悪かですね」雲を見あげたまま言った。くわをかついだ農夫が、喜々津の燃えよるごたるですねえ、と言った。

誰一人、二五キロ先の長崎市が爆撃されて燃えている、とは想像もしなかった。

昼すぎ、畑の畦道で遊んでいた妹が帰ってきて「こんなのが空から降ってきたよ」と藤の花房模様の絽《ろ》ちりめんを母にみせた。布切れは女性の和服の切れ端《きはし》のようである。無理に裂かれたらしく絽の糸目がまるまっている。空から絽ちりめんが降ってくるなど有り得ないので、母はふんふん、と聞き流した。

「新聞紙も沢山、喜々津の山からとんできたとよ」さして驚いた様子のない母に、妹は手をひらひら振ってみせた。そして「これも飛んできたとよお」三〇糎《センチ》ほどの棒っ切れを渡した。手に取ってみるとガクブチの木枠だった。ニス塗りの枠に筆字で長崎と書いてある。

墨の部分が真黒に焼けていた。

あと半分が茶色く焦げて、記念写真か何かの日時が記入してあった。

妹が拾った絽ちりめんの布っ切れもガクブチの木枠も、長崎市から飛んできた品物である。爆風で、延々二五キロの空を藤の花房の絽ちりめんは飛んできたのだ。どんな女《ひと》が着て、長崎の何処《どこ》の町をあるいていたのだろう。

爆心地から〇・五キロの地点の風速は秒速三六〇米とある。音速である。自然現象で七〇米の風速は最大のものといわれる。名古屋の伊勢湾台風が四五米だった。三六〇米の風をまともに受ければ人間の肉など、そぎ切れてしまう。観測機から投下したゾンデも諫早市松原町付近で発見されている。

死の雨といわれた原爆炸裂後の黒い雨は、諫早にも降った。雨には強い放射能が含まれており、母が井戸端で掘ってきた人形芋を洗っていると腕や首筋に降りかかった。雨というよりふんむきで吹きかける霧のようだった。爆発後二、三時間たっていたようだ。

死の雨、黒い雨と騒がれたのは終戦後で、その頃は〝へんか雨ね〟と黒い跡をひく雨を気味悪がっていたが、別だん気に止めなかった。母もそうで、洗濯物に降った雨に気がつかないで、そのまま畳んで箪笥《たんす》にしまった。

新型爆弾だと噂が広がった二、三日後取り出してみると梅雨どきの衣類のカビのように黒い雨は糸を食って、しみをつけていた。

太陽の周辺に群がって浮遊していた黒い粒々が黒い雨になって降ったのか。

雨がしみついた洗濯物を、母は庭で焼いた。物資不足の時代にもったいないが、点々としみた黒い雨は人間の血にみえた。七三、八八九人が一瞬に死んだ原爆である。放射能塵《じん》と説明がついたいまでも母は「あれは血たい」と言う。

爆撃を受けたのは喜々津でも大草でもない、どうやら長崎らしい、と噂が伝ったのはその日の夕方である。母の兄、伯父は妹が知らせに走る前に、サビついた自転車に飛び乗って喜々津に走った。

五時頃帰ってきた伯父は拍子抜けした顔つきで「みかんも家も有ったばい」と喜々津の健在ぶりを話した。喜々津は大草に続くみかんの産地である。

みやげの夏みかんをむきながら「あれは大学に行っておらんやった……」と間を置き、やられたとは長崎のごたる、と腕を組んで考えこんだ。

「長崎も広かし、医科大学も兵器も少々の爆弾はこたえんでしょう」母は動員している私の身の不安は感じなかった。

学徒は警戒警報発令と同時に、工場の裏山にある横穴に避難する。N高女の避難場所は杉木立の、山の斜面に掘った防空壕である。入口は苔《こけ》でおおわれ、山の水が水滴になってしたたる壕だが、奥が深いから待避していさえすれば安全は確かだ。安心するように、常々話していたので警報さえ発令されておれば、娘は壕に入っていると信じていた。

杉山の麓に長崎市の台所をまかなうガスタンクがあった。杉山の頂には四畳半ほどの木造小屋があった。陸軍の弾薬が貯蔵してあると女学生たちは噂していた。時どき、陸軍の軍服を着た兵隊が、杉木立の間を登っていった。壕まで、私の職場から走っても十分はかかる。此《こ》の三つは、母に話さなかった。

翌一〇日の早朝、外はまだ薄暗かった。裏木戸を叩く音で母は眼をさました。小枝さん、さえさん、母を呼ぶ男の声がする。西日本新聞社の記者高野である。

雨戸を繰って廊下からのぞくと

「長崎は全滅」高野が木戸から叫んだ。

「兵器に動員しとるN高女の学徒も全滅」それだけ告げると、朝もやがかかる本明川方面に靴音をたてて走っていった。

高野が知らせた全滅、の意味が暫《しばら》くの間母の頭で空まわりしていた。娘の死と全滅の言葉が重なると、母は廊下に坐《すわ》りこんだ。

高野のニュースを聞いた伯父夫婦が木戸から駈けこんできて、

「医科大学の燃えよるげなあ、さえさん」伯母が泣いた。「死んでしもた、とは誰も言うとらん」伯父が叱りつけた。伯父はちゃんと国防服を着、鉄カブトをかぶり、メガホンまで肩から下げていた。兵器も全滅げなですよ、兄さん、母が震えて言うと、「女学生までは殺さんじゃろ」無意味な慰めを言った。

八月九日の原爆炸裂瞬時から長崎との通信はとだえ、汽車も運行不能になった。長与か道ノ尾まで時刻表なしの汽車が動いていたようだ。

九日の夕刻諫早海軍病院救護隊五〇名、大村海軍救護班三名、諫早医師会一〇名が長崎に救援に向った。(ヒロシマナガサキ原爆展より)救援隊は火災のため長崎市内に入れず、被爆地を目前にしながら郊外に運び出された負傷者の手あてで一夜を明した。長崎近郊からこれだけ多数の医師団を迎えながら、救護の手はたりなかった。

被爆直後焼跡で救護活動をしている医師をみかけた。ただ一人で、焼けた人家のカマドを椅子代用に坐り被爆者を診ていた。薬はアルマイトの鍋一杯の赤チンである。被爆者たちは列をなしていた。しかしこれは軽傷者ばかりで、列の足もとには身動きできぬ重傷者が転っていた。医師自身も頭に怪我をしていた。タオルではちまきしていたが血がたれていた。医師の家族はどうなっているのか、開業医のようだから死亡か重傷だろう。医師を立派だと思う。一方、原爆の想像を絶する極限の中で、医師は医師の分野から、軍人はあくまで軍人であろうとする意識から脱け出せぬ人間を哀れに感じる。切れた片腕を持って走り去った軍人を見たが、本部に報告しなければ、と手あてを受ける時間をおしんだ。

総てをかなぐり捨てて個人的であった人間と、あくまで社会的であった人達と、戦争は人間ドラマの非凡な演出家である。

救援隊よりややおくれて愛野、千々石の青年団もトラックで救援に向った。

死体掘りだからマスク代りのタオルを持参するよう、指示があった。青年団の中に稲富がいた。稲富は医科大学の学生で夏風邪をひいて休んで助かった。朝、島原鉄道の愛野駅まで行ったが、鈴なりの乗客をみて嫌気がさし引き返したのである。従兄と同年で、私とは顔みしりである。

スコップ、クワ、手持ちの薬品、にぎり飯と水を積み、諫早から喜々津に出たトラックは矢上に回り、カルルスの水源地から浦上とは反対方面の西山、N高女の前を通って市内に入った。西山方面は火災を起さなかったから、稲富らは一〇日早朝、浦上に入ることが出来た。

八月九日、私は黒地のモンペに半袖ブラウス、素足に下駄をはいて出勤した。モンペには胸あてがあり、生地は厚手の支那じゅす木綿。父が外地から送ってくれた品物で、反物から裁断して姉が縫った。

半袖ブラウスは白ポプリン、開衿《かいきん》である。ブラウスの下は下着はない。当時はブラジャーもしていない。パンツは白キャラコでブルマー式のもの。腰とともにゴムが入ってギャザーのある不細工なものである。

左手首に時計をしていた。銀製の鎖で、円型の輪をつなぎあわせたドイツ製である。父がやはり送ってくれた物である。火傷《やけど》といえばその部分だけ、私は火ぶくれした。輪の穴の部分の肉が火ぶくれして腫れていた。時計をはずして始めて気づいたが、直径三、四ミリの円型の火ぶくれが手首に輪をつくっていた。治るまで気しょくが悪かった。これは化膿せずによくなった。

髪は腰まで長く伸していた。三つ編にしていた。おさげ髪は機械にまきこまれる危険がある。大量にまき込まれると機械を素早く止めるか、首まで巻き込まれてしまうか、どっちかである。髪の毛は決してちぎれない。おさげ髪を機械にまかれて死んだ学徒がいる。

長い髪は必ず三つ編にする、三つ編にならない長さなら輪ゴムで結ぶ。きびしく定められていた。

あの日三つ編にしていなかったら、爆風は髪を千手観音のように逆だて、倒壊した材木にからみつき、逃げ出すのに手まどっただろう。私の職場、工務部A課は木造家屋で被爆後数分で火災を起した。

A課はくず再生屋である。工場内で排出するあらゆるくず、鉄くず、紙くず、石炭ガラなどを再生する課である。そこで働く工員たちも半ぱ者だった。薄馬鹿女、片脚の短かい男、片腕の次長、いつも笑ってばかりいる中年男。動員第一日目、全員が物珍らし気に迎えてくれたが、私は後ずさりした。身体的欠陥をあげつらう気はないが彼らには同情心を起さす暗さはない。健康すぎるほどの健康を持っていた。それだけに不気味でこわかった。工長だけがずば抜けた体格をしていた。五体が立派である。なぜ徴兵されないのか不思議なくらいである。年齢も四〇そこそこ。

工場内で怪我した工員をA課に配属しているらしかったが、片隅に押しつけられたむごさを語る課だった。

動員して数日目、私は紙くず再生機が据えてある小舎に閉じこめられた。一方の出口だけを人一人通れるだけ開け、片脚の短かい工員と笑ってばかりいる中年男が立っていた。二人のうち一人が小舎に入って来て、両手を拡げて、私を部屋の隅につめていった。薄馬鹿女が外に立つ男の肩ごしにげらげら笑っていた。幸い工長が見つけ怒鳴りつけた。部屋の隅で立ちすくんでいる私を抱いた。大丈夫ばい、といい片手で私の股をなでた。驚いた人たちだが工場動員とはそんなものである。動員の意義も、得たものも何もない。当時の工場の風紀は乱れに乱れていた。皇国は遠い存在だった。

A課に配属されたのはN高女生三人、洋子、明子、私である。考えてみれば私たち三人も半ぱ者だ。

職場を定める前に工場が身体検査をする。機械関係の職場は重労働だったりキリ粉が飛んで空気が汚れているから病弱な生徒はさける。三人は最後まで残った。血沈を計り体温を計り、レントゲンを撮った。どの職場も無理という事になり、のんびり暇なA課に廻された。

A課を木造家屋と書いたが小舎が似つかわしい。仕事が再生屋なら建物も再生品である。寄せ集めの木片に半ぱものを寄せ集めた窓ガラス。三角形の色ガラスに合せて切った三角形の透明ガラス。ステンドグラスも窓の隅っこを埋めていた。仕事がない時は、窓を眺めていれば再生される前のガラスたちの空想が湧き、結構楽しかった。友達はA課を乞食小屋と呼んだ。

吹けば飛ぶ乞食小屋が原爆に幸いしたのかもしれない。重厚な赤レンガの三階建にいた友人三人は崩れたレンガが重すぎて焼け死んだ。工務部、即ち私たちの親もとにいた友達は設計に必要な明るさ、きらびやかなガラス窓のために全身ガラスまみれの針ねずみになった。

三〇年たった現在、まだガラス片が体内に残っている。時どき動きだす。シクシク肉を刺して痛みはひどい。切り出すためにレントゲンを撮る。次にはもう同じ場所にない。医師は「あんたの勲章だから残してなさい」と友人に言った。他人は気楽で楽しい。

原爆搭載機は爆音を消し滑空によって飛行し、長崎に潜入した。一〇時五八分である。私たちはA課の事務室にいた。他に工場長、片腕の次長、鹿児島から来た女子挺身隊員の山口、合計六人である。

ステンドグラスや色ガラスの窓は浦上に向って開いている。窓から一〇米ほど離れた場所に煙突が三本立っている。畳二枚敷はある太さで高さは二〇米ほど。前はコンクリートの広場である。

広場で、高等学校の学徒が円陣をつくって踊っていた。仲間が出陣するのだ。踊りは出陣学徒を戦場に送る送別の踊りである。その頃連日、学徒たちが出陣していった。コンクリートの殺伐な工場広場は彼等の祭りの場になっていた。

私は窓と煙突を左にみて事務机の前に坐っていた。前に工長がいた。上半身裸で、たくましく張った胸に、汗が流れている。右横、窓近くに明子が坐り窓を背にして洋子がいる。片腕の次長は工長の左、肩をくっつけて坐っていた。この男は常に工長に〃べったり〃くっついていてお世辞しか言わない。汗をかいている工長にノートで風を送っていた。山口は私の左横、私の机に片手をついて立っていた。窓ぎわになる。

昼食にはまだ間がある。雑多な人間の集りだから共通の話題がない。

「少しは汗がひっこみましたか」片腕の次長が聞いた。工長は一人で何か食べていたらしく、飲みくだして「うん」とうなずいた。

話はそれで終り事務室は静かになった。

踊りの輪は白日の広場で無言劇のように続いている。ブルブルブルと道ノ尾方面からエンジンらしい音が近づいてくる。飛行機じゃなか？と山口が工長の顔をみた。工長は耳を空に向け、爆音のごたる、見てみろ、と言った。ステンドグラスの窓から半身のり出して空を窺《うかが》った山口は「何もおらんですよ」と戻って来た。

「警報の出とらんけん敵機じゃなかとじゃなかですか」次長が廻りくどく窺った。音が止んだ。ほんの瞬時だった。

突然急降下か急上昇か、大空をかきむしる爆音がした。空襲！　女が叫んだ。物音を聞いたのはそれだけである。文字にすれば原爆投下の一瞬はたったこれだけで終る。ピカもドンもない。秒速三六〇米の爆風も知らない。気づいたら倒壊家屋の下にいた。

爆心地付近の被爆者は原爆炸裂音を殆んど聞いていない。急上昇の爆音は聞いている。原爆投下直後、逃げる態勢をとるためＢ29「ボックスカー」は慌てて急上昇した。彼らは人並みに死にたくなかったらしい。エンジンを止め原爆を投下し、急上昇する——彼らはくり返えし繰り返えし的確な練習を重ねたに違いない。

「ボックスカー」の急上昇音から工場倒壊まで、空襲、の短かい言葉をはさむ間しかない。その間に七三、八八九人が即死した。ほぼ同数の七四、九〇九人が真夏の日照りの中に皮をはがれて放り出された。いなばの白兎と同じだ。

被爆直後あたりは真暗になった。眼をみひらいているのに何も見えない。黒々した闇があるだけだ。奥ゆきを感じる漆黒の闇なら、闇を見とっている視力があるから不安はないが、眼に貼りつく平面な闇である。眼をやられた、と私は思った。洋子も明子も盲になった、と瞬間思い、両手で眼をこすったと言う。閃光をまともに見た者は眼がつぶれた。原爆の火の球は直径七〇メートル、おおよそ一〇〇〇坪の広さになる。

閃光で盲だった人が開眼した噂もあるが、これは嘘だろう。それほど神がかり的脅威を閃光は私たちに残した。

爆風でとばされたのだと思う。私は机の下で身をまるめていた。比較的体の自由は利く。

ゆっくり動くと直接体を絞めつける物はないが、体のあちこちに木片がひっかかった。一体なぜ自分がこんな状態にいるのか理解出来ないので、私は暫く倒壊家屋の下にしゃがんだままでいた。考えるくせをつけられると、何でも先《ま》ず理解しようとする。人間に残された潜在的な本能はほんの瞬時で、あとは自己の都合を考える。助かった事を自覚した時点でもう無意識の本能は終っている。

闇が引いて青く淡あかい光りに変った。咲きはじめのあじさい色をしていた。熱さも冷たさもない。壁のようにはりついた死霊の光りである。あれを温度三〇〇、〇〇〇度の閃光というのか。

理屈を言えば閃光を見て眼がくらみ、真暗な闇に変るのが道理だろうが。

手にふれた木片を、ためしに押しあげてみた。二度押した。全く動かない。同じ動作を繰り返えしても木片は微動もしない。急に恐怖心が襲った。Ａ課の紙くず再生場のあたりに炎がみえる。煙が流れてくる。

逃げ出さなければ焼け死ぬ。気を落ちつけて折り重なった柱や木片を見ると、平面な板が頭上にみえた。机の面のようだった。その面に割れ目が出来ている。前方に押せば平面な板は、横すべりに動くかも知れない。私は裂け目に両手をつっこんだ。前方に力一杯押した。板はなんなく開き、小さく空が見えた。体がやっと出る程の穴である。

立つときブラウスの左肩を板のささくれで裂いた。肩の肉もかすった。

あたりは一面が灰かぐらである。方々で火の手があがっている。煙に真っ黒い煙と赤黒い煙がある。それが煙の先を渦まきながら、建物のない広場に風音をたててなだれていく。目前を片腕の次長が逃げた。一本しかないはずの腕で万歳して、叫びながら広場に走っていく。続いて工長が逃げる。坊主頭を両手でかばって背中をまるめて走っていく。背に傷を負っている。

工長さん——呼びかけたが逃げるのに夢中で、炎の広場に駈けこんで行った。

兵器工場の正門に出るには広場を横切るのが最も早い。工場は秘密兵器を製作している関係上警護が厳重だ。塀も鉄筋コンクリートである。A課の横に裏門があるが鉄の扉で、普段の日は鉄の錠がかけてある。常時通行出来るのは正門と、二、三の通用口しかない。外部にのがれるには工長の後を追うしかなかった。

A課も七分通り炎に包まれている。炎はうなりをあげて広場に吸いこまれていく。工場中の炎が広場の空間になだれ込んでいた。

広場を駈け抜けるのは不可能だ。煙をすかしてみているとランニング姿の学徒がA課の裏に逃げていく。裏はコンクリート塀と鉄扉である。運よく爆風で壊れていないかぎり外に出られない。よじ登るには高すぎるし足がかりもない。しかし学徒は走っていく。とっさに私も走った。塀は壊れていた。鉄骨をむきだして大穴があいていた。穴の向うに広っぱが見えた。私は唖然《あぜん》とした。爆撃を受けたのは工場だけではない。工場さえ逃れれば安全だと思っていたが、広っぱは一層ひどい。

工場内は煙がこめていて状況が不明なだけに救いがあった。

広場で出陣の踊りを踊っていた学徒らは即死、火傷の重傷者は一、二時間生きた。爆圧でコンクリートに叩きつけられて腸が出た学徒がいた。若者だけにうめき声がすさまじかった。逃げる途中声を聞いた友人は、今でも話すとき両手で耳をおおう。

爆心地の屋外で即死した者は多くが爆圧による死亡、とある。

踊りの輪には大学生も混り四〇人はいた。無言劇のように物悲しい学徒出陣の踊り——出陣する学徒を輪の中央に立てる。仲間の学徒がこれを囲む。送る学徒は肩を組み輪で囲む。輪のリーダーがヨーオッと声をかける。輪は右にゆらぎ全員左足をあげる。くの字にあげる。

地に着いた右足をトンと拍子づけて踏む。左足をおろす。左右こうごに繰り返えし僅かずつ輪は右に回る。時おりヨーオッとリーダーが調子を揃える。右に移動するとき学徒たちがはいている下駄が、ざらついた音をたてる。木と石がすれあう響きのない音は、打ち返えしのない片男波《かたおなみ》のように空《むな》しかった。

私はたびたび踊りの輪にぶつかった。そのまま通りすぎる事が出来ずに立ち止る。中央に直立する見知らぬ学徒の武運を祈って目礼する。眼が合うと白いタスキをかけた学徒は見つめて目礼を返えした。

無言のうちにおたがいの心を嚙みしめた踊りの後は俄《にわ》かに陽気になった。女学校通のリーダーがまず女学校名を一つ、あげる。輪の学徒で、その女学校に関心を持つ者が幾人か拍手する。リーダーは出陣学徒を見る。学徒は左右の人さし指だけでお義理の拍手を返す。好きな女学生はその女学校ではありません――の意志表示だ。次つぎとリーダーは近在の女学校名を呼ぶ。長崎県外の場合もある。出陣学徒は該当する校名に柏手《かしわで》のようにはではでしい拍手をする。輪全員が奇声をあげ、肩を組みなおし踊り出す。同じ踊りである。こんどは歌を唄う。出陣学徒の校歌を全員で唄う。唄いながら踊る。徐々にテンポを早め最後は狂ったように回り、踊りは止まる。

ありがとう――出陣学徒が敬礼する。

また逢おう――送る学徒が礼を返えす。粗末な、心のかよう青春の哀悼の祭りである。

最後にみた送別の踊りの輪は、送る者送られる者、みんな死んだ。

学徒出陣して沖縄で戦死した毎熊という学徒とのひと時を想い出す。熊本の高等学校の学生で学徒の中でも汚ない方の旗頭だった。毎熊は広場で日なたぼっこをしていた。警報解除になって広場をこ走りに走りぬけると、おーい、と私を手まねいた。近づくと「君シラミ取りしようよ。チリチリ逃げて楽しいよ」と制服の縫目を開いてみせた。それから、大声では言うなよと耳うちして――ちんおもわずへをふったなんじしんみんくさかろういっときがまんをこいねがう――棒読みした。

聞きとれなくて二度目に理解し、まさか現人神《あらひとがみ》さまがと大笑いした。

「笑うと憲兵に殺されるぞ、おかしくとも深刻な目つきをしてるんだよ」と言った。

あの頃私は何も考えなかった。

A課から逃げ出した姿をみたのは工長と次長、笑ってばかりいた中年男、三人である。山口は即死した。机とはりにはさまれて死んだ。首の骨にはりが落ちて肩とあごがつぶれていた、という。A課に炎が廻る前に死んでいる。原爆は即死が一番いい。なまじ一、二日生きのびたために苦しまぎれに自分の肉を引きちぎった工員がいた。

明子と洋子は助かった。火傷を負ったが重傷ではない。二人は炎に包まれたA課を、助け合って逃げ出した。私より後から逃げ出している。

「おおち（あんた）は逃げ足の早かね、気の狂うたかと思うたよ」明子と洋子は笑う。笑う眼が何事かを探るように、私には思える。一緒に笑えないから彼女らにはなるべく逢わないようにしている。

明子は家族全滅である。竹の久保に家があり両親は家で、一人きりの兄は長崎医科大学で即死した。学生である。

終戦後明子の髪は全部脱けた。眼が落ちくぼんだ外国人のような少女だった。坊主になった顔に、眼がことさら大きく、髪の毛をむしられておもちゃ箱に放り込まれたフランス人形に似ていた。

偶然私と同じ海辺の街に住んでいるのを知り電話すると、二、三日中に入院するのだと言う。体じゅう切ったり貼ったりで胃の手術をすると言った。二〇年ほど前に乳癌を手術した。胃は、癌が出来ているかどうか開いてみなければ判明しないらしい。

「癌さ、指先で押したらわかるとさ、お乳から腕にかけても固かしこりのあったとさ。乳癌のときもそうだったから、間違いなかやろと思う……」いまなにしてる？　話題をかえると

「子供部屋のカーテンを取りかえたところ」と話を止め、何かしとらんば怖《おそろ》しかっさ、と言った。その後電話をかけていいものか、迷って二年がすぎた。

おかあさんは死にました——

妻は死にましてね——

嫁はなくなりました——どの答えも聞くのがこわい。

私は無傷といっていい。逃げ出す時肩とひざにかすり傷を負った。

三つ編にした後頭部のわけ目にガラスがささっていた。山に逃げながら指さきでさぐり、抜いた。二個抜いた。指さきが血で汚れたがぬめる程の量ではない。

黒い衣類を着ていた者はその光りを吸収して火傷がひどいと言われている。それもまぬかれた。三本煙突がさえぎってくれたのか、即死した山口が一身に吸収したのか。生と死は薄紙より際どい背中あわせにある。

一九七〇年一〇月一〇日の朝日新聞に〝被爆者の怪獣マンガ小学館の「小学二年生」に

掲載、「残酷」と中学生が指摘〃の記事がのっている。「原爆の被爆者を怪獣にみたてるなんて、被爆者がかわいそう」女子中学生が指摘し問題になった。怪獣特集四五怪獣の中の、人間の格好をした「スペル星人」が「ひばくせい人」で全身にケロイド状の模様が描いてある。真意をただされた雑誌側は調べてからでないと何ともいえません、と答え、原爆文献を読む会の会員は絶対に許せない、と抗議の姿勢をとった。事件が印象強く残ったのは確かである。「忘却」という時の残酷さを味わったが、原爆には感傷はいらない。

これはこれでいい。漫画であれピエロであれ誰かが何かを感じてくれる。三〇年経ったいま原爆をありのまま伝えるのはむずかしくなっている。

明子は二〇歳で乳癌になった。広島原爆病院入院患者の悪性腫瘍内訳（S三一～S四二年）によると乳ガンは第三位になっている。一位が胃ガン、二位が肺ガンである。一、二位とも男女共通の癌だから乳癌の率は相当に高い。肺ガン六〇名に対し乳ガン五一名である。しかし最近では認定がむずかしく、認定被爆者の認定を受けるには厚生大臣の諮問機関である「原子爆弾被爆者医療審議会」委員二〇人以上の意見を参考に厚生大臣が認定する。明子も当然認定被爆者であるべきだが手続の段階でくたびれ果てる。病人が動くのは困難だし、私が特別手帖の申請をする時もそうだったように、体力的に参ってしまう。

全く馬鹿気ているが被爆地にいた事を証言する三人の印鑑が必要なのだ。いた事を証明するには同じ職場の人間か一緒に動員していた同級生しかない。三人探すのは、生存者を——大変な難事である。現在は緩和されたのだろうか。手帖があれば医療の給付が受けられるから金銭的に助かる。だからといって三人もの証人をたてて不正を取りしまる事はない。被爆者、の前歴は名誉なことではないのだ。遺伝因子の問題までからんで、出来ればかくしたい問題である。明子や私たちの痛みは年々私たちだけの問題になりつつある。漫画だろうと何であろうと被爆者の痛みを伝えるものなら、それでいい。A課の塀からのぞいた原っぱの惨状は、漫画怪獣の群だった。被爆者は肉のつららを全身にたれさげて、原っぱに立っていた。

塀を出ると道ノ尾に通じる道路がある。道路の向うが原っぱである。原っぱにそって浦上川が流れている。川と丁字に細い山道がある。登ると金比羅山に連なる一連の山になる。金比羅山のおかげで、長崎市の半分が助かった。

七月から八月にかけて敵機の来襲が激しくなった。爆撃はしないが飛来する。警戒警報と空襲警報が繰り返えし発令される。その都度指定された山の壕に逃げる。片腕の次長はそれが不服で、

「学徒は逃げてばっかりおる。死ぬとは誰でんすかんと」本心を正直に言った。当然な意見で、学徒の生命だけが特別に保護される理由はない。学徒は警戒警報と同時にすみやかに待避と定っていても、二回に一回は逃げるのを止める。監督の女先生に私たちは次長の言葉をうったえた。N高女から出向した監督の先生は三人である。T先生、M先生、K先

生である。丸顔のK先生は、動員していてもあなた方はN高女の生徒なのよ、だから先生の言いつけだけ守ってればいいの。だけど壕まで遠すぎるのは危険ね。別の待避所を考えましょう。と工場側と話しあって原っぱに新らしく掘り始めた壕に通用門から待避出来る許可をとってくれた。

原っぱの壕はコンクリートで固めて頑丈に完成する予定で、土掘りを女子挺身隊員がした。高等小学校の、十三、四歳の少女である。

朝から彼女たちの楽しそうな声が原っぱでしていた。太い、青びかりするみみずが掘り起したスコップにとびはねるらしく、少女らしい弾んだ叫び声がする。洋子が仕事の暇をみつけて鉄扉の細い隙間から様子を見てきて、遠足のごたるよ、と言った。

原っぱは、にっぽんたんぽぽ、野のすみれ、すべりひゆの青い花が群がる平らな野原である。壕掘りの横で、近所の幼い子供らが老婆に連れられて花摘み遊びをしていた。小さい木綿のハンカチを草の上に拡げて、摘んだ花の首を置く。タンポポが一輪加わると薄淡い野の花たちは、ハンカチの上で一せいに華やいでさざめく。

老婆たちは原っぱで孫たちを遊ばせて、道に捨てた石炭ガラを拾っていた。工場で燃した石炭ガラをA課の工員が毎朝道にすてる。泥道の補修を兼ねて捨てると、近所の主婦たちが待ちかまえてガラを撰《よ》った。家庭燃料には火力が強く少量で足りる。老婆たちは拾ったガラを売ったりして小遣い銭にした。

老婆や幼女と顔なじみになって、昼休みになると正門から大廻りして出て、花つみや石炭ガラを拾ってあげた。

原っぱは閃光で一瞬に消えた。草つみ幼女の中にオカッパ頭の色白の子がいた。連れの老婆は小がらな人で、孫に似て肌が白かった。老婆は草が燃えている原っぱに孫を抱いて坐っていた。幼女はオカッパ頭が半分そぎとられて、頰にはりついていた。ほっかり唇を開いて眼をあけて死んでいた。白い前歯が光って、口もとだけに幼女の可愛さが残っていた。老婆の体は肉がぼろぼろにはがれて、モップ状になっていた。

女子挺身隊の少女たちもモップ状になって立っていた。肉の脂がしたたって、はちゅう類のように光った。小刻みに震えながら、いたかねえ、いたかねえ、とおたがいに訴えあっている。「滅私報国」の日の丸のはち巻きをしめて、ベソをかいていた。戦争劇の演出家たちはたくまずしてピエロをふんだんに生みだすものである。

一体どのような爆弾を投下したら一瞬にこれほどの被害が起るのか。

「ふっとか石油罐《せきゆかん》をたい、落して、その後で焼夷弾ばばらまいたらしかですよ」工員風の男が言った。

「そぎゃんでしょうで、あっちもこっちも火の海ですもん。理屈にあわんもんね。あいばこの火傷は知らんまに石油ばかぶったとでしょうね」

女は腕に火傷をしていた。

「カランカラーン鳴ったとは石油カンの音じゃったばいね」五、六歳の男の子の手をひいた女が言った。

山道を逃げながら話す者は軽傷者である。重傷者でも歩ける者はまだ軽い。山の斜面に身を寄りかけて動けない重傷者、道に倒れたままの者が大勢いる。火傷は様ざまな症状があった。皮ふの表面が焼け白い脂肪がむき出ている火傷、因幡《いなば》の白兎の赤むけに血がにじんだ火傷。

週刊朝日、長崎医大原子爆弾救護報告の「爆圧による剝離《はくり》」によると〝爆裂時に発生した真空陰圧によって皮膚が剝離したのではないかと考えた。或いは強力な爆圧により衣類が千切れ飛ばされると同時に千切り離されたのではないかと疑った。之《これ》はしかし誤りと気付いた。もしそれならば被射面だけ剝離されるわけがなく全身皮膚に起った筈《はず》である。此の二つを組みあわせて考えたら如何だろう。即ち熱線が先ず来《きた》りて皮膚に火傷を生じ、その為《ため》皮膚は脆弱《ぜいじやく》となる。次に強力な爆圧が到来して皮膚に作用したが、健康部は其《そ》のまま残り、火傷部のみが千切れ剝離したのである。即ちこの皮膚損傷は火傷と爆圧との共同作用の結果である〟とある。皮膚の剝離と言う言葉はその通りで因幡の白兎の、むりやりむかれた痛いたしさがある。

血も裂傷もない、全身火ぶくれの重傷者もいる。全身均等に熱線を受けた結果、焼けすぎも中途半端の火照《ほて》りもない。一様に水泡を溜めている。眼、鼻、唇が連なった一枚の薄皮の内で、白濁した液を溜めてゆがんでいる。電子レンジで魚を焼くと焦げ目がなく、白じらしいがあれと似ている。水泡の部分は常人の二倍に腫れていた。

新じゃがいもの薄皮状の皮を両腕にフリルのように垂れさげている火傷もあった。中学生の学徒が「いたかばい、ああいたかばい」一人ごとを言って金比羅山に登っていった。神の御子たちは様ざまな火傷を人体実験したようだ。

終戦後九州大学や長崎大学の学生(?)がN高女に調査に来た。原子爆弾前の健康状態、その後の状態調査である。月経の有無、被爆後と前の出血量などなど聞く。一部の学生が「これ以上原子爆弾の資料を提供する必要はありません」と調査を拒否した。

原子爆弾は肉体に傷跡を残し精神にも傷を残した。道で死にかけている男が薬をくれ、と頼む。誰がみても男は死につつある。助かる見こみはない。それが薬ば――と細い声で頼む。心中を察すると地獄だと思う。

お医者さんを呼んであぐるけん、元気にしとかんばですよ、となぐさめると「だいでん、そんげん言いなっと……ばってん来ならん」と言った。ばってん来ならん、男の言葉は今でも私の胸にある。男の怨念を感じる。

被爆から、一、二時間後私は松山町に行った。爆心地である。放射能のこわさを知っていたらこんな馬鹿はしない。

山で、二人の無傷のおばさんに逢った。衣服も完全で無傷な人間はこの二人しかいない。私はこの二人と一緒にいたかった。無傷な人間があの時ほど珍らしく嬉しかったことはない。二人は道ノ尾に小麦粉を買いに行った帰りである。道ノ尾は爆心地から北に三・五キロほどの地域である。小麦粉は買えず、芽が出た種芋を袋にさげていた。

早起きして、午前中に帰るつもりで汽車を待たず山越えして帰ってきた。山の中で閃光を見た。近くだろうと話しながら、家族に昼食に食べさせる芋なので山道を急いだ。浦上に近づくにしたがって異様な匂いがし、怪我人が続ぞくやってくる。二人は口がける怪我人をみつけて訳を聞いた。

わからんですたい、なんでやられたか。立ち止らず逃げる。

二人はとにかく家に帰ろうと兵器の裏山に出た。私はそこで逢った。

家は松山町だと言う。かすりのモンペを着たおばさんが、一応家が心配だから松山町までいってみる、家が安全ならあらためておばさんが送ってあげる、あんたの家は何処だ、と聞いた。十人町です、と私が答えた。

爆撃を受けたのは兵器を中心にした地区のようだから松山町は大丈夫だろう、とおばさんは元気に歩きだした。

気づかぬうちに私は下駄をぬいでいた。素足で山道を歩きながら気づかなかった。

私たちは松山町の裏山、段々畑に出た。街はなくなっていた。褐色になったガレキの街をかすりのおばさんは黙って眺めていた。後から歩いて来た黒いモンペのおばさんは「うちのなかあ――」絞る声で腰を折って絶叫し、ばあちゃんの死んだ、ばあちゃんの死んだ、と泣き出した。

松山町はくわでならされたように平坦な曠野《こうや》になっていた。

松山町は電柱と町工場が目立つ家並みが低い町である。兵器や製鋼所の下請仕事や鍋かまを修繕する家が多い町である。陽がささない通りに鰯を焼く匂いがただよう町だった。家族がつつましく身を寄せて生活している町だった。此の町の持つ匂いが好きで、電車を途中で降りて私はよく歩いた。時には稲富と待ちあわせて工場の帰りを楽しんだ。薄暗い土間に老人が坐ってフイゴで風を送っている。火勢があがり人のよさそうな老人の顔が赤く浮ぶ。稲富は気さくに入りこんで、それ何《な》んですか？　とたずねたりした。抱きしめたい、ささやかな幸福で満ちたりた町だった。それらの家が残らず無い。住んでいた人もない。

段々畑に火傷の重傷者がころがっている。人数は町内の一割にもみたない。

黒いモンペのおばさんは、ばあちゃんばあちゃんと泣き続けた。親一人娘一人だった。「泣きますなっ」かすりのおばさんが怒鳴った。「こうなりゃあトムライ合戦だ。めそめそ泣くんじゃない」

トムライ合戦――おばさんの言葉が重くのしかかった。目の前の惨状を見てなお戦う気がまえをみせる心の強さを、恨めしく思った。これ以上異様な人間がふえるのは想像しただけでおそろしい。手がない足がない眼がない。長崎中そんな人間ばかりになる。人間は両手両足揃って眼も鼻もある、それが最も幸福な状態だ。

被爆距離零から〇・五キロは死亡率九八・四%、即死または即日死亡は九〇・四%、かぼちゃ畑の重傷者も即日死亡だろう。

爆心地から四〇〇米の地点では屋根瓦が溶けて流れてしまった。コンクリート道路は溶けて泡状になった。道ばたの石ころも溶けた。噴火口から流れ出る溶岩の熱だ。骨と肉の柔らかい人間はガス火に放り込まれたカゲロウより脆《もろ》い。

数字と結果を追うと、人間を殺すのになぜここまで峻烈《しゅんれつ》な兵器が必要なのか、わからなくなる。

一方調べてみると生命力の強じんさにも驚く。原爆投下の翌月の九月、焼け跡に植物の芽が芽ぶいている。エノコロ草、カヤツリ草などで、地中に残留していた生命は被爆直後既に生命の躍動をはじめていた。しかし放射能の影響を受け、細胞の分裂に異状がある、と報告がある。葉緑素も乏しく「ヒマ」に白い斑《ふ》が入っている。葉の変形や縮れもある。当時長崎では双子なすび、双子かぼちゃ、一本のトマトから鈴なりの実がみのったり、奇形植物がひんぱんに報道された。

私の友人の池内は髪の毛が全部脱けて、その後にちりちり縮れた赤毛が生えた。モーリン・オハラばりの赤毛で美事《みごと》なウエーブになった。本人は、アメリカさんが落した爆弾やっけんちぢれっ毛になったとやろ、と笑った。被爆前は、作り話しのようだが正真正銘の素直な黒髪だった。

被爆地に雑草をみつけた日の感動を、私は忘れない。登校の道すがらである。浦上駅のコンクリートのホームの割れ目に、一本の草をみつけた。ひょろひょろ伸びた草は白い、ゴマ粒のような花をつけていた。

六〇年間草一本生えない、と噂《うわ》さされた被爆地である。雑草の生命は私たち被爆者の生命につながる。

私も生きられるのだ、と涙があふれた。

正確な時間の経過はわからないが、被爆から二時間ほどたった頃から、吐気がしだした。畑の真中で私は吐いた。白い泡である。

かすりのおばさんは、お昼を食べてないからやろ、と畑にころがったかぼちゃを持ってきた。葉もくきも、焼けたか吹きとんで、畑に実だけが転っていた。カワラのはへんで割って、食べなさい、と手渡す。匂いをかいで、私はまた吐いた。胃がかすかすだから吐くのだ、と無理しても食べなさい、と言う。いやがると「これから何日この状態が続くかわからんとに、食べまっせ」と叱った。

日でりの畑に転ったかぼちゃは、生あたたかく臭い。嚙み砕きながら青くささに吐いた。かぼちゃは夏の野の、草いきれの匂いがした。火傷を負った人間の皮膚が太陽熱に乾くと、かぼちゃと同じ匂いがする。草いきれも同じ匂いである。

トマトを血の匂いだと評した人がいた。かぼちゃもそうだ。

「太陽の落っちゃゆるう」防空頭巾をかぶった老人が太陽を指して叫んだ。

朱色に変色した太陽が渦をまいて落ちてくる。ゴッホの太陽のようにはっきり渦がみえる。真夏の、しかも真昼に、段々畑からみる太陽は眼線と水平の位置にあった。太陽の熱は酷暑の夏でも生命の恩恵を感じさせるものだが、頭上の太陽は残酷な暑さだった。太陽をロールで伸し、地球に蓋《ふた》した暑さである。日がさ代用の雨がさを、おばさんが慌ててさした。黒いコーモリ傘で、こわか物は見ますな、と太陽をかくした。傘の中でも頬や腕が焼けてひりひり痛んだ。

「諫早は無事やろうと思うけどね、諫早もやられとったらおばさんの田舎に来なさい。おばさんも一人きりになってしもうた……」

かすりのおばさんは島原の、郷里の住所を紙きれに書いてくれた。ガマ口から一〇円札を一枚ぬき、これだけあれば島原までの旅費はあるけん、なくしますな。と札を細かく折り、モンペの紐の中に押しこんでくれた。

「一人になれば金は必要やっけんね、落しますな」と念をおした。

救護報告書に「広島に新型爆弾が投下せられ相当の被害ありと公表せられたが細部に亙《わた》る発表が無かった為一般の対策も強化せられなかった。従って越えて八月九日長崎が同じ爆弾で叩かれた際には軍も官も民も全く油断していたのである。そして原子爆弾に関心をもっていた余等すら其の夜敵の撒布したビラに依って原子爆弾と知らされるまでは吾《われ》ながら申し訳ないが、全くそれと気づかなかったのである。敵から教えられて日本朝野が始めて驚いたと云うのが真状である」と記されている。

石油鑵を大量に落し、マッチ代りに焼夷弾をばらまく奇想天外な発想は、私たち素人は当然だ。松山町の畑にころがったかぼちゃも食べない。書き綴《かつづ》りながら不思議なのは、道ノ尾で買い出した種芋だ。放射能あえのかぼちゃを食べずとも芋を食べればよかった。畑に坐ったときも、おばさんは芋をひざに抱いていた。かすりのおばさんも人並みに動転していた。

吐気は空腹のせいではない。放射線による身体的症害で放射線宿酔と言うらしい。外傷のない人間にまで原子爆弾は正確に、死に到る手はずを整えている。

放射線症害は若いほど影響が大きい。爆心地付近で被爆した小児（一五歳以下）は三日以内に殆んど死亡とある。早発性の消化器障害による。

九日以後諫早市は海軍病院、町小学校、中学校あらゆる公的施設に被爆者を収容した。傷の匂いをかいで金バエが目だってふえた。

人間にハエがたかる。うじ虫がわき人間をつつく。「人間の尊厳」を傷つける事実が目の前で起る。戦争は自然の摂理をあからさまに教えてくれる。人間を焼くには生がわきの薪が最適なことも知った。火つきは悪いが、火さえつけば充分乾燥した薪より火力が強い。火もちがいいから生焼けがない。芯から焼ける。肉は薪と区別がつかない。幾分黒いが、灰に変り、落葉掻きで大地にならせば完全に同化する。

焼くと腹が音をたててはじける。脂肪が飛び火の粉《ひこ》が後を追って舞いあがり、空中で脂に点火する。予想外の闇の広範囲に、いきなり炎が燃える様は、あぶり出しの絵がらを期待する気持と同じで楽しい。

美しいと見入ってしまう。そのうち「そろそろ爆《は》ぜるな」華麗な炎の一ときを心待ちするようになる。

最近アンデス山脈で遭難した航空機事故生還者の記録を読んだ。彼らは七〇日間雪のアンデスに閉じこめられ、うち一六人が奇跡的生還をした。三〇歳前後の若者で敬けんなクリスチャンであり有識者であり、上流社会に属する。人肉を食っての生還で問題になった事件である。彼らは始め遭難した仲間の肉を食うのを拒否する。仲間の幾人かが、遭難死した仲間は生存者に生きるかて《ヽ》として神がお与え下さったのだと説得する。そして食べる。数日のうちに全員が人肉を食う。最後頃になると遭難時の遺体が——途中春になったアンデスで雪崩《なだれ》があり生存者中何名かが遭難死する——栄養的に高い、と遺体を探す。救援隊に発見された折、彼らの幾人かは仲間の頭蓋骨を半分に切り、食事が快適であるように食器に使用していた。骨でスプーンもつくった。慣《い》れていく心の推移が如実で、道徳社会で好まれる「人間の尊厳」という高見《たかみ》の言葉が浮ぶ。

「怒りをもって」も「生きるかてとして」も神の御心だから人間の尊厳は損われない。しかし忘却という時の流れは事件のエッセンスだけ掬《すく》いあげ、極限状況は忘れ去る。

かすりのおばさんの場合もそうだ。松山町の段々畑で一時間近く休んだが、二人は家族を探さなかった。松山町の焼け跡は万が一の甘えを許さない完ぺきな破壊だった。

全く奇跡的に爆心地で生き残った人間がいた。かすりのおばさんの夫である。彼は飽《あ》くの浦《うら》の工場に勤務していた。長崎市と海をはさんだ対岸に飽の浦はある。被害は少なく、出勤していれば当然助かっている。

稲富のように夏風邪をひいて工場を休んでいた。朝から警報の連続で気味が悪く、家の土間に掘った防空壕に布団を持ちこんでねていた。上っ面《うわつら》の木造二階家は散りちりに飛散った。人造みかげ石でつくった「セコ」水溜めだけが残った屋敷から、おじさんははい出した。壕の入口が埋ったのを、三時間かかってスコップで内から掘った。おじさんは逃げる途中で足の裏に火傷を負った。外傷はそれだけだ。

終戦後、一〇月の終り母と一緒に島原にお礼にいくと、毛が脱けてしまったおじさんが座敷にねていた。島原の家は千々石灘を見おろす百姓家で、魚の群で海の色が変るのが手に取るようにわかった。

助けてもらった礼を母が言うと、ねていたおじさんが身を起して、

「わたしが壕のなかでモグラのごと、命をかけて土を掘っとるとき、この人は畑の上から見おろしとったとですよ。助けにも来んじゃったとですよ」恨みを言った。お茶をすすめていたおばさんの唇が動いたが、何も言わずに真面目な表情で海を見つめていた。

その時を拾いあげて話しあえば、皮肉なドラマが沢山ある。

松山町から再び山に入り、山づたいに逃げた。N高女の裏山に着いたのは夕暮である。地図をみると七面大菩薩あたりに出たことになる。農家が一、二軒あり爆風で半壊してい

た。鶏が半壊家屋に閉じこめられていて、私たちが通ると折れ重った柱の中から首を伸して窺った。どうしちゃったんでしょうね？　と窺っているようで、私たちは思わず笑った。「人間だってどうしちゃったか判らないんですよ」言葉が通じるなら教えたい滑稽さがあった。

長崎市は盆地になっている。盆地に夕陽が溜って赤く染っていた。佐古小学校のコンクリート校舎がみえる。繁華街に向って左側にみえる。運動場の赤土がみえる。子供が四、五人いる。破損のない街は湿り気のある風が吹いていて快よい。家族が生きている暖かさが街にあった。

松山町の破壊された街を眺めたとき、私はフイゴを吹く老人を想い浮べた。七輪で鰯を焼く家族の団らんを想い浮べた。風がそよぐ街を見おろして、また私は「家族」を想い浮べていた。木片とカワラで囲った家族たちの巣。土間があり、陽にやけた障子がたち、あまり明るくない電気が灯《とも》る普通の家。そこに住む平凡な家族。破壊も平和も私の場合家族にしかつながらない。国家は常に遠い存在だ。佐古小学校から眼を移した坂の上に、海星中学が建っていた。薄灰色のショウシャな建物は戦時下の迷彩をほどこして健在である。

下宿の十人町は海星中学の真下の街である。石垣と山吹の多い町並が遠くからわかる。安堵《あんど》のせいか急に下腹が痛くなった。畑にコエツボがある。畑仕事の農夫が使うらしく、裾がむしろで囲ってある。しゃがむと腰から下はかくれた。

しゃがみこんで私は空を見あげた。浦上の惨状と無関係に、静かに薄紫に暮れはじめている。首を廻してみると薄い星が見える。

街は空よりも早く暮れはじめていた。電気は勿論《もちろん》ついていない。夕餉《ゆうげ》の薪の煙が処《ところ》どころにたっている。ついさっきまで校庭にいた子供らもいない。小学校のまわりは他の平家の家並みより明るく、窓ガラスが、まだ西の端に残っている夕やけ雲に光っている。爆風で割れたガラスがあるらしく茜《あかね》に光るガラスの隣りの窓は、歯がぬけたように黒々と沈んでいた。

街はしみじみと平和だった。しかも私は、畑の真中に掘った泳げそうに広いコエツボにしゃがんで用便をしている。むき出したお尻に畑の風がさわやかに吹く。野糞ができる平和が欲しいよ、と転戦のため一時帰国した兵隊が母に話していたが、無防備のやすらぎはいい。

私は下痢をした。水状の下痢である。草のしぼり汁の色をしていた。生かぼちゃを食べたからだと思っていたが、放射能症害である。長崎医大原子爆弾救護報告書によると、早発性消化器障害である。

——その翌日頃より腔内炎を発生し次第に体温上昇し、口痛のため飲食困難となるも未だ全身症状良で安心しているとやがて食慾不振、腹痛等の胃腸障害が現われて来、ついに下痢が起って来た。この下痢は水様便で粘液を混ずることもあり稀《まれ》に血液を混じえた。発病以来一週間乃至《ないし》一〇日後にあらゆる対症療法の効果空しく一〇〇%死亡したのである——と記録してある。

下宿に帰ってから下痢は一そう激しくなった。下宿は二階で、便所は二階から一階の便壺に落ちる。二階から階下に噴出する下痢便は空おそろしいほどとめどなかった。病状は正確に死の転帰をとっていた。

十人町の健在がわかったので、私は一〇円をおばさんに返えした。「じゃあ、もろうとくね。おばさんも財布一つが全財産だから」折った札を丁寧に伸して財布にしまった。私たちは山で別れた。おばさん達は中川にある知人の家を訪ねる、と山を降りた。

山道が石段に変り、人家が石段の両側に並ぶ。石段を降りれば母校がある。一刻も早く先生に逢いたい。生きていますよ、と報告したい。石段を足早におりた。長崎高商の学生が二人前を歩いていく。一人が肩をかし、支えられた学生は足に傷がある。血は止っているが白い肉がみえている。

N高女近辺の中川、鳴滝町は高級住宅地である。絽のモンペを着た上級な婦人と、二〇歳前後の娘さんがニギリの接待をしていた。高商生を見て、大変でしたね、と娘さんがニギリをすすめる。一つずつ受け取ったが食べようとしない。庭先にある井戸をみて、水を下さい、と頼んだ。娘さんは庭石の上にニギリの盆を置いて井戸端に走った。庭石の上で純白のニギリは輝いてみえた。

婦人も寄っていって傷口にタオルをまいている。後から素足でおりてくる私には気づかない。私は四人の前を通りすぎた。女たちは私が被災者だと思わないのか、ごくろうさまと言ってくれなかった。釈然としない想いで通りすぎたのを覚えている。思い出すと苦笑する。気持のいやしさをである。

まっ白のニギリを食べたいとは思わなかった。高商生も口にしなかったように、食慾はない。頭をよぎった事は、配給時代に、なぜ他人にまでふるまえる米が、此の家にはあるのだろうか。もっとはっきり書くなら、毎日こんな御飯を食べられていいなあ、のさもしさだ。食慾もないのにである。それと、女は男にだけ優しいのだなあ、の二つである。私の品性はいやしい。瞬時の観察がそれだから本性がいやしい。

長崎高商とN高女の間の道幅は二間半ほどある。小石の多いコンクリート舗装で、昔は道幅が狭く、雨の日は傘をさすと一人がやっとだったという。否応なく相あい傘になり、高商生とN高女生の仲をとりもつ道となった。愛が生れ、心中事件にまで発展した話がある。一時期高商生はお諏訪さまの石段から上の道を通る。N高女生は下の道と区別されたという。私達の頃は道幅も広く、戦後自由解放の奔放さと「青い山脈」の加勢を得て、校舎の下を通る高商生の名を呼んでからかった。

N高女の校舎は鉄筋四階建で、道すれすれに建っていた。

原爆の爆風は被害を西山方面にまで及ぼしていた。校舎のガラスは一枚残らず吹き割られた。便所に到るまでである。校舎の向きによって天井と壁が吹き抜かれている。教室の境いの壁が崩れ、授業する隣りの先生と自分のクラスの先生、二人が重なる退屈しのぎにはあつらえむきの授業風景があった。

窓ガラスは粉ごなに砕けて道に落ちていた。私は素足である。金比羅山のイバラ道を歩くときには素足の不安は感じなかった。ガラス片の道は踏み込むのに勇気がいる。校舎は目の先なのだ。見あげると窓の鉄枠が弓形にそって、内側に、外側に、開いている。同一面の窓枠が様ざまな方向にひらいていて、爆風の複雑さが如実にわかった。

教室は暗く、静まっていた。

被爆地の生存者はまず母校に帰る。生存を報告する義務がある。生徒が帰っているなら少女ら特有のざわめきがある筈だ。また生存者が帰校しているなら、動員の場所が爆心地だけに、救護組織を組み、先生方が陣頭指揮にたつ筈だ。傷ついて母校に帰る生徒らを出迎えるため、校門に先生も生徒も出迎えるはずだ。それが一さいなかった。不思議なことだが被爆地の中心にいる時、足元に累々と転がる死体や重傷者につまずいても、それほど大変さを感じなかった。爆心地を離れ、日常生活の平和な場に足を踏みこんだ頃から徐々に、重大さが浮きぼりにされはじめた。校舎の静寂、家並みの静かさ、総てが松山町や浦上の悲惨さにかかわって、長崎全市の惨事になっていた。

N高女の本科生は大橋兵器工場に動員、本科の四年生と専攻科生は爆心地に最も近い三菱製鋼所浜口工場に動員した。道ノ尾のトンネル工場に動員した人もいるが、この人たちは全員無事である。

浜口工場に動員した学年の死亡者が一番多い。同窓生名簿をくると、一頁三六名中一九名まで死亡した頁がある。ウラケイの太い黒線が氏名の横にひかれ、頁はひっそり息を止めている。死亡年月日は昭和二〇年八月九日、原爆とある。それが七割、残りも八月二四日までに死亡している。住所を調べるため頁をくるとその頁にぶつかる。無意識に眼を閉じて祈ってしまう。死亡年月日が九月に亙る死亡者には、長い日を生きていて苦しかったろうと胸が痛い。

終戦後一月おくれの二学期が始まり、クラス編成替えがあった。各学年一クラスずつ減った。一クラス五十二、三名である。本科が四学年、専攻科が三学年。四百名近い生徒が死亡したことになる。

ガラス道を歩いて私は母校に着いた。緊張のせいで足の裏には傷はなかった。教員室には書類が散乱して、先生はいない。夕暮の風が破れた戸から吹きこんで、生徒たちの答案用紙をまきあげる。戦いやぶれた静寂さはみじめである。先生、せんせいと廊下から呼びかけても誰も出てこない。校長室の戸が開いていた。のぞくと、校長先生が窓辺に立って校庭の隅で古新聞を焼いている専攻科生をみつめていた。

気づいて振りかえり、よかったよかった、と私の肩を叩く。無傷か？と体中を眺め、本校の生徒を誰か見かけなかったか、と尋ねた。私は首をふった。先生は深い息を吐き「生存者が皆目わからん、いま先生全員で浦上に救援に出かけている、しかし戻ってくる生徒は遺体ばかりだ、ひどすぎるよ」と涙を溜めた。僅かに収容した生存者も重傷で、比較的元気な専攻科生が治療にあたっている。講堂は生徒以外の重傷者もいて足の踏み場がない、と言う。本当に傷はないね？　もしあったら治療してもらって早くお母さんのところに帰りなさい。家は大丈夫だろう？　学校から指示があるまで自宅に待機と、先生は住所をメモした。

治療薬品はやはり赤チンキである。ドンブリについで手拭で体中に塗りたくる。学校の医務室用だから量はたりない。中庭で新聞を焼いているのは、燃えた灰をてんぷら油で練り、火傷に塗る。塗られた患者はどうなったろう。

長崎医大原子爆弾救護報告、致死量照射の一項に、下痢や消化器障害は被爆地の南瓜などを食べたせいだと思っていたが全身に致死量の放射線を受けたためのものと解釈する。とある。被爆地の二次放射線を致死量以上に受け、その作用が短かい潜伏期の後発病したもの、としてある。致死量ではあっても原爆の放射線症害には必らず潜伏期があるから即死はしない。しかし致死量を体内に持っているから如何《いか》なる療法も無効と解釈してある。無傷のものも有傷のものも差別ない。これは爆心地に近い倒壊家屋内の人々に起った、とある。かすりのおばさんの夫は、あの時話しながら絶えず唾をはいた。歯ぐきから血がにじんで含んでいると「ぬるつくとお」と間なしに吐いた。致死量を体内に持っているとしたら死んだだろう。

十人町に帰るには中通りを通る。商店と人家が混った通りである。無傷にみえた街は、やはり傷を受けていた。壁が通りに向かってかたむき、両側からおがみ合っている。満足に雨戸が閉る家はない。出入り口を残して釘づけにしてある。残った街を今夜焼夷弾攻撃する、噂がとんだ。家人は山や壕に逃げ夜をすごす。街は国防団の人が守っていた。角に非常線をはり、くぐり抜けようとすると、誰かっ、と呼び止められた。街は殺気だっていて納得するまで問いただした。

下宿についたのは夜八時すぎである。翌日灰かぐらをかぶった髪を洗うと、洗面器の底に砂がざらついた。土と砂に混ってガラスがあった。数えると六コあった。三つ編の髪にささっていたのだ。あの峻烈な爆風と閃光からほぼ完全に近く囲ってくれた物体はなにか。偶然を作り出した重なりが知りたい。

島原から救援に出た稲富に逢ったのは翌一〇日である。避難先の合戦場に稲富はたずねて来た。合戦場はなだらかな丘陵地で、ビードロを塗ったハタアゲ大会で有名だ。十人町の人たちは一〇日夜合戦場に避難した。下宿に行き、私の避難先をたずねたのだ。

一〇日朝浦上に入った稲富らは死体収容にあたった。白骨化した遺体は焼け跡にそのまま置き、黒こげ死体と全裸の火傷死体は焼跡に並べた。頭を中央にして車座に置く。探しにくる家族がすぐ見つけられる合理的な並べ方だ。一つ一つ見つけてあるく必要がない。

夢中で働き一休みするため段々畑に腰かけて、稲富は背筋が寒くなった。成仏を祈りながら並べた車座の円型が、大地を腐蝕していくカビに見えた。

稲富は山の斜面に私と並んでねて、昼間の浦上の様子を話してくれた。夜霧がおりて頭が冷える。寒くないか、と聞いた。稲富にわかるように、私は首をふった。稲富は腕を伸し私の頭をのせた。

稲富が収容した遺体にN高女生が一人、いた。兵器工場から浦上まで逃げてきて動けなくなり倒れた。日でりの道路の真中に、仰むけに倒れていた。三つ編の一方がほどけて衣類は焼けて全裸である。手も足も肉がはがれ、時おりヒックと指がつる。まだ呼吸はしていた。顔に傷はなかった。肌がろう人形のように透いて半びらきした眼が哀れだった。

稲富は上着をぬいで少女の体にかけた。片足に運動靴をはいていた。内側にN高女名と姓が書いてある。

稲富は手拭いを裂き焼跡の炭を水にしめして、少女の姓を書いた。しっかり少女の手首に結んだ。死は時間の問題だった。トラックの水を持って行くと、もう死んでいた。

少女は荒木という。私の学年にも数名いる。私が知っている荒木は学年で一、二の美人だった。髪がウエーブしていて肌が磁器のように透明だった。焼け跡の少女と該当するが、被爆後、私たちの肌は一様にろう細工のように透明になった。

荒木は地方の医師の一人娘と聞いた。その人かどうか。

合戦場の空は一面星くずである。小粒の星がちかちか揺れる。稲富に逢えて私は感傷的になっていた。小粒の星の、たよりな気《げ》な光りが、荒木や私の多くの友人たちのように思えるのだ。父にも母にもみとられず死んだ心細い少女たちの死。私は始めて涙ぐんだ。浦上のおびただしい死の中で、私はロボットのように無感動な少女になっていた。浦上方面の空は昨日に続いて赤く染っている。寒くない？　と稲富が重ねて聞く。稲富は寒い、と震えていた。突然、

「戦争が終ったら二人でブラジルに行こう」と言った。焼け跡も、死人も沢山だ、と言った。「歩けないかもよ」と言うと、おぶってあげるよ、と言った。私は合戦場まで歩くのがやっとだった。下痢が続いていた。

私は稲富の腕の中で身をまるめてねた。夜空に爆音がする。敵機来襲、敵機来襲、国防団の人が小声でふれあるく。

朝、太陽が昇りはじめると稲富が水を汲んで来てくれた。井戸だから冷たくて気持がいいよ、と鉄カブトのふちを唇に当てて飲ませてくれる。汗どめの皮に稲富の体臭がする。健康な青年の陽なたくさい汗の匂いである。水と一緒に稲富の匂いを飲んだ。被爆後はじめて「生きている」と感動した。

稲富に背おわれて合戦場をおりた。季節より早いつわぶきの花が、草かげに咲いている。陽ざしが強く、稲富の首筋に汗が流れている。舌を伸してなめると塩気のない汗だ。

「汗が甘い」

「なめたの？」と聞き、風呂に入ってないから汚ないぞ、と背中の私をゆさぶった。

その後一週間稲富は焼跡で寝起きしながら遺体収容した。

母校の医科大学に近寄るのが怖い、と言った。自分一人助かった幸福が後めたい、生きてくれるといいが、と合戦場を降りて行った。

高野から長崎の惨事を聞いた伯父は、一〇日早朝諫早を発《た》った。とにかく大学まで行ってみる、その結果でお前らは行動を定めろ、と母と伯母を残し、サビた自転車に油をさして発った。

昼すぎ頃から諫早は被爆者で一ぱいになった。汽車は浦上と道ノ尾の中間大橋まで運転できる。大橋には駅も何もないが、レールが切れる地点まで、きりきりの運転をした。怪我人は貨車に積まれ諫早に運びこまれた。

諫早駅は魚市場の様相を呈した。重傷者をホームに並べるから、皮をむいたマグロを並べているようだ。

人手が足りず重傷者は日でりのホームにねかされて待つ。その中にN高女の田山がいた。田山は背中に火傷を負い、火傷にガラスがささっていた。コンクリートの焼けたホームに腹ばいにねて順番を待った。田山は「太陽の光りの痛かっさ」と話した。直射する光りの痛さは拷問だと言う。

火傷を二重に光りが焦《こが》す。血が乾き肉がひきつる。傷口を刺す光りの足がはっきりわかった。誰か背中に水をかけてくれないか、それぱかり願った、と言う。

荒木も同じ苦しみだったろう。

母も伯母も個人的な生死にかかわっていられなかった。婦人会全員が昼夜なく、救護活動に従事した。

海軍病院に母は看護にいった。そこで田山に逢った。私の安否を聞くと、さあ、と言葉を濁した。田山と私は職場が違う。私の生死を知らない。それを勘違いして、母はその場に坐りこんだ。

一二日の夜おそく、自転車を引きずって伯父が帰って来た。伯父は玄関に坐りこんで、「なんもかんもしまい」、風呂敷を開いた。こまごまの骨と灰が入っていた。伯父は、医科大学付近で救護活動をしている医科大学学生に、息子の安否を聞いた。学生は確かなことはわからないが、と前置きして講義を受けていたはずだ、と教室の番号を教えてくれた。息子が大学に入学したとき伯父は何かと用事を作って、大学に出かけた。尋常小学校四年で終っている伯父は大学が珍らしく、嬉しかった。

そのおかげで大学の内容は詳しく、だいたい見当がついた。

日星をつけた教室の床に、骨と灰があった。一体ずつ骨と灰が山になって輪をつくっている。胡座《あぐら》をかいて全員が坐ってでもいたような奇妙な骨の盛りあがりだった。数えると一九体あった。中央に骨と灰が二体あった。教授先生だな、と伯父は察しをつけ、外輪の一つ一つを調べた。散らばらぬように指先で灰をあさり、歯を探した。中学生頃から歯が弱く、金冠をかぶせた歯が数本ある。

「金くい虫たい、どら、口をあけてみろ」伯父は金額を覚えていて幾らした歯だ、と母たちに説明した。

歯がみつかれば死は確実だ。一つの灰と骨の中に、金の粒が光った。取り出すとすっかり溶けて固まっている。息子と断定する証拠品はどの山にもない。伯父は輪の中央に坐りこんで息子は死んでいないのかもしれない、と考えた。希望がでて最後の一体を調べてみると、息子の万年筆のペン先がみつかった。頑丈な金ペンは息子のものである。私の父が入学祝いにドイツ製の万年筆を贈った、そのペン先である。耐えていた涙が一気に溢れて、死んだか、死んだか、と両手で灰を撫でた。

伯父は教授らしい人の骨を一つ、風呂敷に入れた。隣りの骨も一つ取った。輪になった一九の遺体から一片ずつ拾い、風呂敷に包んだ。みんなと一緒に連れて帰るけん、伯父は骨に話しかけながら拾った。

伯父は万年筆をみつけながら、あきらめきれなかった。焼跡の死体や重傷者を見てあいた。医科大学生に名を告げて尋ねた。二、三の学生が知っており、同じことを言った。死は確実らしかった。

伯父は焼跡で稲富に逢った。稲富から私の無事を聞いた。

その日から終戦の日まで、伯父は自分の部屋から出てこなかった。八月一五日、終戦のラジオ放送を聞いたときの伯父の言葉は、忘れられない。震える唇をかんでラジオに聞きいっていた伯父は「なして、もっと早う言うてくれん」と声の主に恨みを言った。

終戦後、その人が諫早にやって来た。「見にいくう」家を飛び出した妹の衿《えり》を、伯父がつかんだ。

「行たてみろ（いってみろ）家には入れんとじゃっけん。ほかの者もよう聞いとけっ」

昼ひなか、雨戸を全部閉めさせた。その頃私たちは伯父の家に、一緒に住んでいた。無力な伯父の精一杯の抵抗である。

長崎医科大学は学長以下教職員学生など八五〇余名の死亡者をだした。文字通り壊滅、とある。

伯父と入れ替りに母が諫早をたった。「一三日には残り全部の街を完全に破壊します。長崎の皆さん早くおにげなさい」ビラが撒《ま》かれたという。肉声で真実らしくささやかれると、一層不気味である。母は伯母と連れだって二五キロの道をあるいた。伯母は息子の死に場所を確かめるためである。

二人は稲富と同じに西山から入り、浜の町で別れた。下宿についたのは一三日の早朝二時、母は一時間横になり、下痢が続いて満足に歩けない私に、無理やりワラ草履をはかせた。ぬげないように後がけを掛けた。みよちゃんのごたるね、と童謡の一節を唄って、母は上機嫌だった。

面白い噂がたった。今度の爆弾はカンカン照りの暑か昼しか効めのなかげなあ――という噂だ。太陽熱が爆弾の熱に加勢して、あんげん熱うなっとげなさあ——

私たちは噂さを信じた。あまりにも爆弾の閃光が熱すぎたから。

陽が昇らぬうちに長崎を脱出しなければならない。きっかり三時、母と私は十人町を発った。諫早に着いたのは昼すぎ、二時半頃である。休みなく歩いたのに一二時間かかっている。

途中、喜々津の海辺でM先生に逢った。まったく偶然である。

八月九日、先生は教師会の打ちあわせで大村に出張していた。被爆はそのためまぬかれた。T先生K先生は即死である。

私一人助かって申訳《もうしわけ》なくてね……お二人の分働こうと思ってます。と母に話した。一三日の日も学徒たちを探しに諫早に行き、歩いて帰る処である。明日からは兵器を重点的に探す、と話した。

T先生はクレーンにみけんを割られ即死した。国文のK先生は一、二時間生きていたようだ。鉄骨の下敷になって抜けられず、やはり身動き出来ない生徒の手を握って死んでいた。片腕だけはさまれて焼け死んだ同級生がいる。腕を切って頂戴《ちょうだい》！と叫んでいたそうだ。迫ってくる炎の恐怖は地獄だろう。K先生の職場は火が出なかった。せめてもの救いだ。

先生の遺体は仲間の先生がダビにふした、と聞く。

喜々津で逢った一ヵ月後、M先生も死んだ。二次放射線による原爆症である。頭髪がぬけ、死ぬ数日前から気が狂って、ナギナタで空を切りつけた。先生の遺体は校門の前の空地で、先生がたが焼いた。焼跡に黒いすすが残っていて、あそこで焼きなったとげな、と友人が教えてくれた。

「おたがいに戦争が終るまで元気で生きてましょうね。B29が来たら逃げるのよ」

M先生の最後の言葉である。三人の女先生は独身だった。二十五、六歳、恋愛はしたのだろうか。

クレーンでみけんを割ったT先生は、薄茶色い眼をした美人だった。大がらの人でお寺の一人娘である。私は動員の日の身体検査をおもいだす。血沈だ体温だと医務室を廻され、あげくにレントゲン室に待たされてベソをかいて部屋の隅で立っていると、心配しなくていいのよ、目を細めて笑いかけ、首にかけていたクサリをつまみあげて「お守り」と聞いた。父が送ってくれた銀のロケットでルビーの小粒が細工してあった。

「写真は入ってません」慌てて答えると、「入ってる方が素敵じゃない？　だけどはずしてないと顔がみえちゃうよ」とからかった。

茶色く烟《けむ》ったまつ毛を、先生はしていた。

昭和二〇年八月一五日戦争は終った。原爆落下後わずか一週間である。

なして、もっと早う言うてくれん。私の終戦の感想もこれだけだ。

終戦後間もない日、市役所の給仕少女が木戸から入って来た。洗濯物を干している母に、古新聞ばくれんね、と頼む。役所の言いつけで古新聞を集めているのだ。

「薬にすっとげなさ、効くもんね、ね、おばさん」言いながら少女は私に気づいた。「あんなん？　爆弾を受けた娘さんは」暫く少女は考える目つきで、母と私を眺めていたが、「おばさん、こんどの爆弾はね、助かって来なっても皆な死んでしまいなっとげなさ。そんげん作ってあっとげなさ、気の毒かね」

少女は私より二つほど幼くみえる。声を秘める心づかいはない。心から同情しているのだ。

「よけいしこ（余けいなこと）言わんで、早う帰りまっせ」母が怒鳴った。

噂さは街中に広がっている。噂さだけではない。家の前を棺が通る。諫早から長崎の工場に通う人は多かった。それ等の人が肉親にかつがれて、白木の棺が本明川ぞいに焼場に向う。

裏の家の青年も死んだ。朝から読経の声がしている。青年は長崎製鋼所に勤めていた。無傷で帰って来て「おばさん運のよかった、俺は」と垣根から首を出して嬉しそうに声をかけた。二、三日後に発熱し頭髪が脱け、緑便の下痢をして死んだ。

海軍病院でも小、中学校でも収容者が続ぞく死んでいく。緑便の下痢をして死ぬ。M先生のように気が狂って死ぬ被爆者が大勢いたが、九日の恐怖のためだろうか。

髪の毛が脱けるのは不気味だ。首を動かしても、サラサラ肩に落ちる。脱毛がはじまると死は近いように感じた。私は毎朝髪をとかし、ぬけ毛の量を確かめる。確かに、日ごと量を増す。まるめて毎日母に見てもらう。

秋だからよ——さり気なく母は言う。ある朝、鏡台から櫛《くし》が消えた。姉たちの姫鏡台にもない。残らずかくしたのだ。その日から約一ヵ月私は髪をとかさなかった。三つ編の根をきつくゴムで巻き、そのまま、一ヵ月放った。体の衰弱はひどく食欲はない。脱力感は日をおって強くなり、自分の頭が重たい。正座すると両肩にずっしり頭の重みがのしかかり支えきれない。手も足も重くもてあました。楽な姿勢は横にねることだ。終日、私はごろごろねていた。何事か言い含められているらしく、妹は遠くから私を観察している。姉も優しい。我が強い姉妹が私の意のままに動く。ある日何気なく腕を見ると、直径二ミリ程の赤いはん点がある。手首から腕にかけた外側に相当数ある。赤いはん点は毛根を中心にして肉が浮いている。毛根のきわが一層赤く色づいていた。

むずがゆいから爪でひっかくと、うぶ毛が、溶けた脂肪をくっつけて抜けた。化膿していた。

はん点は脚にも出来た。腹、胸、背中には出来なかった。被爆の日露出していた腕と、黒いモンペの部分に限られた。完全に、私の場合そうだ。半袖にかくれた腕の部分は一粒も出来なかった。キャラコのパンツのゴム線で境界をつけて、はん点の中心から化膿が広がった。人体組織の放射線感受性は、長崎に投下されたものは消化器が一番敏感で、毛根も感受性が強い。化膿は体力の減退と白血球減少が原因とある。内からの症状だとしたらその部分に限られたのは奇妙に面白い。
血球検査をしたら白血球は二、三千に減っていたかもしれない。数年前、白血球が三六〇〇に減少したことがある。被爆者の定期検診でチェックされた。要精密検査、の書類が封書で届いた。一四歳の死の実感より、その時の死の恐怖が私には強かった。幼い息子が身辺にまつわって、今は死にたくない、と願った。

化膿はひどく体の位置をかえると、節ぶしのリンパ腺にうずきは集中した。

九月の暑い最中である。妹は、くさいと逃げて廻った。臭いのは傷ばかりではない。髪の毛もくさい。一ヵ月間洗髪もしていない。痒《かゆ》いのは一〇日目頃が頂点で、すぎると慣れる。

シラミがわいた。頭を走るのがわかる。ズズズ、と絹糸を引きつる細い感触がある。数が増えて首筋にまではい出して来る。たまりかねた姉が強制的にゴム紐を切った。

髪が抜ける——泣いて母にうったえた。

「ぬける時は抜けるし、死ぬときは死ぬの」姉は容赦しない。一ヵ月ふんふん、と私の我がままにつきあい、そろそろ痺《しび》れをきらしていた。

「止《よ》しなさい。この子は死ぬかも知れんとよ」不用意に母は本心を言ってしまった。姉はすかさず言った。

「そうよ、死ぬかも知れない、だけどいつ？　いつかならあたしも死ぬわ。この人の我がままにつき合うのはもう沢山」

襖《ふすま》のかげから妹がのぞいていた。一番の被害者は彼女だ。体が大儀なまま、手足のようにこき使った。

「へえ、あたしもそう思う」一言はさんだ。九死に一生の、生涯続くと思っていた九死に一生の栄誉は、姉妹から総すかんを食った。

数日して死ぬ筈の病人が予定外に生きると、囲《まわ》りは待ちくたびれる。死ぬのならさっさと死んでくれ、と待つ。姉の気持にそれをみつけると、義理にでも死んでみせたくなる。私のやくざ根性はどうしようもない。

結局、私の髪の毛は脱けなかった。グイ飲み一杯のシラミと手のこぼしに山盛りの脱け毛は、一ヵ月のトウタルである。

その頃一通の封書が届いた。褐色の粗末な封筒である。ペン先が二つに割れてひっかかり、インク玉を飛ばしている。宛名は私になっている。裏を返えすと動員した工場のゴム印が押してあった。

中にはタイプ印刷の四、五行の挨拶状と郵便為替が入っている。動員三ヵ月分の手当である。額面は一、金一八円也。

「死んだ女学生さんも一八円じゃろうか」西陽が射しはじめた台所から母が言う。

当時N高女の月謝が七円か八円。動員中でも月謝は納める。賃金より高い月謝を払いながらお国につくす。損得計算はどうなるのか。ともあれ一八円あれば私が死んでも葬式の花代にはなる。豪華な洋花は無理でも一八円分の花なら、例え野の花でもお棺を詰めるには充分だ。せめて少女の死らしく花いっぱいの野辺のおくりをして欲しい。死んだら、一八円でお花を買ってよ、と冗談めかして頼むと、さつま芋を蒸していた母が

「死ぬ子のためにお金は使わん」本気で腹をたてた。

被爆死した学徒に五二円支払われた噂を聞いた。工場側か国家か、生命の代償は誰が支払い主なのか。いずれにしても生命が金銭に換算されるのはいい。自分の値うちがわかって評価相応にふるまう。

現在私が死亡すれば国から葬祭料が出る。金額は一万六千円。これは特別被爆者と明記してある。但《ただ》し死にさえすれば何でももらえるのではない。原爆症の認定が必要である。

特別被爆者とは特別被爆者健康手帖を持っている者だ。交付の対象は原爆医療法施行令の六条一号から五号までに該当する者。

私は特一号被爆者である。条件は直爆に限り、三キロメートル以内で直接原子爆弾を受けた被爆者及び胎児となっている。その他特別地域、黒い雨が降った地域も含まれている。諫早は認定がないようだ。

一万六千円を受けとる手続きは、葬祭料支給申請書と死亡診断書と死亡削除された住民票と特別被爆者手帖と印鑑と――持参すればいい。

私は、一万六千円で花を買って下さい、と遺言するつもりだ。チューリップなら一本二

百円の冬場でも八〇本も買える。華麗な葬式になる。不相応なら大根でいい。やはり八〇本も買える。書いているうちに価があがり大根五三本になった。

原爆に柿の葉が効くと噂がたった。毒気が下るから化膿が治る、という。母は庭の甘柿の葉を竿で叩いた。

九月である。落ち葉には早く、葉はまだ黒緑色をしている。親葉は若芽を育てる執念がある。叩くと枝がしなって葉がちぎれて散る。それを丁寧に拾い集め、洗い、ひたひたの水を加えて煎じる。薪火で気長く煎じる。青い汁は煎じているうちに褐色に変り、真黒になる。母は茶碗になみなみつぎ、飲みなさい、と持って来る。柿渋の匂いは異様である。味はあごが引きつるほどにがい。

飲めないよ、押しかえすと、ようならんよ、と淋しい表情で見た。母の淋しい顔は何よりもつらい。我まんして飲むと嬉しそうに匙《さじ》一杯の白砂糖をくれた。

当時砂糖は貴重品である。大事に保存して罐のサビが砂糖にしみついていた。金サビの味がするがおいしかった。柿の汁に砂糖をまぜればよいものを母はそれをしない。にがいほど効くと言うのだ。

甘柿の枝は一週間も経ぬうちに坊主になった。母は街角に吹き溜った病葉《わくらば》まで拾ってきた。収穫が多い日母は上機嫌である。

「早よう治らんばね」井戸端で葉の泥を洗う。柿の葉は黒くたくましい緑に変り、褐色の病葉も水に濡れて竹かごの中で生々光る。生命力が溢れ、飲めば化膿が治る気がした。

効果はなかった。ドクダミが効くと噂がたった。さっそく本明川の川原や畦道からドクダミを摘んで来る。陰干しにもせずそのまま煮る。色は柿の汁と同じだがドクダミは間抜けな味がする。そのくせ汁が胃に重く不愉快になる。飲んで効めがないと、母はドクダミの行水をさせた。

ドクダミの煎汁で化膿の上を叩く。薬草のせいか傷口にしみる。表面の膿が洗い落ちて行水の湯に膿が浮く。傷口の赤い肉を固く絞った手拭いで押し、水分をふきとる。押す力が強いと傷と手拭いがくっついて出血した。

せっかくかさぶたが張っても保護する薬がない。包帯もない。坐ると傷がじかに畳に着く。急に立つと畳にかさぶたがくっついてはがれる。そしてまた化膿する。繰り返えしである。

みかねた高野が小浜に駐留した米軍医師から薬をもらってきた。大事そうに原稿用紙に包んだ物を胸ポケットから出した。白い粒が三粒ある。一粒ずつ六時間おきに飲んだ。母は目覚しをかけて、正確に六時間に一粒ずつ飲ませた。一〇日もたつと化膿は止り、黄色いカサブタが傷口をおおった。

白血球、体力減少が原因の化膿がなぜ抗生物質で治ったか、さっぱりわからない。いくら説明されても根が腐った樹木に葉が繁る奇妙さだ。

九月二三日、稲富は死んだ。有明海から冷えた風が吹きこむ涼しい日である。台風が接近して、本明川の河口に広がる海が鉛色に光っていた。風が冷たい日は化膿のほてりがひき、気分がいい。高野の薬のおかげで、新らしい化膿はない。

私は縁側の柱に寄りかかって雲の流れを眺めていた。芋掘りに出かけた母が帰ってきて「稲富さんが入院したらしいよ」と言った。高熱が続き今朝入院した、と言う。昼すぎリヤカーに乗せてもらって、私は稲富を見まった。傷はなおりつつあっても歩けばうずき出すので、その頃外出するのはリヤカーに乗った。

稲富は想像したより元気で、やあ、と手をあげて挨拶したが、看護婦は「十分ですよ」と面会時間を切った。熱のため眼が赤くうるんでいて息も荒い。病状は見かけほどよくなかった。見ていると稲富はあごに力が入らぬようである。食物を嚙み切ることが出来ず、あいうえおと明瞭に発音できない。話しも唇が常時半びらきの状態になっている。原因は不明である。

「塩分が不足しているんですよ、熱いおかゆにゴマ塩をたっぷりかけて食べれば、じきなおりますよ」稲富は気軽く話した。

「本当にブラジルに行くぞ、いいね」稲富は母と私を等分にみて言った。

「歩けないかもよ」合戦場と同じ答え方をすると稲富は笑った。

「おぶってあげるさ、いいでしょう？　おばさん」曖昧《あいまい》に母が笑った。青海苔を和紙の上で気のままに焼き、手のひらで揉《も》み、ゴマと塩を混ぜ、とびきりうまいゴマ塩を稲富のために作る約束をし、私は帰った。ひさびさの外出のせいで私は発熱した。その夜稲富は死んだ。

九月二三日夜一一時、台風の前ぶれの雨が降り出していた。

死因は二次放射線症害による原爆症である。

昭和二〇年一〇月、一月おくれの第二学期である。始業式は追悼会から始まった。医師は無理だと出席を止めたが、私は何としても出席したかった。母につきそわれ追悼会に出た。式場は講堂である。屋根に大穴が開いた講堂である。天井裏の鉄骨がむき出しになり、秋晴れの空が見える。さわやかな秋風が吹きこんでくる。

崩れた天井板にシャンデリヤがさがり、乳白色の飾り玉が風に鳴る。舞台正面の壁に被爆死した先生、生徒の氏名がはってある。びっしり書いた氏名は舞台の隅から隅まで伸び、それが五段ある。一段の巻き紙に何十名書いてあるのか。

お供え物が白布の台にある。庭で実ったゴマ柿、季節はずれの青いちじく、青いみかん、そしてさつま芋。花は野のコスモスだけの粗末な祭壇。

生き残りの生徒が椅子に坐る。生徒の半数が坊主頭である。それがセーラー服を着て坐る。華やかな黒髪であるべき少女たちの頭は、まるで尼さまだ。尼さまの頭はまだいい。生気がある。少女たちの頭はしなびてなえている。生徒が中央に坐り両側に教師と、被爆死した生徒の父親と母親が坐る。

読経が始まった。こぶしを強くにぎった校長が瞑目《めいもく》して身じろぎもしない。モンペ姿の母親が耐えられず、泣き伏した。父親は一様に天井を睨《にら》んでいる。

生き残った生徒は、生き残ったのが申し訳ない。母親の嗚咽《おえつ》は私たちの身を刺した。

担任教師が教え子の氏名を呼ぶ。惜しみながら呼ぶ。

講堂には線香の煙がたちこめていた。秋風が吹きこみ煙を乱す。

生き残った生徒は爆死した友だちのために、追悼歌をうたった。

追悼会に列席した生徒の幾人か、その後死亡した。結婚し子供を生み、ある朝突然原爆症で死んだ友人もいる。私は時々追悼歌を口ずさむ。学徒らの青春の追悼歌である。

春の花　秋の紅葉年ごとに　またも匂うべし。みまかりし人はいずこ　呼べど呼べど再びかえらず。あわれあわれ　我が師よ　わが友　聞けよ今日のみまつり。

アメリカ側が取材編集した原爆記録映画のしめくくりに、美事なセリフがある。

――かくて破壊は終りました――

浦上へ

山田かん

市街地の外れ
終着した電車より降りるぼくは
さて　どこへ行こう
もともとあてもなく
やはり爆心へきてしまったのだ
空電車は
軌条をすでに小さくなった
丘にそびえた国際文化会館
あれはまるで板チョコだ
舗道の一隅
雑草のなかの石材に

原爆無縁仏と読まれて
香華もなく
重い雲は
むこうの岩屋岳にどっとかぶさっている
吹きまくる透明の風に
かすんでいく野球場もあった
競輪場からは津波のように
なんという喚声なのだ
酒場も洋食店も
ひととおりそろったが
流れる血汐をも裂いた地殻に
傷はかくもはやく癒えたか
電車にものらず返し
黄ばんだ顎でタクアンの尻っ尾を嚙る
頸すじに部厚なケロイドの狂女
と出会ってしまった
彼女は爆心へむかっている

（一九五四・六）

Ⅱ

残存者

川上宗薫

道の尾駅を出ると、汽車は、なぜか、徐行し始めた。屋根の崩れた家屋が散見され、やがて、荒廃した視野が開けてきた。敗戦後まもない長崎の北部、浦上の原子爆弾被災地である。殆《ほとん》どの乗客は腰を上げて、窓外に眼をひきつけられていた。以前であれば、こまごまとした凹凸の激しい風物が、性急に窓際をかき消え、眼まぐるしいほどであったのが、今は、冷やかに物々しい、また、妙によそよそしい投げやりな感じの焦土と化して、窓外全体がゆるやかに移動してゆく。

二本の高塔をそぎとられ、ささくれだった傷口に烈日を浴びる、曾《か》つては東洋一と喧伝された赤煉瓦《あかれんが》の天主堂。片面を剝《は》ぎとられ、或《あるい》は、上層を圧し潰され、四角や円の窓の向うがそのまま青空だったりするコンクリートの学校建築。くの字型にへし曲った、黒白だんだらの迷彩を施した巨大な煙突。風に靡《なび》き伏《ふ》す草の茂みのように折り重なった工場の赤《あか》錆《さ》びた鉄骨。コンクリートや石の土台。電車の軌道。灰。金屑《かなくず》。陶器のかけら。焦げた木材。それらが、立ち割られた瓶のように、ギスギスした感じで、雑然と不規律に起伏している。そうして、いやに眼近く迫る山腹には、白い墓石が、ゆらぐ陽炎《かげろう》の中に、その乾いた肌を晒《さら》している。

昌造は、汽車のデッキに腰を下し、壁に背をもたせかけていた。ときおり屍臭が鼻孔を衝《つ》いてくる。しかし屍臭とは思わず、呆《ほう》けたような眼を車外に投げていた。復員の途中であった。眼前を忽《たちま》ち去って行った松山町の高台には、昌造の家は勿論《もちろん》なかった。赤い崖の肌だけが、その位置を示しているだけで、陶器のかけららしいものが一瞬強く陽《ひ》を照り返していたに過ぎなかった。原子爆弾とは聞き知っていたが、この光景は、昌造の想像以下でも以上でもなかった。また的中したものでもなかった。なまなましいと思った当初の感じが次第に平凡な感じに移り、そう感じれば感じたで、すぐに、ハッと再び眼を見開きたくなるような、うって変った無慚《むざん》な感じに変ってくる。

昌造が長崎に特殊爆弾が落されたのを知ったのは、昌造が兵隊に取られていた部隊の内務班の石廊下の壁に貼りつけられてあった新聞を見てであった。〈被害は軽微〉という大本営の発表だった。だから、特殊爆弾という字面《じづら》から受けた不安はそれほどでもなかった。敗戦と決まり、その爆弾が原子爆弾と分り、浦上のあたりはどこがどこだか皆目分らぬほどやられているという噂が拡《ひろが》って、昌造は初めて大きい不安を感じた。それから、やがて、同じく長崎出身の戦友の一人にハガキが来て、その戦友の一家四人が急逝したことを知った。その戦友は茫然《ぼうぜん》とハガキを見つめていたが、「死んだ、死んだ、皆死んだ」とだけ言って、昌造の顔に普段の笑顔を向けた。別にがっくりした風にも見えなかった。その日、昌造の眼には、その戦友が却《かえ》っていつもよりまめに立ち働いているように見えた。夜中にふと或る気配を感じて昌造は眼を醒《さ》まされた。月明りした中に、隣に寝ているその戦友は、拳《こぶし》を額に押し当てて、微《かす》かに声を顫《ふる》わせていた。そうして、朝と共に彼の姿は消えていた。もうその頃はかなりの脱走兵が出ていた。別に捕縛《ほばく》に向うということもなかったので、逃げた者は殆どそのまま帰ってこなかった。

長崎の廃墟を眼の前に見る今では、それまで幾度も検討した末に得た身内の者の生存に関する楽観的予測も敢《あえ》なく崩れて、家族全部が死んでしまっているという事態も、昌造には、充分ありうることに思われた。帰る時に渡された餅菓子とか飯盒《はんごう》とか煙草とかの入った毛布の包みを膝の間に置いていた。略帽は脱いで手に把《つか》んでいる。もう小一時間坐《すわ》り続けたために腰下が痺《しび》れて、その痺れが鈍痛を伴ってきていた。そういう躰《からだ》の感じの中で、昌造は、案外自分の気持が落着いているのを訝《いぶか》ったが、彼の眼には、ときおり、稚《おさな》い感じの不安と怪訝《けげん》の色が走った。切れた電線を垂らしたり、焦げたりしている電柱が、傾いたまま視野を駈け去る。昌造の前には、頬の削げた蒼黒《あおぐろ》い色の顔をした四十がらみの男が、膝を抱え、一方の肩に頬桁《ほおげた》を押しつけ、デッキの壁に背をもたせて眠っている。やはり復員して帰るところらしかった。襟《えり》の階級章は、昌造と同じように、もぎとってしまってはいたが、軍隊生活の浅い召集兵らしい感じを、星二つになって間もない昌造は嗅ぎ当てていた。

一本足で立つだけの白い御影石造《みかげいしづく》りの鳥居が遠く瓦礫《がれき》の波の彼方に見えた時だった。突然、男は眼を醒ました。鈍い眼差《まなざし》を眩《まぶ》しげに昌造に向け、それから外を見た。少しの間、男は、怠惰な姿勢で無表情に外景を眺める様子だった。と男の眼は烈《はげ》しく瞬《まばた》いた。弾かれたように首を起し、中腰になった。躰を前に乗り出すようにした。男は何やら呟《つぶや》きながら、外景のあちこちに慌《あわただ》しい視線を投げた。今度は不意に振り返って、昌造や他の者に挑むような眼つきをした。男は、立ち上ると、ふらふらと片足を踏み出した。同時に、男の躰は崩折れるようにデッキから転落した。昌造や他の者は、ハッとして、一斉に首を突き出した。変に小さい兵隊服の塊りが烈しく悶《もだ》えるように枕木の上に弾みふっと見えなくなり、車体は幾らか大きく振動した。それだけだった。自殺にしては、何ら意志的な気配が見えなかった。あたりの地形から推して、男が転落したのは、岩川町のあたりらしく思えた。この事件は、それを眼にした人々に多少の動揺を与えた。彼らは、顔を見合わせ、誰かを探す風に振り返ったり、たてこんだ車内を覗《のぞ》いたりしたが、やがて、気まずさを互いに隠し合うように、妙に詰問するような不機嫌な眼を交し合うと、また、離れ離れに、それどころではないとでもいった風な、思いに把《と》われた眼差を車外に向けた。

駅舎のない歩廊に汽車は滑りこんだ。昌造は真先に降りた。木の肌も新しい間に合わせの柵には、人待ち顔が群れていた。昌造は、こみ上げてくる感慨を、殊更《ことさら》ムッとした表情の中に押し殺して、改札口を出た。毛布の包みを背負ったまま立止り、その端はもう焼野である広場のあちこちに忙しく眼を動かした。石か硝子《ガラス》か地面の処々がチカチカと陽を照り返していた。誰も知った顔はなかった。訪ねる親戚もなかった。当惑が昌造の胸に拡がってきた。九月の陽射《ひざし》は脳天にきびしかった。真向いの、毀《こわ》れた教会の曾ての礼拝堂に、広い光線の帯が何条か急な傾斜でさし入っている。右手の向うに見えるのは、少し近過ぎる感じではあるが、以前特異な風情《ふぜい》を誇っていた県庁らしかった。しかし、その建物も今は、幾つかの青銅色の円屋根を悉《ことごと》く吹き飛ばされている。眼路《めじ》遠く一見無事な家並が長崎特有の勾配でもって始まっている。左手の高みには、放送局の建物が、遠眼《とおめ》には何事もなかったかのような姿を際立たせていた。昌造は、たじろぐ気持を抑えて、自棄的な笑いを口もとに浮かべたが、その時、ふと、見覚えのある女の顔立に眼を引かれ、笑いを消した。女は、昌造の五六歩うしろに立っていた。薄汚れた白い上衣と黒いモンペという身《み》拵《ごしら》えである。病み上りのように、異常に少い髪がぱさぱさと縺《もつ》れ合《あ》っている。細い鼻稜に昌造は覚えがあった。顔や腕は陽に灼《や》けてはいるが、もともとは白い地肌を思わせる。頬は削げ、眼だけが大きかった。頤が細く尖《と》がっていた。昌造は懸命に記憶を呼び醒まそうとした。女は、時々、少し邪険な感じに髪を振りおこすようにした。髪が少くなる前から身についていた仕草のようだった。女は、改札口をなだれ出る夥《おびただ》しい人群に、期待に乏しい眼差を動かしていた。女は、自分に注がれている視線にやがて気づいて、昌造を見た。心もち肩をそびやかして挑むような眼つきをしたが、すぐに、うって変った疲れた眼色で改めて昌造を見た。それから、再び、浮かぬ顔に返って、髪をゆすり、人群の中に視線を投げ入れた。昌造の眼が突然輝いた。〈あの女にちがいない〉昌造はやっと思い出した。中学生であった頃、通学の途上、きまって、顔を合わしていた女学生のことを思い起していた。彼女は、いつも、昌造の眼と合うと、行いすました怒ったような顔を繕《つくろ》った。昌造は学友から女の名を教えてもらっていたが、別にどうということもなく、ただ毎朝顔を合わす時ごとに、自分で一番気に入っていたいかめしい顔をつくって、勇ましい眼つきで女を睨《にら》みつけ、ささやかな満足を日々味わったものだが、そのまま卒業して、それ以後女と会ったことはなかった。

今昌造はその女の窶《やつ》れた顔の中に昔の面影を認めて、凝《じ》っと見つめていたが、気息をととのえるようにもう一度広場を見廻した。知った顔は他に一つもなかった。一度も言葉を交したこともない、久しく記憶の下積みになっていたこの女に、不自然なまでの親近感を覚えてくる自分を怪しみながら、昌造は、女に言葉をかけたものかどうかと、靴先に軽く小石を蹴ってみた。この女が美しくなかったとしたら、昌造は、果して、さりげなく知らぬ振りで過す積りであっただろうか、いや、この時の昌造には、多少とも覚えのある顔であれば、凡《すべ》て懐しく頼もしく思われたにちがいなかった。けれども、こんな場合でも、若い心というものは面子《メンツ》にこだわるものである、だから、昌造は、女が美しいから自分の女に抱く親近感は募るのだ、と思いたがった。幾らかはためらいながらも、そう胸の裡《うち》にうそぶいてみると、昌造の胸には、俄《にわ》かに、荒々しい自由な感情が猛《たけ》ってくるようだった。

すぐうしろに声を聞き、昌造は、今から一つの行為に移ろうとしている気持の踏切を乱されたように思い、振向いてみた。老婆が袖で顔を蔽《おお》っていた。その傍に、毛布を背負った、復員してきたばかりらしい若い痩せた男がつくねんと佇《たたず》んでいる。放心したような眼を地面に落している。彼は、口を薄く開いたまま、靴先で地面をいじっていた。昌造は、眼をそむけ、靴裏の土ふまずに小石を強く踏みつけた。微かにうそ寒いものを胸に覚えて、昌造は、女の背に足を進めた、女の振り分けられた薄い髪を透いて盆の窪が蒼白く昌造の眼をうった。

「アノ――」

昌造は、こう言いさして、自分が女の名前を覚えていないのに気づいた。名前の字劃《じかく》とか語呂とかの持つ感じだけが分っているに過ぎない。昌造は口ごもる間もなかった。女は、背を小突かれたような姿勢になって、眉をひそめて昌造に振返っていた。昌造は少し狼狽《ろうばい》した。女の顔からは、覚えのある感じは悉く消え、昌造の鼻先には、目新しいどことなく稚げな窶れた顔が、確かめるように訝るように、段々に警戒の色を深めていた。思い違いかも知れぬと思いながらも、昌造には、やはり、期待は捨てがたかった。昌造は顔を赤らめた。だが、気まずい心を見破られまいとして、落ち着きを装う意図でもって、ズボンから煙草を取り出した。行先も定まらぬ、親弟妹も今は死に絶えているらしい、この焦土と化した地に佇立《ちょりつ》する自分への意識が、昌造の頭のさきを寒く掠《かす》めた。マッチを擦《す》った。炎は見えず、軸だけが黒く縮んで行った。昌造は、殊更眉根を寄せて、深々と吸いこむと、改めて女の顔を見定めた。煙の四散したあとには、女の上眼が昌造を幾分大儀な色を見せて探っていた。女の眼は、ふと、突慳貪《つっけんどん》な促す感じを帯びてきた。昌造は躊躇《ちゅうちょ》した。自己紹介しようと思ったのに、咄嗟《とっさ》に昌造の口は嘘をついた。

「あなたによく似た兵隊が汽車から落ちて……」

事もあろうに、女を不幸に陥入《おとしい》れて一層の親近感を得たいという心の動きがそうさせたのである。女は少し口を開けて昌造を見つめていた。素直な不安を示しているように昌造には受けとられた。昌造は、木炭自動車の騒々しい音を耳にしながら、自分の失態を呪った。肉親の全滅が罰として自分に下されているに違いないと確信した。そう思うことは怖《おそろ》しいことだった。昌造は詫《わ》び言《ごと》の積りで言った。

「あなたにひどく似てる人なんですよ。岩川町のあたりなんです。ひょっとしたら死んだんじゃあないかと思うんです」

飛び出た言葉は、意に反して、前言を強調する工合になった。自分の声が尚《なお》も耳底に呟いているようなのを覚えながら、昌造は、このように自分も誰かから身内の者の死を聞かされるのだ、という予感にふと襲われた。女は、やっと意味を呑みこんだ顔になると、微かに笑声を立てた。

「人違いじゃあないかしら？　わたしの家族は皆死にました。人違いだわ」

昌造は一瞬羞恥《しゆうち》にとらわれたが、すぐに、女にこのまま突き放されてしまうことの方をもっと怖れた。前言にかまってはおれなかった。

「僕、中学の時、毎朝、あなたを見て知っています」

女の眼は些《いささ》か非難の色を帯びてきた。昌造はまたも狼狽した。女の存在が急に遠退《とおの》き怖れていた孤立感が切なく胸にのしかかってくる。

「どこでなんだろう？」

一旦は非難めいた感じを眼に浮かべた女は、義理を尽くすように、あらぬ方に眼を配りながら、遠い記憶を抽《ひ》き出《だ》すようにこう呟いた。昌造はすかさず言った。

「旭町でしたか、稲佐でしたか、あの坂で……」

昌造は、片側に高く石垣が聳《そび》えたち、片側に石の欄干のついた、あの坂を一人で降りてくる少女の、やや俯向《うつむ》き加減の弾みのついた歩き振りを鮮かに思い描きながら、今は変に薄くなった女の頭髪に眼をやった。女の昌造を見つめる眼つきが遠い感じになり、女も思い起すようであったが、急に笑って、

「わたしの家は城山ですもの。あのあたりは通ったことありません」

と、宙に眼を投げて低く呟いた。そうして、改めて、昌造に眩しそうな視線を向けた。昌造を疑う眼つきではなかった。女は疑うことさえ億劫《おっくう》だったのだ。

昌造は、そう言われると、もう女の顔のどこにもあの女学生との類似を見出せなかった。昌造は、傍眼《はため》には嶮《けわ》しく見える顔をうつむけた。女は、うっすらと笑いを顔に浮かべ、あたりに眼を配るふりをして言った。

「誰か知った人でも降りてこないかと思って……」

語尾は急に思い沈むようである。そんな女の様子が昌造に女が遠くなってゆくような感じを持たせた。昌造は、またも自分が今置かれている状況をハッと思い知らされた。昌造

は女に訊《たず》ねてみたいと思った。

「松山町あたりで助かった人はないでしょうねえ?」

女は、昌造の強い視線を軽く受け流してから、吐息に混えて緩く答えた。

「松山町は原子爆弾の中心ですわね」

暗に、到底助かりっこはない、と女は教えているのだった。昌造は、女の言葉から受けた衝撃のため、ぼんやりとした眼を宙に見開いていた。そんな昌造の様子が、女には、まるで彼女の言葉を一言も耳に入れなかった者のように見えた。女は、甚《はなは》だしい疲れを覚え、肩を落した。顔を傾《かし》げ、傾げた方の耳の上の薄い髪を指でいじっていた。昌造は、女の存在を忘れて歩き始めた。我が家の跡へ足が向いていた。数歩歩いて何げなくふり返ると思いがけなく、後方を女が歩いていた。女の眼が輝いた。昌造は足を停めて女を待った。女は足を速めて追いついてきた。息切を鎮めて女は言った。

「帰ったってつまらないから……。知り合いの家に居るんですけど……。皆親切な人なんですけど……」

女は、途切れ途切れに脈絡のないことを口走って、急につまらぬことを言ったと思い、口をつぐんだ。そうして、また、言い直した。

「わたしも行ってみます。わたしの家も城山でしたもの」

女は、自分の思いつきをひそかに楽しんでいた。その楽しみを昌造にも分つように、昌造に笑みかけてみた。しかし、昌造は、自分の肩口に白っぽく陽を透いて慄《ふる》えている女の薄い髪に眼を奪われていた。女の薄い髪から受けとった異様さに災いされて、昌造には、自分に随《つ》いてくる女の気持までが異様なものに思《おも》い做《な》された。そう思って昌造は傍らの女を盗み視た。すると、昌造の不審は尚も強められた。女は、既に傍らの昌造の存在を忘れ果てた風に、うっすら口を開いて、宙を見入って歩いている。見知らぬ土地を訪れた者にとっては、その土地ではごく自然なしきたりまでもが目新しく感ぜられたりするものだ。汽車を降りたばかりの昌造が女に不審を抱くのも無理がなかった。昌造は直接原子爆弾に見舞われた女の体験の重さもしくはその質に就いて想像する上に必要な最少限の知識すら持ち合わせていなかったからである。

女にとっては、昌造がものを言いかけてきたことで、昌造は、それまでは駅頭に蠢《うごめ》く人群の中の一人でしかなかった存在から、急に選ばれた最も近しい存在となった。他の誰のあとをも追わず特に昌造を追って行ったのは、この力学的とも言える心の作用でもあったが、決定的には、昌造にまつわる逼迫《ひっぱく》した気配が、それにあやかりたい気持を女にかきたてたからである。女の髪のうすれは原子病の症状であった。日々死を見つめ、見つめるうちに、闇にものを長く見定めているとそのものが次第に闇にぼやけてくるように、女は、近づきつつあるかも知れぬ死の見分けもつかなくなり、異常さも尋常になり、驚きを失い詮索を失った生活感情のさなかに、緊張という感情を昌造によって見せつけられ、新しい感情を呼び醒まされ、急に新しいことをやってみたくなったまでなのである。

昌造は、或は、息災ですんだ知人の家々を直接訪ねた方が家族の安否を知る上にもよかったのかも知れなかった。けれども、この時、彼には、ただ、自分の家の焼跡に行くことより他執《と》るべき行為は考えられなかった。こういう抜き差しならぬ感情に発したはずの行為の底にも、やはり、古い物語りや映画などに影響された情緒があるらしかった。郷里に久しぶりに帰って我が家に辿《たど》りついてみると我が家は既になく父母兄弟も今はない、といったあの手垢《てあか》のついた情緒が、ふと、隙を狙って昌造に誘いをかけたのかも知れなかった。埃《ほこり》を巻き上げて、木炭自動車が、電車の軌道が土に見え隠れする道を、のろのろと走って行った。広場を抜け、左に曲ると、急に、腐臭が昌造の嗅覚を圧してきた。その臭いはどこまでも続いた。何の臭いか昌造は女に訊ねようかと思ったが、それは断念した。明らかにまだ残っている夥しい屍《しかばね》の腐臭にちがいなかった。顔のそこだけ蒼白い女の額の生《は》え際《ぎわ》が汗ばんでいるのを横に見ながら、昌造は、一人よりは二人がよい、若い女であれば尚更よい、と思った。二人だと、沈潜しようとする気分が、ある点で制せられ、理由もなく、軽くなる。肉親縁者が悉く死に絶えていたとしても、それが必ず不幸でなければならぬ訳はなかった。奇妙にも、遠隔の土地の大火事を見物するために急ぐあの野次馬の無責任な嗜虐的《しぎやくてき》な感情に似たものを自分の胸の中に幾らか見つけて、昌造はその処置に窮する思いがした。けれども、そんな困惑を意識すると、尚更、それに対抗するように、自由な気分は募ってくる。全く過去と絶縁された今からは、一切の筋書が勝手気儘《かってきまま》につくれるとでもいった気持であった。

昌造の略帽に蔽われた鉢廻りが汗でじっとりと濡れてゆく。押し潰された瓦斯《ガス》タンクの下を通り抜け、無言のまま、二人は、橋を渡った。橋の手摺りは外され、コンクリートの土台のそこここに、折れねじれた鉄棒を突出している。四囲は黒々と低く起伏し続ける焦土である。腐臭が、風に煽《あお》られ、ときおり強く臭う。電線が地を這《は》っている。昌造は、改めて視野に眼をそばだてた。胸のどこかに僅《わず》かに燻《くすぶ》っていた親弟妹の安否への気づかいが、急激に起る吐気《はきけ》のようにときおり昌造の胸を寒くさせた。女は脇眼もふらず、微かに顔を揺すりながら歩いている。

身寄りのない女は、長崎会館の裏の川辺《かわべ》りにある知人の家に厄介になっていた。その家は二階建であったが、二階の方は爆風のため壁土が落ち、木舞《こまい》が崩れ、上と横から雨が降りこむので畳は敷いてなかった。そこの一家七人は階下の狭い二間に寝起していた。女一人が星や月が寝ながらに見られる二階の隅の板の間に毛布を敷いて寝《やす》んでいた。大豆や大豆かすや麦や芋だけの、それも腹に満たぬ日々の食事だったが、女の食欲は衰えていたので、別に食事のことはそれほど気にならなかった。日がな二階に横になっていた。食糧事情が険悪の極に達していたこの当時に於《お》いては、他人の家に世話になるための第一の条件は、人柄ではなく胃袋にあったのである。その点で女に欠けるところはなかった。けれども、女にとってはそれどころではなかった。髪が抜けてきた。朝眼が醒めるごとに女は自分の躰を調べ、斑点の無いことを確めた。斑点が現われることはそのまま死の予兆として、人々の間に流布されていた。女は、いつも、明日になればその斑点は現われるかも知れない、と思って暮していた。長崎の至る処に、死に瀕《ひん》している原子病患者がいた。そういうことがいつも女の頭にあったので、女は、やがて来るかも知れぬ己の死を異変として感じとることができなかった。女は、この日、ふらふらと何という目当もなく誰か知った人とでも会うかも知れぬと思ってやってきた。そうして、昌造と出会った。昌造が、女には、新鮮な晴れやかな存在として映った。晴れやかな存在に照らし出されてみると、女は、自分に死の臭いが迫っていることを初めてのように感じた。死の観念は、まつわる一切の装いを脱いで、端的に姿を現わしてきた。今、女は、寛《くつろ》いだ胸の中にも、今までになく、来たるべき死を切実に握りしめていた。死に怯《おび》える人間は、平凡な生活の一こま一こまも過去のでき事を顧みる時に伴う一種劇的な感覚でもってうち眺めるものなのかもしれない。女はこうして見知らぬ男と歩いている自分を、あの過去の事々に対する時の感覚にくるんで、哀しい安らぎを覚えていた。自分が今日、外出したそもそもの気持が求めていたのはこの感覚であったのかも知れない、女はそうおぼろに感じ当てていた。

焼跡には、佇んだり、杭《くい》を立てたり、何かを拾う風な人影が疎《まば》らに散っていた。蒸れたような風が、ゆるく渡ってくる。道と平行に汽車の軌道が光っている。昌造はふと言った。

「どこに住んでたんです？」

昌造は、女が城山に住んでいたと言ったことを既に忘れていた。

女には聞えなかったらしい。何かに憑《つ》かれたような眼を宙に凝《こ》らしたまま、喘《あえ》ぎ喘ぎ遅《おく》れ走《ば》せに随いてくる。昌造は、背の荷をゆすり上げ、歩調を弛《ゆる》めた。鳶《とんび》が高く輪を描いていた。また、改めて、女と並び、少し声高に訊ねた。

「あなたの家はどこだったんですか？」

女は、急に昌造の存在に気づいたような眼を向けてきた。そうして、問う眼つきをした。昌造は、その女の眼つきを見て、女の家が城山だったのを思い出した。昌造は戸惑って薄ら笑った。

「城山です」

女は遠くを見る眼になって言った。

「僕の家は中学の頃水《みず》の浦《うら》でした」

女はそれには相槌《あいづち》をうたず、

「護国神社の下です」

と自分の家の所在を補足した。この短い会話には昔を忍ぶ調子は二人ともなかった。昔を語ることで昔と断絶された今の実感を現わしていた。

「あなたはどうして助かったんです？」

昌造は、この女が助かったいきさつ次第では、自分の家族も助かっているかも知れぬと思って、こう訊ねてみた。女は、黙って、右前方に見える、今は外郭だけとなって鉄骨を処々さらけ出している医大病院のコンクリート建築を指した。手を下すと、

「医大病院で事務を執っていました」

こう口たるく言った。女の脳裏に、己の言葉に触発されたように、様々な光景が脈絡なく甦《よみがえ》ってきた。真直《まつすぐ》に立上る火煙の広い壁に廻らされた視野。薄暗い、煙たい、毛皮臭

い、熱気を孕《はら》んだ空気。阿鼻叫喚《あびきょうかん》のない、幽気のごとき負傷者の緩慢な行進。川原に背中の皮膚を剝がれて気ままな方向に寝そべっていた裸の子供たち。その子供たちが持っていたらしい水際の草の茂みにひっかかっていた木桶。鋪道に二間ほどの長さに弓なりに立ちはだかり、油っこい虹色の光沢の中に四囲の炎を鈍く映していた、脹《ふく》れ上《あが》った馬の尻から飛び出た腸。そんな中に、なぜか印象的であった自転車の把手《とって》の輝き。方途もなく凄《すさま》じいような、怪奇至極であるような、それでいて、ひどく悠長であるような、あの時の情景であった。

女が話しに乗ってこぬところから、昌造は、また、冷い現実を思わざるをえなかった。諦めてはいたものの、撰《よ》りに撰って自分の住家の在所が爆心地なのだ、と思ってみると、まるで今初めて衝撃を受けたかのように、微かに視界が揺れるようなのを感じた。

「松山町が中心だったんですね？」

もしかすると女が言い間違えたということもあるかも知れない、と思って口にしてみたのだった。しかし、女は黙っていた。昌造は少し女を憎んだ。思いがけなく、背後に上ずった声がした。

「へー、松山町が」

振向くと、いつからそこを歩いていたのか、毛布を背負った復員らしい男が、怯えた眼をしばたたいていた。男は、汗に濡れた顔で、二人をぼんやり見詰め、急に急ぎ足に何か呟きながら二人を追越して行った。

昌造は、冷酷な気持で、この慌てふためく男の後姿を見送っていた。その男の不幸と自分の不幸とは截然《せつぜん》と分けておきたかった。その男に自分の似姿を見たと思うことは業腹《ごうはら》である。

女は、追い越して行った男を見やりながら、何度もこれまでに聞かされた音盤を又事新しく聞かされる思いであった。今更の感慨などあろうはずもなかった。

「あの辺に居て助かった人いますか？」

慌てふためく男と自分を殊更峻別《しゆんべつ》する意図から、昌造は、世間話のようなさりげない口調を装った。彼は、その問いが二度目であることには気がつかなかった。最初の問いの時女から明確な言葉としての答えが得られなかったので、答えがないからには問いがなかったものと、心の便利な仕掛が都合のよい解釈を与えてくれていた。

「助かった人ってあるかしら？」

こともなげな女の返答である。その女の言葉の中に、昌造は楽観的な部分だけを無理に見つけようとした。助かったものは殆どないが、少しはある、そう受け取った。昌造の汗でしめった下着が、腹の肌に冷くはりつき、やがて生温くなって行った。女は自分の返答が相手に与えた反応など全く放念しきった眼つきで、ふらふら歩いている。二人は、曾ての市電の停留所稲佐橋通りをかなり過ぎていた。汽車の線路沿いに歩いていた。一直線に延びる汽車の線路の前方に小さい人だかりが見えている。ここからの距離からみて、昌造には、ふと、その人だかりが、デッキから転落した男と関係があるように思われた。

「あそこだな、デッキから落ちたのは」

そう口に出してみた。と、女は、ギクッとしたように、前方に鋭い視線を向けた。女は足を速めた。倒れた有刺鉄線の柵を跨《また》いで線路際の小道に歩を移した。息切れがして女は歩度を弛め、また、気を取り直す風に足を急がせた。昌造も喉《のど》に貼りつく渇きを覚えながら、女の変化を不審に思って女に随いて行った。女の肉親は皆死んだはずである。昌造はその女の言葉を憶えていた。一人の人間の不慮の災難に感情を揺さぶられているにしては、女の一途《いちず》な感じの表情と動きは不自然だった。頭が変になっているのかも知れない、この推察は女が自分を追ってきたことと思い合わせると、昌造には最も妥当な気がした。昌造は、改めて、女の地の透ける薄い髪を不気味な感じで見まもった。幾度もつまずきそうになるのもかまわず、前方の人だかりに眼を据えたままの女に、昌造は、そんな自分をもどかしく思いながらも、傍観的な眼を注ぐよりほかなかった。この女の髪はなぜこうまで地の透けて見えるほど薄いのだろう、とぼんやり思ったりした。

女の頭は別に変になってはいなかった。女の急な変化の因は、少し大仰なひびきはあるが、原子爆弾にある。原子爆弾は、奇蹟への信仰を、その程度の差こそあれ、その被災地の住人達に植えつけてしまったのである。人類の誕生以来、原子爆弾を体験した都市は地球上に二つしかない。それをある時ある場所で人が体験できる確率は、万が一という文字通りを遙かに超える僅少なものである。だから、原子爆弾に見舞われた人は、殆ど当ることが不可能なクジに当ったようなものだ。それだけでも、充分当った当人には一種の奇蹟となりうる。だが、そういう奇蹟はあとになってあれは原子爆弾だったと知らされることが前提となっているのである。だがここに言う奇蹟への信仰とは、あとで知った原子爆弾から生れるのではない。何万何千の人命家屋を粉砕する得体の知れぬ力が全く唐突に落下してきたその事に出来したものなのである。人々は、自分の家が、会社が、学校が、工場が直撃弾を喰《くら》ったのだと思って、塵埃《じんあい》の中に起き上り這い出してみると、薄暗さの中に、眼の届く限りが壊滅して、妙に赤味を帯びた炎が燃えさかっているのを見たのである。原子爆弾と知るまでのあの何日間かの体験から、人々は原因も分らぬ想像もつかぬ一大事件というものが突発しうることを知ったのだ。あとからなされるいかなる合理的な説明も、この認識を完全に払拭《ふっしょく》することは不可能である。この点に関する限り、原子爆弾被災地はいかなる他の空襲被災地に対しても己の特異性を主張しうる。この意味では、今後落されるかも知れぬ原子爆弾があるとしても、また、それがいかにこの当初のものとは比較を絶した威力を持っていようとも、それは、長崎や広島の原子爆弾とは全く別個の単に威力の大きい爆弾に過ぎぬであろう。

女は、線路の向うに人だかりを見た時、ふと、駅頭でものを言いかけてきた昌造のあの時の言葉を思い起した。奇蹟への信仰が彼女を忽ち占有した。女は、汽車から落ちた自分と似ているという男が、あるいは死んだはずの父であり兄であるかも知れぬと思ったのである。女は、自分の挙動の急な変化を昌造が怪訝に感じているようなのを、傍らに淡く感じて知っていた。けれども、二人が邂逅《かいこう》する以前の体験の甚《はなはだ》しい懸隔が、女に、子供に気兼ねせぬ大人のような気持を持たせていた。

線路沿いに、麦藁帽《むぎわらぼう》を被った、草色の下着一枚の背の低い男がやってきた。人だかりを指さし、女は声をかけた。

「あれ、なんでしょうか？」

男は、つば広の古い麦藁の下から睨みつけるような眼をして、無愛想に答えた。

「人の轢《ひ》かれとった。顔の目茶々々になっとったですばい」

「どんな人なんでしょうか？」

苦しい息使いの下から、女が訊ねた。男は、その問いに会うと、女よりは昌造の方を見た。それから、また、女に窺《うかが》う風な眼を返し、幾らか蔑《さげす》むような感じを浮かべ、唇を動かそうとしたが、結局は何も言わず、無表情な眼で二人を見較べると、がに股で枕木を一つ一つ踏みしめて歩き出した。遠くにつくつく法師が啼《な》くのを、昌造は耳にとめていた。ふと気づくと、女が、前方を、もう数の減った人だかりの方に向って駈けていた。汗に濡れた白い上衣が、女の背に、しわんだまま貼りつき、肌の色を透かしている。小さくなってゆく女の後姿を見やりながら、ふと、昌造は女が自分にとって無関係な存在であることを知らされた。自分の肉親が悉《ことごと》く死絶えていそうな何度目かの予感が冷く掠め、不安が昌造の胸底に揺り上げてきた。奇妙にも昌造は、彼が最初に女に話しかけた出まかせの言葉が女をかくも真剣にさせていることなど、今は忘れていた。責任感は常に自己感覚に根ざしている。殆ど自分自身がその中に吸いこまれてゆきそうな大きな異常な情景の中では、自分の口から出た言葉も、自分をも包みこんだ情景の呟きであるかのような錯覚に人は陥《おち》入《い》るのかも知れない。

昌造はここで踵《きびす》を返そうかと思った。しかし、足は動かなかった。動作が億劫なのではなく、この場合、踵を返すに必要な一瞬の気分の上のふんぎりを億劫に思う心があったからである。息をつくと、背に汗で湿った下着が冷くはりつき、すぐに離れる。軌道と平行の白い道の向う端に今は使用主もない防火用水桶が見え、その桶に張られた水が青みどろの細長い光を浮かべていた。焼野の起伏の一つ一つが長い影を持ち、四囲にめぐる山襞《やまひだ》に陰影がはっきりとし始めていた。不当に神経を苛《さいな》まれているようでもあり、また、非常に透徹しているようでもある昌造の感覚であった。昌造は、いつのまにか、四囲の山々の緑がくっきりと迫るのを、夢のような感覚で、視野一杯に感じていた。当初は眼をそばだてた焦土も、今は、ありきたりの焼跡のような小ささでしか、昌造の汗のしみる眼には映ってこない。そうして、そんな自分の感じも、どこか過《あやま》っているのではないか、と不安でもある。今は自分にとって切羽詰った時だ、といくら自分を説得してみても、実感は薄く思えた。ただ確かなのは、今自分は、なぜか、ここに、こういう風に、他の誰でもなく自分の意識でもって、佇んでいる、とでもいった何物かに出し抜かれたような貧血寸前に似た感覚であった。だが、真の実感とは凡てそのように幾分うつろな感じに伴われるものにちがいない。

女は人だかりの中に消えた。人が揺れ動いた。このまま女と別れよう、昌造は胸にそう呟いた。しかし、呟くだけだった。やがて、女が、突然、弾き出されたように、こっちに近づいてきた。陽を受けた黒いモンペが白茶けて見える。女の顔がはっきりしてくる。眼近にきた時、女は屹《きっ》とした怒ったような眼で昌造を見た。そうして何やら低く呟いた。女は、そこだけ異様に白い喉を波うたせ、烈しい息使いの下から、どこかうつろな癇《かん》のたった声で、辺りに視線を移しながら、こう言った。

「ちがう、ちがう」

女は、昌造の前に立ちはだかるように停《とま》った。女が怯えているように昌造には思えた。女は、倒れかかるように、昌造の腕に縋《すが》った。昌造は女の近い呼吸の中に微かに何かの食物の香を嗅いだ。〈ちがう、とは何がちがうというのだろう〉こう思って、昌造は呆気《あっけ》にとられていた。轢死体《れきしたい》の無慚さに衝撃を受けたからか、とも思ってみた。女がその短い言葉の中に他の感動を託していたのを、昌造は見抜けなかった。

女は、自分が健康な人々の中に混って死人を見下したことに久しぶりの誇りを得たのであった。死がそこまで近づいている者は、死をいたわるよりは死をさげすむことの方に、錯覚的陶酔を抱くことがある。女は、この時、そういう陶酔に溺れ、その陶酔が有り合わせの言葉を利用したまでだった。原子爆弾の惨状を体験した女が今更無慚な死人に衝撃を受けるなどおかしなことである。女の指の喰いこむ自分の上膊《じょうはく》が変に柔いようなのを感じると、昌造は、何ものかに追いつめられたような、漠とした不安と焦躁を覚えた。昌造は、半ば自身に浴せかける調子で、

「一緒に行こう」

と女を促した。女は黙って随いてきた。二人は、道に出た。女の耳が裏側から赤く陽を透かしている。彼には察しのつかぬある理由から今にも取乱しそうな女の気配を、昌造は傍らに感じていた。風が強まってきた。女は、額にほつれる僅かな髪を振り起した。昌造は、女が何か叫ぶに違いない、と予感した。女の心の昂《たか》ぶりに対応してゆけそうもない自分を思って、昌造は、機先を制するように、口を切った。

「眠っていました。ふと眼をさましてその人はびっくりしたようでした。見なれぬ光景だと思っていたのが、実は浦上と知って、きっと半分寝呆けたまま足を踏出したんです。そのままデッキから……」

昌造は、女が耳をかさぬ風なのに気づいて、口を閉じた。女にとっては、昌造の説明の真偽はどうでもよいことであった。あの死体が父でもなく兄でもなかったことに、今になって女は気づき、また、死んだ父や兄が汽車に乗っているはずがないことも知って、なぜ一体自分は駈けていったのか、と狐につままれたような気持だった。女の陶酔は、徐々に、その偽りの薄皮を落し始めていた。陶酔の実体は、結局、あの死体が原子病による死体でなかった、その故《ゆえ》の安心感でしかなかったようである。その寒い心に更に駄目をおされるように、女は、ふと、頭の上に薄い髪を感じ当てた。死がまたとりついてきた。

「こんなに髪がぬけて……」

女は、片手に薄い髪を束ねてみせ、その手を力なく落した。女の顔に微かに媚《こ》びるようなものが浮んだのを昌造は見た。自分の中に死の影を見た女には、急に、傍らの男の幸福が羨《うらや》まれた。不幸な者の心は、しばしば、幸福な者を憎むよりは敬うものであるらしい。処が、昌造は、逆に、女に死を嗅いで、徐々に女をうとましく感じ始めていた。昌造も自分が不幸だと思っていたからである。不幸な昌造の心は、自分より不幸な女を愍《あわれ》むよりは、女が自分より不幸である、ただそれだけの理由で、女をなにか悪者のように看做《みな》していた。と言って、女の幸福を望んでいたわけでもなかった。昌造のこの時の感情からすれば、幸福者か不幸者かは生れた時から定められていなければならなかった。そうして、自分はいかに不幸になっても幸福人種の限界内での不幸であると思いたかった。昌造が女を悪者のように思いなしたのもこういう感情的に無理な努力を女の不幸な存在が彼に強《し》いたからである。原子爆弾を体験せぬ昌造の心には、〈自分に限って〉という、自分が世界の中心であるかのようなあの感覚が根強くあったのだ。一方女は、その〈自分に限って〉を、とっくの昔に放棄していたからこそ、自分より幸福な昌造を素直に羨むことができたのである。

歩廊だけが白く剝き出しになっている浦上駅の跡のあたりに二人がさしかかった時、爆音が近づき、白人水兵の分乗した何台かのトラックが徐行しながら傍を通り抜けて行った。昌造は、何年ぶりかに白人を眼にするもの珍しさと、彼らに抗《あらが》わねばならぬような気分的強制からくる工合わるさとの混った妙な気持であった。トラックの上の水兵たちは、喚声を女の上に浴せて、次々と過ぎてゆく。最後のトラックが過ぎた。そのトラックから何かが二人の方に投げられた。遠ざかるトラックの上に好奇的な眼が並んでいる。昌造の視野の端で人影が動いた。昌造はその方を見た。赤ん坊を背負った内儀風の女が、紙に包まれたものを拾っていた。板チョコか何かのようだった。赤ん坊が俄かに泣き喚《わめ》いた。その女は腰を伸ばした。腰を屈《かが》めた直後のせいか、その女の陽灼けした顔は、いっこくな感じに充血していた。中年女は遠のくトラックに向って叫んだ。

「父ちゃんも坊ずも死んだじゃなかか」

べそをかく寸前の幼児に似た顔になった。この女も夫や子供の一人を失っているのだった。中年女は、唇をへの字に曲げ、手にしたものを、もみくちゃにした。その女は、それを地面に手荒く投げつけ、下駄で踏みにじった。徐行して遠ざかるトラックの上に、水兵たちの声が一瞬静まった。続いて口笛と喚声が、どこか弱々しい感じを潜《ひそ》めて、どよもした。何十かの白い帽子だけが鮮かであった。中年女は、不意に啜《すす》り上《あ》げた。それから、重い足どりで歩き始めた。女の背に眠る赤ん坊の首が仰向けにがくがく揺れている。

昌造は、その中年女から圧迫感を受けた。いきなり振返られて、白人たちに対して何の怒りも示さなかったその無為を譏《そし》られても、黙するよりないと思った。しかし、昌造は、その中年女の一見純粋な烈しい振舞いの中にもなぜか、何かしらその女の神経の鈍さと誇張された感情を見る気がした。そうして、昌造は、傍らの若い女とこの中年女とを思わず比較してみて、この中年女は既に原子爆弾によって夫と一人の子供を失った痛手からかなり回復しているとさえ思った。しかし、この意識は、余りに瞬間的な速さで胸に仄《ほの》めいただけであったので、次の瞬間では、昌造は、単に、何かが仄めいたような感じだけを、意識の端に浮かべたにすぎなかった。もどかしい、工合のわるい気持を持てあましながらも、昌造は、そんな気持の中に何とか血路を開こうとは思わず、却って、そのままの自分の自然さを、躰のどこかで拠《よんどこ》ろなく肯定していた。

赤ん坊を背負った女が、突然ひき返してきた。昌造は、ハッとした。なにか罵《ののし》られはせぬかと思った。その女は昌造には眼もくれなかった。変に片意地な笑みを口脇に浮かべて、二人の側を擦り抜けると何か呟きながら、自分が踏みにじったものの方に進み寄った、腰を折るとそれを拾い上げた。中年女はチラと二人の方を卑屈な眼でうかがう風に見た。彼女は自分の行為が二人の眼に卑しく映ることを懸念したらしい。それで何とか二人が都合のよい解釈をしてくれるかも知れないと思ったようで、今一度、トラックの消え去った空間に向って罵ってみせた。それから、背の子の方に首を捻《ねん》じ、甘い声をかけ、大きく背を揺すり上げた。拾ったものの包み紙を除くと、泥を払って中味を背中の子に渡した。背中の子はそれを固く握りしめ、すぐにまた泣き始めた。

この小さなでき事は昌造に幾らか衝撃を与えた。昌造は、自分の意識から或《あ》る飾りのようなものが剝げ落ちるのを覚えた。中年女の中に誇張を見たと思ったその自分の心の方に、この焦土にそぐわぬ歪《ゆが》みがある、とでもいった気持であった。駅を降りてからの種々の経験は、重なれば重なるほど、昌造の感覚を、逆に、単純化してゆくようであった。淡い星明りを見極めるのに、却って、そこから少し視線をずらすようなそんな仕方で、手慣れぬ自分の感覚を昌造は確かめていた。昌造は、気散じに、肩を並べる女に眼を向けた。女はぼんやりと問う眼つきを見せた。

女は、前を歩く中年女に対しては、先に二人を慌しく追い越して行った男に抱いたと同様の退屈感しか催さなかった。女は昌造に笑ってみせた。昌造におもねることで、自分から見れば遙かな男の幸福にあやかりたい気持だった。女は疲れていた。もう城山に行く気もなかった。けれども、一人になることはたまらなかった。

昌造は、怪訝な眼を女に返しただけであった。弛んだ女の唇が白く乾いていた。


外廓だけとなり、鉄筋を処々覗かせた医大病院や、爆風に押しつぶされて這いつくばったような野球場の観覧席を左右に見て、それから暫《しばら》く歩いた二人は、松山町の、そこだけいやに幾何学的線や面の際立つコンクリートの坂を上って行った。二人の長い影が坂の下の焼野の起伏を這い上ったり低く伏したりした。広い、はためくような風が、深い陰を無数に刻みつけた黄味のかかった夕まぐれの廃墟に、強まっていた。最近人が通ったことを示すように、新しい新聞紙が坂を転がってきた。新聞紙は女のモンペの足首にまつわりつき、それから、ぱっと離れて、カサカサと坂を滑り下って行った。以前は畑だった低い崖下には、濡れ汚れた人骨の堆積が、傾いた陽射を鈍く浮かべている。あまりに夥しい人骨の堆積であったので、昌造は、自分の骨の一本ぐらい、その中に混っていても不思議ではないような気持にとらわれた。見覚えのあるタイルの半壊した湯殿が見えてきた。昌造は、一歩ごとに靴の踵《かかと》が湿った黒い灰の中に深く埋まってゆくのを感じながら、我が家の跡に入って行った。何かのお菜らしいのがこびりついたままの西洋皿の破片が、二つ三つ、灰にまみれて光っている。本の形をとどめている灰の堆積の処々が、風に顫えては細かく千切れて飛んでゆく。足下の焼石が、薄虹色にいぶしたような光沢を浮かべている。廃墟の向うの西の山々はもう翳《かげ》っている。何かに照れて、はぐらかすように、風がたち返ってくる。下の一本道を、白人水兵の分乗した何台かのトラックが、連らなって、ゆっくりと、埃を巻き上げながら引返していた。そうして、そのかなり後の方には、二人の黒衣の修道女が白い庇《ひさし》を並べて歩いていた。

昌造は、軍服の襟垢《えりあか》のつるつるした感じを、首筋に変にはっきりと感じていた。大きな鳥影が、凹凸の激しい地形を、さっと、一二度掠めた。昌造は空を仰いだ。別の鳥が陽を浴びて高く輪を描いていた。徐々に、孤独とも自由ともつかぬある感覚が、昌造の胸に、脹れ上り拡がって行った。父母弟妹を恋うたのでもなく、我が身を歎《なげ》いたのでもなく、白人水兵への憎悪でもなかった。ただ確かなのは、襟垢のつるつるした感じだけだった。感傷にしろ、思い出にしろ、それが培養されるためにはそれなりの書割を必要とするのかも知れない。昌造はこの時、感傷や回顧に一向に唆《そその》かされぬ自分にむしろ戸惑った。人間は、どんな場合でも、己の立たされている情景に己を似せようとするのだろうか。

何げなく振向いた昌造の眼に、女が、髪を風に吹かれて、地にさしこまれた竹の棒を見つめていた。女を見たことで急に、昌造は、自分がここに来た意図を改めて自分に問うてみた。そうして、不意に、問いに対する答えとすり替えられる工合に、怪しく燃えるものを自分の躰の中に覚えた。いかに感情を動かすべきか、いかに振舞うべきか方途のつかぬこの場合、この昌造の肉体の想念は、自分へ心中だてする最も手近な演技であった。この辺りには人影がないこと、そうして、半壊のタイルの浴槽の向う側が、燃えかすの堆積との間に、地形を窪ませていることなどを、昌造は眼ざとく検《しら》べ確かめた。あそこに女を引入れればよい、と思った。

昌造の顔が再び自分に振向いた時、女は、昌造に男を感じた。けれども、危険感は抱かなかった。待ち設けることも身構えることもなかった。何をされても自分は抵抗しないことだけがはっきり分っていた。

昌造は、やがて女から眼を逸《そ》らした。昌造は、当初から想念だけで終ることを知った上での想念であったような気がした。行動に移るのは億劫だった。しかし、女が抵抗する気配を見せれば、荒々しいものに魅せられて、昌造は、女の躰に挑んで行ったかも知れなかった。この時の昌造の心の動きは道徳とは何ら関係がなかった。

昌造は、足もとにふと骨の小片らしいものを見つけて、それを拾い上げた。それは、脂肪によるのか、雨によるのか、湿って灰にまみれていた。冷やかな感触だった。昌造は、幼い頃持ち遊んだ、母が縫いものに用いた角製の白いへらを思い出した。これは親弟妹の中の誰かの骨なのかも知れない、そう思うと、肉親への愛情が唐突に胸にこみ上げてきた。昌造は、その感情を咄嗟には持てあました。それで、故意に不謹慎な仕草でもって、その骨片を軽く前方に抛《ほう》った。骨は思ったよりも勢《いきおい》よく飛んで、この台地の裾に向って落ちて行った。

昌造は女の方に眼を移した。女は凝《じ》っと宙に眼を見開いている。女の視線の端に再び竹の棒があった。昌造は、その竹の棒の尖端に何かがぶら下っているのを眼にとめて、近寄ってみた。割れた竹の尖《さき》に、濡れてびろびろになった紙がさしはさまれていた。よく見ると、鉛筆の文字が薄くにじんでいる。女は、その文字を読んでいたのではなく、ただ、何かの思念を追う上の一種の標識として、見つめていたのであろう。昌造は、両手で、紙の両端をつまんで眼を近づけた。見覚えのない忙しい書体であった。

「昌三君へ」と造が三と誤って書き出されていた。

「御両親、御弟妹の御遺骨お受取願います」

こう書いた下に氏名と地図のようなものが書かれてあったが、昌造は、それにはもう眼を通さなかった。ただ、その名前と住所を示す地図の箇処が、意味としてでなく、一種の奇態な模様のようなものとして、昌造の眼に映っていた。ぱらぱらと日照雨が落ちてきた。それはすぐに上った。女は稲佐山の傾斜に真珠色に輝く残照に眼を上げていた。鮭桃色の雲の小片が群れたまま、そここに青い空を覗かしたり、かき消したりしながら疾《はや》く走っている。東の山の頂きが、稲佐山から打出された西日を受けて明るんでいた。風が遠く唸《うな》っている。夕空に浮いた女の横顔の反り味の光った頤が、雲に逆《さから》っているような感じであった。

「君の居る処はどこ？」

昌造は、さきほどの雨の雫《しずく》を頬に伝わせながら言った。女はゆっくりと尖《とが》った頤を向けてきた。黙って昌造の顔を見て、それから何か言おうとするように口を動かしかけたが、ふっと薄く笑うと眼をそらした。答える代りのように前に掌を差し出し、雨を受ける仕草をして見せた。手を下すと、空を見上げた。女は、歩をタイルの湯殿の方に移した。まだすべすべしている湯船の縁に腰を下した。女は、疲れた姿勢で、再び残照に眼を向けた。女の薄い髪が風にほつれ靡《なび》いた。残照は徐々に薄れ落ちて行く。二人は、暫《しば》らく、気儘な視線を空に向けた。東の山頂が翳った。東の空にちぎれ飛ぶ雲も黒味がかってくる。昌造は、今では、女を憎むまでになっている自分を持て余していた。女を見ることで、自分が必要以上に不幸にされてゆく気がした。そうして、自分の帯びるそんな感じを女に覚《さと》られていると思って、尚のこと女を憎んだ。

とりつめてくる涼気を首筋に覚えて、昌造は、慌てて立札の名前と住所を読み直し、それから、そのびろびろの紙を竹の尖から用心深く抜きとると、ズボンのもの入れにしまった。今から引返そうと思った。見返ると、女もこっちを見ていた。逆光線の中に、女の頬がひどく削げて見える。薄い髪が、西空に、淡い光りを孕んで一方に吹かれていた。昌造の冷い視線に会うと、昌造から眼を離し、女は遠い眼をした。それから、力なくひとり微笑した。

昌造は、今自分の置かれている立場が一切明瞭になったために、却って、収拾のつかぬ心に追いやられていた。彼は、そうしているとは知らずに、ズボンから煙草をとり出していた。火を点ける段になって初めて自分の所作に気づいた。炎は薄赤くゆらいでふっと消えた。三本目のマッチでやっと火が点《つ》いた。

女は、昌造に突き離された自分に向って微笑《ほほえ》みかけていた。女は、けれども、昌造を憎む気はしなかった。この家族を失っただけの、我が身は少しも傷ついていない青年を、羨み、美しく思った。この青年の幸福を壊さないためにも、自分は青年が去ったあとで帰ろう、と乾いた心の中に思った。自嘲も自虐も感傷もなく、ただうつろな心が、女を天使のようにさせていた。女には、ふと、青年の喫《す》う煙草がいかにもうまそうに見えた。

「煙草のんでみたい」

思わずこう言ってしまった。心がそのまま言葉となって出るような抵抗のない気分に女は侵されていた。

昌造は、何か考えごとをしている人が言われるままに自覚もなくものを手渡すように、女に近寄ると、女の顔はろくに見ずに、一本の煙草を手渡そうとした。

「火を点けてちょうだい」

女は昌造にいたずらそうな眼を投げてこう言った。昌造の出方を気使う心は殆ど女にはなかった。自分の思うままを口にせぬことの方が余程女には苦になることだった。女のその言葉に、昌造は我に返って女をつくづくと見た。日の暮れなのに、女の眼は眩しそうに笑いかけていた。昌造は、なぜか、そんな女から圧迫を受けた。今度は、盗み視るような眼使いを女の上に走らせた。乞《こ》われるままに、煙草を口にはさんで火を点け、それから、やはり盗み視るような眼のまま、火の点いた煙草を女に渡した。女は、期待に輝く眼を、煙草だけに向けていた。女は煙草の真中を抓《つま》んで受けとった。横にしたり縦にしたりして、女は珍しそうに眺めた。それから、女は、親指と人さし指の先に小さく挟んで、口に持って行った。女の口がぎこちなくとがった。と思うと、女は急に烈しく噎《む》せた苦しそうな顔を、昌造に近い方の肩に廻して、尚も烈しく咳《せき》こんだ。煙草は右手に抓んで宙に浮かしている。

「止《よ》せよ」

昌造は、そんな女からやはり妙に圧迫を感じながら、低く言ってみた。昌造の言葉を耳にしたたからかのように、女の苦しい顔は、今度は昌造から遠い方の肩に捻じ向けられた。女はやはり烈しく咳こんでいた。昌造は、自分の煙草を捨てると、女に近づいた。そうして、女から煙草を奪った。女の咳はやっとおさまったが、女は、肩に頰桁を押しつけたまま、疲れを休める姿勢を暫らく続けていた。昌造は、奪った煙草を眼に近づけて見た。吸口が濡れていた。煙草の火先は灰をかむって、薄い煙をたなびかせている。昌造は、心を軽くいざなわれるままに、その煙草を口にもって行った。湿った吸口が唇に貼りついてくるのを覚えながら、一息吸った。思いなしか煙の味は甘美に思われた。

女は顔を起していた。女は、昌造が煙草を喫っているのは知っていたが、それが自分の喫った煙草とは知らなかった。知ったとしても、そんなことはどうでもいいことであった。

〈ああ、苦しかった。煙草なんてどこがおいしいのかしら〉女はそう思っていた。昌造までもが煙草と同じように、近づき過ぎると自分を苦しめる存在となるように思われた。天使のような心は変ってきていた。女は、青年を見たくないような気紛れな気持にその当座だけ唆かされて、昌造から眼をそらし、そっぽを向いた。

風に乗って、どこからか、石を打つような音が聞えてきた。その音が合図になって、昌造は、行かねばならない、と思った。しかし、どこに行くかは、まだ、はっきりとは決めていなかった。昌造は、冷い義務感から女に近寄り、女の腕をとった。指の腹に、女の細い腕の骨がコリコリと堅かった。

「行こうか」

昌造は、故意に殺伐な口調を使った。不意に昌造の胸に暖いものが流れ、昌造は、本当に女と一緒に行こうと思った。が、女の髪の臭気が、風の工合で、昌造の鼻孔に突き上げてきて、地が透けた脳天に、白いものが埃のようにわだかまっているのを見た時、そうして、女がどこか邪険な感じにそっぽを向いたままなのを知ると、昌造は、自分の心の凡ての試みを中止して、女の腕から手を離した。昌造は、自分を勇気づけるために、勢よく踵を廻《めぐ》らした。不調法な自分の果断を気にかけながらも、一気に坂を降りて行き、ふと、我しらず、振り返って見た。そこから見ると、女の首のところだけが、以前は刑務所であった崩れたコンクリートの塀を背景に浮かんでいた。女は昌造を遠い感じの眼で見守っていた。見ていることも忘れているような、あの幼児のような眼にここからは見えた。昌造はためらった。昌造は、自分にとも女にともつかぬ憎しみに燃えながら、舌打ちする気持で、再び女の処に引返した。

「歩けないのか」

突立ったまま荒っぽく言った。女は、昌造の顔は見ずに、

「疲れたわ」

と細い声を出した。垂れた女の双の肩の線には、昌造の眼にも、疲れた様子が見えた。突然、昌造は、この女の名前を自分は知らないのだ、と思った。そうして、自分が、いつのまにか、この女に一つの氏名を勝手に造ってかぶせていたことに気づいた。その氏名は、昌造がこれまで見たり聞いたりしたものの中にはないものだった。しかし、そのおどろきにも似た発見の瞬間はすぐに過ぎた。昌造の眼の前には、前と同じく、女の疲れた躰があった。昌造は顔をしかめた。背中から毛布を下し、それを括り直すと、首に掛けて躰の前に垂らした。

「おんぶしよう」

昌造は、女の前に背を向けてかがみこんだ。女は一寸《ちょっと》眼を閉じ、低く笑って羞《はじ》らった。

昌造は前向きの姿勢のまま、突慳貪《つっけんどん》に言った。

「はやく、はやく」

女は、ためらった末、伏目になって、昌造の肩に躰を崩した。昌造は、後ろに手を廻し、思ったより女が軽いのにおどろいたが、その思いを打ち消すように、力んだ呻《うめ》きを上げて、

立ち上った。首筋に紐が喰いこみ、毛布の包みが、幅広に前に揺れて、胸を打った。

「紐をつかんでて、な、首が痛いから」

昌造は、こう言って歩き始めた。女の風に靡く髪が首筋にかかり、昌造は、女の匂いを嗅いだ。不意に、男の肩に顔を伏せて、女はクックッと低く笑いを忍ばせた。今の自分とこの青年の間に起っているようなことが、何千年の昔から幾度となく繰返され、今また、自分らがそれを踏襲している、とでもいった女の気持だった。そういう気持の中では、原子爆弾も原子病も、殊更取り上げれば大仰になりそうな気がして、一度笑ってみると、尚更笑いを抑えることができなくなった。咳こみながら、女は、哀しい心の寛ぎを覚えていた。

昌造は昌造で、なぜ女が笑うのか訝しく思ったが、笑われてみると、何かしら図星を指された感じがしないでもなかった。切羽詰ったり、極度に昂奮《こうふん》していて、ふとそんな自分を意識した途端、何ものかにしてやられたようなあの苦笑に通じていた。

「紐をしっかりつかんでいてくれよ」

昌造は、眼を閉じ、頬が上気するのを覚えながら、声を荒げた。すると、昌造の右肩で女の頭が笑いを抑えて頷《うなず》いた。俄かに、昌造の胸に、哀しいような口惜しいようなものがこみ上げてきて、瞼《まぶた》が熱くなってきた。

女は、昌造の肩に頬を寝かせて、眼の上に吹かれ靡く自分の髪に瞳を当てている。風が一際《ひときわ》募ってきた時、昌造は、また、前向きのまま声を荒げて言った。

「紐を持ってなきゃあ、紐を」

こういう間だけ、二人の心は一つに溶け合っているようであった。けれども、ひどく危っかしい溶けかただった。明日の朝、いや、僅か一時間後のことに就いてさえ、自分らがどこにいて、どうしているのか、などということを二人は考えようとしなかった。この二人には、一時間後の自分たちに就いて思い廻らすことは、死後のことを考えるのと同じくらい遠い先のことに思われていたからである。

死の影

中山士朗

一

原爆を蒙《こうむ》った広島市は、七十五年間は人も住めず、草木もはえないであろう、と新聞に報道されたにもかかわらず、ヒメヨモギやハエは異常に大量発生した。ヒメヨモギは焼跡に強靭《きょうじん》な根をはびこらせ、ハエは黒い粒々で家の内部や負傷者の体をおおってしまった。

眼も口も崩れてしまった人間には、体にとまったハエを追い払うだけの力はなかった。火傷《やけど》した部分をおおった銭苔《ぜにごけ》のような瘡蓋《かさぶた》が、鱗《うろこ》のように堆積しているのを見るだけでも気持が悪いのに、その上、黒豆を撒き散らしたようにハエがたかっているのを見ると、より一層不気味にみえた。膿液を、その盃《さかずき》状《じょう》の唇からたらふく吸いこんだハエは動作が緩慢となり、しかも自由に凌辱した足の二本の爪は膿液でべとつき、いっかな去ろうとはしなかった。

ハエは、天井や壁に黒々とへばりついていた。黒くおおわれたその箇所は、濡れ光っていた。ハエは、まるで黒い蟬《せみ》のように肥満していた。黄色い粘っこい膿液が持ち上げている一糎大《センチだい》の瘡蓋群の上に、そのオオクロバエだのキンバイだのが乗っかると、重さが感じられた。そして、神経が露出してしまった傷口は、足の爪で引っ掻きまわされて痛んだ。

その頃上条和夫は、自宅で毎日治療を受けていた。その治療では、傷口はクレゾオル水溶液で消毒され、チンクオイルが塗布された上にリバノオル水湿布があてがわれた。毎日ではなかったが、強心剤、ブドウ糖、ビタミンB、Cの注射をしてもらうこともあった。クレゾオル水溶液を含ませた脱脂綿で傷口がこすられると、和夫は痛さで飛び上った。暴れまわる和夫を誰かが肩を押さえつけ、その間に手早く消毒するという有様なので、顔面、頸部《けいぶ》、左右の手の甲、左肘《ひだりひじ》を治療するには、かなりの時間を費した。洗面器の薄茶色のクレゾオル水溶液は膿液のためにたちまち白く濁ってしまった。あまり暴れるので、近くに置かれた洗面器が引っくり返ってしまうようなこともあった。

すると、気性のはげしい看護婦は、

「和夫さん、あんたは体じゅうに蛆《うじ》をわかしてもええ言うてんじゃろうか。蛆がわいてみなさい、体がいまよりか臭うなり、きたのうなって誰も傍へはよう寄って来んようになりますよ。そうなってもええのんね」

「蛆がなんぼわいてもええ。痛い、痛い、もうやめてえや」

「このまま腐って死んでもええと言いなさるんね」

「そのとおりじゃ。死んでもええ。死んだ方がどんだけましか知りゃあせん。こんとに痛いめするんなら、早う死んだりたいよ」

看護婦と和夫は、お互いに相手を憎むような眼で見つめながら、治療の間じゅう怒鳴ったり喚《わめ》いたりしていた。

そんな状態で、やっと消毒をし終える頃には、新しい膿液がひっきりなしに湧いてきた。黄色いリバノオル水湿布が傷口にあてがわれると、精根が尽き果てた和夫は、ぐったりと横たわり、眼の中にしみこんだ汗と血膿を脱脂綿で拭《ぬぐ》ってもらわなければならなかった。

看護婦も額に大粒の汗をかき、ひと息しながら、

「病人にとって、これほど難儀なことはありませんよね。これで、体を自由に、あっちへやったり、こっちへやったりすることができればまだしも、なにせ火傷した箇所をかばう寝方しかでけんのですから、そりゃあもう本人にすりゃあ大層苦しいでしょう」

と、洗面器で手を消毒しながら和夫の母に言った。

火傷しない右腕ばかりに注射されるので、皮膚が固くなり、だんだん針が通りにくくなった。

「こうして、毎日治療ができるだけええんですよ。収容所でほったらかしにされている負傷者のなかには、体に蛆をわかせている人が多いんですよ」

と言って、次のようなことを和夫にも聞こえるように話した。

収容所の負傷者たちは、莫蓙や蓆を敷いた上に、魚市場の魚のように寝かされ、死んだ者は、つぎつぎと担架で広場に運び去られた。住所、氏名、年齢などを書いた布が衣服に縫いつけられている場合は、そのまま身元が記録されたが、裸同然の死体については、その年恰好《としかつこう》や特徴が記入されるだけで、後は重油がぶち撒かれ、二人がかりで頭と足を持ち反動をつけて火の中に放り投げられるというのだ。

看護婦がその収容所に行ったとき、酷《むご》たらしく火傷をした中学生の姿が目にとまった。傍を通るときちょっと眼をやると、耳朶《みみたぶ》に蛆が這《は》っているのが見えたので、その蛆を取ってやろうとして屈《かが》むと、中学生は、化膿して崩れた顔をこちらに向け、

「どうりで、なにか耳の辺がごそごそしとると思うた。手が動かされんけえ取って下さい」

と、言った。

看護婦は、ピンセットを借りてくると、最初に、耳殻の周囲の数匹をつかみ取った。そして、外聴道から出かかったのをつかんだ。すると又、一匹出て来た。まるで数珠《じゆず》が耳の奥にしまいこまれてでもいたように、蛆は際限なく出て来た。

「このぐらいはありましたでしょうかね」

と、看護婦は掌をすぼめて見せた。

米粒でも掬《すく》うような手つきであった。

「蛆が傷口に発生すると炎症を起こすおそれがありますが、逆に、傷口の壊死組織を食べ、

傷の治療を促進させる分泌液を出す場合もあるので、いちがいに悪いとは断定できません
が、やはり気持が良うないですよね」
と、看護婦は学者のようなことを言った。
ハエの大群を前にして、蛆をわかさないほうが不思議であった。
和夫は、その話を聞いてからというものは、眼を凝《こ》らして、手の甲の化膿した部分を眺
めた。たいてい、ハエがたかって、そのハエは金色に輝く尻をむけて膿液を啜《すす》っていたり、
充《み》ち足《た》りた態度で足を頭でこすっていた。
和夫の家ではついに、蚊帳《かや》が吊られることになった。
炎天下に、トタン板で屋根を葺《ふ》いたバラックの中は蒸し風呂のようにゆだった。熱気を
避けることよりも、ハエから避難することのほうが先決問題であった。
ハエの大群から身を避けることができたとき、緊張感が失せ、眠気がさしてきた。しか
し、この安心感は、永くは続かなかった。
当時、広島市では誰もが原因不明の白っぽい下痢に悩まされていた。食べると腹痛がし、
下痢を催した。生ぐさいゲップがはじまると腹部にガスがたまった。白い濁った液体がガ
スとともに排泄された。
用を足すために、何度も抱きかかえられて蚊帳から出たり入ったりするので、和夫の傷
口を襲ったハエがそのまま蚊帳のなかに侵入してきた。余りふえると、今度は、蚊帳を吊
り直した。吊り直される間、母が蚊帳の裾を和夫の傷に触れさせないように支え、団扇《うちわ》で

ばたばたやりながらハエを遠ざけておかなければならなかった。それでも執念ぶかいハエは、和夫の傷口にへばりついていた。看病する者は、暑気と下痢、その上ハエの撃退までしなければならないので、今では疲労困憊《ひろうこんぱい》していた。ハエとの闘争は泥沼に足を踏みこんだように、いつ果てるともしれなかった。

たまりかねた和夫の母は、崩壊した家に行き、フマキラー殺虫液を見つけだしてくると、和夫の顔の上に新聞紙をかぶせ、天井や壁に向けて威勢よく撒布しはじめた。ところが、ハエは、人間を小馬鹿にしたように、吹きつけられた瞬間は飛び離れて行ったが、すぐに又、ゆうゆうと立ち戻って来た。

「フマキラーが馬鹿になったんかねえ」

和夫の母は、噴霧器のタンクを口惜しそうに揺すると、そう言った。

液体に濡れたハエは、前より更に黒く、羽を濡らせているので黒豆そっくりに見えた。腹を立てた和夫の母は、棕櫚《しゅろ》の葉を編んでこしらえたハエ叩きの代用品で、思いきり叩いて廻った。部屋のなかは、追われたハエが人の顔にぶっつかりながら右往左往した。母が叩き疲れてぼんやりすると、ハエは再び、何事もなかったように、部屋じゅうをびっしりと埋めてしまった。ハエの大群であった。

便所がわりに掘られた土の穴では、和夫がこれまで見たこともない、珍しい蛆が蠢《うごめ》いていた。オタマジャクシのように尾のついた蛆で、この無数の蛆がハエとなって、ふてぶてしく傷口を襲うのかと思うと、和夫は、激しい憎しみを抱いた。市内電車の残骸の内部は、一分の隙もなくハエによって埋められていることを、和夫は聞いて知っていた。
ハエは、一回に百から二百ぐらい卵をうむということだが、卵は一日で幼虫になり、そ
れが十日も経つとサナギになる。そのサナギは七日もすると成虫のハエとなり、ハエとな
ってから三日目には、もう卵をうみだすのだ。つまり卵をうんだ親バエは、二十日にはも
う孫ができ、さらに二十日経過すると、ひ孫ができるという具合だ。それに一生のうち五
回ほど産卵するから、春さきの一匹が夏の終りには、数億匹にも達するわけだ、と和夫は
痺《しび》れた頭の中で計算した。
憎んでもなお憎みきれない気持で、和夫はハエの発生過程を見つめていた。傍観する以
外に方法のない和夫は、母が気の抜けたフマキラーを威勢よく撒布しても、またハエ叩き
をふりまわしてみても、死体や負傷者の膿液や、地面に直接排泄された便から発生するハ
エはとうてい追い払われるものではなかろう、と思いながら眺めていた。
「ハエを追ってくれえ」
と、和夫は、ほとんど泣くようにして叫ぶこともあれば、
「痛いよおっ、ハエが食べるよう」
と喚くこともあった。
ハエは、和夫の傷口を歩いていた。全身を貫くような痛みだ。膿がこびりついた体の上
で、ハエは、さかんに跳梁《ちょうりょう》した。爪が鋭く肉を引き裂いた。左半分を焼いた顔面を歩か
れるのが、なによりもこたえた。気が狂いそうになった。膿液でふさがれてしまった眼を、

無理に開かそうとすると、膜が裂けて生暖かい血膿が下顎《したあご》を伝わって落ちた。大きな黒いハエは、吸いこんだ膿液の重さとべとついた重さで、和夫の傷口でよたよたしていた。

和夫は、自分がもし突如として元気になり、手足が自由に動くようになれば、この憎々しいハエどもを一匹残さず捕え、水のなかで溺死させ、それを陽《ひ》に干して黒豆のようにし、石臼《いしうす》でごろごろと碾《ひ》いてやるのに、と思った。その粉は絶対に火の中に投げこんでやらなければならない、とも思った。

その企みを嘲笑するかのように、ハエは、傷口に蝟集《いしゅう》し、和夫はさらに呻《うめ》かねばならなかった。

原子爆弾による傷害の治療方法は、なにぶんにも医学的に未知の分野であるため、まちまちであった。和夫のように毎日消毒し、リバノオル水湿布をしてもらうのは上等のほうであった。チンクオイルがないので、その基礎材料であるオリーブ油とか菜種油とか大豆油とか椿油とかを塗っているだけの者もいた。赤チン、マーキュロを塗りたくっている者もいた。やがて、お灸《きゅう》が流行した。それが下火になると、キュウリの汁がいらしいということになった。実験する人が多かった。

これは、キュウリを下ろし金ですりおろし、ガーゼで濾過《ろか》して汁をとり、それにシッカロールを混ぜて練るのである。その練ったものをナイフでガーゼに平ったくのばし、火傷の部分に貼りつけるのである。

貼った当座は、冷《ひ》んやりとして実に気持が良いのである。ところが、時間が経過するに従い、鉄板の上で焼かれたお好み焼のようになり、どうもあまり感心できなかった。それでも、二、三回は取り替えたであろうか。

「キュウリを貼ったところで、なんの足しになるでありましょうや。気やすめです。迷信です」

と、看護婦は大層不機嫌だった。

あまり人気があるので、和夫の母が試しに看護婦に内証でキュウリを和夫の火傷した顔面に貼ったところ、それが露顕してしまったのである。

「キュウリが、どうなりましょうか」

と言って、看護婦は手荒に、和夫の顔面から精魂こめてつくられたキュウリのガーゼを剝《は》ぎとってしまったのである。

和夫の母は、深く恐縮していた。

「これだけの大やけどですから、ちょっとやそっとでは癒《なお》りゃあしませんよ」

いくら焦ったところで、時期がこなければどうしようもない、と和夫と彼の母親は厳しく戒《いまし》められたのである。

気色を損ねた看護婦は、その日は注射のしかたまで乱暴のようであった。

キュウリの実験で失敗した二人は、その後、柿の蔕《へた》が良いとか、ドクダミが良いとか人からうるさく言われても、いっさい耳を藉《か》さない主義にしたのである。看護婦の威信を損わせるようなことは、もうこりごりであった。

「キュウリがどうなりましょうか」

看護婦は、何度も繰りかえして言った。

二

爆心地から、一・五キロのところであった。

「ありゃ、何か落としたぞ」

「あっ、落下傘だ」

後列で、異常に興奮した声が湧いた。

それは、沈黙をまもらなければならないにもかかわらず、何者かの意志によって引き摺りだされ、しかも、沈黙をまもっている者すべてを動揺させ、不安に陥れ、戦慄《せんりつ》させなければすまないという性質の声であった。

和夫は、自分の周囲に漲《みなぎ》っていた空気の被膜が、いっせいに音を発し、亀裂を生じはじめたのを知った。それは、根底から捲れ上ってくるような不安さで襲ってきた。これまで、一度として味わったことのないおののきであった。眼の前の風景が、小刻みに痺れはじめた。或る力に吸いこまれてゆく自分を、なんとかして切り離し、支えようと焦り、どうにもならない、と気付いた時、すべては、黄色い彼方に埋没してしまった。

黄色い光の帯が、音もなく、天から滑り落ちてきた。すると、前方から、黄色い微粒子が、無数に礫《つぶて》のように飛びかかってきた。飛びかかってくるというよりも、固定された黄色い微粒子に向って、自分の体が光の速度よりも早い勢いで突き進んでいるのかもしれなかった。

和夫は、自分の体が、沸騰点に達したことを意識した。

すると、和夫の前後左右が、不意に底知れぬほど密度の濃い黄色い壁で遮断された。最初、その壁に、沸騰し、もがく自分の姿が大きな鏡にでも映されたように浮び上ったと思われた。

その瞬間的な影像は、たちまち二重、三重になり、後は無限の像を結び、ついに濃密な粘液質の黄色い世界に没してしまった。和夫は、熱い世界の中で孤独感を覚えた。

全身を痙攣《けいれん》させて叫んだ。その叫び声は、黄色い壁につぎつぎと吸いこまれてしまい、四方にたてられた壁の中は、真空状態になり、いっそう静寂な空気が充満してゆくばかりであった。

和夫の体が、宙に浮いた。

彼の耳もとで、物を引き裂くような音が流れた。

それまで、どんなにあがいたところで、自分を他の世界から遮断している黄色い壁が取り除かれることはないであろうと思われていたのに、それは、今や苦もなく取り払われたばかりか、凄《すさ》まじい速さで遠ざかって行った。

その黄色い世界が薄れるにつれ、今度は、逆に、闇が濃さを増してくるのであった。激しい衝撃を、身体に感じた。

和夫の背中に、重い物体がつぎつぎに投げつけられてきた。鈍い音がするたびに、圧迫感は、正確に加わった。

もう一つ投げつける物があったならば、自分は息の根が止ってしまうであろうと思われた時、落下物は途絶えてしまった。それにつれて、あらゆる音も死んでしまった。そして、時間までが死んでしまった。

〈自分は、すでに、死者の世界を彷徨《ほうこう》しているのだ〉、和夫は漆黒の闇のなかで呟《つぶや》いた。闇のなかに、錫色《すずいろ》に光って流れる一条の川のようなものを見た……。

再び、時間が、ゆるやかに流れはじめた。

遠い闇のなかで、赤黒い焔《ほのお》が舞い上った。

地面の表に残された僅《わず》かな空気が、その渦巻いて立ち上る焔の中心に向かって移動すると、いっそう燃え狂い、嵐のような唸《うな》りを発した。

和夫は、最初、これが幼少の頃絵本で見た地獄なのかもしれないとぼんやり眺めていたが、身体を刺すような熱気を意識して、現実に引き戻された。

和夫は、立ち上りかけて横転すると、今度は、震えのとまらない両膝を地面につけ、這って移動しはじめた。

焔に背を向け、前方を逃げてゆく人影を追った。

この人影を見失なった場合のことを考えると、和夫は寒気がしてきた。

が、その人影は、忽然《こつぜん》と消えた。

和夫は、その時、「川だ」という声を耳にしたような気がする。本能的に身を退《ひ》いた。

しかし、引《ひ》き退《さが》る力よりも、後から押してくる力の方が途方もなく大きく、和夫は、ずるずると前面に押し出されて行った。濁った靄《もや》の中で、和夫は必死になって後退を試みたが、その努力が空《むな》しいと分るとそのまま流れに身を委《ゆだ》ねた。

不意に、靄が稀薄になると、そこはもう土堤《どて》の端であった。和夫の眼の下に、川底がひらけ、そこには黒い影が沢山蠢いていた。和夫の横を、黒い塊が落下して行った。〈落ちる〉と思った瞬間、体が宙に浮いた。

鈍い音がし、顔は、水を叩いた。

「ひぃーっ」

悲鳴をあげながら、和夫の後から、幾つも黒い影が転り落ちた。

和夫が、膝の辺までしか水がきていない川の中で坐《すわ》り直《なお》し、周囲を眺めた時、そこに見出したものは、和夫が生れてこのかた、はじめて見る異形《いぎよう》の世界であった。

焼け膨れ、爛《ただ》れた人間の形態をした動物が、焦点を失なった眼で、呻いているのだ。

そこで、和夫は、尾越に出会った。

はじめ、和夫は、尾越のことを海坊主かと思った。幽霊のように、両手を胸のところで折り曲げ、お椀をかぶったような頭をしている海坊主が、どうして尾越である筈《はず》があろうか。最前列で号令をかけていた尾越が、得体の知れない姿に変り、和夫を呼んでいるこの不思議さ。上着の胸のところに縫いつけた名札がキツネ色に焦げ、見慣れた「尾越」という二文字が、海坊主ではない尾越を示す唯一の証拠であった。

「君は、上条かあ、変ったのう」

尾越の方でも訝《いぶか》しがった。

その声は、細く震えていたけれども紛れもなく尾越のものであったが、和夫には未だ半信半疑であった。

「とても信じられん。黄色く光ったと思ったら、後はなにがなんだかさっぱり分らんようになってしもうたてえ」

「なにごとが起こったんじゃろか。地球がほかの星と衝突したのかのう」

尾越はそう言いながら、両手で水を掬い、煙を出して燃えている和夫の上着の袖にかけた。

二人の傍では、うつむいた死体が水に揺れていたが、焼けはげた皮膚は、湯垢《ゆあか》のように水面に漂っていた。

「邪魔になるじゃろう」

尾越は、和夫の顎の下から、紐のようなものをちぎり取った。

渡されたものを手にしてよく見ると、それは、焼かれて一皮むけた皮膚が縒《よ》り合《あ》わさったものであった。和夫は、それを丸めると、水の中に放った。尾越の顎の下にもそれがぶら下っているのを認めると、和夫は手を伸ばしてちぎった。

七、八メートル上の土堤が、急に明るさを増した。みるみるうちに黒煙が追い払われ、膨れ上った赤黒い焔は地を舐《な》め、勢い余った部分はいったんは宙に舞いかけたが、急に方向を転じ、岸壁に沿ってなだれ落ちようとした。火の粉《ひこ》が舞うと、その下の一団が揺れ動いた。

和夫は、自分の歯が恐怖のための音を立てているのを意識した。尾越の火傷しない部分の皮膚に鳥肌がたっていた。

「逃げよう」

二人は、川の流れを堰《せ》きとめるために置かれたとしか思われない、橋桁《はしげた》に累々と横たわった死体の列の上を踏んで対岸に渡った。

比治山《ひじやま》に向けて逃れる途中で、和夫は尾越を見失なってしまった。

比治山に来てはじめて、広島市が一瞬のうちに崩壊してしまったことを知った。負傷者は、僅かな木蔭《こかげ》をもとめて、その下にうずくまり、言語を失った口は固くとざされ、閃光《せんこう》で眩《くら》んだ空《うつ》ろな眼は、焦点を失ってぼんやりしていた。ここには、大勢の人間が、変り果てた姿で行き暮れていた。

「水を下さい」

「お願いですから、どうぞ、一口だけ、水を飲まして下さい」

「水を下さい、水を……」

「水、水、死ぬ前に水を一杯だけ下さい」

水を切望する声が、そこかしこから洩れていた。すでに息絶えた死体は、与えられなかった水をもとめて、両手を虚空《こくう》に差しのべ、動かなかった。虫の息で、「水を下さい」と叫ぶ重傷者の両手は、焼け爛れていた。

和夫は、桜の古木の蔭でうつ向いていた。風船のようにふくれ上った顔は、その薄い膜の下に液体を詰めこんだように、顔を動かすと中で揺れるようであった。片方の眼は膨張した筋肉のためにふさがり、まくれ上った唇は、開くことが困難であった。顔面の芯から生ずる激痛に絶えず眉をしかめていると、その痛みは頭に上り、ついには、鶴嘴《つるはし》を打ちこまれるような疼痛《とうつう》が襲ってきた。

和夫は、いつしか立ち上る気力を失っていたが、それでも、頭の中では家に辿《たど》りつく方法ばかり考えていた。

すでに夕刻であった。信じられないことであった。黄色く光った瞬間から、いくらも時間が経ったとは思われなかったのに、太陽はもはや西に廻り、頭上の葉の繁みでは激しい蟬時雨《せみしぐれ》が聞こえていた。

和夫は自分の耳を疑った。

太陽の光線も次第に弱まり、樹影が地面に伸びて行った。それでもなお、日差しに触れると火傷した箇所がうずくので、和夫は神風手拭を火傷した頬にかぶせ、ふらつく足どりで山を下りはじめた。

下りながら、おびただしい数の死体や負傷者を見た。和夫は、眼を逸《そ》らすようにして歩いた。その和夫に縋《すが》りつくようにして、

「水を下さい」

と言う声が追ってきた。

和夫自身も、口の中は火を含んだように渇いているのだ。

「おーいっ、負傷者は早くこの貨車に乗れえっ。間もなく出発するぞ」

山の麓《ふもと》から、兵隊が太い声で叫んでいた。

軍専用の引っ込み路線に、迷彩をほどこした有蓋車《ゆうがいしゃ》が、薄昏のなかに扉を開いて停車をしていた。

赤土の露出した山肌を幾人かの負傷者が滑り下り、兵隊に助けられながら、扉の奥に消えて行った。

その引っ込み線が、宇品線《うじな》と結ばれていることを和夫は知っていた。軍需物資を輸送するための路線で、別名を軍需路線と言われ、広島駅と宇品港を結ぶわずか六キロばかりの距離を列車は走っていた。

負傷者は、いったん宇品港に運ばれてゆき、そこから最寄りの島に送られるらしかった。

和夫は、割れるような頭痛と火傷の痛みのために、よほどその貨車に乗りこもうと思ったが、もし金輪島なり似島《にのしま》に送られた場合、二度と広島市に帰って来れないような気がし

てならなかった。

和夫は、崖淵にしゃがんで貨車を見下ろしていた。

やがて車輛は満載になり、重そうな感じの鋼製の扉が、二人がかりで閉じられた。貨車は、徐《おもむ》ろに動きはじめた。貨車が視界から消え失せたとき、和夫は、やはり乗ってゆくべきであったか、と後悔に似た気持に襲われた。

最後の貨車が発車した後は、市内の火が鎮まるのを待って家に帰る以外に方法がなかったが、果たしてその時刻まで、自分の体力が保てるかどうか疑問であった。それならば、動員先の郊外の軍需工場に行って傷の手当を受けたほうがよいのではないか、と迷った。

山を下る途中、和夫は、兵隊に呼びとめられた。

そこは、山の中腹であった。

これから、向洋《むかいなだ》にゆくと説明すると和夫を、草色の開襟シャツの衿《えり》に一等兵の階級章をつけた兵隊は、

「馬鹿なことを言っちゃあいけない。君は、ずいぶんひどい火傷をしているにもかかわらず、いまだに、なにひとつ治療を受けていないではないか」

と、叱った。

「親から授った生命を粗末にするな」

と、小声で言うと、自分の背中を和夫の方に差し出した。

汗が乾燥して、草色のシャツの上に白い塩を吹いている一等兵の背中をみると、和夫は、

そのままもたれかかって眠ってしまいそうな気がした。一等兵は、和夫を背負って歩きながら質問した。

「どこで、やられたんだ」

「鶴見橋の西側です」

「勤労奉仕だな」

「はい。疎開家屋の取り壊し作業です」

「何年生だ」

「三年生です。学徒動員で、向洋のT工業に行っていますが、今日は職域義勇隊として鶴見橋に来ていました」

「家は」

「舟入川口町です」

しばらく沈黙が続いた。

和夫が一等兵の背中から下ろされたところは、竹藪の奥に建てられた民間の屋敷であった。

玄関先に兵隊が大勢立っていたが、和夫の姿を認めると、口ぐちに、「こりゃあひどい」とささやいた。

医務室に連れてゆかれた。

眼鏡をかけた、医科大生を思わせる軍医は、すぐにメスを手にすると、和夫の焼けてぼろぼろになった上着の袖を無造作に裂いていった。和夫の火傷した左腕が、あらわになった。

「化膿しかかっているな」

軍医は、和夫の耳の後から首筋にかけて指で軽く押してみながらそう言った。

軽く触っているのだろうが、和夫には、頭の芯まで痛んだ。

軍医の指先が、頬の表面からずっと離れたところを触っているのが不思議でならなかった。しかし、痛みは、鈍く伝わってきた。

和夫は、軍医が傷口を消毒した後、汚物缶の蓋《ふた》をあけるため背中を向けた時、左手をそっと頬の方に持ち上げてみた。すると、自分のこれまでの経験からすると、頬に触れる筈がないと思われる位置で、左手が接触した。ずきんと疼《うず》いた、変だと思って静かにこすってみると、張りつめた風船を撫でるような滑らかさで、頬のもつおうとつ感はなかった。

「触っては駄目だ」

軍医は、もう一度シャーレから消毒綿を出すと、和夫が触った部分を消毒した。

大きなリバノオルガーゼが傷口にあてがわれ、その上に油紙がおかれると、包帯が巻かれた。

治療を終えた時、軍医は和夫から事情を聴き取り、

「後で、収容者の名前を紙に書いて玄関に貼りだしておけ」

と、一等兵に命令した。

和夫には、

「気を確かに持って、迎えの人がくるまでここで待機していなければいけないぞ。その体では、歩行するのは無理だからね」

と、念を押した。

一等兵は、軍医に指示されたように、和夫を大広間に連れて行った。防空頭巾や弁当の入っていたリュックサックを肩から外すと、それを枕にして和夫は横になった。一等兵は、和夫の足から巻脚絆《まききやはん》をほどくと、それを靴と一緒に脇に置いた。和夫は、家に辿り着くまで眠ってはいけない、と思いながら目蓋《まぶた》をひらいていたが、いつの間にか眠ってしまった。

翌日になると、上条の顔や手の火傷した部分はすっかり化膿してしまい、溢れた膿液は身体を汚してしまった。

いまでは、だだ広い部屋も、足の踏み場に困るほど負傷者で埋まっていた。和夫は、膿液で眼をふさがれて、視界がはっきりしなかったが、気配や話し声で、一日のうち何度となく死体が運び出されてゆくのが分った。

昨日の夜遅く、和夫の横に連れてこられた負傷者も、しばらくの間、「殺してくれえ、苦しい」と叫び続けていたが、その声は、明け方になって止んだ。和夫の耳のすぐ近くで、軍靴が軋《きし》った。

上条は、一等兵が来るたびに、

「市内の火はおさまったでしょうか」

と、たずねた。

すると、一等兵は、

「まだ家には帰れんぞ、帰れるようになったら、自分が連れて行ってやるから、それまでは、何も考えないで養生しておくことだ」

と、同じ返事を繰り返すばかりであった。

彼は、食事の時間がやってくると、重湯の入った飯盒《はんごう》をさげてやって来た。唇まで化膿した上条に、根気よく一匙《ひとさじ》ずつ口に流してくれるのであった。

「たくさん食べて、早くよくなれよ」

一等兵は、食欲のない和夫に無理に食べさせた。

彼は、食事時間以外にもやって来て、水に浸した脱脂綿で、目蓋にこびりついた膿を拭ってくれもした。しかし、彼が立ち去ると、すぐにまた、ふさがってしまった。和夫は、一等兵を待《ま》ち焦《こが》れるようになった。

収容室は、負傷の呻き声や、家族の者の名前を呼び交わす声で絶えず喧噪《けんそう》をきわめた。家族の者の名前を呼び叫び、何ら反応がないと、人前もかまわず泣きくずれてしまう中年の女性、最初から泣き喚いている女親、名前を呼びもせず直接に負傷者を一人ずつ見て廻る男などさまざまであった。

和夫は、どんな些細《ささい》な声もきき逃すまいとして、耳に神経を集中し、眠らないように努力した。その間に和夫の耳に伝わってくるニュースは、悲惨なものばかりであった。和夫は、家の者のことが気になった。そのくせ、動員先のことは少しも考えなかった。

何日目だったろうか。

その日、非番だったらしい一等兵に背負われて、和夫は、臭気と熱気の籠《こも》った部屋から庭の木蔭に出ることができた。激しい草いきれは、身体の衰弱した和夫を酔わせた。しばらく眼を閉じているうちに、眩惑《げんわく》はおさまった。

一等兵は、井戸水を汲み上げてくると、和夫が腰にはさんでいた神風手拭を水にひたし、それで上半身を拭ってくれた。手拭をバケツの中ですすぐと、手拭に附着した膿で水が濁ってしまった。

火照《ほて》った身体が、爽《さわ》やかな風を招くようになった。

このとき、竹藪から、額に大粒の汗をかいた男が飛び出してきた。男は、息をきらせながら、周囲を見渡すと、

「村田邦子はおりませんかあ」

と、叫んだ。

和夫は、その男の声や、歩き方に見覚えがあった。

和夫は、咄嗟《とっさ》に叫んだ。

「兵隊さん、あの男の人を呼び止めて下さい。近所の人なんです」

一等兵は、手拭を和夫に預けると、すぐさま走って行って、村田を連れて来た。

和夫は、うわずった声で、

「村田さん」

と、言った。

唇の端が裂けて、膿が伝わり落ちるのがわかったが、和夫は自分の意志を相手に伝えることに全精力を注ぎこんだ。

ところが、相手は、奇怪な動物に出会いでもしたように、怪訝《けげん》な顔つきをして突っ立っていた。そして、時間が無駄だというような表情さえした。

「あんたは、誰でしたかのう？」

と、面倒臭そうに質問した。

和夫は、追い縋るような気持で、

「上条です。町内会長の……」

と言いかけると、今度は、村田の方で驚き、眼を一杯に開くと、

「あんたが、上条さんとこの坊っちゃん！」

信じかねると言って首を捻《ひね》った。

「こりゃあまあ、ひどい目に遇《あ》われましたのう。ほいじゃがよう生きとりさったのう。いゃあ、これは大変だ、帰ったら一番に会長さんに伝えてあげますけえ、それまで辛抱しとって生きといて下さいよ、ええですか。こうしちゃあおれませんがのう」

村田は、慌てて行きかけたが、

「ご両親は生きとってじゃけえ、もう心配しんさんなよ。わたしはね、県女に行っとる長女が戻って来んもんですけえ、こうして、毎日探し歩いとるんです」

と、説明しに戻って来た。

村田は、玄関先に貼られた収容者一覧表を見てくると、

「元気でいて下さいよ」

と言い残して帰って行った。

「良かったなあ。も少しの我慢だぞ」

一等兵は、白く濁ったバケツの水を地面に撒くと、晴ばれした顔でそう言った。

その夜遅く、和夫の父がやって来た。

最初に和夫を見た時、和夫の父は驚愕《きょうがく》の表情を示したが、すぐに気をとり直し、あれこれと容体を訊《たず》ねたり、罹災《りさい》状況をきいた。一等兵にも礼を言った。

和夫の父は、息子があまりにも衰弱していることを知ると、

「ともかく、これから帰って荷馬車を手配してくるが、それまで頑張っとれよ」

と言い、引き返して行った。

翌日の午後になって、和夫の母が荷馬車に乗ってやって来た。

和夫は、母の姿を認めると駆け寄って行った。

「これでもういつ死んでもええ」

「馬鹿なこと言うてはいけんよ」

和夫は、しっかりと母の腕を摑んで離さなかった。

「生きとってくれて、ほんまに良かった。夜の目も眠らずに探しとったんよ」

和夫は、憔悴《しょうすい》した母の言葉にうなずくと、

「ああ、もうこれで安心だ」

と、何度も繰り返した。

一等兵は、荷馬車のとまっている往来まで、和夫を背負ってきてくれた。駅者台《ぎょしゃだい》には、和夫の見覚えのある顔が、こちらを向いて坐っていた。和夫の家の材木を運搬する駅者だった。

和夫は、荷台の上に敷かれた座蒲団の上に横になった。

駅者の声がすると、荷馬車は、動きはじめた。

「早く元気になれよ。そして、一生懸命に勉強するんだぞ」

一等兵は、手を振りながらそう言った。

和夫も、和夫の母も、荷台の上で長いこと頭を下げていた。

和夫は、日傘をさした母の膝に頭をあてがい、横になった。

炎天下の焼野原には、陽炎《かげろう》が揺れていた。ときおり、熱風が音を伴って通り抜けた。和夫はその熱気によって傷が痛むのを歯をくいしばって耐えながら、眼の前に繰り広げられてゆく赤褐色の世界を凝視していた。

三

「B－29が、この二、三日飛びませんが、なんやら薄気味がわるいですよのう」

「来たけえいうても、広島じゃあもう何も焼くものはないですけえのう」

和夫は家に連れて帰られると、庭の隅に急造されたバラックに寝かされた。トタン張りの低い屋根は、太陽の直射を受け、内部の空気を熱した。

和夫は、自分の身体から発散する高熱と外部の熱気とによって、時々意識を失ないかけた。火傷しない片方の耳で、断片的に人々の会話を聞き、殆ど目蓋を閉じていた。長時間そうしていると、自分が眠っているのか起きているのか判然としなかった。全身を貫くような痛みで頭が疼くと、意識を取り戻した。昼だと思って眼をさますと真夜中であったり、朝だと思うと夕方だったりした。

そのたびに、

「苦しい、殺してくれえ」

と、わめいた。

この苦痛から脱《のが》れることができるのであれば、どんな方法でもよい、殺して欲しかった。B－29がもう一度爆弾を投下してくれてもよかったが、なぜか、爆音が遠のいてしまった。衰弱から、和夫は溷濁《こんだく》した意識の世界に引きずりこまれていった。

……誰かが、和夫の名前を呼びながら、崩れた唇の間から、青い熟していないトマトの一片を押しこんだ、冷たい液体が、熱っぽい舌の上で蒸発するように広がった。和夫は無意識に、奥歯で噛みしめた。すると、火傷した頰の肉が裂け、生暖い血膿が首筋に伝わるのを感じた。いまは、一体、どういう時間なのだろうか。朝なのか、それとも夜なのか。周囲が白っぽい。なにもかも白っぽい。淡い輪郭が、辛うじてそばに人間がいることを示してくれる、誰だか区別がつかない。そのうちに、淡い輪郭は消えていった。声が聞こえる。しかし、その声は、霧の湧く谷底から発生し、樹木に触れながら反響し、曖昧《あいまい》な余韻となった。

和夫は、小学校の校庭で遊んでいた。

運動場の隅に置かれた大きなヒューム管を友人と見つけ、両方の端から互いに顔をのぞかせ、大きな声で相手の名前を叫んだ。これまで聞いたことのない異質の声が反響し合い、耳の鼓膜を快く振動させた。

運動場の砂の色が白く光った。

この風景は、遠い昔のものだったが、和夫には、その時の遊び相手の少年が示した動作や顔の表情が、ひとつひとつ鮮明に思いだされた。なぜ、こんなにはっきりと記憶しているのだろうか。すると、今度は、これは過去のことではなく、実際に今行なわれている現象だということが分った。その相手が自分を見て、微笑しながら手招いているのが何よりの証拠だ、と和夫は安心した。そこで和夫は、嬉々として、相手の名前を呼びながら接近していった。ところが接近した分だけ相手は後退し、距離は縮まらなかった。むしろ逆に望遠鏡を逆さまにのぞいたように、相手の姿は小さくなっていった……。

和夫は、激しく体を揺すぶられたような気がした。はっとして、意識を取り戻した。血膿でふさがれた目蓋は、すぐには開かなかった。水に浸した脱脂綿で拭ってもらい、ようやく視力を回復すると、窓の外に溢れていた真昼の強い光線に眼が痛んだ。

太陽の光線が降りそそぐ音のみが聞こえてきそうな静けさが漂っていた。

和夫は、周囲の空気が、いつもと異っていることを意識した。

和夫の母が、虚脱したような声で、

「戦争は、昨日で終ったんじゃそうよ。なさけないことには、日本は無条件降伏をしたんよ」

「…………」

和夫は、しばらく呆気《あっけ》にとられていた。

「嘘だ。デマにきまっとる」

「そうは思いたいよ。ほいじゃが、昨日、玉音放送があったいう話じゃけえね」

和夫の母は、広島市に投下された爆弾が、新型爆弾らしいということも告げた。

「戦争が終ったのか」

和夫は、身体のあらゆる関節がゆるみ、胸部から大きな塊が脱落するのを覚えた。ひとりでに涙が溢れ、頬を伝わった。

「昨日は、何日ね」

「八月十五日よ」

和夫は、自分は夢を見ているのではないか、と疑った。

アメリカ軍が進駐してくるという噂がひろまったが、人々は、焼けつくような日照りの中を、行方不明の人間を探しにでかけたり、負傷者の看病に余念がなかった。

戦争が終った日から、人々は激しく死んでゆき、負傷者の傷口は悪化していった。和夫は、自分でも心の張りが失なわれてゆくのがはっきりと意識された。

「まるで、魚を金網で焼くのとかわりがないですよのう」

和夫の耳に、人々の話し声が聞こえた。

「あれじゃ仏もうかばれませんよ」

「焼かんというと、この炎天下じゃすぐに腐ってしまいますけえの、ああするよりほかに、しょうがないんでしょうてえ」

市内の焼跡のいたるところで、遺体処理の煙が立ちのぼっているということを、尾骨と膝関節の裏側にそれぞれ二つずつ床ずれができてしまった和夫は、寝がえりもうてず、苦痛に顔をゆがめながら聞いていた。

死体を山のように積み上げ、その上にドラム缶から汲みだした重油をふりかけて火を点ずるということであった。いままでは、薪を組み上げ、その上に死体を載せて荼毘《だび》に付すためには薪がないというのだ。

和夫の家から一キロ南に下ったところに旧陸軍の射撃演習場があったが、そこが遺体焼却の場所に使用されていた。

夕ぐれ、バラックの窓の向うの窓が薄桃色に映えることがあった。死体を焼却する炎は、まるで夕焼のように空を赤く染めていた。

空気が乾燥した瀬戸内海特有の夕凪《ゆうなぎ》の時刻には、その臭気は稀薄であったが、これが雨《あめ》催《もよ》いの、しかも風が海から強く吹いてくるような日には、その臭気は濃厚な液体のようになって、バラックの窓から吹きこんできた。はねあげ窓の支柱棒を取り外して窓をふさぐのであったが、それでも隙間からしのびこみ、部屋の中は、和夫の体から発散する膿液のにおいと混ざりあい、なんともいえないにおいが充満した。部屋全体が、死臭のこもった油煙で粘ついたように思われた。誰もが、食事をする気にはなれなかった。

「やあ、生きとりんさったかあ」

「あんたも、よう生きとりんさったのう」

人々はこんな挨拶をしていた。

声をかけあった二人は、その場でしばらく立ち止り、八月六日におけるお互いの経験を語り、死者のことを話した。

「生きとってよかったのう」

二人は、こう言って別れた。

ところが、その一人がその晩から高熱をだし、血の塊を吐き、頭髪がぼろぼろ抜けたりするようになった。そして、その翌日には死者となった。

「あんなに元気じゃったのにねえ」

不意に、元気だった者が存在しなくなる。人々の表情には、不安が黒く翳《かげ》っていた。

和夫の母は、人々が蚊帳越しに和夫を見ながら、

「なんとしてでも生かしてやりんさいよ。たとえ顔が鬼瓦のように醜うなっても、生きてさえおればええよね。うちの倅《せがれ》は全身火傷で豚みたいにふくれ上って死んでしもうたが、死んでしもうては、どうしようもないけえのう」

と言うと、いっそう不安になるらしく、日に何度となく、和夫の焼かれて残り少なくなった頭髪を抜いてみるのだった。和夫が痛さで顔をしかめると、安堵《あんど》の色を示した。

和夫が危険状態を脱したのは、九月十七日の枕崎台風が過ぎ、朝晩がめっきり涼しくなりはじめた頃からだった。

夏のあいだ浴衣一枚の姿で寝かされていた和夫は、夜明け方になると、火傷しない部分の皮膚に鳥肌をたてて寒がった。その寒さに震えあがって縮むように、傷口の化膿した範囲が日毎《ひごと》にせばまってきた。

看護婦が、

「毛髪が抜けてももう死にゃせんそうです。和夫さん、安心しなさるがええ。広島療養所の発表ですけえね、信頼できます」

と、明るいニュースを持ってきた。

「癒っても、やっぱり引《ひ》き攣《つ》るんでしょうか」

和夫の母は、和夫の傷口を洗っている看護婦の手もとを見つめながらたずねた。

「どうしようもないですね。火傷というのは、どうしてもケロイドがのこるから」

看護婦は、にべもなく答え、

「和夫さん、あんたは男の子じゃ。わしらはピカドンで火傷したんじゃ、とむしろ威張って歩きなさるがええです。そのぐらいの根性がないというと大成しませんがな」

と、和夫の肩をしっかりと膝で押さえつけ、いつものように手荒に傷口を洗うのだった。

看護婦は治療が終った後で、瘢痕《はんこん》組織が増殖してふくれる状態を手ぎわよく説明した。その説明によって、和夫は、瘢痕ケロイドは特異体質によるものであること、また皮膚を移植することによって治療することができるのを知ったが、別に気にもしなかった。

鏡に自分の顔を映したことのない和夫の頭のなかでは、昔のままの顔しか想像できなかった。

夜になると、床の下でコオロギが人間の無常さをよそに、長い触角をふるわせて美しい音色で鳴いた。黒褐色の光沢のある体を、バラックの隙間からのぞかせると、しばらく様子をうかがい、やおら室内に入ってきた。

和夫は、そのコオロギを眼で追いながら、自分がコオロギのように自由に跳ねたり、美しい声で鳴いたりすることができないことを情なく思った。戦争が終り、空襲警報からも学徒動員からも解除されたのにと思うと、こうして身動きひとつできないでいる自分が悲しかった。

焼かれた茶褐色の瓦の上に、うっすらと霜が降りたつ頃、和夫は、ようやく小範囲ながらひとり歩きできるようになった。

和夫の眼に映ったのは、焼野原の中に焼けたトタンで屋根や周囲をかこっただけの貧しい小屋が点在し、その小屋の高さほどにも伸びたヒメヨモギの緑が、やがて黄色に変化してゆこうとする風景であった。

狂った夏が去ると同時に、和夫を悩ませたハエも姿を消した。

人間を焼きつくした黄色い閃光、発狂させるように降りそそいだ太陽、体の芯まで化膿させたと思われるほど溢れ出た膿液。それらは、熱い記憶であった。

和夫は少しばかり歩くと、じきに眩暈《めまい》を覚えた。額から脂汗がにじみ、激しい動悸《どうき》がした。動悸がおさまると、再び、静かに歩きはじめた。

和夫の眼の前に、破壊された家屋の残骸が横たわっていた。

自分が住んでいたところに行ってみて、和夫は自分の眼を疑った。屋根は吹き飛ばされ、電線が垂れさがった横木の向うには、秋の空が固定していた。爆風を受けた北側の柱はこぞって南に傾き、なかには真ん中からへし折れているのもあった。その鋭い折れ口を見ていると、和夫は刃物の切っ先を目の前に突き出されているようで眼が痛むのを意識した。

放射線の黒い焦げ痕のある柱もあった。

波長の短いガンマー線は、柱の中心部まで浸透しているにちがいないのだ。和夫は、自分の手の甲のケロイドと刷毛《はけ》でひと撫でしたような柱の焦痕とを半々に眺め、自分の手骨にも黒い焦痕があるにちがいない、と思った。

和夫は吐瀉物《としやぶつ》のように堆《うずたか》く積もった壁土や腐蝕した畳の上を下駄履きのまま踏みつけながら、廃屋に入って行った。

秋の長雨に晒《さら》され放題の廃屋の内部は、すべてが腐爛していて黴《かび》くさく、乳白色の小さな茸《きのこ》がいたるところで病み白んだ傘をひろげていた。押し入れの中の蒲団も衣類も、壁土にまみれて腐敗し、その表面をぬめりとした茶色の粘膜がおおっていた。

和夫は、薄茶色のタイルを床に張った浴室のあった場所で、分厚い三角形の鏡の破片を拾った。

ガラスと銀膜の間に雨水が滲透《しんとう》していて、表面に黄色の地図が浮かんでいるような鏡の破片だった。ひっくり返して、裏止めの端をもって剝がすと、剝がれた部分は透明ななんの変哲もないガラスになった。面白いように造作もなく剝がれる感触に、和夫は、あの瞬間、皮膚が、よく熟した桃の皮をむくようにはがれたことを思いだした。

その鏡の破片は、洗面所の壁に嵌《は》めこまれていた鏡にちがいなかった。和夫が足もとを見まわすと、無数にあった。それらはさまざまな形状で砕け、硬質性の光を放っていた。

和夫は、不意に、比治山の通信隊の救護所で見た光景を想起した。

和夫がいま手に持っているものよりも厚くて大きいガラスの破片を眉間《みけん》に突き立たせた男が、顔面を血で染めて暴れ狂っていた。

兵隊がヤットコのようなもので、犀《さい》の角《つの》のように喰いこんだそのガラスの破片を挟みとろうとすると、男は鋭い悲鳴をあげた。

「死んでもええ、抜かんといてつかあさい」

いっそう激しく、両足で床を蹴った。

「貴様っ、それでも男か」

一人が両肩、他の一人が両足を懸命に押さえ、いま一人がヤットコを持って抜きにかかったが、長時間を経過して収縮してしまった筋肉は、最後までガラスを離さなかった。兵隊たちの諦める声がした。

男は、眉間のガラスを両手でつかみ、夜どおし傷ついた野獣のように呻いていた。その男がその後どうなったか、和夫は知らなかった。

そうした回想に支配されながら、和夫はやや大きめな鏡の破片を拾った。拾ってしまってから、不意に恐怖感を覚えた。が、眼はひとりでに鏡の表面をなぞった。すぐに眼を鏡から逸らせた。

あわてて眼を閉じたが、閉じた目蓋の裏に瞬間的に見た映像がくっきりと浮かんだ。和夫の見覚えのない映像だったし、自分の顔と共通した箇所もあるにはあったが、やはり異質な映像だった。

和夫は、頭に血がのぼるのを意識しながら目蓋をひらいた。

鏡の表面には、和夫が錯覚だと思いこもうとした映像が、鮮明に存在していた。

それでもなおかつ和夫には信じられなくて、自分の指先を唇にあててみたり、片方の眼を閉じたりしてみた。鏡の破片の中の映像は、和夫の動作を忠実に反映した。

和夫は、いくども鏡の表面を撫でた。

鏡には、撫でる指の腹と鏡に映しだされた指の腹が接触して動くだけで、映像は変化しなかった。

和夫が頭のなかで想像していた以上の変りようであった。左右の手の甲のケロイドから、また人々の気の毒がる言葉、人々の和夫を見た瞬間の視線からある程度の醜い変容を覚悟していたが、とてもその比ではなかった。

和夫は、その場で死んでしまいたいと思った。

鏡の中で自分の顔が次第に蒼白になってゆくのを、和夫は意識した。

熱い放射線によって爆発してしまった和夫の顔面は、火口壁からあふれでた溶岩流のように溶融された肉が眼の端や首の付け根に凝固し、顔全体をゆがめていた。さらに鏡を左に回してみると、頸部と下顎の境目に厚いケロイド層が走り、火口湖のような窪地がいくつもあった。左の眉毛は、焼けてなかった。頭髪は、戦闘帽をかぶっていた部分しか残ってはおらず、耳の線から下は焼き削がれていたので、まるで黒い椀を頭に載せているようであった。しかも左右の手の甲にもケロイドが蟹の足に似た形で隆起していた。和夫は、自己の内面で、激しく崩壊する音を聞いたように思った。

四

その日、爆心地からほど近い焼跡の校庭に集ってきた全校生徒の数は、百人にも充たなかった。口伝えを耳にしたり、号外のような小型の新聞に掲載された通知を見て集ってきた生徒たちは、さまざまな顔をしていた。

ケロイドで醜くなった顔、鉈《なた》で一撃を喰らったような顔、ガラスの破片を含んでいびつになった顔、ケロイドが固まらなくて粘っこい膿液をだしている顔、これらの顔は、すべて、ハエに黒ぐろとたかられたり、蛆を発生させた顔であった。それらに混じって、無傷ではあるが死人のように蒼《あお》ざめた顔や、逞《たく》ましく日焼した顔があった。

勤労動員から解除された生徒たちは、こうした姿で、焼きつくされた学校に集合してきた。

与えられた作業は、被爆当時在学していた一年生の焼死体の骨拾いであった。

配給品の粗悪な軍服の丈や袖口をちぢめて着込んだ生徒たちは、思い思いの方向に、白い息をはきながら散って行った。

赤褐色の瓦礫《がれき》を踏んで無言のまま歩きだした生徒たちは、怨恨、憤怒、悲歎、呪咀《じゅそ》、号泣、憎悪などと言葉で表現されるような感情を一片も持ちあわせているようには思われなかった。

和夫は、自分の体内には或る名状しがたい気体がつめこまれていて、そのために身体がほんの僅か持ち上げられ、だぶついた豚皮の軍靴の裏と赤褐色の大地とがうまく接触しないように思われた。それは、病み上りの頼りなさともちがうし、自分の顔が醜くなったという焦りとも異っていた。とめどもなくでる生臭いゲップが鼻孔から抜けると、これが自分の身体のなかに詰まっている気体のにおいだと信じたが、逆に、大地から発散する異臭を吸いこむと、これがそうなのかな、と思ったりした。その結果、和夫は、自分の鼻孔をとおして、その気体が内部から外界へ、外界から内部へと絶えず還流しているものと信じた。

強《し》いて言えば浮上感であるが、和夫は、そうしたもどかしさを覚えながら、動員前に自分たちがいた教室の方に向って歩きはじめた。

七十五年間は人も住めず、草木もはえないであろう、と報道された広島の大地が、澄明な冬空の下に横たわっていた。二、三の鉄筋家屋の残骸、少数の煙突、炭化した立木を残して、広島市は赤く錆《さ》びついていた。

和夫は、最初から、自分が骨を手摑みにすることができるとは思っていなかった。恐怖感からではなく、ただ生理的に拒否したい気持からである。焼けた骨は、おそらく石灰質のざらついた感触を与えるであろうし、チョークを使用した後のように、骨灰が指紋の中に埋没してしまうにちがいないのだ。

従って、和夫は、誰とも一緒になりたくなかった。

「上条、上条じゃあないか。よう生きとったのう」

和夫には、その声が意地悪く聞こえた。振り向いてみると、尾越が、お化けのような顔をして立っていた。

ケロイドが、顔の正面に盛り上り、左眼の端も唇の端も、思いきり抓《つね》られたように引き攣れ、眼の白い部分や歯齦《しぎん》、歯の一部分が露出している。薄気味わるい顔が気弱に微笑すると、さらに悽惨さが加わった。

話すとき、透けた歯の間から空気が洩れ、痴呆者のように唾液が唇の端から流れた。尾越は、慌てて、蠟《ろう》で固めたように光沢のあるケロイドを持った手の甲で拭った。

あの時からはじめて会ったのだが、和夫は、お互いの顔の中に自分の顔を見出さなければならないので、ひどく憂鬱になってくるのであった。

「あんたも、ひどう変ったのう」

「うん」

和夫は、自分よりひどいと思う尾越からそう言われてみると、背骨のあたりが寒ざむとしてきた。

「わしはのう、右手の人さし指と中指が癒着してしもうて、曲らんようになったがのう。見てみい、親指も駄目じゃが」

尾越は、右手だけにかぶせた軍手を外して見せた。癒着した指と指の間に、縫目のように線が走っていた。

尾越は、改造した軍手をもとどおりその肉塊にかぶせると、上着のポケットにかくしてしまった。そして左手で絶えず唾液を拭っては、語りかけてきた。

「あんたは、体に蛆がわかんかったかいの?」

「うまい具合に、毎日洗うてもろうたけえのう、わかさずにすんだよ」

「わしはのう、耳の穴のなかに蛆を仰山にわかしてのう、縁のところをこんとに食べられてしもうたんよ」

尾越の乾燥した椎茸のようにしなびた耳朶の上部が欠けていた。その欠けた部分に、尾越が慣れた手付で人さし指の先をあてがうと、その空間は誂《あつら》えたように埋った。

和夫は、自分が蚊帳の中で、「ハエが食べるよう」と泣き喚いたことを思いだした。バラックの天井や壁の素地が見えなくなるまで、ハエが密集していた。和夫の化膿した傷口を襲っては、爪で引っ掻いた。たまりかねて蚊帳の中に逃げこんだ時の嬉しさがよみがえってきた。

「気がついたら、耳の穴に米粒を押しこんだように蛆がいてのう、ほんまに、びっくりしたてえ」

と、言った。

二人は、南運動場と学校の敷地の境にあるアスファルトの道の方へ行った。

そこは、学校の煉瓦塀《れんがべい》が倒れて道をふさいでいたが、二人は、海岸の岩場を歩くように、用心しながら歩いた。砕けた煉瓦塀の断面は、たった今、押しつぶされたばかりの臓物のような新鮮な色合を見せていた。

その数メートル先で、生徒たちが、かわるがわる真剣になってのぞきこんでいる光景が和夫の眼にとまった。両手をうずたかく積みかさねられた煉瓦塀の破片の上にのせ、尻を突きだし、しばらく下の方をうかがっている。

「女学生じゃろう」

と、のぞき終った生徒の一人が言った。

「何があるんじゃろう」

尾越の眼が、好奇心に輝いたのを和夫は認めた。二人は、吸いよせられるように傍まで行った。煉瓦塀の下には、白骨があった。

さまざまな形態で砕けた煉瓦塀の破片は、あらかじめ緻密な計算によって組み合されたように、ほとんどすき間がなかった。

和夫は、のぞいてみたい衝動に駆られたが、首の回転がきかない自分が不様な恰好になることを恐れた。尾越も黙って眺めていた。

「上から順番に剥がそうや」

予科兵学校の制服を着た屈強な上級生が、周囲の者に、日焼けした顔を向けるとそう言った。自分でまず、煉瓦塀の塊の端に手をかけて剝がしはじめた。二、三人が手伝った。

はじめに現われたのは、煉瓦の表面に付着した頭髪の束であった。いくらか茶っぽい髪の毛は、その長さから推察して、女学生を想像させた。そう思ってまちがいないと思われたのは、その脇に、幅五センチほどの袋縫いの鉢巻があったからである。和夫は、疎開家屋の取り壊し作業でこの付近にきていた女子挺身隊の一人にちがいないと思いながら、上級生たちが剝がしてゆく場所を凝視していた。

最後に出てきたのは、ひしゃげた飴色の頭蓋骨で、それにも髪の毛が付着していた。和夫には、それが、不意に太陽の光線を浴びて当惑しているのではないか、と思われた。彼の頭のなかで、頭蓋骨は瞬間生きもののように動いたのだ。それは暗がりにあるときは蒼白く輝いていたのが、太陽の光線と空気に触れ、にわかに暖色を取りもどしたように想像されたからであろうか。

上級生たちの手の動きが止った。

小ぶりな頭蓋骨は、それを取り囲んだ人々の中央に転がっていた。

和夫は、そのひしゃげた頭蓋骨を美しいと思って眺めた。この三ケ月あまり、ひとり静かに風化していった骨は、埃《ほこり》ひとつかかっていないようにみえる。和夫は、磨きこまれたような光沢にも魅せられた。

この頭蓋骨を包んでいた皮膚や、その下に内蔵された灰白色の物質や脳漿《のうしょう》は、腐臭を放ちながら糜爛《びらん》し、無数の蛆をたくわえ、白い透明な液体を滴らせながら、太陽の光線から遮蔽《しゃへい》された世界で風化していったものであろう。

「即死じゃとええがのう」

「絶対に、即死だよ。即死にきまっている」

と、必死になって言う者がいた。

和夫は、その頭蓋骨が、生徒の一人の手で持ち上げられるのを見るにしのびない気がして、尾越を促した。

二人は、瓦礫を踏みながら、校舎の棟があった方に歩みはじめた。靴の底で、瓦の破片が、乾いた音をたてて割れた。その粘着力のない割れ方と音が気になるらしく、尾越は、

「しょっちゅう、誰かの骨を踏んづけとるみたいじゃのう」

と、不安な顔つきをしてみせた。

「あの時には、二人で死体を踏みつけにして逃げたてえのう」

「今思いだしても、あの時の足の裏の感触は嫌じゃのう」

「ほんまに、すまんと思うた」

「ほいじゃが、あのとき踏まれたほうの人間のほうが良かったかもしれんぞ。わしらみたいに、人から、ケロイドだとか、ヤケド、ユデダコといわれて生きとるよりも、死んだほうがどれだけええかわからんよ」

和夫は、尾越の言うとおりだと思った。

中国山脈からの北風は、焦土を素通りに海の方へ吹きぬけていた。和夫は、その風になぶられながら、頰の傷痕が痛むのをおぼえた。膿がでなくなり、薄い被膜を形成しはじめた左右の手の甲のケロイドが、寒気のために紫色に変色しはじめた。

かつて、校舎を支えていた基礎石は、長方形の花崗岩が敷かれてあったが、放射能を浴

びたそれは、桃色に変色し、角のとれたなまこ型になっていた。

手で触ると、その表面はまるで瘡蓋《かさぶた》でも剝がすようにとれた。剝離《はくり》されたのは雲母層であるが、それは、桃色の貝殻のように、和夫の掌で鳴った。

「石の芯まで焼けとるかもしれんのう」

尾越は、自分の言葉を確かめるように、靴の踵《かかと》で、基礎石を蹴ってみた。意外なほど簡単に罅《ひび》が入った。さらに靴先で押すと、それは二つに分離した。

芯まで焼けた石と同じように、自分の身体も芯まで焼けているのではないか、と和夫は思った。

生徒たちは、かなりの距離をおいて散らばっていた。

或る者は、時折、前かがみになって土の上のものを拾い上げると大事そうに新聞紙に包んでいる。また或る者は、どういうつもりなのか、摑んだものを一つ一つ太陽の方に向けている。そうかと思うと、憑《つ》かれたように寄せ集めている姿もある。和夫は、潮干狩の風景に似ていると思った。

和夫が歩き疲れてぼんやりしていると、尾越が傍に寄って来て、肩を叩いた。

「あれは、骨みたいで」

尾越が指さす方向へ、和夫が視線をはしらせると、数メートル先の、朱色の地肌が露出した箇所に、なにやら白い物が見えた。普通の燃えがらがあるのとちがって、そこには侵しがたい空気が漂っているように見えた。

近づいてみると、やはり尾越の言うとおり人間の骨灰であった。

樹木の枝の灰のようにも見えるし、或る部分は、多孔質の軽石のようでもある。白色を基調としながら、多種類の色彩が骨灰に散っていた。針金の太さのようなものもあれば、一センチほどの内径をもった管のような骨もあった。しかし、そうした骨は灰と化していて、採集不可能な状態であった。

素焼を打ち砕いたような、粗くて固い土の表面に、たっぷりと水分を含んで瓦解してしまった骨灰は、土と土の間の空間を埋め、どの部分からが土であり、どこからが骨灰であるのか見分けることが困難であった。

この位置が、化学実験室であったことは、周囲の、飴のようにひん曲った試験管、三角コルベン、フラスコなどがそれを示していた。

和夫は、指先でその骨灰に触ってみた。軽い灰を想像してそっと撫でてみると、意外なことに、肌目の粗い石の表面の感触であった。

「台風で吹き飛ばされたり、流されたりして、やっとこれだけ残ったというのか」

尾越は、骨灰を踏みつけないように、足もとに注意しながらしゃがんだ。

「不憫《ふびん》なことよのう。これでは誰だかも分からんし、どうしょうもないな」

「行方不明者か」

和夫は、無意識のうちに土の中に指をさしこむと、その指を土のなかで折り曲げ、内側に土を盛って静かに抜いた。

その土の表面に、焼けた土と色彩の異なる骨灰の層が見られた。穿《うが》った部分はほんの僅かではあったが、その部分のために、それまで保たれていた密度も調和もこわされたようになった。

和夫は、罪悪感にとらわれ、もしこの骨灰が消え失せるとすれば、自分がえぐり取ったことが原因となって崩壊するのではないだろうか、と考えた。朱色の大地に抱きつくようにして眠っている骨灰に対して、和夫は負目のようなものをおぼえると、その指先を顔面のケロイドにこすりつけた。

東運動場の銃器庫があった場所では、蓆がひろげられ、その脇にはリンゴ箱が二箱置かれてあった。

生徒たちが持ち運んでくる骨は、いったん蓆の上に置かれ、それを生物学の教師が選り分けていた。

砕けた生の骨、焼けた骨がつぎつぎにリンゴ箱に投じられた。ある程度たまると、教師は箱を揺り動かしてならしたが、そのつど乾いた骨と骨が触れ合って音をたてた。

蓆の上に置かれた骨は、棒ぎれのような骨が多く、適当な本数にまとめられると荒縄で結ばれた。

「これは人間の骨ではない。犬の骨だ」

教師は苦笑しながら、三角定規のような形をした扁平な骨をはねると、近くにいた生徒に捨てにゆかせた。

和夫も尾越も結局骨を拾わないまま、教師の作業を眺めていた。

生徒たちが周囲に集ってくると、教師は、

「これは、どの部分の骨だかわかるか？」

と、細長い骨を差し出して質問した。

「臑《すね》の骨です」

と誰かが小声で答えると、師範学校をでたばかりの若い教師は、その答が外れることを予期していたように、

「これは、尺骨《しゃっこつ》といって手の上の骨だ」

と言い、自分の細い腕をまくって、尺骨にあたる部分を説明してみせた。

そのほかに、リンゴ箱から小さな骨を取り出し、「これが頸椎《けいつい》といって、ここの部分だ」、「これは腰椎で、こちらは仙骨だ」と、まるで骨格の標本でも扱うように説明しつづけた。

「本日、諸君に、遺骨を収拾していただきましたが、このように上級生の手で骨を拾ってもらったことは、亡き一年生にとっても、さぞかし地下で満足していることと思われます。この上は一日も早くこの地に本校を再建し、魂よ安かれと祈るために合同慰霊碑をつくって懇《ねんご》ろに供養したいと思います」

国語の教師の言葉で、その日は解散になった。

遺骨を収めたリンゴ箱は、二台の自転車で運ばれることになった。リンゴ箱の上には、荒縄で縛られた骨が載せられ、その上から麻縄がかけられた。社会科の教師と寄宿生が乗

って行くことになったが、どこに納骨されるのか誰も知らなかった。

リンゴ箱が荷台に積まれるとき、リンゴ箱の上で、編目に詰まった骨粉をふるい落とすために莚が裏側から叩かれたが、和夫には、その音が妙に気になり、それから幾日ものあいだ頭にこびりついていた。

戦争が終ってからはじめての登校日であった。

五

広島市内には、七つの川が貫流していて、それぞれの川には幾本かの橋がかかっていたが、原子爆弾の風圧によって橋脚がゆがんだり、欄干が倒れたりしていた。橋によっては中央部に大きな穴があき、そこから青い川面が眺められた。

九月の風水害は川を氾濫《はんらん》させ、これらの傾いた橋をすっかり押し流してしまった。両岸に残った橋のつけ根をのぞいては、そこに橋がかかっていたという証拠を見つけることは困難であった。

その流失した橋の箇所に、両岸から鋼製のロープが渡され、それに工兵隊が使用していた舟艇が繋《つな》がれていた。人々は、その舟艇に乗ってロープを手繰り、対岸に渡っていった。川と川で区劃《くかく》された広島市は、橋は重要な交通施設であった。舟艇に乗ることのできる人員は限られていたので、人々は、寒いなかを長い時間行列をつくって順番を待たなければならなかった。

和夫たちは、焼跡に校舎が建つまでの間地域ごとに分散し、市の外れの焼け残った他校の校舎の一部を借りて授業を受けた。最初は高等小学校を借りていたが、二、三ケ月もするとぜんぜん方角のちがう陸軍病院の跡に引っ越していった。そこでは、幾棟も建物があったので、全校生徒が集って授業が受けられた。

焼跡に粗末な校舎が建ち、陸軍病院から引揚げたのはかなり日数が経ってからであった。校舎は、薄桃色に変色した脆弱《ぜいじやく》な基礎石の上に、陸軍病院の建物を解体した材料で組み合わされたバラックであった。最低限に必要を充たした構造で、窓枠に使用するガラスの替りに風船爆弾の紙が貼られた。整地も作業に必要な部分しか施されていず、校舎の下なぞは瓦礫が埋まったままであった。

鉄筋建であった講堂の残骸も、炭化したユーカリの立木も、柔道場も、剣道場も、プールも上条たちが遺骨を収拾にやってきた時とまったく同じ状態で放置されていた。瓦礫の間から露出した地面の部分やグラウンドの土の色は赤褐色であった。その風景の中には緑色というものがなく、かつて校庭の周囲をポプラが聳《そび》えていたということを想像することは不可能であった。

和夫は放課後になると、一人で校内の廃墟をよく散歩した。

学内では、運動部が復活されつつあって、テニス部や野球部の生徒たちは授業が終ると、グラウンドに出て整備に余念がなかった。

和夫は、そのいずれの部にも属していなかったが、戦争中には見ることもできなかったこうした風景が好きで、しばしば居残って眺めるようになった。

その風景に見飽きると、誰からも見離された廃墟の方へ足を運んだ。廃墟は、全体が錆びついている感じがしたが、そこに立つと、和夫は、あの日死んでいった下級生のことや、同じ学年で全滅したクラスの学友たちのことを思いだした。

夕陽が廃墟を深紅色に染めると、一瞬燃えたつようになり、どこからともなく叫び声が聞こえてくるようであった。和夫は、自分は生き残ったのだ、という実感がどうしても湧いてこなかった。いつも、稀薄な空気の中に立っている自分を意識し、亡くなった学友たちの死とはちがう死のことを考えていた。

和夫は先頃、学徒動員中に着用していた作業服と神風手拭を火に燃してしまった。

その作業服には、左袖に放射線で焼かれた大きな焦げあと、救護所で軍医がメスで切り裂いた痕跡があった。胸のポケットの上に縫いつけられた布の名札が狐色に焦げていた。持ち上げると、蛋白性物質の焦げるときの鼻を刺すような異臭が漂い、和夫は、八月六日のにおいを意識した。

神風手拭は全体に黴《かび》のあとがあり、日の丸も、それを間にはさんで書かれた神風という二文字もひどく空虚なものに感じられた。

燃えつきた作業衣と神風手拭の灰を棒で掻きまわすと、その灰はたわいもなく崩れてしまった。

昭和十九年十月、学徒動員令を受けた和夫たち第二学年は、学徒報国隊として足音も高らかにユーカリの古木が聳えたつ校門を出発した。産業戦士としての悲壮な決意がみなぎっていた。

「皇国の興廃は正《まさ》に学徒の双肩に在り。今こそ蹶起《けっき》せずんば、皇国の必勝は期し難し。戦場に散華《さんげ》せる忠霊に応うるの道は、ただ一つあるのみである。若き熱血を打って、滅敵の一丸となり、邁進《まいしん》せざるべからず。行学一致、作業に於《おい》て人の範となり、本校生徒としての面目を発揮せんことを切望する」

報国隊長である校長の訓示だった。

和夫たちは、

花もつぼみの若桜
五尺の生命《いのち》ひっさげて
国の大事に殉《じゅん》ずるは
われら学徒の面目ぞ
ああ紅《くれない》の血は燃ゆる

学徒隊の歌を斉唱して、その意気を吐露したのだ。

当時、中学二年生であった和夫たちは、直接戦争には参加できなかったが、兵士に劣らない殉忠愛国の精神を持っていた。すべての欲望を滅却し、祖国と運命を共にしようとしていた。国家のために死ねと言われれば、いつでも死ねた。女学生に対する憧憬のようなものも、和夫には、一億玉砕という言葉の中に深く埋没していた。

が、しかし、ケロイドにおおわれて醜くなった顔の和夫を支配する死の観念は、別の死であった。

それは、被爆して全滅したクラスの学友たちの死とはことなっていた。

爆心地から八〇〇メートルの地点で、疎開家屋の取り壊し作業を行っていたそのクラスは、全員がほとんど全身に火傷を負い、広島市の西郊外にあった動員先の工場にたどりつくことができた何人かは、すでに眼が見えなくなっていたが、それでも、

「お願いします。ぼくらは宮城遙拝《きゅうじょうようはい》してから死にたいのです。どうか、ぼくらを起こしてください」

腐爛した果実の皮が剝げたように皮膚を垂らした彼らの身体は膨脹していて、海坊主のようになった顔には、眼や鼻や口はなかった。一本のソーセージのようであった。

彼らは、東方の皇居のある方角に向けてもらうと、苦しい息を吐きながら、「海ゆかば」を歌い、

「これでもう思い残すことはありません。ぼくたちは、陛下の赤子《せきし》として、日本の必勝を信じながら死んでゆきます。お父さん、お母さん、先生、工場の皆さん、どうも色々とお

世話さまでした」

と、深く一礼するとおだやかに眼をとじた。

和夫はこの話を聞いた時、彼らが羨《うらやま》しい気がした。

和夫には、自分は一五〇〇メートルの地点で被爆したばかりに生命が助かり、顔面に醜いケロイドが残ったのだ、という嫉妬心のようなものが湧いた。

戦争は負《ま》け戦《いくさ》となって終ったが、彼らは死ぬ間際まで、祖国の必勝を信じて疑わなかった。

しかし、和夫は、廃墟に向かって立っていると不思議に気持が安らいだ。夕映えによる美しさのためばかりではなく、そこには過去との連帯感があったからだ。眼に見えないものを見、聞こえてくるはずのない声に耳を傾けながら、和夫は、いつまでも立ちつくしていた。

グラウンドから、生徒たちのはしゃぐ声が聞こえてきた。

和夫は、不意に、孤独感を覚えた。

それは、黄色い世界から暗黒の底へ脱落して行った時の言葉では表現できない孤独さであった。

これからの自分は、いったいどういうふうに生きてゆけばよいのか、和夫は大声で叫びたかった。

和夫は通学以外は、外を歩くことを嫌った。市内電車に乗ることもせず、仕方のない用事の時は、どんなに道程があっても歩いて目的地に行ったが、そういう場合でも、人通りの多い表通りを避け、人気《ひとけ》のない、瓦礫で埋った裏通りを選んだ。

途中で、あの日から放置されたままの廃墟の一劃に会うと、立ち止って眺めた。たいていの場合、自転車の残骸、変色した瀬戸物の破片、焼結した土塊、溶融したガラス、取り残された骨片などが散らばっていた。

破裂した水道管から噴水のように水がほとばしり、錆びついた大地の上に小さな虹の橋がかかるのを、和夫は美しいと思った。

そうした世界から、人通りの多い往来に出ると、上条の身体の筋肉は反射的に萎縮し、眼球が警戒心に満たされはじめるのを意識した。外出して帰ると、きまって頭痛がしたり肩が凝ってしまった。

闇市で、「火傷の兄ちゃん」と呼び止められたことが、いつまでも頭の中にこびりついていた。

「やあ、ケロイドだ。お化けだ」

と囃《はや》したてる幼児の前から、和夫は負け犬のように逃げた。

このように、外出して不愉快な思いをさせられて家に帰るつど、和夫は、その原因となった好奇心と蔑《さげす》みに似た視線を思いだし、地球のありとあらゆる場所に原子爆弾が投下され、人間の顔はすべてケロイドにおおわれてしまえばよい、と願い、自分を生かすように努力した人々を呪わないではいられなかった。

六

いぜんとして赤褐色の地肌を晒している校庭に、ある日、一台のジープが停車した。

「ジープが来て、GIが二人と二世の通訳が大きなケースを抱えて降りたげな」

休憩時間にそんな噂話がもちあがったので、和夫は、校門の方に行ってみた。

噂話は、本当であった。

ジープは、車輪を赤褐色の砂地に深く喰いこませて停車していた。その角ばった車体は、まるで小型の装甲車のような威厳をもっていた。

無人車であるにもかかわらず、接近してゆくと、不意に、機銃掃射されるような気がしてくる。

和夫は、立ち止った。

「こいつらを見とると、憎うてかなわん。蹴ったろうてえ」

いつの間に来ていたのか、尾越は、和夫を通り越すと、つかつかとジープの方に進んで行った。

「蹴ったれえ、思いきり蹴ったれえ」

尾越は豚皮の軍靴の先で、空気がいっぱいに詰った後部の車輪のタイヤを蹴りはじめた。

進駐軍のチョコレートを連想させるようなタイヤの踏面パターンは、尾越のぶざまな軍靴で蹴られても、苦痛を感じるどころか、むしろ快く弾んでいるように和夫には思われた。(蹴ったところで、なんの足しになるというのだろう)、和夫は、自分と同じように顔に醜いケロイドをもった尾越の横顔と、タイヤを半々に眺めていた。

授業がはじまる前に、全校生徒は、東運動場に集合するように命ぜられた。どうやらジープに関連があるように思われたので、生徒たちは足早に駈けていった。

校長は、進駐軍から派遣されて来た人たちが、原爆症治療の参考資料として被爆者に面接したいとの申し出があったこと、怨讐《おんしゆう》を越えて協力して欲しいことを生徒たちに告げた。

名前を呼ばれた生徒は、校長室に行くことになった。

校長のこの話を聞いて、和夫は、自分とジープに深い関係があることが判明すると、すこぶる憂鬱になった。被爆しない生徒たちは、物足りない顔つきで教室に戻って行った。

和夫は、尾越といっしょに校長室に向かって歩きはじめた。歩きながら、自分はなぜ尾越と行動をともにすることが多いのだろうか、と考えてみた。

それは、被爆直後に川の中で惨《みじ》めになった身体を確かめ合ったり、顎の下に剝《む》けて縒《よ》じれさがった皮膚を二人でちぎり合った記憶からくる親愛感からであろうか。

和夫は、そのように解釈したくなかった。

自分と尾越の前を連れだって歩いている仲間の後姿を見ているうちに、ふと、その原因はケロイドの大きさに関係があるのではないか、と思った。

同じ地点で被爆しても、整列した位置によって放射線の影響はちがっていた。しかも、ケロイド体質になりやすい者とそうでない者とのちがいもあったろう。すぐに治療を受けた者と充分に受けられなかった者との差もあるだろう。こうした幾つもの条件が重なり合って形成されたケロイドであった。

ところが、歳月が経つにつれ、人々の心も、生き残ったことをお互いに祝福し合った時代から、自分より醜い者を見つけて満足する時代になっていた。

和夫も尾越も、ケロイドがひどいにもかかわらず、整形手術を受けていなかった。

そこに絆創膏でも貼りつけてしまえばケロイドが消滅されるといった程度の連中は、整形手術を受けた。そして、和夫や尾越に向って、

「どうして、そんなにひどうなったんかのう」

と、同情したり、

「整形手術をしたほうがええよ」

と、助言したりした。

彼らは、重箱の隅の残りものを箸でほじくりだすように、ケロイドを削り取ったのだ。自分の内面のケロイドまで消滅したかのごとく錯覚し、

「思春期だからのう、女学生にもてにゃあならん」

と、胸を張るのであった。

ところが、削り取られたケロイドは、再び芽を出したのである。和夫は、彼らの慌てぶ

りよりも、ケロイドの執拗《しつよう》さに興味を抱いた。

そういった連中と和夫はいっしょになって歩く気持にはなれなかった。いまも、彼らはいくらか陽気にさえなって、

「チョコレートでもくれんかのう」

と、言いながら前を歩いていた。

参考資料とは、どんな内容で調査するのだろうか。和夫は、ことによったら生体解剖でもされるのではないか、という疑念を抱いた。

石の台に寝かされ、メスで皮膚を剝がされたり、放射能の影響を調べるために骨格をばらばらにされたり、内臓を剔《てき》出《しゆつ》されたりする場面を想像した。

一年生の時、生物標本室でホルマリン液に沈められた女性の生殖器を見たときの状景が頭の中に甦《よみがえ》ってきた。いくらか濁った液体の中の生え揃わない陰毛の線まで、和夫には記憶があった。

光線の量が乏しい部屋のなかには、そのほかにさまざまな内臓の標本や骨格の模型、人体解剖図があった。誰かが、これらの標本は、死刑囚から貰うんだと言った。その時の驚きと恐怖が、和夫にははっきりと思い出された。異様な雰囲気と不気味さをたたえた標本室から逃げだした時の胸の鼓動が、校長室に向う和夫の胸に襲ってきた。

校長室では、生徒ひとりひとりにカードが配られた。カードには、「被爆地点」、「被爆時の周囲の状況」、「爆心地から二粁《キロ》以内に居た期間」というように、こまかい項目にわか

れて質問されていた。

校長は、GIと談笑していたが、あまり流暢《りゅうちょう》すぎて、生徒たちには話の内容がぜんぜん理解できなかった。

和夫たちが記入を終えたことを認めると、

「これから、ケロイドを撮影されるそうだから、上半身裸体になって、カードの番号順に向うへ行って下さい」

と、校長は指示を与えた。

和夫はこの時、校長の顔が国籍不明者の顔のように見えた。戦後にこの学校にやって来た校長は、生徒たちが醜いケロイドを戦勝国のカメラにおさめられることについて、別に抵抗を感じていないらしかった。

衝立《ついたて》の向うでは、GIの一人と通訳が、無表情にカメラを調整していた。

和夫は、やむなくシャツを脱ぎにかかった。上半身を裸にすれば、肩や肘のケロイドが剝きだしになるので、和夫は、自分の順番がくるまでシャツを着ていようとして手を休めた。そこへ校長が、香りのよい煙草を燻《くゆ》らせながら近寄ってきて、

「大変だったね。傷はもう痛まないかね」

と、和夫に語りかけてきた。

和夫は、校長が、「青い眼の来客に対して、愛想よく振舞ってくれるね」と言っているように解釈した。

「別に……」

和夫は、不機嫌な表情をしてみせた。

「カァミジョーさん」

和夫の名前が、二世の奇妙なアクセントで呼ばれた。和夫は肌ぬぎになると、衝立の向うに行った。

GIは、椅子に腰を下ろした和夫の身体を見詰めていたが、ややしばらくして、無言のまま和夫の両手を軽くつかむと、サイドテーブルの上に載せさせた。そして、理髪師が頬を剃るとき客の首を傾《かし》げさせるように、和夫の頭を少し押した。和夫の首は、引き攣れて傾いているのだ。GIは、それを押し返そうとしたが、無理だとわかると、今度は、椅子をすこし廻転させ、和夫の左右の手の甲がレンズからはみださないように努力した。

和夫は、自分が現在ひどく屈辱的な姿勢を強いられていることを知った。GIの金色の産毛が生えた生白い手を見ながら、これと同質の手が、エノラ・ゲイ号のボタンを押したのだと思うと、憎しみが湧いてきた。その手が、ファインダーを覗《のぞ》く動物的な眼と共謀して角度を調整したり、ボディを二本の柱の間で上下させたりしている。

和夫は、自分が完全に物として扱われていることを意識した。

犯罪者を糾弾しようとして、逆にこちらが犯罪者として処理されようとしている。和夫は、校長室にのこのこやって来た自分の愚かさに腹がたってきた。

その時、シャッターのおりる金属質の音が室内に響いた。

和夫は、尾越の名前が呼ばれるのを耳にしながら校長室を出ると、すぐには教室にもどらないで、校庭の赤褐色の砂を眺めていた。

原子爆弾が落ちてから、一年あまりの歳月が経っていた。そのあいだに、台風や集中豪雨が幾度も焦土を襲ったけれども、砂の色は、赤以外の余分の色を篩《ふる》い落《お》としでもしたように、赤く冴えていた。

生徒たちが靴の底に運んでくる黒い土も、すぐ赤く染まっていった。

怒りとも悲しみともつかぬ感情に身を委ねながら、和夫は、赤い砂を掌に掬った。

たったいま撮られた写真は、自分がこの地球上から姿を消しても、永遠に、資料箱におさまっているにちがいないのだ。和夫は、自分の恥部が、番号処理によって保存されると思うと居たたまれない気持になった。

午後の授業のとき、ジープの発進の音が聞こえた。

和夫は、一瞬、身体をこわばらせた。

それから数日経った日、和夫は、鷹野橋の交差点を歩いていた。

その時、巡査に呼び止められた。

巡査は、笑顔で和夫を手招きすると、黒人兵が屯《たむろ》している方へ連れて行こうとした。和夫は、本能的に身を引いたが、結局、巡査に腕をつかまえられて前に進む恰好になった。

黒人兵たちは、巡査が連れてきた中学生をジープの上から眺めていたが、そのうちの一人が車から降《お》りると、吸っていた煙草を地面に放り、それを靴の裏で踏みにじりながら大股に近づいて来た。

巡査は、

「黒人兵から何か聞かれているのだが、さっぱり何を言うとるのかわしにゃあ判らんのじゃ。そこへちょうど君が通りかかったので呼び止めたという訳じゃ、ひとつ聞いてみてくれんか。学校で英語を習うとるじゃろうが」

と、和夫の学校の徽章《きしょう》を見ながら言った。

ジープのまわりには、興味本位の通行人が集った。和夫は、人々の視線がいっせいに自分のケロイドに注がれているかと思うと、顔面が熱くなり、巡査の気まぐれが腹立たしくなって、その場を走り去りたいとさえ考えた。

しかし、黒人兵の方は、和夫の方に向かってやって来た。和夫は、やむなく口を開いた。

「ぼくに何か役立つことがあるであろうか？　ゆっくりした英語で話して欲しい」

すると黒人兵は、自分たちはカメラが買いたいのだが、どこで買ったらよいのか教えてくれ、という意味のことを言った。巡査にそのことを伝えると、彼は、腕組みをして、

「カメラねえ、福屋でも教えてやったらどんなもんじゃろう。あるかどうか疑問じゃが、それはそれとして、なんとかこの場をとりつくろってくれ」

と言った。

「フクヤア、それはいったい何であるか？」

「それは、広島市で最大のデパートメント・ストアの名称である」

「君は、われわれをそこに導くことができるか？」

「ぼくは、あなた方をそこに案内することができる」

和夫は、会話の内容を巡査に告げた。

「面倒じゃが、そこはよろしく頼む」

と、巡査は旧知のように和夫の肩を気安く叩き、黒人兵に向っては、大きな声で、

「オッ、ケイ」

と言った。

和夫は、助手席に坐らされた。

ジープは、巡査や観衆を後にのこして出発した。

疾走するジープの中で、和夫は、自分の知らない場所に連れ去られるのではないか、という不安めいた気持で、黒人兵のがっしりした腕が鮮かにハンドルを捌《さば》く有様を眺めていた。

もちろん、カメラはなかった。駅前の闇市にもなかった。

和夫は黒人兵たちに向って、原子爆弾で崩壊した広島市でカメラを求めることは、はなはだ困難であろう、と説明した。

原子爆弾と聞いて、彼らは大仰なゼスチュアを示し、

「オー、ソリー」

と言った。

「ぼくの顔は、原子爆弾で焼かれたものである」

和夫は説明しながら、自分のケロイドを彼らに見せた。

和夫の気持のなかには、嫌がらせをしようというつもりはなかった。彼らが気味悪がってはいけないと思ったから説明したまでであるが、黒人兵たちは泣きだしそうな顔をさらにゆがめると、肩を揺り動かせた。

「カメラが買えなかったことは、まことに気の毒に思う。そのかわりと言うのではないが、もしあなた方が広島市内を見物したいと希望するのであれば、案内してもよいとぼくは思う」

「それは、非常に良い意見である」

黒人兵たちの濁った眼が、ある親しさをこめて、和夫の方を見た。

和夫は、黒人兵たちを引き連れて外に出たが、なんとなく落着かない気分に支配されていた。

顔面にケロイドのある中学生と黒人兵の組み合わせは、人々の視線を惹《ひ》きやすいにちがいない、と和夫は思ったが、自分の方から提案してそうなった以上は今さら中止するわけにはいかなかった。

和夫は、市民たちが、黒人兵のことを「クロンボ」と、蔑んだ呼び方をしていることを思いだした。

どす黒い皮膚の色、衣類からはみだしそうに盛り上った胸部の筋肉、細くて長いズボンから突き出てしまいそうな臀部《でんぶ》、それと、性器のありかをそれと示すふくらみ、そういったものに、和夫は異和感を覚えた。

なかでも、鞣皮《なめしがわ》を嗅ぐときのような、陰湿で、動物的なものを彼らの体臭の中で嗅ぎわけたとき、和夫は嫌悪を感じた。不意に彼らが獰猛《どうもう》な野獣と化し、自分に襲いかかってくるのではあるまいかという、恐怖感がよぎった。

和夫は、道案内を買ってでたことを激しく後悔した。

表通りを避け、人通りのない瓦礫で埋った裏通りばかり歩いている和夫には、黒人兵たちを連れて説明しながら歩くことは非常に勇気を要することだった。

ジープは、ふたたび市内を疾駆した。

或る銀行の廃墟の前で、石段に焼きつけられた人影を彼らに見せたとき、彼らは唇をゆがめると堪え難い表情をし、両手を大きく横に振ってみせた。

銀行の開店を待って、しゃがんでいた人の影が、花崗岩の表面に焼きつけられているのだった。

「影は残ったが、人間は地球から消えてしまった」

和夫は、思わず、黒人兵たちにそう言ってしまった。

和夫自身も、こうした原爆遺跡を見たのははじめての経験であった。たしかに、影だけが残ったという強烈な印象が、言葉となって表現されたのだった。

黒人兵たちは、見るに耐えないというゼスチュアを示すと、和夫に、ジープに乗ることを促した。

ジープはふたたび走りだした。

ジープのなかは、沈黙が保たれていた。和夫は道順を示しながら、自分がひどく疲れている、と思った。車内の重っ苦しい空気の中で、黒人兵たちもまた疲労しているにちがいなかった。

和夫たちは、橋の上に車を停めて原爆ドームを眺めた。錆びた鉄骨をむきだしにしたドームと焼け爛れた内壁、それはすでに回帰不能の象徴であった。

今度は、和夫が、その場を去ることを促した。

そこから二百メートル行ったところで、和夫はジープを降りた。

岩国に帰るという彼らに、ていねいに地図を書いて渡すと、その手に、ラッキー・ストライクが一個与えられた。

発車間際に、黒人兵たちは手を振った。

和夫も、つられて手を振った。

やがて、ジープは和夫の視界から去った。

少年口伝隊一九四五

井上ひさし

人物

英彦
正夫
勝利

花江

蟹屋町の老人

舞台と客席がゆっくりと暗やみの底に沈みこみ、その中からギターの音が聞こえてくる。やがて照明がギターのフレットの上を動く左手を、そして奏者を浮かび上がらせる。

1　広島がヒロシマになった日

夏の朝の光の中で——
これからお聞きいただくのは
広島の三人の少年の話です。
三人はともに国民学校の六年生、
たまたま疎開先から戻っていました。

広島は、ごぞんじのように水の都です。
七つの川にやさしく抱かれています。
水のおかげでおいしいお魚がとれます。
ここは四十三万人の大きな都会です。

またここは陸軍の都です。
鉄砲かついだ兵隊さんたちは、

みんなここから中国へ南方へと、
出かけて行きました。

そしてここは造船所の街です。
りっぱな軍艦をつくります。
客船も漁師の舟もつくります、
ここでつくれない船はありません。

造船所には三万の朝鮮人がいる。
ふるさとから引《ひ》き剝《は》がされて、
いちにち六個のおにぎりと
わずかなお給金で船をつくっている。

広島には空襲がありません。
「この広島からはの、アメリカへ、えっと移民さんが行っとってじゃ。ほいで、みなアメリカ人になっちょるんよ。そいじゃけん、そのアメリカ人が生まれ故郷に爆弾をよう落とすわけがなあが」
みんなそういっています。

ちょうどそのころ、アメリカの大統領がイギリスの首相にこういっていた。
「原子爆弾の投下目標都市は、広島、小倉、新潟、そして長崎です。一発の原爆にどれだけの威力があるかを知るために、そのときがくるまで、これらの四都市に空襲をしてはならぬと命じています。空襲の処女地で原爆の威力を見たいものですからな」
「それは正しい選択です」と、イギリス首相はいった。

昭和二十年八月六日、
夏休みのさなかの月曜の朝。
空は青く、海は銀色、
比治山《ひじやま》は緑で燃えています。

比治山では蟬《せみ》がないている。

比治山は大きな岡です。
広島駅から歩いて十五分の、
桜並木と松林の名所です。
広島のみんなが大好きな公園です。

比治山では小鳥もないている。

比治山の東のふもとの
小さな家の小さな庭で
小さな女の子が数をかぞえています。
「ひとつ、ふたつ、みっつ……もうえーか」
かくれんぼうの相手は兄の英彦《ひでひこ》です。
英彦の両親は中学と女学校の先生です。
建物疎開の指導をするために、
学校へ出かけて行ったところです。
「よっつ、いつつ……もうえーか」
「まーだだよ」
英彦は縁側から家にあがって、
雨戸の戸袋のうしろに隠れました。

比治山をそよかぜが渡って行く。

比治山の南のふもとの
下駄屋さんの店先で
正夫がおばあさんの肩を叩いています。
「……九十九、百。もうえーか」
「まあだだよ」

比治山の松の小枝がゆれている。

比治山の北のふもとの
澄んだ小川の流れの中で
勝利《かっとし》がお母さんとおイモを洗っています。
「勝利、あんまりねしこく洗いよると、しまいには、実がのうなってしまうがな」
「うん、もうえーよね」

そのとき、蟬や小鳥がふっとなきやみ、
風もぴたりとやんだ。

……すると、見よ、あれは落下傘だ。
B29が落下傘を落として行った。

黒い土管のようなものをぶらさげた
その落下傘は、四十五秒もかけて
ゆっくりと降りてくると、
上空五百八十メートルのところで……

一瞬の大光量。

……爆発から一秒あとの
火の玉の温度は一万二千度だった。
太陽の表面温度は六千度だから、
街の上に太陽が二つ並んだことになる。
その熱で、地上のものは、
人間も鳥も虫も建物も、
一瞬のうちに溶けてしまった。

火泡を吹いて溶けてしまった。

火の玉からは爆風が吹き出した。
音の二倍の速さで、
畳一畳分あたり十トンの圧力をかけて、
地上のものを吹き飛ばした。

火の玉は殺人光線も出していた。
内臓や血管や骨髄などの
人間の体のやわらかなところに、
殺人光線がこっそり潜り込んでいた。

四倍にふくれあがった土佐犬が死んでいます。
そのそばに、爆発の衝撃で異常出産した若い母親が坐《すわ》りこんでいる。
燃える火をみて「あーきれい」と手を叩いている美しい娘がいます。
彼女はもう、気が狂っている。

黒焦げの若いおかあさんの下には、きまったように赤ちゃんがいます。

赤ん坊ももう、息をしていない。

ひしゃげた水筒をひきずった女学生が声をかぎりに両親の名を呼んでいます。

彼女はもう、両足を砕かれて歩けない。


炸裂したのはリトルボーイ。

アメリカ俗語で「おちんちん」。

長さ四・三メートル、
直径一・二メートル、
重さ四・五トンの原子爆弾だった。

沖では焼き玉エンジンの漁船が同じところを狂ったようにぐるぐる回っています。

漁師はハンドルにもたれたまま死んでいる。

「みず、みず……」と訴えていた若い兵隊さんが地面に坐りこんでしきりに指を吸っています。

指先から流れ出る血を吸っているのだ。

火ぶくれで体が猛烈に熱いので、だれもが防火用の水を湛《たた》えた用水桶に飛び込みました。用水桶に逆さに立った娘さんの白足袋《しろたび》が燃えている。

倒れた家に腰から下を圧しつぶされて動けなくなった父親に火の手が迫ってきます。生爪を剝がしながら死にものぐるいに材木を取りのけようとしている娘に、父親が声をかぎりに怒鳴りつけました。「早よう逃げんかい。なして親のいうことが聞けんのか。この親不孝もんが……！」

ついに娘は父親ととわの別れを告げた。
もう泣いてはいない。彼女の髪の毛も燃えていて、涙はすでに出つくしている。

リトルボーイは、高性能火薬でいえば、
二万トン分の爆発力を貯《たくわ》えていた。
つまりB29一千機分の爆弾を抱えた、
リトルどころかとてつもない怪物だった。

歯茎から魚の腸《はらわた》のようなものを出しながらぶすぶすと燃えている女の子がいます。
彼女は英彦の妹だった。

比治山の西のふもとの橋のたもとで、妻は、向こうからよろけながらやってくる夫を見つけていいました。「……あなた、腕の皮が剝《む》けてだらんと垂れ下っちょってですよ」すると夫が妻にいいました。「おまえは、お腹から腸が出ちょる」二人は力なく抱き合うと、わが子の名前を呼びながら、やがて息をするのを止めました。
二人は英彦の両親だった。

べろが真っ黒にふくれ出てちょうど茄子でもくわえたような格好で梁《はり》の下敷きになっている下駄屋のおばあさんがいます。
彼女は正夫のおばあさんだった。

小川に飛び込んでわが子に覆いかぶさったまま亡くなったお母さんがいます。
彼女は勝利の母だった。

このようにして……
その日のうちに十二万人が亡くなって、
二十万の人びとが傷ついていました。

このときから、漢字の広島は、
カタカナのヒロシマになった。

2 ウジ虫

お昼ごろ、不気味な雷がごろごろと
暗い天地を揺るがせて、
家族を探して歩き回る人たちの上に
どろりと粘った黒い雨が降りだしました。

市内二百九十八人の医者のうち、
六十名が即死、二百十名が重傷。
動ける医者は、歯医者をふくめて
四十八人しかいなかった。

黒い雨の降るなかを、
救急隊がかけつけてきました。
郊外の陸軍病院、呉《くれ》の海軍病院、

それから県内の医師会からもぞくぞくと。

医者と看護婦はもくもくと
何千何万もの焼《や》け爛《ただ》れた肌に
赤チンとヒマシ油を塗りつづける。
薬はそれしかない。

救急隊と前後して涌《わ》きだしたのは、
ウジ虫でした。
亡くなった人や重傷者の耳や鼻の穴を
太ったウジ虫が出入りしはじめました。

ウジ虫が耳に入りこむと、
重傷者はたいてい狂いだす。
けれども耳栓になるような
綿も紙もなかった。

ようやく火の手がおさまると、

こんどは、何十本、何百本もの煙が、
薄暗い天へのぼりはじめました。
でも、あの太い煙は……、

広島刑務所の囚人四百人が
亡くなった人たちを焼いている。
太い煙がゆれている。
ゆれながら泣いている。

魚を焼くような臭い……。

街がそっくり火葬場になった。
これから何ヵ月も臭うだろう。

焼野原に土煙を立てて、
何台も自動車が走っています。
一台は、市役所保健課のトラックです。
焼跡をさまよう迷子を拾っています。

もう一台の黒塗りの乗用車には、
政府の調査団が乗っている。
あとの車は、なきがらを集める
陸軍の大きなトラックだ。

わんわんと、またぶんぶんと、
ハエが飛んでいます。

ウジ虫がいっせいにハエになったのだ。
これからのヒロシマの主人はこのハエだ。

3　乾パンと手榴弾

爆心地は比治山から一八〇〇メートル西の
島外科病院の真上あたりでした。
そこで比治山は天然の衝立《ついたて》になり、
東側の街々を守ってくれました。

たとえば比治山の東側の国民学校は、
窓ガラスも時計台も吹き飛ばされたけれど、
校舎の骨組みそのものはぶじでした。
いまは迷子の収容所になっています。

その国民学校の校庭の端っこに、
どこから吹き飛ばされてきたのか、
切り口がギザギザになった土管が、
ごろごろ転がっていました。

土管によりかかった正夫は、
おばあさんのことばを思い出していました。
落ちてきた天井を細い体で支えながら、
「はよう、お逃げ」といってくれたのです。

となりの土管で、英彦は、

血豆のできた足の裏をさすっていました。
焼跡で拾った兵隊靴を引きずって、
両親を探しているうちにできた血豆でした。

そこへ、勝利が校舎の方から
二人のところへやってきました。
「おーい、乾パンじゃ。
一人あたり十個ずつの配給じゃ」

お鉢のようにした勝利の両手が、
乾パンで山盛りになっています。
腰にさげた竹筒の水筒には、
学校の井戸から汲んだ水が入っています。

三人はべつべつの学校に通っていました。
けれども近くの京橋川で、
いつもいっしょに泳いでいたので、
おたがいに顔は知っていました。

ここはいまでは地獄のようなところ、
わけのわからない焼野原、
とても一人では生きてゆけない。
それで一つにかたまることにしたのです。

乾パンをたべ、水をのんでいるうちに、
三人はすこし元気になりました。
ところで……
勝利のポケットがふくらんでいるのは、
そこに手榴弾が入っているからです。

きのう勝利は、兵隊さんに会ったそうです。
兵隊さんは、地べたに坐って苦しそうに、
「……きみ、この手榴弾の栓を引き抜いて、
わしをめがけて投げてくれんか。わしには
もう栓を引く力がない」

「そげーなこと、ようやれんです」

立ちすくんでいると、兵隊さんはさらに、

「わしの巻き添えになってはいかん。投げたらすぐに逃げなさい……」

……でも、兵隊さんはすぐ、動かなくなってしまいました。

捨てようにも捨て切れず、勝利は、それからずっと持ち歩いているのです。

ゆうべ、手榴弾を見せられた二人は、

「あぶなー！」といって、のけぞりました。

「ひょっくりドカン！ ときよったらどもならんど」

もちろん勝利も、どこかに埋めるつもりです。

4　花江さん

あくる朝、蚊にくわれたあとを

ぽりぽり掻きながら土管を出た三人は、
学校の井戸の近く柳の下へ行きました。
手榴弾を埋めようと思ったのです。

すると、若い女のひとがやってきて、
メガホンを校舎に向けると、
「わたしは中国新聞の口伝隊です」
演説のようなものをはじめました。

「こちら比治山国民学校で迷子の世話を焼いとっての中国新聞購読者のみなさん、おはようありました。もう知っちょってでしょうが、鉄筋コンクリート八階建てを誇っちょった中国新聞社も、一昨昨日《さきおとつい》の新型爆弾で吹き飛ばされてもうたです。外は残っとるけんど、中はごっとり焼けてもうた、輪転機も焼けてもうた、社員からも百十三人の尊い犠牲者を出してもうたです。そいじゃけえ、しばらくのあいだ、新聞の印刷がでけんのです……」

「あ、花江さんじゃ」
英彦には一目でわかりました。
お母さんの学校のお裁縫の生徒さんで、

このあいだまでよく家にきていました。

なにがおかしいのか、ひと針縫うたびに笑うひとでした。

……「新聞社が新聞をよう出せんいうんは、いかにも不細工な話ですけえ、きょうからは、こげえして口で伝えて歩く新聞が、ハイ、わたしたち口伝隊が、みなさんに、大事な報道をお届けすることになりました。……では、けさは広島県知事のおことばをお伝えします。『今回の被害は大なりといえども、これは戦争の常、決して怯《ひる》んではなりません。県当局は救援活動を粛粛と進めており、軍当局もまた絶大なる援助を提供してくださっております。戦争は一日たりとも停止することはありません。速やかに職場に復帰いたしましょう』……」

「職場に復帰せいは、むりな話じゃ」

勝利が正夫に笑っていいました。

「職場がみな焼かれてのうなっとるけー、復帰したくても、よう復帰しきれん」

正夫もうなづいて、「知事さんはのんき坊主じゃ。とろくせーこというとるね」

「ほんまいうたら、うちも、そげーおもうとるんよ」二人の笑い声が聞こえたのか、花江さんがこちらへやってきて、

「じゃけんど、これが今のうちの仕事じゃけえ、それがどげー報道であれ、元気ようやらにゃいけんのよ」

言ううちに英彦に目を止めて、

「あれ、高野先生ンとこのぼっちゃんじゃなかったん?」

「もうぼっちゃんじゃなー、とうに国民学校の六年生になっちょってですが」

「やっぱりぼっちゃんじゃった。やれうれしー、よう生きとってくれんさったねえ」

しばらくのあいだ、英彦は花江さんに抱きしめられたままでいました。

花江さんからも、英彦たちと同じような焼け焦げた土のにおいがしました。

5　少年口伝隊の始まり

「土管よりはちーとはましな寝場所があっとってよ。ついて来《き》んちゃい」

そう言うと花江さんは、比治山の方へ歩きだしました。

比治山から眺めると、
見渡すかぎりの荒野《あれの》です。
亡くなった方たちを焼く煙がまだ何本も
昇って行き、低い雲とつながっていました。

やがて焼野原にポツンと立つ
鉄筋コンクリの建物につきました。
それが花江さんがはたらいている新聞社です。
外は煤《すす》けて灰色、中は真っ黒でした。

社の近くの、京橋川の見えるところに、
焼けたトタン板の小屋が立っていました。
焼けた中からなにか役に立ちそうなものを入れるために、一日で作ったけれど、役に立ち
そうなものはなにもなかったそうです。

いま新聞社は郊外に間借りをして、
その近くの村に疎開しておいた輪転機を、

なんとか動かそうと、社をあげて、
がんばっている最中だそうです。

……ところで、あの日、花江さんは、
尾道へ取材に出ていてぶじでした。
でも、西観音町《にしかんおんまち》のお家が吹き飛ばされて、
お母さんはまだ行方不明のままだそうです。

「やれ、これであんたたちの寝床が
でけたけえ、ひと安心じゃ。
こんだァ、三度のごはんをたべるための
算段をせねばいけんね」

そこで三人は口々に言いました。

「迷子収容所で乾パンもらうけえ、なんとかなるおもう」

「県内のあっちこっちから来《き》んさった婦人会が、ごまむすびを配っとられるいうよ」

「ほいでに、憲兵隊司令部へ行きゃあ冷凍ミカンもらえるんじゃと」

「もらえんときは、どがあするん？」

三人は黙ってしまいました。

すると花江さんは、きょう始めての笑顔になって、

「うちの社はの、あん建物ん中から、ごみほこりを運びだすお手伝いさんを探しとったんよ。そいじゃけえ、手伝う《どー》てみたらどうじゃろか。へーたら、あんたらあは、うちの社の臨時雇いちゅうことになるけえ、社の炊き出しを、三度三度、たべれるようになります」

「なんじゃ、ぎょうさんやさしゅうしてくれんさったんは、人集めのためじゃったんか」

「おねやんは人さらいじゃったんね」

「子どもをだまくらかしちゃいけんど」

「そがあ人聞きの悪いことを言いさんな。じゃけんど、悪い話じゃなあでしょう。うちの社は助かる、あんたらあは熱い雑炊にありつける。どっちゃにもこっちゃにも徳《とく》になる話じゃおもうよ」

あれから三日たちましたが、三人は、
一度もあたたかいものを食べていません。
「熱い雑炊」ということばが、
ずしんとおなかにひびいてきました。

勝利が聞きました。

「おねやんの口伝隊、人手が足りとるん？」

「足りとらん。にわかに人がいのうなってしもうたけえ、どこもかしこも人手の足らんところばかりやね」

「わし、口伝隊もやりたい。おねやんがげえに様子がえかったけえね、わしもやってみというなっちゃってです」

正夫も、

「わしもあげーなかしこい演説がしたい」

そして英彦は、

「口伝隊で歩きまわっとるうちに、おとったんや、おかやんの消息を知っとって人にあえるかもわからん。じゃけえ、わしも口伝隊になる」

花江さんはちょっと考えていましたが、

「せーなら、こげーことにします。朝間《あさま》は口伝隊。ひといき入れたら、ごみほこり運び。これでええですね」

三人は急に不安になりました。

「そんじゃが、わしらにようできるんじゃろか」

「読み上げる報道は紙にかかれとるけえ、心配することなあ。大事なことはただ一つじゃ。かならず太い声で読まんさいよ」

6　少年口伝隊が行く

あくる八月十日の朝。

中国新聞少年口伝隊は、比治山東側の、人家がまだ少し残っているあたりで、市内の人たち向けの報道を伝えました。

「広島駅は、このたびの新型爆弾で被害を受けた方にかぎって、無料で乗車させることにしました」

「山陽本線下りの線路の復旧がまだ終わっていませんので、上り列車にかぎります」

「高野進と高野富子を探しています」

朝早く、郊外の編集局から届いた原稿を、蟹屋町《かにやまち》から段原《だんばら》にかけての、なるべく人の多いところで読みあげるのです。

二日目の八月十一日。

「広島市役所は、市内の銀行に次のように依頼しました。銀行預金、郵便貯金、戦災保険金などを、通帳なしでも支払うようにと。ただし、ほとんどの銀行はまだ営業することができません。そこで日本銀行広島支店が代わりに払い出しをいたします」

「そのさい、たしかにこれこれの金額があったと証言してくれる者が二人必要です」

「広島中学で物理を教えていた高野進を探しています」

みんなが身近かな情報を求めていたので、少年口伝隊はどこでも歓迎されました。

……例外はあります。

蟹屋町の壊れかけた家の前に、品のいい老人がいつも待ちうけていて、

「ちーと待ちんさい。いま、証人を二人そろえるようにいうとったが、その証人さえもいのうなった者はどがあするんじゃ」

「……わかりません」

八月十二日。

「お塩の配給がとまっています。それで広島市は、お塩の自給を呼びかけています」

「塩は海辺で簡単にできます。くわしく知りたい方は、西観音町警察署に移転した仮《かり》市役所へおいでください」

「県立一女《いちじょ》で裁縫を教えていた高野富子を探しています」

「やれ、待ちんさい。広島の海は亡くなられた方々のなきがらでぎっしりと詰まっておる。漁師の舟さえ立ち往生しとるくらいじゃ。そがあな海でどがあすりゃ塩が作れるいうんじゃ」

「……わかりません」

八月十三日。

「中国五県の行政を束ねとっての、中国地方総監府長官閣下から、とくに広島人に与えられた告示です」

「これからの広島人は、洞窟生活を営む覚悟をすべきである。地形を利用して洞窟を掘り、そこを常にやすらぎのある生活の場にしよう。岩壁には穴をうがって、そこに蠟燭《ろうそく》をおき、近くで摘んだ草花を飾ろう」

「また、子どもたちはラジオの情報のあいまに小声で合唱したりして、洞窟生活をたのしもう。この洞窟生活をたのしんでこそ長期戦に勝ち抜くことができるのだ。高野進と高野富子の消息を知りませんか」

「おい、洞窟を掘りとうても道具がありゃせんが。どこに道具があるいうんじゃ」

「……わかりません」

「たわけな長官よのぉ、この焼野原のどこにそげえな草花があるいうんじゃ……」

八月十四日。

「中国軍管区司令部参謀からの発表です」

「去る九日午前、長崎にも新型爆弾が投下された」

「広島と同じように長崎の被害もまた、われわれ参謀部の想定内にとどまっている。動揺することなく決戦に備えよ」

ところが今朝、おじいさんは姿を見せませんでした。

八月十五日。

「今日の正午、重大放送があります」

「ラジオのある家に集まりましょう」

「正午のラジオ報道をお聞きください」

やはりおじいさんの姿が見えません。

心配になった三人は、おじいさんの家を覗《のぞ》いてみました。

いままで見たこともないほど
たくさんの本が散らばっていました。
天井もすっかり落ちていて、
まるで穴蔵のような部屋でした。
縫い針よりもやせおとろえたおばあさんが
茣蓙《ござ》にぐったりと横たわっていました。
おじいさんは本の表紙を団扇《うちわ》にして
おばあさんに風を送っているところでした。

「わあ、ぎょうさん本があっとってじゃ」
「おじいさんは本屋さんしちょってでしたか」
「いいや、文理科大学で哲学いうもんを教えとった」
「哲学いうんは……なんじゃろか」
「世の中のようわかっとらんことを、よう分かるようにする学問じゃけえど、情けのなあことよのう、ますますようわからん世の中になってもうた……」
おばあさんの足首に、
紫色の斑点があるのを見て、

三人はていねいに頭をさげてから、
段原の方へ歩き出しました。

三人はすでに知っています。
まず熱がでる、次にだるくなる、それからものをたべなくなる、顔に表情がなくなる、
髪の毛がごそっと抜けて、からだじゅうがかゆくなる、おしまいに足首に紫の斑点が出
る、さもなければ唇や歯茎から血が流れ出る……そうなると人は死ぬ。
このところの三人は、そのような症状で亡くなってゆく人を何十人も見ていました。

7　戦さはまだ終わっていない

ラジオからの甲高いお声をさかいに、
広島ががらりと変わりました。
戦さは終わった。

空からもうなにも、
おそろしいものは降ってきません。
ハエだけがわがもの顔で飛んでいる。

警戒警報や空襲警報のサイレンでもう
肝を冷やすこともありません。
ハエだけがうるさい羽音を立てている。

焼野原にバラック小屋が並び始めました。
よそに避難していた約十五万の市民がぞくぞくと帰ってきた。

調査団もやってきました。
政府調査団に京都帝大医学部調査団、
岡山医大調査団に……そのほかいろんな調査団が乗り込んできた。

それから、蟹屋町の哲学じいたんところのおばあさんが亡くなりました。
突然死する人があとをたたない。
あの爆弾がのこしていった殺人光線のことがようやく知られはじめている。

哲学じいたんの教え子たちがやってきて、
家に突《つ》っ支《か》い棒《ぼう》を交《か》ってくれました。

書斎と台所と風呂場が使えるようになった。

駅前にはビール立ち飲み所ができました。

お客たちは「あんなひどい目にあったのに、こうやってビールが飲めるとは……」と、よろこんでいます。

何人かは「亡くなった人たちにすまない」と涙ぐんで口の周りの泡を拭《ぬぐ》っていた。


やはり駅前に立ち飲み喫茶店ができました。

一杯二十銭。中身はただの砂糖湯です。

ビールも砂糖も、陸軍の将校たちがこっそり持ち出した本土決戦用の物資だ。

どんなときにも甘い汁を吸うやつがいる。


このところ、三人の口伝隊が伝えたなかで、
とてもよろこんでもらった報道があります。

「広島県知事からの告示です」

「広島市民の税金が待ってもらえます」

「一年間、待ってもらえます」

輪転機を焼かれてしまった中国新聞は、大阪や門司の新聞社にたのんで紙面を印刷してもらっています。自前で印刷できるのは九月からだそうです。

三人は掘立小屋に住みついたままです。報道を口で伝えたり、新聞を配ったり、新聞社のなかを掃除したりしています。手榴弾は小屋の隅にそっと埋めました。

ついこのあいだ、地元の報道でうれしくなったものがあります。

「広島市は市内の国民学校の授業を九月三日から始めることに決めました」

「焼けた学校はしばらく休みます」

「焼けた学校の授業再開の見込みはまだついていませんが、十月中旬にはなんとかなりそうです」

三人が通っていた学校はそれぞれ焼けてなくなっています。

だからしばらくは、
このまま生きていけばいいのです。

けれども、もちろんたいていは
ドキンとする報道ばかりです。
大阪や門司から届いた新聞を一部、
花江さんにもらって読んでいるのですが……、

……トルーマン米大統領の声明。
「われわれは歴史始まって以来最強の、
二発の爆弾によって平和を創り出した」

……チャーチル英首相の議会演説。
「日本本土上陸作戦がもしあれば、百万の米国兵と二十万の英国兵の命が失われていた。
原子爆弾はその悲劇を防いだのである。わたしと米大統領はポツダム会談で、原子爆弾
を使用することを、ソ連のスターリン議長にも伝えておいた」

……スターリンソ連議長の談話。

「日本はアジアを侵略しようとした。天に向かって吐いた唾が自分に戻ってきただけではないか」

「どいつもこいつも、なに吐《ぬ》かしよるんね」

「ほけさく！　もう許されんぞ」

「あほくらい！　もう生かしておかれん」

意味のよくわからない報道もあります。

たとえばこんな記事です。

一昨日、政府は、九月初旬に予定されている占領軍の本土進駐にあたり、彼ら占領軍兵士のための性的慰安施設の設置を決めた。それを受けて、昨日、広島県知事は、「これこそわが県の子女の純潔を守る防波堤である」として、呉、福山、尾道の各市長にその方面の業者を総動員して施設をつくるよう命じた。施設は八月中にできあがる予定である。

わからないことがあれば、

花江さんに聞くことにしています。

夕方、雑炊を食べ終えた三人は、

その記事を花江さんにさし出しました。

「おねやん、この記事の意味《いみよー》を教えてつかあさい」

「……えーと、そのー、つづまり、呉と福山と尾道にアメリカ兵がやってくるいうことよの。あげえな非道《どえりやー》いもの落としおったんけえ、広島にはよう来れん。広島にゃーアメリカ軍じゃのうてイギリス軍が進駐して来よるいう噂もあるけえ、やっぱあ気咎《きとが》めしちょるんじゃろうね。東から福山、尾道、南から呉、西から岩国、ほいて北から松江と、四方から、うちらの気配をうかがおういう作戦かもしれん」

「そがあこと、だれも聞いとりゃせん。この『性的慰安施設』いうんはなんですか」

「あのなあ、うちにはよう答えられんけえ、だれか他《ほかん》のひとに聞いてちょんだい。……やあこれは。西の空が真っ黒じゃ。また雨になろうかのう。気いつけておやすみ」

そこで三人は蟹屋町へ向かいました。

哲学者なら意味を知っているはずです。

「……お国や知事さんは、結局《けっく》、こげえいうとられるじゃろうのう、こげえことになったからには、あがーてもあがーても、どもならん、みんなしてアメリカ軍をもてなそうてな。みんなしてアメリカ兵を慰めなきゃいけん、それもただ慰めるんじゃのうて、お酒だのご馳走だのをおすすめしながら、こう、やんわりとやわやわしゅうやさしゅうに慰めにゃいけん……」

「……そがあ、わやくちゃな!」

「知事さんはついこないだまで、たとい洞窟に立てこもろうとアメリカをやっつけなあいけんいうとられたで」

「ほいから、校長先生も町内会長も、んにゃ、大人《おとな》ん人《ひと》は口を合わせたように、日本人が最後の一人までみな死に尽くすか、アメリカ人がインデアン以外みな死にくさるか、そこまでとことん戦わにゃあいけんいうとられたのに」

「わしらをこげえ目にあわせよったやつらを、今度は慰めい、いうんですか。こがあさかへこな話があっとってええんじゃろか」

「一億みな戦士であれいうとったじゃなあか。そいが今度は一億みなおせじ屋になれいうとる。とんと突飛《とんぴ》な話じゃ」

「じいたん、わしの妹はのうなってしもうたです。おとやんもおかやんも、もうのうなっとるおもいます。なひてわしらだけがおせじ使《つこ》うて生きてなあいけんのでしょうか」

「わしの周りもみなのうなっとる。そいじゃけえ、わしはこげえして生きとるんが申しわけのうてならん。じいたん、いまさら、おべんちゃらこきになれいわれても、わしはそがあなもんにようなれんよう」

しずかに屋根を叩いていた雨がいまは、天の底が抜けたような大雨になりました。

「声の大きか方へ、ふとか号令の方へ、よう考えもせずになびいてしまうくせが、人間にはあっとってじゃ。ふとか号令は、そのときは耳にうつくしゅう聞こえるけえね。このような現実をつくってしもうたんは、そのくせのせいかもわからん。ほいでその号令がちょろちょろかわりよるけえ、難儀なことよのう。やあこれはまたふとか雨じゃのう。これじゃよう帰れんけえ、こんやはここへ泊まっていったらええ。ええやんばいに風呂もわいとるけえ、石けんなすりつけてよう洗《あろ》うてきんさい」

風呂場の洗い場の正夫が、石けんの泡で頭をこするたびに、髪の毛がざくざくと抜けて行くのを、英彦は見ました。

そしてそのとき、英彦は、小屋の隅に勝利が埋めた手榴弾を思い浮べていました。

8　精神養子

その夜から、正夫は、

おじいさんのところで寝ています。
彼の顔から表情が消えてしまった。
疑いもなく、あの殺人光線のせいだ。
勝利と英彦は、ひと晩おきに交替で、
正夫の看病に通うことにしました。

九月に入って、広島の景色が
また変わりました。
ジープとかいうオリーブ色の車が
ちょろちょろ走り回っています。

呉や福山からきたアメリカ軍の先遣隊だ。
武器を匿《かく》していないか、恨みを抱いていないか、ここに進駐してきてもいいかなどを調べ、ときおり気晴らしに、子どもたちの、しらみのたかった頭へチョコレートやチューイングガムをばらまく。

シャツや背広のアメリカ人たちが、
手帳を持ってあちこちを歩いています。

アメリカからの医学調査団だ。

また、ニューヨークタイムズは、二十人の記者団を送り込んでいる。彼らは自分たちの政府が落とした爆弾の力に驚き、すまなそうに子どもたちのいるあたりへチョコレートやチューイングガムをまく。


九月十七日。

その朝も口伝隊は街へ出ました。

「広島県知事からの告示です」

「占領軍が広島へ進駐する日も近くなりました。市民は次のことにご注意ください」

「女性の一人歩きは控えましょう」

「ふしだらな服装はつつしみましょう」

「戸外での含ませ授乳はやめましょう」

「立ち小便はやめましょう」

小屋へ戻ってくると、
花江さんが待っていました。

「ごっつええ知らせがあっとってよ。いま広島に、アメリカから学者先生じゃのお医者さんじゃのがぎょうさんきておいでじゃが、それは知っとろうね。『原爆の効果調査団』いうて、あの原子爆弾にどげえ効果があったか、それを調べておいでんさるんじゃ」

原爆の効果って……

妹や両親が亡くなったことも、その効果の一つだったのでしょうか。英彦の頭の中はくやしさで煮えたぎっていました。

「ほいで、お医者さんたちが精神養子《せいしんようし》いうんを思いつきなさっての、うち案内役をしとったけえ、あんたたち二人を推薦しておいたんよ」

「……それ、なんな?」

「広島のよい子を何人か、わが子のように面倒みてあげようういうんじゃと。中学卒業まで学資を出してくださるともいうとりんさる。あひたん正午、ここで面接じゃ」

「……ここで?」

「ほいじゃが。呉のキャンプからここいジープを乗りつけんさるんじゃと。ジープの前の方、あれをボンネットいうらしいがの、あのボンネット、真っ平じゃけえね、そいを卓袱《ちゃぶ》台《だい》にして、携帯食糧いうんをご馳走《ごっつぉー》してくれんさるともいうとられた」

「ここで、面接いうんをやるん？」

「ほいじゃが。……いろんなことがいろいろあったけえ、気が進まんじゃろうが、うちはええ話じゃおもうがの。な、どうじゃろ」

英彦はウンとつよくうなづきました。同時に勝利がウンとうなづいたので、英彦は、やはり勝利もあの手榴弾を使うつもりでいるなと、わかりました。二人は顔を見合わせてにっこりしあいました。

「ほうか、ほりゃえかった。いつまでも口伝隊をやってもろうとるわけにもいかんし、そのうち学校にも行かにゃならんし、うち、げえに心配しとったんや。これでうちのこころが晴れました。……やあこれは。空ぜんたいが真っ黒じゃ。また雨になろうかのう。そいじゃが、雨はええ。あのウジ虫めらをザーッと海へ押しながしてくれるけえね」

9　火の次に水がきた

間もなく針金のような強い雨が
地面に突きささりはじめました。
きょうの正夫の看病は、

英彦の受け持ちです。
正夫は痒《かゆ》がって体を掻きむしっている。
その手を押さえて、
代わりに強くなでさすって
やらなくてはならない。

「英彦、はよう正夫んとこに行かんか」
「うん。昼の雑炊をたべに戻るけえ、わしの分、ちゃんとのこしちょけえや」

新聞社のある流川町《ながれかわまち》から
哲学じいたんの家までの十分間は、
まるでぬるい風呂にざんぶりと
潜りつづけているようでした。
それほどの土砂降りです。
リトルボーイ数個分の力を秘めた
水と風の巨大な塊が、

いま薩摩《さつま》半島南端の枕崎を通って、
広島へ直進している。
瞬間風速七六メートル、
平均風速五〇メートルの巨大台風が
ひたすら北へ駆けあがってくる。

哲学じいたんの家の屋根は、
突き刺さってくる雨つぶの力で、
銃弾を浴びたように
でこぼこになっていました。

英彦の姿を見た正夫が
狂ったように叫びました。

「……こがあして、あおのけに寝とると、おそろしゅうてかなわん。いっつも上から、火じゃの水じゃのが降ってきよるけえね。うつぶせにしてくれんかいの」

「わかった。まっこと、広島の空はおっとろしいよのう」

「……勝利はどげえしとる？」

「わしらの小屋を守っとる。あいつは、げえにかしこいやつじゃけえ、まさかんときは新聞社ビルへ逃げ込んどるで」

「……そんなら、ええがのう」

「心配いらんて。さあ、うつぶせだまにしてあげるけえ、ちーとがまんせいや」

英彦は、じいたんの手を借りて、
正夫をうつぶせにしてあげました。


正夫の両の足首には、絵の具でも塗ったように鮮やかに紫色の斑点が浮かび上がっていた。


どーん、どーん。

ごうごうと降りそそぐ雨の向こうから、
地響きが重く伝わってきました。

「……じいたん、あれは？」

「わからん。このところの広島に起こることは、わしの哲学をはるかに越えちょるけえ、見当もつかん」


あれは山津波だ。

戦さに夢中になっているうちに、人びとは、まわりの山々の手入れを怠っていた。

その上、山々の土が原子爆弾で焼かれて脆《もろ》くなってもいた。

いま、大量の雨をそそぎこまれて剝げ落ちて、赤い山土が杉木もろとも広島の街めがけて滑り落ちて行く。

またもやドーンという音がして、
入り口に立てておいた戸板が、
家の中へ吹き飛んできました。
つづいてウジ虫の死骸と
ごみほこりを混ぜた泥水が
土間へ流れこんできました。

こんどは高潮だ。

海へそそぎこまれようとしていた水が、風に押し戻されて川へ逆流してくる。

川のあちこちで橋が崩れ落ちる。

復旧したばかりの鐵道線路が飴細工のようにねじりあげられている。

郊外の山間《やまあい》で運転をはじめていた新聞社の輪転機は泥水をかぶってもう使えない。

やがて広島は、
汚れた水をたたえた湖になった。
二千十二名の命が水の底に沈んだ。
その中には、手榴弾を握りしめた勝利もいる。

「もうええが、もうたくさんじゃが」

正夫を抱いていた英彦が叫びました。

「……じいたん、わしらはなんでこげえおっとろしい目にあわにゃいけんのかいのう。じいたん、いったいなんでですか。わしもうあたまが痛《い》とうてやれんです」

「狂ってはいけん」

じいたんは細い腕を回すと、正夫ぐるみ英彦を抱きしめました。

「いのちのあるあいだは、正気でいないけん。おまえたちにゃーことあるごとに狂った号令を出すやつらと正面から向き合ういう務めがまだのこっとるんじゃけえ」

「そいじゃが、じいたん、わし、あたまががんがんしょるんです。あたまん中が、ささらもちゃくちゃになっちょってです」

「狂ってはいけめん！　こりャーじいたんの命令じゃ」

「……命令？」

「おうよ。わしらの体に潜り込んどる原爆病はの、外見《そとみ》はなんともなげに見せかけといて、やれやれ助かったと安心したころを見計らって、いきなりだましがけにおそうてくる代物じゃ。海も山も川もそうよ。いきなりだましがけにあばれてきよるけえ、いっつも正気で向かいあっとらにゃいけん」

「じゃけんど、正夫にゃもうそれがでけんこつなってもうた」

「じゃけえ、おまいが正夫になるんじゃ」

「わし……正夫にはようなれんです」

「正夫のしたかったことをやりんさい。広島の子どものなりたかったものになりんさいや。こいから先は、のうなった子どものかわりに生きるんじゃ。いまとなりゃーそれしか方途《ほうず》がなあが。……そんじゃけえ、狂ってはいけん。おまいにゃーやらにゃいけんこつがげえに山ほどあるよってな」


ギター奏者が長いあいだ弾いている。


比治山の北のふもとの妙蓮寺《みようれんじ》という寺に、じいたんが建てたお墓がのこっています。

墓石にはこんな文字が彫られています。

昭和二十年九月十七日　勝利　行方不明
同二十年九月十九日　正夫　原爆症
昭和三十五年一月七日　英彦　原爆症

短歌

正田篠枝

噫！　原子爆弾

ピカッドン　一瞬の寂《せき》目をあけば修羅場と化して凄惨のうめき

奥さん奥さんと頼り来れる全身火傷や肉赤く柘榴と裂けし人体

悲惨の極

天上で悪鬼どもが毒槽をくつがへせしか黒き雨降る

戦争なる故にか

石炭にあらず黒焦の人間なりうづとつみあげトラック過ぎぬ

愛しき勤労奉仕学徒よ

大き骨は先生ならむそのそばに小さきあたまの骨あつまれり

戦災孤児収容所

原爆の一瞬の後に生れしとか傷一つなくすこやかな赤ん坊

血肉を裂かる嘆き

七人の子と夫とを焔火の下に置きて逃げ来し女うつけとなりぬ

原子爆弾症臨床記

班点が出づれば死すと言ふを聞き腕いだしては痣気に掛けしが

死にたくなく視力失せたれど無意識に指で頭の毛を抜きては見る

「さんげ」より

竹山　広

不明の死（薄明の坂）

被爆二世と呼びなしてひとつ死を伝ふ子に隠し得むことならなくに

被爆二世といふ苛責なき己が呼名わが末の子のいまだ知らずも

貧血のみなもとを突きとめむにも思ひはかへるわれは被爆者

念念の生（薄明の坂）

追ひ縋りくる死者生者この川に残しつづけてながきこの世ぞ

ヒバクシヤと国際語もて呼びくるる夕まぐれ身のくまぐま痛む

「とこしへの川　竹山広歌集」より

天の生

被爆者にして長命を得たりしと祝はるるまで吾妻は生きよ

「一脚の椅子」より

被爆五十年

原爆忌原爆忌ぞと声あぐる人のちからはいづこよりくる

「千日千夜」より

雲

二〇〇四年七月二十日、二首

原爆をわれに落しし兵の死が載りをれば読む小さき十六行

投下せし原爆を正当と言い張りし米軍大尉ながく生きたり

声あぐる水

骨のみの死者ら群れゐしところぞと思ひて座る木の下の椅子に

時計の針

アメリカの時代、中国の時代など生きのびて学ぶ日のありや人類に

「空の空　竹山広歌集」より

Ⅲ

夏の客

井上光晴

城塚といわれる女の方です、という電話が部屋にかかってきて、彼が首をかしげながらホテルのロビイにでて行くと、サンダルをはいた女が場違いのような格好で立っていた。

「あなたですか、僕に会いたいといわれるのは」

「上原さんですね」

「そう、僕は上原ですが」彼はソファに坐《すわ》った。

「常子さんが熱をだしているんです。高い熱ですよ」何か耳うちでもするような調子で女はいった。

「お坐りなさい」彼はいった。「よくわからないけど、あなたは人違いをしているんじゃないですか」

「カメラマンの上原英二さんでしょう」

「ええ、僕は上原です」

「じゃあんたですよ。ほら……」女の言葉は急にぞんざいになった。彼女はサンダルの踵《かかと》をかちっと鳴らしてつづけた。

「昨日、あんたと一緒に旅館に行った常子さんですよ」

「僕と一緒に旅館……」彼はびっくりして声をつまらせた。「僕はそんな、旅館なんかには行きませんよ」

「迷惑をかけにきたんじゃないですよ」女は声を低めた。「今日約束しとるのに行けないから、それをいいにきたんです」

「おかしいな」彼は目の前の、何か白い面をかぶったような女の顔をみた。女の首は黒く、顎《あご》から上だけに濃い化粧をしているのだ。

「Sホテルに泊っている上原と、ほんとにそういわれてきたんですか」

それにはこたえず、女は袖のないワンピースのポケットから煙草とマッチを取りだして火をつけた。

「それで、今日、その女の人と会う約束をしていたわけですね」

「熱をだしたんですよ。昨日、旅館から戻ると急にぐったりなってしもうて」今さらとぼけるなというふうに女はいった。

「じゃ、その……」女の人は僕を知ってるはずですね、といおうとして彼はあっと思った。誰かがおれの名前を騙《かた》って女を誘惑したのだ。このホテルにおれが泊っていることを知っている奴だとするとそれは誰か。「いま常子さんとかいわれたけど、その人はどこかで働いておられるんですか」

女は煙草を灰皿につっこんで、白いむっつりした顔をあげた。

「こっちはわざわざ知らせにきたんだからね。そんな気持ならはじめから裏を返すなんていわなければいいんですよ」

「ちょっと待って下さい」

彼は立上ってカウンタアに行き、事務員に伝言をたのんですぐ女の所に戻った。裏を返す。するとおれの名を騙った男は、昨夜、常子という売春婦を買ったのか。

「一緒に行きましょう」

「何処《どこ》にですか」女はぎょっとしたように身を引いた。

「その常子といわれる女の人の所ですよ。僕をみれば、昨日会った男かどうかすぐわかるでしょう」

「そりゃ……」女は口をあけて黄色い歯をみせた。「あんたは昨日のことはおぼえがないといわれるんですか」

「ここから遠いですか」

「もしほんとにおぼえがないのならいいですよ。あたしが常子さんにそう話しときますから」

「とにかく行きましょう」

「でも……」女は逡巡《しゅんじゅん》した。「とてもきてもらうような所じゃないけえ」

「僕がききたいんです。上原と名乗った男のことをね」

彼はホテルをでて車を呼び止めた。女はなおも尻ごみしたが、彼が千円札を一枚握らせると、あっけないほど簡単に乗り込んだ。

「汚ない所ですよ。びっくりされるほどごちゃごちゃしとる所だから」

「どっちの方向に行くんですか」

「あ、三条橋の近くで下ろして」女はいった。

「原爆の時は広島におられたんですか」彼は職業意識を働かせてきいた。

「あ、あたし」女は広島の言葉でいった。

「うちのあたりに住んどる者は全部被爆者ですけえ。ねえ運転手さん」

運転手は苦笑した。それから彼にむかって「お客さんも広島をみにきたんですか」といった。

「みにきたんじゃないけど……」

「今年はまたずい分きたんだな。うちなんか今日は十台も貸切りがでとるけえ」

みにきたのか、という言葉におされて、彼はうまく返事ができなかった。

「まあ、何にしても大変だな」と運転手はハンドルを右に切った。

車から下りるとすぐ、女は「この辺はみんな都市計画に入ってるんですよ」と人ごとのようにいい、ついてこいというふうにどんどん後もみずに歩いた。箱をつなぎ合わせたような家と家との間を通り、さらに狭い坂道にはみだしている便所の横をすり抜けるようにして女は川土手のブリキ板を貼りつけたバラックの前に立った。

「ここですよ」

女は中に入ってしばらく出てこなかった。彼がぼんやりしていると、物置きか家かわからぬようなもう一つのバラックの陰から、真黒い手足をした中年の女がすうっと近づいてきてささやくようにいった。

「だまされたらいかんよ」

「えっ」彼はきき返した。

「ここの家の常子は自由自在に熱がでるんじゃけえ」

彼はとっさに言葉がでず、女の赤い唇をみつめた。その女もまた顔だけ化粧しているのだ。

「ここはピカきちがいの家じゃけえね。それで息子が二人も自殺しとるんよ」

何を話しているのか、さっきの女はバラックに入ったきりなかなかでてこず、それを見越したように手足の黒い女は、彼の耳にしわがれた声をそそぎこんだ。

「上の息子は歯ぐきから血がでたというて病院に行って、それから一週間もせんのに農薬のくすりを飲んで死んでしもうたんですよ。そうしたら次の弟が、夜間高校をでた年にまた何かわけのわからんノイローゼにかかって、そこんところの便所で首吊ってしもうてね。いまでも気色がわるうてあの便所に行くとぽたぽた水みたいなもんが落ちてくるんですよ。別に原爆病がでたというわけでもないのに、どうしてこんなことになったのかちゅうて、咲さんはそりゃもう自分の方がきちがいみたいになったんですけえ。咲さんというのが母親ですよ。ずうっと失対にでとるんだけど、あたり前な気持しとるのはこの人だけだから……」

バラックから女がでてきて彼の横にいる女をじろりとみた。

「常ちゃんの加減はどう」

「ああ、いいよ」顔の白い女は横柄にこたえ、彼のほうをむいて「どうぞ入って下さい」といった。

暗い台所兼用の入口を上って、畳を四枚、はめこんでいるのではなくただ板の上に並べたように敷いてある部屋に入った。そこから川面のみえる窓際にくぼんだ眼をした男がぶつぶつと何か呟《つぶや》いており、四枚の畳より一段低くなった二畳敷に、ムウムウを着た子供のような顔をした少女がぺたんと腰をおろしていた。

「いままで寝とったんどす。熱が高くてね」顔の白い女がいった。

「僕が上原です」彼はいった。

ムウムウを着た少女はぴょこんと頭を下げた。

「あんたは昨日、上原という男と会われたらしいが、僕じゃないでしょう」

ムウムウを着た少女はなかなか返事をせず、「どう、常ちゃん」と顔の白い女がうながした。何がどう常ちゃんだ、と思いながら彼はじりじりしていった。

「その上原という男はどんな男。Sホテルに泊っているといったんですか」

ムウムウを着た少女は彼をみなかった。

「その男はあんたに名刺かなんかくれたの」

「頭が痛いけえ」

畳と接触している個所がなんとなくべたべたして、彼は少し腰を浮かして坐り直した。まだ十五、六にしかみえぬこの少女が客をとっているのだろうか。

「昨日、はじめて会ったんですか。その男とは……」

少女が不意に立上って「おじさんだめよ、そんなとこ掻きまわしちゃ」といった。彼がみると、窓際に坐っている老人がリンゴ箱の上におかれている仏壇の中に手をつっこんでいた。

「ほんとにくせがわるいから」少女は、それまでの態度とは別人のような声をだして、老人の手をつかんで仏壇から引き離した。

「二百円預けておいたよ」老人もまたくぼんだ眼から考えられぬような生々しい声をだした。

「何よ、あんなもん、いつまでもあるもんか。もう十日も前におじさんが飲んでしまってるよ」

「五十円借してくれ。たのむよ」

少女は自分で仏壇に手をつっこみ、中からチリ紙で包んだものをつかみだした。

「それはおれのもんだ」

「何いっとるん。毎日めし食べさせてもらっとるくせに」

顔の白い女は空咳《からせき》をした。そして「あの人、ここの親類でも何でもないんですよ。はじめは稼ぎがあったからそれでよかったようなもんだけど、それをいつまでも恩にきせて、転がりこんだきりになってるんですよ」といった。

少女が彼の前に戻ってきて、また腰をぺたんと落した。

「あれでまだ五十になるかならぬか……」

「え」彼は白い顔の女にきき返した。

「あの人、もう七十ぐらいにみえるでしょう。ほんとは五十そこそこ。アル中でどこもかしこもガタがきとるくせに、あれで酔っぱらうとおかしなそぶりをするんだから。ね、常ちゃん」

ムウムウを着た少女はくすっと笑った。

「それで、昨日上原という男は……」

彼があせったような気分になって、そういいかけた時、いつの間にきたのか、老人が彼の前に古ぼけた一冊の手帖をぬっとさしだした。

「何ですか、それは」

「あんた、原子爆弾はどうして落とされたか知っとるん」まだ五十そこそこだといわれる老人はいった。

彼はおしつけられるように手帖を受取った。

「誰も知らないことだからゆずるわけにはいかんけど、みるだけならみていいから……」

老人の語尾は顫《ふる》えた。

「それみたら金とられるわよ」少女はいった。

「帖面をひらけば何もかもわかるよ」老人はせきこむような声ですすめた。

彼が手帖を開くと、「おじさん商売が上手ね」と顔の白い女がいった。

「アメリカ戦略空軍司令官カール・スパーツ将軍どの」という鉛筆書きの文字がすぐ彼の眼に入った。彼はつづきをよんだ。

「一、第二〇航空軍第五〇九混成部隊は一九四五年八月三日ごろ以降、天候の許すかぎりすみやかに、次の目標の一つに最初の特殊爆弾を投下せよ。〔目標〕広島、小倉、新潟、長崎。陸軍省から派遣された軍人・科学者は、爆弾投下機に随伴した観測機上にあって爆発効果の観測と記録に従事せよ。（以下略）参謀総長代理トーマス・T・ハンディ」

「次にも書いてあるよ」老人はいった。

「八月六日午前二時四十五分（テニアン時間）―離陸▽三時―最終起爆装置取り付けに着手▽三時十五分―起爆装置取り付け完了▽七時三十分―赤プラグそう入（投下すれば爆発する状態にした）▽七時四十一分―上昇開始。気象状況受信―第一、第三目標上空は良好、第二目標上空は不良▽八時三十八分―高度三二、七〇〇フィート（約一万メートル）で水平飛行に移る▽八時四十七分―電子信管テスト、結果良好▽九時九分―目標広島視界にはいる▽九時十五分三十秒―原爆投下（約五十秒後に爆発＝日本側記録では八時十五分）せん光、つづいて二回の衝撃波。巨大な原子雲起こる▽午前十時―まだ雲が見える。高さは四万フィート（約一万二千メートル）以上にちがいない。……」

「それはアメリカの秘密だよ」

彼がよみ終えるのを待つようにして老人はいった。恐らくはじめはなにかの新聞か雑誌でみたのを書き写したのだろうが、老人は本気でそれが「アメリカの秘密」だと考えているらしかった。

「そうやってずうっと原子爆弾を積んだアメリカの飛行機は広島に飛んできたんじゃけえ。トルーマン大統領が命令したんだ」

「あなたも原爆をうけたんですね」

「みじめな話でね。……」

「おじさん、やめるんよ」少女が強い声で老人の口を封じた。「ピカのこと話しだしたらきりがないから」

彼は、手帖を返し、老人は「百円」といった。彼がズボンのポケットから百円銀貨をだして渡すと、顔の白い女が「ほんとにうまい商売ね、お稲荷《いなり》さんみたい」と、感嘆した。

「誰にでもそうやってみせているんですか」

老人は何もいわずに部屋を出て行き、「金をやるほうがわるいんよ」と、少女が筋の通ったことをいった。

「ピカと名がつけば、なんでも金になる」女は声に節をつけた。

「上原という男とは何処で会うことになっていたの」彼はいった。早くそれをきけばよかった、と思いながら。もし時間的に間にあえば、その男を確かめることができる。

「あたしも本気にしとらんけえ、もういいんよ」少女はいった。

「その男は東京からきた人みたいだった？」女がこたえなかったので、彼はつづけた。

「なぜ人の名前なんか使うのだろうな」

「あんたの友達か何かですよ、きっと」白い顔の女がいった。

友達。そうかもしれない。おれが広島のSホテルに宿泊していることは何人かしか知らないことだ。とするとその何人かのうちのひとりがこの少女を金で買ったのか。彼は一緒に広島にきている同僚のカメラマンと記者たちの顔を、頭の中に並べた。

「原爆の時は、君はまだ生れていなかったわけだね」彼は念のためにきいた。

「あたしは胎内被爆者」ムウムウを着た少女はそこだけ慣れたような口調でこたえた。

「胎内被爆。……」

「嘘じゃないのよ。この人、十九にはとてもみえないでしょう」女はいった。

「胎内被爆というと、おかあさんが被爆されたんですね」彼はわかりきったことをいった。

「そう、それでしょっちゅう熱がでるんよ。高い熱がでると、なかなか下らんし、体じゅうがハシカにかかったみたいにかゆくなって、ほんとにきついですよ」少女の声は急に張りがでてきた。

「手洗いはどこですか」

「手洗い、あ、便所ね」顔の白い女は立上り、戸口の所から指をさして教えた。

倒れかかったような便所から戻って、共同水道の蛇口の下で彼が手を洗っていると、手足の黒い女が、さっきからずうっとそこに待ちかまえていたようにあらわれた。

「あんた、金払ったんでしょう」

「金なんか払わないよ」彼はいった。

「そんならいいけど……」女は赤い口をとがらせるようにしていった。「ここの家の常子はいつも夏の客には二度金を払わせるんだよ。一度は旅館で客と寝る前に。それから二度目は寝たあとで熱をだしてぶっ倒れるんだから」

夏の客には二度金を払わせる。彼はその言葉をぐるぐると耳の奥でまわした。夏の客……

「いまそこにいるでしょう、あの一緒にいる正子がそういう知恵をつけているんですよ。夏の客からは一度で二回分ずつ取っていいんだと。いつもそれがあの女の口ぐせですけえね」

「夏の客っていうと……」彼はわかっていることを確かめた。

「あんたみたいな人ですよ。あんたも明日の、八・六のために遠方からこられたんでしょうに」

「どうしてそんな客から……」彼は口ごもった。

「広島をオモチャにしているというのが、あの正子のいい分ですよ。毎年、自分たちはピカの味もしらんくせに、騒ぎまわって、あげくの果てに……そんな客からは、二倍でも三倍でもまきあげていいと、はっきりそういうんですけえ」

女はあげくの果てにといったあと、言葉を飛ばしたが、きっとそこに、「広島の女を金で買うような男」が入るのだろう。彼はそう思った。しかし、なんの目的でこの女はおれにそんな告げ口をするのか。

「それも自分たちがピカにやられていて、本気に腹立てとるならまだいいですよ」

「被爆者じゃないんですか、あの人たちは」彼は女の赤い口をみた。

「正子は被爆者ですよ。それでもあの女は長いこと岩国でパンパンやっとった人ですけんね。広島をオモチャにするとかなんとかていさいのいいことといっても目的は金だけなんだから。夏の客をアメリカ人とおなじだと思うとるんです」

「アメリカ人」彼は声をつまらせた。

「そうですよ。アメリカ人並みにしぼってもいいと思うとるんですよ」

彼は蛇口からでる水で口をそそぎ、錯綜《さくそう》する思考を整理するような口調でいった。

「もうひとりの、常子とかいう人は胎内被爆じゃないのですか」

「へっ」女は喉《のど》にかかる声をあげて首筋の汗をぬぐった。

「胎内被爆っていうのは腹の中におった時にピカをうけたということでしょう。違いますか」

「そうですね」

「この間も誰からかきいたのでいうたんですが、ピカの日に腹の中にいたのならいまは十九か二十になっとるはずでしょ。そんな三年も四年も腹の中に入っとるわけじゃないけんね」

十九じゃないんですか。彼は口まででかかった言葉をのみこんだ。その時、川岸からゆっくりした足どりで上ってきた耳あてをした青年が、彼の方をみてにやりと笑った。

「まだ日も暮れんうちから客をくわえこんどるのか」

「うちの客じゃないよ」

「稼ぎ時だな、いま」耳あてをした青年は片手に金テコをぶら下げていた。

「不良だから気にしなくていいんですよ」

うちの客じゃないよ、といい返したことをけろっと忘れたように、女は顎をしゃくった。

彼は女の側を離れようとした。

「ちょっと、ちょっと、あんた」女は声をくっつけてきた。「うちは親切だけでいうとるんよ。よそからきた者を広島で変な目に会わせとうないから」

「ありがとう」

彼がバラックの中に戻ると、どういう相談をしたのか、ムウムウを着た少女が「迷惑をかけてすみません」とあやまった。

「いや……」彼はいった。やっぱりどうみても十九にはなっていない。せいぜい十五か十六だ。ムウムウを脱いでかわりにセーラー服でも着たら中学生にみえるかもしれぬ。

「僕の名前をいって……嘘ついた男のことがもう少し具体的にわかるといいんだけどな」

彼はいった。

「ここじゃ氷水もできないし、常ちゃん、どこか涼しい所で話してあげたら」顔の白い女は正面から誘ってきた。少女がちらと視線を彼に走らせ、彼が腕時計をみるとあわてて別の方をむいた。

「じゃそうしますか。何かご馳走しますよ」彼は誘いに乗った。女たちが何を考えているのか、はっきりしていたが、もっとみきわめておきたかったのだ。夏の客からは二度しぼってもよいという考え方と、胎内被爆だと偽わっている少女の生態を。自分の名前を使って少女を買った男も摘発したかった。

「ご馳走になろうか、常ちゃん」顔の白い女はそれまででいちばん明るい声をだした。

「着換えるよ」少女はいった。

「お客さんは広島ははじめてですか」

「いや……」お客さんになったか、と思いながら彼はいった。「ここ三年ぐらいずっときてるよ」

「大変でしょう、広島の夏は暑いから」

夏の客か。彼はまたその言葉を胸によぎらせた。それにしても広島にきて、被爆者の少女を買うという気持はどのようなものなのか。違う、この少女は被爆者ではなかった。……でもおれの名前を騙ったそいつは八月六日のためにきて、広島の女を金で抱いたのだ。

「夏はよそからきた者でふくれ上るから、いろいろ大変だな」彼は思いを半分こめていた。

「やっぱり人間だからいい人もわるい人もいますよねえ」女はいった。

「原爆の時はどこにいたんですか」ちょっと思いがけぬことをきいたような気持で、彼はいった。

「女学校の時の動員で大洲の工場にいたんですよ。こんないうと年がわかってしまうけどね。二年の時でした。家は白島中町にありましたから、家も両親もみなやられてしもうたんです。父は専門学校の先生をしていたんですが、ちょうど家に帰っていて……」

戸口で音がしたので、彼がふりむくと、袖の長いネズミ色の上衣を着た女が顔じゅうに怒気をあらわにして入ってきた。

「あ、かあちゃん」ムウムウを脱いでスリップ一枚になったばかりの少女が声をあげた。

「この人は誰」

「僕は……」彼はとっさに何といってよいかわからなかった。

「仕事は、かあちゃん」

母親はそれにこたえず、つきさすような眼で顔の白い女をみた。

「あんたは常子に何をさせるつもり……」

「何いうとるん」女は鼻を鳴らした。

「うちが何もできんからというて、常子をたぶらかして、あんたは畜生よ」

「ああ、あたしは畜生よ、畜生で結構」

「あんた」母親の声は彼にむかってきた。「この子は十五ですよ。わかってるんですか」

「そんなつもりできたんじゃない。僕はただ……」

「この女からなんといわれたかしらんが、この子はピカでもなんでもないよ。ピカの女が珍らしかったら、別の所に行きなさい、なんぼでもいるから」

「かあちゃん、勝手なことはいわんといて」少女は赤いワンピースを抱えるようにしていった。「そんなこというなら、うちの持ってきた金をどうして受取るん。仕事ができずにしょっちゅうぶらぶらしとるくせに、うちの金がなかったら……」

母親がいきなり少女の顔をひっぱたいた。

「出て行け。女郎にでもなんでもなれ。もう帰ってくるな」

「女郎はかあちゃんじゃないか」少女はいい放った。「うちが何も知らんと思うとった。うちはなんでも知っとるんよ」

「何を知っとる」

母親のつかみかかった手を少女は逆にねじった。

「やめなさい」

彼が間に入ろうとした時、少女は母親をつきとばして、ワンピースを抱えたまま戸口から逃げていき、母親は畳にうつぶせになった。

「仕方がないんよ」白いマスクのような化粧をした女は呟いた。

「女郎なんていうから常ちゃんが怒ったんよ」

彼がバラックをでると、すぐまた手足の黒い女がうれしそうな顔を寄せた。

「咲さんが怒るのは当り前よね」

彼のすぐ後からでてきた顔の白い女が「あっち行け」と追い払った。

手足の黒い女はものもいわずに便所の横を入って行き、入れちがいに五つか六つぐらいの女の子がでてきた。

「夏になると体がいうことをきかんのでピカにかかっとる者は気が立つんですよ」女は彼の背後から声をかけた。

彼は黙っていた。

「常ちゃんが胎内被爆というのは本当ですよ。おばさんはそれを隠しとるんです。私が知っとるんだから……」女は品物を保障するような声でいった。

戦

美輪明宏

疎開

雲仙《うんぜん》と小浜《おばま》温泉の
真ん中くらいに千々岩町《ちぢわまち》がある。
路《みち》の両わきに清水が流れて
茶碗も箸も皆そこで洗う
大きな洗濯物は裏の小川で洗う
僕は国民学校三年生。
継母《おかあ》さんと兄ちゃんと
義弟《おとうと》が二人
小さな旅籠《はたご》の二階には

二つの家族が住み
下には家主達が住んでいた。
二階に持ち込んだオルガンは
早速「やかましか！」と怒られた。
楽しみを取り上げられた僕は
わらや竹の皮で草履を作ることを覚えた。
橘中佐の銅像が千々岩湾を
見下ろしている小高い裏山で
桜の枝に腰をかけ、
チカチカと光る海を眺めて
唱歌を歌った
たまに陸軍士官学校の学生が
近所に来ている東京の娘さんと
ひっそりと岩に腰かけていた。
日露戦争のとき
ロシア人の収容所があった村なので
「はい」を「ヤー」と答える
長崎から自動車で三時間くらいなのに

まるで言葉が異《ちが》うので
子供同士、喧嘩するときも
いちいち通訳が要《い》る。
茅蜩《ひぐらし》が鳴く。
うっそうとした森になった庭の中に
古い村医者の子の家があった。
さびた槍《やり》の穂先が何本か、あちこちに
遊び捨ててあった。
菊池という名前の腕白な姉弟は
「こいはね、菊池千本槍たい」と
そばかすだらけの鼻をうごめかせた。
泉と木立に囲まれた小学校の
先生達は皆、素朴で親切だった。
家のすぐ真裏の角にも
小川を前にして女の先生が住んでいた。
お年寄りのお母さんと二人暮らしで
いつ遊びに行っても優しくしてくれた。
裏山の桜並木の枝から枝、

岩から岩へと飛び交いながら
チャンバラごっこでこさえたすりむき傷を
ムニャムニャムニャとお呪《まじな》いで
薬を塗ってくれたりした。
浜へもよく遊びに行った。
ときどき、エンジンを停めながら
不意に敵機が舞い下りて
僕達に機銃掃射を浴びせかけた。
大きな松林が
がっしりと手を拡げて
僕達をかばってくれた。
水平線に小さな塵《ちり》になって
敵機が消えると
僕達はパッと集めた貝がらを
空に放って
潮風を胸一杯に吸い込んだ。

優しい花

学校から帰って来ると、お母ちゃんがいません。

「おかしいな」

あちこち探して階下の裏庭まで行くと、薪を積み上げた陰で、お母ちゃんがエプロンで顔をかくして泣いています。

（また、ここの家の鬼ババアにいじめられたんだな）

田舎の人は、人によっては街から来た人に対して、とても意地悪な人がいます。

そっと、僕が立ってると、慌てて涙を拭きながら、

「おいで」と言って二階へ上がりました。後ろから従《つ》いて上がって行きますと、登りつめたところで、しゃがみ込んで、げえげえ苦しそうに吐いています。僕は吃驚《びっくり》して洗面器に新聞紙を敷いて持っていき、背中をさすりお水とタオルをあげました。

お父ちゃんは長崎にいて、ときどきしか来ないしお兄ちゃんは遊んでばかりで手伝ってくれません。

お母ちゃんが病気だ。

お医者さんに来て頂きました。

「大丈夫だよ。病気じゃなくて赤ちゃんが生まれるんだよ。また吐くようだったら、これ

を飲ませなさい」

お薬をくれると帰られました。

(でも、本当かしら、赤ちゃんを産む前だから、こんなに苦しむのかしら。それにしてはお腹を押さえて苦しむのがひどすぎるみたい)

誰も御飯が出来ないので、隣の部屋の年寄りのおばあさんが、ときどきおかゆを炊いてくれます。僕もお芋をふかしたり、前の小川で茶碗を洗ったり、あとかたづけをしたり、洗濯をしたりします。

小さな弟が夜泣きするので、お芋でキントンを作って夜中に食べさせたりします。キントンを食べさせても泣き止まないときがあります。すると、

「ヤカマシカー」

と、階下《した》の方から怒鳴られます。

僕は弟をオンブして外へ出ます。真夜中の外は、ちょっと怖いけど裏山のそばの小川の方まで、寝かせつけるためにトボトボ歩いて、小さな声で歌います。小川の音で泣き声が目立たなくなると思ったのです。真っ黒な森がお化けのように見えます。

そんな毎日でした。近所では、

「親孝行のよか子供たい」と評判が立っているそうです。

お母ちゃんは蒼《あお》い顔で、

「済まんねえ、済まんねえ」と涙ぐんでいます。

ある日、お父ちゃんが来ました。驚いたお父ちゃんは電話をかけに行きました。急に、長崎に皆、帰ることになりました。荷物は後でお父ちゃんと長崎にいる女中さんとで取りに来ることにして、皆の着替えや手廻りの物を僕がまとめて自動車に乗りました。お母ちゃんだけ、そっと運ばれて横に寝かせられました。空襲も激しくなった長崎へ自動車は走り出し、有明の海や山を後にしました。

長崎に着くと、すぐ病院へ入院しました。

「赤ちゃんも生まれるけど、丹毒《たんどく》という病気になっとるし、娘時代に切ったお腹の傷口が……」

女中さんが教えてくれました。出島の方にある病院へときどき会いに行きました。

それから暫《しばら》くたったある日、学校から帰ってくると、お座敷の方に誰かいます。ひょいと覗《のぞ》いたらお母ちゃんが何年ぶりかで、綺麗な着物を着てお針仕事をしてました。

僕を見るとニッコリして、

「お帰んなさい」と言いました。

赤ちゃんのためのおムツを縫っていたのです。やがて、ますます空襲も激しくなって、そのため女中さんも暇を取って家へ帰ってしまいました。仕方なく、お母ちゃんは未《ま》だ全快していないのに起き上がって来て家事をします。

水道の水が出なくなりました。隣の町にあるお母ちゃんの実家から水溜め用の長い大きなバケツにいっぱい水を汲んで運ぶのです。あんまり重いので僕はお兄ちゃんと二人、ときどき逃げてしまいます。すると、お母ちゃんは、「無理もなかよね」と言って真っ青な顔をして一人で水運びをします。

あの大きな黒い透きとおった帽子を被って、花の模様がボコボコと浮き出したデシンのドレスにハイヒールで、首飾りや香水をふんわり優しく身にまとっていたお母ちゃんが、この同じ人なのかしら。

髪はほつれて汚いモンペ姿で、よろよろして二、三歩、歩いては肩で大きな息をしています。

可哀そうなお母ちゃん。

僕は駆けて行ってバケツを取ると、また引きずるように持って家へ運びます。

そんな日が続いた冬の寒い日、とうとう、お母ちゃんは寝ついてしまいました。

家政婦のおばさんが来ました。階下は何か、いつもお医者さんが来ていて大きな爆弾のような酸素ボンベが何本か置いてあって、親戚の人達が出たり入ったりして、そわそわしていました。

粉雪の寒い晩、子供達四人は二階で寝ていました。眠りかけている時、お父ちゃんが泣きながら、

「お母ちゃんが死ぬかもしれん」と言って部屋に入ってきました。

僕達は飛び起きて階下に降りて行きました。お父ちゃんは二人の弟達を抱いて後から来ました。お母ちゃんの実家からお祖母《ばあ》ちゃんや親戚の人達が来ていました。隣の部屋の片

隅で家政婦さんが早産で生まれたという小さな赤ちゃんの面倒を見ていました。

お母ちゃんは蒼白いバラの花のような顔で朝顔の型をしたガラスを口元に当てられて喘《あえ》いでいました。ときどきうわ言を言っています。

「……晏《やす》坊ちゃん、晏坊ちゃん……勉強よ……」

親戚の人が、

「何《なん》ぼか自分の子のことが心配だろうに」と言いました。

そうです。無意識のうちに呼んでいるのは、腕白のお兄ちゃんの名前で自分の生んだ子供のことは一言も言わないのです。

「偉か人ばいねえ……」と、誰かが溜め息をつきました。

やがて、お母ちゃんは静かになりました。回りの泣き声が一際《ひときわ》大きくなりました。その中で僕は無心に遊んでいる弟達を見つめて、

「よし、たとえどんなことがあっても、この子達は僕が立派に育てなければならない。自分の生みの子でもないお兄ちゃんの名前を最後まで心配して呼び続けてくれたお継母《かあ》ちゃんの立派な心への恩返しにも」

障子のガラス越しに、しんしんと雪が降っています。ひきしめた眼に白い庭がぼうっと流れ出しました。

交響曲第二番〝地獄〟

静かな夏休みの朝、今日は雲一つない好い天気。涼しい朝の冷気がどこかへ消えて、そろそろと暑い日射しに変わります。

お母ちゃんが死んで、弟達はお手伝いさんと田手原《たでわら》に疎開して、お父ちゃんは朝から浦上の方へ集金。家の中では、お兄ちゃんが階下で遊んでいて、二階で、もう一人のお手伝いさんが、お布団の手入れ。

僕は何かガランと冷え冷えした空気が嫌で気を変えるため宿題の絵を画《か》きます。

真夏だというのに、非常態勢だからと、防空頭巾を背中にかけ、肩からは薬や細々《こまごま》した物を入れた袋を提げ、朝、起きたときから寝る時まで、この頃は一日中この格好。

一面ガラス戸の縁側に置いた机の前に僕は腰かけ、万寿姫《まんじゆひめ》の絵を画いて、その出来上がりを確かめるため椅子をずらして立ち上がり、後ろへ二、三歩下がった途端、

ぴかっ

マグネシュウムを焚《た》いたような白い光が、窓の外を、一瞬、写真の陰画と陽画が逆さまになった世界に変えました。

世の中がシーンとして、

(あれ？　こんな好い天気に雷光《いなびかり》なん……)

思う間もなく、

（!!…………）

幾千万の雷が一時に落ちたよりも凄《すさ》まじい音響で世界中が轟《とどろ》き揺れ動きました。慌ただしい空襲警報が警戒警報を一足飛びに越して鳴り出し、爆音が逃げて行きます。

「しんごちゃん、こっちへ！」

足の不自由なお手伝いさんの清ちゃんが、もうもうと立ちこめる塵煙《じんえん》の中で、布団を被せようと僕の手を引きました。

「また来るかもしれん！　逃げよう！」

僕は清ちゃんと一緒に傾いた二階を駆け降り爆風で机の下に転がされたお兄ちゃんを、清ちゃんが起こし、三人で外へ逃げました。

表……そこは地獄だったのです。

荷台の前で、ドサリと横になって死んでいる馬の傍で、馬方らしい人間が、ぴんぴん飛び上がっています。丸裸で全身が紫とも赤ともつかぬ火ぶくれで獣のような声をあげています。

僕は声も立てず走り出そうとした瞬間、

「助けてくれえ！」

と、ひしゃげた声がして何かに押しつぶされた男か女かもわからない人間が頭と手を差し出し、僕の手をつかんだのです。

「ギャー」

僕が夢中でその手を振り払ったら、その人の手や腕の肉が、ずるりと抜けて飛び、その肉の余りが、僕の手首についています。僕は気違いのように、それをもう片方の手で、そぎ落とし、水に溺れる瞬間のような鼓動と思いで走ります。阿鼻叫喚《あびきようかん》の交響楽がシンバルやティンパニーの乱打と共に、何十万の悲鳴の混声合唱《コーラス》を叫び、この世の果てまで届くよう助けを求めて哭《な》いています。狂暴な死に神が衣をひらめかせながら、眷属《けんぞく》を率いて、空一杯に広がり、地獄の中を大声で笑い躍り、荒れ狂っています。

女子挺身隊らしい若い女の子が何か大きな塀のようなものの下敷きになった友達を、一生懸命引っ張り出そうとしています。その目は気違いのようです。引っ張られている女の子は、やっと胸から上をもたげて、

「うちはよか。あんた逃げて頂戴《ちようだい》。うちのために、あんたば死なせとうなか。うちのことは放《ほ》ったらかして、早う逃げて、うちはよかけん、早う早う……幸福にね、さよなら、さよなら」

口の端から血を出しながら、目をつむりそうになって、やっと言います。

「バカッ、何ば言うとね！　しっかりせんばいかん。あんたば放っていかるるもんですか！」

そう言いながら手を引いている女の人の髪に火がつき始めました。そこへ消防団の人が二人、走って来て、女の人の髪の火を防空頭巾で、はたいて消し、女の人を連れて行こうとしました。女の人は、両方からずるずる引きずられながら、

「うちは、よかですけん、あの人ば助けて下さい。お願いします。お願いですけん！　あの人ば捨てて行かれんとです！」

大声で暴れながら手を振りほどいて逃げ帰ろうとするのを男の人は無理矢理連れて行きます。押し潰されている女の人は、安心したように目をつぶりました。何か微笑《わら》っているようでした。僕は何故かわからない感動で胸が一杯でした。

はっと思い出して、また走り出し、やっと船大工町《ふなだいくまち》の上にある防空壕に逃げ込みました。

防空壕の中も傷ついた女子供の泣き声で充満していました。どんどんいろんな人が担ぎ込まれてきます。ひときわ大きな声が聞こえました。

「やめて頂戴、お願い、お願い」

やはり先刻《さつき》の女学生と同じ挺身隊の近所のお姉さんが潰れて血だらけの足を引きずりながら、這《は》うようにして外へ出ようとするのを、お母さんが腰にしがみついて止めようとしているのです。

「いいえ、お母さん離してえ、あの人ば、あのまま殺してなるもんですか、あの人が死んだら、うちも一緒に死ぬとよ！」

お姉さんは、そう叫び返すと、踠《もが》きながら外へ出ようとします。きっと下宿している医学生の恋人のところへ行こうとしているのでしょう。医大の方は全滅だと誰かに聞いたらしいのです。入口あたりの人が二、三人で暴れるお姉さんを抱えて奥へ連れ戻しました。

そんな中へ、お父ちゃんが帰って来ました。浦上へ集金に行くのをさぼって、反対の方角の茂木の方へ自転車で一人、釣りに行く途中だったそうで助かったのです。

「空襲警報解除！」

誰かが怒鳴りました。

「また、来るかもしれんな。今度、やられたら、もう終《しま》いばい。今のうちに田手原に逃げよう」

お父ちゃんに言われて僕達は外へ出ました。

外へ出ると、何かいつもと違って見晴らしがよくなっているようです。気がつくと、目の前の、戦前は中華料理屋だった高い建物が、ぺちゃんこになっています。そこは大きなコンクリート造りだったせいか、三菱の女子挺身隊の寮になっていたのです。男の人達がトビ口で掘り起こしています。全員の半分が作業に出て、半分居残っていたのだそうです。

「おや、ここにも潰れとる」

あちこちで、そう言いながら、せっせと掘ります。

微《かす》かな息のある女学生達は皆、「お母さん」と言っています。

　僕達は、それを横目に見ながら、家へ向かって走り出しました。むかしカフェーだったので、一面ガラス張りだった玄関は、ふっ飛んでガラスも何もありません。廊下はガラスが板の上に隙間もなく直角に突きささっているので針山のようです。必死とはいえ、よく、こんな針山を裸足《はだし》で踏んで逃げたものだと今更ながら吃驚《びっくり》します。今度は板を渡して部屋に入り、清ちゃんが一先《ひとま》ず当座入用のものだけを手早くまとめ、皆で背負ったり、担いだり、自転車の荷台に乗せたりで外へ出ました。


　田手原村へ逃げる道すがら、何度も振り返ると、ネロが放火したローマ市のように天を焦がして長崎の街は燃え続けています。

（浦上の丸山家はどうなったかしらん。お祖母ちゃんやおばさんや、従兄《いとこ》や友達、皆、どうしたのかしら）

　僕は初めて不安な気持ちになりました。

　郊外の坂道は逃げて行く人々が右往左往で混雑しています。その中で、近所の下宿屋のお姉さんが、座りもせず中腰の変な格好で、ぼんやり魂が抜けたように燃える街を見下ろしています。傍には、リヤカーが置いてあり、中には枕が一つと本が一冊だけ、ポツンと乗っていました。両わきには、下宿していた学生が二人、これもぼんやり半裸のまま石段に腰かけて遠い炎の街を眺めています。

「どうか死なせてくれまっしえ！　離してくれまっしえ！　この子ば死なせて、私ばっかり生きちゃおれんとです。戦地に行っとる主人に申し訳なかです。この子は初めての子供です。どうか私も……」

その大きな声に振り向くと、女の人が巡査さんや二、三人の人に摑まえられて叫んでいます。下には筵《むしろ》が被せてあり、赤ちゃんの死骸が手だけのぞいています。

そばのお祖母さんが話しているのを聞くと新婚後、間もなく夫は出征し、戦地から子供に会うのを楽しみにしていると手紙が来ており、その奥さんは今日買物に行き爆撃に会い、やっと逃げのびて、やれ、よかったと背負った子をおろしたら、赤ちゃんの首がなかったそうなのです。そう言えば、その女の人の後ろ髪から首、背中は血だらけです。

「馬鹿っ、死んで何になるか！」

巡査が、舌を嚙もうとした女の人の口に手を入れて、次にハンケチを丸めて口に押し込みその両手をオンブの紐で後ろ手に縛りました。女の人は縛られたまま、首のない赤ちゃんの上の筵に倒れこみ、転がりながら哭いています。

悲しい長崎。

日本晴れの空一杯を瞬く間に覆ってゆく白煙黒煙に追われて僕達は人の波と幾多の悲劇

に躓《つまず》きながら田手原村へ逃げて行きます。

梨畑の向こうから葬式の行列が歩いて来ます。おじいさんが死んだのです。お父ちゃんの兄さんです。

兄弟

祖父と生き別れをした祖母は貧乏の末、官吏のもとへ嫁ぎ、祖母の実家の田手原村に預けられた父と伯父の哀れな二人の兄弟は、この野山で育ちました。

やがて兄は東京へ、弟は神戸に養子にやられ、父は直《す》ぐ飛び出し浪々としましたが、伯父は真面目に世帯を持ち、東京でうまくゆかなくなり、長崎へ家族五人と一緒に帰って来たのです。父が料亭と風呂屋の方を譲ったのですが、それも戦争で営業停止になり、弱り目に祟《たた》り目《め》、結核を患い、ちょうど疎開のため来ていた小さい頃の思い出に満ちた、この田舎で死んだのです。

十二、三人ほどの、とぼとぼした行列は、小川のそばで見ている僕達兄弟やお手伝いさん達の前を通りかかりました。

たった一人の兄弟を亡くした父は戦闘帽にゲートルを巻いて痩せた肩を落として、下を向いて歩いてゆきます。

生まれてから、ずっと不幸だったままの兄弟の人生を思って胸の奥の方で泣いているようでした。

山間からの夕焼けを浴びて黒い影を長く引きながら、行列が行きます。

茅蜩《ひぐらし》が鳴いては、ときどき、ふっと静かになります。一輪の小さな花を下に向けて持っていたお父ちゃんの痩せて小さな姿が、遠い道を夕方の日輪の中へ霞《かす》んで行きました。

鎮魂歌《レクイエム》

あっちの林でも、こっちの畑でも、

「ヒソヒソヒソヒソ」

黒い影になって大人達が辺りを窺《うかが》いながら、話をしています。そんな雰囲気に包まれた畔道《あぜみち》を小さな男の子が、チンチン裸で、

「戦争は負けたあ」と走って行きました。

今日は、天皇陛下の玉音放送があるとかで縁側を下りて庭や土間へ大人も子供も、膝を折って座ります。皆は古いラジオを見つめます。

「……耐え難きを耐え、忍び難きを忍び……」

陛下のいくらか高い調子の御声も心なしか泣いていらっしゃるようです。子供心にも、

（さぞ、お辛いことだろうな）

と、しんみりします。お父ちゃんは、じっと真っ赤なカンナの花を見つめ、お姉ちゃんは、大声で土の上に泣き伏して〃女子挺身隊〃と書いた手拭で顔を隠しました。気の強いお姉ちゃんは涙を拭きながら、僕達を見て、

「あんた達、大きゅうなったら必ず、この仇《かたき》ば討つとよ！」と、言いました。

が、僕は内心ほっとして、

（ああ戦争が終わってよかった。もう爆弾も来ないし、逃げ廻ることもしないですむし）

と、思いましたが、大人達にそれを言ったら非国民と怒られそうなので黙っていました。

でも、いつか先生が、

「女の生徒達は乱暴され、男の子達は食べられるから、もし鬼畜米英が上陸したら、沖縄と同じように、潔《いさぎよ》く玉砕することを覚悟しなければいけません。男の子は男らしく竹槍で最期まで闘い、女の子は教えてあるように睾丸《こうがん》のニギリツブシ方で米英の鬼を立派に倒すのですよ」と言って、僕達には竹槍を作らせ、女の子達には薙刀《なぎなた》を教えるような号令をかけて、

「お一、二っ三っ四っ！」

と、変な手つきで睾丸のニギリツブシ方を真剣な顔で教えていたのを思い出しました。

「沖縄が全滅した。次は長崎か鹿児島だ。皆、玉砕を覚悟しろ」と、言われた頃の僕達や大人達を市《まち》ぐるみ包んだ不安と緊張感は地球最期の日を想像させせました。

お手伝いさん達が手際よく荷物を整理して大八車に積み、弟達の手を引いて、僕達は長崎へ帰って行きます。

街へ入ると、あちこちの道から帰って来た人達がゾロゾロ犇《ひし》めいています。盲になった人、身体中、繃帯をぐるぐる巻いている人、松葉杖もなく、躄《いざ》っている人、焼け残った病院の前は長蛇の列です。全部といってよいくらいの人が化け物になっています。暑い夏のことで焼《や》け爛《ただ》れた半身に、うじゃうじゃと蛆《うじ》がわいていて、それを、やはり焼け爛れた鉄棒のような手で取り去ろうと、のろのろと不自由に動いている、もと人間だった子供や大人達。

戸板を外して家へ入り、お父ちゃんや大人達は大掃除をします。僕は邪魔になるので、ガラスが飛ばされて外へ出した縁側のようになっている四畳半くらいの畳敷きのショーウインドウの上に腰かけています。

すると表をゾロゾロ通る人の中からモンペをどこかへ破り飛ばされてボロボロになり、矢絣《やがすり》の着物を引きずった女の人が、よろよろと僕の方へ向かって歩いて来ます。頭の半分まで、ごっそりと髪の毛が抜けて禿《はげ》になり、耳の上を首の方にだけ長い毛が下がっています。顔は溶岩に流されたようです。僕は少しずつ後退りしました。

「スイッセンガ、イズヲクダサイ」

火傷《やけど》で無残にまくれ上がったため、巧《うま》く唇の合わさらない女の人が水を欲しがってることがわかりました。僕は奥へ走ってゆき、料亭を閉鎖したため山積みになっている陶器類の中から、一番大きそうな丼《どんぶり》を選び出し、なみなみと水を溢れさせ、こぼれないように静かに運んで、女の人の口へそろそろと流し込んであげました。女の人は顔のどこかで微笑《わら》ったようでした。やがて静かに横になると間もなく息をしなくなりました。ここへ近づいて来たのは、きっと畳が恋しかったのでしょう。

その証拠に、その女の人の死体を警防団の人達が運んで行ってしまうと、また次から次へと男の人や女の人が水を貰いに寄って来て、僕は、とうとう一人ではさばききれなくなって、お手伝いさんを呼びに行き、溜め置き用のバケツに水をなみなみと溢れさせ、柄杓《ひしゃく》と土瓶で大勢の人に末期《まつご》の水をあげました。

僕は、ふっと浦上の丸山家を思い出しました。

(おばあちゃんやおばさん達や近所の友達、サッちゃん達は、どうしたのかしらん)

僕は、お父ちゃんに言うと怒鳴られそうなので内緒で、どさくさに紛れて、浦上まで走って行くことにしました。まだ何となくブスブスと燻《くす》ぶっているような県庁の坂を通り越し、駅前を抜けて天主堂の方へ歩いて行きました。お米やお芋の買い出しのため、田舎へ重いリュックを担いで何度も往復していたので、子供ながら足には自信がありました。

建物の残骸の間からゴロンゴロンと真っ黒な骸骨かミイラのような死体がポカンと穴の空いた目で、こちらを見ています。もう今では、そんなものを見ても怖いとも気持ち悪いとも感じません。

飴のように曲がりくねった鉄がブラ下がっている工場跡を過ぎて、僅《わず》かに残った浦上天主堂の傍へ着いたのですが、辺りは一面、見渡す限りの焼け野原で、山里町の家はどこやら、あの悪戯《いたずら》をして遊んだお化け屋敷がどこやら、外から囃《はや》して、からかった精神病院もどこやら、一体全体、何もかもわからなくなっています。その廃墟の向こうを忘れられたような人影がポツリポツリと見えるだけ。

僕は初めて、冷たい水に漬かったような寒さで身体が震え出し、底の知れない恐怖に、「………」と哭き出しました。

夢の中で怪物に追われるように走り続けました。どれくらい走ったのか、息切れしてきた苦しさで、ようやく足をゆるめたのです。

怖いもの見たさの気持ちもあったのか、大波止《おおはと》の桟橋まで来てみました。焼け焦げたポンポン船が、チャプン、チャプンと油の浮いた波に揺れています。

昔、可哀そうな切支丹《キリシタン》の人々が大人も子供も大勢殺された土地、長崎。殉教の市《まち》、長崎。きっと、この市は、昔の昔から、信仰深い善良な人々が、悲しい死に方をして行く場所に定められているのでしょう。

何ごとも起こらなかったように、青く美しい港の波の間から、何百という人の顔が悲しい鎮魂歌を歌っています。

「しんごちゃーん、鬼が来たよう」

真剣な瞳で近所の友達が駆け込んで来ました。

「鬼って？　どんげん鬼？」

僕は、まさか本当の鬼が居るわけはないと思ってキューピーみたいな友達の腕を掴みました。

「アメリカ人、アメリカ人」

「えっ？　アメリカ人？」

（そうか、とうとう来たのか、先生達が言ってたように、本当に僕達子供は煮て食べられるのか。よし、その前にどんな鬼か観てやろう）

僕は、友達から聞いた方角の丸山遊廓の方へ行こうとして、ハッと電信柱の陰に素早く隠れました。そして今度は、そうっと電信柱の陰から顔を出して覗きました。

「まあ、何て美しい、何て綺麗な鬼だろう、あんな綺麗な鬼が子供を食べるのかしらん」

金色に輝く髪には碧色《ブルー》の瞳、銀色の髪には青みがかった灰色の瞳、燃えるような赤い髪には緑色の瞳、深い黒髪には、菫色《すみれいろ》の瞳、真っ黄色のシャツ、桃色のシャツ、緑色のシャツ、真っ赤なシャツ、しなやかな身に、スッキリとした長い脚、カメラを肩からかけただけで武器らしいものは、何一つ持たず、何やら大きな紙袋の中からお菓子のようなものを子供達にばら撒《ま》きながら歩いて行きます。

美しい動物達! こんなに美しい動物もいるものかなあと僕は、怖さも忘れて見とれてしまいました。

それは後になって聞いたのですが、日本人への第一印象をよくしておくため、まず一番最初に上陸させたのは、わざと皆、武装解除をし、ちゃんとした教育を身に着けた士官学校出身の紳士的な兵隊達ばかりだったのです。

アメリカ兵達は、子供を食べるどころか、優しく頭を撫でたり抱きあげたりしてお世辞を遣い、チョコレートや何かを振り撒きながら、天使のような微笑《わら》い顔《がお》で品よく、賑《にぎ》やかに歩いて行きます。

僕は、だんだんぼんやりと先生達やこの日本人の大人達が僕達に目隠しをするように、僕達子供達を騙《だま》していたのがわかって来ました。

(バカな大人達、敵を識らないで戦争に勝てると思ったのか。もっと国民全部が敵方のことを精《くわ》しく識っていたなら、きっと負けることなんかなかったのに、あいつらはあんなに沢山、美味《おい》しそうな食べ物を持って、綺麗なものを持っているのに、僕達は鶏の餌の大豆かすや干し南瓜で命を繋《つな》いでいたのだ。

女の人でも、ちょっと色のついた着衣を着たら、非国民だと憲兵から顔が腫れあがるほど、ぶん殴られたのに。

あいつらは男なのに、あんなに美しい彩りの着衣を着ている。僕達に目隠しをしていた奴らが、あの大勢の人々を殺したのだ。日本人が日本人を殺したのだ。僕達が竹槍をこさえたり、睾丸の握りつぶし方の演習に必死になっていた頃、こいつらは怖ろしいほど科学的な知性で原子爆弾を創っていたのだ。この悠々とした美しい姿で!)

僕は初めて、闘いに負けたことを感じました。

おめぐみ

ジープや小型トラックに
チョコレートやチューインガム
色々な缶詰類を山ほど積んで
白人や黒人の兵隊達が
お通りになります。
のろのろと車は歩きます。
小さな子供達や、果ては大人達まで

その後をゾロゾロと追います
お互いにわけのわからない言葉で
怒鳴り合っています。
米兵達が豊富な品物を
得意気にバラ撒きます。
子供も大人も
ワァッと叫び声を上げながら
それらを夢中で拾ったり奪い合います。
僕が手を引いていた小さな弟二人が、
それにつられて走り出そうとしました。
僕は可哀そうだと思ったけど
弟達の手を力一杯引き寄せて
その有様をにらみつけたまま
大声で叫びました。
「お前達、死んでも行ったらいかん
あいつらは仇《かたき》なんだから！」
それを見ていた黒人兵が面白がって
両手に色々な物を抱えてやって来ました。

黒い中で白い目と歯がキラキラと
こっちを見て、からかっていました。
僕は物も言わず、それらを叩き落としました。
怒った黒人は手を上げました。
仲間の白人が首を振りながら
その腕をつかんで止めました。
怯《おび》えている弟達の手を引いて
くるりと後ろを向くと歩き出します。
お菓子が貰えなくて悲しそうな
弟達の顔が可哀そうになりますが
仕方ありません。

とぼとぼ帰る僕達の横を
大人や子供が駆け抜けて行きます。

炭塵のふる町

後藤みな子

父にすこし遅れて私も橋を渡りはじめた。石炭殻を敷いた橋の黒い路面を歩く父の下駄の音が、川の流れる音のあいまに短かく同じリズムで響いてくる。西の空と、その空を覆いつくすように立ちはだかっている幾重にも重なったボタ山は、落陽の残光で、淡く薄紅に染まってみえた。一番高いボタ山の頂上から、トロッコが一台銀色に光るレールを一直線にくだってきて、川のそばでぴたっと止まった。

「彩子、この町をでようか」

私の前を、尖《とが》った肩を前のめりにして歩いていく父は、ふり返らずに不意に言った。私はその言葉をきいたとき、この町に私と父が住みはじめた三年前から、いつかは父の口からきかねばならない言葉だと覚悟し続けてきた思いがした。父の黒いインバネスの袖が、下から吹きあげてきた強い風にあおられて、大きな鳥の翼のように橋の上で舞った。言葉を探して深く息をした私は、父の身体から漂うかすかな薬の匂いを嗅いだ。

炭塵《たんじん》が一年中混じっている川は、死んだように黒く、夕陽にきらっと煌《きら》めきながら、ボ夕山にむかって一直線に流れ去っていく。

「おとうさん、この町をでてどこへいくの？」

心のなかで考えている答えとは別の返事を期待して、私は夕陽に鈍く照りかえしている汚れた川面と、父の背を交互にみつめて問いかけた。インバネスの衿《えり》へ深く首を埋めて歩いていた父は、立ちどまって欄干に身を寄せた。

「彩子は、やはり長崎は嫌いか」

「やっぱり、長崎に……」

私の声はかすれて、川の音と風の音に消されて飛び散っていった。いまさら、長崎は嫌いかときく父に、なんと言ったらいいのか、どんな言葉を選んで父に投げ返しても、気持は納まりようもなく、私は苛立《いらだ》って爪先で橋桁《はしげた》をけった。やはり父は何もわかっていなかったのだ。なにも説明しなくても、父にだけはわかっていると思い続けてきたことへの虚《むな》しさが、私の裡《うち》を徐々に浸しはじめた。ボタ山も空も川も、いつのまにか薄墨色のなかに暮れ落ちていた。風はいっそう強く、肌を切るように吹きつけてくる。私はかじかんだ手に息をふきかけて暖めた。橋のたもとの大きな柳の枝が、風が吹くたびに右に左に影絵のように揺れている。

「長崎だけはいやよ」

私は父の横に並んで立つと、はっきりと言った。

いつもこの町は日が翳《かげ》ると、一瞬のうちに暮れ落ちて、夕陽が輝いている時間が短かい。

日中でさえもこの町の空は、煙突から吐きだされる炭塵まじりの煙に覆われて、いつも昏《くら》く垂れ籠めている。炭塵の舞うこの町では雨脚も黒くみえた。太陽はその煙った空に、病んでいるような鈍さでひっかかっているだけだった。

「でも、どうして急にそんなこと言いだしたの、なにか今日あったの？」

父は私の問いに答えず、ステッキで橋桁をこつこつと叩いた。

「彩子、明日学校休めないか」

「えっ？　明日？　明日はだめだよ。天皇行幸の日ですもの。彩子たちの中学、あの辺に並んでお迎えするのよ。今日三年生全員で、この道の草とりしたの」

私は川下の葉が落ちてしまった桜の木が、二、三本かたまっている方を指さして言った。

父は思い屈しているように、川の流れをみつめている。川堤より一段低くなったトタン屋根の棟割長屋の灯が、ぽつんぽつんとまたたきはじめた。

「明日、おかあさんをみてて欲しい。外へでないように」

「どうして？」

「刑事がきてね、明日はおかあさんに刑事がつくそうだ」

「刑事がおかあさんに！　どうして！」

私は思わず叫んだ。

「おかあさんだって、天皇さまをお迎えしたいかも知れないじゃない。どうしていけないの？」

父の返事はなかった。私は欄干に背をもたせて川上の方を眺めた。夕闇のなかを、川はまっしぐらに私に近づき、足元をくぐって離れていく。みかんの皮や野菜のくずの大きな塊が、木片に囲まれて、汚れた花輪のように川面に浮いて流れていった。自転車の前にカンテラをのせた炭坑帰りの男たちが、四、五人声高に言葉を交わし合いながら、ちらと私と父をみて、ベルを鳴らして走り去っていった。自転車がみえなくなったあとも、語尾が鋭くぶっきれるこの町の訛《なまり》が、風にのってきれぎれにきこえてくる。この町に住んで三年たって、やっと馴れてきた訛が、いまは、はじめてこの町の言葉をきいたときと同じように、耳ざわりに私のなかに残った。四方のボタ山は、黒くぽっかり空いた洞のように、町のまわりをめぐっている。

「おかあさんが、気がおかしいからなのね、でも、おかあさんは……」

でも、母が気が狂ったのは、と私は父に言おうとして絶句した。いまさらそれを父に言っても、誰れに言っても、仕方のないことなのだと、私は自分自身に言いきかせた。

……川床に張りついたように流れる血で赤くなった浦上川、そのそばで、中学生の兄は、背中を上にして、うつむけになって死んでいた。制服がぼろぼろに焼け焦げて、背中にはほとんど布が残っていなかった。火ぶくれになった皮膚がさらされている。右手は地面に爪立て、国防色の、長崎中学の制帽をしっかり握った左手は、城山町の私たちの家の方へいっぱいにさし伸ばしていた。腕の「学徒」の腕章のところだけ火傷《やけど》がなかった。〈靖国神社へいくんじゃ〉しわがれた男の声。〈水!〉〈水を!〉〈ガンバレ!〉焼《や》け爛《ただ》れ、火ぶくれになった兄の顔から、背中から透きとおった水が絶え間なく流れでて渇いた地面を濡らしていった。その兄の屍体のそばで、兄と同じ「学徒」の腕章をつけた中学生が正坐して〈コクホンニツチカイコクリョクヲヤシナイ……カカリテナンジラセイショウネンガクトノソウケンニアリ。ナンジラソレキセツヲタットビレンチヲオモンジ……〉と、表情のない洞のような目を開けて、呪詛《じゅそ》の言葉のように呟《つぶや》いている。兄も家でこの「青少年学徒に賜りたる勅語」をくり返し暗誦《あんしょう》していた……。

「おとうさん、刑事のいうこと、そのまま承知したの？　なにも言わなかったのね」

褐色に刈られた川堤の草は、風に吹かれて川下の方向に薙《な》ぎたおされていた。父は欄干にもたれて煙草に火をつけた。一瞬燃えあがったマッチの火のなかに、頬の肉をそぎとられた横顔が、私の問いを無視した頑《かたく》なさで白く浮いてみえた。川は人間のだすさまざまな排泄物にどす黒くふくらんで、うねりながら流れていく。入り口にムシロのさがった小屋が橋の下にへばりついて建っていた。木片を寄せ集めたその小屋は今にも、強い風に吹きとばされそうに揺れていた。小屋からすこし離れた橋桁のコンクリートの上にある鍋や釜が、私に思いがけないなまなましさで、そこに住む人たちの生活を感じさせた。この川筋にいったい同じような暮しをしているどれほどの人がいるのだろうか。私も、もしあのまま母と浦上の焼野原の跡に住みついていたら、同じような暮しをしなければならなかったのかも知れないと、背筋が凍っていくように思えた。

私は、水面がきらりと光って流れていく夜の川の生きものめいた量感にひきこまれていった。川の高鳴りと風の音が、より強く響いてくる。私は欄干にもたれて川面をみつめた。そのとき、川瀬の音と風の渡る音のなかに、ふと歌声をきいたと私は思った。川の底からか、谷間からか、丘の上からか幽《かす》かに響いてきて、やがてその歌声は私の頭のなかで、あの忌《いま》わしい〈海ゆかば……〉となった。あのとき、どうして私はあの長崎の丘の上で、この歌をまわりの人といっしょに唄ったのだろう。讃美歌が流れてきたときは、口をつぐんで唄わなかったのに！　〈海ゆかば、水《み》漬《づ》く屍《かばね》……〉兄の屍体のそばに母とふたり坐《すわ》りこんだまま、私はいつ夕暮になったのか知らなかった。近所の人も、父の医大の先生方も、私が知っている人はひとりも通らなかった。夜になって、通りがかりの消防団の服を着た男たちが二、三人木片を井桁に組んで、上から油をかけて、ムシロに包んだ兄の屍体を焼いてくれた。兄を荼毘《だび》にする火のそばで、まっ赤な顔の母は、一点をみつめて〈天皇陛下ばんざい〉と叫びながら、両手を機械人形のように上げたり下げたりしていた。木片が焼けてしまった跡から、兄の骨が白く地面にあらわれた。私は近くのまだ燻《くすぶ》っている家の焼跡から鍋を拾ってきた。焼け焦げて、手に持てないくらいにまだ熱い、そのでこぼこの鍋に兄の骨をいれて、私は母を連れて丘へ逃げた。夜空に黒煙と炎が噴きあがる。私は小さな鍋のなかで青白く光る兄の骨をみつめながら、この歌を唄った……。

私はいま、その歌を、黒く逆巻いて流れる川面にむかって静かに唄いだしていた。私の歌の言葉のひとつひとつは、川の流れのなかに呑みこまれて消えていく。その忌わしい歌に追いたてられるように、突然、父にむかって私は切りこんでいった。

「おとうさん。おとうさんはどうして、志願して戦争へいったの」

父は川へ煙草を投げ捨てて歩きだした。小さな灯が闇のなかで一瞬燃えたつと輪を描いて落ちていった。

「うむ」

父は、そう言ったまま口をつぐんだ。北風の吹きつけてくるなかで、私の全身は火照《ほて》って熱くなっていった。私は父を追いかけて横に並んで歩いた。

「ニューギニアへむかう船がラバウルからでる日は、ちょうど紀元節で、甲板に全員集合して宮城《きゅうじょう》遙拝《ようはい》をしたな」

と、父は言って言葉をとぎらせた。その父の肩ごしに、ボタ山の頂上まで点々と灯《とも》ったトロッコレールの灯がみえた。

「最後にかき集めた補充兵ばかりで、軍服も装備もばらばらで、みんな意気があがらなかった」

父はステッキをぐるぐる廻しながら歩いていく。その声に過去をなつかしむ響きのあることが私を驚かせた。

「ひとりだけ元気のいい、たくましい兵隊がいてね。〝南無八幡大菩薩〟と書いた大きな幟《のぼり》を背負って、陸から船が離れるとき、いまおまえが唄った〈海ゆかば〉を唄った。軍刀を抜いた手を斜めに高くあげてね……」

父は橋の上で、背筋をぴんと張って、ステッキをもった手を闇のなかで斜めに伸ばした。

私は父が〈海ゆかば〉を唄いだすのかと思ってみていたが、父は唄いださなかった。空は星ひとつなく昏い。川の両側に軒の低い家並みが続き、そのまわりをボタ山がとり囲んでいる。用のなくなった石炭の捨て場であるボタ山は、むしろ闇のなかに陥没してしまった穴のようにみえた。

川下の橋の上を、酔った男たちが、軍歌をがなりたてて通っていく。そのひとりがふり廻す懐中電燈が、なにかの合図のように川面に幾度も光の輪を描いた。

「ところがその男は、ニューギニアに上陸したとたん、いちばん先に戦死してしまった。たくましくって……」

父はあげていた右手をおろし、足元にあった空缶をステッキの先で転がした。空缶は思いがけず大きな音をたてて、土手の下へ転がっていった。

「どうして志願して征《い》ったの」

私は同じ問いを父に投げかけた。私は父が志願して戦争へいったことを、いつ誰れにきいたのか記憶がない。いま、不意にこの橋の上で自分でも思いがけず父に問いかけるまで、そのことは私の意識の表面へは、一度もあらわれなかった。なに気ない問いかけに、父が答えなかったことが、私のわだかまりをいっそう強くしていった。

「そんな元気なたくましい兵隊さんが死んで、彩子たちを捨てて戦争へいったおとうさんが生きて帰ってきたのね」

行く手に重量感をもってのしかかってくる大きな黒い三角錘のボタ山の中腹に、火が赤い亀裂となって、斜めに走った。その亀裂のなかから突然、兄の苦悶《くもん》にゆがんだ屍体が、身体を曲げて跳ねあがりながら私にむかってくるのがみえたように思った。

……兄の屍体に覆いかぶさった私の頭上に、爆音が低く旋回しながら近づいてくる。〈ダダッ！　ダダッ！〉機関銃の音、叫喚《きょうかん》と呻《うめ》きが一瞬ぴたっと止まった。母をふりむくと、母は地面にペタンと坐って、黒煙にまぎれて遠ざかっていく銀色に光る機体を指さしながら、涎《よだれ》を流した口を横にいっぱい裂いてにーっと笑っていた。焼け焦げた母の髪が、空にむかって逆立った。手を伸ばせばとれそうな星のマークを、私は眼の裏に灼《や》きつけた。〈死にかかっとる人ばっかじゃなかか！〉〈ひきずり落せ！〉男の声か女の声かわからない。〈かあちゃん、かあちゃん〉たったいままで泣き叫んでいた子供は、顔中血だらけになって、黄色い夏みかんを持ったまま死んでいた。母はそのときから発狂した。

「おとうさんはずるいのね」

「ずるい？」

私は父がなぜずるいのかわからない。が、父はずるいと思った。流木が橋の下の渦を巻いている流れにはまりこみ、一ヶ所をぐるぐる廻り続けていた。

「守らなきゃ。戦争だったじゃないか」

「守る？　私たちを捨てて何を守るの？　誰れを守るの？」

私には、母や兄や私を守る以上に、守らなければならないものが、父にあったことが理解できなかった。

「戦争のときは、国を守るために戦地へいくのはあたりまえじゃないか」

「国を守るの？　おとうさんは私たちを捨てて、国を守ったの。おとうさんが戦争にさえいかなければ、おにいちゃんは死ななかったかも知れないし、おかあさんだって、気が狂わずにすんだかも知れない。私とおかあさん、たったふたりで……」

母とたったふたりでやっと逃げだしてきたその長崎へ、また帰ろうといえる父だからこそ、私たちを捨てて戦争へいけたのかも知れないと、私は父の非情さをみたように思った。私は長崎で、母と兄と私が原爆にあったことが、すべて父の責任ででもあるかのように責めていた。父に責任があるとは思えない。私は誰れを責めればいいのかわからない。けれど、戦争という強大な歯車のなかへ無理矢理、不可抗力的に投げこまれた私たちと、父が同じ側の人間のひとりだとはどうしても思えなかった。

水嵩《みずかさ》を増した川は流れも速くなって、黒々と流れていく。ボタ山の中腹を裂くように燃えていた火は、ほとんど消えてしまっていた。

「おとうさん、おかあさんに刑事をつけるなんて、よく黙って承知したのね」

父は無言で私の問いには答えず、歩きながら私の方をちらとみた。その背はそれ以上の私の問いかけを拒絶しているようにみえた。

「その船の甲板で唄った元気のいい、たくましい男が富田の弟だ」

父は自分の爪先をみつめて一歩、一歩、歩いていく。

「うけおいのおじさんの弟？」

この町で、炭坑に人夫を集めて送りこむ仕事を請負っている富田を、私は〝うけおいのおじさん〟と呼んでいた。この町で父は富田といちばん仲が良かった。共通の話題があるとも思えないのに、父はいつも富田と話していた。富田はなにも用事がなくても、一日に一回は必ず私たちの病院へ顔をだした。背がずんぐりと低く、笑うとお獅子《しし》のように金歯がずらりとみえる。この町の人は、富田だけでなく、男も女も金歯のある人が多かった。富田は、いつも着物を着て雪駄《せった》の音をさせて訪ねてくる。富田の弟のことを、いままで黙っていたのは、父にも生き残ったことへのひけめが心のどこかに巣喰っているのだろうか。

「ジャングルのなかを、富田の軍靴と飯盒《はんごう》をぶらさげて歩き続けた」

父は重く沈んだ声で呟いた。私は父のなかで戦争が、口にだして言えるほど過去のものになったことを羨《うらや》んだ。私にはどんなに時が過ぎていこうと、長崎のことを父にも誰れにも口にだしていえはしないのに。

川筋にある青いペンキを塗った三階建の映画館から、人がまばらに出てきて、寒そうに背をすくめてあっというまに散っていった。私と父は、橋を渡り終ろうとしていた。なぜ志願して戦争へいったのかという私の問いかけは、父の返事ではすこしも納得できないまま、私のなかに重く残った。風は黒い石炭の粉を無数に吹きあげる。川下の家並みから、嬌声が風にのってきれぎれにきこえてくる。〈戦争だったじゃないか〉その言葉のなかに、私が父に問いかけた全てのことを封じこめようとして、小さく呟いてみた。父が志願して戦争へいったことも、私たちが長崎で被爆して、兄が死に、母が発狂したことも、その母に天皇行幸のとき刑事がつくことも、みんな〈戦争だったじゃないか〉、父は私にそう言うのだろうか。それで諦めろというのだろうか。背をこごめて前をいく父の薄い背を、私は立ち止まったまままみつめた。私は母とふたり生き残ったために、誰れからか大きな屈辱を受けていると思った。その屈辱を受ける母と私の側には父ははいっていないのだと考えた。

橋のそばの道に面した家から、ガラス戸を開ける音と同時に子供の泣声と子供を叱る女の声が、突然路上にとびだしてきた。ガラス戸が閉まると、また橋のそばは川の音と風の音だけになった。父は橋が終ったところで立ち止まって私が追いつくのを待っていた。

「富田のところへいって、どぶろくをもらってこようか」

私は明日、母をみるために学校を休むかどうか決心がつきかねていた。父が刑事の要求をそのまま受けいれたことに我慢できなかった。母からなにを守ろうとしているのか。私はむしろ父や刑事の希望とは逆に、母を守るためにこそ、明日学校を休んで母のそばにいるべきなのだ。母をこそ全てのものから守りたいと思った。

橋のたもとに、先日できたばかりの〝ダンスホール・キャラバン〟の緑いろのネオンが黒い川面にゆらゆら揺れている。針のすりきれたレコードが、大きく鳴りひびいていた。

私と父はダンスホールの横を右へ曲って細い露路の坂をくだっていった。道の両側には赤い提灯《ちょうちん》をさげた飲み屋や、色ガラスをはめた小さなバーが並んでいる。店の前ではブリキの七輪をだして石炭を燃していた。この町では燃料はみんな石炭を使った。煙がでなくなるまで外で燃して、石炭がまっ赤に燠《おき》になると匂いがしなくなるので家へ入れる。家のなかでは丸いテーブルの真中をまるくくり抜いた中へ七輪を入れて、それで暖をとる。夕暮れになると、それぞれの家の前に白い煙がたちのぼった。

鼻を刺す石炭の燃える匂いに、私は息が詰まりそうになって歩いていった。この町では一年中この匂いが絶えることがない。私自身の身体のなかまで黒くしみ透っているようだ。店の前に立っている白く化粧した女たちが通りすぎる私と父を黙って見送った。屋根裏のように低い窓のついた二階の部屋から、手拍子や茶碗を叩く音や、酔った男のだみ声が聞こえてくる。ふと上を見あげると、二階から道を隔てた向かいの二階に竿を渡して洗濯物を干していた。

石段を二、三段おりたところに、トタン屋根の、横に細長い富田の家があった。表札の横に「英霊の家」と書かれた札がかかっている。障子戸を開けると、中は広い土間になっていて、炭坑からあがってきたばかりらしい男たちが、真中のブリキ缶におこした石炭の火を囲んで湯飲みで酒を飲んでいた。土間の隅には黒く光る石炭が積みあげられ、つるはしやしゃべるが壁にたてかけられていた。

土間の突きあたりの部屋の机の前に坐った富田の妻は、金庫のなかからだした金をむきだしのまま、男たちひとりひとりに渡していた。富田の妻は斜視の目をあげて父の横に立っている私をみると、ちょっとびっくりした顔をした。奥から出てきた富田は、ずらりと並んだ金歯をみせて、私に笑いかけた。天井の低い薄暗い部屋には、布袋《ほてい》様の置物や簞笥《たんす》、仏壇が雑然と置いてあった。正面の鴨居《かもい》に天皇、皇后の写真、その横に軍服を着た青年の赤茶けた写真が額にはいってかかっていた。父は部屋の入り口に立って腕組みをしてその写真をみつめている。

「いい男だったな」

富田も黙って写真をみていた。その写真の青年がさきほど父が話した富田の弟のようだった。その部屋に不似合なほど立派な仏壇のなかにも、富田の弟の開襟シャツを着て、リュックを背負った山登り姿の小さな写真が立てられていた。口をきっと結んだ軍服姿のときと違って、歯をみせて大きく笑っていた。軍服姿のよりも若いときの写真だった。死んだ兄とそんなに年が違わないように幼なくみえた。その写真をみているうちに、私は兄の写真が一枚もないことに気づいた。目をつぶれば火ぶくれの兄の屍体しか目に浮ばない。家には仏壇も兄の位牌もない。父がそのことについてどう考えてるのか知りたいと思った。母を刺激させないために、兄の位牌もおかないのだろうか。

「明日、茂も連れてお迎えばします」

富田は部屋の隅に、きちんと畳んでおいてある紋付の着物のそばに、その写真をおろしてたてかけた。私は父が刑事のことを富田に言うかと思ったが、なにも言わなかった。私はさきほどから、富田の妻が持ってきた厚い座蒲団に坐って、なんとなく落ちつかなかった。富田も富田の妻も、私がみると、とってつけたようににこっと笑いかけて、あとはちらちらと私の顔色を窺《うかが》っているようだ。父は私の存在を忘れたように、富田と話しながら、茶を飲んでいる。父の湯飲みは、私が飲んでいる茶托《ちゃたく》にのった客用のではなくて、大ぶりの藍《あい》の茶碗で、父用のために置いてあるものとみえた。

「彩子、先に帰ります。おかあさんが心配だから」

土間の坑夫たちがそろって富田の妻に声をかけて出ていったのをきっかけに、私は立ちあがった。富田も富田の妻も、父も私をひきとめなかった。ふりむくと父は奥の部屋に入るところだった。富田になにも断わらず、父は自分の家のように入っていく。私はその後姿と、父が茶を飲んでいた藍の湯飲みが妙に心にひっかかった。父は家にいるときよりも、富田の家にいるときの方が明るく、のんびりしているようにみえた。

土間で火を囲んでいた男たちの姿はなくなり、ブリキ缶のなかの火も消えていた。太い梁《はり》からさがった小さな電燈が暗い土間の土を照らしている。私は薄暗い部屋で、ひとりで寝ている母のことが急に気になってきた。明日のことを母は知るはずがない、多分、明日一日、ベッドで寝たままでいるだろう。私はそう自分に言いきかせて、不安をおさえた。

障子戸を開けて、外へ出ると、北風がまともに吹きつけてきた。風が過ぎて目を開けた私の前に、赤いショールを被った女が立っている。この町の女にしては珍しく色が白く、細い尖った顎《あご》を胸へひきつけるようにして私をみていた。目をいっぱいに見開いて私をみているその女は、どこかで会ったことがあるような気がした。どこで会ったのか思いだせない。

「彩子さん？」

女はショールを頭からとると、訛のない言葉できいた。

「おとうさまに、よく似ていらっしゃる」

白粉《おしろい》っけのない顔に、黒い瞳がきらきら光る。

「いいえ、私は母に似ているんです」

私は女の言葉に咄嗟《とっさ》に言い返した。女はちょっと曇った表情をして下を向くと、ぱっと顔をあげて私に笑いかけた。歯茎をみせて笑ったときの女の顔は、口を閉じているときとは別人のように粗野にみえた。

「寒いから、これ持ってらっしゃい」

女は自分のショールを私に被せようとした。色の白い細面《ほそおもて》の顔に似合わず、手は太く、大きかった。この町の女はやせてほっそりしていても、たいてい手も指も太い。この女も訛はないけれど、多分この町の女に違いないと私は思った。馴々《なれなれ》しさを拒否するように、私はショールを突き返すと、くるりと女に背をむけて歩きはじめた。石段の手前でふり返ると、女は富田の家へ入るところだった。

私は川堤の道を流れに逆《さか》って歩いていった。道の両側には一定の間隔で杭《くい》がうたれ、ロープが張られている。道の雑草も、明日の天皇行幸のためにきれいに刈られていた。ふと私は立ちどまった。いまの女が母に似ていることに私は気づいたのだ。川は私を押し倒すように、私に向かって流れてくる。あの女が病院の看護婦たちが噂している父の「あちらの人」なのかも知れない。毎晩、父が富田の家を訪ねていく意味が私にもわかったような気がした。自分の家のように奥の部屋に入っていく父の後姿を、私のなかからふり払って、私は道の真中を黒い石炭殻をけ散らして駆けだした。

私はこの町を出たいと、そのとき心の底から思ったのだ。川の音が、胸いっぱいに響きわたる。

父がこの炭坑町の町立病院の院長として、母の里から、私と母を連れて赴任してきたのは、三年ほど前だった。病院は昼も夜も、患者が待合室にあふれて繁昌した。日に幾度となく、担架で炭坑から怪我人が運ばれてきた。この町にきた頃の父は、夜になると自分の書斎にひきこもって、おそくまで医学書を読んでいた。昼間から酒を飲んで、酒くさい息を吐いたり、卑猥《ひわい》なことを言ったりするこの町の男たちを罵《ののし》っていた父が、いつのまにか、自身も昼間から酒を飲むようになっていた。父が夜、書斎で本を読まなくなり、毎晩、富田の家へ出ていくようになったのは、その頃からだった。まわりの人たちは、父に女がいることを知っていても、父に対してすこしも批難しないように思われた。気が狂った妻を持っているからという同情よりも、この町では、男たちが妻以外の女を持つことがあたり前のこととして是認されているようにみえた。男ばかりでなく、女も夫以外の男と交際することは、批難されなかった。駅前のパチンコ屋は朝から、エプロンをかけた女たちや、腹巻のなかに金をいれている男たちであふれ、この町ただひとつの商店街である「銀座本通り」の狭い道は、人波で歩けないほど、一日中混雑した。駅前の広場には、ペラペラの布を広げて売る商人や、山椒魚《さんしょうお》をガラス箱にいれて説明したり、蛇を腕に巻きつけて傷薬のようなものを売っている男たちが店をだしていたりしていた。駅の裏には、行商の人たちが泊る小さな宿屋が、線路の土手と土手の間にひしめきあっていた。神社の境内には、一月毎《ごと》に変わるサーカスの小屋がたち、私たちのクラスにはサーカスの子供や行商人の子供たちが短期間ずつ転校してきたり、転校していったりした。

長崎の医大の助教授で出征していった父は、ニューギニアのジャングルのなかを歩きながら、日本へ帰ったらただ学問をしたいと思い続けたと病院の若い医者に洩らしていたらしい。国を守るために、戦地へ自ら進んで身を投げた父は、その行為と、学問する条件のない自分のおかれたいまの状況を悔いているのだろうか。

〈……俺は、こんな町で!〉酒に酔うと父は、きまって誰れかれかまわず吐きすてるように呟いた。父はだんだん横柄になり、若い医者や看護婦に怒るようになっていた。

家の前までくると、二階の入院室の灯があかあかと灯っていた。門を入ってすぐ右端の、私たちの住居だけが無人の家のように暗く沈んでいた。

この町の炭坑主が戦前建てた料亭を買いとって改築したというこの病院は、コの字型の古い木造の二階建だった。左端だけがブロック建築で、そこが診察室になっていた。診療室の真向かいが私たちの住居になっている。二階はガラス戸の外にすかし模様の手すりが張りめぐらされ、正面の玄関には、低い屛風《びょうぶ》がたてられている。大きな竈《かまど》がある広い土間の台所が料亭の名残りをとどめていた。

私は、山茶花《さざんか》の植込のそばの玄関を音をたてないようにそっと開けた。奥の部屋は暗く物音ひとつしない。二階の私の部屋へあがろうと、階段をのぼりかけると、奥の部屋から「彩子ちゃん?」と歌うような母の声がきこえてきた。母の声だけ聞くと、知らない人は少女の声に間違えた。母は私の顔をみても無関心に名前など呼ばないこともあれば、私の足音だけ聞いてもいまのように呼びかけるときもある。どんなとき母の関心を私が呼び覚ますのか、私にはわからなかった。

私は母の声を聞き捨てて、二階の自分の部屋にあがっていった。たとえ、私が母のそばにいったとしても、私を呼んだことなど忘れたように、暗い部屋のなかで、ぼんやりと天井をみているに違いない。

私は二階の手すりにもたれて、真向かいの入院室を眺めた。カーテンを開け放したなかで、みんな思い思いに、ラジオをきいたり、ベッドのまわりに集って話したりしている姿がみえた。頭に包帯を巻いた少女が、母親らしい女にみかんの皮をむいてもらっている。病人である入院患者が、私よりも幸福そうに明るくみえた。この町にいるかぎり、夕食もほとんどしないで夜、外へ出かけてしまう父と、ベッドでいつも寝ている気が狂った母と、手伝いのおばさんとのこのいまの暮しが続いていくのだろうか。私には友達もほとんどいなかった。他の女の子のように級友を家に招《よ》んだり、父兄会には父か母かがきてくれる、そんな家庭が欲しいと思った。が、それはこの町をでることによって、すこしも解消する問題ではなかった。〈戦争だったじゃないか〉私は明るく灯のともった入院室で談笑している人たちを眺めながら、自分に小さく呟くしかなかった。

次の日の朝、私が目覚めたとき、家の外は、いつもの朝とは違う静寂に包まれていた。人の通る足音が、湿ってやさしく伝わってくる。

私は起きて、雨戸を一枚だけそっと開けた。昏い空から大きなぼたん雪が、ひとひらひとひら、私の吐く息に合わせて、舞うように降っている。この町で、雪が降ることは珍しかった。ひと冬の間に、一日あるかないかだった。家の屋根と庭の木の上に、雪はまだらに張りついたように積もっている。屋根の上の雪も、木に積もっている雪も、真白でなく、灰色にみえた。頭に毛糸の帽子を被った子供たちが、生垣のそばを駆け抜けていった。階下の母の部屋からは、物音ひとつしない。向かいの診察室のシャッターをあげる音が、大きく響きわたった。私は今日一日、母がベッドから起きないでくれることを願った。

玄関のたたきの上に、父の黒い鼻緒の下駄がきちんとむこうむきに揃っている。私は昨夜、父が帰ってきたのを知らない。母に似た、昨夜の女の面影をふり払った。が、もう思いだしても不思議に憎しみはない。指の太い粗野なところも、こわれもののように母の顔色を窺いながら暮らしている私には、どういう感情をぶつけても大丈夫そうな強さを感じさせた。そしてたった一度しか会ったことのない女へ、我儘《わがまま》のかぎりを言ってみたい気持が、私のなかに少しずつ芽生えているのに気づいた。父と母の間にあって、いつもいつも堪えているいろいろな感情を、あの女に爆発させてみたかった。どうしてそう私が考えるようになったのか、自分でも不思議に思った。あの女が、母に似ている華奢《きやしや》な面と、まったく反対のたくましさの二つの面を持っているからだろうか。次第に私は父があの女に会いに毎晩でかけるのが、許せるような気になっていた。そして、父を許そうとしている自分を、私は母に済まないと思った。私も父のように、母の部屋を訪れなくなるのではないかと、自分を恐れはじめていた。

薄い花片のように舞い落ちる雪は、道に落ちるとすぐ溶けて泥んこの道にまみれていった。一瞬のうちに、白さの破片も残さない。駅の方から、蒸気機関車の空気を圧縮するしゅーという音が、今日はいつもより近くできこえてきた。

門にもたれて、煙草を吸っている眼鏡をかけたやせた男が、私の姿をみるとすっと歩きだした。表の通りへでてみると、通りに面した家はみな日の丸の旗をだしている。駅から川にむかって真直《まっす》ぐに伸びているこの通りが、この町ではいちばん広い通りだった。道の両側には、普通の住宅と商店とがごっちゃに入り混じっている。ま向かいの「大日本旅館」の半分板がうちつけてある表のガラス戸にも、一年毎に夫が変わるというやせぎすの中年の女主人がやっている玉突き屋「あづま屋」のガラス戸にも、泥がいっぱいにはねあがっていた。日の丸の旗は濡れそぼってしぼんで垂れていた。町のなかには、ほとんど緑の木がなくて、黒い家並みばかりが続いている。ボタ山のそばの煙突の煙は、今日はまだでていなかった。「大日本旅館」の軒下の石炭を貯《たくわ》えているドラム缶のそばに、さきほどの眼鏡の男が立っていた。私は、なんとなく家の前にでて、通りを眺めている近所の人の目を避けて、新聞受からとりだした新聞を、すぐ横のゴミ箱のなかへ捨てた。

父は朝食が済むと、白衣をひっかけて廊下伝いに出かけていった。父の白衣は、裾が黒ずんで、前に赤く血の跡がこびりついていた。洗いたての真白な、手がきれるようにぴーんとのりのついた白衣しか着なかった父が、この頃は、白衣の前のボタンもとめず、汚れたのもかまわず着ている。父は朝食の間中、昨夜のことも、今日学校を休むこともきかなかった。富田の家の前で会った女についても、何も言わなかった。

診療室の方から、子供の泣き声を縫って、患者の名前を順々に呼ぶ女の声がきこえはじめた。父は寝不足のむくんだ青い顔をして、不機嫌な声で診察の準備を看護婦に言っているのだろう。廊下を走るスリッパの音や、赤ん坊の泣き声や、器具の触れ合う音や、患者の話し声が、だんだん大きく活気を伴って伝わってきはじめた。川向こうの私たちの中学校の講堂では、いまごろ全校生徒集合して校長の訓話がはじまっているはずであった。私は、ひとり、ここにとり残されてしまったような心細さを覚えた。母に刑事がつくことを、なぜか私の責任で、近所の人や学校の友達に知られてはならないのだという思いがつきあげてきた。

部屋を開けると、母は雨戸を閉め切った暗いベッドに坐って、朝食をとっているところだった。黒目のはっきりしない白く濁った目を真直ぐにあげて、パンを小さくちぎって食べていた。薄暗い部屋に、ベッドの上の赤い友禅の蒲団が華やいで浮きあがっている。母は赤い華やかなものしか、身につけなかった。いまも娘が着るような、花模様の寝衣の上に赤い毛糸の羽織をかけていた。

ベッドの横に、正面を向いた胸から上の裸婦を描いた油絵がたてかけてある。赤いバックの絵の上半分は細い首ばかりで、顔がなかった。下半分が胸から首までで、下の方に太く黒い乳頭を描いている。一月ほど前、母は絵具と絵を描く板を買ってきて、突然この絵を描いた。絵など描いたことのない母が、どうして急にこの絵を描いたのかわからない。細い首ばかりで顔がきれていることの裸婦は、母自身を描いたつもりなのだろうか。私は、よく、母は頭のなかでどんなことを考えているのか、胸をゆさぶって知りたい衝動に駆られた。鏡をみるとき、必死な顔をしている母は、失った自分の顔を探していたのだろうか。

母は襖《ふすま》のところに立っている私を見向きもせず、パンを小さくちぎって小鳥のように同じリズムで口へ運んでいた。黒くたっぷりとした髪をひとつに首のうしろで束ね、そり落したように眉の薄い顔をみながら、あの夏の日以前の母の顔を思いだそうとしてみたが、どうしても思いだせない。母とふたりで炎のなかを、兄の名前を叫びながら逃げまどったときも、確かに母の手を握っていたという実感はあるのに、そのときの母の顔を思いだすことはできない。〈どうして志願して戦争へいったの?〉母の顔をみながら、私は、昨夜父に問いかけた問いを、もう一度心のなかで問いかけてみる。どんな答えを父がすれば、私は納得するのか、多分、どんな答えが返ってこようとも、もう私は納得はできないだろうと思った。狂った母への埋め合わせも、死んだ兄への埋め合わせも、どんな答えによってもつかないのだから。

「おかあさん」

私は、パンのかけらを、同じ姿勢で食べ続ける母に呼びかけた。この呼びかけで、狂う前の母にたち戻ることがあるのではないかと、私はいつも心に祈りながら母を呼んだ。母は私の声が耳に入らぬように、パンをちぎっては食べている。

「おかあさん、牛乳も飲まなきゃ」

私はベッドに近づいて、牛乳のコップを母の口元へ持っていった。母はコップに手をださず、口だけコップへ近づけてごくごくと喉《のど》を鳴らして、一息に牛乳を飲んだ。

「文雄は学校ですか」

母は死んだ兄のことを言うときは、このこと以外になかった。必ず「文雄は学校ですか」と聞いた。ほかに兄についてきくことも、兄の名前を口にだすこともない。私は黙って母の顔をみつめた。いままで、何十回となく聞かれたときと同じように、母の狂気の襞《ひだ》から、正気な母を手繰り寄せようと、黙って母の顔をみ続けるしかなかった。母は私の方をみむきもせず、濁った目を真直ぐにあげて、パンのかけらを食べている。火鉢の上にかけた鉄瓶のお湯がしゅん、しゅんと音をたてていた。

「電気をつけましょうか」

私は母が嫌がることがわかっていながら、薄暗い部屋のなかで母の顔をみることに耐えられない思いがしていた。母はいつも部屋を暗くしている。雨戸も開けなければ、いまのこの部屋につけているのより明るい電気はつけさせない。

「嫌です」

はっきりした口調で、母は答えた。その瞬間だけ、母の瞳の焦点が定まった。口の端から、牛乳がたらたらと胸元へこぼれ落ちた。母は昼も夜も、いつでも白く化粧している。横になっているときも、朱塗りの手鏡を持って、唇に口紅をていねいにひいたりしていた。粧《よそお》うことは、自分でする数少ない作業のひとつだったのだ。ほの暗い部屋のなかで、母は白く化粧したまま死んでいくのだろうか。父は母の部屋にはもう大分まえから入ることはなくなっていた。

「お風呂へはいります」

「えっ、お風呂へ？　いま朝よ、ゆうべはいったじゃない」

母は、寝衣の胸元にたれた牛乳を、拭こうとする私の手を払いのけた。

「お風呂へはいるんです」

母は頑強に私に言う。母は時々意味のないことを言ったり、行動したりした。昼や夜の区別なく眠ることはあっても、朝入浴すると言いだしたのは、いままでになかった。母の神経をたてさせないように、いつも気をつかってきた私は、それ以上反対することをやめた。母はパンを食べ終ると、花瓶に挿してある菊の花片をむしりとって、帽子の縁に挿しはじめた。その帽子は、父が戦地から復員してきてすぐ、ニューギニアから持って帰った極楽鳥の羽を挿して母に渡したものだった。父が母にだけその白い帽子を買ってきたとき、私は妬《ねた》ましさを感じた。つばの広い白い帽子の縁に、いまも色褪《いろあ》せて白っぽくなった羽がささっている。母は父が復員してきてからいままで、まったく関心を示さない。父に対して呼びかけることも、話しかけることもなかった。母は無心な表情で、白や黄色の小菊の花片で、帽子の縁を埋めていった。

台所にいるお手伝いのおばさんに、風呂を沸かすように告げると、おばさんは一瞬、とまどった顔をしたが、なにも問い返さずに、風呂の焚《た》き口《ぐち》の方へおりていった。

風呂が沸くと、母は風呂へ入るときいつもするように「ドロップ」の縦長の大缶をもって風呂場へいった。母は、「ドロップ」の缶を湯舟の縁において、ひとつずつ「ドロップ」を舐《な》めながら湯に入る。それは、母の幼時の癖だったのか、願望だったのか私は知らない。三歳のとき、実父母に別れて、養女にやられた母は、そんな願望を心に抱いていても養家の人に言えなかったのかも知れない。自分の枕元にいつも「ドロップ」の缶を十缶並べている母は、ひとつの缶を食べてしまうと、近所の店へいって一缶買い足して並べる。缶いっぱいに色とりどりの果物の絵が描いてある同じ銘柄だった。湯舟のなかに浸って「ドロップ」を舐めているときの母は、安らかな顔をしていた。

私は母のその癖をみたときから、「ドロップ」を食べる気にはなれなくなった。店でも、母の枕元にあるのと同じ「ドロップ」の缶をみると、なんとなく顔をそむけたくなるのだ。

窓から外をみると、雪はやんでいた。母が風呂に入っている間中、私は落ちつかない思いをして、家のなかを歩きまわった。母が急に風呂へ入ると言いだしたのは、いつもの気まぐれで、今日という日のための特別なものではないに違いないと、自分に言いきかせて気持を鎮めようとした。

母は風呂からあがると、湯殿のそばに置いてある鏡台の前へ坐って、化粧をはじめた。

「今日、お通りになるのは何時ですか？」

母はさりげない口調で私にきいた。私は胸がぎゅっとしめつけられた。母は天皇の行幸を知っていたのだ。

「新聞に時間でてるでしょう」

母は顔から首へかけて白粉の粉をはたきながら、正常な人間と変わらない確かな口調で私に聞いた。母は時々、正常な人間と変わらない質問をする。それがどんな事柄であろうと、一貫性がなかった。茶の間へ起きてきて、時には新聞を隅から隅まで丹念に読むこともあった。

私は急に激しく打ちはじめた動悸《どうき》を鎮めようと深く呼吸した。化粧する母のうしろに、平静を装って立ち続けた。母は、鏡を見据えて、眉をくっきりとひき、髪に油をつけて、上へ束ねている。寝衣の背を大きくあけた肌は、ぬめるように白く光っている。化粧を終わると、櫛《くし》の歯の間から、髪の毛を一本一本抜きとり、それが終るとうしろに立っている私を無視して、自分の部屋へ入った。

日の丸の小旗を持って、川の方へ急ぐ人が窓の外を通りすぎていく。入院患者たちも、着物を着替えて、日の丸の小旗を持って出ていきはじめている。富田もいま頃紋付の着物を着て、弟の写真を持って土手の道にいきかけているだろう。母を外へださないようにするにはどうしたらいいのか、母を守るにはどうしたらいいのか、私は気持ばかりあせって、なにも考えられなかった。ふと、今朝、門のところで煙草を吸っていた眼鏡の男が、妙に気になってきた。あれが刑事なのだろうか。

部屋の襖は閉ざされたまま、母がなかでなにをしているのか、わからなかった。そのとき私は、自分の手でひきとめる自信はなくなっていた。おばさんの姿を探したが、家のなかに見当らない。私は早く御召車《おめしぐるま》が通りすぎてくれることを願いながら、父を呼びにいこうと廊下伝いに診療室へむかって駆けだした。すべりそうな廊下をスリッパの爪先に力を入れて私は診療室へと急いだ。廊下も待合室も、今日はいやにがらんとしていた。いつも注射器を持ったり、カルテを持ったりして忙しげに動き廻っている看護婦の姿もみえず、病院全体が静かだった。

カーテンのすきまから、なかをのぞくと、反射鏡をつけた父は、前に坐っている患者を診ているところだった。私は声をかけないで、しばらくそこに立っていた。私に気づいて父に知らせてくれる人は、誰れもいそうになかった。通りの道は、人も車も途絶えている。診療室の柱時計が、ぼーん、ぼーんと時をうちはじめた。〈十一時のはずだった〉私は焦って「おかあさんが行幸をみにいくつもりなのよ」と叫んで廊下に走りだした。ぬげおちたスリッパをそのままにして家の方へ一目散に駆けだした。家との境のドアを開けたとき、川堤の方から、わあーっという喚声があがった。私はその喚声につきとばされるように、廊下の柱にぶつかりながら走った。まっすぐに突き進んで、母の部屋の襖を一気に開けると、母の部屋はいつもの薄暗い部屋ではなく、乳色の光が柔かに部屋中にあふれ、火鉢のなかの鉄瓶がひっくりかえって灰が部屋中に舞っていた。母は部屋にいなかった。箪笥の抽き出しがみんな開け放しになっている。緋色の長襦袢《ながじゅばん》、総模様の黒や緑色の着物、金色のやや赤い帯など箪笥のなかの着物が、部屋中に散らばっていた。枕元の花瓶が倒れ、花のない茎だけの菊がベッドのまわりの水のなかに散乱していた。私は庭に面した縁側に走りでた。障子も雨戸も、いっぱいに開け放たれている。庭の敷石の上に、毛足の長い白いショールが羽衣のようにひっかかっていた。人々の叫び声が、近づいてくる。

「おかあさん！」

軒先から溶けかかった雪の塊《かたま》りが、私の目の前に落ちてきて、行く手をふさいだ。庭の隅の黒い土の上に、雪がぽつんととり残されている。庭木戸が風に吹かれて揺れていた。私は手に触れた白いショールをつかむと外へ走りでた。

表のどろどろの黒い道は、さえぎるものはなにもなく、一直線に川にむかっている。道の先方に、紫色の地に白く大輪の花を染め抜いた着物を着た母が、泥の道の上に裾を長く曳《ひ》きずって、よろよろと走っていくのがみえた。

「おかあさーん」

「天皇陛下ばんざい」

母は両手をあげて走りながら叫ぶと、着物の裾につまずいて、泥んこの道の上に崩れるように倒れた。その瞬間泥飛沫《どろしぶき》が母の上にふりかかった。私は泥の塊のような母にむかって走りだした。川堤の道に、鈴なりに並んでいる人々が振る日の丸の旗の波が、私の目のなかいっぱいに揺れる。川までの道には、倒れている母と私しかいなかった。人々の声が大きくなったり、小さくなったりして母を呪うようにきこえる。母は急に起きあがると、前へつんのめりながら、長い袂《たもと》を風にひらめかして走りだした。

母は橋を渡りはじめた。むこう岸の人たちが母に気づいたらしく、血相をかえて、一団となってせまってくる。地下足袋《じかたび》を履いた黒い袢纏《はんてん》の男たちが四、五人、私をつきとばして母をめがけて追いぬいていった。

「おかあさん、いかないで、かえってきて！」

白い脛《すね》をあらわにむきだした母は、橋の真中で立ちどまって、こちらをふりかえった。母の両側から人がじりじりとせまっていった。ハンチングを被った大きな男が母の腕をつかんだ。その瞬間、母の身体はこちらから駆けていった男たちの人影に隠れてみえなくなった。

「おかあさん、やめて！　みんなどいて！」

肩から着物がずり落ちて白い長襦袢をみせた母は、人をふりほどきながら橋の欄干によじのぼると、次の瞬間頭から川のなかへ落ちていった。私は人を押しのけて、橋の真中まで走っていった。欄干に泥にまみれた母の紫の着物の袖がひっかかっていた。橋の上に、みるみるうちに人が増えて欄干を埋めていった。川上の方で喚声が続いている。

「おかあさん！」

肩をつかんでいる人の手を、力いっぱいふり払って私は欄干から身をのりだし、川面に浮いている母の着物にむかって叫んだ。土手から人がばらばらと駆けおりて、川のなかへはいっていった。助けにいった人が母の腕をとらえるのを視線の端におさめると、私は土手を駆けおりてその傍へ駆けよっていった。

川原の草の上に寝かされている水浸しのボロ布の塊のような母の姿が、人の間からちらとみえた。私は死んでいるのか、生きているのかわからない母のそばへよるのが恐くて、足がそこから前へすすまなかった。

「大丈夫だ、生きてる、先生は？」

人の間から男の声がきこえた。

泥だらけになった白衣を着た父が、土手を駆けおりて、人をかきわけて母のそばへ寄っていった。父のあとから母のそばへ寄ろうとする私をみると、父は、

「むこうへいってなさい」

と、眉間《みけん》に縦皺《たてじわ》を寄せて強い口調で言った。母のまわりに人垣は幾重にも厚くなっていく。そのとき、真上の川堤の道で、オートバイの音、車の音といっしょに〈わあーっ〉と人々の喚声があがった。いまお召車が通ったのだ。母の姿は人影ですこしもみえない。

私は土手の道へ駆けのぼっていった。母は天皇陛下のお召車を追っていこうとしたのだろうか。お召車を追ってなにをしようとしたのだろう。歓迎のつもりだったのか、呪詛の言葉をなげかけたかったのか。道の両側の人の列は崩れはじめて、泥まみれの日の丸の小旗が道にうち捨てられていた。お召車はみえない。私はどろどろにぬかった道を、川下の

方にむかって、全身に泥の飛沫を浴びながら走りはじめた。暗い空も、黒い川も、薄汚れた家並みも、日の丸の旗も私の目のなかでぐるぐる廻っていく。

私は日の丸を踏んで走った。母が追いつけなかった黒い車に、私はどうしても追いつかねばならない。走っていく私を見送る驚いた顔、口を大きくあけて嘲笑している顔。子供が母親に手をひかれて私の前を横切る。子供は走る私に日の丸の旗をふっていた。

……〈手を離しちゃだめだよ！〉母の声がきこえる。〈おにいちゃんは！〉髪が焦げる匂い。皮膚が焼ける匂い。〈火あぶりにするのは誰れだ！〉私は寒い。火にあぶられながら私はひどく寒かった。〈長崎中学の三年生です！　三菱兵器へいっているんです。どなたか知りませんか！〉叫ぶ母の声。すっ裸の男が胸に御真影の額を抱いて屍体を踏みこえて走っていく。内臓がぶらさがった赤ん坊を、女が走りながら川へ捨てていく。建物のかげの膝を折って祈りの姿のままの白骨屍体をこえて、私と母は兄を探して走る。ガラスの破片が無数に腕に、背につきささったまま走った。〈ザリ、ザリ〉身体のなかで触れ合うガラスの音……。

炭塵の舞う昏い空から、氷雨《ひさめ》が走る私に黒く降りかかった。父はあの女といっしょに、私と母を捨ててこの町を出ていけばいいのだ。黒い車はみえない。小さな木の橋が近づいてきた。私の通う中学の制服を着た男女の中学生がまだ列を崩さずに雨に濡れて並んでいる。泥まみれの私に気づくだろうか。私はガラスの破片がつきささって曲らなくなってしまった腕をかばって走った。私は針山だ。針鼠《はりねずみ》だ。全身の毛を逆立てて走る。〈かえせ！

おにいちゃんをかえせ！　おかあさんをかえしてくれ！〉

私は呪文のように口のなかで叫んだ。みえない車にむかって、手をさし伸ばして叫んだ。死んでいた兄が、いっぱいにさし伸ばしていた手のように。私の叫びは氷雨のなかで黒く流れる川の音にまぎれてどこかへ散っていく。私の口に、はねかえった泥がようしゃなく飛びこんでくる。私は口のなかの泥を力いっぱい噛みくだいて走った。川は背後から黒々とうねりながら音をたてて、私を追い抜いて流れ去っていくのか、前へ走っているのか、後退しているのかわからない。ずぶぬれになった髪が私の口に、目につきささる。幾度となく私は泥んこの道に膝をついては起きあがった。金網ごしにみえる中学校の校庭は、人っ子ひとりみえず、鉄棒と飛び箱が置き忘れられたように雨にぬれていた。泥だらけの犬が吠えかかる。もっと速く走るんだ。飛ぶんだ。

私の行く手を遮《さえ》ぎるように立っていた、雪がまだらに積もったボタ山がいつのまにか私の目から消えて、紺碧《こんぺき》の空に夏雲が浮いている。真昼の叫喚が耳鳴りのように私を襲った。黒い車も金色の菊の紋もみえない。私は火に焙《あぶ》られながら舞いあがる炎で茜色《あかねいろ》に染まった入道雲にむかって走る。大粒の雨が降る。渇いた土に点々とひろがる黒い汚点。火の玉が空中に舞う。黒煙が空に噴きあがる。鍋のなかで青白く光る、幽かに鳴る兄の骨を抱いて走る。炎の錘を抱きこんで私は走る。母の手は！

私はただひたすら、炭塵と黒い氷雨の降るなかを、冥《くら》い空へむかって走り続けた。

暗やみの夕顔

金在南

また始まったな……。

まどろみかけた趙英植《チヨヨンシク》は、隣家《となり》から聞こえてくるかすかな物音に耳をそばだてた。いつものことながら、不思議な音であった。正確には、音でなく、声というべきか。声のようだが、それがなにか動物の鳴き声のようでもあり、幼児の泣き声のようでもあってはっきりしない。

その奇妙な泣き声の合間に、やっと言葉を覚えたばかりの幼児の話し声（？）が、たまにはさまれる。それで、声の主はけものではなく人間だと思いかけるのだが、最近、簡単な単語ぐらいは喋《しやべ》れるペットもあると聞いたことがある。

時々、シッシッと相手を静かにさせようとする老婆のおし殺した声が聞こえた。明らかにこちらに洩れるのを気遣っている。そして奇妙なことに、老婆の話し声がつづくことがあった。一人だけの住居で、いったいばあさんは誰に話しかけているというのか。長屋の人たちでばあさんの家に出入りする者を見かけた者はいなかった。行き止まりの家に住んでいるから、それははっきりわかる。

部屋に動物を飼っていて、その獣と話をしているのだろうか？　だが、その獣が人間と似たような声を出すというのは、やはりおかしいのではないか。

しかしまた、そのしりから時々、かさかさと四つ肢《よつあし》の這《は》いずりまわるような音が聞こえたりすると、つい動物を連想してしまうのだった。

いつも夜中にあることなので、最近、少々気味が悪くなってきた。もっとも、昼間は家にいることが滅多にないので、昼間のことはよくわからない。

趙英植が十一軒長屋の、奥から二軒目のこの借家に入居したのは、大学を卒《お》えてK新聞社に入った今年四月の初めであった。ソウル本社勤務を希望したが、新入りはまず地方にまわされるらしくこの釜山《プサン》に配置された。

朝早く出勤し帰りも遅い彼は、近所の人と付き合いはなかった。夜勤もあり、たまの休みには外出がちで、我が家といっても、ほとんどねぐらでしかなかった。といっても、まれには家の外をぶらついたり、長屋の子供たちと路地でボール遊びをすることもあるので、長屋の住人たちはたいてい見知っていた。

ここは裏通りで、おなじ造りの二棟の長屋が、路地をはさんで向き合っている。奥は行き止まりなので、いかにも閑静に見えた。ところが一歩家の中に入ると、隣家《となり》の物音が手に取るように聞こえる。趙英植も、これには驚いた。検《しら》べてみると、隣家との仕切りの壁がほとんど板一枚という、ひどく手を抜いた安普請である。壁も壁だが、天井の方はもっとひどく、今流行《はやり》の、安手の新建材が乗っかっているにすぎない。いつか背のびして板を押し上げてみると、釘打ちをしていない所がいくらもあって、すっと上に持ち上がった。だけでなく、板と板のあいだがかなりすいていていてその隙間から土埃《つちぼこり》が落ちてきた。

それでも学生時代、ソウルの狭いハコバン（箱のような掘立小屋＝日本語からの転化）下宿で仲間二人と同居していたことを思えば贅沢《ぜいたく》はいえなかった。しかも家賃は、相場より三分の一は安い。四畳半二間と、文字通り猫の額のような台所があるきりだが、チョンガーの安サラリーマンにとっては、見方によっては上等の住居といえなくもなかった。それに、小さいけれど濡縁《ぬれえん》もあり、ほんの三坪ぐらいの庭とよばれる空地が、縁先にある。だが、日々、隣家《となり》の物音に悩まされてみると、評価も変わってくる。

西隣つまり奥から三軒目には、子供が四人もいる。その子らがどたばた走りまわったり取っ組みあったりする音が筒抜けで、とても落ち着いていられなかった。一方、その両親の方はといえば、三日にあげず派手な夫婦喧嘩で、それがいつも夜も明けきらぬうちからおっ始めるので、たまらない。まるで叩き起こされるのと変わらなかった。こんな夫婦でも子供が寝静まったあとは乳繰って仲がよかった。初めのうちこそ隣をはばかって密やかな睦言《むつごと》だけだが、いつとはなくエスカレートして喘《あえ》ぎ呻《うめ》き肉弾相打つはげしさとなる。よくいわれるように、しょっちゅう喧嘩する夫婦ほど仲がよいのかもしれない。

というわけで、いつも寝不足ぎみのところへ今度は、ずっと空き家だった奥の家からこの不気味な音である。

ひと月ほど前であろうか。朝、出勤のため外に出ると、隣の空き家から見知らぬ老婆が出てくるところだった。ちらと見た目に、なんとなく案山子《かかし》を想わせた。背丈があるのにあまりに痩せこけているため、ちょうどチョゴリ（上衣）とチマ（裳《も》）が竹棒に引っかかっているように見えるのだ。

いつ引っ越して来られたのですか、と声をかけると、昨夜です、と言う。前夜はいつもより早く、六時頃に帰ってきたけれど、隣に荷物を運び入れたりするような気配はぜんぜん感じられなかった。引っ越しというものはふつう日中にやるものだが、それが夜中だときいて、趙英植は訝《いぶか》しく思った。それを察してか、老婆は、ちょっと事情がありまして、と述べ、これからよろしくお願いいたします、と丁重に頭を下げた。あまりに丁重すぎるので、趙英植も慌てて頭を下げ、簡単な自己紹介でもやろうとした。が、老婆はそそくさと立ち去ってしまった。その時は急いでいるからだろうと気にしなかったが、それからたまに行き合っても、老婆はいつもかるく頭を下げるだけで、すっと通りすぎてしまう。隣人として、「今日はいいお天気ですね」とか「雨模様でうっとうしいですね」とか気安く言葉をかけるのだが、相手はいつも、ええ、と頷《うなず》くだけである。

無愛想だとかそういうことでもなさそうだった。ただ、その表情に、世の辛酸をなめつくして疲れきったというふうな憔悴感《しょうすいかん》と、どことなく暗い翳《かげ》がある。

長屋の人たちは、陽気な下町の住人らしく路地で出遭うと大声で挨拶の言葉をかけあい、世間話もしていたが、彼らにとっても老婆はとっつきにくいらしく、親しく話しかける様子はなかった。その彼らがいつからとはなく彼女を、「日本宅《イルボンテク》」とよんでいるようであった。

日本宅というのは、日本帰りの婦人、という意味らしい。なるほど、ソウルから来た女性は「ソウル宅《テク》」、馬山《マサン》出身の女性は「馬山宅《テク》」なのだから、そうよぶのもうなずける。ところで、老婆はさほど遠くない繁華街である商店の軒先を借り露店を出しているらしかった。

趙英植はより強く耳をすました。

老婆のすすり泣きが聞こえてきたからである。老婆の泣き声は初めてであった。合間にウウッとかアーアーとか、いつもの奇妙な声も混じる。

しばらくして、高く低く詠《うた》うような嘆き節が聞こえてきた。いわゆる身世打令《シンセタリヨン》というやつである。その言葉の内容がどんなものかは聞きとれないが、あまりに悲しそうな気配なのでちょっと気になってきた。

明日は、隣を訪ねてみようか……、という気持ちがふっと湧き起こった。翌日は二週間ぶりに休みをとっていた。

不遇な老婆を慰めることができるとは思わないけれど、相手になって話を聞いてやるだけでも彼女は少しは気が晴れるかもしれない。どんな不幸に見舞われてあんなに嘆いているのか、も知りたかった。それに、実はこれがもっとも大きな理由かもしれないが、いったいあの奇妙な声の主はどんな動物なのか、それを見きわめたいという気持ちが、心の底にあった。

うわさによると、日本宅は夫に先立たれ、誰ひとり身寄りがないという。あの齢で、朝早くから夜は遅くまで働かねばならぬ境遇が哀れであった。あのように孤独で、ゆく先短い老婆が、部屋に動物を飼い、家族なみに話を交わしたりする気持ちがわからないでもなかった。彼は今や、ペットを飼っているのだとひとり勝手に決めていた。

昼すぎに近くの食堂に出かけた以外は、ずっと家にごろごろしていた。社会部記者（といっても、やっと見習から脱けでたばかりだが）の彼は、最近、多発する事件に追われて駆けずりまわったせいか、心身ともに疲れはてていた。今日は動くのさえ億劫《おっくう》になっていた。それに急にむし暑くなったため、体調が崩れたのかもしれない。例年になく長かった梅雨が数日前にやっとあけたかと思うとじょじょに暑くなりだしたが、今日は朝から、一挙に真夏に入ったような感じがあった。

夕方の六時頃、隣の日本宅が帰ってきたような気配がした。

夕食をとるとまた仕事に出かけていくのを知っていたので、彼は、暗くなって訪ねるより明るいうちがいいだろうと考え、服を着替え、手土産のバナナを手に携えた。食堂からの帰りに、この国では高価なバナナを奮発して買い求めておいたのだった。

だが、いざ出ていく段になると、ちょっと気迷いが生じた。とっつきにくかった老婆の姿が思い出されたからである。加えて招かれざる客として歓迎されないのはまだしも、なぜか不吉な——とまではいかないまでも、なにやら芳しくない予感が、脳裏をよぎった。しかし服も着替え手土産も手に持って、なにを今さら、と自らを叱咤《しった》し、「気軽に、気軽に……」と口の中で呟《つぶや》いた。

外から二度三度と声をかけても、中からはいっこうに応答がなかった。

表は和風の格子戸で、ちょっとした声でも中までまる聞こえのはずである。庭といっても奥行きがないし、家の縁がすぐ眼の前にあるようなものだった。

齢のせいで耳が遠いのかと思い、彼は勝手に戸を開けて庭に立った。

おなじ長屋の一軒であるから、当然、趙英植の借家とまったくおなじ造りである。小さい庭、濡縁そしてすぐそこから二間の部屋がつづくのだが、中はこの国の伝統的な一般庶民の家屋構造で、とっつきの部屋の出入口は、板戸ではなく障子である。その障子が、こんなに暑いのにかたく閉めきられていた。

趙英植はいちだんと声を張りあげて呼んだ。中はしんとして物音ひとつしない。だが老婆が家に入っていったのは間違いないし、居留守ではないのか。外でもいっさい近所の人と話を交わすことがないような人だから、訪ねていくことも厭《いと》うのではないか——そういう思いがまた浮かんで、彼はちょっと怯《ひる》んだ。

趙英植は所在なげに辺りを見まわした。そして頭上に垂れ込む庇《ひさし》が眼にとまると、長屋の屋根がこんなにも低かったのかといまさらのように驚いた。屋根は瓦葺《かわらぶ》きだが、庇は薄っぺらな板で、不必要に長くせり出している。毎日出入りする長屋なのに、こんなことには気づくことがなかった。彼は背のびして、そこからずっと続くおなじような軒先を眺め、それから粗末な板塀に眼を転じた。仕切りの塀も表の塀もタール入りの黒ペンキを塗り込んだものだが、今は色が剝《は》げて茶褐色にちかかった。この変色した板塀が、暮れかかる西陽の淡い光をうけていかにも侘《わび》しく映った。

趙英植はおや? と眼をしばたたいた。大ぶりの白い花をたわわにつけた無窮花《ムクンファ》（木槿《むくげ》）が眼にとまったからである。高さ一メートル五十はありそうな、緑したたる木が格子戸右手の片隅に、数株かたまってならんでいる。その緑の葉のあわいに、白絹のように艶やかな八重の花々が、色鮮やかに咲きこぼれていた。これはもともとここにあったのか、それとも老婆が引っ越してきて移植したものなのか……。草は茂っていても花と名のつくものはなにも植わってない自分の庭が思いうかぶと、このささやかな花がことさらに華やかに思われた。彼は我を忘れ見とれた。と、中でかすかなきぬ擦《ず》れが聞こえたような気がした。

はっと我にかえり正面に眼を据えた。

音もなく障子が、わずかに開いた。二つの眼が中から覗《のぞ》く。だが声をかけるでもなく、そのままじっとこちらを見つめている。いい気持ちではなかった。

「隣の者ですが……」

趙英植はぺこりと頭を下げた。やっと老婆は障子を開けて縁に出てきた。が、その表情には当惑の色がにじんでいる。そして出てくるやいなや、すぐに後手で障子をぴたっと閉めた。部屋の中を見せたくない彼女の気持ちが、すぐに察せられた。

「なにかご用でしょうか……」

冷ややかな彼女の応対に、彼は出ばなをくじかれた。

「今日は休みだもんで……隣同士としてちょっと伺ったまでのことですが……」

いつもこざっぱりした服を着込んでいた老婆が、今は洗いざらしの、皺《しわ》のよった木綿の白チマをまとっていた。家でくつろぐときはこんな身なりなのだろうか。

相手は縁先から見下ろして無言のまま立っていた。趙英植もなんとなく相手を見つめていた。いつもちらっと見るだけで、暗い感じしか抱けなかったが、こうしてじっくり見ると、老婆が意外にも整った顔立ちであることに気がついた。面長の顔に通った鼻筋、切れ長の眼、そして大きめの口がよく調和している。齢をとれば、鼻は別として眼も口もとも崩れ少しは見苦しくなるものだが、彼女にはそんなところがなく、それぞれくっきりと、若い時のままを保っている。しかもいまだに瞼《まぶた》は二重で、どことなく青い感じの瞳は、涼やかに澄んでいる。澄んではいるが、悲しげな色がただよっていた。その顔立ちや雰囲気から、なんとなく教養ある感じの人を思わせた。

ところがふと体に眼を転じたとき、だらりと垂れたような両手を見て、ちょっとちぐはぐな感じを抱かされた。腕は長く、掌は大きい。その両掌がカサブタのようにひどく荒れ、指先はささくれている感じである。今の身なりとともにこれだけ見るかぎりは、はげしい労働に明け暮れる農婦を連想してしまいそうだった。

見つめられていたせいか、相手はしだいに表情を強《こわ》ばらせ、今やはっきりと迷惑そうな気配をみせた。自分自身腰を下ろそうともせず、掛けてください、とも言わない。気詰まりな空気が流れた。

趙英植は手に持ったバナナを縁先に置き、

「少しですが、お裾分けです。どうぞ召しあがってください」

「どうしてこれをわたしに……？」

日本宅は訝しげな顔をみせた。

「どうしてって……」

趙英植は苦笑した。そう言われても答えようがない。どうして素直に受け取ろうとしないのか、と少々反発する気も起こった。気軽な気持ちで立ち寄ったのに、どうも成行きとして気軽に話をかけられない。

「おばあさんは、日本に住んでおられたそうですね」

趙英植はやっと話の糸口をつかめたような気がした。

「住んでいた、というほどのことでもないんです。わずかの間ですから……」

日本宅はぼそぼそ言うと、まあ、お掛けくださいな、と初めて勧めた。救われたように彼は縁先に腰を下ろした。靴をはいたままなので体はほぼ庭の方を向いた不自然な坐《すわ》り方《かた》であった。

「なにもおもてなしするものもないし……お茶でも淹《い》れましょうか」

と言ったものの、別に動こうとする気配もなく、ただ言ってみたまでの様子にしか見えなかった。

「お茶？」と言いかけて趙英植は、なるほど、と思った。韓国の庶民にはお茶をたしなむ習慣はない。やはり、日本に住んでいた人はお茶を飲むのか、という思いがあった。

「いいえ、結構です。私はお茶は好きでないんで……」

事実、お茶は苦いだけで美味《おい》しいと思ったことはなかった。

「気を遣わないでください……それより」

彼は言いよどんだ。

「おばあさん、なにか悲しいことでもおありでしたか。昨夜は、泣いておられたようでしたけど……」

あまりに単刀直入すぎるのではないか、と我ながらおぞましく思われた。

日本宅が意外な顔をみせた。

「聞こえるでしょうかお宅に……」

「ええ、こんな建物ですから……」

今度は、彼の方が意外に思った。

「ほう……それはご迷惑でしたでしょう」

「いいえ、迷惑だとかそんなことではなく、あまりに悲しそうなご様子でしたので、気になっただけなんです」

「実は……入居前に、大工さんを入れてずい分手を加えてもらったんですけどねえ……」

日本宅は呟きながら少し戸惑った表情をみせ、それっきり黙り込んだ。その間どことなくこちらの表情を探っているような気配がする。泣き声が聞こえたとすれば、いつものあの奇妙な声（？）も聞こえているはずだ、と考えているのかもしれなかった。

長い時間が経ったように思われた。板塀に射していた淡い光が消え、いつの間にか庭先に薄闇がしのびよっていた。なぜだか不気味さが漂った。

どうしてばあさんはわざわざお金をかけて壁を分厚くせねばならなかったのか？　そういえば、西隣の家からと違って、音はいつもかすかにしか聞こえてこなかった。

「おひとりでは寂しいでしょう。身内もいらっしゃらないそうですね」

ちらと老婆がこちらに眼を走らせたのを彼は感じた。

「それで、部屋の中でなにか動物を飼ってらっしゃるのですね？」

「動物？　……」とおうむ返しに言うと、老婆は一瞬声をのんだ。なんとなくその声が険しく感じられ、彼は思わずふり向いた。やはり険のある眼が、こちらを見つめている。なぜだろう？　と訝しく思いつつ、違和感を覚えた。また、沈黙がつづいた。

「動物ではないんですよ！」

間もなく老婆が強い語調で否定した。が、すぐに苦笑した。苦笑にはちがいないが、嫌なことを言われたときに見せるあの苦りきった表情がにじんでいる。

「動物とは、ひどい……」老婆はぽつりと呟いた。

「……？」

それではいったい、あの声はなんだというのだ。趙英植は知らずのうちに彼女を凝視していた。

「わたしの娘がいるんですよ。わたしは娘といっしょに暮らしているんです！」

「え？　娘さん……？」

彼は呆気《あっけ》にとられた。

「おばあさんはおひとりじゃなかったんですか？」

「市役所に行って調べてごらんなさい。娘もこの住所にちゃんと入ってますよ！」

ひとつひとつ、言葉にトゲがある。

「そ、そんな、調べるとか……」

趙英植はうろたえて手をふった。

「でも、誰も娘さんを見かけた者はいないんで……」

「娘は外に出られないんです」

「ご病気なんですか」

老婆は答えず、しばらく眼を伏せていた。

「病気……ええ、病気といえば病気、でしょう。しかし、ふつうの病気ではないんです……」

老婆の瞳が光を帯びた……と思うと、突如、露を結び、それが溢れて一滴、また一滴、と頬をつたった。予期せぬ事態に趙英植はますますうろたえた。

「ふつうの病気ではないって、いったい、どんな病気なんです」

趙英植は頭の中でいち早く想像をめぐらせた。ハンセン病か……それとも、なにか難病といわれるものなのか……。だが、ハンセン病なら施設があるし、難病であっても、設備の整った大学病院でちゃんと診てもらわなければ不治かどうかはわからない。おばあさんは案外、町医者をめぐっただけであっさり諦めているのではないのか。趙英植は、ソウルの大学病院に勤める郷里の先輩を念頭にうかべていた。

「私だって力になれるかもしれませんよ。事情を話してくださいませんか」

「力になるですって？……」

しばらく経って、老婆がふん、と鼻を鳴らした。趙英植は、とつぜん冷水を浴びせられたようで体をこわばらせた。不愉快であった。

「力になるどころか、あなたたちはわたしたちを蔑《さげす》み、見せ物にし、迫害し、追いたててきたじゃありませんか……」

なにを言っているのかさっぱりわからなかった。それに、一度心を開きかけた彼女が、どうして突然このように豹変するのか、も理解できない。

「なぜ、蔑み、迫害したりなんかするんです！」

彼も強い語調で言いかえした。なにを勘違いしているんだ！という反発があった。

「あなたも……おなじだということです。わたしの家のこと知ると……きっとそうなるんです。人間とはそういうものです」

老婆の眼に、異様な光が宿っていた。

不信感と憎悪をにじませた眼の色ではないか。誰に対して？……彼は一瞬、戸惑った。また対話が切れ、こんどはいちだんと長い沈黙がつづいた。こんなに重苦しい空気はかつて味わったことがない。思いつきをすぐ行動に移したような自分の行為が、今になってちょっぴり悔まれた。それにしても、このばあさんは、なんといびつで、へんてこなひとなんだ！

「失礼しました。……つい昔のことを思い出してしまって……」

突然、思いを改めたように老婆は表情をやわらげ、優しく語りかけた。感情の起伏がはげしいように思われた。

「あなたは、若いけれど誠実で優しそうなひとに見える。お話してもいいような気がします。でも……約束してくださいますか？……」

趙英植はわけもわからずに頷いた。なんでもいいから、とにかくこの重苦しい空気から脱け出したかった。

「絶対に、他人《ひと》には言わない。こんな惨《みじ》めな人間もいる、ということをあなたの胸にだけおさめておいてくださいよ。……よろしいですか、約束してくれますね？……ほんとはお話したくはない。恥をさらすようなものですから。でも、あなたはうすうす何かを感じていらっしゃる。だから隠しだてすると、かえって噂がへたに広がってしまうかもしれない……」

と言ったものの、老婆はためらって、なかなか切り出そうとしなかった。

趙英植は、娘のことを想った。老婆の齢からすると、娘は二十歳以上の成人でなければならない。ところがふっと、あの幼児の泣き声のような声が思い出されると、奇異な感にとらわれるのだった。どうしてもあの声と成人とは結びつかない。

「お話する前に、わたしの娘を見ていただきましょうか……」

老婆が静かに立ち上がった。この家では、話も行動も急転回していくようで、趙英植は戸惑いをおぼえた。

彼もゆっくりと立ち上がった。だが、老婆は立ったまま動きだす気配がない。じっとこちらを見つめている。その眼が悲しく澄んで、どことなく訴えているようにも見えた。

まもなく老婆はくるっと背を向け一、二歩あるき、障子を一杯に開けた。開けたがすぐには入らず、一度ふりかえり、それからひとり薄暗い部屋の中に入っていった。

雑然とした部屋だった。ごちゃごちゃ家財道具が入り乱れ、そのあいだに脱ぎすてられた衣類や、小間物・日用品がころがっている。油紙の温突床《オンドル》が少しも見えないくらいであった。壁に、これだけはこの部屋にそぐわない、まるで仕立て下ろしのような、艶やかな白絹のチョゴリ、チマが掛かっていた。おそらくよそゆきにとってあるのだろう。

老婆は、もう一度襖《ふすま》を引いて奥の座敷《アンバン》に進んだ。

「どうぞ」とそこで老婆は声をかけた。

なぜだかうす気味悪くなり少し逃げ腰になりかけたが、好奇心が、辛うじて足を踏みとどまらせた。

靴を脱いで上がった。根太《ねだ》がいたんでいるのか、縁の床がぎしぎしと不穏な音をたてた。なるほど大工がはいった形跡がある。壁には分厚い板が貼りつけられ、防音に心を配っていることがわかる。天井の方も、新建材の上にもう一枚、幅広のベニヤ板が頑丈に打ちつけられている。だがその分、部屋は殺風景で趣きがなく、なにか箱の中にいるような感じである。趙英植は、学生時代のハコバン下宿を思い出した。

奥の座敷はいちだんと暗かった。それもそのはず、北側の壁にあるはずの明りとりの窓が見えない。よく見ると、その窓もベニヤ板で塞がれている。なぜ窓にまで板を貼りつけるのか。

部屋の片隅に、色の剝げたみすぼらしい茶簞笥《ちやだんす》と、円い折りたたみの小さなお膳がぼやっと見えた。そのお膳の上に急須と湯呑み、茶碗などが散らかっている。

誰もいないではないか！　彼は口の中で叫んだ。ばあさんにかつがれているのか、と一瞬思ったほどだった。ますます気味が悪くなった。暗いので、無意識のうちに垂れ下がっている電灯の紐を引こうとした。と、

「止《や》めてっ！」と老婆が叫んだ。突然の大声に、彼は飛び上がらんばかりにおどろいた。気味が悪いというより、もう怖かった。暗がりの中で老婆の瞳が光って見える。それに、この部屋に入ったときから、奇妙な臭いが漂い、どこかでかさかさ音がしているのも輪をかけていた。

ガタピシ音をたてて老婆は押し入れを開けた。彼はあっと声をあげそうになった。

とっくり見ておくれよ、といわんばかりに、老婆は大きな両手を広げて彼を見据えた。相手の反応を見定めようとでもするかのように。

「ど、ど、どうしたんです！　どうしてです！」

趙英植は吃《ども》って叫んだ。疑惑が、胸に突き上げてきた。「監禁」、「犯罪」という言葉がひらめいた。

はっきり見きわめようと、素早く電灯紐を握って引いた。パッと明るくなった。だがそれは、一瞬だった。紐を握った彼の手を、老婆の手が素早く打ち払って、同時に紐がもう一度引かれたからである。老婆とは思えぬ力と素早さに、彼は内心、おどろかされた。

「駄目です、点《つ》けてはいけません！　さっき注意したでしょうが……」

凛《りん》とした言葉とは裏腹に、老婆の表情は意外にも穏やかであった。

「見てごらんなさいよ、灯《あか》りを点けたんで怒っているじゃありませんか！」

押し入れの中の〝生き物〟は、ウオウオーッと叫んでいた。足と両手を床につけ四つ肢の動物のようにぐるぐる動きまわるのは、まぎれもなく、人間であった。だが「人間」とよぶにはあまりにも哀しい。

彼の眼は、押し入れの中に釘づけにされた。悲惨、というより残酷。残酷というより、……これはいったい、何というべきだろう……。

中から漂い流れる臭気が鼻を突いた。それに、食器とか衣類とか、その他わけのわからぬものがごたごたと散らかって、目眩《めまい》をおぼえた。
もはや老婆の存在も忘れていた。ただ、胸のはげしい鼓動だけがある。眼が馴れてくるにつれ、すこしずつ識別できるようになった。

細い腕、細い脚。体も痩せこけて細い。袖のないシャツ、そして男物の半ズボンのようなものをはいている。が、そのどちらも、体が細いのでだぶだぶに見える。四つん這いになっているため定かでないが、身長は中学二、三年生ほどはあるのだろうか。だが、どう見ても幼女にしか見えない。ふり乱した断髪のあわいにのぞかれる白い、ほんのりと紅味を帯びたきれいな顔の肌が、意外であった。眼は大きく、母親に似て切れ長であった。その涼しげに澄んだ瞳がこちらをじっと凝視している。眼が合ったとき、趙英植は射すくめられたようにたじろいだ。体の中を微電流が走った。

凝視しながら、たえず狭い中をぐるぐる動きまわっている。それは、檻《おり》の中の動物をおもわせた。

学生時代、金持ちの友人の家に遊びに行った折、そこで見せられた奇妙な動物のことがふいに思い出された。アメリカ産の洗熊《あらいぐま》という夜行性動物だと聞かされたが、それが庭の片隅にしつらえられた狭い鉄檻の中で、かた時もじっとせず、顔を上げ下げしながらぐるぐる動きまわっていた。いったいこのけものは動作を止めるときがあるのだろうか、とあの時思ったが、この娘の動作がそれとまったくおなじであった。

「ア、アーン」娘が、子供の泣き声のような甲高い声をあげた。つづけて、

「バップ、バップチュオ！……オモニ、オモニ……ア、アーン」と叫ぶ。

「シッ、静かにしなさい、英順《ヨンスン》ア（アは呼びかけの助詞）。もうすぐご飯《はん》にするからね、このひと帰ったら……」

老婆はなだめると、ふり向いた。

「おわかりになりましたか。わたしはこの娘《こ》といっしょに住んでいるのですよ」

何がわかったというのだ！　趙英植は老婆を見つめかえした。なにか悪夢をみているのではないか。だが、娘を閉じ込めている（？）この老婆に、なぜか怒りが湧いてこないのが不思議であった。

「この娘《こ》は、光を怖がるんです。少しの明りでも。ですから外へは連れ出せません。家の中でも部屋には出てきません。暗い押し入れの中にだけいるんです。もちろん、食事も用便も押し入れの中です。暗い夜中だけ、そこから出して、いっしょに夜食をとったり、話をしたりするのです。もちろん灯りは点けられません」

「なぜ光が怖いんです。そんなバカなことがこの世にありうるんですか、人間が！」

老婆は応えなかった。それがあるんです、ここにあるではありませんか！　というふうに無言のままじっと彼を見つめていた。彼も老婆を長いこと見つめかえしていたが、知らずのうちに視線をそらした。

老婆はやがて、押し入れを閉め、部屋を出た。そして呆然と突っ立っている彼に、出てくるように、と眼で促した。釘づけされたように動かなくなった足をようやく引きずって、彼はそこを離れた。彼女は襖をきちっと閉め、それから縁側に出た。

老婆は崩折れるようにペタッと床に坐り込んだ。そして喘ぐように「そうです、ありえないことなんです」と言った。

縁に出てからも、趙英植は強烈な衝撃から醒《さ》めず突っ立ったままだった。

「まあ、お坐りくださいな」

老婆は手をのばし障子をきちんと閉めなおしながら、弱々しい声で勧めた。それから力なくうなだれたかと思うと、ひとり言のように呟いた。

「わたしは業《ごう》を背負った悪い女なのでしょうか……。神さまはなぜ、こんなにわたしたち一家にひどい仕打ちをなされるのでしょう……わたしは幼い時から敬虔《けいけん》なクリスチャンでしたのに……」

暮れなずむ庭先に眼を注ぎ、老婆は沈黙した。趙英植はそろりとそばに腰をおろした。どんな話が展開されるのか、彼はいく分好奇の思いを抱いて待ち構えた。

路地をはさんだ向かいの家に主人が帰ってきたらしく、庭先に迎え入れる妻子たちのはなやいだ声が聞こえてきた。飼い犬の吠え声とバタバタじゃれつく音も聞こえる。老婆は向かいの家に視線をうつろわせ深い溜息をつくと、それからまた庭先に眼をおとした。

「わたしは二十五の時、玄海灘を渡りました」

老婆はゆっくりと語りはじめた。

「夫に逢うためでした。その時娘は、六つでした。

夫は、徴用でその二年前に日本に連行され、長崎の兵器工場で働いていました。長崎に着いたのは、忘れもしません、八月八日です。工場では面会できないということで、夫が場所を指定し、翌日そこで落ちあってどこかへ行くことになりました。指定場所は市電の停車場でしたが、そこが長崎のどの辺になるのか、わかりません。市外れの、泊まった宿からはかなり離れていたことは憶えています。

わたしは娘の手を引いていきました。娘は、父親の顔を憶えているのかどうか、とにかく逢えるというので道中、ずっとはしゃいでおりました。わたしだってもちろん、体が宙に浮いたように、浮きたっていました。

少し早目に行ったので、わたしたち母娘は炎天下に――あの停車場には覆いがありませんでした――立ちつくし、約束の時刻になると、夫がもう来るか来るかと心が弾んでうわの空でした。……突然、ピカッと閃光《せんこう》がはしりました。そしてドーンと衝撃をうけました。わたしと娘は道端に叩きだされ……それっきり気を失ってしまったのです……」

「あ、あの原子爆弾のことですね？」

「娘はあれから、光に脅えるようになったのです」

「で、お体のほうはどうもなかったんですか」

彼は畳みかけるように訊《き》いた。

「あなたたちに、この苦しみはわからないでしょう。夫も娘もわたしも、そのために苦しんできました」

「生きておられたのですか、ご主人も」

「九死に一生、ということでしょうか。約束の場所にくる途中、被爆しましたが、周囲のひとはみな即死でしたので、夫は奇蹟だといわれました。でも、顔も体も焼けただれ、無残な姿でした」

「あの混乱の中でよく再会できましたね」

「いえ、半年あとになって、偶然遭えたんです。もうわたしは、てっきり死んだものと諦めていたのですけれど……」

老婆は口を噤《つぐ》んだ。静寂がたち込めていた。もうどこからもかすかな人声さえ聞こえてこない。いや、繁華街から響いてくる雑沓《ざっとう》や車輛の行きかう音がかすかに聞こえてはくる。だがそれらの音がかえって、この家の静けさをいっそう深めていた。

路地の方から仔猫の鳴き声が聞こえてきた。どこからも餌をもらえないらしく、一歩あゆんでは転びして数日前からこの近隣をうろついていた捨て猫であった。息絶えだえといった弱々しいその鳴き声が、趙英植の胸に妙に物悲しさをにじませていった。

「再会して三月後に、わたしたちは故国に戻りました。夫の郷里はソウル近くの農村ですが、村の人たちは、夫の顔を見るとびっくりしました。そして、あたかも毛虫でも見るように嫌な顔をみせ、避けるようになりました」

「そんなにひどい火傷《やけど》だったのですか」

「ええ……。あなたはケロイドというのがどんなものかおわかりでないでしょう。わたしだって、初めて見たときは、そのむごたらしさに思わず顔をそむけたほどです。それほど醜い姿になり果てていました……。しかも、この国の人たちには、原爆症というものがよくわからない。ましてや無知な農村の人たちにはいくら説明してやっても、無理でした。なにか癩患者《らいかんじゃ》か、それに似た変な病気でないのかと怖れ、家族のわたしが近づくのさえ嫌がるようになりました」

「無知な」という表現に、趙英植は一瞬、胸を突かれた。彼自身、農村出身である。彼にはもっともこたえる言葉であった。学生時代にも、故《ゆえ》なく優越感を抱くソウルの人々がそのような言葉を不用意に洩らすことがあった。そのたびに、彼は不快感と反感を覚えたものだが、夫も農村出身である彼女が、このような言葉を吐くとは意外であった。しかも不用意に洩らしたものでは決してない。よほど彼らに反感を抱いているからではないのか？

「夫は後障害のため、働くこともできませんでした。わたしたちは大学病院にも通い、ありとあらゆる漢方の薬を試してもみたのです。けれども、原爆による肉体の破壊には、どんな薬ででも無駄でした。実家はわりと裕福な自作農でしたが、そのために、田畑を一つひとつ手放していきました。義父母は、ひとり息子のためにほとんどの財産を失い、失意のうちに相次いで他界しました。夫も、それから後を追って一年目に力尽きました。でも長生きしたほうでしょう。あれから十五年近くは生きたのですから……。義父母は生前、嘆いておられました。ずい分とお金をかけてソウルの中学、専門学校にまで行かせたのに、よりによって徴用に引っぱられ、揚げ句は被爆して、半死人となって帰ってきたと……」

「専門学校まで行かれて、どうして徴用なんでしょう。学徒兵ではないのでしょうか？」

趙英植は口をはさんだ。

「植民地朝鮮での学徒召集は、もうちょっと後です。たとえ召集が始まっていたとしても夫は色盲で右脚が悪く、徴兵は免れたはずです。それが理由ではなく、実は……」

「実は？……」

「地下運動をやっていたようです……それで退校処分になり、しばらく家でぶらぶらしていたのです」

夫がそれだけの教育をうけておれば、連れ合いの彼女だってそれ相当の教育をうけているはずだ、と趙英植は考えた。彼女の言葉づかいだけで、それは十分にうかがい知れる。

「夫が亡くなって、わたしたち母娘は村を去りました。食べていくためには都会《まち》に出て働かねばなりません……。わたしは、娘を抱えソウル、大田《テジョン》、大邱《テグ》……へとながれ、この釜山に辿《たど》り着《つ》きました。けれども、どこに行っても安息の場はありませんでした。娘があんなですから、珍しいけものでも見るように勝手に家に入り込んでためつすがめつ眺めるのです。どうして娘はあんなに光を怖れるのでしょう。それに言葉を忘れたようにものを言えなくなりました。……」

真夏の日は長いが、暮れだすと早かった。あっという間に闇が四囲を埋めつくしていた。ここの長屋にはどこにも門灯がなかった。向かいの家の障子に映るかすかな灯りが格子戸の隙間を透してゆらいでみえるだけだった。こんなに暗くなっても、老婆は部屋の灯りを点けようとしなかった。そういえば、この家からかつてあかりが洩れていたことは一度もなかったように思われた。

老婆はふかい溜息をつき、また口を噤んだ。思いつめたような眼はずっと暗やみの庭に注がれたままだった。

「わたしだってずっと、後障害に悩まされてきました。体がけだるく、頭は鉛を詰め込まれたように重いのです。一日たりとも、すっきりしたことがありません。肝臓・心臓・腎臓……なにもかも悪くなっているので、無理もありません。それで、いつも気が晴れません。ですから、ひとは、こんなわたしのことを、なんて無愛想で、暗いんだろうと思うかもしれません。でも致仕方《いたしかた》ないことです。娘もおなじです。苦しいから、いつも不機嫌で、喘ぎあえぎ動きまわっているのでしょう。体が悪いからといって、わたしは寝ころんでいるわけにはいきませんでした。ふたりはたちどころに飢え死んでしまいます。心中を考えたことがいく度あったことでしょう。でも、わたしはカトリック教徒ですから自殺は最大の罪悪なのです。……そうはいっても、このままでは、わたしが死んだあと、娘はいったいどうなるのか。思うと居ても立ってもいられません」

趙英植は長い吐息をもらした。

日本に渡ったその翌日に、原爆に見舞われるとはなんと因果な運命であろう。老婆の身の上があまりにも哀れであった。娘はもっと哀れというべきだ。わずか六歳までの人生で、あとは生ける屍《しかばね》とおなじではないか。愉《たの》しかるべき青春もなにもない……。このような親娘を、いったい誰が、なぜ、蔑み、迫害したりするというのか——それが彼には理解できなかった。

だが——と彼は思いをめぐらせた。

心ない無知な人々はたしかに、好奇の眼を向けたであろう。故なく蔑み、恐れたりしたであろう。けれども、すべての人がそうであったとは思えない。彼女自身の中にも、人々を——誰しもがそうだと思い込み——避けようとする、偏狭さがあったからかもしれないのだ。今までの、とくに今日の、自分のカラの中に閉じこもった、狷介《けんかい》なまでの性癖が思い出されたからであった。もっとも、このようないびつさは、生まれつきでなく、長いあいだ冷たい仕打ちを受けてきたからかもしれないが……。

だが、ほどなくして、趙英植は老婆の立場がすこしわかるような気がした。というのは、ソウルのさびれた裏街でたった一度だけ見かけた中年男のことが思い出されたからである。今にして思えば、彼は被爆者ではなかったろうか。面《おもて》をあげず人目を避けるように足早に歩くその男は、首筋と顔のほぼ半分に、見るにたえない、赤黒い結節状のもりあがりがあった。気の毒で直視することがはばかられたが、通りがかりの大人たちの中には顔を顰《しか》めるだけでなく、不浄なものを見たときのようにペッと唾を吐きすてる者がいた。驚くべきことに、子供には囃《はや》したてる者もいた。

ふと、奇異な思いがよぎった。

たしか日本宅は二十五の時、被爆したと言っていた。とすれば、あれからちょうど二十年経った今は、四十五ではないだろうか？

趙英植は不躾《ぶしつけ》とは思いながらもちらちらと彼女を盗み見た。まだほんのわずかな明りの漂う闇の中に、日本宅の蒼白《あおじろ》い顔がぼうっと浮きあがって見える。

たしかに、薄い髪には白いものが目立ち、額には幾筋か深い皺も刻まれている。頬骨はやや浮き上がり、顔の肌にも張りがない。けれども明るいうちに見た彼女の、いまだに整ってみえる顔立ちは、やはり「老婆」とみるにはまだ早すぎるように思われた。とても四十五には見えないけれど、表情や声、枯木のような体にも、まだいくばくかの残り香があるではないか……。

「おばあさん」とよんだことが深く悔まれた。それにしても、これほど老けこんでみえるとは奇異なことであった。逆に娘は、成長が止まってほとんど幼女のままに見える——これまた奇異である。娘はもう二十六のはずであった。

話は途切れとぎれの呟きとなり、やがておのれの運命を呪う嘆きへと変わっていった。彼女は今や、語りかけているのではなく、自分ひとりだけの世界をさ迷っているように見えた。いつしか趙英植も自分ひとりの世界に閉じこもっていった。

さっきの情景が、脳裏を去来していた。その情景が思いうかばれるだけでなく、時に彼は、言葉をつむいで口の中で呟いた。

悪臭ただよう檻のような押し入れ。その暗やみの中で洗熊のように動きまわる娘……。

竹片のように痩せ細った手脚。大きく見開いた輝くような黒い瞳。断髪の、あどけない幼女のような表情。けものの鳴き声のような奇妙な声……。

この世にこんなことってありうるだろうか？……。これが「現実」とはとても信じることができなかった。

整った顔立ち。白く、きめ細かな肌であった。暗がりの中でもはっきり見分けられた。いや、ほんの一瞬のあの時、彼女のすべてが網膜に刻み込まれていた。細いが、腕、脚もきれいで、女らしいなまめきさえ感じられた。

今はきっと類《たぐい》まれな美女に成長していたであろうに。そして好きな男にめぐりあい、子供をもうけ、幸せな家庭を築いていたかもしれないのに。……それが、あの一瞬で、運命を狂わせられたのだ——まじろぎもせず闇に眼を注ぐ趙英植の脳裏に想念が次から次へと尽きなかった。

ドドドーン。

長鼓《チャンゴ》の音に、趙英植は我にかえった。

長鼓のあとに語りがつづく。向かいの長屋の二軒目の家から聞こえてくるようだった。(注一)沈清伝《シムチヨンでん》のパンソリ(注二)らしい。かたわらの日本宅の呟きがふっつり切れた。彼女も耳を傾けているのだろうか？

沈清が海に身投げするサワリの部分らしかった。煽情的なほど物悲しい旋律の語りであった。文句自体ははっきり聞きとれない。ただ、「清《チヨン》」とかそれと関わるわずかな言葉が聞きとれるだけである。

パンソリが、しばらくつづいたかと思うとなぜか突然止んだ。静寂がもどった。日本宅がチョゴリのコルム（長い結び帯）に手をかけた。それを眼のところにあてた。胸を締めつけるような、哀愁こもった語り口に、彼女自身の悲しみが増幅されたのだろうか。いつしか日本宅は体をかがめ、小さな嗚咽《おえつ》をもらしはじめた。細い肩が小刻みに揺れる。むせび声が、波紋を刻むようにしじまを揺るがせ、静かに拡散していった。

趙英植は腕を組み、顎《あご》を突き出し、中空を睨《にら》んでいた。空は星ひとつない漆黒の闇だった。ただ、向かいの屋根を越えずっと向こう、繁華街とおぼしい所の中空に、淡い明りがただよい、時たま細い帯のような光が交錯していた。彼は虚《うつ》ろな眼でその光を追いながら重い気持ちで考えた。

こういう時には、どうすればよいのか――。だがいったい、どういう言葉が、彼女を慰めうるというのだ……。

なすすべがなかった。といって、いつまでもそばに坐っているわけにもいかなかった。彼はそっと立ち上がった。

時が経ち深夜になっても、日本宅の嗚咽は止まなかった。その声はだんだん大きくなり、慟哭《どうこく》へと変わっていった。壁を透して高く低くもれてくる身世打令《シンセタリヨン》。それを耳にしていると、自分の体が、深く暗い奈落の底へと引きずり込まれていくようで、やりきれなかった。

えもいわれぬ悲哀《かなしみ》が、胸にじわじわと押し寄せてきた。かつて他人の不幸にこれほどこだわり、これほど悲しみを覚えたことはなかった。さながら彼女の悲しみが乗り移って自分の中でのたうちまわっているような気がした。不思議な、ある感覚が突如、彼を襲った。この感覚は、いつか味わったことがある——彼は思い出した。

それは、十五年前の、六・二五動乱の時のことであった。

ある日突然、米軍の爆撃機が村の近くの山に雨あられのような爆弾を落としていった。北の人民軍が山にたてこもっていると誤認した爆撃であろうか……。

畑仕事に出かけていた父と兄が直撃弾を受け、骨のかけらも拾えぬほど粉々に飛び散っていた。かけつけた母は、そこで三日三晩声をあげて泣き明かした。それからも時々、山に出かけ、あたかもそこに夫や息子がいるかのように、何かを語りかけつつ号泣した。七歳になったばかりの少年は、自身も涙しながらその母を呆然と見下ろしていた。

生まれて初めてみる光景であった。大地に片膝を立てて坐りこんだ母が、両手を高くかざしたかと思うと大地を叩く。その果てしない繰り返しの間じゅう、何かを語り、喚《わめ》き、呟く。それはちょうどうたを詠《うた》うようにも聞こえるのだった。その時少年は、奇妙な感覚をおぼえた。体も頭もからっぽになって、ふわりと宙に浮くような感じ。浮いた体が、それからはてのない、暗黒の深淵へと落ち込んでいく——あの、深い悲哀と奇妙な虚脱のないまぜになった感覚が、今ふいに身内によみがえってきたのだった。彼は長いあいだ、暗やみの中で輾転反側《てんてんはんそく》した。

翌日、社からの帰りに趙英植は日本宅の露店に寄ってみた。どんな店か、興味があった。食料品を扱っているが、珍しく、すぐ食べられる日常のおかずも売っていた。それを知ってから、彼はちょくちょく立ち寄るようになった。いつも退社時刻の遅い彼にとって、夜九時頃まで商う彼女の店は、貴重な、有難い存在であった。彼が家に帰る頃はたいてい、市場は終わっている。また、街の食料品店は開いていても、キムチや佃煮ぐらいのもので、その他は自分で調理しなければならぬものばかりである。それで今までは、薄給の身ながら致仕方なく外食で済ますことが多かった。

数種のキムチ、角漬《カクテキ》けに、ナムル、あえもの、時には焼き魚、膾《なます》なども、一人前ぐらいの量をそれぞれ透明な薄いポリ容器《パック》に入れてある。それらは見るだけで食欲をそそられたが、じっさい口にしてみるとどれもこれも美味しかった。おかずを買ってくれば、あとは飯を炊くだけである。それで彼は最近、朝晩は家で食事することが多くなった。

周辺には独身者《チヨンガー》用の安アパートがひしめき、農村から押し寄せた若い労働者たちがぎっしり詰まっていたが、彼らにとってもやはりこのパック売りは便利なのだろう、夕方から夜にかけては結構、訪れているようだった。露店といっても、屋台といった格好ではなく間口の広い朝鮮服地店《ポモッチヨム》の三和土《たたき》の片隅に半分乗り入れた歯車脚の大きな台である。店主の未亡人が女子師範時代の親友とかで、彼女の厚意で店の一角を使わせてもらっているらしかった。そしてパック入りおかずも、その友人のはからいで近くの仕出屋から毎日、特別に回してもらっているようだった。

この店に数回通ううち、日本宅の表情が少しずつ柔らぎ、時には笑顔を見せることさえあった。だがその笑顔は、顧客に対する彼女なりの精一杯の愛想で、どことなくぎこちない、作り笑いのようにもみえて、哀しかった。

そんなある日、買い物を済ませた趙英植は店先で少しばかり立ち話をした。

「あなたの郷里はどこですか?」

彼女の方から口をきいたのは、初めてであった。

「江原道《カンウォンド》の〇〇里です。といってもおわかりでないでしょう。原州からバスで一時間も揺られ、〇〇里で降りてからまた、一時間余も歩かねばならぬ奥深い山の中の村なんです」

「でも、どんなに草深い山の中にあっても、あなたには迎え入れてくれる故郷《ふるさと》がある。田舎に帰れば、一家団欒《だんらん》の愉しみがありますよね……」

「いいえ、一家団欒なんて、とうに忘れました。……父も兄も、そして村の親類たちもみな殺されてしまったんです。たったひとり残った母だって……」日本宅は淋しげに言った。

趙英植は母のことを言いかけて突然、胸がつまり、言葉を途切らせた。郷里の山奥でひとり畑を打って侘しく暮らす気の毒な母が思い出されたからである。あの時以来、母はまるで抜けがらのように人が変わってしまったのだった。米軍の爆撃で死んだ父や兄のこと、そして左右の争いの中で次々と葬られていった身寄りたちのことも、彼はぽつりぽつりと手短に語った。日本宅の表情が途中、激しく揺れ、眼は深い陰影をともなって彼を凝視した。彼女の家を訪ねたとき一瞬見せた、あの憎悪とも思える鋭い眼差しに、彼はぎくりとした。やがて彼女は、ぽつりと「そうでしたか……」と呟くように言うと、何度もうなずいてみせた。それから今度は、虚脱したような弛《ゆる》んだ表情で、遠くを見つめるときのような、輝きを失った眼差しを向けた。

「あなたも、気の毒な人なんですね……」

彼女が心の扉を少しずつ開いてくれたのは、この日がきっかけであった。

「もしよければ、明日、夕食でもご一緒しませんか？……」

店を離れ数歩あるきかけた彼の背中に、遠慮がちな日本宅の声がとんできた。彼は足をとめ、ふり向いた。

「あんな娘がいるし、むさ苦しい家で……とてもおよびできる柄ではないんですけど……」

趙英植は自分の耳を疑った。頑《かたく》なに他人《ひと》を拒んできた彼女が、突然、夕食に誘うとは……とても信じられなかった。

「よろしいんですか、喜んでよばれますよ」

「そうですか……でもあなた、暗い部屋なんですよ。そんな所でお食事できますか？」

誘いはしたものの彼女は気になるようだった。

「わたしは馴れてます。わたしの田舎では、夏はいつも暗やみでの食事でした」

「明日は何時ごろお帰りですか？」

社の都合で時刻は決められないが、明日だけはどんなことがあっても七時までには帰ろう、と趙英植は心に決めた。彼は、彼女に是非承諾をえておかなければならぬことがあった。その機会を、彼はずっと窺《うかが》っていたのだった。

「無理に早く帰られることはありません。わたしはいつでもいいんですから……」

それにしても、どうした風の吹きまわしなんだろう……？　趙英植の胸にふっと疑問が湧いた。

趙英植は、表の格子戸の隙間にはさまれた紙片に気づいて、手にとった。

「준비 되었읍니다。기다리고 있어요。이웃 할머니부터。(用意はできました。お待ちしています。隣のばあさんより)」

流麗な、達筆のハングル文字であった。「隣のばあさん」と読んだとき、彼は思わず微苦笑を洩らした。わざわざ傍点をうってある。決してアイロニーではない、むしろ、どこかユーモアっ気を感じて、あの人が？　と目を見はる思いがあった。

家に着いたのは、ちょうど七時であった。紙片をポケットに収めると、彼はそのまま隣の家に直行した。表の戸は開いていた。縁側にあの丸い膳が立ててある。

声をかけ庭に入ると、障子が開いて日本宅が姿を現した。趙英植は彼女を一目見た瞬間、あ、と口の中で声をあげた。別人のように変貌した彼女におどろいたのだった。着るものによってこの人はこうも変わるのだろうか？　例の、よそゆきの白絹の衣裳《チマチョゴリ》がすらり伸びた肢体《したい》によく似合い、周囲がパッと明るくなったように映えた。いや、じつは、整った、上品な顔にうっすらと脂粉をほどこし見違えるほど美しくなっていたからかもしれない。趙英植は挨拶の言葉も忘れ、しばし茫然《ぼうぜん》と見つめていた。もともとはこんな美人だったのに……。ただ日々の慌《あわただ》しい生活と苦しみから身だしなみを忘れていたにすぎない――。

「お客さまとして迎えるんですから、今夜はきちんと正装いたしました」

日本宅は少しばかり恥じらいをみせながら言い訳みたいなことを丁寧な言葉で述べた。庭には水を打って暑さをやわらげ、濡れ縁は雑巾がけしたのかきれいに磨かれていた。そして部屋の中もこざっぱりと片づけられている。

「むし暑いからこの縁側でどうでしょう……」

日本宅は早速、奥の台所から料理を運びはじめた。次々と膳に載せられるおかずを見て、彼は彼女の細やかな心遣いを感じた。ほうれん草やもやしのおひたしに、外では滅多に食べられぬ、雑菜《ジャプチェ》（はるさめのあえもの）やいか膾《フェ》、ジョン（魚や肉などを卵とメリケン粉でまぶし鉄板で焼いたもの）など、手間ひまのかかる料理に、彼のいちばんの好物のいしもち《ジョギ》のお汁までがそえられた。

これだけの料理をつくるのにどれだけの時間をかけたことだろう。けれども、どうしてこうも打って変わって歓待してくれるのか……？

膳が小さいのでもう隙間もないほどぎっしり詰まった。

「こんなに載せられると、お膳の脚が折れるんではないでしょうか？」

趙英植は茶目っ気をみせて言った。

「え？」日本宅は初めきょとんとしたが、それがジョークだとわかって顔をほころばせた。

「なにしろ小さい膳ですからねぇ……」

「では、遠慮なく頂きます」

趙英植は頭をかるく下げ匙《さじ》をとったが、彼女の前にはご飯とお汁がないことに気がついた。

「わたしは、お腹は空いていません。娘も、早めに済ませました。ごゆっくり召しあがって下さい」

「でも……」自分だけ食事をとるのは何だか気恥ずかしかった。

「わたしには……これがあるんですよ」

日本宅は恥じらいの色をうかべた。膳の下に置かれたアルミのやかんを手にとると、彼女は透明な液体をコップに注いだ。

「どうですか、あなたも」

「いえ、わたしは酒は苦手です」

「酒はいいものですよ……」

日本宅はひとり言のように呟いた。

趙英植は、いつものくせでお汁から先に手をつけた。にんにくと唐辛子《コチジャン》みその混ざった香ばしく、ひりひりと刺すような辛い汁が、喉《のど》を通りはらわたにゆきわたると、一挙に生き返ったような歓《よろこ》びを感じた。冬もそうだが、とくに夏はよい。夏バテの体に活力を与えるには、朝鮮人はこれに限る。何ヶ月ぶりだろう、これを飲めるのは――彼は数えてみた。数ヶ月ぶりであった。

大きなどんぶりばちになみなみと満たされた熱い汁を、彼はたてつづけにすすった。体全体に汗がふき出してきた。ハンカチを取り出し額の汗をぬぐった。とその時、日本宅が自分に向けて団扇《うちわ》をふっているのに気がついた。久しぶりのジョギ汁に夢中になって、気づくのが遅れた。彼は恐縮した。

「おばさん《アジュモニ》、構わないで下さい……」

「あなたをみていると、なんだか自分の子のような気がして……娘もあれがなかったら、あなたとおなじように元気一杯、潑剌《はつらつ》と外を飛びまわれるのに……」

最後の方はしんみりと、ききとれないほど小さな声になった。

趙英植にしても、なぜだか彼女が母親《オモニ》のように思えてならなかった。それも若い母。暑い夏、帰郷した時、母は団扇をとって食事中の息子に風を送ってくれた。暑さに眠れぬ夜も、暗やみの部屋でそばに坐りこんだ母は長いあいだ、団扇をふってくれた。いつもは気がふれたような母が――その母を、彼は懐かしく思い出した。

気づかぬ間に深い闇が辺りを覆っていた。おかずをせせりながら、彼は幼いときのことを思い起こしていた。暗がりの中での食事は馴れていた。

夏の夜、田舎では庭に莚《むしろ》を敷き、その上で家族が膳を囲んだ。大人たちの野良仕事からの帰りが遅いため、どの農家でも夕食は夜暗くなってからだった。蚊が多いため、莚の近くにしめった藁《わら》を積みあげ、火をつけた。その蚊やりの煙が目にしみて涙を流しながらの食事であった。蚊やり火の明りがわずかにあるとはいえ、どこにどんなおかずがあるのか探しあぐねたものだった。父と兄が死んでからもおなじであった。たとえ蚊に刺され、暑くても、灯檠《とうけい》のある部屋の中で食事をしたかった。電気が村にひかれたのは、〇〇里の高校に入った頃だった。

趙英植が食事を終えてからも、日本宅の酒はつづいていた。かすかな月明りの中で、ほんのりと赤らんだ顔が浮きあがってみえる。いつものように辺りはひっそりと静かだった。

ふたりはずっと無言だった。板塀の方から地虫の鳴き声が聞こえた。趙英植は顔を向けた。無窮花《ムクンファ》の花が、暗やみの中で白く鮮やかに、浮きあがってみえる。その辺りから聞こえてくるようだった。

「おばさん《アジュモニ》、かなりいけるんですね」

趙英植はやや気詰まりな状況から何かを喋らなければと思い、こう声をかけた。「酒とはいいものですよ」と言った彼女の言葉を思いうかべながら。

「はしたない女、とあなたは軽蔑なさるでしょ」

皮肉にきこえたのかもしれない、と彼は悔んだ。

「女だてらにお酒なんて。……でも、わたしはこのお酒のおかげで生きているようなものです。黒い死と対峙しているわたしに、生きる力を与え、命をながらえさせてくれるこの酒……」

日本宅のろれつが少し怪しかった。

「わたしは軽蔑などしませんよ。アジュモニの気持ち、よくわかります」

「そんな、慰めの言葉なんて、いいですよ。わたしは駄目な人間です」

「そんなことありません。母はもっとひどいんです。母は煙草も喫《の》みます。でも、わたしは今まで母を軽蔑したことは一度もありません」

これは事実であった。父と兄が爆死してから、母はそれまで一滴も飲めなかった酒を手にするようになった。誰が吹きこんだ入れ知恵なのか、それとも自然の成行きだったのか、酒をやれば心の苦しみを癒《いや》すことができると思ったのだろう。煙草もはじめた。初めはわずかの濁酒《タクジュ》で気をまぎらわせていたのが、呑むうちに手が上がり数ヶ月のちには焼酒《ソジュ》(焼酎)をコップで数杯以上も呷《あお》る呑んだくれに転落した。呑みはじめると、口から憎悪の炎が噴き、呪詛《じゅそ》がしたたり落ちた。いや、しらふのときでも、気がふれたようにひとり呟くのは、おなじく米軍に対する憎しみと呪いの連なりであった。

「米国の奴ら《ミクツノムセキ》」——これが枕 詞《まくらことば》で、それからありとあらゆる、きくにたえぬ罵詈《ばり》ざんぼうが際限なくつづく。

恨《ハン》の種は、彼女の中に毒の根を張り、とげの枝をひろげ、全身を蝕《むしば》んでいった。邑《むら》の警察から巡警《スンキヨン》たちがかけつけた。反米思想の持ち主だといって一夜拘留し、頰桁《ほおげた》を張り、蹴りあげたりした。だが死ぬほどどいためつけられても、彼女の口から洩れてくるのは、

「憎米」の呪いだけだった。彼らは、こいつは気違いだ、といって翌朝釈放した。母はど
こかで酔いつぶれ、帰りに夜の畦道《あぜみち》で大の字になって寝込んだことがいく度もあった。めれば地獄、酔いつぶれている時だけが平和であった。趙英植はこのような母を、つぶさ
に語った。
「米国の奴ら《ミクツノムセキ》！」突如、地の底から湧いたような声が、耳をうった。低いが、険しい、肚《はら》
の底からしぼり出された声だった。
趙英植はハッと息をつめ、彼女を凝視した。今、母の声がしたのかと錯覚をおぼえたほ
どだった。日本宅の声は言葉も、イントネーションさえ、まったく母とおなじであった。
「アメリカは世界で初めて原爆《ウォンポク》という、悪魔の道具を使いました」
日本宅は問わず語りに喋りはじめた。
「人間は凶器を持てば、使いたがるものでしょうか。昔、日本のサムライはよく試し斬り
というものをやったそうです。息たえだえの、いまわのきわの日本に、なにも原爆なんて
落とすことはなかったはずです。広島で、長崎で、どれだけの人が死に、不具となり、今
なお苦しんでいることでしょう。この韓国では、暴虐の日帝《イルジェ》には当然受けてしかるべき懲
罰であった、と是認の声が大多数を占めています。たしかに日帝はわが国を侵略し、言葉
では言い尽くせぬ被害を与えました。けれども、それとこれとは次元が違います。日本で
死んだのは日帝ではなく、われわれと同じ善良な市民——子供や老人や女など、無辜《むこ》の民
でした。アメリカは自分の国では民主主義をやり、平和と自由を謳歌《おうか》しています。なのに

この国では、ファッショを強《し》い、平和と自由を奪い、殺戮《さつりく》を行っています。三十八度線上には戸をたてて人の往き来を止め、民主主義のため、といいながら民主主義を抑えています……あなたはどう思われますか？」

言葉は穏やかだが、それだけに内にこもった怒りがたぎっているように思われた。

趙英植は、母や彼女の怒りを理解できた。いや、自分の中にもおなじ怒りがあった。彼にも父と兄を奪われたわだかまり、怒りがあった。だが長い歳月を経るにつれ、少しずつその怒りが薄れていったのも事実であった。

アメリカは民主主義の国、自由と平和の国——と米国讃美の教育を、十六年間もうけてくる中で、また、豊かで広大な国、その中で生き生きと自由に生きる人々を映画やテレビでじっさいに観てくる中で、憎しみの胸の片隅に、アメリカに憧れ、そこに留学してみたいという秘かな希《のぞ》みさえ芽生えていた。そこに両者のわずかな径庭があった。

「昨日、あなたは『誤爆』だと仰《おっしゃ》いましたね。本当にそう思われますか？……それは誤爆ではなく、じつは彼らの遊びなんですよ。優秀な技術と厳しい訓練をうけた彼らがそんな単純なミスを犯すはずがありません。あなたの母は、本能的にそれを嗅ぎ分けているのです。彼らは、今までもどれだけ多く、野良仕事中の農民を、キジや猪に見たてて撃ち殺してきたことでしょう。彼らの狩猟ゲームにすぎません……」

今や酔いがまわって、彼女の話はあっち飛びこっち飛びしはじめた。舌の動きも重く、聞きとりにくくなった。

「朝鮮で火遊びをしてやけどしたかと思うと今また、ベトナムで同じことを繰り返そうとしています。彼らは、戦況が芳しくないといつも、核兵器の使用をほのめかしてきました。……彼らは、わたし達に赤い衣はまとうな、とお節介を焼きます。赤い衣をまとおうが白い衣を着ようが、この国の人達が決めることです。衣の色がどうであれ、親兄弟が一堂に会し、幸せに暮らせれば、それはそれでいいんではないでしょうか。西瓜は中味が赤かろうが、はたまた白かろうが、美味しければいいわけです。わたしの故郷、平壌《ピョンヤン》には両親と兄弟がいるのに、わたしは解放後《ヘバンフ》、一度も会うことができませんでした……」

暗がりの中の彼女の眼が、異様な光を帯びているのに気がついた。昨夜、立ち話のあいだに一瞬見せた、あの恐い眼であった。日本宅はコップをとりあげると、わずかに残った飲みさしを一気に呷った。

「原爆《ウォンポク》は恐ろしいものです。瞬時に何十万人の命を奪います。生き残ったとしても、その人達は死ぬその日まで、苦しみながら呪いつづけるのです」

その時、奥の部屋の襖が開かれ、なにかいざり寄る音がした。日本宅が障子を開け、声をかけた。

「英順《ヨンスン》ア、こっちいらっしゃい《ヨキワヨ》」

趙英植はおどろいて中腰になった。あの娘が光の方（月明り）へ向かってきている。わずかな光をも怖れるという娘が、押し入れからすすんで出てくるとは、信じがたかった。

日本宅が娘を抱きしめ縁に坐らせたかと思うと、やにわに、その上衣を剝ぎとった。

ああ……趙英植は思わず声をあげた。そしてすぐ眼をそらした。声をあげたのは、雪のように白い、若い女の肌を見てしまったとまどいなのか。それとも、その美しい肌の背中に赤黒い無残なケロイドの隆起を見た驚きなのか――。

「眼をそむけないで下さい。あなた、しっかり見て下さい！」

日本宅《ヨボセヨ》の鋭い声が飛んできた。

「でも……」趙英植は頭を抱え呻くように言った。

「よく見るんです！　原爆《ウォンポク》というものが、どんなものか！」

日本宅の声は怒りに震えていた。

ああ、なんてきれいな肌だろう、なんて残酷なケロイドなんだ――二つの思いが瞬時に交錯した。

日本宅は娘をくるっとまわして前向きにした。二つの隆起のすぐ下から腹部にかけてまだらなケロイドがあった。彼は眩《まぶ》しいものを見るように眼をしばたたいた。

小さいが、こんもりと形よく盛りあがった二つの乳房が、青白いわずかな月明りを弾いて輝いていた。彼は、この世ならず美しいものを見たような気がした。誰の眼にもふれず、ずっと隠されつづけてきた宝――その宝を、その母は惜しげもなく他人《ひと》の眼にさらしている。この世にこれほど神秘的で、気高いものがあるだろうか？　母親《オモニ》の乳房しか見たことのない趙英植には、それがなにか神々しいもののように思えてならなかった。この美しき宝を、悪魔のケロイドが、今にも襲いかかって蝕んでいくように思えた。ああ、神様はなんてむごいことを！……。

「アンニョンヒ……」娘が声をあげた。

アンニョンハセヨ、なのだろうか？　あれだけ首をふり体を動かしていた娘が、今は動作をとめ、じーっと見つめている。趙英植も、息が詰まりそうな緊張と興奮の中で、勇気をふるって娘の顔を、見つめつづけた。体が、瘧《おこり》にかかったように小刻みに震えた。黒瞳《くろめ》の張った、雪のように白い美しい顔が、気のせいかほほ笑んでいるように思えた。うす紅をひいたように鮮やかな、ピンクの唇が、何かを語りかけたそうにかすかに動いていた。

趙英植の胸に、突如、怒りとも悲しみともつかぬかたまりが突きあげてきた。眼がうるんだ。と思う瞬間、涙が溢れ、とめどもなく頰をつたった。

昼下がりのだだっ広い編集室は、眠気をもよおすほど静かだった。記者たちは皆、出払って誰もいない。三階の営業部員たちがたまに、室内を横切って一階に降りていくだけだった。片隅の社会部の自席に坐りこんだ趙英植は、机に肘《ひじ》をついたまま社会部長を待った。一時間も経つのに音沙汰がなかった。その間ずっと、彼の頭から暗やみの中の英順《ヨンスン》の顔が、いっときも離れることがなかった。いや、今だけのことではない。朝眼が覚めたときから、いや、あの日、一週間前、夕食によばれて帰ってから――ずっと脳裏にこびりついたままだった。鮮やかな一葉のカラー写真のように頭に焼きついて、彼は悩まされた。その顔は、映画でよく使われるアップのように網膜の画面いっぱいに広がったかと思うと、遠ざかって元どおりの顔にすぼまっていく。時には、のたりのたりと波うつ静かな波の上の映像のように、ゆったり揺れながら白い歯をみせ語りかけるようだった。

あの、汚《けが》れを知らぬ清純無垢な顔が、かつて幼いとき一度だけ見かけた、一輪の夕顔を思い出させた。

父と兄の野辺送りがすんで家に帰ったその夜、裏塀の片隅に隠れ思いっきり泣いた少年は、その土塀をつたってのびたつるの葉のあわいに、真っ白な花を見つけた。他の花は深まる闇とともにしぼんでいったのに、ふしぎにもこの一輪だけは、生き残りのように白絹のような艶やかな肌をみせ、輝いていた。三日月のかすかな月明りの闇の中で、この夕顔を、少年はどれだけ気高く、そして美しく感じたことだろう……。

なにか気だるいようで、そして切ない、やるせなさが重い体を、ずっと包んでいた。それでいて甘酸っぱいふしぎな感情が熱い血潮に乗って体内をかけめぐる。趙英植は何度もふーっと溜息をもらした。

あの夜、日本宅が夕食によんでくれたことが不思議でならなかった。

同病相憐《あいあわ》れむかたちの、同情からであろうか？　かたちは違うが、こちらも米軍の犠牲者であった。憐れな母、そしてその息子――。

それとも、彼女の家の秘密を知った者への口封じのためなのだろうか？　そんなことはない。考えられることは、彼女にも耐えられぬ孤独があるということだった。娘を守るため頑なに世間を拒否しても、孤立して生きることはできない。孤独であればこそ、人の肌ざわりを欲し、話し相手を求めるのかもしれなかった。

初めて訪れた翌日、趙英植は部長に、このショッキングな現実を話していた。そして韓国にいる被爆者たちの実態調査と原爆症に対する世間の理解を広めるためのキャンペーンを提言したものだった。当然、付随してくるのは、原爆の恐ろしさを科学的に暴かなければならない。この運動は、科学者たちの発言を交えながらかなりの日数をかけて連載ものでやりたかった。部長もよい企画だといって初めは賛成した。だが日が経つにつれ、彼は曖昧《あいまい》な態度をとりはじめた。ただ、英順のあの不思議な症状だけは、大きく報道してもよい。だが、そのためには、仮名ではなく、住所もそのまま、という条件つきだった。なぜ、そんな条件が要《い》るのか、この企画をつぶすためではないのか!?

日本宅がそれを受け容れるはずがなかった。できうる限り隠そうとしてきた彼女が、自分から名乗り出るはずがなかった。

それでも、夕食によばれた夜、彼は断わられることを承知で、帰りしなに言うだけ言ってみた。

「この韓国の人々が広く原爆症に理解をもち、被爆者たちを温かく迎え入れてくれる日がくれば、わたしの娘を紹介してもよいでしょう」

声を荒らげ怒鳴りつけるだろうと覚悟していたのに、意外と彼女は、穏やかな声でこたえたものだった。

今日、ソウル本社から数人のえらいさんが来ていた。部長はもう一度、趙英植の企画をたのんでみると言って会議室に消えていった。これで三度目の申し入れだと言っていた。今、その討議で会議が長引いているようだった。

なぜ、このような重大な現実問題を採り入れようとしないのか！　何を躊躇《ちゅうちょ》する必要があるのか！　なぜ、なぜだ！……なぜなんだ！……趙英植ははげしく机を叩き苛立《いらだ》たしく呟きつづけた。

注一　沈清伝――盲目の父の眼を治すため、お寺への供米提供を提案してきた海外貿易商人たちの申し入れを受け、身を犠牲にする孝女「沈清」の物語。清は約束通り、生贄として黄海の荒波に自ら身を投げ、船を呑みこんできた難所の海は鎮まる。清が、それとは知らぬ父と別れる場面、そして高い貿易船上から荒れ狂う海に躍り出るくだりは、物語の中でも圧巻である。十八世紀初期の作品で、「春香伝」「興夫伝」と共に朝鮮の三大古典の一つ。小説としてだけでなく、唱劇、演劇、人形劇、映画などに脚色されて上演されてきた。

注二　パンソリ――特異な発声法で語られる朝鮮の代表的な伝統芸能。日本の説経節や浪曲などのように、一人で数役を唱い、語り、演じながら、長鼓に合わせて一つの物語を口演する。十八世紀後半に形をととのえたといわれる。パンはことがおこる場を、ソリは音、声、歌などの語義をもつ。

鳥

青来有一

私の戸籍の父母の氏名欄は真っ白である。父の欄にも、母の欄にもその名は記載されてはいない。私の過去は原子雲《げんしうん》の下に消えてしまった。

被爆直後に私は原子野《げんしや》で拾われた。私を拾った女性は私の養母となったが、当時のことをほとんど覚えてはいなかった。無我夢中で逃げる途中で瓦礫《がれき》の中で泣いていた私を抱き上げ、荒縄で背中にくくりつけて穴弘法《あなこうぼう》から金比羅山を尾根づたいに夜通し歩いて逃げたという。

私はほんとうの名前も生年月日も知らない。私がだれでありどこからきたのか、六十年以上の時が流れて私にはもう調べるすべもない。わかっているのは私は昭和二十年八月九日十一時二分の白い光の中から現れたことだけである。

私の戸籍上の誕生日はその日になっている。

厚いボール紙を力まかせに破るような「がさっがさっ」という音がひびいて、私は天井をあおぎました。手には万年筆をにぎり、手元にはまだインクが乾いていない書きかけの原稿がひろげてあります。かたわらで急須から湯飲みにそろそろとお茶を注いでいた妻の手も止まり私たちはたがいに顔を見合わせました。

「なんやろうか?」

レコードからのなつかしい歌謡曲にやわらいでいた妻の表情もきびしくなり、みるみる青い翳《かげ》がさしていきます。

「二階の方でしたよね?」

古いプレーヤーの上で回る黒いドーナツ盤から、「ああ くれない くれない 灯りさみしいくれないホテル」とサビの部分の西田佐知子の濡れた声が響いていて、ほかにはなにも聞こえません。

「レコードをとめてみんね」

妻は少しためらいながらも注意深くプレーヤーの針をはずしました。「アカシヤの雨が止む時」も、この「くれないホテル」も妻が好きな曲で、時々、妻は年代もののレコードをとりだして眠る前にしばらく聴くことがあります。

音質も悪く、ぷつん、ぷつんと針がとぶところもあるのですが、妻はなつかしそうに耳をかたむけ、気分がよければふんふんとハミングさえして、音量もかなりしぼってはいるので、さして書きものの邪魔になるわけでもなく、私もいっしょに耳を傾けながらペンを走らせます。

レコードの音が消えてしまうと、急に静けさがひろがっていき、夜が重くなっていくような気がしてきて、夜の底で、四十年も昔の歌謡曲の、たとえば、「アカシヤの雨にうたれて このまま死んでしまいたい」などといった歌詞を老いた夫婦ふたりきりで聴いているとなんとも侘《わび》しくもなりますが、メロディに包まれてなにかからここだけが守られているようなひっそりとしたぬくもりもあるのです。

「なんでもなか、風の音やろう」

私はこたつの上の籠にもったみかんに手を伸ばして皮をむきながらも、なんとはなしに家の気配を探っていました。

「風じゃなかでしょ。ほかに音はなんもせんやかね」

風頭《かざがしら》とよばれる地名は入り江の海に突き出すように面した高台で、おそらくは海からの風をまっすぐ受けるところからきたのでしょう。今では入り江の大部分は埋めたてられてしまい、浜の町などのにぎやかな市の中心部になってしまいましたが、海の方からの風が少しつよいときなどは、どしん、どしんと家がゆれるほどで地名の由来は失われてはいないのです。

わずかな風でもざわめく庭木や、びゅんびゅんと鳴る電線の音でわかるのですが、今夜はまったくそんな気配はなく、レコードを止めると、ストーブにかけた薬缶《やかん》の蒸気の音がきわだってくるばかりで、あたりは夜の静寂に包まれています。

「なんでもなか……」

私はみかんの袋を口にほおばり、実を吸いだしました。そろそろ旬は終わり、少ししわっとなった蜜柑《みかん》は熟しきってほどよくあまく喉《のど》のかわきをいやしてくれます。妻はまだ二階の方が気になるらしく、「子ども部屋の方かしらね」と言いました。

「屋根裏かもしれん。猫がまたまぎれこんだとじゃなかか?」

「もう、屋根裏にははいれんようにしっかりふさいでもろうたでしょうが」

「もう、何年も前のこと。また、どこかに穴がほげたかもしれん」

「今のは屋根裏ではなかですよ」

「だれもおりはせんよ。こげんなんもなか家にだれがしのびこむもんか。家が軋《きし》んだだけやろう」

まもなく築五十年をむかえる木造の二階建ての家はみしっと木材がたわむ音がすることはたびたびあるのです。

「わからんよ。だれか隠れておるかもしれんやかね」

数日前、近所の家が空き巣の被害にあうということがあったので、私には妻の不安の根っ子がどこにあるのかわかっていました。白昼堂々と玄関のガラスを割り、手を入れて鍵をあけておりますもんね……、手口が荒っぽか、空き巣というよりおしこみ強盗のやり口で、家におらんでよかったですねえ……、若い警察官の素朴な感想を、この数日なんどとなく不安な表情で妻はくりかえし話していたので、なんとはなしに「まずいなあ」とは感じていたのです。

「お父さん、二階ば見てきてくれんね？」

ほんとうは部屋の外は寒いのでおっくうでしたが、私は書きかけの原稿用紙にペーパーウエイトの代わりにみかんをのせて、「だいじょうぶ」とつぶやきながら立ち上がり、ジャンパーをはおりました。ふすまをあけて玄関につづく廊下に出ると床板は靴下をはいた足にも冷たく、空気もずんと背骨にしみるほどでした。

ざらついた壁をさぐり、二階の階段のスイッチをいれると、妻も私の後からぴったり寄りそってついてきて、こんな距離のとり方にも妻がどこか幼くなってきているように感じます。オレンジ色の電灯に照らされた白壁の上方に向かって、妻がなにを思ったのか急に、「だれかおるとねー？」とよびかけ、私は妻の声に驚いてぎゅっとからだを硬くしました。

「どろぼうが返事をするもんか」

なんと無邪気なふるまいであることか。

同い年の妻は若い頃は、なーんも悩みのなかごたると初対面の人には必ず言われるぐらいに良く笑う天真爛漫な性格でしたが、私の養母を看取《みと》った四十代のなかばあたりから妙に疑り深く、意固地になってきました。更年期障害といえばそれまでだったのでしょうが、養母に続いて養父が倒れて、三年間も看病をして、その養父を看取り、私の姉夫婦とのいさかいがあったりで、すっかり若い頃のすなおに人を信じる無邪気さを失い、別の人間に変わってきたと感じることさえもあります。

頬がこけていき、鶏のように口が尖《とが》ってきて、眼ばかりが爛々と輝くようで、私はいったいだれと所帯をもったのか、ふっと妙なことを考え、この家に嫁いだばかりの心労の数々を思い、ほんとうにすまないことをしたという後悔の思いに襲われたりもしています。

長女と長男が家を出て二人きりになってからは実は私はずいぶんと妻の疑り深さと不安をしずめるのに手こずりました。この三年ほどはすっかり落ち着いてきましたが、不安と猜疑心《さいぎしん》はぴっしりと妻の胸に棲みついているようです。

階段を昇り始めると、みしりみしりと踏み板が軋んで、家が身をよじり骨格が歪《ゆが》んでいるような変な気がしてきます。階段の下り口の引き戸をそっと開けて、長女の部屋だった洋室を窺《うかが》いましたが、もちろん人の気配はありません。今ではもう納戸代わりに妻が使っており、積み上げたダンボール箱の中は捨てきれないまま溜めこんでしまった子どもたちの衣類でいっぱいで、妻はたびたび取り出してハンガーに数日かけては、樟脳《しょうのう》の匂いをさせて、日がな一日、陰干しをしていることもあります。

私は電灯から垂れた紐をひっぱり灯をともしましたが、やはりだれもいるはずもなく、猫かなにかがダンボールをいたずらしたような痕跡もありません。いったん廊下に出て、突き当りの長男が使っていたもうひとつの洋室に改造した部屋の戸を開けましたが、やはりそこにもなんの変わった気配もありません。

「どうね？」

電灯をともした時、追ってきた妻も青ざめた顔でのぞきこみました。

「だれもおるもんか。雨戸も窓の鍵も閉まっておる」

長男の部屋は南向きで東との二面に大きな窓があり、長女の部屋に比べれば昼間はずいぶんと明るいのですが、蛍光灯ももう長い間、交換していないこともあるのでしょうが、夜になるとどことなく陰惨な感じがします。

「外じゃなかろうか。屋根は？」

妻は外の気配をじっとうかがっており、私はしかたなく、夕方、閉めた雨戸を開いてみることにしました。

「だれもおらんさ」

木製の雨戸は家の戸のどれもと同じく滑りが悪く、つっかえひっかえするのでなかなか開け閉めはおっくうで、それでもようやく開けて外をのぞきましたが、近隣の家の明かりがもれてきて思ったほど暗くはなく、だれもいないのはあきらかです。たとえだれか伏せて隠れていたとしても、あれだけ大きな音をがたがたと響かせて雨戸を開けているうちに逃げてしまうはずです。

冷えた屋根瓦は鈍い光を放ち鱗《うろこ》を思わせて、歳月を重ねた家はどこか生き物じみた感触を確かにただよわせはじめていると感じます。

「だれもおらんよ」

眼の前には斜面地に建つ家々の光が点々と並び、左手の斜面の下方には繁華街のネオンサインが群れ、ひとつひとつの家々の窓からはあたかも夜行性の生き物の眼のように青白い灯がもれています。夜空には街の光が尽きるあたりから無数の星々がまたたいて、六十年もながめてきたなつかしく心温まる夜の景色がひろがっています。

「寒いけどよう晴れておるね」

ようやく安心したらしく妻もぼんやり夜の景色をながめました。

二週間もしたら桜の季節が訪れて、山ひとつ向こうの立山には花見の赤いぼんぼりも灯《とも》されるはずですが、三月も半ばになって急に寒がもどり、週の初めには雪もちらほら舞ったので、今年の花はいったいどうなるものか、私も妻もやきもきしています。

「わたしたちが、ここにおることは、この家が好かんとでしょ」

妻は肩をすぼめて、骨が浮かんだ手をこすりあわせながら言いました。私がぼんやり考えていることを妻がずばりと言うので、時々、私はどきりとしますが、この時もそうで、なんとはなしにそのことを避けて、「さあ、もう寝んと……、ここは寒か」と私は妻をうながしました。

妻は手すりにつかまりながら、よいしょ、よっこらしょと一段ずつ階段を降り、レコードはもう聴こうとはしないで、そのまま寝床につきました。私は少なくなった薬缶を再び水でいっぱいに満たしてストーブの上に置き、こたつにもぐりこみました。寝室の襖《ふすま》は開いたままで、枕に頭をのせた妻はくりくりした眼を私に向けています。

「なんね?」

「お父さん、まだ書くとね?」

「うん、月曜日には、瀧口さんに原稿を渡さんといけん」

「作家さんのごたるね」

「さあ、もう寝なさい。心配せんでよか。ここで守っていてあげるけんな」

「あらあ、守ってくれるとねー。お父さん、今日は優しかねえ」

「襖、閉めんと寝られんやろう」と私がこたつを立とうとすると、「そのままでよかよ。わたしもお父さんを見守っていてあげるけん」と殊勝なことを言い、厳しさが消えた幼女のような表情で顔の右側を枕に埋めて、じっと私を見つめています。

「見られておると、なんかくすぐったか」

「気にせんでよかよ」

「気になるさ。寒うはなかか？」

私が妻に話しかけた時には、妻は祈るように胸で手を合わせて、わずかに笑いながら唇をひらき、もう眼を閉じていました。うっすらと消え残った微笑はあどけなく、今しがたの怯《おび》えた厳しい顔つきは消えてしまい、私はようやく落ち着いて、万年筆を手にして原稿用紙のマス目を埋めていきました。


一昼夜をかけて、養母は西山を越えて、嫁ぎ先の風頭の家にようやく帰ってきて、玄関にしゃがみこんだという。爆心地から三・五キロメートル離れた風頭は爆風の被害もあり、熱線で燃えた家々もあったが、それでも浦上ほどの被害ではなかった。当時、同居していた彼女の義父母は、案じていた嫁の無事の帰宅を喜び、彼女の五歳の娘も母にしがみついてきたが、背中に縄でしばりつけていた乳飲み子《ちのご》に気がつき、「だれね？」と問うた。「どこの子かはわからん。どげんもしようがなくて」と呟《つぶや》いて、彼女は倒れこみ、それから一月ほど床についた。元気になった後も爆心地のどのあたりで私を拾ったのか、記憶は定かではなかった。

乳飲み子の私は泣くこともなく、ひたすらに痩せた彼女の乳房に仔猿のようにしがみついて、日中はほとんど眠っていたという。離そうとしたら眼を開けて思いがけない力で泣き叫び、養母は薄目を開け、「こん子はわたしの守り神やけん」と力なく首を振って拒んだそうで、とうとう血のつながりのない母子は暑い夏の間、ずっと汗ばんだまま抱き合い眠っていた。

祖母は風頭の路地をたずねてまわり、乳飲み子のいる女性をさがしては、なんとか頼みこんで母乳を分けてもらい、匙《さじ》で一口ずつ私の口に含ませたという。「あんたが死んでしもうたら、お母さんも死んでしまうようでね」と祖母は私によく話してくれた。

赤ん坊が亡くなれば、嫁も亡くなると彼女がなぜ信じたのか、私にはわからない。たぶん、当時の人々の内には因果関係を超えた考え方がまだ消しがたく残っており、こうした人智を超えた破壊にまきこまれたときなど、まるで古い信仰のようによみがえることがあるのだろう。迷信と笑ってはいけない。私たちの心は今でもそれほど合理的ではなく、その原理はそんなものなのかもしれないではないか。

秋口になって涼しい風が吹き始めた頃、ようやく養母の体力は回復に向かい、十月も終わりになってひとつの神秘が起きた。からだと心の神秘、そう呼ぶしかないできごとだ。いったいどういう按配《あんばい》なのか、子供を産んだわけでもないのに養母の乳はふくよかにはりつめてきて、ある日、乳が溢れてきたという。

その日から私たちは母と子として生きはじめたのかもしれない。


「あんたも被爆経験を書いてみる気はなかね？」と瀧口さんに誘われたのは、確か昨年の九月だったと思います。生まれたばかりの乳飲み子で拾われたとですよ、なんも覚えておりませんと言って、私はそれまで説明していた見積書を封におさめました。矢の平の高台にある瀧口さんの家の小さな庭の片隅には彼岸花が点々と咲き、眼下には港の青い海と造船所のドックがなかばかすんではいましたが、良く見えました。

「あんたも被爆者でしょうが」

縁側に座りこみ、お茶をすすっては彼は一語一語をゆっくり話します。

「手帳は持っておりますが、経験として記憶に残っておるものはなんもありません」

私のこの眼で被爆の様相を見たのかもしれませんが、私にはなんの記憶もないのだからどうしようもないではありませんか。その当時のことを考えると戸籍の父母の氏名欄の真っ白な空白しか私には思いつかず、かなり執拗《しつよう》な瀧口さんの依頼を私は少しばかり理不尽にも感じはじめていました。

「あんたはどこのだれね？」

瀧口さんは悪戯《いたずら》っぽい眼で私を見つめ問いかけました。特に隠すことにも思えないで、これまでも私は自分の出生のいきさつを瀧口さんに限らずあちらこちらでぽろぽろともらしています。

「知っておられるでしょう？　わたしは親の名も知りません。わたしがほんとうはだれかもわかりはせんとです」

「それでも、なんか書くことはあるとじゃなかかね？」

「いや、なんにも。ほとんどそのことも考えんで、淡々と生きてきただけです」

「それが、あんたの被爆経験ではなかかね？」

瀧口さんは悟りきった禅僧のようにゆったりと笑い、夕方の細くなった光に照り映える庭の柿の木のまだ小ぶりで固い果実をながめて、渋柿でねえ、きれいに剝《む》いて干したらよかとですが、この歳になったらなかなかおっくうで……、ツグミが喜ぶばかりですもんね……、ととぼけた様子で話題をそらしてしまいました。

瀧口さんは小学校の先生を退職して、被爆当時にいっしょに学徒として動員されていて被爆した同級生の生き残りの人たちに手紙を送っては、当時の思い出を書いてもらい、それを自費で冊子にして配っておられます。

小さな印刷会社の営業部長の職にある私は、いつのまにかいろんな冊子や、本を自費で出版する人々との交流がひろがり、いつの頃からか仕事を超えて、求められるままに短い文章を寄せるようにもなっていました。

元々、読書が好きで、高校を卒業して印刷会社に就職したのも、どこかに活字へのあこがれがあったからで、働き出してからも地元の文芸の同人誌にもかかわり、小説らしき文章を二、三、発表したこともあります。当時、同人誌なかまが集まった鍛冶屋町の喫茶店で、よく西田佐知子の気だるい歌声が流れていました。

瀧口さんの誘いはそのまま忘れて、私は四十二年間つとめた会社の最後の半年の仕事に没頭していました。退職後にどうするかちらほら頭をかすめはじめた十二月、ひどく冷えこんだ朝のこと、トイレでふいに気を失うということがありました。

小便をしようとしてズボンのジッパーを下げたところで、宙に浮くように重力が消えてしまい、眼の前が真っ白になり、魂とでも呼ぶ以外にはたとえようがないふわふわしたなにものかに変貌して、ああ、死ぬのだなとむしろ暢気《のんき》なくらいに考えながら白い光の中をどこまでも飛んでいきました。その時に、おまえはだれか？　という問いかけの声を確かに耳で聞き、はっと気がついた私は便器の傍らに倒れこんでいる自分を発見したのです。便器のふちでひどく打ったらしく、陰嚢《いんのう》の付け根あたりがずきずきと痛むのですが、倒れた時の記憶はなく、白い光に包まれるふんわりした感じしかありません。

十五年ほど前に養父もそこで倒れたきり、意識は回復しないで亡くなっており、なんの血のつながりもないのに、私は養父の脳溢血の体質を受け継いだようで心配になり、妻に言えば余計な不安をよびさますばかりなので、暮れに病院でひそかにＭＲＩの検査を受けました。結果はなんら異常はなく、それで一安心したのですが、三月になって今度は便器に座りこんだまま、首を垂れ、だらりと腕を伸ばして気を失いました。

その時も白い光に包まれ、苦しみや痛みはまったくなく、ふわふわと宙をどこまでもただよっていく感じで、どこか恍惚感さえともなっていたのです。

還暦を迎えたとはいっても気持ちはせいぜい五十歳前後のつもりで、身体の衰えもそれほど感じることもなく、まだまだ働けると気力は十分で、定年を迎えたことがなんとなくしっくりこないくらいで、考えてみれば、四十二年間、入院するほどの大病を患うこともなく元気そのものだったのです。ましてや自分が死ぬということはまったく考えたこともありませんでした。

それが急にあのように続けて意識をなくしてみて、あのままもう二度と目覚めないことがあるような気がして恐ろしくなり、夜中に海水の底にいるように闇が重く胸を圧してきて脂汗にまみれて飛び起きたりしてしまいます。

この胸のふるえはなんなのか、背中にまといつく底知れない不安はなんなのか、夜中に布団の上に座りこんで物悲しさに胸が張り裂けそうになったことがなんどかありました。人生の始まりにおいての私に問いかけられた謎、戸籍の未記入の真っ白な部分をそのままにして、これまで生きてきたことがなんとはなしに気になりはじめて、やがては痛切な後悔に似た感情が押し寄せてきたのです。

なかば忘れていた瀧口さんの寄稿の誘いが妙に気にかかりはじめ、連絡すると、「ああ、忘れておりました」と彼はとぼけていましたが、それでも年に二回発刊している冊子が、次の四月末のゴールデンウィーク前には発刊予定なので、それに原稿がまにあうならばと快諾してくださいました。

なにを書きたいというのではなく、なんとなくもやっとしたものを整理してみたいと思い、なによりも不安で眠れなくなる夜更けに、カリカリと万年筆のかすかな音を響かせて文章に没頭してしまえば、心はしずまり不安も忘れることができることは今までの経験からよくわかっており、土曜日の夕方、食事を終えてから私は久しぶりに原稿用紙をひろげました。

父がだれであり、母がだれであるのか、私はだれなのか。そうした青臭い問いに私が悩んできたかといえばそうでもありません。十代のなかばにはなにものかに呼び寄せられたように浦上を歩いている自分を発見することがありましたが、それも友人とのことや学校のできごとに悩んでふっと路面電車に乗ってみたら浦上にたどりついただけでしかなかったようでもあり、なにかを求めていたわけではなかったと思います。

就職して、結婚して、長女が生まれ、長男が生まれ、娘、息子の成長を淡々と見守ってきました。小さな子どもたちはいつのまにか大きくなり、そのうちに長女が嫁ぎ、二年前には待望の初孫も生まれ、去年は夫婦でぶじに還暦を迎えることができて、花も舞えば時には嵐にも遭遇しましたが、総じて時はゆったりと淡々と流れてきたという思いです。

ただ、心のどこかで、さほど意識はしてはいなくても、自分はだれなのかという問いを常に反芻《はんすう》してきたかもしれず、被爆で亡くなった七万三千八百八十四人のなかには被爆時零歳の乳飲み子もおり、死んだと記録されているそのうちの一人が、ほんとうの私であるのかもしれず、それを思うと私はそのだれかの亡霊のようにはかない存在で、六十年の時のすべてが淡い夢幻《ゆめまぼろし》にも感じられるのです。

私がだれなのか、養父母は戦後になって私と養子縁組を結ぶ時、かなり調べたらしいのですが、結局はなにもわかりはしなかったようです。当時、浦上に住んでいた産婆さんらの記憶も記録もほとんど失われ、拾われてきた時は生まれて数日であることがうかがわれることから、戸籍の届出もなされないままに、一家も、私が生まれたことを知っていた隣近所も全滅したかもしれず、そうなれば私はこの世には存在しなかったにも等しいのです。

私はいったいだれなのか、深刻に思いつめてもどうにもなるはずはなく、私はとうにあきらめているつもりでしたが、やはり、心のどこかでその問いを発していたことは考えられないことでもなく、いつのまにか問いは私をめぐる地下の水脈となり、眼の前が真っ白になったあの瞬間、荘厳な声と化して耳に響いたとしてもふしぎではありません。私が養父母と姉と育った家にどこかしっくりしない居心地の悪さを感じているのも、そうしたしこりを心の奥底に抱いていたからではないでしょうか。

それに養父との隠微な確執にももうひとつの根っ子があるような気がします。たぶん、私がこの家に連れてこられ、復員してきた養父と初めて対面した時からまず彼の内でいらだちがはじまり、彼の内面の葛藤《かっとう》の波紋が後には私にも伝わり、養父が死んで十二年にもなりますが、もしかしたら波紋は私の内でなおもひろがっているのかもしれません。死んだ人を死んだ人としておだやかな記憶にするために、私はその感情のからまりをほどき心を整理しなければならないのではないか、ゆったりと彼らのことを文章にしながら思い起こすことで、私は胸のもやもやしたものを整理できればと考えたのです。

復員してきた養父が、母の乳房を口に含み乳を飲む私を見た時、大きな猜疑心にとらわれたのはいたしかたがないことでしょう。万年筆のキャップを外して、そこから私はゆっくりと続きの文章をつづっていきました。

十一月になって養父は出征していた満州から復員した。

どこをどう転戦したのか、大陸でなにがあったのか、どのようにして彼が生きのびてきたのか、養父は口をつぐんでだれにも語りはしなかった。養母はねずみ色のボロをまとい、ただ痩せこけて異様に眼ばかりが輝く夫の姿を玄関先に見た時の驚きをなんども語った。行方不明でもしかしたら死んだかもしれないとなかばあきらめかけてもいたらしく、最初は幽霊かとも思ったそうである。

見知らぬ乳飲み子を抱く妻を見て夫が疑ったのは当然であろう。

理由をいくら説明しても、「なんで、乳が出るんか」と納得するはずもない。養父はおだやかで無口な人で、いったんは黙りこむが、やはり、たびたび発作のように猜疑心にとらわれ、「だれの子か？　だれが相手か？」と養母を責めることがあったらしい。もちろんものごころがついた私の前であからさまな喧嘩はなかったが、私が乳飲み子であった最初の頃は、養母が私とともに外に逃れたような激しい諍《いさか》いもあったという。

暮れも近いある日、私と庭に逃れた養母は、隣接する畑地に一羽の白い鳥が羽を休めている姿を見た。今でも風頭の斜面地のところどころには空き地がある。だんだんと斜面地の住人は高齢化してきて、若い人たちは斜面地を嫌って住まなくなり、空き家は壊され、空き地はそのまま放置されている。そんな空き地には取り壊された家の庭の名残の水仙が、粘りづよく白い花を咲かせることもあれば、春には菜の花が黄色い帯となり、地中に残されたチューリップの球根が芽を出して、色鮮やかな花をけなげに咲かせてもいる。空き地として放っているのだけでなく残された近隣の年寄りがちゃんと耕して、茄子や、トマトを植えた畑地もある。斜面地はむしろ昔の姿にもどりつつあるように感じないわけでもない。

当時、私の家の隣接地も畑地で、そこには小さな池があった。私もかすかに覚えているのだが、湧き水が溜まった澄んだ水で、夏の初めにはオタマジャクシや、小さな蛙《かえる》を捕まえた記憶がある。

その池に一羽の白い鳥が舞い降りてきたという。一般に白鷺《しらさぎ》と呼ばれる鳥は、コサギ、ダイサギ、チュウサギとアマサギの総称であり、チュウサギとアマサギは夏に渡ってくるので、時期から考えれば、一年中各地で見ることができるコサギか、ダイサギということになろうか。

白い鳥は泣く乳飲み子の様子を物憂げにうかがい、乳飲み子の私も鳥に気がつくと、じっとそちらを見つめ、ぴたりと泣き止んだという。それだけの偶然から話をふくらませて、養母はたちまちひとつの物語をつむいだ。鳥は廃墟となって死んだ人々の血や脂で汚れた浦上川から逃れてきたのであり、私のほんとうの母の化身でもあり、私の無事を確認に飛来した、そう彼女は信じた。

この話には私の琴線に触れるなにかがあると思う。迷妄と言えばそれまでだが、それを考えるとじんわりと私の眼は潤んでくる。後に養母は私に、「白鷺はあんたの守り神やけんね。じゃけんにしたらいかんよ」と語るようになった。私の育ての母がそんな信心深い人でもあったことに私は感謝している。その物語がなかったならば、私は自分がだれなのかといった問いにのめりこみ、こだわり、呑み込まれて、平々凡々とした小さな幸せの道を踏み外していた気もする。

養母の母乳で私は育ったが、後に原子爆弾の放射能を自分たちが浴びたことを知ると養母は私に乳を飲ませたことを悔やんだ。体内から毒素を排するために出るはずもない乳が出たのだと考えたらしい。私が風邪をひいて高熱を発しただけで、養母はおろおろとして、私の額に手をあてて、「ごめんなあ、良ちゃんごめんなあ」と謝った。母は私へ負い目を感じていたのかもしれない。

そんなこともあって実の娘の姉以上に私をかわいがったので、時々、姉はひねくれて、「あんたは、ゲンバクの時、ウラカミで拾われてきたとやけんね」と私に嫌味を言い、養母から逆に厳しく叱られることがあった。私が来たことで家には細かい無数の罅《ひび》や亀裂が走ったのではないかと思うことがある。

父も母もまだ二十代ではあったのに、私の後に養父母に子はできなかったことを思うと亀裂は思いのほか深かったのかもしれない。


「まだ、起きておるのね」

一息、深く眠ったのか、妻は眼をまた開けていました。寝起きにしてはくりくりした魚のような眼でやはり顔の半分は枕に埋めたままで、彼女は肩を隠すように白く痩せた手でかけぶとんをひきあげました。

「この襖を閉めんと、明るくて寝られんのやろう?」

私が立ち上がろうとすると妻はまた首を横に振りました。

「開けとって。暗いと怖いけん」

「お茶でも飲むか?」

なにか恐ろしい夢でも見たのかと思いましたが、私はなにも問いかけませんでした。

「ううん、いい」

「眠れるね」

妻がこっくりうなずいて寝返りをうち背中を向けたので、私は安心して、さあ、続きを書こうと万年筆をにぎったところでまた妻の声がしました。

「ねえ、雨どいの壺、なんで割れたのでしょうね」

不安はふくらみ、過ぎたことにも終ったことにも記憶のすみずみにまで妻は触手を伸ばしているのでしょう。妻は今度は人魚のように上半身だけをねじり、異様に澄んだ眼で私を見つめていました。

裏庭の雨どいの排水口がはずれたのはもうかなり以前のことで、養父がまだ元気だった頃のできごとです。養父は応急処置のつもりで古い薩摩焼《さつまやき》の壺を水が飛び散らないようにそこに置きました。壁面に接した家の裏側で応急処置で急な不便も感じなかったので、修理も忘れてそのままにしていたところまたたくまに歳月が流れ、壺は苔《こけ》むして、父も母も亡くなった今では柔らかい苔の玉のようになっていたのですが、この十二月の冷えこんだ朝、それが胡桃《くるみ》が割れるようにぱっくりと縦にふたつに割れたのです。氷が張ったのか、苔の重みなのかはわかりませんが、壺のほぼ中央から縦に割れ目は走り、幾層にも苔が包んだ陶器の内側のくすんだ金色の窪みに水が溜まっていました。

この頃からすっかり安定していた妻の心がかすかにふるえはじめたようでした。「北朝鮮からミサイルが飛んでこんやろうか?」とニュースを見ていてぽろりともらしたり、まちがい電話があればオレオレ詐欺にねらわれているのではないかと心配するのです。日々のできごとに妻は次々に不安を呼び覚まされていくようで、空き巣の話をきいてからは、いよいよ妻がひどい状態だった以前の日々にもどるかもしれないと暗鬱な気分におちいっていたのです。

「偶然に割れただけやから、なんも心配せんでよか」

私はつぶやいて、再び原稿用紙に顔を向けましたが、横顔に妻の視線はまとわりついてはなれようとはしません。

「偶然ってなんやろうね？」

妻は眼を閉じて問いかけてきました。

「偶然は、偶然さ」

私は妻の顔をじっと眺めました。眼を閉じてみれば、素顔の眼窩《がんか》の窪みのまわりにはこまかい皺《しわ》が無数に走り、幼女の印象はしりぞいて、還暦相応の老いの兆候があらわれています。

「お父さんが、この家に拾われたのも偶然？」

「ああ、偶然さ」

「わたしとお父さんと出会ったとも、偶然やろうか？」

「ああ、あん時、おれが見積もりでたずねていかんかったら、事務員のおまえとも会わんやったろうな」

ふたりの出会いを思い出したのか、妻は眼は閉じたまま、ああ、そうやったねえと静かに笑っていました。

「結婚したとも偶然やろうか？」

三々九度のかためのの朱塗りの杯をもつ手がぶるぶるふるえていたことを私は急に思い出しました。

「会ったのは偶然でも、結婚は偶然じゃなかろう。運命ではなかか」

妻は眼を開き、そうすると再び幼女のようないたずらっぽい眼で見つめ、「まあ、うれしい」とひやかします。

「じゃあ、恵子義姉《ねえ》さんが、幸吉義兄《にい》さんと出会って家を出ていったのも運命で、この家になんの血のつながりもなか、わたしたちが受け継いだんも運命やろうか」

妻の不安の根っこには、あるいは姉夫婦との隠微な対立の影響もどこかにあるのかもしれません。今は大阪に住んでいる姉はすっかり足が遠のき、三年ほど前に墓参りの帰りに寄った時も、「このあたりも変わってしもうたわね」となにが変わったのかは言わないで、お茶を一杯すると飛行機の時間があるからと言って、そそくさと帰っていきました。

姉が結婚した大黒さんは、若くして大阪で貴金属の輸入店を営んで成功した人で、実に口達者で、キャメルの色の派手なスーツを着て身振り手振りで軽口をたたく彼の左手首にちらちらとブレスレットを兼ねた金ぴかの時計がのぞいていたことを覚えています。

造船所の下請けの町工場で職工として、溶接の仕事にたずさわってきた職人かたぎの養父にはそりがあわなかったのでしょう。

「大黒さんて、福々しか苗字《みょうじ》やねえ」

彼が帰った後、養母が困った顔で感想を述べました。

「おれは好かん」と養父が珍しくはっきりと答えました。

「商売人はあんくらいはしゃべらんとねえ」

姉はぶぜんとして養父をにらみつけていました。

「また、厄介な神さんを家に連れてきたとじゃなかか」

眉をひそめる養父の言葉の、この「また」という短い言葉が私には妙に気にかかっていたことを覚えています。

「心配せんでよか。どうせ、あたしはこの家は出ていくけん。この家は良が後を継ぐやろうけん、どうせ、ここにはおられんし……」

あの時、姉は後で隠れて悔し泣きをしました。ほんとうに悔しそうに、哀しそうに、ときおり私を赤い眼でにらみつけ、私はなんとももうしわけがない気がして首をすくめていました。

原稿用紙から顔をあげて、天井をあおぐと、天井の板目はいつのまにか赤茶色に変わり、壁も黄ばんで、なにもかも古びてしまいましたが、私たち家族が大黒さんと初めて会ったのはおそらく三十七、八年も前のこの家のこの場所であり、姉が泣いていたのは今は妻が眠っているその部屋です。

まもなく姉は家を出て大阪に嫁いでいき、そのまま足も遠のきました。特にいさかいがなかったのも、長崎と大阪の距離のおかげだったとわかったのは、養母が亡くなり、養父も亡くなった時、姉と一緒に財産分与を厳しく言いつのる大黒さんのほんとうの顔を見た時です。

養父の初七日も終らないうちに、家と土地を早急に処分しろと火がついたようにやいのやいのの催促で、老いた両親の面倒をまったく看ないで、亡くなったとたんにこれですから、妻もいらだったのでしょう。あの義兄さんはいったいどげん人かしらとぼやいておりました。家を新築するために準備していたお金で私たちはなんとか家を守ったのですが、一周忌の法要で訪ねてきた時、大黒さんが皮肉たっぷりに言った言葉は一字一句、今も忘れることができません。

「あんたも、よそからこの家に入りこんできた人間でっしゃろ。半額割引でそれだけの土地と家を手に入れたと思うたらもうけもんとちがいまっか？」

よーう、言うわ、とためいきをもらす妻の心情はそのまま私の心情でもありました。姉も含めて、あの人たちはこの家とは縁遠かったのではないでしょうか。そうだ、「縁」だと思い、「偶然ではなかろう、運命というほどさだめられたもんでもなかったろう、わたしたちは、この家に縁で結びついたとやろう」と言った時、妻はもう寝息をたてていました。「縁」という手垢《てあか》にまみれていた言葉に鈍い光沢を見いだしたのはその時で、縁、縁……、とくりかえし、しゅんしゅんと湯気を噴く薬缶の音を心地よく聞きながら、私はいくらかおだやかな心もちになり原稿用紙に続きを書いていきました。

養父が私に対して意地悪であったことはない。

彼は養子となった私を実の子以上にかわいがってくれた。養子縁組という制度は戦前はかなり頻繁に利用されており、戦後もまだ子どもがない家族にはよくあることで、同級生にも養子である子は何人かいて、私もそのことにそれほどわだかまりをもったことはない。ものごころがついてからは、「お父ちゃん」、「お母ちゃん」と呼んでいたのであり、彼らが養父母であることなど私はほとんど忘れていた。ただ、養父の内には私へのなにがしかの違和感が痕跡を残していたのは確かであり、時に私は口に入った一粒の砂のようにがりりとそれを噛むことがあった。

養父に連れられて浦上を訪ねたことがある。私が中学の頃のことだった。浦上が私にとってどんな場所か、すでに私は知っていた。五歳年上の姉がたびたび私が拾われてきた時のことをもらしていたのだ。

浦上、ウラカミ……。やはり、私はその土地の名の響きに特別な感情を抱いていたのだろう。地図の上では風頭から爆心地まで三・五キロメートル、爆心地一帯にひろがる日常生活圏内のその土地をどこか遠いところにも感じていた。

もちろん、その年齢になるまでにも私は浦上を訪れたことがあったが、そのたびに私は幻滅しなければならなかった。長崎駅の前を過ぎてもあたりの景色はなんの変わりばえもしない路面電車が走るくすんだ地方の街の景色で、私がひそかに思いつづけるウラカミとは思えなかったのだ。

もう、私は養父と連れ立って外出する年齢ではなかったが、その日は再建された天主堂を見物しようと誘われ、私は養父に同行する気になった。松山町の停留所で路面電車を降りて、私たちはゆるやかに曲がる砂利道を歩いていった。

小さな川が流れている。川岸には菜の花が黄色い花をつけ、川面は春らしくきらめいていた。角地に建つ平屋の木造家屋の陰からふいに真新しい天主堂が丘の上に現れた。天主堂のかたちは、街角のテレビで見たことがあり、白黒の画面では薄っぺらな影のような印象しか抱いていなかったのだが、澄んだ青空を背景に鮮やかな煉瓦色《れんがいろ》で眼が色彩で洗われるほどに美しかった。

私の胸は高鳴り、歩みは勢いづき、小走りで私は急な坂を登り、ついに丘の上に立った。眼の前の建物は頑丈で威風堂々と青空にそびえている。扉のガラスに額を押しつけて堂内をのぞきこみ、一瞬、心臓が止まった。万華鏡のように色彩がじっと床に溜まっている。ステンドグラスの光だった。

「あれが、おまえのほんとうの神さんかもしれん」

祭壇には真っ白の磔《はりつけ》のキリスト像があり、傍らで養父は呟いた。私の実の父母がその教会の信者であったことは十分に考えられることだが、それを息子にほのめかす彼を私は恐ろしい人だと思った。

私はようやく私のウラカミを見いだした気がした。

背中が寒くてふりむくと灯油が残り少なくなってストーブの火は弱くなっていました。タンクをぬいて玄関に運び、そこに置いている赤いプラスチックの容器からポンプで給油をはじめるとぷんと灯油のにおいが鼻をつきました。

暦の上では立春はとうに過ぎてはいても、夜中はまだ依然として寒く、特に玄関は安普請の家のガラス戸からすきま風が流れてきて背中にずんとふるえが走ります。ポンプの頭をなんども指で押しているうちに、指の芯の骨が痺《しび》れてきて、それさえも脳溢血の兆候ではないかと疑わないではいられませんでした。

タンクを灯油で満たして、ストーブの火を点《つ》け、書いた文章を読み返してみました。

養父が私を浦上に誘ったほんとうの理由はここにはなにも書いてはいませんが、それは競輪でした。彼は仕事ひとすじの職工でしたが、ただ、ひとつ賭け事にのめりこむ悪い癖があったのです。

小学生の頃に花札に耽《ふけ》っている養父を見た記憶があります。町内で協力しての精霊船《しょうろうぶね》造《づく》りの時で、現在は風頭公園として桜が植えられていますが、当時はまだ空き地で、集まったステテコ姿の若い衆が蟬《せみ》しぐれが降る桜の木陰に茣蓙《ござ》を敷いて早々と一升瓶を酌み交わしながら、花札に興じていました。皆が酔いにまかせてのふざけ半分の勝負のようでしたが、まったく酒を呑まない養父の眼だけが異様にぎらぎらとして、私が声をかけると、「なんか」と邪険に返事をして睨《にら》みつける彼の眼に私はすくみました。彼は私を無視して、相手の男たちの表情をじっとさぐっているばかりでした。

あの日、松山町で路面電車を下車すると養父は再建された天主堂と反対方向の駒場の競輪場にまっすぐに向かい、場内にある食堂で醬油のダシが芯までしみこんだおでんの竹輪とラムネを私に買い与え、「ちょっと待っとれ」と言い残して姿を消しました。養母は夫の嘘はとうに見透かしていて、「お父ちゃんがすっからかんにならんように見張っておかんねよ」と出がけに私に耳打ちしました。まもなく帰ってきたのは、たぶん、負けたからでしょう。一レースにいきなり有り金のすべてを賭けるのが、彼のやり方であったらしいのです。

「お母ちゃんは知っておるけんね」と競輪場を出て、十四、五歳である程度の分別もあった私は養父をなじりました。

「おまえは黙っておればよか」と養父は答え、「なんで、そげん賭けばっかりするとね」とさらになじると、ぼそっと、「どうせ、一か八か、天にまかせるしかなか。すべては神さんが決めてくれる。おれは神さんに生かされておる。おれのほんとうの神さんは、一か八かの賭けの神さんかもしれん」と言い、「うそばっかり」と私が頬をふくらませると、「おまえにはわかりはせん」と黙りこみ、それから私たちはようやく目的の天主堂の方へ歩きだしたのです。

「あれが、おまえのほんとうの神さんかもしれん」と養父が呟いたのは、この会話の流れにあったのですが、そのことは文章ではそっくり省略することにしました。養父の賭け事への熱狂のことを書けば、文章はゆがみひとつの瘤《こぶ》ができてしまうでしょう。

ずっと後になって、すっかり年老いた養父が、孫である私の息子に花札を教えようとしていた時、ひどく叱ったことなどを思い出して、しょんぼり縁側に座りこんだ養父の背中がいまさらながら可哀相にも、哀れにも感じました。あの縁側も障子を開ければそこにあります。

彼が賭け事に自分を見失うようになったのは、満州から復員してきてからだそうで、戦友との交流もまったくなく、私たちには満州での彼の日々はついに謎のままでした。大陸でなにがあったかを訊《き》くことは、とても残酷なことにも、恐ろしいことにも思えていたのは事実です。養母もまたなにも探ろうとはしませんでした。

「一か八か、ぎりぎりまで流れを読んで、最後は神さんを信じるしかなか」と養父は賭け事の極意のようなことを語ることもありましたが、今、思えば満州で生死を賭けて生きのびた一兵卒の感慨にも思えるのです。

私はふと養父の精神にぽっかりと穿《うが》たれた穴を思いました。私の戸籍の父母欄が真っ白だったように養父にもどこかに空白があったのかもしれないと思うのですが、それがなんなのかはっきりと言えはしません。

ばさりとなにか音が響いて、私は耳を澄ましましたが、風の音さえしない静かな夜の気配がひろがっていくばかりで、私はすぐに忘れて、原稿用紙の文章をなんどとなく読み返しては、ところどころを線で消したり、文章を付け加えたりして推敲《すいこう》に夢中になっていきました。

「お父さん、起きて！」

妻の切迫した声にこたつに座ったまま突っ伏してうたた寝をしていた私は顔を上げました。原稿用紙はひろげたままで、薬缶の湯は残り少なくなり、しゅんしゅんと妙に高い金属的な音を響かせています。

「やっぱり屋根にだれかおる。また、音がしたわ」

寝巻きの姿のまま妻は寝室の敷居のあたりにすっくとたたずんで、じっと耳を澄ませていました。寝起きのはずでしたが眼がらんらんとして異様な様子で、私は妻の気がふれたのではないかと思ったぐらいです。

「気のせいやろう」

「いやっ、きっとだれか屋根にへばりついてる」

声をひそめる妻の表情に鬼気を感じて、いやなものを見た気がしました。

「なんも聞こえんが」

私は妻を注意深く見張りながらしばらく耳を澄まして言い、壁の時計をながめ、深夜三時を過ぎていることを知りました。

「どうしようか？　警察に電話しましょうか」

「ちょっと待ちなさい。見てこよう」

妻がほんとうに怯えているのはわかります。

私はいつのまにか脱いでこたつの中で丸めて温かくなった靴下をはき、台所の冷蔵庫の横にかけてある懐中電灯を手にしました。古い家で旧式のブレーカーがたびたび切れることがあるので、非常用の懐中電灯はいつもそこに置いているのです。

「だれねー」

階段の下から二階に向かって、妻が再び呼びかけ、「またあ、どろぼうが返事をするもんか」と私が苦笑しかけた時、ふっと意識が遠のいて、白い光の粒子が階段の上からさらさらと水のように流れてきて、上の方から、男とも女ともおよそ区別がつかない声で、「ダレダ?」と問い返されました。

がんと殴られたような酩酊感《めいていかん》にたちすくむうちに白い光は消えてしまいましたが、私の頬はこわばり、背筋には悪寒《おかん》がぞくぞくと走り、思わず階段の壁に手をかけてからだをささえました。心臓の鼓動がどんどんと高鳴り、こめかみに痺れのような感覚が残り、傍らの妻を見ると呼びかけた時そのままに階段の上を見つめています。

「今の声、聞こえたろう?」と私はたずねました。

妻は怪訝《けげん》な顔で私をながめ、「どげんしたの? 具合が悪いの?」と見つめ返して、「いやっ、だいじょうぶだ」と言いながら私は手で額をこすりうっすらとにじんだ脂汗をぬぐいました。

「声がせんかったか?」

「どろぼうが返事をするもんかというたのは、お父さんでしょう」

私は一秒の何十分の一か、何百分の一、意識を失ったのかもしれません。私の頭蓋《ずがい》の内ではやはりなにか異様なことが起きているのでしょうか。

「どうしたの? 気分が悪いのじゃない?」

妻の不安をかきたてることをおそれて、私はなにげなく「なんでもない」と答え、とにかく階段を昇りはじめました。からだが重く、階段は長くのびていくようであり、昇っても昇っても二階にはたどりつかないような気さえします。

再び意識が遠のいたら、私は仰向けに階段から落ちていき、奈落の底でもう決して眼が覚めないのかもしれない、そんな恐怖に膝はかすかにふるえ、私は古い家に意地悪をされているような気もして、養父が建てた家は、なんの血のつながりもない私たち赤の他人がいつのまにか住んでいることをやはり拒んでいるのだと考えもしたのです。

それでもなんとか二階にたどりつき、長女の部屋を懐中電灯で注意深く照らしてみましたが、もちろん人の気配はありません。室内に入って蛍光灯を点け、窓を開けて屋根をのぞきこみましたが、そこにもなんの怪しい影はなく、それでも妻はぴたりと私の背後に身を寄せて、息を殺して低い声で呟きます。

「なんか音がしたのよ」

長女の部屋を確認して、息子の部屋をおそるおそる探りましたが、荒らされたような痕跡はなく、雨戸もしっかりと内から閉まっています。

「屋根を見てみよう」

すべりが悪い雨戸を再び開いて、私は屋根を懐中電灯で照らし、半身を乗り出して、丁寧にすみずみまで屋根瓦を照らしましたが、人の影などはなく、ただ、古い屋根には瓦のすきまから草が生え、そのままたち枯れており、屋根でありながら河原の光景にも見えてくるのがなんともふしぎな心もちでした。

「だれもおらん」

いっそだれかの気配があれば私は安心できたかもしれません。

「もう、逃げたかもしれんね？」

「少なくとも、家の中に侵入した形跡はなか」

「気のせいやったろうかね……？　確かに音は聞こえたのよ」

「声はせんかったか？」

私は思い切って妻にたずねました。昔のレコード盤のように私の意識はぷつぷつと飛んでいるのかもしれず、やはり、あれは幻聴だとも思う一方で、妙に耳に残っていたのです。

「声？」

「だれだ？　って」

妻の表情がみるみる変わっていき、痩せた鳥の顔になっていきます。妻の心の底を流れる不安の水脈に触れたことを知り、「しまった」と思って、「なーに、気のせいだろう」と私は平静をよそおったのですが、妻の不安の波紋はどんどんひろがっていくようでした。

「宏になんかあったじゃなかでしょうか？」

息子の部屋の方から音がしたことで、息子の身を案じたのでしょう。迷妄の暗示に次々にみちびかれていくばかりの連想が私には気になります。

「なんもなかさ。なにかあれば連絡がある」

「電話してみようか？」

「心配せんでよか。こんな時間に電話したら、あれが嫌う」

息子は二十代の終わりに結婚しましたが、一年足らずで離婚して、勤めていた横浜の運送会社もあっさりやめて、沖縄にわたり、学生時代からの趣味だったダイビングのインストラクターとしてリゾートホテルでアルバイトをしています。

ふらふらして三十を過ぎても就職はしないで、夢をかなえるだの自分探しだの青臭いつまらん理屈ばかり言って、盆にも正月にも帰ってこないばかりか、私たち夫婦の還暦祝いもなんの音沙汰もありませんでした。

携帯電話に電話しても留守電が多く、着信履歴を見れば親とわかるはずなのに電話もしてこないで、しつこくなんども電話すれば、「なんっ」とぶっきらぼうな電話がたまにあり、「元気かと思うて」と言おうものなら、「それだけね？ 用事もなかとに電話をせんでくれんね。びっくりするやろうが」と不機嫌にこたえるだけです。大阪の姉のようにだんだんと息子も、この家から縁遠くなっていくようで、私たちばかりがこの家に取り残されていく寂寥《せきりよう》も感じないわけではありません。

「電話してみよっ」

妻はなおも今にも泣きそうな顔で言いましたが、痩せた肩を抱えて、「今日は、もう寝よう、時間も遅いから。明日の朝、電話をしたらよかろう」とできるだけ優しく話して、妻を連れて、そろそろと階段を降りました。

だいじょうぶやろうかといつまでも心配する妻をなんとか寝かせつけ、私も布団にもぐりこみましたが、どこかで緊張しているのか、つい家の気配を探ってしまい、なかなか寝つけません。頭が痛いのはもしかしたら風邪のひきはじめなのかと思いますが、脳溢血の前兆かもしれないと思うと養父のことなどが次々と思い出されて眠るのが恐ろしくもなってくるのです。

「お父さん……、起きてる？」

妻もまた眠れないのでしょう。風が少しでてきて、庭の樹木がそよぐ耳慣れた音がしましたが、それさえも人の気配と聞く妻のぼんやりとした不安がわかってしまうのは、どこの夫婦も同じで、長年、ひとつ屋根の下で暮らしてきて似てもくるのでしょう。

「お父さん」

「なんね？」

「就職はどげんすると？」

不安の波にただよいながら、とうとうそんなことまでも心配しているのかと思うと妻があわれでした。

「心配せんでよか。ハローワークには求職票を出しておる。四月からはどげん仕事でもするつもりやけん、お母さんは心配せんでいい」

今月いっぱいで四十二年も勤めた印刷会社を退職して、次の就職は会社がなにか世話をしてくれるものと考えておりましたが、地方では長引く不況はいっこうに終らない様子で、職の見込みは未だにありません。

官公庁にも、企業にも人脈があり、営業の即戦力になるからと、社長も気を配ってくれてはいるのですが、アルバイトをのぞけばなかなか営業のキャリアを認めてくれるような職はないのです。

四十二年も勤めたにしては思いのほか少なかった退職金の額も、妻を落胆させたらしく、年金がでるまで、とても悠々自適というわけにはいかず、老いてもなお妻に苦労と心配をかける自分がなんとも無力でなさけないのですが、これればかりはどうにもしようがありません。

もしも、私がこのまま朝に起きてくることがなかったら妻はどうなるのか想像したら、私は死んでも死にきれません。サラリーマンの家庭に嫁いだ長女は転勤続きで、とても一緒には住める状況ではなく、頼みの長男はふらふらして電話さえかけてもこないのです。私は初めてひとりで眠るようになった頃になんどとなく感じたように、物悲しくてだれかにやみくもにしがみつきたくなりました。

くるくると回転するレコード盤を夢に見ました。昔のドーナツ盤で、石原裕次郎のような、美空ひばりのような、男でも女でもない声が流れてきており、昭和の亡霊の歌だと思い、真ん中にはってある白いラベルを見ますが、そこに記されているはずの曲名も歌手名も書かれていなくてただ真っ白なだけでした。

いつのまにかメロディは古い童謡のようななつかしく、ものがなしい調べに変わってしまい、乳飲み子となった私は大きな白い羽に包まれているのですが、そのうちにぷつん、ぷつんと針が飛んでメロディはとぎれて、ぷつん、ぷつんがダレダッ、ダレダッと聞こえてきて、そのうちに大きなぷつんとともに私は真っ白になってしまいました。

年齢を重ねてくると長く眠ることができなくなるのはなぜでしょうか。だんだんと近づいてくる死の闇の恐ろしさが身近にせまってきてじっとはしていられないからなのか、朝方、夢も尽きてようやく眠りこんだと思ったらすぐにそこから逃れてしまうのです。まだ脳もからだも眠りを欲しているはずですが、いったん眼を開けるともう壊れたように目覚めていくばかりで、このまま気だるく今日の日曜日も過ごすしかないのかと暗鬱な気分にしずんでいきそうになりながらも、障子を透かして感じるあきらかにつんと晴れた外気の明るさと台所でごそごそと立ち働いている妻の気配、それから二度と目覚めないかもしれないと眠った自分がこうして目覚めたことへの安堵《あんど》といった気分がないまぜになって、重たさをひきずりながらもなんとか気力で起き上がりました。

「おはよう」と言う妻の血色の良い顔を見て、自分がすべての不安をひきうけた気もして、それはそれで苦労をかけてきた妻への贖罪《しょくざい》かもしれず悪くはないとも考えました。

「なんも心配はなかったろうが」

背伸びをしながらあくびまじりに語りかける私に、妻は背中をむけたままですが陽気さと照れくささまじりに「そうねえ」と答え、「なんもあんなに大騒ぎせんでもなあ」と私はからかい、洗面所に向かいました。

歯をみがきながらタイル張りの洗面所の脇の白壁のいくつものしみをながめ、そのまま視線を上げて格子戸の向こうの青空をあおぐと、空は目覚めると同時に感じたようにどこまでも澄んでおり、朝にしては暖かい大気も一気に春めいた感じがします。妻の不安は天候に微妙に反応するのは今はじまったことではなく、午後は雨になるという天気予報が少しばかり気にはなりましたが、まずは一安心といったところで、赤目の干物にかまぼこに海苔、蜆《しじみ》のみそ汁に、キャベツの浅漬けでいつもと同じ時間にいつもよりはゆっくりと食事をしました。

「桜もいっきに咲くかもしれんね」

「そげん急には咲かんでしょう。まだ、蕾《つぼみ》がちらほらでしょ」

「あたたかくなれば、あっというまに咲いて、雨が降ったら、あっというまに散るのが、桜やろう」

「でも、まだ、もう少しでしょう」

「沖縄はもう桜も終っておるかね？」

「沖縄はねー、そりゃ、暖かですもんねえ」

「どげんするか？　宏に電話して、今帰仁《なきじん》の桜はどうか、きいてみるね？」

私はそれとなくたずねましたが、妻は照れくさそうにうつむき、そんくらいのことで電話しても叱られるしねえと言います。私は昨夜の妻の言い分には知らんぷりをきめこんで、もう、それ以上はなにも言いはしません。

「後で、風頭公園に行ってみるか」

「そうねえ、蕾をさがしてみましょうか」

食後にお茶をすすりながら、私たちは宏の子どもの頃のいたずらの数々を語りあいました。蛇をつかまえてきて、マッサージソファの上でとぐろを巻かせていたこと、盆ちょうちんにマジックで大きな目玉と舌を描いたこと、それからお金もないのにひょいとバスに乗り、帰れなくなると交番に行っておまわりさんに電話をかけさせたこと。あの子はちょっと放浪癖があり、伊王島行きの船に乗ったり、佐世保行きのバスに乗り、西海橋の売店から電話をしてきてあわてて迎えにいったこともあります。

「困ったら、あの子は自分から電話をかけてくるやろうが」

私が言うと妻も安心したのかひとつだけこくりとうなずきました。

食事を終えると妻はじょうろを持って庭に出ました。

「お父さんもおいで、気持ちがよかよ」

妻の声は明るく私は安心して、「ああ、後で行く」と答えました。室内からながめても庭の周囲に植えたつつじの葉が青々と息をふきかえしてきているのはわかり、今年も五月には赤と白の花で庭はいっぱいになると思うと浮き浮きとした気分にもなってきます。

私が再びこたつに座り、書きかけの文章を読み返して、最後の文章をどうするか頭を悩ませはじめたところで、庭の方から妻の慌てふためく声が聞こえました。

「お父さん、来て。ちょっと早う来て」

庭を見ると妻は屋根の方を見つめ、こちらにちらちら目配せをしながらも手招きをしています。

「どうした?」

「いいからっ、来て!」

私は縁側に出て、サンダルを足先につっかけ、妻が指をさす屋根の方をながめました。

「鳥」

妻が指をさしている屋根の雨樋《あまどい》の下にバスタオルのような白いものがぶらさがっています。乱れた羽と長い首はだらりとたれさがり、長く細いくちばしはわずかに開いたままです。川の浅瀬で長い脚でゆっくりぬきあしさしあしで歩いては小魚を探している姿をたまに見かける真っ白な鳥、そう、白鷺……、それも、たぶん、これはダイサギでしょう。

菜箸を思わせる二本の脚が妙に折れ曲がったままなのは、蜘蛛《くも》の糸ほどの細い線がからみあっているからで、それは日の光でわずかに輝き、魚釣りのテグスであるのがわかりました。それが鳥のからだ全体に幾重にも巻きついて身動きができないまま逆さまになっているのです。鳥はなかばあきらめと恐怖が混じる眼をじっと見開いて、なすすべもなく私たちを見つめていました。

「まだ、生きておる」

鳥はもがこうとするのですが、細いテグスは羽の付け根から先端に二重、三重にからみついており、ほとんど動くことはできないばかりか、もう暴れる力も失われているようでした。私は床下にしまいこんでいた錆《さ》びた脚立を取り出して、同時に妻に鋏《はさみ》を持ってくるように言いました。妻は縁側から居間にあがりこんで、仏壇のひきだしにしまっていた鋏を手にしてすぐに姿を現しました。

私は妻から受け取った鋏を手に脚立に昇り、逆さまになった鳥の脚のほうでよじれて雨樋にからみついたテグスを切り、鳥を静かに腕に抱きとめました。

鳥は怯えて逃げようとしましたが、わずかに首を上げるだけで、やはり抵抗する力も失い、羽ばたくこともできないようです。私はテグスがからんでいる鳥を両腕でそっと抱いていました。

羽毛のために白くかさばりはしますが、白い雲でも切り取ったかのように鳥は泣きたくなるくらいに軽く、よく見るとくちばしの端にも、首にも、胸にも、細い鞭《むち》で打たれたかのような赤い血のすじが幾本もにじんでいます。

「お父さん、ここここ」

妻がバスタオルを縁側に敷いてくれたので、私はそこに鳥を寝かせ、それから鋏で巻きついたテグスを一本、一本、丁寧に切ってほどいていきました。鳥は力なくもがいてくちばしをわずかにひらき、そのたびにちらちらとふるえる桃色の舌がのぞきます。

細く硬いテグスをぷつっと切るたびに、私の心も、ぷつん、ぷつんと針が飛ぶように切れてしまう気がして、そこにもうなにも見えないで白い光に包まれている鳥が、「ダレ?」

と問う声が聞こえてきて、私はいたたまれなくて、「すんません、ごめんなさい」と念じていました。

私のほんとうの母も父も、あるいは最後にはこのように傷ついて苦しみながら死んでいったのかもしれません。六十年以上もの間、そのことを深く思《おも》い煩《わずら》うことさえなかった自分の薄情さになによりも涙があふれてきて、どうにもしようがなかったのです。

「一晩中、助けを求めておったのね」

妻も涙ぐんでおり、「苦しかったろうね、恐ろしかったろうね」と羽をさすってやります。脚の付け根の薄桃色の肉に釣り針は深く刺さっており、私はなんとかそれもはずしました。鳥は小さく嘴《くちばし》をひらき、長い首をそらせましたが、やはりもう力は残されておらずすぐにぐったりとなり、注意はしたつもりでしたが針先の返しは皮膚を裂いたらしく、みるみる白い羽毛に血がにじんでいきます。

「早う気がついてあげればよかったのにねえ」

鳥はしだいに光が消えていく潤んだ眼で私を見つめており、私は「すまない」とつぶやきながら、なんども鳥の柔らかい羽毛をなでさすりました。

「ごめんね、たすけてーって、一晩中、言っておったのやろうに……、ごめんやったねえ」と妻もいっしょにあやまってくれます。

「しかたがなか。ぶらさがっていたら、屋根の上から見ても見えんかったろう。しかたがなか……」

「ごめんね、ごめんね」

妻は涙ぐんで、ただもうしきりに羽をなで、私もほとんど祈りにも似た思いであやまりながら、なんどもなんども羽や腹をさすりました。

鳥はやがて首を長く伸ばしていましたが、一度だけ頭をもたげたきり、ぐったりとなり、まもなく眼の光が消えていきました。曲げた脚の指先が丸まっていき、首がだらりとのび、くちばしから黄色い液を吐いて、失われていく力の気配を私は手のひらで感じていました。丸い眼はひらいたまま、私でもなく妻でもなく、どこかはるか遠くで焦点を結んで、もうこの世界のなにも見えてはいないのでしょう。

こうして傷だらけの母は無言のまま春の光に照らされて息をひきとったのです。


私が養父に連れられて浦上天主堂を訪ねてから半世紀近くが過ぎてしまった。私は還暦を迎えた。淡々と時は流れたのである。養父も養母も亡くなり、娘も息子も家を離れていった。私がいったんは見いだしたと思ったウラカミにも時はひたすらに無為に流れていき、今では市の北部のなんでもない地域である。

私のほんとうの神はなんであるのか、もしかしたら幼い私は神を知らぬうちに捨ててしまったのではないか、私がそんなふうに大仰に悩んだことはなかった。私は深甚な憂慮などを抱えこむにはあまりに浅はかすぎる人間だったのだ。

私はひとつのぼんやりとした空白だった。空白には虚無の深さもなければ、信仰を捨てる激烈な意思さえもない。私はそのことを恥じることもないほどに迂闊《うかつ》だっただけである。

この春、一羽の白鷺が家に飛来した。釣りのテグスが羽にからみつき、おそらく苦しまぎれに飛んできて、我が家の屋根の雨樋にひっかかり、逆さ吊りになって一夜を過ごしたらしい。鳥は夜中のあいだ救いを求めるかのようになんどももがいたようだったが、敏感な妻がその気配を感じてしきりに不安を訴えたにもかかわらず、私はついに朝までそれに気がつくことはなかった。

朝、発見した時には鳥はすでにぐったりとしていた。すぐにテグスを切り離したが、鳥はすでに眼の輝きも羽の力も失い、まもなく死んでしまった。

春の陽《ひ》ざしの中で一羽の鷺の亡骸《なきがら》を私と妻はしばらく眺めていた。

「なんで、もっと早うたすけてあげられんかったのでしょうね」

妻の言葉に私の胸は抉《えぐ》られた。なんと私は薄情な人間であったことか。

私たちは庭のつつじの根元をスコップで深く掘り、鳥を埋めた。私はいったいなにを葬ったのか。汚れた手を洗いながら私はしばらく喪失感に呆然となったが、爪の中の泥まで落として、すっかりきれいになった手で合掌して、ひたすらに鳥の成仏を祈ると、久しぶりに汗をかいたこともあったのだろうか、いくらか爽《さわ》やかな気分になった。

「これで、この家はお父さんの家になったね。縁があったとやろうね」

妻は私の過去も私の心情も良く察していた。

家は外も内も杉板は変色しており、白壁も黄ばみ、どこを歩いてもきいきいと軋む。古びた安普請でいつ倒れてもふしぎではない。私はなんの血のつながりもない養父母から家を受け継いだが、なんとはなしに還暦を過ぎてもどこか居心地の悪さを感じていた。

午後になって黒い雲が流れてきて雨が降った。私はつつじの庭に降りしきる粘りつく春のなまあたたかい雨を見ていた。鳥を埋めた家はふっと肌にしっくりとなじんできた感じがした。

私も妻もあとどれくらい生きることができるのかわからない。娘も息子もこの土地にはもう帰ってこないだろう。この家が取り壊され空き地になるのもそれほど遠い未来ではなく、根元に鳥の骨が埋まるつつじがひっそりと咲く空き地を今の私ははっきりと想像もできる。この家と土地の私たちは最後の人間になるはずだ。

娘も息子も自分たちの神がなんであるのか、自分たちが葬ってしまった神のことさえ考えることはないのかもしれない。だが、私はそれを怨《うら》むまい。それは今、始まったことではなく、六十年以上も前にすでにこの国では始まっていたことではなかったか。

私の戸籍の父母の氏名欄は真っ白で、なにも記載されてはいない。被爆時に零歳だった私の被爆経験のすべてはそこに埋められている。

三橋敏雄

昭和三十年代

夜の虹ああ放射能雨か灰か

原爆資料館内剝き脱ぐ皮手套

冬の腐臭と薬臭かすか爆心地

手で拭く顔手で拭く朱欒爆心地

爆心地いま冬踏む砂利舎利の音

「句集　まぼろしの鱶」より

松尾あつゆき

昭和二十年
長男また死す、中学一年
炎天、子のいまわの水をさがしにゆく

なにもかもなくした手に四まいの爆死証明

昭和四十年
うでのケロイドも二十年ことしの夏となる

昭和四十二年

被爆者とよばれおのが尿のビーカーをもつ

昭和四十五年

原爆をおとした天へ頭を垂れて祈る人たち

「句集　原爆句抄」より

Ⅳ

死の灰は天を覆う

ビキニ被爆漁夫の手記

橋爪 健

S兄。

すっかり御無沙汰してしまった。おわびのしようもない。君も久美子さんも、さぞかしあきれたり怒ったりしているだろうな。今さらどんな弁解をしたところで、肉親同様に親しい君たちを裏ぎって、ものも云わずに故郷をとびだしてきたおれの行動は、ぜったいに許されないことだ。ほんとうに申しわけがない。

だが、あのときは、じっさい何も云えなかったんだ。君ももう察していてくれるだろうが、被爆してから二年間のおれの気持は、自分自身でもどうにもならなかった。まして、あくまでも温情の君たち兄妹の前に、すっぽだかのおれを投げだすなんてことは、おそろしくて、なさけなくて、とてもできなかったんだ。しかし、いつかは、それも早い機会に、何もかもうち明けて、君たちの許しを乞《こ》わねばならぬとは思っていた。昼も、夜も、考えていた。ひと月のび、ふた月すぎ、とうとうこんなにたってしまった。この十カ月、大東京の裏町を逃げかくれるようにほっつき歩きながら、だらしない自分にギリギリしていた。

君たちのやさしい顔が、いつも目の前にあった。それでも、口で云うことはおろか、文字に書くことすら、苦しくてならなかったのだ。

だが、Sよ、やっと機会が来た。もう、なんとしても黙っていられない時が来た。第五福竜丸の一船員として、君たちばかりでなく、世界中の人々に、はっきり云わねばならぬ時が来たんだ。おれにその決心をさしたのが、この三月二日だといえば、君もすぐわかってくれるだろう。その日の夕刊で、おれはアメリカ原子力委員会の三月一日附公示を知ったのだ。この四五月以降、またビキニ海域で原水爆実験をやるというあの発表を。

おれはいま、築地の魚市場の近くに小さな部屋をかりて、ある海産物のおろし屋につとめているが、その晩帰りみちで買った夕刊に、ぐうぜんその記事を発見したのだ。しばらくは息がはずんで、どうにもならなかった。ただでさえ、この三月一日は被爆二周年目で、二三日前からなんとも云えぬ感慨にとらわれている時だった。そこへ、わざわざその日をえらんだみたいに、突然デカデカと発表されたのだからな、一般の日本人でおどろかない者はなかったろうが、まして、一ぺんやられたおれたちのその時の思いは、どんなだったか。小さなチャブ台とセンベぶとんしかない、すすけた三畳間にしょんぼり横になったまま、おれはその夜一晩まんじりともしなかった。

Sよ。あのビキニ事件が起きたときは、世界中大騒ぎになったが、いつのまにか二年余という月日がすぎて、その時の印象は日本人にさえ忘れられようとしている。だが、おれたち当事者にとっては、忘れるどころか、放射能とともに骨髄にまで食い入って、生涯消えさることはない。二十三名のうち、久保山さんはたった半年で殺されてしまった。他の連中も一年あまり生死の境を彷徨《ほうこう》したあげく、やっと病院から放免されてからも、なつかしい海へ帰ることはできず、ちりぢりになって、陸へ上ったカッパみたいに、慣れない陸の商売にすがりつこうとしているが、誰も彼もなんとなく体のぐあいが悪くて、まともに働けない。げんにおれも時々右半身がしびれたり、原因不明の熱を出したりする。夜も安眠できず、毎晩へんな夢をみる。昨夜も、いやに細長い町に、目も鼻もない小さな白っぽい妖精みたいな怪物が無数に集って、家をたてたり道路工事をしたり、中には尤《もつと》もらしい身ぶりで演説なんかやっている夢をみた。それがどうやらおれの骨髄の中で、死の灰の悪魔どもが永住の都市計画か何かやってるらしいんだ。笑うにも笑えないよ。ともかくそんなわけで、みんな戦々兢々《せんせんきようきよう》、生ける屍《しかばね》といった生活を人知れず送っているのだ。広島長崎の原爆症患者たちが、ろくな治療も補償も受けられず、今なお悲惨な生活をつづけているのに、おれたちだけ過分な優遇をうけて申しわけないとは思う。しかし戦時とちがって、平和な公海で、平和な生業にいそしんでいたおれたちが、無警告の水爆実験のために、こんなにも痛めつけられたということ、これは、ただごとではない。おれたちの憤り、恨み、無念さは、文字通り骨髄に徹するものだった。同時に、対内的には、こんな不始末をしでかして世間を騒がせたり、業者に迷惑をかけたりして、まことに面目ないと思っていた。

ところが、その後、想像以上の世界的な大騒動の渦中にまきこまれて入院生活を送っているうちに、そういうおれたちの気持は、だんだん変ってきた。それは、ほかでもない、おれたち二十三人がうまく灰だけかぶって、一応無事に逃げ帰ったことによって、水爆実験の怖ろしさが世界中の人に確認され、戦争はもちろん、実験さえも禁止されるようになったら、人類にとってこんな幸福はない——そういう考えを持つようになったのだ。もし、そうなったとしたら、おれたちのギセイは、個人的にはどうあろうとも、人類にとって、この上なく尊い、張合のあるギセイとなりうるのだ。そうなれば、みじめなおれたちも、苦しみ甲斐もあるし、あきらめもつく。一介の漁師に課せられた役割として、これはなんという大きなものだろう——そういう考えが、おれたちの傷ついたアバラの奥にふくれ上ってきたのだ。

なぜ、そんな考えが強くなってきたのか。それというのは、あのときの航海が、今考えても不思議なくらい、ひどく宿命的な航海だったからだ。おれたち漁師は、みんな知ってるように、御幣《ごへい》かつぎは多いが、たいてい無信心者で、別にキリスト教や神仏に帰依《きえ》しているという者はないと云っていい。それでも、あの航海を思いだすと、なにか神とか造物主とかいうような、大きな神秘的な力が、原水爆による人類の死滅をおそれあわれんで、おれたちの第五福竜丸を、丁度《ちょうど》よくビキニの水爆実験に立ちあわせ、灰だけでもこんなに被害があるのだぞ、水爆戦争などぜったいにしてはならんぞということを、人類に教え戒《いまし》めてくれたような気がするのだ。いわば天の啓示、神の黙示といったものを世界中に知らせるために、おれたちが白羽の矢を立てられたのではなかろうか……。

この宿命的な航海については、あとでこまかく具体的に話すつもりだが、ともかく、こういった考えを持つようになってから、おれたちは、多少なりとも救われたような気持になった。また、国内には、いくらかでもそういう目でおれたちを見てくれる人もないではなかった。不思議な航海のことなど全然知らずに、結果からだけでそう見てくれて、なぐさめ励ましてくれた人もあった。おれたちは、一年あまり病院のベッドにねころがって、自分らの心身の回復をねがうと同時に、ひそかにそういう祈りを世界人類のためにささげていたのだった。そして、原水爆禁止運動が全世界的にはげしくもり上ってくるさまを病窓からながめて、それこそコメカミから血がにじみでる思いで、力強くうなずいていたのだった。

ところがだ。このような天のさとしも人類の祈りも全く無視したように、またしても同じビキニ海域で実験をやらかすという声明を、シャアシャアと発表してきたではないか。しかも、こんどは前のより危険だからと、三十七万五千平方浬《カイリ》という、日本の全面積の三倍半もある広大な公海に立ち入るなと、いけずうずうしく吼《ほ》えたててきたのだ。

Sよ。

もうだまってはいられない。今まで、沖乗り漁師の悲しい宿命であるあきらめから、みんなもくもくと口をつぐんできたが、もうだまってはいられない。一被爆者として、何もかも洗いざらいぶちまけて、世人に、世界中に、訴えねばならぬ。まだ一度もくわしくは公表されないおれたちの「真相」を、はっきり知ってもらわねばならぬ。そして、そこに、小さいながら、おれ個人としての、君たち兄妹にたいするお詫《わ》びのこころを籠めたいと、実はそう念じて、この久しぶりのペンをにぎったわけだ。

まず、あの奇怪なといってもいい因縁的な航海からはじめよう。

一九五四年二月二十二日朝、おれたちの第五福竜丸は、新設の焼津ハトバを出港した。例によって五色のテープが張られ、軍艦マーチや蛍の光の曲が、拡声機から流れていた。空はどんよりと曇り、季節風の西風が強かったが、おれたちの若い胸は希望にみちあふれていた。特におれの場合、こんどこそうんと稼いできて、久美ちゃんに結婚を申しこむつもりで張りきっていた。実は出港の二日前、久美ちゃんに逢って、はっきりその約束をしたし、保護者格の君もよろこんでくれそうな様子だったので、万事うまくゆく確信があった。おさななじみの恋人と、親友の義兄を一挙にかちえるおれの幸福。そして君は農業に、おれは海にはたらきながら、生涯好きな文学や音楽を語りあうことができるという楽しい予想に、おれは有頂天だった。

ところが、出港後二時間、〝宿命〟の第一波は、早くもおれたちの船にしのびよってきたのだ。君も知ってるだろう、駿河湾の真中にある沖ノ瀬あたりまで来たとき、ふと機関部で大事な忘れものに気がついた。エンジンのクランクにとりつけるクランク・メタルの予備を造船所においてきてしまったのだ。それがないと、破損したとき取りかえることができず、大へんなことになる。機関部の大失態だ。それというのも、五六十日も遠洋をかけずり廻ったあげく、帰ってくると大急ぎで修理してまたとびだすという漁船商売のあわただしさから起ったことだが、いつもめったにやらないこんなヘマが、こんどに限って、どうして起きたのか。そのときはただ何だか縁起がわるいような気がしただけだったが、今になって考えると、この時から畏《おそ》ろしい神の意志が作用しはじめたのかも知れない。ともかく、なんとしても取って来ねばならぬ。しかし、いま出たばかりの母港へ逆もどりすることは、ていさいも悪いし、縁起もよくない。そこで幹部協議の結果、近くの石津漁港へ入り、自動車をとばして忘れものを取ってくることになった。

　結局、四五時間も損をして、昼ごろ石津を出ようとしたが、こんどは運わるく干潮にさしかかったため、底のあさいあの港では動かない。やむなく、いあわせた二十トンばかりのサバ船に曳航《えいこう》してもらうと、なんとしたことか、一握りもある太いロップ（綱）が、プツンとあっけなく切れてしまった。もうどうにもしようがないので、夕方の満潮時まで待つことになり、やっとこさ動きだしたのは、もうトップリ日が暮れてからだった。結局、約十二時間の遅延——この時間のずれだけでもなかったら、おそらくおれたちはビキニの灰にめぐりあわなかったにちがいない。思えば潮の満《み》ち干《ひ》き一つにも、おれたちの運命はかかっていたんだ。

　しょっぱなからドジをふんで、いいかげん気をくさらせたおれたちは、それでも元気よく出なおして、針を南々東《サーサーイース》に向けた。するとまたしても、ものすごい西風だ。十五メートルから二十メートルはあったろう。もう七八年もたった老朽船は、ひっきりなしの横波をくらって、ギーッギーッと悲鳴をあげる。おまけに翌日は低気圧にぶつかって、みぞれまじりの暴風雨にもみくちゃにされたが、三日目、やっと南鳥島近くまでたどりついた。

ここにまた運命の第二の岐路が待ちかまえていたのだ。

というのは、このまま真っすぐに走りつづければ、マリアナ諸島からニューギニア方面の南洋へゆく。左にまがれば、ミッドウェイあたりの、いわゆる東沖だ。南洋にするか、東沖へゆくか――ここに船頭（三崎式にいえば漁撈長《ぎょろうちょう》）の大きな悩みがあったわけだ。

大体、魚のいるところへ船を持ってゆくことが、船頭の一ばんの任務で、それは出港前の漁況、例年の漁況、さらにその日無電でキャッチする漁況と、いろいろなデータをにらみあわして決めるのだが、これには十分の年期とかんがなければならない。南洋と東沖、それは両方とも古くからのマグロ漁場だが、南洋方面は凪《なぎ》こそいいが、最近のマグロ・ブームでさんざん荒されている上、船頭としては、前航海に領海侵犯と密輸のうたがいでインドネシア軍艦にダ捕されたことが、にがい経験として頭にこびりついている。

これに反して、ミッドウェイ方面は凪はわるいが、そこのメバチは水温の関係で味がよく値も高いので、こんどは、まだ行ったことのない東沖にするつもりで、出港前、船元ともうち合せてきたのだった。

ところが、船の最年長者で、マグロ縄の本場三崎へ三四年も行って修業してきた久保山無線長はじめ、船員の大部分は、そのとき東沖行に反対だった。

「こんなボロ船で、凪の悪い東沖はむりじゃないか。それに出ばなに面白くないことばかり重なって、みんなくさっている。このまま南へ行った方が無難だろう……」

そういう声が強かったのだ。

だが、封建的な漁船の世界では、船頭は絶対的な権力をもっている。彼は、船の空気にそっぽを向いて、独断的に針を東へ向けた。これが結局、致命的な大失敗だったのだ。

ここでちょっと船頭のことを書いておく必要がある。もちろん、彼にビキニ事件の全責任があるというわけじゃあないが、船の運航というものは、その指導者の性格に大きく左右されるものだからね。

彼はそのとき三十歳、体は小さくてやせ型だが、ギョロリと光る眼は、見るからに意地っぱりの感じだった。事実、意志も信念も人一倍強く、なんでも一人でコツコツやる努力家で、それが船元にみとめられて、昨年二十九歳という異例の若さで船頭にバッテキされたのだ。だが、ろくに口もきかず、酒も飲まず、他人の言葉には頑として動かされない非社交的な性格は、一船の長として、包容力、掌握力が弱いことになる。現に出港直前、それまで乗っていた水夫長《ボースン》と操機長《ナンバン》の二人が、出港祝いにまで列席しながら、船頭と衝突して船をおん出たし、その他の船員にもあまり好感をもたれていなかった。何しろ、年のひらきがあまりないので、彼としてもやりにくかっただろうな。おまけに、八つ年上の久保山さんと来たら、宵ごしの金はもたぬといった奔放な熱血漢で、全然うまが合わず、船頭にとっては、目の上の大こぶだった。自分の味方はただ、長いこと親方として引きたててくれた船元と、新入りのボースンその他二三の腹心だけで、そこに彼の自負もあったが、また焦りや意地も生れ、船の運営をギゴチなくさせる傾きがあったのだ。

こういう船頭の特異な性格が、第五福竜丸に課せられた運命と因縁的にむすびついていたらしいことは、その後つぎつぎに起った事件を見れば、よく納得できると思う。

さて、こうしておれたちはまず東へ運ばれた。相変らず吹きまくる執拗《しつよう》な西風に、船は総帆巻揚《ホース・オール・バイ》で、八ノットの船足もうんと早くなった。まるで何かに追いたてられるように、十日あまり突っ走って、ようやく東沖へのりこんだ。

Sよ。漁師が漁場へのりこんだときの、なんともいえない喜びを、君ならわかってくれるだろう。特に、おれにとっては初陣《ういじん》の漁場だ。海を見ただけで武者ぶるいがする。その水の色は、ひどく黒っぽい。ずっと吹いていた西風に代って、こんどは北東風が強く、うねりのない上《うわ》っ面《つら》だけの波が、白牙をむいて吼えたけっている。今まで十余日、波ばかり見て暮したが、ここへ来ていよいよ渺々《びょうびょう》たる大洋へ来たという感じだ。印度洋あたりは、なんだか厚みのある、ジュータンみたいな海で、落ちても死なぬような感じだが、ここは船から離れたら、即死だ。そんな緊迫感がある。船影など一つも見えない。その代り、鳥が出てきた。アホードリに似たオーゾが、ときどき荒波の上にポッカリ浮かんで、船を眺めている。キョトンとした孤独の顔だ。おれはふとイギリスの海洋作家メースフィルドの詩を思いだした。

海の鳥たちはどれもこれも

海で死んだ船のりたちの魂だ……あの鳥たちの中に、八年前シケで死んだおれの父さんもいるかも知れない。そして、おれもやがてはああいう鳥になるかも知れない。海に生き、海に死ぬ、それが漁師の本懐じゃないか……そんな気分にも実際なったよ。

まあ、こんなこまかいことを書いていたらキリがないから、ここではビキニ事件への宿命的な糸だけをたぐるとしよう。

二月六日午前二時、いよいよ第一回の投縄《とうなわ》が行われる。マグロ縄というのは、いつか君に話したが、電灯のコードよりちょっと太いコールタぬりの綿糸に、約五十メートル毎《ごと》に塩イワシか冷凍サンマを餌にした釣縄《つりなわ》(タレという)をたらしてつなぎ、約三百メートル毎にガラス玉のボンデン(浮き)をつけて、百キロも大洋の上にはりめぐらすのだ。なんのことはない、一本の長い本縄の下に千五六百本もの枝縄が縄のれんみたいに水中にぶらさがって、マグロその他の大魚を釣るしかけなんだ。その縄一すじに、二十余名の、いや家族をひっくるめて百人もの生活が支えられているのだ。いわば、おれたちは丁度タレがぶらさがっているように、この一本の縄にしがみついて生きているのだ。この縄から手をはなしたら、親子兄弟食えなくなるのだ。

さて、こうして縄を流しておいて、昼ごろ揚縄《あげなわ》にかかった。船が縄に沿って徐航しながら、ラインホーラーで巻き揚げていくのだ。みんな息をのみ、手ぐすねひいて待ちかまえた。ところが、なんとしたこと、時々かかってくるのは憎々しい面構えのサメばかりで、マグロ類は一匹もない。結局、サメばかり二十何匹というサンタンたる成績だった。期待が大きかっただけに、みんながっかりすると同時に、船頭にたいする不満と、この航海の不吉な予感が、急にふくれ上ってきた。

中一日、慎重な適水調査をしてから、翌々日場所をかえて第二回目の縄を入れたが、またしてもサメばかり。しかも、三分の一ほど揚げてみると、その先の縄が切れて、影も形もなくなっているじゃあないか。みんな、青くなった。いよいよ何かのたたりにちがいない。今にどんなことになるか分らんぞ……全く、そんな不安に胸をえぐられたね。

「こりゃきっと根へひっかけたんだ。こんな瀬のうんとある、潮の早えとこへ縄アやったら、捨てるのがあたりめえだ。おれが相談したのは、もっと先だったんだ」

久保山さんが吐きだすように云ったその言葉は、今でもはっきりおれの耳に残っている。

ともかく、ぐずぐずしていたら、縄は潮のためにだんだんもぐってしまう。一刻も早く探しださねばならぬ。船は全速力《ホースピー》をかけて、切れた地点から大きく半円をえがきながら、ジグザグに航走しだした。全員総出で、マストやブリッジの屋上によじのぼり、目を皿にして、旗のついたボンデン玉をさがし廻る。こうして荒れ狂う波間を、まる二昼夜、不眠不休で捜索したが、二回ほどほんの切れっぱしを見つけただけで、三日目になると、もう誰も彼もはげしい疲労と絶望にうちのめされ、ただ茫然《ぼうぜん》と海に目をやっているばかり、中には立ちながら居眠りをしている者も出るという始末で、船内には名状しがたい陰惨な空気がみなぎってきた。
大漁がつづくときなど、一週間ぐらいろくすっぽ眠りもせず、命がけの労働をやらされても弱音を吐かないおれたちだが、不漁の上にこんな事態になっては、もう黙ってはいられなかった。——

——畜生、もうこの航海はめちゃくちゃだ。一体どうしてくれるんだ。

——ざまア見ろ、こんなところへ来たばっかしに、こんなことになっちまったんだ。この責任は誰がとるんだ。

——もちろん船頭だ。おら知らねえぞ。

——今さら責任とったって、どうなるもんか。おらっちは自腹を切って、二カ月只働《ただばたら》きだ。

——どうせ駄目だと分っていながら、いつまでおれたちを苦しめるんだ。いいかげんになんとかしてくれ。

初めはかげでコソコソ云っていた低い声も、時とともに次第に大きくなり、しまいにはゴウゴウたる非難の渦が船一ぱいにひろがってきた。一般に、マグロ船が縄をなくしたとき、三日はおろか五日六日も不眠不休で探索させることもないではないが、この場合、船頭の掌握力では、これ以上働かせることは到底むりだったし、事態はあらゆる意味で船頭に不利になってきた。ついに、三日目一ぱいで縄探しをうちきり、なんとか次の手段を考えることになった。

何しろ、三分の二の約七十キロの縄をなくしてしまっては、予備の縄をたしても、せいぜい四十キロぐらいしかない。おまけに、三日間全速で走り廻ったため、油もずっと使いこんだし、今後の戦闘力をすっかり落してしまった。この縄で、この油、これでどういう商売をやるか——それが問題だった。

ともかく、少くともかかり（航海経費）だけは獲《と》りたい。さもないと、不足分を船元と四分六で弁償しなければならないのだ。ただでさえカッパ、ゴム長その他の衣料、カンヅメ、菓子などの食糧の仕込金に一万円ほどの自腹を切っているところへ、この上もち出しになっては、たまらんからな。

船頭、無線長、機関長、船長、舵代《かじがわ》り、ボースンなど、幹部連が額を集めて相談したが、初め船頭は、北へ行こうと云いだした。北というのは三陸沖の真東で、おもにトンボの漁場だ。凪はよくないが、トンボは一ばん値がいいし、内地へ近づく点も有利と考えたわけなんだ。

だが、無線長初め、船員の大部分は南を望んでいた。

「北なんて、とんでもねえや。さんざん揉《も》みぬかれたこの老朽船でよ、この上凪のわるい北へなんか行けるもんか。船方《ふなかた》だって、やりきれやしねえ。それより、凪のいい、漁場づきの南へ下りてな、帰る道々、魚の食いそうな所をやりながら行く、それしか手はねえよ」

喧嘩っぱやい久保山さんのベランメエ口調に、さすがの船頭も、じっと首をたれて考えこんだ。運命の数瞬だった。この際、彼があくまで北を固執しようと思えば、それもできる。いつもの彼だったら、そうしただろう。だが、彼は、大事な縄を三分の二もなくしてしまって、ろくな商売もできなくなったことに、内心強く責任を感じていた。これ以上、船員の意志を無視することはできなかったのだ。彼はようやく南へ行く決心をしたが、後日、そのときのことを皆と話しあって、あのとき北へ行ってりゃあ、こんな目にあわなかったんだと、ホゾを噛む思いのようだった。しかし、おれは、やっぱり天の意志にさからうことはできなかったんだという気がするな。

そのころアメリカでは、ビキニ環礁にでっかい塔をおっ立てて、軍艦か何かでこっそり水素爆弾をはこんでいる最中だったろう。もちろん三月一日未明に秘密実験をやることも、すでに決っていたにちがいない。それにうまくぶつかるように、「偶然の必然」をつみかさねて持ってゆくためには、神様もいろいろ苦心されたことだろうよ……。

こうして第五福竜丸はミッドウェイ沖を見すてて、南へ走りだした。二月十一日の朝だった。日一日と海が凪《な》いでくるように、おれたちの心もようやく凪いできた。同時に、なんとかして今までの不漁を精いっぱいとりもどさなければという悲痛な願いが、一人一人の腹の底からうずきだしていた。おれにとってはその願いが、久美ちゃんとの結婚と強く結びついていたことは云うまでもない。

さて、その悲願の第一回投縄が行われたのは、南へかわって六日目の未明だった。そこで初めてメバチ、ダルマ、バショーカジキ、クロカワなど、約五百貫の漁獲があり、いくらか愁眉をひらいたが、二回目は二百五十貫と落ちた。もうこうなれば、縄が少いから、一日二回でも三回でも数多くやるより手はない。それに原則通り風に向かって縄を揚げたりしていては燃料の不経済だから、風向きのことなど考えず、投じては引き返し、すぐ揚げてはまた入れるという変則的なやり方で、全員が文字通り昼夜兼行、ゆっくり寝るひまもなく押しまくっていった。

ところが、不思議なことに、何度やっても縄の先の方に魚がよけいかかる。まるで誰かが「こっちへ来いよ、魚がいるぞ」と、海の底から呼び招いているようだ。

「今日はこのへんが一ばん食った。潮流がこうだから、こっちにいるにちがいない」

老練の幹部連もそう考えて、引かれるようにそっちへ縄を入れてゆくうちに、船はいつかマーシャル群島の近くまで来てしまった。

「マーシャルにはアメリカの原水爆実験場があるが、大丈夫か？」

マーシャルと聞いて誰しもそう思った。さっそく本船の位置を調べて海図へかきこんでみると、昨年一九五三年十月に新しく拡大通告されたビキニ・エニウェトクの危険区域まで、およそ百五十浬ある。なお資料を調べたが、一昨年の十一月に、エニウェトクで最初の水爆実験が公然と行われたきりで、最近では全然そういう事実はないようだった。

「どうだ、今やってやしないか？」

船頭が心配顔で久保山さんに聞くと

「べつに警告も出ていねえから、やりやしめえ。それに危険区域へ入りさえしなけりゃ大丈夫。まあ、二三日気をつけるんだな」

船の耳である無線長の言葉に、おれたちも安心して操業をつづけたわけだ。

それから二日目の二月二十八日、いよいよ明日で油が手一ぱいになり、あとには帰航の油しか残らないというギリギリのところまで来た。その残油量が機関長から船長に報告されると、船頭、無線長なども交えて相談の結果、明日もう一回だけやったら帰ろうということになった。まだたった二千貫ぽっちの漁しかないが、油がなくなった以上、いやも応もない。全員は悲壮な思いで、最後の投縄にかかった。

その「明日」――それが今年だったら二月二十九日になるのだが、その年は幸か不幸かウルウドシではなかった、三月一日だ。春を迎えた南洋の空には、月こそなかったが、大熊、小熊、白鳥、オリオンなどの星たちが、芝居の書割りみたいに近くにまたたいて、それがトロリとした静かな海面にチカチカ映る中に、一きわ印象的な南十字星が、何かの黙示のように金の十字架をかかげていた。まったく、天国とはこんなじゃないかと思うほど、美しい、平和な夜だったよ。

午前二時ごろ縄を入れはじめて、終ったのが三時半、船はホッとしたようにエンジンをとめて一時漂泊に入った。夜あけにはまだ間があったが、空はほんのりと青みがかって、東北二三メートルの微風が、つかれた船体をこころよく揺さぶっていた。

早番の連中はもう朝飯をすまして、揚縄まで一寝入りしていたが、おそ番の二三名は明るい電灯の光の下で餌の残りを片づけたり、あとを掃除したりしてから、デッキで飯を食いだしていた。船頭はブリッジの横につッ立って、夜あけの星をとるために六分儀をかまえていたし、ギター好きの若い甲板員《こうはんいん》Mは、若衆部屋（前部船室）の入口に腰かけて、おれのギターをかかえ、一服やりながらのんびり甘い曲をひいていた。

その時だ、突然、西の空にピカッとすさまじく、真赤な火の玉がひらめいたと思うと、空一めん燃えるような赤黄ろい光におおわれた。瞬間、なにか暖かいものが、ファーッと体中におしよせてきた。若衆部屋の入口近くにいたおれは、仰天して飛びだした。太陽より一廻りもでっかい、悪魔のような火の玉が、中空にらんらんと輝いている。おれは全身がしびれたように動けなくなった。何もかも、時間も、空間も、鳴りをひそめて、凍りついている。死の幻想が、ゆめのように浮き上る……。

やがて、その火の玉はスーッと薄れてゆき、オレンジ色の空もだんだん赤黒くなって、わずかに雲の切れ目から縞状《しまじょう》の残光を放つばかりになった。

おれたちは顔を見あわせて、ホーッとため息を吐いた。

――原爆じゃないか!?

直感的にピンと来たが、誰も口に出しては云えなかった。もっともっと緊迫した気持だった。――まだ生きている！　まだ、なんともない！　あの広島のように、ベロベロに皮がむけていない！　助かるかも知れぬ！　一刻も早く逃げなければ！……そんな想念がとりとめもなく頭の中をかけまわるばかりで、ただ茫然と立ちすくんでいたのだ。そのとき、

「やーい、スタンバーイ！ すぐ縄アつかめエ！」絶叫する船頭の声が聞えた。ハッと吾《われ》に返ったおれたちは、一瞬いやな気もしたが、ふしぎな安堵感《あんどかん》もあった。縄なんか捨てて、なぜ早く逃げないんだという恐怖と、みんなも一しょだから大丈夫だろうという群集心理からだと思う。反射的に身支度をする。船はホースピーで走りだす。そのときだ、あのズズーンという、腹の底にえぐりこむような物すごい大爆音が起ったのは。おれたちは本能的に耳をおおって体を伏せた。こんどこそ、やられたと思った。だが、やっぱり生きていた。おれたちは、こわごわ四辺を見まわしながら、起き上った。

そのとき、なんだなんだと叫びながら、機関室からかけ上ってきた機関長が、ブリッジのかげの暗がりにいた久保山さんをつかまえて話しあう声が聞えた。

「無線長、なんだね今の音は？」

「さっきの爆音だ、火の玉の」

「じゃあ、やっぱし水爆か」

「そうらしい……大変なことになっちゃった」

久保山さんは放心したように云った。それは自分らの被害の心配よりも、外国の機密をガムシャラに見せつけられてしまった恐怖の声だ。ふしぎな心理現象だった。そばにいたおれも、ふと、そのころ漁師仲間で問題になっていた「消えた漁船」のことを思いだした。君もおぼえているだろう、漁師詩人として焼津では有名だったあの徳田機関長、あれが三崎へ行って乗ってた黒潮丸だ。一年半ほど前、その黒潮丸が颱風《たいふう》も何もないのにマーシャル附近で突然行方不明になって、極力捜査したがとうとう破片一つ発見できず、深いナゾのままたち消えになったあの事件……おれは徳田さんとは二三度会って詩や小説の話をしたし、漁民文学をぜひ漁師の手でうちたてなければならないと目を輝かせていた彼の熱情を知っているだけに、今でも口惜しくて忘れられないのだ。まあ、めったな臆測はできないが、第五福竜丸ももしや外国軍艦に砲撃ダ捕されるようなことにでもなったら……そう思うとゾッとしたね。

幸い、軍艦も飛行機も来なかったが、船頭たちが海図をしらべてみると、たしかにその方向九十浬のあたりにビキニ環礁がある。こうなると、いやでもビキニで原水爆実験が行われたと確認せざるをえぬ。まあ、危険区域から少しはずれていたことだけが、何よりの慰めだったが……。

Sよ。

どうだろう、少しは分ってくれたろうか。おれたちは、このようないきさつによって、ビキニの水爆実験に立会わされたわけだ。このあとのことは、君にも大体話したし、当時新聞雑誌にもあらまし発表されたことだから、くわしくは書くまい。だが、しかし、まだ神の意志は遂げられてはいないのだ。なぜなら、あのとき揚縄をやめて、すばやく逃げ帰ったなら、爆発後二時間もして降りはじめたあの厄介な灰にはお目にかからなかったろうからな。

なぜ早く逃げなかったか？　それはこの二年間、何十何百の人からうるさいほど投げかけられた疑問だった。そのたびにおれたちは、めんどくさくて、ただ灰の怖ろしさを知らなかったからと、簡単に答えていた。たしかにそうだ。広島や長崎の原爆では灰なんか降らなかったし、一昨年のエニウェトク環礁の水爆実験のときだって、どんなことになるか何も知らされていなかったからな。原水爆の秘密保護というやつが、それに対する一般人の知識をゼロにしているのだから、無理もないんだ。

だが、なぜ縄をすてて逃げなかったかの理由として、これだけでは十分といえない。灰が降りだしたのは、縄を揚げはじめてから一時間半もたってからだ。しかもその灰は、鼻や口に入るとイガラッポイし、眼もヒリヒリして開いていられないので、水中眼鏡やサングラスをかける者もあったくらいで、なにかしら不気味な、毒々しいものだった。その灰に四時間近くもまみれていたのだ。みんな内心はやりきれなくて、早く逃げたかったんだ。そのくせ自分から弱音を吐くのは恥ずかしくて、「なんだ、こんな灰ぐらい」といった調子で、わざと帽子もかぶらず灰まみれになって率先敢闘する者もあり、他の者もそれに引きずられて、黙々と働きつづけるといった状況だった。

大体、漁師というものは、大勢の前では自分から何か云いだすことができないようにシツケられてるんだ。それは海上の共同生活という特殊性からもくるが、長いこと封建的に抑えつけられてきた奴隷根性からもくる。昔から「漁師のつれ小便」という言葉があるが、誰かが小便にたつと、みんなぞろぞろついてゆく。それまでは行きたくてもがまんしているのだ。だから、あの時でも、誰か二三人が「おれはこんな灰をかぶって働くのはいやだ。早く逃げてくれ」と云いだしたら、大部分の者が、そうだそうだと云って船頭を動かしたかも知れない。そういう空気に、あの場合、なぜならなかったか。ここで、あのミッドウェイ沖で縄をなくしてさんざん苦労したという事実が、大きく因縁してくるわけだ。

おれたち漁師は子供のときから、商売道具を何より大事にするようにしこまれてきた。シケの中で小桶一つ海中へ落しても、わざわざひきかえして探しまわることさえある。まして、命より大事な（これは船元の考え方だが）縄をみすみす捨てて逃げるなんて、考えることもできない。しかもあの場合、船頭としては自分の責任で大半の縄をなくした直後だけに、なおさら、この上捨てたら大変だという意識が極度に強かったのだ。イチかバチかの危険をおかしても、どうしても縄をひろっていこうと決心したのは、船元に直結する船頭として無理ないかも知れぬ。

商売道具を大事にすることは、なんの商売にも多少ともあることで、一種の美徳だろうが、しかし、それが人命軽視や人権じゅうりんにつながってくると、まさに悪徳だ。戦場で鉄砲をなくしたために銃殺されたとか自刃《じじん》したとかいう話が昔あったが、あれとおんなしだよ。大体、沖乗り漁師というものは、昔ながらに封建的な船元の儲《もう》け主義《しゅぎ》から、極端な人命軽視のなかで働かされているんだ。おれたちの船にかぎらず、危険な老朽船で、ろくに修理もせず、漁から漁に追いまわされ、ものすごいシケの中でも命がけの超重労働を強《し》いられている船が、どんなに多いことか。しかも、報いられるところはごく少い。まあ、そこに日本漁業のたくましさがあるのだが、いくら世界一の漁獲高を誇ったって、当の生産者である沖乗り漁師が世界一貧乏で死傷者が多いんじゃあ、ちっとも威張れやしないよ。

思わず脱線してしまったが、ともかくそういうわけで、おれたちは粉ぶくろに入ったネズミみたいに灰でまっ白によごれながら、今から思えばゾッとする死の作業をつづけたんだ。やっと縄をあげ終ってビキニ水域から逃げだしたのは、爆発後およそ五時間半の九時ごろだった。

灰まみれの船を海水で洗ってしまうと、久保山さんが「みんな飯を食うまえに真水で体をよく洗っておけ」と指令した。年齢的に責任者でもある彼は、灰がはげしくなった頃から心配になり、ふと、広島原爆の記事が出ている雑誌が自室にあることを思いだして、そのページをひきちぎってきた。それには、放射能のある光線や黒い雨のことなどが書かれてあったが、灰のことは全然なかった。大したことはなかろうと思ったが、念のため皆の体を洗わせたのだ。

おれたちは、それほど怖ろしい灰とも知らず、魚の血のりでも洗い落すように、水槽の水で顔や手を洗うと、ホッとした思いで昼飯を食い、ぶっ倒れるように寝台にもぐりこんだ。極度の緊張のあとの虚脱状態というか、みんなガックリとなって、ろくに口をきく者もなかった。その日の三時半ごろ、夕飯に起きてみると、なんだか体中かんだるい。いつもの疲労とちがって、頭が重く、はき気やめまいがする。飯も食えずに寝たきりの者もあった。三四日すると、顔、首、手など露出部分が火傷《やけど》のようにドス黒くなり、水ぶくれができ、それがつぶれると汚ならしくむけてくる。髪の毛はボロボロぬけ落ちる。こうなると、もう誰もが、いよいよあの灰が怪しいと思いだした。いいようのない焦躁と恐怖に、みんなジリジリしてきた。いつも帰港のときは、午前中に船洗いしてしまえば、当直以外はギターひいたり、将棋や読書などにのんびり時をすごすのがおれたちの日課だが、そのときは誰も彼も死神みたいな顔をして、ムッツリ考えこんでばかりいる。おれ自身も、大好きなギターはおろか、小説本にも手をふれる気さえしなかった。

一番不安なのは、小便が赤黄いろくなったことだ。健康なおれにとって、生れて初めてのことだ。清浄な紺碧《こんぺき》の黒潮にたれてゆく黄いろい小便のあわれさ！　おれは魚釣台《ロカイ》で小便しながら、つくづくわがマラを見た。原爆症は子種がなくなるとか、遺伝するとか云われている。万一そんなことになったら、と思うと、急にあたりがまっ暗になって、スーッと海の中へ吸いこまれそうになった。そんな時、おれの頭は久美ちゃんのことで一ぱいだった。

日がたつにつれ、船内には、縄をなくした時よりずっと不穏な、凄惨な空気がよどみはじめた。「もしこれが命にかかわるようなことになったら、ただじゃおかねえぞ」そんな声がおもての若い連中のなかでつぶやかれる。船頭にたいする不信と憤激は、絶頂に達してきた。しかし、だからといって海の上ではどうすることもできない。船頭自身、かさねがさねの凶運にみまわれて、全くやり場のない気持なんだ。おまけに誰も慰め手がないから、かえってえこじな態度をとったり、なげやりな言葉になったりして、あまり皆の前へも出てこない。

「おれたちをこんなにした責任者のくせに、あの口のきき方はなんだ」と、若衆らはますます激昂する。そんなとき、いつもみんなの面倒をよくみる久保山さんから、「おい、おれたちは港へつくまでにみんな死んじまうぞ。この船は幽霊船になるんだ」などとおどけたように云われたり、「今は仲間どうしで反目する時じゃない。いまに、もっともっと大問題になるぞ」とおどかされたりすると、血気の連中もうまくはぐらかされて、かえって気がはぐれるといった状況だった。

こうしておれたちは、まるで鬼界ヵ島の流人といったかっこうで母港に近づいてきたが、ここでまた最後の「運命のまがり角」にぶつかった。というのは、十一日夜から十二日未明にかけて小笠原近海をおそった猛烈な颱風で、第五福竜丸はすんでのことに海のモクズとなるところだったのだ。運よく内地の漁業放送をキャッチして、颱風の中心からは逃げたものの、デッキは怒濤《どとう》のなぐりこみで歩くこともできず、マストも波とすれすれに横倒しになるという始末で、こんどこそいよいよオダブツと思ったね。

その夜一晩中起きていた無線長の話によると、深夜の一時ごろどこかの船が遭難したらしく、五六分ほど悲鳴のようなS・O・Sを発していたが、やがてプッツリ消えてしまったそうだ。もしそれが第五福竜丸の運命だったとしたら、どうだろう。何もかもおじゃんだ。おれたちが被爆してこんなふうになったことも、闇から闇へ消えてしまう。ビキニ事件も起らなかったろうし、水爆実験の怖ろしさも、それほど問題にならなかったろう。おれたちが九死に一生をえたということも、やっぱり神様のおぼしめしだったのではあるまいか……そう考えて、あの嵐の夜のことを思い返すと、あのすさまじい天の怒り、海の猛《たけ》りは、なにか神と悪魔の闘争のようにも思われるのだ。人類を滅亡から救おうとする神の意志と、それを阻止しようとする悪魔の意志との凄絶な闘争……そしてついに神が勝った……そんなふうに考えることは、思わせぶりな神秘主義だろうか。手前勝手な誇大妄想だろうか。所詮《しょせん》これは、実際にあの奇怪にして神秘極まる航海をやってきたおれたちでないと、ピンと来ないかも知れないが……。

ともかく、こうしておれたちは、丁度いい時に、丁度いい場所で、丁度いいあんばいに水爆の灰をあび、二週間という丁度いい期間その灰にひたって、すぐ死ぬほど重くもなく、目だたないほど軽くもなく、丁度いいあんばいの病状に仕上げをされて、母国へ送りこまれたのだった。

それから後のどえらい騒ぎは、第三者の君たちの方がかえってよく知ってるだろうと思う。おれたちは二十三匹のモルモットになって、病院に監禁され、検査だ、治療だ、見舞だ、写真だ、インタービューだ、面会謝絶だ、なんだ、かだと、四六時中追いまわされて、ゆっくり新聞なんか読んでるひまはなかったからな。

S兄。

四月中ごろまでかかって、やっとここまで書いておきながら、とうとう今日まですっぽかしてしまった。かんべんしてくれ。朝八時から夕五時まで働いて帰ってくると、なんとなくグッタリして、なかなかペンが進まないのだが、それよりも実は五月の上旬に東大病院で退院後二回目の健康診断があるという通知をうけとったので、それがすんでからにしようと思ったのだ。今さら男らしくもないが、ほんの一すじのはかない希望を抱いて、その結果を待っていたのだ。その結果によっては、この手紙はもっと違ったものになるだろう……それをひそかに祈っていたのだ。

だが……やっぱり、だめだった。病院の先生が気の毒そうに云う宣告を聞くと、おれはふぬけみたいになって、ぼんやり帰ってきた。その日と次の日はとうとう店へも出ず、いちんち蒲団をかぶって寝たきりだった。もう何をする気力もなかった。寝どこの中でこの手紙を読み返してみたが、何か空虚な感じがして途中でほうりだしてしまった。

この意気地なしのおれを、こっぴどく叩き起してくれたのは、ほかでもない、翌五月五日のアメリカ原水爆実験だった。まっ黒なキノコ雲の写真の下に「けさ第一号爆発」という大みだしで、「中部太平洋の実験場で行われるアメリカの一連の原水爆実験の最初の原子爆弾は、五日午前六時二十五分、エニウェトク環礁のルニト島で爆発した……」と記された夕刊を見たとき、おれは電気にうたれたようにはね起きた。もう私的な感傷になんかおぼれている時じゃないぞ、一日も早くこの手記を発表して、世人に、そして君に、読んでもらわねば！……

Sよ。ざっくばらんに云ってしまおう。一昨日の検査で、おれの精子はまだ死滅したままだということが分ったのだ。肝臓の機能がまだ正常でないだけで、白血球の数も大体復活し、他にも大して異状がないから、普通の勤労にはさしつかえなしという証明書をもらったが、肝心の精子検査が悲観的だったことは、人知れず深淵からはい上ろうとしていたおれを、またしても奈落へ蹴落してしまったのだ。

「広島の例もあることだし、もう一二年すれば元通りになるかも知れない。何しても確率の問題だからね、落胆せずに気長に養生してくれたまえ……」相変らずやさしい医師から退院のときと同じようなことを云われたが、これが落胆せずにいられようか。

この放射能による精子死滅の問題は、考えようによっては一ばん重大な問題じゃないかしら。それだのに、あまり公表されていないし、おれ自身ひた隠しにして君にも誰にも話したことがない。だが、もう隠してはいられない。実を云うと、このことは灰をかぶってまもない頃から、おれたちの脳裏にちらついていたことだった。あの「原子病」という雑誌の記事を読んだ久保山さんが、おれたちの陰惨な様子を見てこんなことを云った。「おい、原爆症ってのは子種がなくなるってぞ。おめえらもう子供ができねえよ。おら三四人あるでいいけえが、おめえら、つまんねえなあ」

これは、おれたちのやりきれない気持をときほごそうと、わざと大げさに云ったのだろうが、事実そんな深刻な言葉が、かえっておどけて聞えて、おれたちのとんがった顔をほぐれさしてくれたものだ。それが、日とともに容態が悪くなるにつれ、その心配がだんだん内攻し強まってきたことは、前に黄いろい小便のとこで書いた通りだ。

入院した当時は、精子のことなど問題ではなかった。生きるか、死ぬかだ。ガイガーカウンターを近づけるとバリバリッとものすごく鳴りだす自分の体は、もう自分の体とも思えない。あんななんでもない灰の一粒々々が、こんな怖ろしい悪魔だったとは！　その悪魔はもう骨髄にまで忍びこんで、いのちのもとの白血球を食い殺しているんだ。医者はおれたちの胸のドまんなかにキリで穴をあけて、骨髄穿刺《せんし》というのをやる。局部麻酔をしてあるから痛くはないが、若い先生が汗ダクダクになってギリギリとキリをねじこむ気味悪さには参ったよ。穴をあけると注射針をつっこんで骨髄液をひきぬくのだが、その瞬間の痛さといったら、全身が反射的にピンとはね上るほどだ。血のトロトロかたまったような液……これが悪魔に食い荒されている造血細胞かと思うと、なんとも云えない思いだったね。この白血球の激減をふせぐには、輸血しかないそうだ。おれたちの体には、毎日のように、大量の他人の血とペニシリンが注ぎこまれた。

ともかくそんなわけで、初めのうちは精子どころじゃなかった。一カ月ほどして初めて精子検査をやることになった。自分で精液をとらされるんだ。やりきれなかったね。結果は、別に異常なしということで、ホッとした。ところが、二三カ月すると、急に人によって弱くなったり少くなったりしてきた。四カ月目には、ほとんど駄目になってしまった。受持の先生はなかなかほんとうのことを話してくれないので、おれたちの方からやいやい攻めたてて聞いてみると、大体次のようなことがわかった。

――広島や長崎のときと同じように、精子が死んだ状態になっている。このままなら勿《もち》論《ろん》生殖にも影響してくる。べつに治療法もないが、ある時期が過ぎると自然に復活する例もないではないから、今からあまり心配するな……。

とうとう、久保山さんが冗談半分に云ったことが、ほんとになってしまった。その上、たとえ子供ができても子孫に遺伝するという話も耳に入ってくる。おれたちはまた新しい暗黒に直面して、毎日々々の心理格闘は一そう烈《はげ》しいものになってきた。

その久保山さんが、半年目にポックリ死んでしまった。一ばん頼りにしていた先輩、丈夫になったら徹底的にアメリカを糾明してやるといきまいていた元気者の彼が、まっさきにやられてしまったのだ。おれたちは、泣くにも泣けなかった。ついに来るところまで来た、こんどは誰の番だろう……心中ひそかに思いながら、お互いの顔を見あうなさけなさを、Sよ、想像してくれ。とりわけ、入院以来したたかに責任を感じていた船頭の様子がへんになって、その数日間は自殺のおそれがありはしないかと心配したほどだった。あとで久保山さんの最期のもようを聞いたが、その悲痛さには、おれたち息がつまったよ。すでに頭が変になっていて、ひっきりなしにわめいたり暴れたりしていたが、看病疲れの奥さんがベッドの下にうずくまっているとも知らず、奥さんの名をなんども呼んでは、「もうじきだ、待ってろ、いまに帰って、うんとしてやるでな、待ってろよ」とうなされるようにつぶやきながら、しきりに股に手をやってたそうだ。それを聞いて、おれたちは何か深い、きびしい人生の底にふれたような思いだった。

死の灰は、精子を殺したが、幸か不幸か、性本能を殺せなかった。長い入院で一応の健康をとりもどしたおれたちは、だから、精子の問題に悩むと同時に、おさえつけられた本能の悩みにさいなまれだした。一日中若い看護婦と一しょに暮しているので、なおさらだった。二十三名中、妻帯者は六人だが、たまに奥さんが見舞に来ても、病院内じゃあどうなるものでもなく、かえって辛い様子だったよ。中には、こらえきれずに、時たまの外出時間をこっそり利用して、新宿二丁目あたりへ遊びにゆくものも出てきた。

こうして一年二カ月、ようやく退院ということになり、先生はおれたちにこんなことを云った。「精子のことは、いつも云うとおり、確率の問題で、かならずどうということは云えない。広島長崎の例を見ても、二三年してりっぱに子供を作ったものもある。弱くなった精子でも、女の方が強い場合には妊娠することもあるが、今のところはまず子供ができないと思ってもらいたい。しかし子供ができないからといって、退院してからあまり不摂生なことをしてもらっては困る……」

最後まで献身的なやさしい先生だったが、そう云われたときは先生の顔があほらしく見えたな。おれたちをそんな目で見ているのかと、青年の潔癖さから不満に思ったのだ。と同時に、こういう局面にぶちこまれた人間のふしぎな矛盾を感ぜずにはいられなかった。

いくら交わりができたって、一生子供ができないとなると、また、たとえ子供ができたとしても、畸型児とか数代にわたる遺伝ということを考えると、かるがるしく結婚はできない。だが、この考え方をいつまで持ちつづけていけるか。結婚もできない絶望的な人生では、さきざきどんな極悪なことをしでかすか分らない。聖人で通せるか、極悪人になるか、その境い目だ。

また一方には、こういう考え方もある。——交わりさえできれば、目先の夫婦生活にはなんのさしつかえもない。どんな正常な夫婦だって、子供ができない者もあるし、またどんな子が生れるか分らないのだ。とりたててそんな悲劇の主人公らしく考えなくてもいいじゃないか。いい相手さえあれば、頓着なく結婚して、せめてもささやかな幸福を楽しむべきだ。この方がむしろ無難な道じゃないか……。

おれも長い病院生活の間に、このことでさんざん悩んだよ。こんなに苦労するくらいなら、いっそのこと性慾も何も根だやしになってしまえばよかった。そうも思った。退院してから、仲間が二人三人と結婚してゆくのを見て、ほかの独身者たちはみんな彼らに一事の望みをかけた。「早く誰かいい子を生んでくれればいいがなあ」と、心ひそかに祈りつづけた。が、残念ながらまだ吉報に接しないのだ。おれは彼らが勇敢に結婚してゆくのをうらやみながら、なおもいろいろと思い迷った。だが、Sよ、おれはついに第二の考え方をとることができなかったのだ。これは結局、各人の気質や環境の問題かも知れないが……。

はっきり云おう。おれにはもう久美ちゃんのような清浄無垢な処女と結婚する資格はないのだ。あの子供の大好きな久美ちゃんに、子供も生ませられないようなおれ、たとえ生れたとしても、それが悲しい生命の誕生だったら、どうだろう。ましてや、二代三代後の遺伝ということを考えたら……ああ、そんなことは考えるだけでもたまらない。あの明るい、純情そのもののような久美ちゃんを、そんな暗い人生に巻きこむなんてことが、おれにできようか。愛すれば愛するほど、おれは久美ちゃんから離れなければならないのだ。

退院して小一月、君らのそばで暮していたとき、おれはそのことを君らにうち明けようと、なんど思ったか知れない。が君たちの限りない愛情や、久美ちゃんのあの可憐《かれん》な姿を見ると、なんとしても口に出なかった。あまりの苦しさにとうとう堪えきれなくなって、おふくろにも何も云わずに逃げだしてきたのだ。どうか悪く思わないで、久美ちゃんにもいいように話してくれ。頼む。

これはおれにとっても、個人的にはどんなに悲しい、残念なことか知れないよ。だが、おれはあくまでもビキニ事件が神意であることを信じている。このギセイがどんなに辛くても、神からこの役を課せられたことに、せめてもの生甲斐を感じている。所詮、久美ちゃんと結婚できなかったことも、神のおぼしめしにつながっているのかも知れない。そう思ってわずかに慰めているのだ。君らにもそれを知ってもらいたくて、あの宿命的な航海のことをくわしく書いたわけだ。

今から思えば、久保山無線長の死も、おごそかな神の意志としか思われない。このままじゃすまさんぞと、唾をとばして叫んでいたあの熱血漢は、死をもって原水爆実験の前に立ちふさがったのだ。その死かばねにつづいて、全世界七億の原水爆反対署名がもり上ってきたのだ。

Sよ。あれから十六日目の今日、五月二十一日、この手紙を書き終ろうとしているとき、またまたビキニの水爆実験が行われた。どうだ、あのすさまじい示威は！　マウント・マッキンレー号特電とか云って、やれTNT爆薬千万トンに匹敵とか、飛行機から落した最初最大の水爆とか、火の玉の直径三マイル以上とか、いかにその威力がものすごいかを謳《うた》って、敵を慴伏《しょうふく》させようとしている。原水爆の怖ろしさは、日本人にはもうよく分っているんだ。今さらおどろきはしない。それよりも、神の戒めを無視し、人類の祈りを黙殺して、原水爆兵器の強大を誇示しあう国どもの根性こそ、まったく怖ろしいじゃないか。災害がでかければでかいほど、奴らは得意になっているのだ。この競争は止めどがない。今に、おれの方は地球の二分の一を爆破できる水爆を完成したぞとばかり、その実験をやりだすなんてことになるかも知れない。こうなるともう喜劇だが、それを黙って見ていられるか。考えようによっては、戦争はとっくに始まっているのだ。原水爆戦争は、こういう形で行われるしかないんだ。こうなったらもう、はっきり戦争として取りあげて、これを極力阻止する方向へ持ってゆくべきだ。原水爆の洗礼を何度もうけた上に、死の灰の谷間におびえている日本が、なぜこんなに控え目にしていなければならないのか。そろばん玉をはじいて補償のことなど云ってる時じゃない。事実をありのままさらけだして、人類の敵をおさえつけねばならぬ時だ。それでも奴らはやめないかも知れぬ。しかし、だからといって、絶対ほっとくべきものじゃない。

今におれたちの頭上には、死の灰や放射能雨が、あとからあとから忍びよってくるだろう。いや、日本ばかりじゃない、やがては地球全部が、姿なき魔の灰におおいつくされてしまうだろう。太平洋のマグロどころじゃない。全世界の人間の問題なんだ。今すぐおれたちのような症状を起さないからといって、この魔の灰をこのまま許しておけるものか。こんなものをバラまく悪魔を許しておけるものか。

Sよ。いまおれの心は神がかりみたいに激しく燃えたっている。が、その片すみには、なにかいじらしい思いがひっそりとうずくまって、美しい春の自然をながめいっている。被爆前はさして気にもとめなかった若葉青葉の鮮烈さ、そして、名も知れぬ小さな草々がかわいい芽をだして、色とりどりの花を咲かせる生命の神秘さに、今さら赤子のようにおどろきの目をみはるのだ。生命力をむしばまれた者の、生命力にたいする本能的な憧憬であろうか……前には草花などいじったことのないおれが、この頃いろんな種子を買ってきて、下宿のせまい庭にまいては、感嘆したり、羨《うら》やんだりしている。

今ふと思いだしたのは、丁度二年前、入院してまもなく、長崎の爆心地に咲いたツツジを送ってもらったことだ。焼けただれた木からもこんなに花が咲いたのだから皆さんも希望をすてないようにと、あたたかい心を寄せられて、おれたちはどんなに感動したことだろう。Sよ、おれもいろいろな意味で、最後まで希望はすてないつもりだ。では、久美ちゃんにくれぐれもよろしく。

さよなら

ビキニで被災した第五福竜丸の一船員が、今もなお放射能症から脱けきれず、特に精子の死滅と遺伝説に悩んで、愛人との結婚を断念しつつ、あの被爆事件が、天の戒め、神の啓示であることをあかしする宿命的な航海について語り、水爆実験に対する憤りと祈りを告白したものである。

アトミック・エイジの守護神

大江健三郎

ぼくがその中年男をはじめて見かけたとき、かれはＡＢＣＣの建物のなかの廊下で、立ったままむせび泣いていた。かれは泣きながらも、顔をおおっていなかったので、ぼくはかれの浅黒く青みがかった丸い顔の涙に濡れてぱっちり見ひらかれた海驢《あしか》の眼みたいに愚鈍そうな眼をいかにもはっきり見たことをおぼえている。その眼のみならず、かれの頭全体が南太平洋の暗褐色の海獣をおもわせた。そしてかれは教科書の写真によく使われる魯《ろ》迅《じん》の肖像の、黒い詰襟の服とおなじものを着て、真新しいゴム底の靴をはいているのだった。かれの脇を通りぬけようとして、ぼくはかれのエイ、エイ！　というような泣き声を、廊下にみちている水の流れるような音の底に聴きとった。その水の流れるような音は、廊下をかこむ両側の資料室のなかで、ＩＢＭが原爆症の死者たちのカルテの山を整理している音だった。八十三万個の白血球をもち、内臓のありとある肉の襞《ひだ》に癌をもち、軽石のような背骨をしていた七十歳の老人のカルテをはじめとする、死者たちの英文の認識票を。

「あいつが、とうとう獲物にありついたわけだなあ」と、そのときぼくを案内してくれていたひどく憂鬱そうな地方紙の記者がいった。

「あいつが、とうとう獲物に?」とぼくはかれの声の暗いひびきに驚いてといかえした。

「あなたは、あいつの噂を聞いたことがありませんか? そもそものはじめに、あいつのことを記事にしたのはぼくなんですが、それでもあいつが実際に獲物を手にいれるところを見ると、嘔《は》きそうですよ」

そこでぼくは、その親しみにくい新聞記者の書いた記事のことを、暗い怒りの文章のように思ったのだったが、あとでかれから届けられた切りぬきの見出しは、ハイエナの野心とか、死の商人の投資計画とかいう、おどろおどろしい敵意の言葉どころか、《アトミック・エイジの守護神》というのだった。記事の本文もまた蜜菓子みたいなヒューマン・インタレストの、すなわちこの地方紙数十万読者の起きぬけの三十分間を、幸福な気分でかざる効果をめざした文章なのだ。もっともぼくは、新聞記者からすでに《あいつの噂》を聞いていたので、いささかも幸福な気分にはならなかったが。まず、この記事の内容を紹介しよう。

広島にひとりの中年男がやってきた、というところから記事は、はじまっている。その男は数年前日本の外務省と、ソヴィエト大使館に、タシュケントの日本人戦犯の身がわりになることを志願し、それが許可されなかったかわり、外務省の高官から個人的に、イスラエルとアラブとのあいだの荒地にいる避難民救済事業に奉仕する仕事をあたえられた人物だった。かれはユネスコのメムバーとなってアラブ人の貧民のために働いた。そのときアラブ人の修行者たちの部落を見てそれに感銘をうけたりもした。やがて日本にかえったかれは、日本の不幸な人間のうちでも、もっとも苛酷な状況を生きている人々を救済するために働くことを決心し、そして広島にきたのである。かれは十人の原爆孤児を養子とし、かれらを東京につれて行ってそこで共同生活をはじめる。いま、かれは十人の新しい息子たちを選んだところだ。かれのような人間をこそ、アトミック・エイジの犠牲者たちの守護神と呼ぶべきではあるまいか？　これはもう、ずいぶん前の日付けの記事だ。

そして《あいつの噂》とはこうである。その男はたしかに十人の原爆孤児を救済した。かれはいま十人の少年たちと一緒に暮している。しかし、肝要なのは、その男が十人の少年たちをそれぞれ三百万円ずつの生命保険に加入させている、ということだ。そして保険金の受取人はかれ自身だ。すなわち、かれはそれに投資して有利な収益をはかるべき、利益率の高い家畜として、それら十人の少年たちをひきとったというべきではないか？

「しかし、その少年たちがすでに原爆症だとしたら、保険会社は、かれらと契約しないでしょう？」とぼくは《あいつの噂》を聞かせてくれた新聞記者に反問した。

「もちろん、契約しないでしょう。契約したのは、その少年たちの躰《からだ》に、まだ異常がなかったからです。あの男自身、少年たちを選ぶとき、躰に異常がない連中を選んだんだし」

「それじゃ、かれらに生命保険をかけたとしても、有利な投資という魂胆だとばかりはいえないのじゃないですか？」

「あのころすでに原爆病院で被爆者と白血病との関係づけは、たしかめられていましたよ。

それに広島では、被爆ほどにも凄《すさま》じい経験をした人体にその後どんな異常があらわれても決して不思議じゃないという考え方は常識ですよ。あいつは、自分のひきとった少年たちの何割かが、やがて白血病で死ぬことを見こしていたにちがいないですよ。本当にあいつは恐しい商売人なんだから！　これは、あの記事を書いたあと投書をうけとって知ったことなんですが、あいつは戦犯の身がわりにタシュケントに行くことを志願したが、だからといってかれを一般的な人道主義者と考えたのはまちがいだったんです。かれにはそれだけの罪の意識があったんだ。かれは戦争のあいだ特務機関員として、蒙古あたりへ潜入して、人間を殺している。終戦のときには玄界灘を往復して闇商売で儲《もう》けていた。それが無一文になったのは結局、台湾の海軍につかまったからなんですね。釈放されて日本にかえってきてからあの男が、なにをやったか？　進駐軍のキャンプで甘い汁を吸っていたんです。こういういかがわしいシュトルム・ウント・ドランクを乗りこえたあと、かれは泰平の世の商売として、広島の十人の少年に投資することにしたんです。それを、ぼくは迂闊《うかつ》にも、アトミック・エイジの守護神などと呼んでしまったんだ！」と銅みたいに濃く沈んだ色をした脂気のない皮膚の、暗くて、かつ熱情的な小男の記者は慨嘆した。

「それで、あなたの新聞は、かれの正体およびかれの計画を、あらためて暴くキャンペーンをやったわけですか？」

「それがやれないんですなあ！　あいつのしていることはヒューマニズムのフィルターから覗《のぞ》けば、汚ない血で染まっているのがわかるけれども、だからといってとくに犯罪というわけじゃないんだから。今度死んだ少年だって、白血病の最初の兆候がでたときすぐ、あいつが広島へつれてきて、原爆病院に入院させていて、あいつの落ち度というものはまったくないんですよ」

「ほかの少年たちはどうしてます？」

「とても健康だそうですよ。うちの東京支社のものが、今度死んだ少年の入院のときにあの男の家へ行ってみたら、まるまる肥《ふと》って血色のいい九人の少年たちが、高等学校のラグビー部の合宿のような具合に暮していたそうですよ」

ぼくはそれを聞いて、不謹慎だと思いながら笑ってしまった。新聞記者も、ぼくにつられて短いキイキイ声で笑い、それからぼくとかれ自身とを咎《とが》めるように、たちまち鬱屈した渋面をつくって、

「黒いユーモアというものを感じるでしょうが」と憂《うれ》わしげにいった。「もっと厭《いや》なことはねえ、あいつが少年を広島につれてきたのは、原爆病院だと、白血病の被爆患者は無料で入院できるということがあるし、そして、少年が死んだあと、その死体を解剖用に、ABCCへわたせば、葬式費と金一封とをくれるからなんですよ。僅《わず》かな額だけれども、ともかくあいつはちゃんとABCCに出頭していたでしょうが。ほくほく顔で」

「ほくほく顔？　泣いていましたよ、身もだえして」

「ああ、ぼくには誇張癖があるんですよ、アトミック・エイジの守護神とかねえ」と新聞記者はコンプレックスの強い性格らしくわざわざ自嘲してみせた。

その次にぼくがかれを見たとき、それは比治山《ひじやま》のABCCでかれを見かけた翌日で、ぼくはやはりその前日とおなじ憂い顔の地方紙記者と車で走っていたのだが、男は真夏の日ざかりに詰襟の黒い上衣を着こんで市庁前広場に立っていた。かれの脇には犀《さい》のように堅固で巨《おお》きい第一級の霊柩車がとまっていた。その夏のもっとも暑い日だったからだろう。霊柩車とかれのほかには広場に人影がなかった。男は汗まみれの汚ならしい顔をして孤独な放心状態にあった。ぼくらの車がかれと霊柩車のまえをとおりすぎる時にも、かれは茫《ぼう》然《ぜん》と立ったままで、ぼくらの車に注意をはらおうともしなかった。

「あいつはいったい市庁に霊柩車をのりいれて、なにをしようというんだろう？ ひとり死んだから、つぎの獲物候補を紹介してくれ、とでもいいにきたんだろうか？」と地方紙の記者は、かれの常々のポーズのようにさえ感じられてくる、嫌悪にたえないという様子でひとりごとした。

「しかし、かれは心底悲しんで放心しているみたいじゃないですか」とぼくは自分の観察を率直にのべた。

「まさか！ あいつが悲しむことなんかないですよ」と記者は憤然と反撥した。しかし霊柩車の脇のひとりぼっちのその男の表情にはぼくの感情のやわらかい部分を鋭く刺すところのものがあったのだ。ぼくは、あの海驢みたいな頭の黒服の男が、心の底深く激甚な悲しみの硫酸に焼かれつづけていることを信じた。かれが十人の若者たちを単なる投資した家畜のようにしか考えなかったにしても、現にいま、かれは死んでしまったひとりの若者のことを悲しんで途方にくれ、茫然としているのにちがいないとぼくは考えたわけである。かれはぼくの眼にそのようにうつったわけだ。この日は原爆記念日だったが、すくなくともぼくは、この盛夏の広島の真昼の陽《ひ》の光のなかであのように茫然として立っている男を、ほかに誰ひとり見かけなかった。

「ともかく死んだ少年のために、あの男が傭《やと》った霊柩車は、ずいぶん立派じゃないですか。ABCCが葬式の費用をだしてくれるといっても、それは誰にも一律にいくらかの金をはらうということでしょう？　あの男が、いちばん立派な霊柩車を傭ったとしたら、やはりそれだけのことは認めていいじゃないですか」

「霊柩車の費用？　あいつの受けとる保険金は三百万ですよ。霊柩車なら、買うことだってできますよ、それも外車を改造したやつを何台も！」

「あなたは、あの男にとても冷酷だけどそれはあの記事を書いた自分を咎めているからじゃありませんか？」

「ぼく自身、被爆者です」と地方紙の新聞記者はぼくから眼をそらせて不機嫌にいった。

それから三年たって、ぼくはその中年男がジャーナリズムに再び登場するのに接したのである。こんどのかれのトレード・マークは《アトミック・エイジの守護神》ではなくて、《アラブの健康法の指導者》ということだった。ぼくは始め驚いてしまったが、そのうちかれが、ユネスコの仕事のとき、アラブ人の修行者の部落で感銘をうけたというエピソードを思いだしたのだった。そのころ、インドのヨガが日本に紹介されて、ひとつのブームをつくりだしていたが、この中年男は、かれのアラブ式健康法でもって、ヨガ・ブームに便乗しようとしているらしいのだった。

ぼくはかれが養子にした十人の少年たちのうち、すでに青年と呼ぶべき年齢に達したはずの幾人のメムバーが、なお生きのこっているかということに関心をもっていた。そこで、ぼくはかれが＊＊ホテルでかれの健康法のショーをやるという新聞記事を読むと、友達の編集者にたのんで招待券を手にいれてもらい、その会場に出かけていったわけである。

予想してはいたものの三年ぶりに見た、新しいかれの印象はＡＢＣＣの廊下でむせび泣いていたかれ、陽ざかりの市庁前で霊柩車の傍に茫然と立ちすくんでいたかれと、あまりにもちがっていた。中年男はホテルの小宴会場の正面に、短いパンツだけ身にまとったアラブ人の大男を傍にはべらせて胸をはり足をひろげて立っていた。かれは顔色こそひどく悪かったが（かれはそれを、その日で一週間目になる断食のせいだと報道陣に説明した）傲然として、太陽のようだった。そこではかれの海驢《あしか》みたいな頭が、いかにもかれの得意然とした態度に似合っていた。ぼくは、その新しい中年男の態度に接してはじめて、広島の地方紙の苦労性の記者の憤激に自分の感性がおなじ波長の共鳴音をひびかせだしたのを感じた。このお化け海驢めは、すでに残りの九人をも喰ってしまったのか？

中年男はまず報道陣に挨拶したが、それは、はじめからヨガに対して攻撃的な演説だった。自分はヨガ・ブームに便乗するどころか、アラブの健康法でもって、悪しきヨガを追放するんだ、とかれは一般の風評にたいして敏感に反応しながら説明を展開した。これはむろん、アラブ人だけのための健康法じゃない。アラビアのロレンスは白人だが、この健康法をやっていた。インドのヨガなら、ガンジーもそれをやったにちがいないが、皆さん、アラビアのロレンスと紡ぎ車のガンジーと、どちらが精力的だったと思いますか？

「アラブの健康法には、性的な能力の鍛練法もふくまれておりますわ、現に、わたしがそれをやっておりますよ」と男は声をはげましていうと聴衆の反応を愚かしげなほど期待に輝やく眼でたしかめようとするのである。

男はジャーナリズムの関心をかれの健康法にひきつけるためのひとつの切り札として、性的な能力の鍛練というようなことをもちだしたつもりだったろう。しかしぼくをふくめてかれを囲むジャーナリストたちがとくに生きいきした興味を示すというのではなかった。ぼくを＊＊ホテルにつれてきてくれた友人の編集者は、いかにも飽きあきしたようにぼくに眼くばせすると、

「そら、どこでもこうなんだ、最近の健康法は！　ぼくはヨガをすこしやっているが、性エネルギーをたかめて、それからコントロールする方法の研究を、ヨガでは、タントラ・ヨガというんだ」とささやいた。

「性エネルギーをたかめて、それからコントロールする？　それはまた御丁寧に」

「われわれの性エネルギーなどというものは、まず、おおいにたかめてやらないと、ヨガの網の目からもれてしまうんだなあ。ラジオで受信した電波をまず増幅しなければなにも

はじまらないのとおなじだね」

男は、ぼくと編集者の私語のあいだ、あいかわらずあけひろげな期待の眼を見ひらいたまま、サスペンスをもりたてるつもりとでもいうように、なかば脣《くちびる》をひらき舌を見せて黙っていた。むしろ無邪気なタイプの人間のように感じられるやりかたで。かれの青ざめた皮膚に不つりあいに濡れたサーモン・ピンクをした脣のおくから曇り空のような色の舌がのぞいている。この男の胃は断食にもかかわらず、決して良い状態にはないらしい、そのようなことを考えてぼくが友人との私語を止《や》めると、男は初めてかれの説明のつづきを口にだした。そこでぼくにはかれがお人好しらしい外見の裏に、聴衆のなかにひとりでも注意力の散漫なものがいれば、絶対に自分の演説を続行しまいという、頑固な自尊心をひそめているらしい、ということが了解されたわけである。

「性的な能力の鍛練といってもねえ、わたしは戦後ずっと独身なんですよ。自分の使命感のために、戦争が終った日、女房を離縁してねえ、ずっと独身でとおすことに定めたですよ。そのわたしが、なぜ性的な能力を鍛練しておるか？　それもまた、自分の使命感のためです。わたしにはいま女と寝るひまなどない、それで独身をとおしているんだけれど、当然欲望はある。時どきそいつに頭をもちあげられて思索や行動をさまたげられることがあった。そこでわたしは、意識的に自分の欲望を管理することにしたわけです。一箇月にいちど、わたしは欲望を解放する。さあ、ぜんぶの欲望よ、活動せよ、とよびかけるわけですわ。そしてカタルシスする。自分でカタルシスする意志をもちさえすれば、指一本ふれずに、すべて流れだすわけですな、蛇口をひねったみたいに」

これはやはり、あまり乗り気でなかったジャーナリストたちにも、ちょっとしたショックをあたえた。そこでかれらのひとりが、

「壮絶だねえ」と嘆息するようにいうと、いくらか動揺している笑い声がいっせいに湧きおこった。

「これはわたしのような独身主義者の場合なんだが、わたしの鍛練は結婚している現代人にも一般的に応用できますよ。不自然な形で禁欲せよ、というのじゃない。性欲にかかわることは一箇月に数十分間だけに限ってしまう。もちろん配偶者には完全な満足をあたえますわ。そしてこれ以外の時間をすべて自分の野心と使命感のために集中なさい、というんです。逆に、まったく欲望がなくて配偶者に不満をもたれている弱い夫も、わたしの鍛練法でその能力を回復することができる。いつでも自在に、自分の性的機能をコントロールできるんだからね。これこそ二十世紀になって文明人のなしとげた、コペルニクス的転回じゃありませんか？　現代の心理学はいたずらに性的神経衰弱者をつくりだすほか能がなかったが、アラブの健康法の性的な鍛練法は性欲そのものを道具のように使いこなすことを可能にする。もう性欲はわけのわからぬ危険なものじゃない。いつでもポケットからとりだして使える万年筆みたいなもんだ。これは計画出産だって、革命的に変えますよ。火星に人間がいれば、おそらくかれらはアラブの健康法とおなじ性管理をおこなっていると信じますねえ。これでこそ現代人として、自分の野心と使命感とにむかってまったくフ

ルに力をだすことができるんですわ！」

ひとりのジャーナリストが手をあげて質問を試みた。その時、中年男の海驢みたいな眼が新しく強い期待に輝やいたので、ぼくにはかれが質問を熱望していたのだということがわかった。それも、かれの現代人としての野心と使命感とはなにか？という質問を。しかしジャーナリストはひやかし半分にそれとは別のことを訊《たず》ねたのだった。

「あなたは、いま、ここで、その性的な機能の全面的な管理というのをやることができますか？」

「ああ、やれますよ。やってみますか？」と中年男は眼いっぱいにつまっていた期待の花をたちまちしぼませながらも、それでも誠意のこもった声でこたえた。かれはますます無邪気なお調子者に見えたが、誰かの嘆息どおりに、壮絶だねえ、と呻《うめ》かせるおもむきももっているのだった。

「いや、けっこうです」と質問したジャーナリストが辟易《へきえき》して辞退するともういちど、ぐったりした笑い声が小宴会場のなんとなく弛緩《しかん》した悪い空気を揺るがせた。

「他に質問がありませんでしたら」とものほしげなためらいを示したあと中年男は次の演出に移った。

「それじゃ、アラブ人の行者にひととおりの型をやってもらいましょう、写真はご自由におとりください」

その瞬間までじっと沈黙をまもり不動の姿勢をとっていた半裸のアラブ人に、三十人ほどのジャーナリストたちみながあらためて気づいた。誰もが、暗闇で獣に出くわしたとでもいうように、一瞬そのアラブ人をみつめ、ぎくりとして頭をのけぞらせたみたいだった。ぼく自身、最初にかれを一瞥《いちべつ》したあと、中年男の説明のあいだはずっとかれのことを忘れてしまっていた。ぼくには、ひとりの人間、しかも大男の半裸の外国人が、あたかもくすんだ色の家具のように、これほどまったく徹底して自分を主張せずに、そこにひっそり存在していたことが不思議だった。かれは、いわば、穴ぼこのように存在していたのだ。中年男が、圧倒的にそのアラブ人を支配し、頭ごなしにどなりたててこきつかい、かれを、家具のような人間にしたててしまったのだろうか？

中年男はぼくらにむかって顔じゅうにたたえてみせた無邪気な微笑のひとしずくなりとも、そのあきらかに怯《おび》えている半裸のアラブ人にあたえなかった。かれはなにやらわけのわからぬ軍隊調の命令言葉をつづけざまに発した。アラブ人は追いたてられる家鴨《あひる》のような恰好《かっこう》で小宴会場の中央に進み、かかえていたアラビア模様の一米《メートル》四方ほどの絨毯《じゅうたん》をそこに敷き、その中央に長い両腕をたれて立つと、全身これ耳という具合で、背後の独裁的健康法指導者の命令を待った。

そこで中年男は、再びぼくらに愛想よく微笑し、

「カメラの方は前へどうぞ。おもしろいポーズがありましたら、おっしゃってください。その姿勢のままいつまででも続けさせますから！　もちろん、くりかえしてもいいですよ。いちばん気にいった所をとってください」といい、そして青ざめた善良な鬼のような形相

に戻ると、アラブ人になにやら叫ぶのだ。アラブ人はまず、ブルッと身震いした。それからそそくさと左足だけに体重をかけて片足立ちになると、右足を頭の上から肩のつけ根へとまわしてしっかり載せ、両腕をうしろにさしだすと自分の右足の腿《もも》を赤んぼうを背負うようにしっかりと抱きかかえた。そしてアラブ人はその鬚《ひげ》だらけの小さな顔をいくぶんかたむけると、きっと眼をみはってぼくらを見つめ、突然、意外にも、悠揚迫らぬ薄笑いを浮べたのである。いまこそが、中年男の叱咤《しった》する声に怯えることのない唯一の時だ、ということを確信し、一種の気分的な報復を中年男におこなっているとでもいう薄笑い。

カメラを持った者らは一斉に写真をとり、ペンと手帳しか持っていない残りの大多数はなんとなく溜息をついた。写真が一段落すると中年男は次の命令を発するまえに、ぼくらの反応をにこにこして見まわし、再び厳しい顔に戻ると、アラブ人にむかって叫んだ。そして、また新しくアラブ人のあわただしい動きと、奇想天外なポーズによる静止、ゆったりした薄笑い、というコースがくりかえされたわけだ。

はじめ中年男の報道陣とアラブ人とへの態度の極端な変り方に不愉快な感じをうけていたぼくも、アラブ人の薄笑いを眼にしてからは、なんとなく心理の平衡がとれたようで、結局、素直な見物人の役割にまわっていた。やがて中年男の命令の言葉も、アラビア語とかスワヒリ語とかいうものではなく、単なる英語にほかならないことがわかった。中年男はこんな風にくりかえし叫びたてていたわけである。エンダバニンギ、ファースト・ポーズ！　クイックリー、クイックリー！　ヘイ、ユー、ザ、ネクスト・ポーズ！　ドンチュー・アンダスタン？　クイックリー、クイックリー、エンダバニンギ！　そこでぼくにも、エンダバニンギというのが、いまオレンジ色のパンツの下からブルーのサポーターをちらちらさせて時に奇怪な味のする体操をつづけるアラブ人のことだとわかった。

この日、＊＊ホテルの小宴会場でエンダバニンギ氏がくりひろげたアラブの健康法のポーズをいちいち紹介することはさけるが、それでも二、三のポーズについては書いておきたいと思う。アラブ人がしゃがみこみ子供の拳《こぶし》ほどもあるその両拇指に力をみなぎらせて特殊な爪先立ちをする。かれの上躰はすっかり両膝のあいだにある。その膝の外側から両腕をまわして、かれは背骨をふたつの掌でマッサージする、これがひとつのポーズだ。また、もうひとつのポーズ、アラブ人は右膝と右肱《みぎひじ》とで平衡をとっておかしな倒立をしている。しかもかれの左足は頭のうしろにあるし、左肱は右の踵《かかと》の上に載ってみなぎった力に震えている。

最後にアラブ人は人間の筋肉のあらゆる細部が意志の力で制御できるということを示す、という中年男の説明にしたがって、オレンジ色のパンツをいくらかずりさげると、腹の筋肉を自由自在に動かしてみせた。虐待された内臓は、ボートの舷側《げんそく》をたたく水の音のように、時どきザブリと鳴った。それはまったく脈絡なく人を不意に懐かしい気分に誘う音だった。結局、このアラブ人は、小宴会場じゅうのジャーナリストたちに、特殊な、胸のせまるような印象をあたえて、再び隅に悄然《しょうぜん》とひっこみ、くすんだ家具か穴ぼこのような存在に戻った。

おそらくエンダバニンギ氏にもっとも深い感銘をうけた新聞記者にちがいない、ひとりのジャーナリストが、実演のあとの質問の時間に中年男にたいする反感をあらわにしてこう訊ねた。

「あのアラブ人の青年はどういう契約で日本にきて、あなたのために健康法のデモンストレートをやっているんですか？」

「契約？」とやはり愚かしいほど善良そうに問いかえして、男は質問者を見つめたまま頭をかしげた。

「どれくらい給料をはらうとか、どんな待遇をするとか、いつまで滞在するとか、そういう契約です」

「ああ、そういう契約？　そんなものありやしませんよ」とあっさり中年男はこたえた。

質問した新聞記者のみならず、小宴会場のすべてのジャーナリストたちが、これには、幾分あっけにとられた。

「だってエンダバニンギはねえ、アラブの健康法の行者だもの。行者はみな独身だしなにも所有することができないんですわ。主義も主張も金も財産も、ともかく、なにももっちゃいかん。これをアラブの健康法では、鶏みたいな人間というんですが白紙の人間として真実を見きわめようとするんです。かれは日本に、その行のためにきたのでね、わたしの家の三畳に住んでいるが、ほんのすこしたべ、ほんのすこし眠り、そして行にいそしんでいますよ。かれはすこしでも怠けることで自分の行を後退させるのを恐れてねえ、行をやらない時間は、わたしのために下男みたいなことをやってくれていますわ。本当にかれは、えらい男ですよ。まさに行者だねえ、まさに鶏みたいな人間だねえ！」と中年男は感に堪えぬようにいい、こんどだけは笑顔のまま、アラブ人に近づいて、その肩をどすんと叩いた。ちょうどアラブ人はズボンをはこうとしていたので二三歩よろめき、鬚もじゃらの鼠《ねずみ》みたいに小さい顔にあいまいな訝《いぶ》かりの表情をうかべ、しきりにＯＫ、ＯＫ？と中年男に訊ねるのだった。

「他に質問してくださる方はありませんか？」とすぐアラブ人に背をむけた中年男はいった。

誰もが《鶏みたいな人間》とその日本の《飼い主》の相互関係の話に圧倒され、かつ、うんざりしていたので、もうひとりも質問する意志をしめすものはなかった。そこで敏感に雰囲気を察した中年男が、待機していたホテルの給仕たちにすばやく合図し、たちまち小宴会場にはオードブルの皿とビールにコップが運びこまれた。

「それじゃアラブの健康法のために乾杯してください！」と中年男は上機嫌な声で音頭をとった。「これはわたしにとって、一週間ぶりの断食やぶり、すなわちブレック・ファストです、乾杯！」

たれも中年男の英語の（おそらくはきわめて気のきいたつもりの）言いまわしに感心したふりはみせなかったが、それでも一応、ビールのコップをかかげ、乾杯とつぶやいてそれをほした。ところが次の瞬間、中年男は、見世物の人間クジラのように、飲みこんだばかりのビールとキャビアをのせたビスケットのかけらを、勢いよく嘔《は》いてしまったのである。男はますます青ざめ、コップをにぎっていない手で自分の胃のあたりをしっかりおさえつけ、海老みたいに躰をねじまげながらも、霞《かす》んだように苦悶《くもん》の脂《やに》がかかっている眼にむりやり微笑をたたえて、

「ブレック・ファストですからねえ、失礼しました！」と陽気な声で叫んだ。

「壮絶だねえ」とぼくの友人の編集者はいった。ぼくも同感の意を表して溜息をついた。そしてぼくらのみならず粛然としたすべてのジャーナリストたちができるだけ中年男に背をむけるようにして、まずそうにビールを飲みながら憂い顔でささやきあっているあいだを、中年男は胃の痛みは依然として残っているらしく腹を押えてではあるが、いきいきと魚のように泳ぎまわり、愛想よく声をかけてまわりはじめた。とにかくかれは相当な男だった。

やがて中年男がぼくの所へやってきたとき、ぼくの友人の編集者がぼくをかれに紹介すると、かれはいかにも訳知り顔に、

「やあ、あなたのような若い作家が、アラブの健康法に興味をよせてくださるのは、ありがたいですよ」といった。

「いや、どうも」とぼくはあいまいな返事をした。

「それに、あなたのような、坐《すわ》って仕事をする若い人にこそ、アラブの健康法は大切なん

ですよ。あなたはずいぶん背骨が曲っていますわ。それは精神状態にも直接ひびきますよ。あなた、最近、なんということもなく憂鬱でしょうが、そして怒りっぽいでしょうが？」

「ええ、そういう感じですねえ」

「ふむ、ふむ」と満足気に男は唸《うな》り声《ごえ》をあげてぼくの躰全体を見まわした。

「話はかわりますが、ぼくは、以前あなたをお見かけしたことがあるんです、広島で」とぼくはいった。「あなたはABCCの廊下に立っていられたし、次には市庁前の広場で霊柩車の脇に立っていられました。あなたが広島からつれてこられた原爆孤児は、いま何人生き残っています？」

中年男の海驢に似た頭は、一瞬、いわばその海驢が骨をとがらせてつくったエスキモーの銛《もり》でつき刺されでもしたというような表情をうかべた。かれはもう上機嫌なホストではなく、憂わしげで警戒的で、白じらしい憤懣《ふんまん》さえしめしている中年男だった。かれは荒あらしく息を吸いこみ、そのまま呼吸をとめてじっと疑わしげにぼくを見つめ、十秒ほどもたってやっと、アラブ人に命令していたときの声よりももっと険悪な、しかしずっと低い嗄《しやが》れ声《ごえ》で、ぼくにこう囁《ささや》きかけた。

「あんた、ねえ、どういう意図かわからんが、その話は別の機会にしてくれんかねえ。あんたがその話を聞きたいなら、いつでもうちの方へ来てくれれば、わたしは話すよ」

「いつお宅へうかがえばいいでしょう？」とぼくもまた挑戦的な気分になっていった。

「早い方がいい、そういうことは早くすませたいからねえ。明日の午後二時はどうだね」

と手負いの海驢はいった。「場所はこの健康法のパンフレットに印刷してあるわ」

「じゃ、明日うかがいます」とぼくは慇懃《いんぎん》にいった。

それがアラブの健康法の呼吸術でもあるのか、中年男はもういちど荒あらしく息を吸いこんで呼吸をとめ、ぼくを品定めするように見つめ、それから不意にくるりと躰のむきをかえると、ジャーナリストたちの別のグループにむかって歩いて行った。ぼくはかれの急に重くなった足どりを見おくりながら、自分がしだいに昂奮《こうふん》していくのを感じた。同時に、この上機嫌だった、アラブの健康法の指導者に、アトミック・エイジの守護神としてのかれ自身を思いださせ、かくも即物的なショックをあたえたことに漠然とした後悔を感じてもいたのだが、ともかく賽《さい》は投げられたわけだった。

「本当に明日、かれに会いに行くのかい?」と友人の編集者が黙りこんでいるぼくをいくらか疑わしそうに横眼でうかがって訊ねた。

「ああ、行くよ」とぼくは力んでいった。

ぼくと編集者とが報道陣よりもひと足さきに小宴会場を出て帰ろうとしたとき、ぼくらはその広間の扉口の外套掛《がいとうかけ》の陰で青いジーン・パンツをはき、肩から無地のタオルを羽おったアラブ人が、粥《かゆ》のようなものをひとりで食べているのを見た。かれは一心不乱に碗のなかを覗きこんで左手にもったスプーンをうごかしていてぼくらにはまったく注意をはらわなかった。

「アラブの健康法は、おそらく、ヨガ・ブームに便乗できないね」と友人の編集者がなんとなく憂鬱にいった。
「ああ、ぼくもそう思うよ」と昂奮のさめてくるむなしい寒さに身震いしてぼくもまた憂鬱にこたえた。そしてぼくは、確かにおれの背骨は曲っているかもしれないなあと考え、階段を降りながらも腰をねじってみたりしたのだった。

翌日、電車とバスを乗りついで、ぼくはアラブの健康法の道場へでかけた。そこは東京湾の埋立地の北のはずれの小工場や木造モルタルの工員用アパートがたてこんでいる一角で、初夏の晴れた日ではあったが、遊んでいる子供らも犬もいず荒涼とした気分がそこらいちめんにただよっていた。アラビア文字と漢字で看板のかかった、高い板塀の片隅の入口をはいると、狭い空地、それは中庭と呼ぶのだろう、それをはさんで、倉庫のような建物と、小っぽけな事務所のごときものがむかいあっていた。その倉庫のような建物が道場らしい。開いたままの扉口から、運動している青年たちの裸の上半身が時どき、きらめくように眼にうつる。その内部はきわめて明るいようだ。逆のがわがすっかり開けはなたれているのだろう。それにくらべて、事務所風の建物は道場と板塀とにかこまれていかにも暗く湿っぽい外観だった。ぼくは事務所風の建物の玄関のまえで声をかけた。すぐに中年男の声が答えた。つづいて中年男は例の調子でアラブ人を叱咤した。ドアが開かれ狭く暗い玄関にアラブ人が顔をだした。かれの脇腹の向うの薄暗がりに畳に坐ったままコップを左掌に、ぼくを覗《うかが》っている中年男の顔が見えた。かれはあきらかに酔っていた。

「どうぞ、勝手にあがってください」とかれは叫んでよこした。

ぼくがかれのまえに、畳にじかに坐って挨拶すると、かれはやはり大声で、エンダバニンギ、テイク、アナザー・カップ、クイックリー！　とぼくの背後でぼんやり立っていたアラブ人に命令した。アラブ人はぼくらの脇を摺り足《すあし》で通りぬけ、隣の三畳の部屋に接している台所から、ただちにコップを一個運んできた。かれはこの日、青いジーン・パンツと、白とブルーの縞《しま》の水夫のような丸首シャツを着こんでいて、裸のときより比較を絶して貧弱だった。

中年男もまた、前日の＊＊ホテルでの印象よりずっと老けこみ、かつ衰弱しているようなのだった。かれはいま広島で見かけた時とおなじく魯迅みたいな黒い詰襟の服を、それも皮でできていて膝に届くほどにも長い服を着ていた。それがかれに隠退した支那浪人とでもいう感じをあたえていた。考えてみるとかれは前日、ボクシングのトレーナーのような恰好をしていたのだ。

「まあ、一杯やろうじゃないですか、飲めるんでしょう？」というと中年男は膝の脇の国産ウィスキー瓶をとりあげてぼくのコップにたっぷり注いでくれた。それを水で薄めるというのではなく、生《き》のまま飲むらしい。かれは自分のコップにもまた十分に注いだ。

「いま、エンダバニンギが、アラブ風のひとくちカツをつくりますわ」と中年男は一瞬、あいまいに微笑していい、それから、こう叫んで、アラブ人を台所に追いやった、ヘイ、エンダバニンギ！　ゴー・トウ・クック・クイックリー！

ぼくは中年男とともに、ひとすすりだけウィスキーを飲んだ。家具ひとつないその薄暗い部屋には、なにやら得体のしれない、おかしな臭いがこもっていた。それはしだいに鼻についてきた。ぼくはあわててウィスキーをもうひとすすりした。

「あの原爆孤児のことではねえ、いまなお、毎月、広島から脅迫状がきますよ。匿名ですわ。しかし誰が書いているか、見当はついているんだ。新聞社の封筒に入っているからねえ」と中年男は、ぼくをその匿名の脅迫者の仲間に擬しているとでもいうようにきわめて敵対的にいった。

ぼくはそれを聞いて、広島でぼくにアトミック・エイジの守護神のエピソードを話してくれた地方紙の記者の、東洋風のマーロン・ブランドみたいな鬱屈した顔、あのコンプレックスにみちた地方的良心家の顔を思いだした。あの記者が思い屈したあげく、こういう行動に出たわけではないのか、新聞社の封筒での匿名の脅迫というような陰険な悪意のこもった行動に……

「ともかくそれはいけないなあ」とぼくは胸のあたりに不消化な滓《かす》がたまってくるような気分でいった。

「そうでしょう？　いけないことでしょうが」と中年男はいくらかぼくにたいする敵意をひそめていった。「わたしは、あなたも、そういう脅迫を考えているのかと思いましたわ」

「いいえ、ぼくはただ、単純に、あなたがひきとられた十人の原爆孤児の現在の生活について知りたいだけです」

「六人の現在の生活」と中年男は静かにいいなおした。

「すでに四人亡くなられたので？」

「ええ、四人ねえ。しかしみんながみな、白血病で死んだんじゃないですよ。ひとりは交通事故で即死しましたわ。わたしは、あの子たちのために、ポンコツ自動車を一台、買ってやっていたんですが、ひとりの子がそれに乗って出かけてねえ、トラックと正面衝突して死んだんですよ」と中年男はいった。

「事故でしたか？」

「え？」とかれは鈍そうな眼をむいて反問し、それからやっと理解した。「自殺だというんですか？　とんでもない、その子がいちばん愉快なやつだったんだからねえ。わたしのことを、父上と呼んでいましたわ」

そして中年男はウィスキーをひとくち飲み、＊＊ホテルの小宴会場で報道陣にみせた、いかにもお調子者らしい無邪気な微笑を浮べた。さきほどまで不機嫌の毒に根深くおかされていた丸く蒼黒《あおぐろ》い顔いちめんに。ぼくは中年男がしだいに急ピッチに酔いを深めていることを了解しはしたが、かれの突然の微笑には反撥してしまう。そこでぼくは自分でもうひとくちウィスキーを飲み、再びコップにそれをみたしているうつむいた中年男にむかって意地悪なことをいってしまう自分を抑制できなかった。

「それでは、四人分の保険金、千二百万円が、すでにあなたの手にはいったわけですね」

中年男はぼくの挑発をうけてたちまち怒れる海驢《あしか》にかわった。かれの蒼黒い顔を酔いは赤く染めなかったのに憤激は一瞬にしてかれの喉《のど》もとから禿《は》げあがった額まで、色盲検査表みたいな複雑な模様にしてしまった。かれはコップのウィスキーをぐっと飲みほすと、咳《せ》きこみ、それから激越に自己主張しはじめた、その饒舌《じょうぜつ》はずいぶん永いあいだつづいたが、ほぼつぎのようなものだったと覚えている。

「四人の保険金だって？　もちろんそれはもらったよ、きみはそれを辞退して保険会社を儲けさせろとでもいうのかね？　当然おれはそれをうけとった。そして税金をのぞけば千二百万まったくみな、あの子らのために使っていますわ。いったい原爆孤児のために、国がなにをしたというのかね？　世界がなにを試みたというのかね？　ゼロだったじゃないか。おれは個人で、原爆孤児のために、責任をとっているんだよ。そして責任をとるための資金として、不幸にも死んだあの子らの仲間の保険金を使っている。それがなぜ悪いことかね？　それがヒューマニズムに反するとでもいうかね？　確かにおれはここに地所を買ったよ。そして道場をたてて、アラブの健康法というものをはじめている。しかし、それはおれ個人の名誉心からじゃない。しばらく前のことだがね、あの子たちが、まったく沈みこんで暗くなってきたのを、どうにかしようとして、おれがあの子たちに、躰をきたえることをすすめた。そして造った道場を、いくらかでも金の入るやり方で運転しようとして、おれはアラブの健康法などというものを始めたんだよ。あとから道場へ行ってみてくれ、あの子たちはまったく堂々たる肉体をして、底抜けに明るいよ。いまも孜々営々《ししえいえい》とトレーニング中だ。おれが千二百万を浪費したとはいわせないよ！」

もしエンダバニンギ氏が洋皿に大盛りにしたひとくちカツを運んでこなければ、中年男はいつまでも、いかにも戦闘的な自己主張をつづけただろう。しかしエンダバニンギ氏があらわれた瞬間、おそらくはアラブ人の行者のまえで威厳をうしなうことを惧《おそ》れてだろう、中年男は大声での自己主張をやめた。そしてぼくに、ひとくちカツ、それもアラビア風のひとくちカツを味わってみるようにと、ほとんど強制的に（すでに酔っぱらった人間の非連続性と執拗《しつよう》さをあらわにして）すすめた。ぼくはひとつ頬ばってみたが、それは肉がきわめて薄く切ってあることと、タバスコ・ソースでべとべとするほどなのをのぞけば、とくに日本風のそれと異なるところがなかった。われわれにアラビア風ひとくちカツを提供したエンダバニンギ氏は、隣の部屋と台所とのさかいの板の間に膝をかかえて坐りこみ、再びあの、穴ぼこか、くすんだ家具のような、稀薄な存在感において、酔っぱらった中年男の命令を待機しはじめていた。

「うまいでしょうが？　あのエンダバニンギにできるまともなことといえば、ひとくちカツをつくることくらいでねえ」と中年男はぼくがその味に満足していることを疑わないで、鈍く素朴な海驢の眼でぼくを深ぶかと覗きこみながらいった。

「ええ」とぼくはいったがそのアラビア風の食物はあまりに辛すぎて、ふたつめを試みる気にはなれない。ぼくは中年男がウィスキーと交互にやみくもに食べつづけるのを見まもっているだけだった。

　そのうちぼくは奇妙なことに気づいた。中年男はしきりにひとくちカツを濡れた脣のなかに押しこみ咀嚼《そしやく》するが、それを胃にむかって呑みこむことには困難を感じているらしいのだ。そのうち中年男は猿のように頬いっぱいに嚙みくだいたひとくちカツを渋滞させてしまった。そしてとうとう、中年男は、自分の左掌のなかへすでに胃にいたっていたものをもふくめてそれらを激しく嘔《は》いた。かれの意外なほど繊細な指がたちまち茶褐色のドロドロのもので汚れた。ぼくは嫌悪を感じたが中年男自身は平然たるものだった。かれは黒い皮の長衣で汚れた掌をぬぐうと素知らぬ顔でウィスキーを飲みつづけるのである。ぼくもまた黙りこんでウィスキーをすするほかなかった。それから中年男はなにごとかに耳をすませるようなそぶりをして、

「ほら、聞えるでしょうが、あの子たちが一般のアラブの健康法ファンにまじってトレーニングしている音が。けなげなものじゃないですか。わたしが、あの連中に愛情を感じないでいることができると思いますか？」と打明け話をするような調子でいった。

馬の群が地面を踏みつけているような音がさきほどから聞えていたのだった。道場で、いっせいに新しい運動がはじめられていたらしい。それはなんとなく涙ぐましいイメージをよびおこす音だったし、それに耳をすましている中年男の表情にもまた、なにやら真実なものがあった。ぼくは自分の正義派ぶった詰問の根拠が単に感情的なものにすぎなかったことを感じ、そしてそのぼくが別の種類の感情のとりこになりつつあることをもまた感じた。

「あなたがかれらに愛情をもっていられることは知っています」とぼくはセンチメンタル

になっていった。ぼくもまた、いくらか酔っていたのだ。「ぼくはあなたがＡＢＣの廊下ですすり泣いていられたのを見たし、それに霊柩車の脇のあなたも、本当に茫然自失した様子でしたよ」

一瞬、中年男は蘇生した。かれは自信をとり戻し、微笑し、そして自己弁護していたあいだの鎧《よろい》のように着ていた硬い抵抗体のすべてを、ぐにゃぐにゃにとろけさせた。かれはもう醜いほど自分を解放して、ぼくを信頼している様子を示した。その時ぼくは、最初からこの部屋をみたしていた異臭がなおも強まってきているのを感じ、それがかれの吐瀉物《としゃぶつ》の臭いにほかならないのに気づいた。かれはぼくが訪ねるまえ、すでに嘔いていたのだ。

「本当にわたしはあの子たちを愛しているんですわ。それで、あの子たちの誰かが白血病にかかったと知ると、それは地獄の苦しみなんですわ。白血病というものはねえ、恐ろしいですよ。いったんそれにとりつかれると、もうだめなんですねえ、血液の癌といわれるくらいなんですからねえ」と男はいって微笑した。ぼくはもうかれのとくに意味のない微笑に反撥することをしなかったが、今度は中年男自身が濡れた脣を嚙んで血をにじませ、その微笑をおし殺した。かれはいま切実に訴えかけようとしていた。

「原爆病院の先生がいうんですが、注射をつづけているといったん白血球がへるんですね。しかしそれは絶対にまた、ぶりかえすんです。そしてこんどはもうふえる一方。だから、白血球の中休みのときに、退院させてしまうこともあるんですなあ。この春に死んだ四人目の子がそのケースだったんですよ。かれ自身、それは知っていたんですわ。だから、病院からかえってすごした数箇月、他の青年たちは、あの子に本当に優しかったですねえ。それは人間愛にあふれていましたよ。わたしもふくめて誰もが、その子のまえでは冗談をいって笑いかげにかくれて泣いていました。だからもういちど、あの子が入院したときには、みんなかえってほっとしたんです。あの子自身、仲間の心づかいを重荷にしていたんじゃないか。かれも二度目の入院で、むしろ明るくなりましたねえ。それがまた、わたしには辛いんですわ、気が変になりそうでしたよ。特務機関員の時代には何人もの蒙古人を殺したわたしがねえ。わたしはあの子たちが、これからも次つぎ死んでゆくかと思うと、本当に恐怖におそわれますよ。まったくそれは恐ろしくて悲しい。あの子たちの顔を見るのが辛い。今では、あの子たちに道場で寝泊りさせて、できるだけ、あの子たちと顔をあわさないようにしているほどですわ。わたしはこちらでエンダバニンギとふたりで暮しています。孤独ですよ。そして脅迫状！」

それから中年男はかれの眼をしっかり見ひらいたまま、それを涙でいっぱいにすると、身悶《みもだ》えして皮の長衣をキュウ、キュウ鳴らせ、緊張に震える声で訴えた。

「脅迫状にはねえ、やがて残りのあの子たちもみな死んで、十人の保険金の残金とこの地所とが全部わたしのものになる日がくるとくりかえし書いてあるんですよ。ああ、ああっ！　そういうことになったら、どうすればいいんでしょうねえ、恐ろしいことですわ。わたしは恐怖心と孤独感で気が狂うと思います。それではまったく、脅迫状がいうように、わたしがこの歯で原爆孤児の人肉をばりばり嚙んで喰ったことになるからなあ！」

「もういちど、あなたが守護神の役をつとめるための十人の青年を集めたらどうですか?」とぼくは確信もなくいった。

「いや、とんでもない!」と中年男は脅やかされたように激しくさえぎった。「いまの青年たちが、みんな死んでしまったなら、わたしは辛くて辛くて別の青年たちを集めたりできないですわ」

ぼくはかれを慰める言葉に窮した。そしてぼくは決して中年男の大災厄の幻影をうたがったわけではないが、酔っぱらったかれの苦しみぶりに自分がしだいについてゆけなくなるのを感じていた。ともかく中年男はすでに泥酔していた。ぼくと男とは、しばらく黙ってむかいあっていた。男は頭のなかの地獄のイメージにわれをわすれてしまったのだろう。憑《つ》かれたように再び洋皿に手をのばしカツを口にいれ、困難をこえてのみこもうとしもう一度病気の猫みたいに無気力に嘔きだした。ぼくはかれの白く長い指、かれの頭や躰に不つりあいな華奢《きやしや》な指のあいだからカツの衣が脳漿《のうしよう》のように溶けて流れるのを見た。部屋じゅうの異様な臭気はますますたかまった。男はなおもウィスキーを飲もうとしたが、そのコップにはウィスキーのかわりに吐瀉物が流れこんでいるのである。ひとくち飲んでから、かれは不思議そうにコップのなかを覗きこんだ。ぼくは耐えがたく感じた。

「あなた、その金で立候補して議員になればいいじゃないですか、そしてもっと沢山の青年たちを守護することにしたら? こんどは保険会社の金でじゃなく、国家の金で」

「ああっ、そうだ、議員になるんだ、政治をやればいいんだ」と男は唐突な希望の擒《とりこ》になって躰をうちふるわせ、けたたましい皮の音をたて叫ぶようにいった。「それにわたしは立候補して演説するとき、いろんな弥次《やじ》にさらされて、自分の試煉《しれん》に直面することになりますわ。いま噂や中傷や脅迫状のかたちでわたしについていわれていることが、他人の面前で大声で、直接わたしにいわれますわ。それは試煉だ。本当に、わたしは、議員になればいいんだなあ、政治をやればいいんだ！ コロンブスの卵というが、本当に気がつかなかったなあ。あなたはわたしのためにいちばん良い生き方を教えてくれましたよ。ああっ、そうだ、そうなんだ、議員になればいい、立候補して試煉に出会うだけでも大収穫だ」

ぼくは、ますます昂奮をたかめる、支那浪人風の服装の、健康法の指導者を黙りこんで眺めた。確かに、この男は十人の青年の生命保険の金をもって立候補し、しかも当選して議員になるかもしれない。デンマークの蒼ざめた憂鬱症の王子がいったとおり、この世界にはおまえの哲学ではかりきれないことどもがある、というわけだ。こういうタイプの中年男こそ選挙の数週間くらいのあいだは日本の庶民の心をがっちりとつかむことができるのかもしれない。選挙資金が十人の青年の生命保険の金だという宣伝もかえって強力な武器となるかもしれない。こいつは立会演説会でも海驢みたいな眼をして泣くだろうか、エイ、エイ！ と声をあげて？

「わたしが立候補するとき、あなた推薦人になってくれませんか？ あなたみたいな若い作家には、若い読者が沢山いましょう？」

「あなたに守護されている青年たちがみんな死んでからの話ということにしませんか、推鷹人のことは」とぼくは再び自分の内部の苛立《いらだ》たしさに負けて中年男をつきはなす厭味をいった。

中年男はぼくをチラッと見て、顔をふせた。ぼくはかれが夏のさかりの広島で陽の光にさらされながら茫然と放心状態で、犀ほどにも巨きい霊柩車の傍に立っていた時の、疲れきった孤独な印象をそこに見出した。ぼくはいま自分が口にしたばかりの言葉をつぐなうに足る別の言葉をさがしていた。しかし中年男はそのままゆっくり横だおしになると眠りこんでしまったのである。光をさける赤んぼうのように顔を両掌でしっかり覆ったまま荒い息をはいて……

ぼくは救助をもとめるような気分で、エンダバニンギ氏を見やった。かれは隣の部屋と台所のあいだに膝をかかえて坐ったまま、アラブの健康法のひとつのポーズをとっているとでもいうように微動だにしなかった。ただ、かれの黒い花かざりとでもいうべき髪と鬚の輪にかこまれた浅黒い小さな顔には、かれが**ホテルのショーにおいてもポーズのきまった瞬間に見せた、いかにも悠揚迫らぬ薄笑いが浮んでいるのだった。ぼくは、かれが、まだ十八歳ほどの年齢なのではあるまいかと疑った。かれはそのとき、その鬚にもかかわらずじつに若わかしく稚《おさ》なく見えたのだった。

中年男はじっと顔を覆い、黒皮の服を着た躰を襲われたダンゴムシのようにまるめたま、いつまでも眠りつづけそうな気配だった。ぼくは断念して立ちあがった。玄関に降りるときぼくは、ためらってから日本語で、

「さよなら、エンダバニンギ」といったが、アラブの《鶏のような人間》はいささかの反応も見せはしなかった。

ぼくは中庭を横切って、道場を見に行った。そこでは六人の生きのこりの原爆孤児たちが一般のアラブの健康法ファンとともにトレーニングしている筈《はず》だったから、かれらのひとりふたりと話してみたかったわけである。

道場は中にはいってみると高等学校の雨天体操場を小さくしたような印象で、天井は高く、窓は広く、明るくて気持が良かった。中年男と話した建物の薄暗さと異様な臭気とにくらべると道場の明るさと清らかな空気はぼくに、ほとんど快楽的な解放感さえもたらした。初夏らしい微風が吹いてきて、ぼくは健康な人間の汗の匂いをそこに嗅ぎつけた。ぼくが入口の土間に立って見物をはじめても、道場のそこかしこで思いおもいのトレーニングをしている十数人の半裸の青年たちは、いささかもかれら自身のスポーツへの集中をみだされる様子がなかった。ぼくは六人の生きのこりたちを選別しようとしたが、十数人の青年たちはみな筋肉のもりあがった硬い躰をいかにもきびきびと充実した動きにかりたてていて、その誰にも頽廃《たいはい》と不安と病気の兆候はなかった。

それに幾人かの例外をのぞき大半の青年の運動はとくにアラブの健康法に即しているというのでもないようだった。むしろありふれたボディ・ビル・センターでの鍛錬風景を思わせた。とくに土間のすぐ脇で、太いスプリングの両端に握りをつけた道具を頭の真上に両腕で支え、彎曲《わんきよく》させ、もとに戻し、彎曲させ、またもとに戻す運動をやっている青年など、かれはまったく普通のボディ・ビルの教程をおこなっているのだ。ぼくもしばらくそれをやったことがある。その道具はおもに躰の外側の筋肉をつくるためのものだ。眼のまえの青年の汗と艶《つや》に光りウナギみたいにくねる肉体は、内側も外側も、充分に彫りこまれみがきたてられた筋肉の束が、せめぎあっているような具合だった。ぼくがいくらかは嫉妬のこもった嘆賞の思いでかれに見とれていると、ぼくの視線のアブが自分の筋肉の束をやっとのことでおおっている張りつめた皮膚にとまった、とでもいうように、突然かれはぼくに気づき、無造作に体操を中止すると、片手に運動具を提げてぼくにむかっていかにもなにげない様子で歩みよってきた。ぼくはまぶしい光に急に面したようにしきりに眼《ま》ばたきした。

「やあ！」と青年は屈託なくいった。

「やあ」

青年は胸の両がわのふたつの筋肉の板を、むずがゆそうに拳の背でこすりながら、注意深くぼくを見つめた。ふたつの筋肉の板はどちらも乾いているのに、そのあいだから鳩尾《みぞおち》にいたる窪みは汗で濡れそぼっている。

「ぼくは小説を書いているものですが」とぼくは自分の息がアルコール臭くないかどうかを疑って気《け》おされたような気持になりながら自己紹介しようとした。

「知ってますよ、今日は取材でしょう？」と青年は微笑して大人ぶったいい方をした。

「あの人には会われました？」

「ええ、会いました、それで……」

「それで？」

「あの人が広島からひきとってきた原爆孤児の方に、話を聞きたいんですよ、誰か」とぼくはいった。

「誰でもいいんですか？」

「ええ」

「ぼくがその一人です」と青年はいった。「ほら、この道場の連中で、ぼくとおなじトレーニング・パンツをはいているやつは、みな仲間です」

幾人かの青年たちが、ぼくらの会話に好奇心をしめして、じっと動きをとどめたまま、首をねじってこちらを眺めていた。ぼくは屈強な裸のかれらを見て、ローマの体育場に建っていた、スポーツにはげむ青年たちの群像を思いだした。かれらのうち、踵に紐がまわしてある徒手体操用のトレーニング・パンツをはいている者たちが、とくに筋肉の発達状態も皮膚の桃色の輝やきもきわだって美事《みごと》だった。ぼくはすでに質問すべき言葉をうしなった。

「ずいぶん立派に躰をつくったんですねえ」とぼくはいった。

「まあ、ねえ、みんな永くやってるから」と青年はとくに謙遜するというのでもなく落着いた自信を示していった。

「それに、ぼくらはいつも白血病の不安にみまわれているでしょう？　だから、すくなくとも、躰の、眼にみえる部分だけでも、要塞みたいに頑丈にして、その不安に対抗しようとしているんですね」

「ええ」とぼくが相槌《あいづち》をうつと、

「しかし無意味ですよ、白血病には」と青年は微笑しながらもきっぱりといった。

「無意味ですか」とぼくはしおたれた声で反問した、自分が赤面するのを感じながら。

「無意味です。しかし、ぼくらはみな、ボディ・ビルに熱心ですね。この道場にくる、他の人たちにくらべても、やはりちがいますね。この春、死んだ仲間も、とても熱心でしたよ。かれは、うちの誰よりも立派な三角筋をもっていました」

そういってから、青年はぼくの当惑が、筋肉の名称への無知からきたものだと思いこんで、片腕にさげていたスプリングの運動具を床に置くと、ぼくを見つめたまま半身にかまえ、さっと上躰を沈めて腕から肩口への筋肉を隆起させて見せてくれた。この瞬間だけ、かれの若わかしい顔にいかめしさがみなぎった。ぼくは汗の匂いとともに、好ましい腋臭《わきが》の匂いを嗅いだ。

「この肩のところが三角筋、その上のが僧帽筋、下のところのが、誰でも知っているやつ、上腕三頭筋ですね」

「凄いなあ」とぼくは素直にいった。

「いやいや、無意味ですよ」と照れかくしのように荒あらしく筋肉をもとにもどし微笑を回復してかれはいった。

ぼくは黙りこんで頭をふってみるだけだった。青年はぼくの沈黙を見てとると、「あなたは、あの人がぼくらに保険をかけていることを知っているでしょう？　そのことでぼくらの誰かと話したいと思ったんじゃないですか？」といった。

「ええ、まあ……」とぼくはますます自分が赤面してくるのを感じながらいった。

「ぼくらはねえ、ここでの生活に満足していますよ。あの人がぼくらに保険をかけたにしても、その金は、ぼくらのここでの生活のために使われているんですからね。それに、あの人がいなかったとしたら、ぼくらはさしずめ、浮浪児にでもなったでしょうよ。そしてやっとのことで成長したとしても、ウサギみたいな筋肉をした中途半端な労務者にでもなったですね」

ぼくはうなずいた。ぼくはかれにお礼をいい、そこから退却しようとした。その時だった。

「あなたと話しながら、あの人は酒を飲みました？」と青年がさりげなくぼくに訊ねたのである、別れの挨拶のかわりのように。

「ええ、飲みましたよ、いまは酔いつぶれています。それでぼくは、ひきあげてきたんです」とぼくは沈んだ気分でこたえた。

「時どき、酒が胃に流れこみにくいような様子をしませんでした？　ひ、ひ、ひとくちカッが好物なんですが、それが喉をとおりにくいような様子をしませんでした、あの人？」

「しました、それに、幾度か嘔きました」

「そうでしょう、そうでしょう。ぼくらは、あの人のことを胃癌じゃないかと疑っているんですよ」と青年はきっぱりいった。

「やはり、あの人が死んでしまえば困るというふうに、あなたたちは心配していられるわけですか」とぼくはいった。

「え、心配？　いいえ、心配というよりもねえ、ぼくらは、二年ほどまえに、あの人からもらう小遣いをだしあって、あの人に生命保険をかけたんですよ、受取人はぼくら八人ということにして、もっとも、いま残っているのは六人だけど」と青年は、澄みわたって輝やく眼でぼくを見つめて微笑しながらいった。若い人間には時にその故郷の風物に似た表情をしめす瞬間があるものだ。この時、青年の眼はぼくに広島の真夏の青空のことを思いださせた。「そしていま、ぼくらはあの人が胃癌じゃないかと考えています。あの人についてとやかく噂はありますが、ぼくらは、あの人のことを本当にぼくらの守護神だと信じていますよ」

金槌の話

水上　勉

若狭《わかさ》の工藤良作は、私の母方の縁筋にあたる工藤彦右衛門という素封家《そほうか》の当主である。ことし五十歳になる。私の村は若狭本郷といい、字部落《あざぶらく》の名を岡田というが、素封家は数少なく、良作の家は山林二町歩、水田一町二反を所有している。よその大地主にくらべたら格も落ちようが、海辺から山へ入った字部落では、水田も狭い土地柄なので、昔から私らは良作の家のことを彦右衛門様とよんできたし、素封家だといまも思っている。良作は、一人っ子なので小浜町の農林学校を卒業すると、家業を継ぎ、ずうーっと今日まで百姓をやってきた。彼が農林学校を卒《お》えた春に、病弱だった父親が早逝した。そのため十八か九で一家の支柱になった。部落でもやはり上位にある家筋から嫁をもらって、今日では一男（高校三年）、一女（中学三年）をもうけ、夫の死後、後家をとおして今年七十一歳になる母親も息災である。何かとことの多い六十二戸の部落で、まあ平穏無事の家庭といえるだろう。私は九歳で家を出て、放浪の果てにいまは東京でくらしているので、母方の遠縁であっても、工藤家が部落の川上の台地にある菩提寺《ぼだいじ》とならんで、陽当《ひあた》りのよい山裾に大きな白壁土蔵を三つももち、入母屋《いりもや》づくりの茅《かや》ぶき屋根の煙ぬきが三角にとがって、棟のてっぺんには越前瓦が三列にふかれている母屋を今も思いだせるが、何しろ九歳で出てしまったから、この大屋敷へ入った記憶もうすれたし、家の人々と話をしたこともあまりないのだった。親戚とはいっても、母の母親の姉にあたるひとが、むかし工藤家へ嫁にいっていたということで、良作とは、母が又従姉《またいとこ》になるぐらいだから、子供時分に良作とあそびはしたものの、家と家が格別なつきあいをした思い出もない。ところが去年（一九八〇）の二月十五日に私の母が他界して、葬式、七日たんびの念仏、一周忌の法事などで疎遠になっていた在所へ何どか帰っているうちに、仏前の念仏仲間に、めずらしく良作の顔があって、何かとはなす機会があり、子供時分の旧交をあたためた。その時私は良作が一風変った男になっているのに心ひかれた。どんなふうに変っていたかと、いまここで、その変りようをうまく云いあてることはむずかしいのだが、じつは九つまでの記憶や、私が二十代の前半に病気で帰郷していた一、二年の期間に、道であってはなしたぐらいの記憶とかさねてのことだけれど、つづめていえば、一般に素封家の当主といえば、身装《みな》りもさっぱりし、物言いも温厚で余裕があって、何事もおだやかにしていると思われそうだが、良作はそれらのいずれともちがって、まったく反対である。先《ま》ず容貌が魁偉《かいい》である。頭髪はいつもボサボサで、しゃくれ顎《あご》や鼻すじの高い鷲鼻《わしばな》、あついくちびるは、少年時代のものだが、じつは右頬にナスビぐらいのかさぶたをもっている。それに無精ひげを生やしているため、誰がみても、遠くからみても、良作がやってくるのがわかるほどだ。私が二十代で、病気療養しながら分教場の助教をして、汽車で学校へ通った頃、ちょうど良作も農林学校の一年か二年で、よく部落から駅へ向う山裾の一本道を私とならんで歩き、駅へつくと、良作は小浜ゆき、私は高浜ゆきなので、線路を走りまたいで、お互いの汽車へかけこんだものだ。そんな時の良作の顔は、村でも貴公子といわれていた父親そっくりで、初々《ういうい》しく、肌もつやがあった。もちろん人は、そんな少年のままの肌を五十まで持続することはできぬが、しかし、良作がいつどこでそんな大きなかさぶたを右頬につけてしまったのか、私には不思議な気がしたのと同時に、いつの念仏の場合でも、無精ひげを剃ってきたことがなかったので、はなはだ気になった。久しぶりに、といっても、何十年ぶりかで、良作と向きあってはなしているうち、無精ひげでぐじゃぐじゃになった顔が、どうみても異様で、やっぱり変人だなという思いがした。また、良作の物言いはふつうでなかった。唐突に、人の話へ割りこんできて、おもしろおかしく自分の話題へさらってしまうところがある。かなりそれは強引でもある。たとえていえば、玄関をだまって入ってきて、とっとと奥座敷へあがりこむようなあんばいだ。物には順序というものがあって、よその家へ入れば、玄関であいさつくらいはせねばならぬ。それもせずに、たったと床の間へ入りこむ。しかし、これは無礼というにしては、良作の場合はあてはまらなくて、どこかその挙措がおかしい。云いわすれたが、彼は六尺近い背丈で、足がやたらに細くて、胸の厚さとひろがりが長い足とアンバランスだった。まあ、そのような、一見横着者で、自己顕示の方法を独自にやってのける初老の男である。田舎にはよくそういう人が一人や二人はいるものだ。そういってしまえば、良作はありきたりの無頓着な男になってしまうけれど、自己顕示欲も旺盛だろうが、少しそれもちがっていて、妙に愛嬌があるのだった。

ことしの二月十五日、母の一周忌の法事の際、遠縁筋まで招いて二十人ばかりの小宴が家でひらかれた。私は良作ととなりあわせになったので、よくしゃべりよく呑んだ。良作は酒もよわくなったといいながら、大徳利を五本もあけてけろりとしていた。顔は例によって無精ひげでぐじゃぐじゃなので、酔っているのか、酔っていないのかが、頬の色でわかるというようなものでもなかった。

良作は「ゲンパツ」の話をした。「ゲンパツ」というのは、私たちの部落もふくめて、本郷村が海からつき出た半島の突端に十年前から誘致している原子力発電所のことである。これは関西電力のものであるが、良作は農閑期だけ、この「ゲンパツ」の下請会社である栗田興業という、やはり半島の突端にできた会社へ「日傭《ひやとい》」でやとわれ、八年前から働いている。八年もたつのだから、労働者としては古参組で、このごろはローンで買ったツウドアの車で、良作は朝早く部落を出て、国道の山のはな（むかし私たちが歩いて駅へ急いだ道である）、そこの雑木林の中へ愛車をつっこんでおいてから、道傍に佇《たたず》んでいると、マイクロバスがきて、「ゲンパツ」まで、新道をはこんでくれるそうだ。栗田興業という会社は、日傭労働者をあつめて「ゲンパツ」へ世話する会社らしくて、岡田部落から六、七人が登録されている。他の字部落にもやはり同じように農閑期だけ日傭に出る者がいたので、マイクロバスは、それらの部落を順々に廻るのがめんどうになって、それぞれの部落の者は、国道まで出て、立って待つということだった。ちょっと都会の日傭人風の話に思えるが、しかし、そんなふうにしてはこばれていっても、出力一一五万七千キロワットの一号炉と二号炉の、つまり原子炉の冷却装置のある大きなドームの中へもはいれた。その時は良作たちは鉄カブトをかぶり、厳粛に作業するということだった。

炉心に近い部分に入るには、なんでも、会社が作業衣の胸ポケットに、寒暖計とも万年筆ともつかぬ測定器を入れてくれるというはなしだった。炉心近くで二時間ばかり働いていると、胸ポケットのその万年筆みたいなものがぴいぴいと音をたてる。そうすると、良作たちは何をしていても、途中で放ったらかして外へ走り出た。休憩所のよこの更衣室で、急いで作業衣をぬぎ、素裸かになって、また新しい作業衣に着替えて、炉心へ入っていった。

「上《かみ》んじょの太郎助は、耳が遠いさけなァ。ぴいぴい音がしとっても気づかんことがあるねや、気の毒やわな。しょっちゅう上役に叱られとるでェ」

と良作はいった。上んじょの太郎助というのは、良作といっしょに八年前から「ゲンパツ」入りした大工職人である。普請の少ない部落にいては、根太《ねだ》のくさった台所の修繕や、雪隠《せっちん》の戸のたてかえなどしかないので、「ゲンパツ」へ出た方が日当がよいということだった。

東京に住む私には、原子力発電所で働く日傭人たちの作業の話はめずらしいことばかりである。それに、私たちが都会で考えているように、彼らには危険きわまるところでもないらしく、また、完全な安全性についても、学者の説にもいろいろあって、何やかや、取沙汰され、新聞でも話題にならぬ日がないほどなのに、良作たちから冷却装置のある炉心部の話をきいても長閑《のど》かな気分になるのは妙である。もちろん、これも私の無知からくることかもしれないが、私もいくらか勉強するつもりで、いったい、あんたらのような日傭さんは何人ぐらいその下請会社で働いていなさるのか、ときいてみると、

「さあ、一号炉、二号炉あわせると三百人かのう。けんど、また新しい埋め立てもはじまっとるさけ五百人かのう」

と良作はいう。数字のひらきが大きすぎるので、良作が下積みの仕事をしているために

「ゲンパツ」現場の集約的な数字にうといことがわかるのである。良作は、八年働いて、いま日給は九千円貰うそうな。この九千円は、良作が嘗《かつ》て、どのような日傭へ出ても、もらったことのない高額である。ここで、気になるのは、山林も田畑も一町歩以上もつ素封家の当主が、日傭に出ていることについてだが、私の在所では、めずらしいことではなかった。いま農業だけでやってゆこうとすると、自然と機械にたよらなくては出来ないし、機械を買って精出してみても、米の値段や野菜の値段と、機械の月賦払いがつりあわず、数多い水田をもてばもつほど、軀《からだ》も酷使せねばならぬ、わりにあわない昨今だった。したがって、昔は篤農家《とくのうか》といわれたり、素封家といわれた家が、中農以下の、いわゆる細君に田をつくらせて、亭主が会社へつとめる兼業農家の収入より下廻ることもある。もちろん、昔のままの大屋敷を守っているからそれだけ管理費もかかるわけで、当主は、農閑期だけ

でも、どこかへつとめにゆくのが習慣になっている。良作の家でも、このことにかわりはなかった。私は、こういうことを良作が問わず語りに説明してくれるのを、耳すませてきくのであるが、私らの少年時にくらべると、部落の事情もそれでいくらか変っていることを認めないではおれなかった。と同時に、農林学校出身の素封家の良作が、都会でいう日傭なみで働くことに複雑な感じもするし、また、そういう男が、原発の炉心近くで作業するといっても、いったい、どんなことをしているのか興味もわくので、胸に入れてゆくその寒暖計とも万年筆ともつかぬものについて問うてみると、

「こんなもんや」

と良作が指でその寸法を教えて、

「まあ、大きな体温計みたいなもんや。そいつをポケットに入れとると、ぴいぴいなりよる。放射能をぎょうさんかぶったぞォというサイレンのかわりや。ほれで、わしらは、とんで出るわけや。首すじにも、衣類にも、いっぱい放射能をかぶっとるでのう。そんな測定警報器を胸に入れて働くわけや」

念仏仲間は、年寄りも多くて、いまさっき母の仏前で、鉦《かね》をたたいて、冥界《めいかい》にいる母に向って回向《えこう》した直後である。連中は、良作の話に耳をたてないではおれないのだった。私も、そういう話にははらはらしながら、年寄りたちの聞きたそうなことを代表してきいてみるのである。

「良作さんよ。あんたはいつのまに、そんだけ原子炉に馴れてしもうたんや。いったい、

あんたらは日傭労働者やというが、そんなところまで入って、どんな仕事をしとるのや」

するると、良作は、チビチビやりながら、

「毎日バスではこばれていって、仕事の段取りは毎日かわるし、場所もかわる。何が専門というわけでもないけんど、炉心部では、まわりの掃除をする仕事が多いし、時には、あっちのものをこっちへもってゆけ、こっちのものをあっちへいざらせいわれて、それを仲間らとはこぶのが、まあ仕事といえる。わしらは百姓やさけ、原子炉の冷却装置や、やれ温排水やてらいうても、大きな建物にコンクリートの穴みたいなところがいっぱいあるのをみるだけで、どこがどうなっとるのかさっぱりわからん。それで、上役の技師さんらのいうとおりにうごいとるだけでのう」

とのんきなことをいうのである。八年経っても、それぐらいのことなら、門外漢の私らがいくら念仏のあとで、良作の話をきいたからといって、原子力発電所の内側の大要が呑みこめるものでもなかった。だが、私には良作の話は貴重に思われ、きくのが楽しみにもなった。それで、念仏や法事に帰るたびに良作と会えるのを期待した。ところが、母の一周忌がすむと、私は良作に会えなくなった。というのは、良作も冬があけると苗代《なわしろ》で忙しくなったし、また、日傭にも出ねばならぬ。それで、仏事がないかぎり、私の家へくることはなかった。ふたたび遠縁筋の者などが一と部屋に集まって酒を呑むなどということは、母の三周忌か七周忌がきてのことだろう。私もまた田舎へ帰るのが間遠になった。ところが、さいきんになって、良作から、東京の家へしきりに電話がかかるようになった。

電話といえば、母の一周忌がすんでまもなくに、工事が完了して、家々に有線が入ったのだ。それまでは、部落に電話のあるのは、菩提寺と区長さんの家だけだった。この有線も「ゲンパツ」のおかげだと、生家の弟などはいっている。また役場は電話のほかに、各戸のテレビに有線（ケーブル）テレビの装置をとりつけたそうである。これも「ゲンパツ」のおかげだということだ。有線放送は、半島の原子炉ドームに故障が起きて、どこかへ村民が逃げねばならなくなるような、万一の場合に備えてのことだそうで、そんな放送の行われない日は、役場は、娯楽番組や、農業指導などの教育番組を流しているそうだ。

私も有線電話が入って、便利になった。生家をついでいる弟夫婦とも、母がいなくなってから何かと用事があるたびに、連絡できる。ところが、用件もないのに、良作は私の所へ深夜おそく電話をかけてくる。有線電話が入って、良作も嬉しくて長距離をかけてくるふうにも思えるが、それだけでもなさそうで、良作がうちの法事に列席したのを機に、私と意気通じた夜をすごしたのが忘れがたくて、また私が、持ち前の聞きたがり屋で、「ゲンパツ」のことはもちろんだが、部落の出来事なども、聞いてばかりいたので、気をよくしたようにも思える。そうでなければ高い長距離電話料を自分もちで、深夜にかけてくるはずはないのだった。私は、東京では十一時すぎると二階の書斎へ電話を切りかえることにしていた。家人が眠っても、私だけが二階で仕事をしているからである。良作の電話は十一時から一時ごろまでの間であって、時には私も仕事で熱中している時は、困る思いもするが、床によこたわって、雑誌などよんでいる時にかかると、楽しい気分になった。良作の声は低くてききとりにくい。それに潮騒《しおさい》のような雑音がする。まさかと思うのであるが、たしかに海の波音にきこえて、部落の空をわたっている電線をつつんだ布が破れでもしていて、そこから波音が入りこんでいるような気がする。東京の床に寝ころんで、在所の海鳴りをきけるほどぜいたくなことはないだろう。それで、私は低声《こごえ》である良作の話の内容もだが、きこえてくる得《え》もいえぬ雑音を恋しく思った。

「ツトムさんかえの」

良作は先ずそういってから、

「わしや、わかるか」

という。もちろん、それで、私には良作だとわかる。良作は夜ふけだというのに酒を呑んでいるらしく、徳利を時々盆に置く音をさせる。はな子、はな子と細君をよんだりして、長時間、私の方の事情も考えないで話しつづけることが多い。

「わしゃ、今日、マイクロで『ゲンパツ』へゆく途中にゲロを七つ見たがのう。ゲロが七つということは少し数が多いと思わんかのう。これはいったい、誰が吐いたもんやか……いくら考えてもわしには解《げ》せんのやが、ツトムさんはどう思わんすかのう」

私は唐突なことなので、さっぱり話の内容がわからない。ゲロとは、若狭でいうことばで、こっちのヘドと思っていい。そんなものは、酔っぱらいが吐くもので、さほどに問題にすることではない。と、先ず頭で考える。が、しかし、海の波音らしい雑音がきこえると、私の眼には、半島の東側に出来た新しい舗装道路がうかぶのだ。これは、陸の孤島といわれた大島部落に、「ゲンパツ」が出来たおかげで生れた道路で、山を切りくずし、トンネルをつくりしてのびている。手前の半島のつけ根には、長い橋がかかって入江をまたいでいる。長い橋と道路をはさんで、青い葉をこませた枝ぶりのいい古松が、突端に向って、ならび生え、磯ぎわはたくさんの岩が頭をもたげ、それらが兎か狸か猪に見え、波にたわむれているように思えたりする。私には、そのような風光の舗装道路のまん中に、ゲロを七つも吐くヤツがいるとは、怪《け》しからん話だと思われるくらいで、良作がわざわざ長距離電話を深夜にかけてこなければならぬような重要用件とも思えないのだ。それで、返事もせずにだまっていると、良作はいうのである。

「わしにも犯人の見当はつかんがのう、けんどなぜ、道路のまん中に、七つもゲロを吐いたんかのう。わしらのバスの運転手は、ちょっと速度をおとして、そいつをわしらに見せよったがのう。七つも一人が吐くとは思えんから、やっぱり、これは七人がならんでゲロを吐いたにちがいないがのう。いったい、七人が朝ま早ようにならんで、こんな道路でゲロを吐くようなことが考えられるかのう、ツトムさん」

私にもそんなことはわからない。それで、私は半分は馬鹿馬鹿しさに耐えながら、「ゲンパツ」は日当もはずんでくれて、人夫さんらも景気がよいはずだから、人夫さんらがどこかで夜どおし呑んで、朝帰りの途中で七人がならんで吐いたのではないか、といってやると、良作は、ここで、チビチビやっているらしい盃《さかずき》を置いて、こっちの思いようでは

すすり泣くような声で、

「七人がゲロを吐くとはのう」

とまたいうのだった。良作がしくしく泣いているようなのは、私の空耳かもしれなかった。また雑音のせいかもしれなかった。そうは思うが、やっぱり、良作は泣いているようなのだ。想像するに、良作は、孤独らしかった。もちろん、時間がおそいことゆえ、酒番をしているらしい細君のはな子以外は、もう眠っているにちがいなかった。私は良作の長電話は、きまって、翌日が休みの夜だとわかっていたから、良作が日ごろの炉心部での激労から解放されて、夜おそくまで細君と酒を呑む習慣が身についたのだ、と思い、その気持も理解できた。部落の素封家の当主だから、朝方まで呑んでいたって、それで、家運がかたむくはずもない。しかし、良作の電話があまりに長びくと、わきではな子がはらはらして見守る様子もわかった。はな子は仕事のある私の邪魔をしてはすまぬから、早く切りなさい、と忠告していることもあった。だが、そんな細君のいうことを聞き入れる良作ではなかった。私も、ひまな時は、良作の話はおもしろいのだ。海岸道路にゲロが七つあったと告げてきてから、ひと月ほどたって良作は、むささびが宮の森から八幡の森へ巣替えをはじめたらしいと報告してきた。むささびは、私の生家に近い部落の宮の椎《しい》の洞穴に住んでいた。代々親子が森であそび、時には黒い風呂敷をひろげたように家の上であそぶことがあった。そのむささびがどうしてまた八幡社の森へ居をうつしたのだろう、不思議に思えたので、

「良作よ。お前、むささびの一家が巣うつりするのを見たのか」

ときくと、良作は、

「見た。この眼で見た。むささびの行列を見たんや」

と盃の音をさせて、

「みか月に雲のかかっとる夜さりで、乳いろに空あかりがぼんやりとみえよるぐらいの時刻やった。わしゃ、表で小便しとったら寺の屋根の上から八幡社の森へむけてのう、十匹ぐらいが、それも親と子とわかるちっちゃいのや、大きいのやがのう、ふわふわと鳴いてゆきよる。それがなんと、黒い旗をちらしたみたいでのう」

菩提寺の屋根の上をとんで、八幡社へいったのなら、ふだんの親子の散歩にしては距離がありすぎると私も思った。むささびはそんなに遠くへ翔《と》ばないことを子供のころから知っていたからだ。良作もそう思うらしくて、きっとこれは、巣替えにちがいないというう。

「それは、どういう理由でそうか」

ときくと、

「わしゃ、宮さんがこの頃、子供らの巣になって、レコードかけたり、カセットならしたり、ギターひいたりしよるから、むささびも怒ったのやと思うがどうやろか」

私は部落の青少年が、宮の絵馬堂に集まって夜ふかししているという話は、法事の時にもきいていたので、良作の話をおもしろくきいた。むささびだって、夜っぴいて、ギターの音やカセットのジャズがきこえては夜逃げしたくなるではないか。こういう話は、おなじ夜ふけの電話にしても、私をよろこばせた。そうして、私は、このような話題をえらんで、チビチビやりながら、細君と争い、いつまでも受話器をおかぬ良作に好意をおぼえた。良作はまた、それから何日かして、子供時代に、川へ入って、他人のしかけた鰻針《うなぎばり》を上手に見つけて、かかっていた鰻を失敬して、針をもとにもどしておいたことや、他人の鮎《あゆ》石《いし》をいざらせて、上手に手摑みでとったりしたことを、まるで懺悔《ざんげ》でもするように話した。鮎石というのは虫の住む苔《こけ》をかぶった石のことで、村の大人たちはその苔石を浅底の川に置いて、鮎があつまるところを手摑みするのである。私も、この話は身につまされた。川というのは水田の中を流れる大川で佐分利川《さぶりがわ》といったが、そこで、大人たちが鮎や鰻をとるために、いろいろ工夫しているのを、獲物だけ横取りして知らぬ顔でいたことは私にもしばしばあった。良作のはなしは、このように季節に応じて、私が昔あそんだ山や海や川の、風物にまつわっており、それもうとっくに忘れてしまっていることなどに及ぶのだった。私はうれしかった。それでこんなことをいってくる良作に、日ごろ彼が働いている「ゲンパツ」の作業場の様子などでたとえ聞きたいことがあっても、質問したくなかった。そんなことをさしはさむことは、良作の折角《せっかく》の酔心地に割り入ることになるだろう。また、私には、良作がいつか、半島の道で七つのゲロをみたといって泣いているように思えた夜から、あまり良作が仕事のことについては、話さなくなっているのがわかっていたのだった。ぴいぴいとサイレンを発して、お前の首すじに放射能がたまりすぎたと万年筆のようなものが忠告してくれるまで、炉心近くで掃除ばかりしていなければならぬような仕事は、良作でなくても、あまり話のタネになるものではないだろう。毎日がそのような労働なら、夜ふけは気分をかえて、人にはべつの話を長電話でしたくもなるだろう。良作は、私がまだ分教場の教師だったころ、一しょに山裾の一本道を歩いて、農林学校へいそいだ日のことや、まだその年ごろになる以前に、良作は良作の友だちと、私は私の友だちと川や山へ勝手に入りこんで、魚や山の果《み》を獲《と》って、腹いっぱい喰ってあそんだ日のことなどもはなしたいらしい様子だった。

良作が、意外なことをいってきたのは、じつは先夜のことだった。やはり家人が寝てしまった十二時すぎのことで、私は、話の内容が内容だっただけに、いつになく、エボナイトの受話器を耳におしつけていた。

「太郎助がのう、昨日、大島の作業場で妙なことをいうんやがの。わしが、東京のツトムさんへ夜さりに電話かけて、いろいろはなしとるいうたら、急に思いついたように、あんたに頼みがあるいうんや。その頼みというのは、あんたに金槌《かなづち》を探してほしいいうことでのう」

太郎助は先にもふれた大工職人である。その男が、金槌をさがしてくれといっている。話がまた唐突すぎた。そこで、そら何の話や、と問うと、良作は、

「太郎助はいまは大工やめてゲンパツへきよるが、あれのお父つぁんは宮大工でのう。そ、ちの父つぁんとも仲間やった。八十二で去年死になさったが、太郎助が枕もとで、お父つ

ぁんから妙な話をきいてのう。その話というのは、なんでも、父つぁまが、十年ほど前に、保険の甚太郎先生の世話で東京の昭和火災海上の普請にゆかんしたことがあってのう。その普請というのは何でも、甚太郎先生の会社のビルの屋上に稲荷《いなり》さんを建てるちゅうことで。太郎助の父つぁまがうけ負うて、建てにゆかんしたのやが、稲荷さんは、ラチもない小っちゃこい祠《ほこら》やったらしいが、屋根のシタミを打ってなさる時に、父つぁまがベルトにさしこんでなさった金槌を落さんしてのう。この金槌は、父つぁまが先代からゆずられた大事なもんやったそうな。柄《え》のとこに「山と焼判のおしてある、父つぁまにとっては大事な大事な金槌やったそうな。父つぁまは釘袋のわきにさしこんどらんしたそうやが、ひょんなはずみで、金槌が落ちて、気づいて下をみると、父つぁまのぼっとらんした稲荷さんの屋根は、ビルの端やったそうで、金槌は屋上のタタキへ落ちればよかったもんが、何と運のわるいことに、ビルのコンクリートのへりにあたって、はずみにぴょんととびあがって、くるりと外へ落ちたげな。父つぁまは、あッと声をあげなはって、金槌が落ちてゆくのを見てなはったそうやが、なんと、ビルの谷間ちゅうもんは、隣りのビルも十三階くらいあって、こっちのビルは十四階もあったさけに、すとーんと谷底みたいな地めんに落ちてゆくまで、金槌がけつをふって、泣いてゆくように見えたそうな。父つぁまは、爺さまからゆずられた金槌やさけ、何とかして拾おうと思うて、へりに手をついてのぞかんしたが、拾えるもんやないがいね。そこで下へおりて、ビルの守衛さんにたのんで、いったん表へ出てみたら、なんと、東京のビルとビルのあいだいうもんは通れる道になっとらん。

厚い板壁が出来とって、人が通れんように出来とるそうな。守衛さんは金槌の一つぐらいあきらめなされ、というて、父つぁまが口惜しがるのを冷とうあしらわんしたそうやが、十年も経って死ぬまぎわに、父つぁまが、このことを思いだして太郎助に、一生でいちばん口惜しかったことはあの時やった。あの金槌は、まんだ東京のあのビルの谷底にあるやろか、いうて、十年前の落し物を、いかにも口惜しがらんしたそうな。太郎助はそのことを思いだしてのう。東京にいなさるあんたに、もし、そのビルのスキマが通れるようにでもなっとったら、うちの「山の金槌が落ちとるかもしれんさけ見てくだいいうて、まあ、そんなことを頼むもんやで、電話をかけてみたのやが、ツトムさんも忙しい身やさけ、太郎助の金槌なんぞに、しかも十年も前に落しなはったもんに手間かけてたずね廻る時間もありませんやろが、もしや、ねき（近く）を通りなはって、そこの板壁がはずれて通れるようになっとったなら、いっぺん見てきてもらえんかのう」

私は殆《ほと》んど口をあけたままで、聞いていたように思う。あいかわらず酔っている良作の長電話は、いちどきいただけではわかりかねたのであるが、それから何ども聞き直してみて、大工の太郎助が私に依頼したいと思っている金槌の経過は理解できた。

話に出てくる甚太郎先生というのは稲葉甚太郎という岡田部落出身の人で、ある年まわりに保険の契約額で日本一になって、天皇陛下の観菊会に招待されたことのある人だった。その人の世話で太郎助の父つぁまは、ビルの屋上に新築される稲荷社の建築を請け負ったらしい。

私は八十二で死んだ宮大工が、十年前に東京のビルの屋上で稲荷社を建てたという話にはさほどに驚かなかったけれど、腰にさしていた金槌が落ちて、それが泣きながら落下していったのが忘れがたく、死ぬまぎわまで、拾って帰れなかったことをかなしんできた気持に心をひかれた。私も父が大工だったので、道具を大切にしたことを知っている。好きな道具なら、人にさわらせはしなかった。いつも撫でるようにして、布につつんでいた。ノミ、ノコギリ、カンナ、みな木の部分に、父の場合は「木」と焼判が捺《お》してあった。私は、良作にそのビルのありかをきいた。

「何でも赤坂やったそうな。アメリカの大使館のよこの方でのう……昭和火災海上いうネオンがあがっとったそうな。稲荷さんは、そのネオンの鉄のケタとケタのあいさに建てたもんで、ケタにかくれて建物は貧弱に見えとったそうやが、間ぐち一間、奥ゆき一間半の、小っちゃいもんで、それでも蔀戸《しとみど》をはめこんで、短かい参道に十いくつもの、これも小っちゃい朱の鳥居を建てやんしたということやった。なんでも、稲荷さんは、保険会社では守り神やいうことで、これも、甚太郎さんのような契約日本一の勧誘員の生まれた会社やさけ、神社だのみなところもあったのかのう。わしにはそんなことはわからんが、いっぺんねきを通ったら、そのビルのスキマをのぞいてきてくれんかのう」

と良作はいったのである。私は受話器を耳につけたままうなずくしかなかった。

都心に用件があったので、じつは、今日、昼すぎに家を出て、用向きの相手と三時間ばかりはなしてから、そこを出て赤坂へまわってきた。車をアメリカ大使館前で捨てて、昭和火災海上の十四階のビルをさがした。なかなか見つからなかった。付近の地理にくわしそうな通行人にきいてみたが、そんな保険会社のビルは知らないという。私は、先夜の良作の電話を何ども思いかえしながら歩いた。アメリカ大使館に近かったのは確実だったにしても、もう十年前のことである。このあたりの様子は大きくかわってもいるし、ビルも十年経てば多少は古くなっているだろう。いや、そのビルは、当時新築だった証しもないのだった。太郎助の父つぁまの請け負ったのは、ビルではなく、ビルの屋上の稲荷社だった。私は近くのゆきつけのホテルへ行って、そこで、電話帳で昭和火災海上のビルをさがした。見つかった。溜池《ためいけ》である。大通りにあった。そのホテルから日比谷の方へ歩いて五十メートルほど行った先の右側で、つまり、対面の高層ビルらしかった。私はホテルを出て横断歩道を対面にわたる前に、こっち側から、昭和火災海上のネオンのあがったビルをさがした。まだ四時すぎのことだから灯はついていなかった。昼のネオンなどというものは空虚なもので、屋根の上に金網が張ってあるくらいにしかみえない。しかし、それらしいクリーム色の化粧煉《けしようれん》瓦《が》のビルはあった。勘定すると十四階ある。右隣りはたしかに十三階だ。私は渡っていった。十四階の方のビルの正面へゆくと、「昭和火災海上保険株式会社」と銅板に彫った字がよめた。私はビルへ入る前に隣りの十三階ビルとの間をみた。厚いコンクリートの垣がしてある。これでは入れないな、と思った。だが、私は折角来たのだから昭和火災海上の方のビルへ入っていった。受付があって、そこに娘さんがいた。ほっそりした顔だちの十八、九の娘さんに、屋上へあがらせてくれないか、とたのんだ。

娘さんはちょっと困ったような顔で、私をじろじろ見た。私は風采はよい方ではない。名刺をだした。娘さんは、私の名を知っていて、顔つきを少しかえたが、ちょっと待ってください、といって、小走りで、一階の廊下をゆき、右手の部屋へ入ったかと思うとすぐ五十年輩の小柄な男をつれてきた。男は、度のきつい眼鏡をかけていて、両眼はひどくひっこんでいる。総務課の係長さんぐらいかもしれぬと私は思った。

「どういうご用件ですか」

私は、正直にことの仔細《しさい》をいった。十年前に私の若狭の在所出身である、保険王といわれた契約日本一の稲葉甚太郎さんについてである。

「存じております。先年お亡くなりになりましたが」

と男はいった。私はうなずき、その稲葉甚太郎さんが、まだ健在のころに、このビルの屋上に稲荷社が建設されて、私の田舎の老大工が普請を請け負った。その稲荷社がまだ健在なら、見せていただきたくて来た、といったのである。男は、奥眼を光らせてきいていた。私はこれ以上、しゃべるのは控えた方がよいと思った。ここで、老大工が屋根のシタミ板を打っていて、腰にさしていた金槌を落したのを苦に、死ぬまでその金槌を惜しがっていた話などしたって、男はわらうだろう。あるいは私を馬鹿あつかいするか、どっちかだろう。私は金槌のことはいわず、

「ぼくは、同じ田舎の老大工の友人だった宮大工の息子です。一どだけ屋上の稲荷社を見せていただければそれで望みが晴れるのですが……」

といった。男は私が本当に屋上へあがって、稲荷社だけを見て帰ってくれるなら、差しつかえのないことだといい、そんな希望ならかなえてあげたいというふうな眼になって、この時、かすかにわらって、

「ガードマンに連絡しておきます。どうぞ、ごゆっくり見物なさって下さい。物をお書きになる方は、楽しいお時間をおもちですなァ」

と無理な笑顔をつくって去った。私は、鼻先に蚊がとまったような、奇妙な不快感を一瞬処理しかねたが、つとめてわらいを返してエレベーターに乗って屋上へいった。

屋上は市松模様の線がくっきり浮いて、テニスコートのように私の前にひろがっていた。コンクリートの模様で、真四角な既製板が敷きつめられたものだとわかった。同時にそのスジ目が、十年以上もたつと、黒灰色のゴミをためて、ところどころに、草が生えるものだということもわかって私は息をつめたのである。そうして、その広い屋上の向うの隅に、へりに金網のネオンの枠がみえて、その下に、殆んど眼につかないぐらいの小祠がわずかな植込みに囲まれてみえるのに胸が躍った。私はそっちへ小走りで行った。

植込みは痩せた背低い女松《めまつ》ともちの木だった。葉はいずれも黒ずんで、午後の陽ざしの中で、わずかな風をうけてうごいていた。小祠はその土もりの中にあった。建てた当時は朱の色もあざやかだったろうが、年を経ると、朱は黒くよごれて変色するものだとわかった。良作のいったとおり、小祠は正面に観音びらきの蔀戸をもっている。屋根はトタンで、これも朱塗りのあとがはげおちて、黒い地肌がまばらに出ている。間ぐち一間は、都会の

寸法では一メートル八十である。小さな小舎のようなその祠の前には、白砂利の道をつくった名残りがあって、小粒な浜石がいくらかちらばっていた。そして十二本の小さな鳥居が、同じように黒くよごれた、朱塗りのあとをみせて、そのうちの何本かは、一方にもたれかかって、ゆがんで立っているのだった。私は、何どか、稲荷社の前から、よこへまわってその建物の昔を想像すべく眺めつくした。太郎助の父つぁまが屋根のシタミ板を打っていて、落した金槌が、ビルのへりから、外側へ落ちたのなら、いまはネオンの支え棒の組まれたあたりにちがいないと思える。それで、その裏側へいってみようとした。すると屋根はたしかに、外壁すれすれまでのびていて、はずみで金槌が外側へ落ちるぐらいの間隔しかなかった。私の入ってゆけるスキマはなかったのである。しかし良作の電話が嘘でなかったことを私は確認できた。私は、安堵《あんど》をおぼえ、やがて、ネオンの金網のとぎれる方へいざって、へりに手をついて下を見た。隣りのビルは十三階だ。一階分だけ低いが、こっち側のビルとのスキマは、人間ひとりがようやく入れるか入れないぐらいの間隔しかない。私は見すえた。どっちのビルにも窓はなかった。まるで巨大なコンクリートの板をそこに立ちはだからせているようだった。どっちの壁も灰黒色によごれて、裾の方は、まだ四時すぎだというのに暗い闇が落ちている。太郎助の父つぁまには、金槌の落ちてゆくのが泣いてゆくように思えたといった良作のことばが思いうかぶ。すると、深い谷底の闇に向って、父つぁまの使いふるした金槌が、先だけは銀いろの鋼鉄の部分にはめこんだ堅木の柄が、両方の壁のあちこちにあたり、カンカラコロ、カンカラコロと音を立てて、やがて輝きをうすくして落ちていったけしきがうかんだ。

私の顔はこの時誰かがみていたら、殆んど泣き顔だったろうことを告白する。

工藤良作に私はこの日の報告をまだしていない。少し日がたってから、ゆっくり報告したいと思っている。

「三千軍兵」の墓

小田 実

私は今年六十五歳、かなり長く人生を生きた。人の死にも、焼跡のあちこちにころがっていた黒焦げの死体の死から始まってさまざまに行き会っている。ただ、私がここで書こうとしているのは、人の死そのものについてではない。人の死にかかわるが、墓のことだ。いろんな墓に行き会っている。縁のあった人の墓もあれば、見知らぬ人の墓もある。いくつか書いておきたい。書き残しておきたいという今少しせっぱつまった気持もある。

Zの墓は草の墓だった。そうとしか言いようがない。

縦三メートル、横五メートルほどの短かい芝草が生えた一区画が墓だった。ベルリン市内の大きな墓地の一区画で、まわりはふつうに墓石をたてた墓だったから、一見、これから墓をつくる予定地に見えた。しかし、そこが墓だった。彼だけの墓ではなかった。彼をふくめて二百人ほどの死者の骨をそれぞれに納めた小さな骨壺が芝草の下に埋められている。墓石も十字架も、そこをそれと標示するものは何もなかった。芝生の墓と言ってもよいが、あまり手入れされていない芝草のひろがりは、実感にそくして言えば、やはり、草の墓だ。

落葉があちこちに散乱している。私は腰をかがめて、墓地の入口の花屋で友人が買って来てくれたバラの花一本を置いた。大きな花束でも買って来てくれるのかと思ったら、淡い赤のバラの花一本だ。そのほうがこの草の墓に似つかわしいと友人は言い、私は納得した。真紅のバラだったら、バラの花はもっと鮮明に芝草のミドリに映えたかも知れなかったが、淡い赤のバラは芝草のなかにひかえ目に沈み込んで目立たなかった。

バラを置いたあと、私はしばらく黙って草の墓のまえに立っていた。頭は自然にたれていたが、祈っているというのではたぶんなかった。考えていた。そう言ったほうがそのときの私の姿勢にも気持にもそくしている。秋、十月――もう少し正確に言うと一九九二年の秋、十月だが、Zが死んでそのときで二月経っていた。日本からしばらくぶりでベルリンに来て、着いてから彼が死んだことを私ははじめて知った。私は慌てて友人とともに墓地へ駆けつけたが、彼の墓がそうした草の墓であることもそのときはじめて知った。

大陸性気候のベルリンの秋、十月は日本で言うなら、真冬の寒さだ。そして、その寒さは乾ききっている。乾ききった寒さのなか、私は草の墓のまえに立ちつづけた。

草の墓は日本流に言えば、「無縁仏」の墓と言うべきものだ。行き倒れの旅人か何かで、名前、身もとも判らないままで死んだ人もたしかにそこに葬られている。二百人の大多数がそうだろう。ただ、なかに、Zのように名前も身もともはっきりしていて、自ら望んで草の墓に入った人もいる。

森鷗外のことを思い出す人がいるかも知れない。鷗外は死にのぞんで、陸軍軍医総監として位階勲等あまた身に帯びた、また、大有名作家としてあった「森鷗外」として死ぬよりも、ただの「石見《いわみ》の人　森林太郎」として死ぬことを望んだ。有名人、えらいさん方には、そういう「無名の死」願望をもつ人がたまさかいるようだが、Zはもともと有名人でもなければえらいさんでもなかった。彼は無名のチマタの人だった。無名のチマタの人として生き、死んだ。職業は私が知り合ったときにすでに停年退職していたが、放送局員。えらいさんではなかった。

ただ、彼はおびただしい数の死を見た人だった。死を見、死者を見た。もうひとつかんじんなことを言っておけば、おびただしい数の「無名の死」、その死者を見た。位階勲等どころか、名前も身もとも、そうした人間の属性を示すものとしてある一切を剝奪《はくだつ》されたかたちで、人は無数死んだ。いや、殺された。そして、Zはそれを自分に関係ない他人の死として見ていたのではなかった。自分の未来、明日に確実に起こり得るものとして見た。Zは「ナチ・ドイツ」の強制収容所のなかにいた。

彼のいた収容所はゲーテ、シラーの都市として名高い、また民主主義の模範の「ワイマール憲法」の本拠、「ワイマール共和国」の首都だったワイマールの郊外、ブーフェンバルトにあった収容所だった。ブーフェンバルト収容所はただ殺すことだけを目的とした

「絶滅収容所」ではなかったが、それでも五万六千人が死んでいる。五万六千人のなかには単純にただ殺されたのも多数いたが（そのなかにはこの収容所であまた行なわれた「医学実験」の犠牲者もふくまれている）、苛酷な労働と劣悪な生活条件によっての死者も数多くいた。当時の「ナチ・ドイツ」の言い方で言えば、「強制労働による絶滅」だが、ろくに食い物をあたえないで重労働を強制していれば、収容者は自然に死んで「生物学的解決」をとげてくれる（このことばも特別の意味をもった用語として、現代のドイツ語にはある。最近にも、「関連死」「孤独死」続出、餓死者さえ出た「阪神・淡路大震災」の被災地を見たドイツ人は、政治家、役人たちは「生物学的解決」を待っているのではないかと言った）。収容者には名前はなかった。名前の代りに番号をつけられ、呼ばれ、その番号で収容所のなかで生き、死んだ。Ｚの場合は「ＢＵ・Ｉ・９９９」。

なぜ、Ｚがそこへ行かなければならなかったのかは簡単なことだ。彼の母親がユダヤ人であったからである。父親はドイツ人で高名なバイオリン演奏者だったらしいが、父親と母親は離婚させられている。結果として、彼の母親と妹は彼らが住んでいたベルリンからチェコスロバキアの収容所に送られ、彼と弟はブーフェンバルト行になった。そのとき彼は十六歳。一九四四年のことだ。

四五年四月には米軍が来るが、ブーフェンバルト収容所では収容者が抵抗運動を形成して、自らの手で解放をやってのけた。Ｚもその運動の一員だった。

ここまでは、彼の母親がユダヤ人で、収容所に送られたと言えば、歴史のあと知恵が十分についた今では容易ではないにしてもまだしも想像がつく話だ。いかにZの運命が苛酷であったとしてもである。しかし、その後のZのことは、なみの想像を越えている。

実は、Zは二度ブーフェンバルトの収容所に入れられている。一度目は一年だったが、二度目は四年の長さである。戦後、米軍がその地域で旧ソビエト軍に占領軍の地位をゆずって引きさがったあと、旧ソビエト占領軍はブーフェンバルトを彼ら自身の収容所にして、彼ら自身の収容者を入れ出した。「ナチ」と「ナチ」の協力者を収容するというのが目的だったが、当然、なかには旧ソビエトに協力的でない、そうみなされた人たちも、何かのまちがいで入れられた人たちもいる。Zは抵抗運動に加わったことが仇《あだ》になった。解放後、彼は母親と妹を探しにチェコスロバキアまで出かけたあといったんワイマールまで帰って来たところで旧ソビエト軍につかまり、米軍発行の反「ナチ」の抵抗運動参加を証する証明書を見せたところで、逆に米軍側の「スパイ」にされてしまったのだ。もとの収容所に送られて、あと四年そこにいた。収容所の生活の苛酷につけ加えてかつて自分をつかまえた「ナチ」たちとの四年がどんなに屈辱的なものであったかは想像がつく。いや、想像を絶している。その四年のあいだに、「ナチ」であれ反「ナチ」であれ、自ら「生物学的解決」をとげた人の数が八千人から一万二千人――そう言われている。

ここでひとつ言っておきたい。私が彼と知り合ったのは、まだ、「壁」があったころのことだが、そのときには、彼は「ナチ・ドイツ」のブーフェンバルト収容所の体験は語った。しかし旧ソビエトのブーフェンバルト収容所の体験は一切しゃべらなかった。私が後者の彼の体験を知ったのは、「壁」が崩壊し、「東」「西」ドイツの「統一」が成ってからのことだ。

私は一九八五年から八七年にかけて、当時の「西」ドイツ政府の「文化交流基金」の招待を受けて、「西」ベルリンでくらしている。まだ、「壁」のあった時代のことだ。私は「壁」のなかでくらしていたことになる。「壁」のなかで、娘までが生まれている。

そのときは私はZを知っていない。その「壁」に囲まれてのくらしの体験からドイツ人たちと語らってつくり出した「日独平和フォーラム」という市民のつながりのなかに日本人、ドイツ人双方いろんな人物が出現して来たが、そのひとりがZだった。「五月八日」をめどにして日本の市民がドイツに行き、「八月十五日」をめどにドイツの市民が日本に来て（「五月八日」と「八月十五日」が同じ意味をもつ日であることは説明を要さないだろう。その意味自体がこの市民のつながり形成の意義を言いあらわしている）、相手の国に着いた日から市民の住居に泊まって各地を歩く。この市民交流を八七年から始めてこれで十年、今年九七年八月にもドイツの市民が大学の先生やら学生やら労働者やら地方公務員やら家庭の主婦やら老若男女あわせて十九人がやって来て、市民の住居を泊まり歩きながら東京から始まって岡山、福山、広島、高知、室戸、さらには沖縄まで訪れている。この市民交流、つながりの形成の十年のあいだにドイツ側にあっては「壁」の崩壊、「東」

「西」ドイツの「統一」という歴史的大事件が起こり、それをはさんでZが私のまえに姿を現わし、いつのまにかまた消えた。草の墓のなかにだ。

一度、この交流のなかで日本にやって来たとき、Zは私の住居に泊まっている。彼は九十キロを越える体重の持ち主で、私の狭い集合住宅のなかでみごとに突き出た太鼓腹の巨《きよ》軀《く》を扱いかねているように見えた。そして、私より年長の彼が、このごろはお箸の使い方も手慣れたことになった当世の若い世代のドイツ人とちがって、お箸も私の住居に来てはじめて使うような古風なドイツ人であることは来てすぐ判った。ゆで卵をゆで足りないまで食卓に出したことがあった。私の「人生の同行者」――つれあいがすぐ気がついて、「あと一分間ゆでる必要がある」とドイツ人式に厳密に言ってみせると、Zはその厳密をさらに上まわって、「いや、二分」と言ってのけた。そのときの彼の世界の真理を告げるようないかめしげな顔を「ノッホ・ツヴァイ・ミヌーテン」というドイツ語の強い発音のひびきとともに私は忘れることができないでいる。万事に厳格、几帳面《きちようめん》な昔ながらのドイツ人、ここにありの感があった。

草の墓を訪れたあと数日経って、私はブーフェンバルトへ出かけた。ワイマールまでベルリンから列車で行き、一泊したあと、朝早くタクシーで収容所跡まで行った。当時の建物は医学実験場までふくめてあらかた残っていて、公開されている。

霧の濃い朝だった。収容所全体が深い霧に覆われていて、どこをどう歩いても霧の壁が行く手をさえぎった。収容所の敷地を突き切って、背後のうっすらとした林の影を霧の壁のむこうに私はそのときたしかに見ている。しかし、その林が旧ソビエトの収容所時代の死体の捨て場であったことは、もちろん、そのとき私は知らなかった。

それを知ったのはごく最近ベルリンから日本にやって来た友人の話を通じてのことだ。Zの友人でもあった彼はつい一月ほどまえブーフェンバルトへ行って来たのだが、私が訪れたあとその林が旧ソビエト時代の穴を掘っての死体の捨て場であったことが判って掘り出された。

友人は撮って来た写真を見せてくれた。林（は松林だった）のなかにジュラルミンの棒が立っている。林立している。「これは何《な》んだ。」「死体が見つかった個所に立てたんだね。」死体を掘り出したのではなかった。土中の死体はそのままにして、棒を立てた。目じるしの棒と言うわけか。しかし、何んのための目じるしなのだろう。これはジュラルミンの棒の墓だとは、写真を見ながら友人と話しているなかで思ったことだ。ジュラルミンの棒の林立のまえに大小、かたちさまざまな十字架の一群があった。「遺族が勝手に立てたんだ。」友人は言った。なかに、「なぜ？」と書いたのがあった。

祖先信仰の伝統が強い朝鮮の民族の古来からの認識によれば、親より早く子供のころ死ぬような親不孝者や旅先で死ぬような人間の魂は行きどころがなくなって永遠にさまよっている。こういう不運な人間のなかでももっとも不運なのがいくさに駆り出されて死んだ、殺された「三千軍兵」たちだ。「軍兵」は無数にいて、総称して「三千軍兵」というぐあいに呼ばれるらしいが、このことばは「軍兵」の死をふくめて夭折《ようせつ》、横死、客死などの不運死をとげた死者たちの総称でもあるらしい。彼らに対して適切に鎮魂の儀式が行なわれないと、彼らの「恨」は災厄——病《やまい》、死を生者にもたらす。そう「巫堂《ムーダン》」は言い、祈りうたう。人びともそれを信じて、大金を投じて、彼女たちを家に迎える。

Tから彼の「家の墓」の話を聞いたとき、私はいまだこの「三千軍兵」のことばも由来も知っていなかったが、知っていれば、そのことばで彼の話を納得したと思う。今からもう何年も昔のことになる。それでもあざやかに彼がそう語ったときの彼の沈ウツななかに何か力のこもった表情の顔を話とともに鮮明に記憶しているのは、彼のその「家の墓」の話が私の心の内部の奥深いところまで達したからにちがいない。私は感動した——と言うよりは、話は私にこたえた。あと、私は何かがっくりした気持になった。私はそのとき彼の誕生日の祝いを東京、新宿の騒々しい飲み屋でしていたのだが、飲み屋の喧騒は一瞬はるか遠くに遠のいた。

Tは「TOMIO」の頭文字だが、彼にはそうローマ字で書くことはできても、「トミオ」とそのあきらかに日本名前である自分の名を片カナでさえ書けなかったにちがいない。彼は日本語はおそらくあとから述べる日本語の歌とあと二、三語しかできなかったし（私とは終始英語でしゃべった）、第一、彼の顔も皮膚の色も日本人のそれではなかった。どこからどう見ても、中部太平洋、マーシャル諸島のミクロネシア人の顔と皮膚の色をしていた。そのTの名が日本名前であることには何んのふしぎもない。彼が生まれたのはマーシャル諸島が「南洋群島」の一部としてまだ日本の統治下にあったときで、おかげで「自然に」彼の名は日本名前になった。かつて国際連盟の「委任統治領」とは言え実質上「大日本帝国」の版図の一部、その東端に位置した土地の住民だったTはそう私に言い、当時、「第一級の日本国民は日本人、第二級は朝鮮人、第三級がわたしたちだった」とつけ加えた。

彼が生まれたのはクエジェリン島だったが、今住んでいるのはイバイ島だ——と書いたところでかつての「第一級の日本国民」だった日本人の多くにとって何んの意味ももたないにちがいない。ただ、クエジェリン島については、年輩の人なら、ああそこは帝国海軍の「玉砕」の島だったと感慨を抱かれるかも知れない。「昭和」十七年——と私が今「昭和」の年号を使って書くのはここではその言い方が私にとって実感があるからだが、その十七年に米軍の総反攻がガダルカナル島から始まって、中部太平洋で十八年にまず総反攻がとりついたのがマキン、タラワ島、両島で日本軍を「玉砕」させたあと、ついにクエジェリン島という大日本帝国の版図の東端に達した。それは大日本帝国の版図のなかのついには沖縄に達するまでの「玉砕」のいくさが始まったことだ。

クエジェリン島で「玉砕」したのは主として帝国海軍の六千人の「三千軍兵」だったが、日本の「三千軍兵」といっしょに死んだのは帝国海軍の基地建設に「ロームシャ」として朝鮮半島、台湾、インドネシア、フィリピンなどアジア各地から連れて来られたアジアの民間の「三千軍兵」と、「玉砕」のいくさの巻きぞえを食って死んだクエジェリン島の住民の「三千軍兵」だった。その数はたぶん六千人のなかに入っていなかっただろう。いくさがすんだあと、大量の死体の処理に困った米軍は穴を随所に掘って死体を投棄し、あとは土で覆ってことをすませた。これは生き残ったクエジェリン島の住民から直接に私が聞いた話だが、戦後、米軍はクエジェリン島全体を巨大な核ミサイルの基地に仕立て上げたから、さっきからの言い方を使って言えば、中部太平洋の美しいサンゴ礁の海に取り囲まれたこの島は全体が核ミサイルの「三千軍兵」の墓になったことになる。太平洋各地の戦跡を訪れて遺骨を集める日本政府がらみの遺族の遺骨収集団もこの核ミサイルの「三千軍兵」の墓に足を踏み入れたことはないし、核ミサイルの基地の下を掘らせろと日本政府はアメリカ合州国政府に要請した形跡は皆無だから、核ミサイルの「三千軍兵」の墓の下には確実に「三千軍兵」の死体は投げ棄《す》てられたままになっているにちがいない。

しかし、中部太平洋のそのあたり、核ミサイルの「三千軍兵」の墓があるだけではなかった。度重なる核実験の結果としての「死の灰」の「三千軍兵」の墓も各所にあった。

中部太平洋のそのあたりのアメリカ合州国による核実験の場所としては、一九五四年三月一日の水爆実験での死の灰の降下による被曝《ひばく》で第五福竜丸の久保山愛吉さんが亡くなったビキニ環礁が有名だが（その「ブラボー実験」と呼ばれた巨大な水爆実験での犠牲者は久保山さんだけではなかった。ロンゲラップ島をはじめとして島々で多くの住民が死んだ)、ビキニ環礁での核実験が終ったあと、近くのエニウェトック環礁に場所を移して四十数回にわたって核実験はつづけられた。おかげでそのあたりの島々は「死の灰」で汚染されて住めなくなり、住民にも多く被曝の犠牲者が出たのだが、実はかつてブラウン環礁の名で呼ばれたエニウェトック環礁は「玉砕」のいくさが各島で行なわれた場所なのだ。私が当時の日本政府、軍部がいかにむごい存在であったかと今さらのように思うのは、このブラウン環礁での「玉砕」を、そのころあまりに「玉砕」のニュースがつづくのでこれを知らせると国民の士気が低下するとして一切発表しなかった事実があるからだ。ブラウン環礁での「玉砕」の死者は三千人だったそうだが、この文字通りの「三千軍兵」は当時ラジオが「玉砕」のニュースを告げるために奏でられた「海ゆかば」の旋律に送られることもなく日本人の誰もが知らないあいだにたたかい、殺され、死んで行ったことになる。この「海ゆかば」の旋律にさえ見棄てられた「三千軍兵」のなかには、もちろん、アジア各地からの「ロームシャ」、各島々の住民の「三千軍兵」も入っていたにちがいない。そして、いくさのあと、米軍は彼らの死体を穴のなかに投棄し、土で覆ったのだが、それで話はすまない。その上で四十数回にわたって核実験はくり返されたのだから。その上をさらに「死の灰」が覆いつくした。

その地域は「立入禁止」になっていたので、私はそこまでは出かけていない。しかし、「死の灰」の危険があまりに大きいというので、「死の灰」の堆積の上をコンクリートのフタ状のもので米軍が覆った——その写真なら見たことがある。私にその写真が正視できなかったのは、その巨大なコンクリートのフタの下に「三千軍兵」の死体があることを知っていたからだ。さっきからの言い方で言えば、そこらあたり、「死の灰」の「三千軍兵」の墓でなかったら、コンクリートのフタの「三千軍兵」の墓だ。「三千軍兵」はもうコンクリートのフタを押し上げて立ち上ってこないのか。

私は中部太平洋のそのあたり、ビキニ環礁やエニウェトック環礁の核実験場の跡地そのものへは行けなかったが、ビキニ環礁もエニウェトック環礁も上空から遠望しているし、クエジェリン島、さらにはイバイ島へは実際に出かけて住民とも知己になっている。知己になった住民のなかには、クエジェリン島の核ミサイル基地の撤去を求めて勇敢に運動をつづけているイバイ島の住民が何人かいて、彼らが同じ運動の仲間としてTを私に紹介して来た。

Tもそうだが、彼らはもともとクエジェリン島の住民だった人たちで、かつて帝国海軍が基地をつくり始めたころからクエジェリン島からイバイ島へ強制的に移住させられて来たのだ。その強制移住を戦後引き継ぎ、さらに強化してクエジェリン島の住民全体をイバイ島に追い出したのが、帝国海軍の基地を拡大して全島を核ミサイル基地にしたアメリカ合州国だったというのだから、話はできすぎている。イバイ島はかつてはちがった名前の島だったが、イバイ島を占領していた米軍の小隊長の奥さんの名が「イバイ」だったので、イバイ島に島名は変った。これもできすぎた話だが、その小隊長の奥さんゆかりの名前の小島には、やれレーダー基地をつくるとか、やれ射爆場にするとかで追い出された各島の住民が移住させられて来て、幅五百メートルほど、長さ数キロの小島の人口は急増して、一万五千人余の多くがトタン屋根の掘っ立て小屋に住む「太平洋のスラム」と呼ばれるほどひどいさまを呈するまでになった。仕事はクエジェリン島の基地へ日帰りの飛行機で働きに行くことぐらいしかないのだから「スラム」になってふしぎはないが、クエジェリン島ではかつての住民も働くことはできても、住むことは許されない。基地撤去を求めるイバイ島居住のクエジェリン島住民の運動は、ついには、クエジェリン島に上陸してテントをはって泊まり込むという行動までやり出した。Tもその行動の参加者で、行動の報告を東京のどこかの国際会議でするために日本にやって来た。

ここでこのTたちの行動についてこれ以上書くつもりはない。私が書きたいのは、会議のあと私にTが連絡して来て新宿の騒々しい飲み屋で会った――そのときの話だ。さっき彼の誕生日のお祝いをそこでしたと書いたが、実はその日が彼の誕生日であることはそこで飲んでいるうちに判ったことだ。じゃあ、というわけで、遠来の客人を迎えて騒々しい飲み屋での席は客人の即席の誕生日の宴《うたげ》に成り変った。同行していた若い友人が音頭をとって「ハッピー・バースディ」を歌ったあと、客人がお返しのつもりか歌い出したのが「モモタロサン、モモタロサン」の日本の童謡だった。呆気《あつけ》にとられて一同沈黙したが、日本語が一言半句もできない彼はその童謡だけはみごとに正確な発音の日本語で歌ってのけた。お母さんが教えてくれたのだと言う。お母さんは日本人ではない。生粋《きつすい》のミクロネシア人——と言ってから、彼は少し皮肉げに「それとも第三級の日本国民だったかね」とつけ加えた。子供のとき、お母さんがよく歌ってくれたので、おぼえたのだ——Tはそう言ってから、母親の話を始めた。と言って、長々と母親の生い立ちのことを話したのではなかった。彼女と彼とのあいだの最近の「問題」についてしゃべった。

「問題」は、彼がイバイ島で経営している食堂の建物を木造のものから鉄筋コンクリート建ての頑丈なものに建て替えようとしているのに母親が反対していることだった。イバイ島は風が強くて、木造のものはすぐこわれる。これが鉄筋コンクリート建ての建物にかえようとする理由だが、母親は今の木造の建物の地の底には「ニホンジンノオハカ」があると言って強硬に反対している。Tはその「ニホンジンノオハカ」ということばも、それだけを正確な日本語の発音で言ってのけた。「いったい、それは何んだ」と訊《たず》ね返《かえ》しかけたところで、私はイバイ島が「玉砕」の島であったことを思い出していた。海軍の水上機基地がかつてはあって、「玉砕」のいくさのあと、八百人ほどの「三千軍兵」が穴を掘って埋められている。その穴ひとつの上にTが父親が死んだあと母親といっしょに切り盛りして来た食堂は位置しているのにちがいない。母親の「ニホンジンノオハカ」という一語は、端的にその事実を示している。

いつか日本人が「ニホンジンノオハカ」の「骨《ボーン》」を拾いに来るとわたしのお母さんは言いはるのだね——日本語で訳すとそういうことになる英語でTは早口に言った。感情が激して来ているのが彼の早口の英語で判った。そのとき、「ニホンジンノオハカ」の上の建物が鉄筋コンクリート建てのものだと「骨《ボーン》」は取り出せない。「判るかね《ドウ・ユー・アンダースタンド》、彼女はそう言うのだ。」

Tはそう言ってあとは黙り込んだ。私も黙り込んだ。一瞬、飲み屋の喧騒がはるか遠くに遠のいて聞こえた。

しばらくしてTはことばを継いで、「わたしの家は墓だよ」と言った。家の墓――家の「ニホンジンノオハカ」。そう私は彼のことばを聞いていた。

「阪神・淡路大震災」のあと、今やただの瓦礫《がれき》のひろがりと化した被災地の各所に瓦礫の墓ができた。瓦礫の適当な大きさのを積んだまえに広口のガラス瓶を置いて花を入れる。たいていはそれだけのものだったが、ローソクを立て、線香までそなえたのもあった。犠牲者の名を書き記した木札を立てたのもあったが、たいていは木札もなかった。死者はまさに無名のまま死んでいた。被災地は外国人が多かった地域だ。昔からの在日朝鮮人、中国人に加えて、最近は仕事を求めてやって来た中国人、ベトナム人などのアジア人が多かったのだが、劣悪、脆弱《ぜいじゃく》な住宅に住む彼らの死亡率は高かった。彼らもまた無名のまま死んだ。声があった。「そこ踏まんでください。ホトケさんが下に三人いはる。」長田――消防設備劣悪で消防車が来ても水が出なかった、その単純な理由で地域の家屋すべてが全焼し、全壊で生き埋めになった娘を父親が、母親を息子が火焔のなかに見捨てた神戸の長田でのことだ。私は黒焦げの死体が随所にころがっていた戦争末期の空襲のあとの大阪の焼跡のことを思い出していた。消防車までもがまる焼けになって、赤茶けた瓦礫のなかにぶざまにころがっていた。あのときも水が出なかった。あのときから何が変ったのか、いや、何が変らなかったのか。また声がした。「ホトケさん、拝んで行ってやってや。」私はかつて大阪の焼跡でしていたのと同じように赤茶けた瓦礫のひろがるなかにかがみ込んで拝んだ。広口のガラス瓶のなかに水は入っていたが、花はなかった。私は花を持って来ていなかった。

震災後二年半以上が経った今、瓦礫がかたづけられてただのさら地になり、「プレハブ」の家屋があちこちに建つなかで、瓦礫の墓はめっきり減ったが、それでもときには行き会うことがある。たいていが新築の「プレハブ」の家屋のかげに見捨てられたようにして残っていて、何日かまえに誰かが置いて行ったらしいビニールに包まれた花束がまれに置かれたりしているが、多くは広口のガラス瓶だけが目じるしだ。水は入っているが、花はまず見あたらない。

庭石の墓があった。自然に私はそう呼び出していた。西宮の私の住居のつい近くにそれはあった。墓のある一角は、地震直後、私の一家が毎日水をバケツで汲みに行った井戸の裏手だから知っていてもよかったはずなのだが、地震直後のそのあたりのさまはウカツにも私は知らない。その裏手で家屋が何軒も全壊していたのを知ったのは、瓦礫がすでにかたづけられてさら地になってからのことだ。いや、もうすでに庭石の墓の背後と横のさら地では、「プレハブ」建ての家屋の建築が始まってさえいた。

しかし、そこはただのさら地だった。地震の明白な名ごりは、かつて車庫があったとおぼしきあたりに残されたぶざまにへちゃげた自動車の残骸と、もうひとつ、これもまたかつて庭があったとおぼしきあたりにあきらかにかつては庭石であったらしい石が二つ立っていたことだけだ。さら地の広さ——そのさして広くないがさりとて狭くもない広さと自動車の残骸と庭石二つが、その一家全滅の家族がおそらく典型的な中流のくらしをかつてしていた家族であったことを示していた。ここで夫がサラリーマン、妻は専業主婦、小さな子供二人——というぐあいに、その家族のくらしのさまを思い描くことは容易にできる。そのくらしはそのとき——一九九五年一月十七日午前五時四十六分までつづき、その一瞬にすべては消滅した。私がここで「一家全滅」と断定するのは、そのかつて庭があったとおぼしきあたりに立つ庭石二つのあいだに近所の人が持って来たものだろう、花束と子供のオモチャがいつも置かれていたからだ。いや、それはただ置かれていたのではなかった。庭石に供えられていた。自然に庭石は墓になっていた。私もときどきそこに花を供えるようになった。そして、拝んだ。

何月ものあいだ、私はそうしていた。そのあいだに、背後でも横でも、「プレハブ」の家屋はでき上って、たぶん、さら地の、いや、その庭石の墓の家族もかつてしていたにちがいない中流のくらしが再開されていた。子供の声が聞こえて来た。

何週間か、私は海外に出かけていて、庭石の墓参りを欠かした。帰ってすぐ私はそこまで出かけたのだが、庭石も自動車の残骸もきれいにさら地から姿を消していた。いや、そこには金網が張りめぐらされていて、不動産会社所有の制札が立ち、制札にはご用の方は電話されたしと会社の電話番号が書かれていた。私ははじめて泣いた。私の眼に自然に涙があふれた。

似《にの》島《しま》めぐり

田口ランディ

　春田さんの声が好きだ。深く太く奥行きのある声。どうしたらこんな声が出るのだろう。きっと春田さんの胃も腸も、それから内臓を支えている筋肉もすべて強く弾力があり、肉体が力いっぱい空気を振動させているのだ。この人の存在そのものが声になってる。そう思う。私の声はどうだろう。テープレコーダーで自分の声を聞くと、声が咽《のど》の奥から出ている。私の声は身体ごと出ていない。肉体のひ弱さが声に出ている。腹筋、ぜんぜんないもんなぁ。

「春田さん、なにかスポーツしてるんですか？」

「はい。ワシは空手をやっとります」

　そうか、空手なら腹筋がつきそうだ。でも、空手をしている人がみんな声がいいわけでもないだろうし、やはり春田さんの声が春田さんという肉体と心が作ったたまものなんだと思う。

　そのライブコンサートには、友達に誘われて興味ももたずに出かけて行った。

「すごくいいんだから。泣けちゃうから」と友達は言うけれど、私は音楽を聞いて泣いたことなんて一度もなかった。狭くてカビ臭いライブハウスで「切った手首に血が滲《にじ》む」とか「ああ生きることは絶望～」についての歌が演奏された。私には少し怖かった。あんまり生々しくて、聞いていて辛くなった。春田さんは、バンドの友人としていきなり紹介されて会場から出てきた。ゲストとして照れ臭そうに一曲だけギターを弾いて歌った。あ、すごくいい声って思った。曲も歌詞も元気があって楽しくて、春田さんのフツーな明るさにとてもほっとした。この人好きって思った。もっとこの声を聞いていたいって。ライブが終わっても友達とぐずぐずしていたら、なぜか関係者の輪に混じっていて名刺交換が始まった。私は名刺なんてもっていないのに、成り行きで春田さんが名刺をくれた。隣の人にあげたので私にも……と思ったんだろう。いい人なんだな、春田さん。ほとんど会話もせずに「ありがとうございます」と挨拶をして、それっきり。だからまた会うことなんてないと思っていたのだ。もらった名刺を見たときに、春田さんが広島の人なんだ、って頭の隅にひっかかった。あ、広島だ。そう思った瞬間のことだけ記憶している。自分がなにかにひっかかったっていうこと。ライブの演奏曲なんかすべて忘れてしまって、その日に起こった出来事も消えてしまっても、広島という文字の字体まで覚えている。ああいうのを予感っていうのかな。後になってからのこじつけかもしれないけれど、私はあの時、きっともう一度、春田さんに会うような気がしていたと思う。

宇品《うじな》港を出港したフェリーは、わずか二十分で似島《にのしま》に着くらしい。
春田さんはインターネットで調べた似島の資料をプリントアウトしてきてくれた。短い乗船時間に私たちはその資料を眺めた。のんたりとした瀬戸内海に、たくさんの小さな島々が鯨の群れのように浮かんでいる。天気予報では雨だと言っていたのに、なんとか晴れている。雨雲はあるけれどまだ遠い。

「ワシは広島生まれですが、似島に行くのはまだ二度目なんです。いろいろ調べてみたら面白い島ですわ」

「ごめんなさい。急に電話して、失礼ですよね私。おまけに案内までさせてしまって、ほんとにごめんなさい」

「いや、いいんです。自分も行ってみたかったんです。実は中学生の頃にサッカーの合宿で似島に来ましてね。そりゃあもう、きつかったんですわ。その合宿が」

「サッカーですか？」

「あまり知られてないことですけど、似島は日本のサッカー発祥の地なんです。この島には昔、ドイツ人の捕虜収容所がありましてね。それで、そこに収容されていたドイツ兵の捕虜が欧州サッカーを伝えたと言われてるんです。まあ、そんなわけで似島にサッカー合宿に行ったんですが、監督が厳しくてね、炎天下に練習させて水も飲ませてくれんのですわ。練習の後、プールに入るんですが、あんまり咽がかわいてたんで、ワシはそのプールの水をがぶがぶ飲んだんですよ。あの臭いプールの水がそりゃあうまかったですわ」

「ひどーい。それっていじめじゃないんですか？」

「ワシらの頃は運動部の練習って言ったらイジメですよ。すっかりサッカーが嫌いになって、やめてしまいました」

サッカーをやめて空手を始めたのだろうか。春田さんの広島弁を聞いていると、気持ちが和《なご》む。方言って不思議だな。ほとんど初対面なのにそんな気がしない。うらやましい。東京生まれの私はいちおう標準語らしきものを使うけれど、この言葉がとても軽く感じられてイヤになることがある。自分の気持ちがちっとも相手に伝わっていないもどかしさ。言葉に思いをのせることができない。なにか、そぐわない感じ。春田さんといるとよけいにそれを感じる。どうしたら自分の気分にジャストな言葉を話せるんだろう。

「小林さんは、高校二年生でしたか？」

「はい。いま二年です」

「よく一人で広島まで来ましたね」

「じつは、初めての一人旅です」

「そうですか、そりゃあなんか光栄です。でもなぜ似島に来たかったんですか？」

なぜ似島に……。それは自分でもよくわからない。

「似島に、あおぎり学園ってありますか？」

「ありますよ。……あれは確か、養護施設だったかな」

「祖母が、子供の頃にそこに居たみたいなんです」

「え、それじゃあ、小林さんのおばあさんは広島の方なんですか？」

「そうみたいです。もう亡くなったけど。私、祖母のことはあんまりよく知らないんです」

ふーん、と春田さんは真面目な顔をして腕組みする。なにを思っているのだろうか。おばあちゃん思いの孫娘……みたいに勘ぐられたら困るな。祖母が孤児だったことが私の人生にそれほど深い意味があるわけじゃない。言わなければよかった……、と少し後悔した。似島港に着いたというアナウンスが入ったので、あわてて立ち上がった。そうしたら春田さんが私の腕を引っ張って言った。

「あおぎり学園は次の桟橋です。ここで降りると学園には行けないんです」

え、べつに、あおぎり学園に行かなくてもよいのだけれど、仕方なく私は黙って座り直した。いいんだけどな。似島まで来れたのなら、もうそれだけで。

祖母のことは、ほんとうによく知らない。

おばあちゃん、と馴れ馴れしく呼ぶのもためらわれるくらい縁が薄い。私がもの心ついた頃は、祖母はもう特別養護老人ホームに入っていた。母に連れられて何度かお見舞いに行ったことがある。四階建ての灰色の建物のなかに老人ばかりがいた。いたるところにお人形とか折り紙が飾ってあって、幼稚園みたいだなと思った。お年寄りと暮らしたことのない私は、老人ばかりのその施設がちっとも好きではなかった。気味が悪かったし、なんだか汚い感じがした。実際にはとても清潔だったのだけれど、薄汚れた印象がある。ソファにも、コップにも、壁にも、床にも、老人特有の甘酸っぱい匂いが染みついている気がして、そこでジュースすら飲む気にならなかった。

訪ねて行くと祖母はいつも、おどおどと他人に挨拶するように丁寧にお辞儀をした。

「まあ、こんなえらい狭いとこやのに来てくらはって、えらいすんませんなあ……」

そう言って、私や母に自分のイスをすすめる。腰は曲がっており、節くれ立った指先がぶるぶる震えていた。もしかしたら祖母は、必死で私たちが誰かを思い出そうとしていたのかもしれない。こうして訪ねて来るからには自分と縁がある人間だろうが、しかし、この人たちは誰だったろうか。わからないのでできる限りバカ丁寧に対応する。お茶やお菓子なども出そうとして、茶筒を落として茶葉をぶちまけたりしてしまう。

「そんなこと、しなくていいから」

母は、祖母を見るといつも少しだけイライラしていた。とってつけたような祖母の様子は、どこか当てつけがましくもあり、すごく嘘っぽくもあり、私はそんな祖母をちっとも好きではなかった。

「やあ、すんません。どないしましょう。ほんまにすんません。ごめんなあ」

失敗をすると祖母は何度も何度も頭を下げた。誰も怒っていないし、責めたりもしていないのに、ひどく悲しげにひたすら謝罪するのだ。その様子を見ているとだんだんと私までいたたまれなくなってきた。

「もういいんだよ、おばあちゃん、もう謝らないで」

私の声に、祖母は顔を上げる。その目が問いかけている。「あんたは誰？」と言っている。

一度、祖母の部屋に帽子を忘れて取りに戻ったことがあった。私たちがいるときはずっと作り笑いをしていた祖母が、ベッドに腰かけてぼんやりとしていた。肩を落として床を見つめている。心底ほっとしているように見えた。祖母は私たちに会うとよほど緊張するらしい。挙動不審の祖母とはうって変わった、憂いを帯びた祖母がいた。私は帽子を取りに入れなかった。黙って、祖母に気づかれぬように母の待つ玄関に戻った。

「帽子は？」

母の問いにうまく答えられなくて、首を振ると、母はなにも聞かずに「ま、いいか」と言って立ち上がった。その時なぜか、母も傷ついているのだとわかった。私は母の手をぎゅっと握ってわざと「お腹すいちゃったね」と甘えてみた。母には私がいると教えたかった。まだ小さかったし、母が大好きだったので私は祖母が憎たらしいとすら思った。自分の子供を忘れる母親なんて許せない。母親は子供を忘れてはいけないんだ。たとえ何があろうと、絶対に。

「海がきれいですね」

フェリーから降ろされた私と春田さんは、ぽつんと道路に捨て置かれた。この島にはなにもなかった。お店も、バスも、タクシーも。だから仕方なく私たちは海沿いの舗装道路をてくてくと歩き出した。とても暑くて、春田さんのTシャツはあっという間に汗まみれになった。

「春田さん、今日はお仕事はいいんですか？」

「はい、ワシはフリーのなんでも屋ですから。休みはわりと勝手に取れるんですわ」

ただ「似島に行きたいのですが、どうしたらいいでしょうか？」そう言って電話をしてみただけの私に、なぜこんなに親切なんだろう。田舎の人ってみんなこうなのかしら？

「この先に防空壕があるらしいんですが、行ってみますか？」

海岸線の向こうを指さして春田さんが言う。

「そこは、怖いところですか？」

「怖いです。原爆が落ちたとき、たくさんの被爆者がこの島に運び込まれたんです。暁部隊という部隊が唯一ここに残っていましてね、彼らが被爆者を救護してこの島で手当てしたんですが、もう、その数はすさまじくてとても手に負えなかった。それでも被爆者たちは助けを求めて島に渡って来て、防空壕の穴のなかでたくさん亡くなったんです。いままも、その壕を掘ると人骨が出るそうです」

「今でも、ですか？」

「らしいです。気味が悪いですね。やっぱりやめましょう」

「いいえ、行ってみたいです。そういう場所を一度も見たことがないので、見てみたいです」

洞窟に骸骨が転がっている情景が目に浮かんだ。一人では行けないけれど春田さんと二人なら怖くない。お化け屋敷に行くような気分。夏の終わりの怪奇体験も悪くない。目的はないのだ。ただここまで来てみたかっただけで。

歩いているとあおぎり学園という看板があった。うそ、と思った。ほんとうにあったんだ。私たちは立ち止まって、殺風景な錆《さ》びた鉄門の前に立った。門は開いていた。奥で子供たちの声がする。だだっぴろいグラウンドが山の麓《ふもと》に広がっている。校舎らしき建物の向こうに、ひどく粗末な宿泊施設があり洗濯物がたくさん干してあった。

「なんだか捕虜収容所みたい」

「そうです、ここには捕虜収容所があったんです。それから検疫所もありました。きっと廃墟になった軍事施設を取り壊して学園を拡張したんじゃろ。この島は戦争中は重要な軍事要塞だったんですわ」

春田さんの言葉は時々わからない。わかるけど、実感がないというべきか。確か春田さんは今年四十三歳だと聞いた。バンドを組んだりしているからとても若く見えるけれど、やっぱり大人なんだなあと思う。

男の子が三人、昆虫網をもって虫採りをしている。みんな真っ黒に日焼けし楽しそう。そのなかでも一番チビ助の六歳くらいの少年を呼び止めて道を尋ねてみた。

「あのね、人がたくさん死んだという防空壕を知っている?」

知ってる～。すると近くで遊んでいた少年たちもわらわらと寄ってきて、みんなで競争するように大声で教えてくれた。一斉にしゃべるからかえって声が聞き取れない。「あっちの海岸の向こうだけど、歩くと時間かかるよ」「向こうの山の麓には、砲弾の跡があるけん、それ見たらどうじゃ」「もう、戦争の建物はなにもないよ、穴は遠いよ、歩くと大変じゃ」

あっち、こっち、そっちと指がいろんなところを指し示す。よっしゃー。春田さんがあのよく通る声を張り上げるとようやく子供たちは黙った。

「ようするに、歩くと遠いちゅうことだな?」

そうじゃ〜と、子供たちも声をそろえる。子供たちはよほど暇だったらしく、私たちをつかまえてうれしそうだ。こっちこっちと学園のなかを案内してくれた。

「君たち、あおぎり学園の子?」

そうじゃ〜。登り棒の上から忍者みたいに遠巻きに見ていた女の子たちも声をかけてきた。

「それ、誰じゃ〜?」

「お客さんじゃ〜」

それから、どういうわけか子供たちが急に歌いだした。ものすごく大きな声で、お腹の底からしぼり出すように。みんなで一斉に歌いだしたのだ。まるでミュージカルみたいだなと思った。蟬《せみ》が鳴くように人間が一斉に歌い出すなんて、そんなことほんとうにあるんだ〜ってびっくりした。私と春田さんは顔を見合わせた。春田さんも驚いていた。なんじゃこりゃって感じ。子供たちはおもしろがってさらに声を張り上げる。不思議だ。子供の声ってなぜか胸に突き刺さる。最初、その歌がなんの歌なのかわからなかった。でも、どこかで聞いたことがあるような気がした。なんだか確かに、この歌は遠い昔、どこかで聞いたことのある歌のように思えた。

祖母は私生児で母を生んだのだ。

だから母は自分の父親のことは知らないという。祖母がボケてしまったこともあったし、死ぬまで母に父親のことは語らなかった。だから私も祖父のことは知らない。べつに祖父が誰であれどうでもよかった。

母が結婚しても、祖母は母と住もうとはしなかった。ずっと一人暮らし。それが性に合っているという。なぜか祖母は大阪で母を生んだ。母は大阪育ちでいまだに大阪弁が言葉に混じる。大阪で生まれた母は父と結婚し、父の転勤とともに東京に来て私を生んだ。だから私は東京生まれの東京育ち。祖母は一人で大阪に残った。大阪には昔からの友達がいるからという理由だった。そして痴呆になり、いろんな縁があって千田の特別養護老人ホームに入ってそこで亡くなった。私は長いこと、祖母は大阪の人間だと思っていた。祖母は自分のことを多く語らない人だった。

私は父方の祖父母にかわいがられて育った。大阪の祖母のことは、頭の変なおばあさんくらいにしか思っていなかった。そもそも私には祖母の記憶がないのだ。私は父方の祖父母にかわいがられて育ってそれで十分だった。彼らは東京近郊の一軒家に住んでいて、それなりに裕福で、孫にこづかいをあげるのが楽しみという善良な人たちだった。祖父母にそれ以上の何を望むだろう。それで十分だ。私が十歳の頃にはもう大阪の祖母のボケが始まっていて、祖母に関する妙な噂だけが耳に届いた。そりゃあもうぞっとするような噂だ。ウンコを食べるとか、髪の毛をみんな抜いてしまうとか、夜中に徘徊して鏡に映った自分に喧嘩を売っているとか……だ。

私は母の幸せを脅かしているような祖母の存在が疎《うと》ましかった。祖母の話をするときには母はとても悲しそうな、というか、憂鬱そうな顔をした。母に連れられて新幹線に乗って大阪に行くとき、いつもは快活な母の口数が少なくなった。じっと窓の外を見てなにかを考えている。私は不安になった。母の気持ちがわからなかったからだ。ふだんは大阪人らしく受け狙いを連発する母が、いま、なにを考えて物思いに耽《ふけ》っているのか理解できない。母がうんと遠くに感じられた。私の知らない母がいる。そのことを祖母は思い出させる。

祖母が亡くなったときはちっとも悲しくなかった。正直、ほっとした。ひどい孫かもしれないけれど、これでもう母の気苦労も減るだろうと思った。母はどうだったのだろう、今にして思えばかなり複雑な心境だったはずだ。覚悟はしていたらしいけれど、母は祖母の最期を看取《みと》れなかった。知らせを受けて私たち家族が駆けつけた時には、祖母はもうずっと空家になっていた自分の家に戻されていた。誰かの手によって家はきれいに掃除されて、祖母は真っ白なシーツに安らかな顔で寝かされていた。湯灌《ゆかん》も済んで、お化粧までされていた。祖母には昔からのつきあいの古い友達がいて、その友達の手で密葬されることがずいぶん前から決まっていたのだそうだ。母はそのことすら知らなかったと言った。

祖母の古い友達は、みんな似たような年恰好《としかっこう》の老人だった。しわがれた声でまくしたてて、たるんだ皮膚が細い骨に張り付いていた。老人たちはまるで小さい子供のように母を「ちいちゃん」と呼んだ。彼らの手で、祖母の遺体はとても大切に扱われた。私たち家族の出る幕ではないという感じだった。祖母には祖母の生活があったんだな、と私は知った。だから大阪を離れるのを拒んだのだろう。祖母は最後まで娘である母の世話にはならなかった。お葬式でも母はまるでお客さんのようだった。

わずかな祖母の遺品を宅配便の段ボールに詰めている時に、一冊のアルバムを見つけた。開いてみると最初のページに古い写真。セピアというよりも、褪《あ》せて白ちゃけていた。痩せたみすぼらしい姿の子供たちが三十人ほど写っている。子供たちの背後には鬱蒼《うっそう》とした山があり手前には物置き小屋のような粗末な建物が建っていた。写真の下に、たぶん祖母の字で「あおぎり学園にて」と書かれていた。この子供たちのなかに祖母がいるのだろうか。そう思って一人一人の顔を眺めていく。すぐにわかった。これがたぶん祖母だ。なぜならその顔はとても母に似ていたから。祖母は目をきっと見開いて笑うでもなく、かといって悲しそうにも見えない不思議な表情をしていた。なにか思い詰めたようにも見える。たぶん、十三、四歳、それくらいの年齢だろう。祖母にも少女時代があったのだ、あたりまえのことなのに私は少しうろたえた。そんなふうに普通の人間として祖母を見たことがなかったからだ。

さらにページをめくる。もしかしたら、祖父の写真があるのではないかと思った。これまで祖父に会いたいと思ったことは一度もなかったのに、急に祖父を見たいという好奇心がわいてきた。でも、写真はなかった。祖母の若い頃の写真などほとんどなく、目を引いたのは生まれたばかりの母の写真。まだカブトムシの幼虫のように、白い産着《うぶぎ》にくるまった母がいた。「千枝子、生まれる」と書いてあった。それから母の七五三の着物の写真があり、小学校の入学式の写真があり、その後の写真はアルバムから剥《は》がされていた。母が持って行ったのかもしれない。そしてひとつ飛びで父と母の結婚式の写真だ。

寿の額に入った結婚記念写真は、アルバムに不釣り合いなほど豪華で大きかった。そして、次のページから最後まで、すべて、驚いたことに私の写真だった。たぶん生まれたばかりの写真。看護婦さんに抱かれて産湯につかっている私、結んだへその緒が赤く生々しい。「真由子、生まれる」そう書いてあった。

母が私の写真を祖母に送っていたのだろうか。お七夜の写真、三歳のお祝い、幼稚園の入園式、運動会、小学校の入学式、遠足、プール開き、お祭り、誕生会……。幼い頃の私の生活がそこに貼り付けられていた。あとはなにもない空白のページ。

祖母は私のことを、遠くから思っていてくれたのかしら。

私はそのことを思うと怖くなった。もしそうだとしたら、なにか取り返しのつかないことが起こった気がした。私はすごく祖母に冷たかったのではないか。祖母が死んだあとになって、そんなことを心配してもどうしようもないけれど、でも、考えてしまった。祖母のことを。この世から祖母が消えたとたんに、魔法がとけたみたいだ。どうしていままで疑問に思わなかったのだろう。いったい、祖母って誰だったのだろう……と。

そのアルバムを見せると、母はため息をつくばかりだった。「あおぎり学園」のことも聞いてみた。確かに祖母は子供時代を養護施設で過ごしたそうだ。

「私もちゃんと聞いたことがなかったの。いつかは聞けると思ってたのよ。だから今じゃなくてもいいやって。でも、まさかあんなに早くボケが始まるなんて、思ってもみなかったから」

祖母は子供の頃に広島で被災した。原爆で家族は消息不明。家は焼かれ孤児になった祖母は、被災児を収容していた養護施設で育ったという。そして十七歳の時に単身、大阪に上京。働いて働いて働いて、小さな飲み屋を開く。たぶん、その資金を出してくれた人が祖父ではないかと母は言った。でもそれも確信はない。とにかく母には全く祖父の記憶がないそうだ。

「たぶん、おばあちゃんは捨てられたんだと思うよ。昔は原爆を浴びた人と結婚するのをみんな嫌がったというし……」

祖母の通夜に集まっていたのは、祖母が店を開いていたころの商店街の人たちだそうだ。小さな飲み屋がびっしりと集まった裏路地で、母はあちこちの店に自由に出入りしながら育ったと言う。

「でも、私はね、そんな町が窮屈でイヤだったの。だから、自分のことを知らない人ばかりのところに行きたかった。東京から転勤で来ていたお父さんと知り合ったのがこれ幸い、大阪を捨てて東京に出て来たのよ」

カラオケに行くたびに母が「大阪で生まれた女」という曲を熱唱するわけがわかった気がした。今やすっかりマダムな感じになっている母が、時々気に入らない人に向かって「どついたるぞ、このボケ」と小声で呟《つぶや》くのが、私は妙に好きだったのだ。

祖母の葬儀のとき、やることもなくぼんやりと座っていた母は、祖母の遺影に向かってふと言った。「この、あかんたれ……」。私も母もなんだか祖母には見捨てられたような淋《さび》しい気持ちだったかもしれない。見捨てていたのは自分たちのはずなのに、祖母が死んだとたんに、くるんと立場が逆転してしまったのだ。

「この歌、なんの歌ですか？」

春田さんは首を振る。

「聞いたことはあるような気がするんじゃが、なんの歌だったかなあ」

ようやく子供たちが歌い終わったので、二人で拍手をした。子供たちの顔は興奮して赤らんでいる。

「みんな、ありがとう。上手だねえ。ところでさ、この歌はなんて歌？」

すると子供たちがまた、一斉に声を合わせて言った。

「アオギリの歌」

アオギリの歌？　ああそうか、と春田さんが手を打つ。

「アオギリって木があるんですよ。広島の平和公園のなかに。どう言うんかな。原爆が落ちて街は真っ黒コゲに焼けてしまった。家も草も動物も人間も焼けて消えてしまった。だけど黒コゲになっても一本のアオギリが生きていたんです。生きて芽を出して、いまでも元気で葉を茂らせている、そういう木なんですよ」

「そうじゃ。ここにアオギリ二世がおる！」

チビ助の男の子が、威張って木立のなかの一本の木を指さす。近づいてみるとプレートには「アオギリ二世」と書いてあった。つまり、原爆で焦げたアオギリから株分けをして、ここに持って来たということか。

「原爆が落ちたときはもう広島には草木も生えないだろうと言われました。焼けただれた土地に植物が生えてきたときは、そりゃあうれしかったたってウチのおやじ達も言ってましたっけ」

「春田さんのお父さんも、ヒバク……してるんですか？」

「うちの親父も、じいちゃんも、親戚一同、全員被爆者です。だから、親戚が集まると必ず原爆の話で盛り上がります。あんときはああだったこうだったたって、そりゃもう大変ですわ」

「そうですか……。うちのおばあちゃんも、原爆を見たのかな。一度も話を聞いたことはないけれど、家族全員行方不明になったって聞きました。それで、この施設に来たのだろうって母が言っていました。写真があるんです。あおぎり学園の古い写真なんですけどね。他にはなんにもない。家族の写真なんて一枚もない。きっと焼けてしまったんですね」

原爆を浴びた祖母がアオギリなら、その子供の母はアオギリ二世、そして私は三世ということになるのか。不思議な気分だった。つまり、そういう考え方をこれまで一度もしたことがなかったのだけれど、でも、祖母が生きていたから母がいて、こうして私がいる。それは間違いない。

ふいに、ぽつぽつと雨が降って来た。子供たちはわーっと叫んで建物の方に駆け出す。春田さんはにっこり笑ってリュックから折り畳み傘を取りだした。雨はすぐに叩きつけるようなすごい夕立になった。空に稲光が走り、山の上で雷が鳴った。

そういえば、祖母はとても雷が嫌いだった。あのピカッと光る稲妻や、ドロドロと響く雷を聞くと泣きわめいて怖がった。ボケて娘の顔まで忘れても、それでも忘れられないものがあったのだろうか。

たまたま見舞った夏の午後に夕立があって、私と母は半狂乱になって脅える祖母に辟易《へきえき》した。「怖いよう、怖いよう」と暴れまわる祖母を押さえつけた。祖母の足下にじょろじょろと水が漏れる。あまりの恐ろしさに祖母はおしっこをもらしたのだ。小さな子供みたいだった。母は黙って祖母の隣に身を寄せて、祖母の肩を抱き手を握った。私も同じように祖母の隣に座って祖母の手を握った。ほかになだめようもなかった。部屋に饐《す》えたおしっこの匂いが広がっていく。私のスリッパの下も濡れていく。雷の音はいっそう激しくなって地響きになった。祖母は私の手を力をこめて握り返してきた。私の指が紫色になるくらいに。あのときに祖母はぎゅうっと瞑《つぶ》った瞼《まぶた》の奥でいったい何を見ていたのだろう。私は窓の外の稲光を見ていた。花火みたいで、それはとてもきれいだった。

母はどうしていただろう。あのとき、母はやはり祖母の手を握って祖母の耳元で……、歌っていた。そうだ、母は歌っていたのだ。小さな声で。思い出した。それがあのアオギリの歌だ。あれは母が歌っていた歌だ。母はなにを思って歌っていたのだろう。ぼんやりと空を見つめて。

あのとき、母と祖母と私の手は結ばれていたけれど、でも、それぞれにまったく違うものを見ていたのかもしれない。

夕立は一瞬で止んで、雨雲が雨を引き連れて海上を去っていくのが見えた。そのあと出てきた太陽はもう黄昏《たそがれ》を帯びていて、私と春田さんはまた、なにもないフェリー乗り場へと向かって歩き出した。

夕方のフェリーには、夏休みの最後を島で遊んだ家族連れが乗るらしく、狭い桟橋は親と子供で混み合っていた。その人込みを蹴散らして、あおぎり学園の名前の入った一台の車が止まった。先程の子供たちがどやどやと降りてくる。そして、フェリー客に向かってじゃがいもを売り始めた。

「りっぱなおいしいじゃがいも、一袋百円だよ〜」

学園の畑で育てたじゃがいもを売っているらしい。私は寄って行って一袋の男爵いもを買った。歌を歌ってくれたチビ助の男の子が「ありがとうございま〜す」と大きな声で叫ぶ。「さあさあ、残り少ないよ、買った買った〜」

春田さんは、遠くからその様子をまぶしそうに見ていた。

「これ、よかったら貰ってください」

じゃがいもを春田さんに渡す。「よっしゃ、今夜はカレーじゃ」と、春田さんはうれしそうにリュックにしまった。

「あの子たちも、戦争で孤児になった子たちなのかな」

私の言葉に春田さんは肩をすくめた。

「さすがにもう戦災孤児はいませんよ。それは昔の話。いまこの施設は親から虐待を受けた子供たちが収容されているそうです」

そうだよ戦争の孤児なんているはずもない。子供たちがあまりに明るく元気そうだったので、私にはまったく何の考えも及ばなかったのだ。

「春田さん」

「なんですか?」

「あの子たちは、どうしてあんなに元気にアオギリの歌を歌ってくれたんでしょうか。あんな大声で……」

春田さんはしばらく答えなかった。「なんででしょうねえ……」

それからやっと言った。

「それが、人間ってもんじゃないでしょうか」

そうなのか。それが人間ってもんなのか。だとしたら私には人間ってもんが全然わかってないんだ。それははっきりした。情けないけど私にはなにもわかってない。母のことも、祖母のことも、この子たちのことも、春田さんのことも。なんにもだ。

フェリーに乗り込んで、デッキから眺めていると桟橋で子供たちが手を振っている。私も手を振った。あのチビ助がカエルみたいにぴょんぴょん飛び上がってちぎれんばかりに手を振っている。なんでそんなに手を振ってくれるんだろう。船はぐんぐん沖へと出て行く。子供たちはいつまでも立っている。みんなの姿がジオラマみたいに小さくなったとき、ふと、あ、あの子たちは家に帰りたいんだ、って、そう思った。そうだよ、みんな家に帰りたいんだ。お父さんやお母さんといっしょに暮らしたいんだね。

隣を見たら、春田さんがタオルで鼻をかんでいる。

消えていく人影のなかに祖母がいた。じっとまっすぐに彼方の空を見ていた。

川柳

黒い雨放射能とは知らず濡れ

鈴木基之（広島）

「句集 きのこ雲」より

ブラウスは白くケロイド痛ましい

伊木鶯生（広島）

「句集 きのこ雲」より

日雇い婦ピカドン後家の名を負うて

石井政男（広島）

「句集 きのこ雲」より

原爆禍生れ来る児の末のこと

稲吉佳晶（岡崎）

「句集 きのこ雲」より

罪人のようにケロイド見つめられ　北本照子（広島）

「句集　きのこ雲」より

原爆を落され軍備をすすめられ　郷田茂生（広島）

「句集　きのこ雲」より

実験はまだ落す気のある証拠　石井政男（広島）

「句集　きのこ雲」より

ひどかばいこげんバクダンうらめしか　和田たかみ（和歌山）

「番傘」一九八一年八月号

被爆者のシノビガタキはいつ消える　和田たかみ

「番傘」一九八一年一〇月号

原水協いろんな紐がからみあい

政俊

「よみうり川柳　瓦版」一九六三年九月号

安らかに眠るに核は多すぎる

小栗和歌子

「川柳　瓦版」一九七五年九月号

解説

ヒロシマ・ナガサキの証言と記憶

成田龍一

0

二〇一一年三月一一日に、東日本大震災が起こり、そのなかで、福島第一原子力発電所の事故が発生した。この原発事故によって、放射性物質の放出に対する不安が現実の恐怖になった。

以前、評論家の加藤周一は、連載していた「夕陽妄語」で、次のように述べている。

「核兵器と原子力発電は、一方が「戦争」に属し、他方が「平和」に属するという意味では、かぎりなく遠い。しかしどちらも核分裂の連鎖反応の結果であるという意味では、きわめて近い」(「近うて遠きもの・遠くて近きもの」、「朝日新聞」一九九九年一〇月二〇日夕刊)

そして、「比喩的にいえば原子爆弾とは制御機構の故障した発電所のようなものである」とも記した。茨城県東海村で、JCO臨界事故―原子力事故が起こった直後に掲載されたこの文章を、加藤は「東海村に事故がおこれば、「ヒロシマ」を思い出すのが当然であろう、と私は考える」と結んだ。福島原発事故に直面した私たちも、また、ヒロシマ・ナガサキの体験を考えることになるであろう。

1

本巻で対象となる広島・長崎は、「戦争と文学」の観点からは原爆が投下された地域、ヒロシマ・ナガサキとなる。一九四五年八月六日午前八時一五分に広島、八月九日午前一一時二分に長崎にふたつの原子爆弾が落とされたことは、アジア・太平洋戦争におけるきわめて悲惨な出来事であった。原爆は通常の爆弾とは比較にならない破壊力をもち、熱線、爆風、そして放射線によって大量、無差別に人命を殺傷した。

一九四五年一二月までの原爆による死者は、広島で約一四万人、長崎で約七万人とされる。原爆はその後もケロイドや白血球の異常など後遺症、後障害を残すうえ、放射能障害は、被爆者当人やさらには子や孫にも不安を与え、いまだに続く惨事となっている。原爆について書かれた文学が人間についての考察となり、原爆を記憶することの意味を追究している背後には、こうした事態がある。

とともに、広島への投下がウラン型爆弾、長崎はプルトニウム型爆弾であったことは、原爆投下が軍事的・戦略的な観点からではなく政治的な決定によってなされ、かつアメリカによる実験という性格を有していたという指摘も単なる推測ではなかろう。その後、アメリカのほか、ソ連（ロシア）、中国、フランス、イギリスが核開発を行い、現在では核兵器を所有しているのは、先の国に加え、インド、パキスタン、北朝鮮（朝鮮民主主義人民共和国）などとその数を増やしている。広島と長崎の体験が、ひとりその地域に止《とど》まらないような状況が創り出されてきている。

かつて、ある小説家が、広島の原爆記録に触れ、次のように述べたことがある。

「私たちがこうしたこと（広島の原爆被害のこと——成田註）に関心を持つべきであるのは、唯一の原爆被災国民であるという国民的同一性においてではない。その不運と災難の場にもなお、人間の生活がある以上、そこにも文化のいとなみがあり、それはまだ完成していないとはいえ、広島の人々は確かに、自らの存在の証しを、新たな文化の結晶に求めようと努力しているからである」（高橋和巳「滅びざる民」、「週刊読書人」一九六六年八月一日）

一九六六年という戦後状況——核を軸にしていいかえれば冷戦体制の真っ只中《ただなか》での発言であるが、原爆—核について思いを巡らすということが、その世界情勢や社会状況のみならず、人びとの生き方に直結することがうかがえる。

原爆に発して書かれた文学作品は、一九八〇年代に「日本の原爆文学」（全一五巻、ほるぷ出版、一九八三年）として集大成されているほか、いくつかのアンソロジーも編まれている。こうしたなかで、原爆にかかわる文学のうち二一世紀のいまも、ぜひ手にとっていただきたい作品がこの巻に収められている。〈Ⅰ〉は、被爆時の状況を描いた作品群、〈Ⅱ〉は、被爆とその後の状況が書かれた作品群である。そして〈Ⅲ〉は、被爆がもたらしたさまざまな問題について書き継がれた作品群、〈Ⅳ〉は、核がとりまく世界状況を扱った作品群となっている。

全巻を通じて、原爆を体験した作家たちによる発言をはじめ、核の恐怖を論じ、さらにはそこから原爆や核開発にかかわっての「戦後」を問う作品が収められている。原爆を体験した作家の文章が多いが、若い世代の作家たちが原爆――ひろい意味での核について書いた作品も収録した。また核開発が進むなか、核の平和利用といういい方を検討し、原子力発電（原発）を扱った作品も、いまを考える一助となるであろう。

2

原爆投下地点は、爆心地と呼ばれる。広島は、現在は原爆ドームとなっている広島県産業奨励館の南東附近、長崎は、現在の浦上地区の平和公園である。そこを中心に半径二キロメートルくらいの範囲は全壊全焼し、四キロメートル離れた地域でも建物が半壊している。被爆者たちは、なぜ自分が被爆し、被爆のなかでなぜ自分が生き残ったかを繰り返し自問している。それを示すように、被爆体験を語り出す人びとは、その瞬間に自分はどこにいたか、その場所は爆心地からどれだけの距離があったかを記している。そして、被爆の記憶を語ることの意味をあわせて語る。

〈I〉は、原爆投下とその直後を描いた作品群である。被爆した作家たちが、その体験を綴《つづ》るが、書かれた時期が占領期である大田洋子と原民喜の作品は、占領軍による検閲を受けている。原爆に関しては、占領軍の強い規制があった（堀場清子『原爆 表現と検閲』朝日新聞社、一九九五年）。本巻収録の作品では、このほかに栗原貞子の詩、正田篠枝の短歌の原歌などに検閲が及んでいる。

大田洋子「屍の街」は、一九四五年一一月に稿がなるがしばらく刊行せず、一九四八年一一月に中央公論社から、「無欲顔貌」の章を削除した「削除版」が刊行された。その後、削除部分を回復し、既刊部分に手を入れ、一九五〇年五月に冬芽書房版完本を刊行した。本巻では作品末尾に置いた冬芽書房版の「序」に、このかんの事情が記されている。

「屍の街」は証言的な要素を多くもち、被爆とその後の様子を写実的な文体で綴っていくが、「私」を登場させ、新聞をもとにした資料を用い、リアリティを読者に伝えようとする。街を歩きながら死体を見つめるとき、妹に咎《とが》めるように問いかけられ、大田は答える――「人間の眼と作家の眼とふたつの眼で見ているの」「いつかは書かなくてはならないね。これを見た作家の責任だもの」。

そのようにいいつつ、長くこうした「陰惨な屍の街の光景」を見続けることは耐えがたく、精神まで「廃墟」になるやもしれぬと記す。それほどまでに、原爆は非人間的な状況をつくりだしていた。

なお、「屍の街」の冒頭に近い、「西の家でも東の家でも、葬式の準備をしている。きのうは、三、四日まえ医者の家で見かけた人が、黒々とした血を吐きはじめたときき」の部分は、底本では「……血を吐きはじめたとき」となっている（傍点成田）。しかし、意味上、および原稿を確認した鹿野政直の指摘（「日本の近代思想」岩波書店、二〇〇二年）により、本文のように訂正した。

原民喜「夏の花」（「三田文学」一九四七年六月）も、一九四五年秋に執筆された。はじめ「近代文学」に掲載が予定されていたが、検閲を考慮して発表を控え、さらに一年半待ったうえで「三田文学」に掲載された。しかし、それでも自己規制した削除部分があり、占領解除後に刊行された「原民喜作品集」第一巻（角川書店、一九五三年）で、その部分が復元された。「夏の花」も、「私」を主人公とし、自らの体験を綴る体裁をとる。原も「このことを書きのこさねばならない」と記している。

さきの大田と同様に、写実的な文体で、人びとが苦しむ様相が記されるが、原が被爆直後から綴った「原爆被災時のノート」に比すと、それでも物語性が提供されている。「屍の街」も「夏の花」も記録性が強く、また書くことの意味を繰り返し語っていく。しかし、「原爆被災時のノート」は、出来事そのものであり、時間をかけて、出来事そのものから作品への結晶化がなされるのである。

大田も原もすでに小説を書きはじめていた作家であったが、被爆体験以後は原爆のことを書き綴るようになる。被爆によって、ともにそれまでの作風を変え、その緊張感と書くことのジレンマに直面しつつ、体験の意味を深く探っていった。

大田、原の以上の二作が広島での体験であるとき、林京子「祭りの場」（「群像」一九七五年六月）は長崎を舞台とする。長崎では、原爆体験が文学作品として提供されないという議論があった。長崎の同人誌「地人」（一九五五年八月）では、長崎に本格的な原爆文学が生まれなかったのは何故か、というアンケートを行っている。実際に、長崎にはそうした作品はなかったのかという議論はここではおくが、原爆を語る文学作品は、記録としても、運動としても大きな意味をもっていたことを確認しておきたい。

林は一五歳になろうとしたときに、学徒動員されていた兵器工場で被爆し、「祭りの場」では、被爆時と小説が書かれた一九七〇年代とを往還する。三〇年を経ての作品であり、原爆を投下したアメリカと対峙しつつ、自らの体験を記していく。被爆直後に書かれた作品には、多く被爆状況が記録されるが、時間をかけて紡ぎ出した林も、被爆とあわせて自らの身体の不調を軸にその体験を記す。だが、「原爆には感傷はいらない」とする林の記述は、のちに知り得たことも含めながら冷静に被爆時のことを再構成している。人間関係を繊細に見つめており、原爆を描く小説では欠落しがちなジェンダーの視点も、はっきりと意識されている。

同時に、林にはいまだに継続する被爆の影響のかたわら、出来事の「忘却」への警戒心がある。原爆体験を、被爆者のみが抱え込んでしまっていると現状を認識し、そのことを批判するとともに、被爆者の健康への不安は果たして理解されているかとの思いもうかがわれる。

「祭りの場」のように、長い時間の煩悶《はんもん》を経て、被爆時の体験を描く作品は少なくない。川上宗薫「残存者」(「文藝」一九五六年一二月)や、中山士朗「死の影」(「南北」一九六七年一〇月)も、そうした作品である。自らは被爆を避け得たものの、川上は、長崎で母親と二人の妹を失い、キリスト教の信者であった父は平和運動家となった。川上は、後にはいわゆる官能作家として性にかかわる作品を書き、原爆については口を閉ざすなか、「残存者」はほとんど唯一の原爆にかかわる作品である。主人公の「昌造」と、ふと出会った「女」の心理とが、ここでは記される。「直撃弾」を受けたと思ったことが、数日後に原爆と知らされる「特異性」――原因も分からず想像もつかぬ「一大事件」が「突発」しうる、という虚無感を背景にもつ作品である。

また、中山士朗は会社勤めのかたわら、同人雑誌に小説を書く。ハエが傷ついた主人公の身体をいたぶる場面から、被爆の瞬間とその後の行動がリアリズムの手法で描かれる。原爆災害のすさまじさを感じさせるとともに、ケロイドが残り占領軍のGIに資料として調査される「屈辱」など、敗戦直後の意識までを描いている。被爆から二〇年以上たっても、リアルな描写がなされており、その体験の強烈さをうかがわせる。原爆を描く多くの作品が、

「見聞或いは生身の損傷からは免がれた立場にあった」のに対し、この作品は「肉体に焼きついた死の影の痛みを内奥から書く」(岩崎清一郎「解説」、「〈八月六日〉を描く」第二集、文化評論出版、一九七一年)との評がある。

美輪明宏は歌手や俳優などさまざまな顔をもつが、そこに至るまでの苦労多い半生を、半自叙伝「紫の履歴書」で綴った。そのなかでも、大きな出来事が、長崎での被爆であった(「戦」、「紫の履歴書」大光社、一九六八年。配列は〈Ⅲ〉)。一〇歳のときに被爆したが、そのとき目にした惨状を、現在形の文体を駆使し、冷静な文章で綴っている。被爆体験は、多くの自伝のなかに記されるが、その代表的な作品である。

3

原爆がもたらしたさまざまな問題を指摘する作品群が、戦後の過程で執筆されていく。井上光晴は長崎育ちで、被爆者への差別を厳しく追及する作品を残しているが、「夏の客」(「潮」一九六五年一〇月)もそのひとつである。貧困にあえぐ広島の被爆者たちのすさまじいまでの生きざまを記すが、井上は見たくないことをも容赦なく描ききり、そのことが被爆者に対する差別への告発になっている。八月六日のためにやってくる「夏の客」には「二度金を払わせる」という設定など、無自覚な善意の関与者を批判するものでもある。

長崎での体験を核とした、後藤みな子「炭塵のふる町」(「文藝」一九七二年八月)は、被爆した家族の戦後をめぐる作品である。九歳の後藤は母の実家におり、医師の父親は出征中であったが、長崎で中学（旧制）に通う兄は、勤労動員のさなか被爆し死亡した。母は兄を探しに行くが、兄の死により精神を侵されて別人になりゆく。こうした家族の戦後が、この小説で描かれる。主人公の「私」は復員してきた父との距離感がぬぐえないが、物語は、そこに昭和天皇の敗戦後の行幸を入れ込み、父、母、「私」のそれぞれの傷が、それぞれ相手の想いをいたぶるようにえぐっていくさまを記す。家族の亀裂という、なかなかに語り出せないことを、振り絞るようにして主題としており、周囲と自己の内面を観察する文体により、原爆がもたらした家族間の罅《ひび》を描き出す。原爆がもたらした傷は家族の関係を壊し、けっして過去のものとはなりゆかないことを伝える作品で、重い印象を残す。兄の死から四半世紀以上たって、ようやく書かれ得た作品でもある。

「暗やみの夕顔」（『民涛』七号、一九八九年六月）の金在南《キムジェナム》は、植民地下の朝鮮半島で一九三二年に生まれ、戦後に「密航」してきた経歴を持つ。「金在南」の名は、その頃入手した外国人登録証明書の氏名である。

後述するように、被爆は広島・長崎にいた植民地出身の人びとにもおよぶが、彼らは長いあいだ被爆の補償対象とされず、差別も甚《はなは》だしかった。金は、韓国の長屋を舞台とし、長崎で被爆し韓国に戻った「老婆」（「日本宅《イルボンテク》」と記される）と、光を極端に怖がり押入れのなかで暮らすその娘を登場させ、韓国人被爆者を主題とした。金が、日本語で「在韓被爆者」を描いたことは、まずはその存在を当事国の民である「日本人」に知らしめたいとの思いがあろう。新聞記者である主人公が、最後にキャンペーンを試みることもそれを示していよう。「原爆医療法」（一九五七年）は、日本国内に滞在していれば、外国人も医療援護が受けられるとした。他方、渡日治療に必要な「被爆者健康手帳」が朝鮮人に交付されたのは七年後の一九六四年のこととなる。「老婆」の身の上話は、主人公に、父と兄が爆死した朝鮮戦争を想起させること、そこから女性たちに共通する反米の表白など、この作品をめぐり論ずべきことは多い。

青来有一「鳥」（「文学界」二〇〇六年七月）、田口ランディ「似島《にのしま》めぐり」（「野性時代」二〇〇六年一〇月。配列は〈Ⅳ〉）は、それぞれ一九五八年、五九年生まれと、一九六〇年頃に生まれた若い作家たちの手による作品である。

青来は、戸籍の父母の氏名欄が「真っ白」で、その誕生日欄が「昭和二十年八月九日」となっている人物を主人公とする。長崎の原爆投下時に赤ん坊で、実の父母を知らない主人公が綴る「被爆経験」の文章と、それを綴る姿を描く物語の進行を入れ子にする手法をとっている。「私がだれなのか」という問いがある一方で、養父と養母に自分をめぐって諍《いさか》いがあり、義姉ともしっくりいかなかったことが記される。しかし、いまの不安やその解消といった日常のなかに、被爆という出来事が介在していることを描いてみせる。

田口の作品は、主人公がふとしたことから広島の似島に出かけるなか、祖母の記憶が重ね合わせ語られる。疎遠だった祖母だが、広島で被爆し身寄りを失い養護施設で育ったこと、被爆のことは語らなかったが、雷に怯《おび》え「半狂乱」になったことなどが描かれる。似島という場所で、被爆を介在させながら、祖母の記憶が想起され、同じく被爆をした家族・縁者がいる人物と心が触れるのである。

ここでは、証言ではなく記憶の領域に入りゆく原爆体験をどのように語るかということが主題とされている。

さらに、原爆投下以後、世界は核の時代に入り、核実験がくりかえされる。核を持つ側に対し、たえず規制と抗議がなされるが、原爆の体験はこうした批判の主張の根幹をなしている。

広島・長崎への原爆投下のあと、核をめぐる大きな出来事のひとつは、一九五四年三月から五月にかけて、アメリカが中部太平洋で六回の水爆実験を行ったことである。このとき、マーシャル諸島のビキニ環礁で、マグロ漁船・第五福竜丸が被曝《ひばく》し、二三人の乗組員のうち、無線長の久保山愛吉が半年後の九月二三日に死亡した。

橋爪健「死の灰は天を覆う」(「小説新潮」一九五六年九月)は、その第五福竜丸の船員を主人公とし、手紙形式の文体で記す。被曝に至る第五福竜丸の航行と船内での出来事を描くが、水爆実験の結果、降りくる灰について知識がなく無防備であったこととあわせて、灰を浴びて変調をきたした様子、帰りついてからなお続く身体の悩みが記される。漁師の心性に立ち入るとともに、熱血漢であった久保山の人柄も描かれている。「原水爆戦争」がこうしたかたちで行われるとの見識と、そのことへの怒りが記される。アメリカ原子力委員会が、（一年後に）ビキニ環礁での水爆実験の再開を発表したことを憤り、この手紙が書かれたとされている。

このとき、小田実「「三千軍兵」の墓」（「群像」一九九七年一〇月）は、水爆実験の死者は久保山だけではなく、ロンゲラップ島をはじめ島々で多くの住民も死亡したことを述べる。現代史の大きな射程のなかで、いまの出来事を描く小田は、日本の委任統治下の中部太平洋のクエジェリン島に生まれたTを登場させ、この島がアメリカによって「巨大な核ミサイルの基地」に仕立て上げられ、核実験により「死の灰」で覆い尽くされるとした。さらに小田は、この中部太平洋界隈《かいわい》では、かつて「「玉砕」のいくさ」が行われたことをあわせて指摘する。「玉砕」のなかにはアジア各地、島々から「動員」された人びとが含まれていることを言い、出来事の重ね書きを行う。

こうしたなか、次第に原子力発電も批判の対象となりゆく。水上勉「金槌の話」（「海燕」一九八二年一月）は、主人公と、郷里・若狭《わかさ》の素封家《そほうか》の旧友との交友を描くが、その話題のひとつに「ゲンパツ」の日雇い労働があった。旧友も「ゲンパツ」で働いており、その仕事内容が断片的に記されるとともに、地域社会が原発によりいかに変わるか、また立ちいかない農業経営のため、地域の少なからぬ住民たちが、高額の日当が与えられる原発に働くことが記される。原発が小説の対象とされにくいなか、得難い一編である。

大江健三郎「アトミック・エイジの守護神」(「群像」一九六四年一月)は、原爆を描く多くの作品が私小説風になり、手法としてのリアリズムに赴くなか、物語性を押し出している。ひとりの「中年男」が、もっとも「苛酷」な状況を生きている人びとを救済しようとしており、「アトミック・エイジの守護神」と標榜される。一〇人の「原爆孤児」を養子とし、東京で共同生活を営むのだが、男は、彼らに生命保険をかけており、その善意が疑われる。そうしたなか、男はあらたに「アラブの健康法」を売り出す。このような男に対し、「原爆孤児」たちは逆に、男に生命保険をかけている……。一筋縄ではいかない、核で覆われた世界のなかでのありようを、寓意的《ぐういてき》に描いた小説である。

原爆は、さまざまな表現形態によって書きとめられたことにも着目しておきたい。詩、短歌、俳句、さらに川柳によっても、原爆とその体験が記されている。詩は、直後の光景を自らの被爆体験と重ね合わせるようにしてうたった、栗原貞子「生ましめんかな」、峠三吉「八月六日」、および、原爆を忘れたかのような戦後の光景に違和を唱える、山田かん「浦上へ」が収録されている。栗原と峠が直接に怒りをぶつけるのに対し、山田は被爆体験の受け入れにくさを基調としていよう。短歌は、被爆直後にうたった正田篠枝と、長い時間のあとで詠まれた竹山広の作、俳句は、新興俳句にかかわった三橋敏雄と、被爆体験をもつ松尾あつゆきの作品である。俳句は、川柳とともに、この形式ならではの表現しにくい風景を切り取って見せている。

4

原爆をめぐっては、まずはその悲惨さを伝え、そこでの出来事が記録されていった。ヒロシマ・ナガサキの出来事からさらに、人間を主題とすることになり、個人の体験が地域、国家、国際的な体験へとなりゆくとともに、国家のありかたや戦争、国際関係への批判に及んだ。原爆に発した文学は、二段階のステップ――大日本帝国への原爆投下と、その後の冷戦体制での核開発による核の普遍化に対する、その時点時点における重要な証言であり、告発となっているといえよう。

しかし、こうしたことを伝えるどのようなことばがあるのか、またことばはうまく伝わるのかという煩悶は、なおも強い。かつて、大田洋子は文壇における孤立とプレスコードに直面し、「私は日本人の国籍をはがしてもらいたかった」(「生き残りの心理」、「改造」一九五二年一一月増刊)とまで述べている。自らの体験を果たして理解してもらえるのかという疑念であり、多くの被爆者たちがかかえこむ煩悶である。体験が深刻であり、語り出すこと自体が多くの労力を求められる行為に他ならないうえ、そもそも証言することがひとつの告発であり、ある主張となる作品群である。

岩崎清一郎は、広島の原爆にかかわる作品を集めたアンソロジーの解説で「被爆者と非被爆者との埋め難い隔絶の意識」をいう。「善意の意図、誠実が大義名分の鈍感な残忍なとげを含んでつきささる。無関心と偏見の表裏をなすことに、非被爆者は気づかない」(以上、前出「〈八月六日〉を描く」第二集)と厳しく述べている。

こうしたなかで、松元寛「原点としてのヒロシマ」(「戦争と平和に関する総合的考察」広島大学総合科学部、一九七九年)のように、「広島の原爆被災」を、「加害と被害との両面を含めた複眼的視野」でみると同時に、「戦争と平和にわたる文明災害」として見直す必要があるとし、「原点としてのヒロシマ」というより「ヒロシマの原点」を探ろうとの発言もなされた。この意味で、広島と長崎が軍事都市であったために、原爆投下の目標になったことは見逃せない。広島には西日本を統括する第二総軍の司令部があり、軍隊が集結し、中国大陸への進出の基地となっていた。長崎には造船所をはじめ、軍需工場が多数存在していた。広島や長崎のほかに、原爆投下目標地とされていた小倉や新潟もまた軍事拠点であった。

同時に、日本人の被爆者のほか、朝鮮人をはじめとする植民地出身の人びとや連合国軍の捕虜、地域に居住していた外国人の被爆者がいたことも忘れてはならない。日本が帝国(大日本帝国)であったことによるが、朝鮮人は広島で約五万人、長崎で約二万人が被爆したとされている。

投下したアメリカの責任も、追及されなければならない。被爆は「国民」の体験に閉じ込められるものではなく、よりひろい体験である一方、原爆は戦争のさなかに投下されており、それを簡単に「人類」に直結させてしまえば、その責任が回避されてしまう。

くわえて、六〇年を超える歳月が流れ、直接の被爆体験をもつ人びとが少なくなるなかで、被爆者と非被爆者との線引きと相互の関係性も、当事者という概念を再考することによって、あらためて議論されるようになってきている。被爆者の声を聴き取ることにより、その体験と記憶を共有し、非被爆者が当事者性を獲得することになる。被爆を語り、原爆を論じていくことの複合的な視点があらためて必要とされている。

こうした論点がみられるなかで、どのように被爆の出来事を伝えるか、いかにしてそのことが可能かということに挑戦した作品として、井上ひさし「少年口伝隊一九四五」(「すばる」二〇〇八年五月。配列は〈Ⅱ〉)がある。井上には、戯曲「父と暮せば」があるが、同じ問題を異なった手法で論じて見せた。

井上は、証言性も保ちながら、原爆がもつ多面的な問題を語り伝えるための工夫を凝《こ》らしている。三人の少年に「口伝隊」という語り伝えの役割を与え、原爆とその後に広島を襲った台風(枕崎台風)の出来事を伝えていく。井上のこころみは、ことばを換えれば、被爆の記憶を保ち語り続けること、そしてこの記憶を分かち持つこと、さらに、記憶のしかたの検討となっている――「なぜ、どのように記憶するのか――何を目的として、誰のために、そしてどの位置から記憶するのか」(米山リサ「広島」岩波書店、二〇〇五年)。被爆の体験をともに共有しつつ、そこから原爆の記憶をつくっていくこと。そうした課題に立ち向かっていくために、本巻の作品は多くの示唆を与えてくれるであろう。

くわえて、東日本大震災を経たいま、本巻収録の作品は、決して過去のものではないこと――ヒロシマ・ナガサキの記憶をいかに生かすかの事態に、いま私たちが直面していることを照らし出してくれている。

なお、本稿の広島・長崎の被爆状況の数値などのデータについては、広島市・長崎市原爆災害誌編集委員会編『広島・長崎の原爆災害』（岩波書店、一九七九年）を参考にさせていただいた。

（なりた・りゅういち　歴史学者）

〔初出　二〇一一年六月〕

付録　インタビュー

「もう、どうでもいい」という思いを超えて

林　京子

林京子さんは、一九三〇（昭和五）年に長崎市に生まれ、翌年、父の仕事の都合で上海に家族で移住した。四五（昭和二〇）年二月、悪化する戦況のなか、上海に父を残し家族とともに帰国。長崎県立長崎高等女学校三年に編入した林さんは、五月から三菱長崎兵器製作所大橋工場に学徒動員され、八月九日、勤務中に被爆する。「祭りの場」でその被爆体験を描き、以後も核の問題を問い続ける林さんに、冷戦期を経て現在も大きな問題となっている〝核〟について話を伺った。

インタビュアーは、「戦争へ、文学へ」「世界史の中のフクシマ」などの著書がある文芸評論家の陣野俊史氏。

〝冷戦〟は終わったのか

――冷戦の真《ま》っ只中《ただなか》である七五（昭和五〇）年に「祭りの場」でデビューされ、その後も一貫して原爆、核の問題を中心に据えて小説を書き継いでおられます。どんな思いで取り組

んでこられたのでしょう。

八月九日を忘れない、そのために私が書いたのは「祭りの場」だけなんです。九日に起きたこと、自分自身の体験と記憶、最後の場面の一〇月一日に始まった新学期までの、二か月の間に噂として入ってきたこと、それまでに自分の肉体に起こったこと、それらを後から知った情報とともに克明に書きました。それは九日の証言としてです。戦争について回る肉体の傷や痛み、たとえば腕や足を失ったり様々な怪我を負うことがありますけれど、それと同じように原爆による表面的な傷を伝える記録として残したいと思って書いたのです。

「祭りの場」以後は、被爆者である私たちが、今日まで生きてきた日常の中で起きたことを書いてきたつもりです。私たちの内部で起こっている問題ですね。体内に吸い込んだ放射性物質と人間との生涯続く関係であり、八月六日、九日だけで終わらない傷、疵《きず》でしょうか、それを知ってほしいから書いています。

——自分自身の被爆についての個人的な体験を書いていても、そこにとどまらないのが、林さんの小説だと思っています。

小説を書き始めたときに関東学院大学の学長をなさっていた岡本正先生に「九日について書くのなら個人的な私小説で終わらせてはいけない。あなたにとっては個人的な体験であるけれども、原爆は人間全般の問題なんだ。だから、人間全体の問題として書けるなら書きなさい」と言われたんです。

被爆者が話をしたり、自分史を書いたりしているのは、持続している疵について知ってほしい、伝えたいと思っているからです。その痛みというのは、もちろん表面的な傷もありますが、私たちの内部に残っている放射性物質の問題が大きいのです。それは例えば、子どもが鼻血を出したりすると、「あっ、九日」って考えてしまう。九日が原因ではないかもしれない。けれど子どもの体調に異変があると、全て自分が被爆したことに原因があると思ってしまうんです。それは私だけではなくて、多くの被爆者に共通している経験であり、思いでしょう。自分自身の健康だけでなく、子どもを産み、育てる過程で、日々そういったことに直面していくと、被爆、そして核が被爆者個人の体験にとどまらず、遺伝子や環境にどんな影響をおよぼすかわからない、人間にとって普遍的な問題だという思いが強くなったんです。

――日本がバブル景気に入る直前の八〇年代前半頃、反核運動が盛んになった時期があります。それは八〇年代初頭、冷戦下の東西陣営の緊張関係が極度に高まり、多くの人が核への危機感を強く持ったからだと思うんです。その当時、どのようなことを考えられていましたか。

原爆がまたいつ落とされるだろうと真剣に恐れたのは、戦後五年くらいまでかもしれません。空を見るのがずっと怖かったです。晴れている日は特に怖くて、長崎にドームのような屋根があるといいと思っていました。

持っていたら使いたいんじゃないですか。抑止力になりますか？　使ったら終わりですからね。だからそれは使わないだろうと、人間の理性を信じていたのかもしれません。でも七〇年代末から八〇年代はじめの頃は、核戦争が起こる可能性への危機感を強く持っていたと思います。一触即発の火種を抱えた世界情勢の中で、核兵器を持った各国の指導者たちがどのようにふるまうか予想もつきませんでしたから。

そして八二年の一月には、中野孝次さんたちが中心になって「核戦争の危機を訴える文学者の声明」がまとめられました。やっと声を上げてくれたと思って、ああ、よかったと、ホッとしました。声明自体は小さな力ですけれど、核戦争が起こるかもしれないという緊迫感があって、声は上げないといけない、そんな思いがありましたね。

それと、なぜ国連がもっとしっかり機能しないんだろうとも思っていました。核兵器保有国の抑止力より、国連の場で上がる声は世界平和にかなり役立っていると思うんです。ですから、もっと国連が力を持つといいと今も思っています。特定の常任理事国だけが拒否権を持っていたりする状況を変えていけばいい。各国の発言は対等だと思います。

ただ、東西陣営の雪解け後も、結局、核兵器は減っていませんし、保有する国や開発する国も増えています。素人なりに考えると、米ソを中心とした東西の対立時代を冷戦とするのなら、冷戦は終わったと言えるかもしれません。ですが、核の問題を考えるとき、その火種は、中東の国々や北朝鮮の核開発問題がからんできている現在、危機は深くなっているのかもしれません。そう考えると寒気がします。

原爆と原発

——二〇一一（平成二三）年の三月一一日、東日本大震災が起こり、その後、福島原発の事故が大きな問題になります。

あれほど私は落胆したことはなかったです。私は核兵器と原発の根にある危険はイコールだと思ってきました。八月六日、九日の次元に還《かえ》って考えればわかりますよね、核兵器も原発も基は同じ核物質。そして放射性物質は、人間との関わりにおいて、すぐにその被害が出るようなひどい状況もあれば、今すぐではなくても、何日か、何か月か、何年か、あるいは何代後になるかわからないけれど、その影響が後々まで続く場合もある。六日九日を経験した日本では、理解されている土台があると思っていたんです。

——核兵器と原発の根に核物質があることへの理解、広島・長崎の被爆が経験として蓄積された土台になっているとの思い、その二つのことが今回の福島原発の事故で打ち壊された感じがありますね。

関係者の対応、放射性物質への理解度の浅さ。絶望です。もう、どうでもいい、と思ったんです。六日も九日も、日本の国にとっては、一過性のものだったのかと思って……。ごまめの歯ぎしりですね。私はあれからずっとどうでもいいやと思って生きています。でも……これは決して言ってはいけないことです。決してどうでもいいことではない。

——どうでもいいといった気持ちで過ごされているということにショックを受けています。私も長崎生まれです。長崎に住んでいる親も実のところ同じように感じているのかもしれないと思います。

いや、これは非常に一瞬的な八つ当たりです。自分を納得させるために、投げ出してしまった。本当にがっかりしたんです。それでも、わからなくて当たり前だという思いもあるんですよ、被爆について。また、自分が被爆者として核についての作品を書くことで世の中を変えようなんて、そんな大それたことは思わないけれど、被爆者がまだこれだけ生きているのに併せて考えることができなかったのか！ という虚《むな》しさですね。

友人たちが、子どもを残して死んでいっているんです。長崎から離れた土地で生活する友人は、自分にいつ何が起こってもいいように、六つの女の子を新幹線に乗せて、一人で長崎の実家まで旅行ができるように訓練していました。

――今は線量計があって放射線量を計測できる、つまり分析能力が高まったからいろいろ大騒ぎになっていますが、そういうもののない時代、長崎に、もちろん広島もそうですが、原爆が投下されたときは、すぐに爆心地に入り、二次被曝された方たちも多い。でも、そういった被害が国からは捨て置かれたという意識が長崎の人たちの中にはあるから、福島の問題に対して少し距離があって、冷めた目で見ている部分もあるのではないでしょうか。

苦しみ続けて生きてきましたからね。でも、自分たちの被爆と比べれば、というような言葉を耳にすると、これには愕然《がくぜん》とします。そんな問題ではない。「二者撰一」の時に在る、と私は考えています。

――「長い時間をかけた人間の経験」では、今、問題になっている内部被曝を「体内被曝」という言葉で取り上げられています。

福島の原発事故が起きて、政府の人たちが内部被曝という言葉を使ったとき、涙が溢れました。彼らは知っていたんだ、知っていて、被爆者たちには因果関係が認められないからと言って、原爆症の認定を却下してきた。認められないまま死んでいった友人たち、今も入退院を繰り返しているにもかかわらず原爆症と認められない被爆者たち……。国は内部被曝という問題を知りながら隠してきた。裏切りですね。

四五（昭和二〇）年の七月一六日、アメリカのニューメキシコ州のトリニティで、人類にとって初めての原子爆弾の爆発実験が行われました。「長い時間をかけた人間の経験」にも書きましたが、その実験で発生した放射性物質を含んだ雲は、当然、遠く離れた地まで流れていきます。そして、ニューヨーク州のイーストマン・コダック社の研究室でX線フィルムに小さな白い点が現れるという欠陥が生じたことで、それが放射性物質による疵という事実がわかった。インディアナ州でつくられた同社が使っていたボール紙に放射性セシウムが見つかって、それがどうしてなのかを調べてみると、ワバッシュ川とアイオワ川から採取した水が、その紙をつくるときに使われていて、その水の中の放射性物質が影響を与えた。そしてそれが小さな点になってフィルムに現れた。人も同じです。

同じことが今、福島原発の事故が起こったことで繰り返されています。自然との関わりを考えても、日本の国土だけではなく、空や海にまで流れ出ている。そしてその核物質の影響がいつ人に現れるかわからない状況が続いていくわけですね。これから。

冷戦のときは核兵器による核戦争が想定されていましたが、これからは原発による核戦争といってもいいような事態が起こり得るかもしれません。兵器による核戦争ではなくて、原発事故が起これば、放射性物質で自然も生命も汚染される。二一世紀の戦争はそっちの方が現実味があるかもしれません。これまでの戦争より怖いと思います。

それを防ぐには、身近なところから考えないと。まずは自分の側にいる人の命を守ろう――と。その積み重ねをかたちにしていく。それしかないのでは。私は被爆者ですから、九日を根にして福島原発の事故も考えますが、なぜ六日、九日が人間に対して大変なことなのか。つまり、核物質というものが人間、命にどういう被害と影響を与え続けているか。原爆も原発も根は同じ核物質であること。重ねて言います。「三者撰一」の時に私たちは立たされている、と考えています。

今、私の机の上に、「定義集」（大江健三郎著、朝日新聞出版）があります。文中に――今ある「平和」を良い平和にする苦しさに耐えねば――という、渡辺一夫先生が話された言葉があります。私は衝撃を受けました。

良い平和か、悪い平和か。この一節を目にするまで、口ざわりのよい平和の二文字に含まれている中身など、考えてもみませんでした。〝今ある日本の平和を良い平和にするために、私たちはその苦しみに耐えなければならない時〟、自戒をこめて引用させていただきます。

（はやし・きょうこ　作家）

聞き手＝陣野俊史

「コレクション　戦争と文学」第3巻（二〇一二年一〇月刊）月報より

著者紹介

原民喜（はら・たみき）
一九〇五（明三八）～五一（昭二六）　広島生。広島の兄の許に疎開、被爆。四七年「夏の花」（水上滝太郎賞）を発表。「災厄の日」「心願の国」など。

大田洋子（おおた・ようこ）
一九〇三（明三六）～六三（昭三八）　広島生。三九年「海女」、四〇年「桜の国」などの恋愛小説で懸賞に入選。四五年広島に疎開、被爆。「人間襤褸」（女流文学者賞）「半人間」など。

栗原貞子（くりはら・さだこ）
一九一三（大二）～二〇〇五（平一七）　広島生。広島で被爆。戦時中反戦詩を書く。反戦反核運動に挺身、九〇年谷本清平和賞受賞。「私は広島を証言する」「ヒロシマというとき」「核なき明日への祈りをこめて」など。

峠三吉（とうげ・さんきち）
一九一七（大六）～五三（昭二八）　大阪生。広島で被爆。反戦平和、反原爆の文学運動を展開する。「原爆詩集」「にんげんをかえせ　峠三吉全詩集」など。

林京子（はやし・きょうこ）
一九三〇（昭五）～二〇一七（平二九）　長崎生。長崎で被爆。七五年「祭りの場」で群像新人賞・芥川賞を受賞。「上海」（女流文学賞）「三界の家」（川端賞）「やすらかに今はねむり給え」（谷崎賞）「長い時間をかけた人間の経験」（野間文芸賞）など。

山田かん（やまだ・かん）
一九三〇（昭五）～二〇〇三（平一五）　長崎生。長崎で被爆。「いのちの火」「記憶の固執」など。

川上宗薫（かわかみ・そうくん）
一九二四（大一三）～八五（昭六〇）愛媛生。母と二人の妹を長崎の原爆で失う。五四年「その掟」から六〇年「憂鬱な獣」まで五回芥川賞候補となるも、六〇年代後半より官能小説で流行作家に。「牧師の息子」「植物的」「夏の末」など。

中山士朗（なかやま・しろう）
一九三〇（昭五）～ 広島生。広島で被爆。「消霧燈」「宇品桟橋」「天の羊」「原爆亭折ふし」（日本エッセイスト・クラブ賞）など。

井上ひさし（いのうえ・ひさし）
一九三四（昭九）～二〇一〇（平二二）山形生。六四年からテレビ人形劇「ひょっこりひょうたん島」を山元護久と共作、六九年「日本人のへそ」で演劇界にデビュー。七二年「手鎖心中」（直木賞）刊。「吉里吉里人」（読売文学賞・日本SF大賞）「不忠臣蔵」（吉川文学賞）戯曲「道元の冒険」（岸田賞・芸術選奨新人賞）「シャンハイムーン」（谷崎賞）など。

正田篠枝（しょうだ・しのえ）
一九一〇（明四三）～六五（昭四〇）広島生。広島で被爆。四七年歌集「さんげ」を私家版として出版。「耳鳴り」「百日紅」童話集「ピカッ子ちゃん」など。

竹山広（たけやま・ひろし）
一九二〇（大九）～二〇一〇（平二二）長崎生。長崎で被爆。八一年第一歌集「とこしへの川」（長崎県文学賞）刊。「竹山広全歌集」（迢空賞・詩歌文学館賞・斎藤茂吉短歌文学賞）など。

井上光晴（いのうえ・みつはる）
一九二六（大一五）～九二（平四）福岡生。戦後、日本共産党に入党。五〇年発表の「書かれざる一章」が党中央から批判され、三年後に離党。その後、天皇制、原爆、朝鮮戦争などをテーマに作品を発表。「虚構のクレーン」「死者の時」「地の群れ」「明日」など。

美輪明宏（みわ・あきひろ）
一九三五（昭一〇）～　長崎生。長崎で被爆。一七歳のとき銀座のシャンソン喫茶銀巴里で歌手としてデビュー。「愛の話　幸福の話」「ぴんぽんぱん　ふたり話」（瀬戸内寂聴と共著）など。

後藤みな子（ごとう・みなこ）
一九三六（昭一一）～　長崎生。七一年「刻を曳く」（文藝賞）を発表。「三本の釘の重さ」「樹滴」など。

金在南（キム・ジェナム）
一九三二（昭七）～二〇一七（平二九）　全羅南道木浦市生。在日朝鮮人文学芸術家同盟に加盟、「朝鮮新報」などに作品を発表。八〇年在日団体を離れ、日本語で創作をはじめる。「戸狩峠」「鳳仙花のうた」「遥かなり玄海灘」など。

青来有一（せいらい・ゆういち）
一九五八（昭三三）～　長崎生。九五年「ジェロニモの十字架」（文学界新人賞）でデビュー。「聖水」（芥川賞）「爆心」（伊藤整賞・谷崎賞）「小指が燃える」など。

三橋敏雄（みつはし・としお）
一九二〇（大九）～二〇〇一（平一三）　東京生。六七年現代俳句協会賞受賞。「まぼろしの鱶」「畳の上」（蛇笏賞）戦火想望俳句集「弾道」など。

松尾あつゆき（まつお・あつゆき）
一九〇四（明三七）～八三（昭五八）　長崎生。長崎で被爆、妻と三人の子を亡くし、学徒動員中に被爆した長女も重傷を負う。「浮灯台」「原爆句抄」など。

橋爪健（はしづめ・けん）
一九〇〇（明三三）～六四（昭三九）　長野生。二七年「文芸公論」創刊。詩集「合掌の春」小説「貝殻幻想」「多喜二虐殺」など。

大江健三郎（おおえ・けんざぶろう）
一九三五（昭一〇）～　愛媛生。東大在学中の五七

年「奇妙な仕事」（五月祭賞）で注目される。五八年「飼育」で芥川賞受賞。六五年「ヒロシマ・ノート」を発表。九四年ノーベル文学賞、九五年朝日賞受賞。「個人的な体験」（新潮社文学賞）「洪水はわが魂に及び」（野間文芸賞）「同時代ゲーム」「M／Tと森のフシギの物語」「水死」など。

水上勉（みずかみ・つとむ）
一九一九（大八）〜二〇〇四（平一六）　福井生。四八年「フライパンの歌」刊。「海の牙」（日本探偵作家クラブ賞）「雁の寺」（直木賞）「宇野浩二伝」（菊池寛賞）「一休」（谷崎賞）「寺泊」（川端賞）など。

小田実（おだ・まこと）
一九三二（昭七）〜二〇〇七（平一九）　大阪生。六一年「何でも見てやろう」刊。六五年鶴見俊輔らと「ベトナムに平和を！市民連合」を組織。八八年ロータス賞受賞。「HIROSHIMA」「ベトナムから遠く離れて」「「アボジ」を踏む」（川端賞）「河」など。

田口ランディ（たぐち・らんでぃ）
一九五九（昭三四）〜　東京生。二〇〇〇年「コンセント」で小説家デビュー。「忘れないよ！ヴェトナム」「できればムカつかずに生きたい」（婦人公論文芸賞）「被爆のマリア」「ヒロシマ・ナガサキ・フクシマ」など。

初出・出典一覧

夏の花（原民喜）
初出「三田文学」一九四七年六月号
出典「定本原民喜全集 二」一九七八年八月 青土社

屍の街（大田洋子）
初出「屍の街」（検閲、一部削除版）一九四八年一一月 中央公論社
出典「大田洋子集 二」一九八二年七月 三一書房

祭りの場（林京子）
初出「群像」一九七五年六月号
出典「祭りの場」一九七五年八月 講談社

残存者（川上宗薫）
初出・出典「文藝」一九五六年一二月号

死の影（中山士朗）
初出「南北」一九六七年一〇月号
出典「死の影」一九六八年六月 南北社

少年口伝隊一九四五（井上ひさし）
初出・出典「すばる」二〇〇八年五月号

夏の客（井上光晴）
初出「潮」一九六五年一〇月号
出典「幻影なき虚構」一九六六年六月 勁草書房

戦（美輪明宏）
初出「紫の履歴書」一九六八年九月 大光社
出典「紫の履歴書（新装版）」二〇〇七年三月 水書坊

炭塵のふる町（後藤みな子）
初出「文藝」一九七二年八月号
出典「刻を曳く」一九七二年八月　河出書房新社

暗やみの夕顔（金在南）
初出「民涛」第七号　一九八九年六月
出典「〈在日〉文学全集　一五」二〇〇六年六月　勉誠出版

鳥（青来有一）
初出「文学界」二〇〇六年七月号
出典「爆心」二〇〇六年一一月　文藝春秋

死の灰は天を覆う（橋爪健）
初出・出典「小説新潮」一九五六年九月号

アトミック・エイジの守護神（大江健三郎）
初出「群像」一九六四年一月号
出典「大江健三郎小説　二」一九九六年七月　新潮社

金槌の話（水上勉）
初出「海燕」一九八二年一月号
出典「新編水上勉全集　七」一九九六年四月　中央公論社

「三千軍兵」の墓（小田実）
初出「群像」一九九七年一〇月号
出典「「アボジ」を踏む」一九九八年三月　講談社

似島《にのしま》めぐり（田口ランディ）
初出「野性時代」二〇〇六年一〇月号
出典「ソウルズ」二〇〇七年二月　角川文庫

●詩、短歌、俳句

生ましめんかな（栗原貞子）
出典「黒い卵（完全版）」一九八三年七月　人文書院

八月六日（峠三吉）
出典「新編　原爆詩集」一九九五年七月　青木書店

浦上へ（山田かん）
出典「詩集ナガサキ・腐蝕する暦日の底で」一九七一年七月　長崎の証言刊行委員会
正田篠枝
出典「さんげ」（復刻版）一九八三年二月　藤浪短歌会
竹山広
出典「竹山広全歌集」二〇〇一年一二月　雁書館・ながらみ書房／「空の空　竹山広歌集」二〇〇七年八月　砂子屋書房
三橋敏雄
出典「三橋敏雄全句集」一九八二年三月　立風書房
松尾あつゆき
出典「句集　原爆句抄」一九七五年六月　文化評論出版

本書収録の川柳につきまして、著作権者（及び著作権継承者）の連絡先が不明な句があります。お心当たりの方は編集部までご連絡いただければ幸いです。

凡例

本セレクションは、日本語で書かれた中・短編作品を中心に収録し、原則として各作品の出典の表記を尊重した。

一、漢字の字体は、原則として、常用漢字表および戸籍法施行規則別表第二（人名用漢字別表）にある漢字についてはその字体を採用し、それ以外の漢字は正字体とされている字体を使用した。

一、仮名遣いは、小説・随筆については、出典が歴史的仮名遣いで書かれている場合は、振り仮名も含め、原則として現代仮名遣いに改めた。詩・短歌・俳句・川柳の仮名遣いは、振り仮名も含め、原則として出典を尊重した。

一、送り仮名は、原則として出典を尊重した。

一、振り仮名は、出典にあるものを尊重したが、読みやすさを考慮し、追加等を適宜行った。

一、明らかな誤字・脱字・衍字と認められるものは、諸刊本・諸資料に照らし改めた。

「セレクション　戦争と文学」において、民族、出自、職業、性別、心身のハンディキャップ等々、今日では不適切と思われる差別的な語句や表現が使われている作品が複数あります。また、疾病に関する記述など、科学的に誤った当時の認識のもとに描かれた作品も含まれています。
しかし作品のテーマや時代性に鑑みて、当該の語句、表現が差別をいたずらに助長するものとは思われません。私たちは文学者の描いた戦争の姿を、現代そして後世の読者に正確に伝えることが必要だと考え、あえて全作品をそのまま収録することにしました。作品の成立した時代背景を知ることにより、作品もまた正確に理解されると信ずるからです。読者のみなさまのご理解をお願い申し上げます。

集英社「セレクション　戦争と文学」編集室

本書は二〇一一年六月、集英社より『コレクション　戦争と文学　19　ヒロシマ・ナガサキ』として刊行されました。

本文デザイン　緒方修一

セレクション 戦争と文学 全8巻

①ヒロシマ・ナガサキ
原民喜「夏の花」、林京子「祭りの場」他。解説＝成田龍一
発売中

②アジア太平洋戦争
三島由紀夫「英霊の声」、蓮見圭一「夜光虫」他。解説＝浅田次郎
2019年8月発売

③9・11変容する戦争
小田実「武器よ、さらば」、重松清「ナイフ」他。解説＝高橋敏夫
2019年9月発売

④女性たちの戦争
河野多惠子「鉄の魚」、石牟礼道子「木霊」他。解説＝成田龍一・川村湊
2019年10月発売

集英社文庫ヘリテージシリーズ

集英社文庫 ヘリテージシリーズ

セレクション戦争《せんそう》と文学《ぶんがく》1　ヒロシマ・ナガサキ

2019年7月25日　第1刷　　定価はカバーに表示してあります。

著　者　原《はら》　民喜《たみき》　他

編　集　株式会社　集英社クリエイティブ
東京都千代田区神田神保町2-23-1　〒101-0051
電話　03-3239-3811

発行者　徳永　真

発行所　株式会社　集英社
東京都千代田区一ツ橋2-5-10　〒101-8050
電話　【編集部】03-3230-6094
【読者係】03-3230-6080
【販売部】03-3230-6393（書店専用）

印　刷　凸版印刷株式会社

製　本　加藤製本株式会社

フォーマットデザイン　アリヤマデザインストア　　マークデザイン　居山浩二

Printed in Japan
ISBN978-4-08-761047-5 C0193